Barbara Davis

Mondlichtfrauen

Zu diesem Buch

In der Moon-Familie ist es Tradition, seine Erinnerungen in einem Buch an die nachfolgenden Generationen weiterzugeben. Als Lizzys Großmutter Althea stirbt, wird sie unerwartet zur Hüterin dieses Familienschatzes.

»Althea hatte in Lizzy die Letzte und die Beste der Moon-Familie gesehen. Aber das war sie nicht. Ihre Gaben – falls man sie so nennen wollte – unterschieden sich klar von denen ihrer Großmutter. Sie war keine Heilerin. Sie machte Parfüm. Und seit ihrer Beförderung zur Creative Director machte sie nicht einmal mehr das. In Wahrheit hatte sie den Moons, abgesehen von ihrer Fortpflanzungsfähigkeit, wenig zu bieten. Sie kannte keine Heilmittel, keine Weisheiten, keine heiligen Rituale, die sie der nächsten Generation vermitteln könnte. Dennoch würde sie wegen der Bücher zurückkehren. Für Althea. Vielleicht musste sie etwas Zeit mit ihren Erinnerungen verbringen, der anderen Lizzy Moon ein letztes Mal ins Gesicht sehen, bevor diese für immer verschwinden würde.«

Ein wunderbar gefühlvoller Roman über Familie, Liebe, die Suche nach Versöhnung und das Finden des eigenen Platzes im Leben.

Barbara Davis war mehr als ein Jahrzehnt lang Führungskraft in der Schmuckbranche, bevor sie beschloss, ihrer lebenslangen Leidenschaft für das Schreiben nachzugehen. Sie stammt aus New Jersey, ist aber im Süden der USA aufgewachsen und lebt jetzt in Rochester, New Hampshire, mit ihrem Mann Tom und ihrem geliebten rot getigerten Kater Simon.

Barbara Davis

MOND LICHT FRAUEN

Roman

Aus dem amerikanischen Englisch
von Bettina Ain

PIPER

Mehr über unsere Autorinnen, Autoren und Bücher:
www.piper.de

Wenn Ihnen dieser Roman gefallen hat, schreiben Sie uns unter Nennung des Titels »Mondlichtfrauen« an *empfehlungen@piper.de*, und wir empfehlen Ihnen gerne vergleichbare Bücher.

Unser Versprechen für mehr Nachhaltigkeit
- Klimaneutrales Produkt
- FSC®-zertifiziertes Papier
- Hergestellt in Europa

FSC www.fsc.org
MIX
Paper from responsible sources
FSC® C021394

Deutsche Erstausgabe
ISBN 978-3-492-28249-9
Dezember 2022

Titel der amerikanischen Originalausgabe: »The Last of the Moon Girls«,
Lake Union Publishing, Seattle 2020
This edition is made possible under a license arrangement originating with Amazon Publishing, www.apub.com, in collaboration with Agence Hoffman

Satz: Fotosatz Amann, Memmingen
Gesetzt aus der Adobe Garamond Pro
Gedruckt von ScandBook in Litauen
Printed in the EU

Für die Frauen …
Heilerinnen der Herzen,
Liebende des Lichts,
Mittlerinnen der Magie.

Die Liebe wirkt magisch.

Die Liebe ist der Endzweck
der Weltgeschichte,
das Amen des Universums.

Novalis

PROLOG

Im Wasser verwest eine Leiche anders: grausiger, zugleich aber sanfter. So hatte man es mir zumindest erzählt. Wir Moons kennen uns damit nicht aus. Wenn unsere Zeit gekommen ist, wählen wir das Feuer und verstreuen unsere Asche auf dem Land, das seit über zweihundert Jahren unserer Familie gehört. Meine liegt nun ebenfalls dort, vermischt mit dem Staub meiner Vorfahrinnen.

Ist es wirklich erst ein paar Wochen her, seit ich fortgegangen bin? Wochen, in denen ich zwischen den Welten hänge, unfähig, zu bleiben, unwillig, zu gehen, gebunden durch meine Reue und unerledigte Dinge. Das Getrenntsein fühlt sich länger an. Doch ist es nicht mein Tod, der mich hält, sondern der von zwei Mädchen – Darcy und Heather Gilman –, der inzwischen über acht Jahre zurückliegt. Sie wurden fast drei Wochen lang vermisst, bevor man ihre Leichen endlich aus dem Wasser gezogen hat. Es war ein furchtbarer Anblick, aber ich habe nicht weggesehen. Es war schließlich mein Teich, den sie in der festen Überzeugung durchkämmten, darin das zu finden, wonach sie suchten. Kein Wunder, immerhin hat schon die ganze Stadt auf mich gezeigt.

Weil ich war, wer ich war. Und was ich war. Oder zumindest weil sie mich dafür hielten.

Erinnerungen, so scheint es, sterben nicht mit dem Körper. Es sind schon Jahre vergangen seit jenem schrecklichen Tag am Teich, und doch habe ich kein einziges Detail vergessen, sehe es immer wieder vor mir, wie in einer endlosen, unbarmherzigen Zeitschleife. Chief Summers in seinen Anglerstiefeln, seine Leute im Boot. Den Wagen der Gerichtsmedizin, der in der Nähe lauert und dessen Hintertüren weit aufklaffen. Das kalkbleiche Gesicht einer Mutter, die darauf wartet, zu erfahren, was aus ihren beiden Mädchen geworden ist. Ich höre das Flüstern, das sich zischend wie elektrischer Strom in der Menge ausbreitet. Und dann den schrillen Pfiff einer Pfeife …

Stille breitet sich über uns aus, eine Stille, die ihr ganz eigenes Gewicht hat. Das Gewicht der Toten. Niemand regt sich, als der erste Leichnam auftaucht, ein Arm in einem dunkelbraunen Mantel. Wasser fließt aus dem Ärmel, während die triefende Gestalt ans Ufer gelegt wird. Ein geschwollenes, verfärbtes Gesicht, teilweise von klatschnassem, dunklem Haar verdeckt.

Sie gehen behutsam mit ihr um, behandeln sie mit einer Fürsorglichkeit, die zugleich grausam wirkt. Es ist eine Qual, das anzusehen. Sie sichern ihre Beweise, begreife ich, und ein kalter Schauder rinnt mir über die Wirbelsäule. Für ihre Anklage. Gegen mich.

Wenig später taucht der zweite Leichnam auf, und es ertönt ein verzweifelter Klageschrei, als das Herz einer Mutter bricht.

So hat es sich zugetragen, an diesem schrecklichen Tag, auf den alles andere folgte. Das Ende der Farm. Vielleicht sogar das Ende der Moons.

EINS

16. Juli

Althea Moon war tot.

So stand es in dem Brief. Gestorben in ihrem Bett. An einem Sonntagmorgen. Gestorben nach langer, schwerer Krankheit. Gestorben und eingeäschert, ihre Asche verstreut unter dem Vollmond, wie es ihr Testament vorsah.

Um Lizzy herum verschwamm alles, als sie durch einen Tränenschleier hindurch den Brief überflog. Die knappen Zeilen bildeten Schlieren auf dem Papier. *Da der aktuelle Aufenthaltsort Ihrer Mutter nicht bekannt ist, wurde Ihnen der alleinige Besitz von Moon Girl Farm übertragen. Ich sende Ihnen gemäß dem letzten Wunsch Ihrer Großmutter dieses Paket zu.*

Am Briefende fand sich eine Unterschrift: *Evangeline Broussard.* Der Name sagte ihr nichts, aber diese fremde Frau wusste eindeutig mehr über Altheas letzte Tage als sie selbst. Sie hatte ja nicht einmal gewusst, dass ihre Großmutter krank gewesen war.

Lizzy schluckte die Tränen hinunter, und der salzige Geschmack mischte sich auf ihrer Zunge mit Schuldgefühlen und Trauer. Sie griff nach dem Paket, das zu dem Brief gehörte. Es war in braunes Papier eingeschlagen und wirkte mitgenommen. Sie starrte die Worte an, die in roter Farbe auf das Paket gedruckt worden waren: ZURÜCK AN DEN ABSENDER. Offenbar hatte man es an ihre alte Adresse gesandt und dann retour geschickt, bevor man es an ihr Büro weitergeleitet hatte.

Sie hatte Althea ihre neue Adresse mitteilen wollen, aber wie so vieles in letzter Zeit war es ihr entfallen. Mit angehaltenem Atem riss sie das Packpapier auf und atmete scharf ein, als sie das geprägte schwarze Leder erblickte. Dieses Buch kannte sie. Es war das Tagebuch, das Althea ihr zu ihrem sechzehnten Geburtstag geschenkt hatte. Das Tagebuch, das *alle* Moon-Töchter an ihrem sechzehnten Geburtstag erhielten.

Mit zitternden Fingern strich sie über den Deckel, den gerippten Buchrücken und die Seiten aus Büttenpapier mit ihrem rauen Rand. Sie wusste genau, wie sie sich anfühlten. In Salem Creek standen im Lesezimmer ihrer Großmutter – verschlossen in einem Bücherschrank – acht weitere Bücher genau wie dieses, alle benannt nach ihrer Autorin. *Das Buch von Sabine. Das Buch von Dorothée. Das Buch von Aurore.* Eines für jede Generationen. Das neunte, das *Buch von Althea,* hatte jetzt vermutlich seinen Platz unter ihnen eingenommen.

Es war eine Tradition der Moon-Familie, ein Initiationsritus für jede, die sich dem Pfad verschrieb. Gewissenhaft geführte Bände voller Heilmittel und Rezepte, Segnungen und Fragmenten weiblicher Weisheit, all das sorgsam für künftige Generationen aufbewahrt. Nun hielt sie ihres in der Hand, ungewollt und so leer wie an dem Tag, an dem sie es bekommen hatte.

Vorsichtig schlug sie es auf und las die Widmung: *Für Elzibeth. Es ist an der Zeit, dass Du Deine Geschichte schreibst.*

Nicht Elizabeth. *Elzibeth.* Nicht einmal ihr Name war normal.

Mit sechzehn hatte sie nichts mit der Tradition oder mit dem seltsamen Erbe ihrer Familie zu tun haben wollen. Sie hatte *normal* sein wollen. Deshalb hatte sie das Tagebuch in ein Schubfach gelegt und ignoriert.

Jetzt lag es nach all den Jahren in ihren Händen, als würde es sie anklagen – eine Erinnerung daran, dass sie all den Dingen den Rücken gekehrt hatte, an die ihre Großmutter geglaubt, die sie durchlebt und gelehrt hatte. Althea zuliebe hätte sie es vortäuschen können, hätte machen können, was man von ihr erwartete: das Tagebuch mit albernem Gekritzel füllen. Selbst normale Mädchen führten Tagebücher, rosa Dinger mit Herzen auf dem Einband und zierlichen Schlössern, um andere vom Schnüffeln abzuhalten. Aber sie war zu stur gewesen, um mitzuspielen, sie wollte um jeden Preis mit der Moon-Tradition brechen und ihre eigene Zukunft gestalten. Was ihr, dem glänzenden, neuen Schild an ihrer Tür nach zu urteilen, auch gelungen war. Noch als Studentin an der Dickerson University hatte sie bei Worldwide ein Praktikum gemacht und es danach innerhalb von acht Jahren beim Kosmetikkonzern Chenier Fragrances, Ltd. zur Creative Director gebracht.

Selbst sechs Monate nach ihrer Beförderung hatte sie sich noch immer nicht in ihrer neuen Position und den vielen Veränderungen in ihrem Leben zurechtgefunden. Ihr hatte die Zeit gefehlt, Althea Bescheid zu sagen. Zumindest hatte sie sich das eingeredet. Die Wahrheit war jedoch, dass sie in den letzten Jahren immer seltener miteinander geredet hatten. Nicht, weil sie zu bequem gewesen wäre, sondern wegen ihrer Schuldgefühle. Es hatte sich falsch angefühlt, sich mit den eigenen Erfolgen zu brüsten, während ihre

Großmutter zusehen musste, wie ihre geliebte Farm – ihr Lebenswerk – unterzugehen drohte. Deshalb hatte sie sich eingeredet, dass die Schecks, die sie Althea schickte, ihre achtjährige Abwesenheit ebenso aufwiegen würden wie die unbeantworteten Briefe oder die viel zu seltenen Anrufe. Natürlich hatten sie nicht ausgereicht. Nichts hätte ausgereicht. Und jetzt war es zu spät.

Lizzy versuchte, es zu begreifen – eine Welt ohne Althea Moon –, aber es gelang ihr nicht. Wie könnte diese weise Frau voller Leben und Liebe fort sein? Eine Frau, die der Erde, die sie geliebt und um die sie sich gekümmert hatte, entsprungen zu sein schien.

Althea hatte ihr nicht gesagt, dass sie krank war. Nicht ein einziges Mal in all den langen Briefen mit den unzähligen Neuigkeiten. Evangeline Broussard hatte jedoch in ihrem Brief eine lange Krankheit erwähnt. Warum hatte Althea das vor ihr verheimlicht?

»Da bist du ja endlich!«

Lizzy blinzelte die Tränen weg, erschrocken, dass Luc Chenier in der Tür zu ihrem Büro stand. Er hatte sich die Haare schneiden lassen und wirkte in seinem maßgeschneiderten schwarzen Anzug von Brioni noch umwerfender als sonst. Das wusste er, was sie früher, als sie noch zusammen gewesen waren, genervt hatte, jetzt aber nicht mehr kümmerte.

Sie schluckte die Tränen runter. Dass der Mann, der gerade erst grünes Licht für ihre Beförderung gegeben hatte, sie dabei erwischte, wie sie an ihrem Schreibtisch saß und heulte, war das Letzte, was sie jetzt brauchte. Schlimmer wären nur noch die Fragen, mit denen er sie löchern würde, sollte er den Eindruck haben, sie würde etwas vor ihm verbergen. Sie sah zu ihm hoch und hoffte inständig, gelassen zu wirken, als sie das Tagebuch in ihrem Schoß versteckte.

»Brauchst du etwas?«

Er setzte ein strahlendes Lächeln auf. Wie es schien, hatte er vor

Kurzem seine Zähne bleichen lassen. »Ich wollte mit dir in die Mittagspause, aber man hat mir gesagt, du hättest ein Meeting.«

»Ich war in der Marketingabteilung, um mir die Entwürfe für die nächste Werbekampagne anzusehen. Wir sind zwar noch nicht so weit, sollten aber …«

Luc unterbrach sie mit einer Geste. »Lass uns nach der Arbeit zusammen essen gehen. Ein Abendessen wäre sogar noch besser als ein gemeinsamer Lunch, meinst du nicht auch?«

Das tat sie nicht, allerdings überraschte es sie nicht, dass er es annahm. Er war daran gewöhnt, zu bekommen, was er wollte. Und wie sollte es auch anders sein? Dem Mann strömte der Charme aus den Poren. Außerdem sah er aus wie Johnny Depp ohne Eyeliner und sprach mit dem Akzent seiner französischen Mutter, beides ebenfalls nicht zu verachten. Nur hatte all das für sie rasch seinen Reiz verloren.

Sie waren bemüht gewesen, ihre Geschichte unter Verschluss zu halten. Sie hatten nicht am Arbeitsplatz geflirtet oder öffentlich ihre Zuneigung zur Schau gestellt. Sie hatten sich nie ohne Spreadsheet oder PowerPoint-Präsentation zum Mittag getroffen. Aber nachdem Lizzys Beförderung verkündet worden war, hatten sie im *Daniel* gefeiert und waren Reynold Ackerman in die Arme gelaufen, einem Anwalt aus der Rechtsabteilung, der zufällig anlässlich seines zwanzigsten Hochzeitstages mit seiner Frau da gewesen war. In dem Moment hatte sie gewusst, dass sie eine Entscheidung treffen musste: Entweder sie beendete die Sache, oder sie führte eine typische Büro-Affäre.

Am nächsten Tag hatte sie Luc den Laufpass gegeben. Er hatte es ganz gut aufgenommen, vielleicht, weil sie von Anfang an vereinbart hatten, notfalls getrennte Wege zu gehen. Ohne Tränen. Ohne Vorwürfe. In letzter Zeit hatte er allerdings mehrmals angedeutet, doch einfach da weiterzumachen, wo sie aufgehört hatten – was für sie nicht infrage kam.

»Heute Abend also?«, hakte er vom Türrahmen aus nach. »Wie wär's mit italienisch?«

»Ich kann nicht. Tut mir leid.«

»Ich reserviere uns einen Tisch im *Scarpetta*. Die Cannoli musst du …«

»Meine Großmutter ist gestorben«, platzte es aus ihr raus. »Ich habe es eben erst erfahren.«

Luc besaß immerhin so viel Anstand, ein ernstes Gesicht aufzusetzen. Er trat ins Büro und schloss die Tür hinter sich. »Das tut mir leid. Ich wusste gar nicht, dass sie krank war.«

»Ich auch nicht.« Die Worte schmerzten heftiger, als sie erwartet hatte, und sie musste den Blick abwenden. Sich an seiner Schulter auszuweinen, hatte nie zu ihren Abmachungen gehört – und sie würde jetzt nicht damit anfangen. »Offenbar hat sie es vor mir verheimlicht.«

»Ich kann mich nicht entsinnen, dass du viel von ihr erzählt hast. Oder von deiner Familie im Allgemeinen. Standet ihr zwei euch denn nahe?«

»Ja«, sagte sie ausdruckslos. »Sie hat mich praktisch großgezogen.«

»Schlimme Sache.«

Lizzy starrte ihn an. *Schlimme Sache? Das sagst du zu einer Frau, die gerade einen geliebten Menschen verloren hat?* Andererseits überraschte sie das nicht. Schließlich wusste sie, wie er mit dem Tod umging.

Sie waren erst seit ein paar Monaten heimlich zusammen gewesen, als Lucs Mutter, die Lizzy in der Welt der Düfte unter ihre Fittiche genommen hatte, ihren Kampf gegen den Gebärmutterhalskrebs verloren hatte. Lizzy hatte erlebt, wie Luc auf der Beerdigung Hände geschüttelt, Beileidsbekundungen entgegengenommen und den pflichtbewussten Sohn gespielt hatte. Irgendwann im Verlauf des Nachmittags war ihr klar geworden, dass er tatsächlich nur eine Rolle spielte. Damals hatte sie seine Gelassenheit der langen Krankheit seiner Mutter zugeschrieben. Er hatte Zeit gehabt, sich vorzubereiten, seinen Frieden damit zu machen und sich zu verabschieden. Jetzt fragte sie sich, ob sie in ihrem Urteil zu großzügig gewesen war.

»Mein aufrichtiges Beileid.« Er legte eine Hand auf ihre. »Du wirst natürlich nach Hause fahren wollen, für die Beerdigung.«

Sie zog ihre Hand weg und legte sie in ihren Schoß, außerhalb seiner Reichweite. »Es gibt keine Beerdigung. Sie haben ihre Asche bereits verstreut.«

Seine Augenbrauen schossen in die Höhe. »Was … ohne dich?«

Sie nickte nur, denn mehr wollte sie nicht dazu sagen. Wenn es um ihre Familie ging, gab sie lieber so wenig wie möglich preis. Wenn man ernst genommen werden wollte – und das wollte sie –, redete man über manche Dinge besser nicht.

»In meiner Familie machen wir kein großes Trara.« Sie blinzelte frische Tränen weg. *Es sei denn, es gilt als großes Trara, wenn man die Asche beim ersten Vollmond nach dem Tod auf einem Lavendelfeld verstreut.* »Außerdem war es meine Schuld. Ich habe vergessen, ihr meine neue Adresse mitzuteilen, nachdem ich umgezogen bin, deshalb gab es Probleme mit dem Brief. Sie ist vor zwei Monaten gestorben. Da ich nicht reagiert habe, hat sich das Beerdigungsinstitut um ihre Asche gekümmert.«

Er nickte, als würde das alles Sinn ergeben, doch dann runzelte er die Stirn. »Ist trotzdem seltsam, oder? Dass sie das ohne dich gemacht haben?«

Sie wich seinem Blick aus. »Es ist gewissermaßen eine Familientradition. Da … ist das Timing wichtig. Jedenfalls ist es inzwischen alles erledigt.«

»Auch gut, wenn du mich fragst. Ich war nie ein Fan von Beerdigungen. Diese ganze Trauer auf einmal.« Er schwieg und gab vor, zu erschauern. »Wenn man es genau betrachtet, ist das Gefühl doch Verschwendung. Die Gestorbenen haben keine Ahnung, dass man trauert, weil sie … na ja … eben tot sind. Alle anderen stehen nur rum, geben irgendwelche Plattitüden von sich und essen gefüllte Eier. Und dann ist da noch die Familie, was eine ganz eigene Geschichte ist. Schwierig. Oder wie meine Mutter gern sagte: *compliqué.*«

Compliqué.

Lizzy nickte abermals. Es war das perfekte Wort für die Moons. »Ja, wir sind ziemlich … schwierig.«

»Wann hast du sie das letzte Mal besucht?«

»Das habe ich nie. Ich bin vor acht Jahren weggezogen und nie wieder dort gewesen.«

Er pfiff leise. »Das ist lange, selbst für meine Verhältnisse. Deine Mutter ist nicht mehr da?«

Sie wusste, was er meinte: War ihre Mutter *tot?* Tatsächlich hatte sie keine Ahnung. Niemand wusste es. Was aufs Gleiche hinauslief.

»Ja, sie ist fort. Alle sind fort.«

Er trat um den Schreibtisch und lehnte sich mit der Hüfte gegen die Ecke. »Mein armes, kleines Waisenkind«, sagte er zärtlich. »Aber du bist nicht allein, weißt du? Meine Mutter hat dich geliebt – so sehr, dass ich ihr versprechen musste, auf dich aufzupassen. Sie hat gesagt: *Luc, Lizzy wird eines Tages ganz groß rauskommen, und ich will, dass du auf sie achtgibst.* Es ist, als hätte sie mir nicht nur ihre Firma vermacht, sondern auch dich.«

Sie widerstand dem Drang, die Augen zu verdrehen. »Man kann einem keine Person vermachen. Und ich lebe schon ziemlich lange allein.«

Er stand auf und trat ans Fenster. »Wie lange brauchst du? Drei Tage? Vier?«

Sie zog die Augenbrauen zusammen. »Wofür?«

»Keine Ahnung. Um zu trauern, schätze ich. Oder was auch immer du sonst tun musst. Ich nehme an, dass du dich um die Finanzen kümmern musst und ein Haus zu verkaufen hast.«

»Es ist eine Farm. Eine Kräuterfarm. Aber ich muss nicht zurück. Ich kann alles von hier aus regeln.«

»Ehrlich?« Er lächelte, als wäre er angenehm überrascht. »Ich dachte schon, du wärst sentimental.«

Lizzy schüttelte den Kopf. Sie wollte die Unterhaltung unbedingt beenden, bevor sie etwas sagte, das seine sorgfältig gepflegten Augenbrauen erneut nach oben wandern lassen würde. »Es ist nur … viel. Erinnerungen, die ich lieber nicht an mich heranlasse. Wie du schon sagtest, es ist … *compliqué.*«

Sein Lächeln wurde breiter und lag irgendwo zwischen arrogant und herablassend. »Meine Mutter war sentimental. Sie hat immer gesagt, dass wir alle hin und wieder nach Hause zurückkehren müssen, um uns daran zu erinnern, woher wir kommen. Ich denke, ganz unrecht hatte sie nicht. Hin und wieder sollten wir nach Hause gehen, aber nur, um uns daran zu erinnern, warum wir es überhaupt verlassen haben. Damit uns wieder klar wird, was wir wirklich wollen. Am Ende ist das doch das Einzige, was wirklich zählt, die Frage, was wir im Leben wollen und was wir dafür tun würden. Vielleicht brauchst du das, Lizzy, Zeit mit deinen Erinnerungen. Dann sieht die Sache vielleicht anders aus.«

Zeit mit deinen Erinnerungen.

Sie senkte den Blick, um dem seinen auszuweichen. Er hatte keine Ahnung, was er da von ihr verlangte. Wie auch? Wie könnte er auch nur ahnen, um was für Erinnerungen es hier ging?

»Ist schon gut, ehrlich. Mir geht es gut. Ich kann das Ganze aus der Ferne klären.«

Er beäugte sie skeptisch. »Wie du willst, aber du klingst nicht, als wäre alles in Ordnung. Vielleicht ist doch etwas dran an der Behauptung, dass man seine Trauer bewältigen und den Dingen ihre Zeit geben soll. Ich könnte dich begleiten, falls es dann einfacher für dich wäre.«

Da war er, der wahre Grund hinter seiner unerwarteten Sorge. »Wir haben uns vor Monaten getrennt.«

»Das ist mir klar.«

»Warum machst du dann diesen Vorschlag?«

»Würdest du mir glauben, dass ich nur nett sein will?«

»Nein.«

Sein Lächeln erstarb. Offenbar akzeptierte er seine Niederlage. »Ist trotzdem eine miese Zeit, um allein zu sein. Lass mich dich wenigstens zum Essen ausführen. Ich verspreche dir, dass es nur ums Berufliche gehen wird, wenn du das willst.«

»Danke. Aber ich denke, ich muss einfach nur für mich sein.«

Sie sah ihm nach und war sich sicher, dass er angefressen war. Mit einem hatte er jedoch recht gehabt: Sie brauchte Zeit, um die Tatsache zu verarbeiten, dass sie plötzlich ganz allein war, und sich der Frage zu stellen, was das bedeutete. Althea war tot und ihre Mutter wie vom Erdboden verschwunden, entweder im wörtlichen oder übertragenen Sinne. Außer Elzibeth gab es keine Moons mehr – da war sie sich sicher. Sie war am heutigen Tag zur letzten Moon geworden.

ZWEI

Lizzy zog ihre Schuhe aus und lief schnurstracks zur Küche. Sie hatte den Tag hinter sich gebracht und, nachdem die Nachricht von ihrem Verlust im Büro die Runde gemacht hatte, die Beileidsbekundungen lächelnd entgegengenommen. Jetzt wollte sie ein großes Glas Wein trinken und mit ihrer Trauer allein sein.

Sie öffnete eine Flasche Chardonnay, schenkte sich großzügig ein und nahm sich einen Augenblick Zeit, um die Kräutertöpfe auf ihrem Fensterbrett zu gießen. *Rosmarin für Erinnerungen. Basilikum für Mut. Thymian gegen Albträume.* Lehren aus ihrer Kindheit … Die Lehren der Moon-Frauen.

Spontan zupfte sie von dem Basilikumstrauch auf dem Fensterbrett die Blätter ab und rieb sie zwischen den Handflächen, bis sie ihren herzhaft-süßen Duft verströmten. Ein wenig wie Pfeffer, Anis und Minze. Es war einer ihrer Lieblingsdüfte, vermutlich, weil er sie an jene glücklichere Tage erinnerte, die sie in der Küche ihrer Großmutter verbracht hatte. Aber diesmal kam eine andere Erinnerung an die Oberfläche – eine ältere Erinnerung.

Althea war draußen gewesen, um die Schäden zu begutachten, die ungewöhnlich später Frost angerichtet hatte, und Lizzy war von hinten an sie herangetreten. Sie war kaum älter als sieben gewesen, hatte aber instinktiv gewusst, dass sie leise sein sollte. Obendrein war sie völlig gebannt gewesen von dem seltsam konzentrierten Ausdruck auf dem Gesicht ihrer Großmutter, die sich neben ein Büschel dunkel verfärbten Basilikums gekniet, die Augen geschlossen und mit ihren schwieligen Händen darüber gestrichen hatte. Althea hatte etwas gemurmelt, zärtliche Worte, die Lizzy nicht verstanden hatte. Es war das erste Mal gewesen, dass sie die Gabe ihrer Großmutter gesehen hatte, und sie hatte diesen Moment nie vergessen. Ebenso wenig wie den Anblick derselben Pflanze am nächsten Tag, gesund und grün, ohne eine Spur von Kälteschäden.

Es war Altheas erstaunlichste Gabe gewesen: diese Fähigkeit, ein fast totes Kraut oder eine verwelkte Blume mit einer Berührung und wenigen sanften Worten zu neuem Leben zu erwecken. Sie hatte auch ein übersinnliches Talent dafür gehabt, Pflanzen wachsen zu lassen, die im harschen Klima von Neuengland eigentlich nicht wuchsen. Gerüchte über den grünen Daumen ihrer Großmutter hatten sich in Salem Creek weit verbreitet. Einige schrieben es Magie zu, andere der Tatsache, dass sie streng ihrem Bauernkalender folgte. Woran auch immer es gelegen hatte, es war weithin bekannt, dass der felsige Boden der Moon Girl Farm Althea Moon jeden Wunsch erfüllte.

Wer würde den Boden jetzt, da sie fort war, bearbeiten?

Die Frage nagte an Lizzy, als sie mit ihrem Chardonnay ins Wohnzimmer ging. All das würde schon bald anderen gehören. Das Haus und die Scheune, die Kräuterbeete, die Apotheke ihrer Großmutter würden aus den Händen der Familie in die Hände von Fremden gegeben werden. Sie hatte immer gewusst, dass Althea eines Tages sterben würde und etwas wegen der Farm unternommen werden müsste. Sie hatte nur nicht darüber nachgedacht, wie dieses Etwas aussehen würde. Oder dass sie es sein würde, die sich darum kümmern musste.

Sie musste ein Maklerbüro finden, das bereit war, den Verkauf abzuwickeln. Außerdem musste sich jemand um die Einrichtung des Hauses kümmern. Es gab nicht viel, das besonders wertvoll war, aber was sollte aus Altheas persönlichen Habseligkeiten werden? Aus ihrer Kleidung, ihren Büchern – der Tagebuchsammlung, die sie in ihrem Lesezimmer aufbewahrte? Konnte sie es wirklich zulassen, dass Fremde das übernahmen? Wenn nicht, wer blieb dann noch? Sicherlich nicht ihre Mutter, deren Leichtsinn die letzten Steine ins Rollen gebracht hatte. Aber Rhanna war eine andere Geschichte – und offenbar eine ohne Ende, da seit Jahren niemand etwas von ihr gehört hatte.

Benommen setzte sich Lizzy auf die Armlehne ihrer Couch, und all ihr Ärger verpuffte. Die Ereignisse des Tages hatten sie völlig überrumpelt. Die Sonne ging allmählich unter, versank in den Spalten und Ritzen von Manhattans Dächern, wie auf einer dieser sepiabraunen Postkarten, die in Drugstores verkauft wurden. Drei Monate waren vergangen, seit sie ihre winzige Wohnung gegen ein Apartment im East Tower getauscht hatte, aber sie hatte sich noch immer nicht an den Ausblick gewöhnt. Oder an einen der anderen Vorzüge, die ihre piekfeine neue Adresse mit sich brachte. Luc hatte ihr versichert, dass sie sich mit ihrer neuen Umgebung anfreunden würde, aber als sie sich in dem Zimmer umsah, erkannte sie nichts wieder. Die Möbel, die Kunstwerke an den Wänden, sogar ihr Spiegelbild im verdunkelten Fenster schienen einer anderen zu gehören. Einer Fremden, die *vorgab,* Lizzy Moon zu sein …

Über die Jahre hatte die Stadt Lizzys rauen Kanten abgeschliffen und nichts von dem Mädchen übrig gelassen, das barfuß durch die Felder ihrer Großmutter gelaufen war und Kräuter gesammelt hatte, bis sich ihre Finger verfärbten und die Erde von Neuengland unter ihren Fingernägeln hing. Genau deshalb war sie nach New

York gekommen: um dieses Mädchen loszuwerden. Um wie andere Menschen zu leben. Angepasst und unauffällig. Keine Überraschungen. Nichts Verdächtiges. Kein geheimes Buch mit ihrem Namen. Einfach *normal.* Im Großen und Ganzen war es ihr gelungen. Sie hatte es weit gebracht, seit sie Salem Creek verlassen hatte. Aber konnte man es *zu* weit bringen? Konnte man so weit weglaufen, dass man sich selbst verlor?

Sie leerte ihr Glas und ging in die Küche, um sich nachzuschenken. Es fehlte nicht viel, und sie würde in Selbstmitleid versinken, das spürte sie. Aber sie durfte nicht nostalgisch werden oder vergessen, was sie letztlich aus Salem Creek vertrieben hatte.

Vor acht Jahren waren zwei Teenager abends nicht nach Hause gekommen. Aus Stunden wurden Tage, dann Wochen. Heather und Darcy Gilman blieben verschwunden.

Es waren noch keine vierundzwanzig Stunden vergangen, da hatte man Althea als mögliche Übeltäterin ins Spiel gebracht. Keine große Überraschung. Bei jedem Unglück – ein früher Schneesturm, eine ungewöhnlich hohe Flut, Masern – gab man den Moons die Schuld. Viele behaupteten, das sei im Scherz dahingesagt, aber für bestimmte Leute in bestimmten Kreisen klang das Gerede glaubwürdig. Wo es in Salem Creek am Sinn für das Weltliche mangelte, machten die Leute es mit Aberglauben und religiösem Eifer wieder wett. Das Verschwinden der beiden Gilman-Mädchen bildete da keine Ausnahme.

Man hatte eine Hotline eingerichtet, und die Presse war über die Stadt hergefallen. Mahnwachen mit allem Drum und Dran – Bibeln, Kerzen, Blumen und Teddybären – wurden abgehalten. Kaum hatte sich der Aufruhr etwas gelegt, hatte es an Altheas Tür geklopft. Einem anonymen Hinweise zufolge hätte Althea die Mädchen eines nach dem anderen in den Teich gezerrt und anschließend in der Nähe des Wassers etwas vergraben.

Es gab einen Durchsuchungsbefehl, und man fand zwei Strohpuppen. *Voodoo-Puppen* hieß es in der Zeitung, weil sie den verschwundenen Mädchen unheimlich ähnlich gesehen hatten. Sogar die Farbe der Mäntel, die beide an dem Abend ihres Verschwindens getragen hatten, stimmte. Die Puppen seien aber, wie Althea beteuerte, nicht vergraben, sondern bei Vollmond von ihr niedergelegt worden, zusammen mit einem kleinen Stoffbeutel mit Salz und Kümmelkernen. Ein Schutzritual, hatte sie der Polizei erklärt, eine *Opfergabe,* damit die Mädchen unbeschadet zu ihren Eltern nach Hause zurückkehrten.

Danach wurde der Teich durchkämmt. Eine Stunde später hatte man die Leichen von Heather und Darcy Gilman vom Grund heraufgeholt, wobei die halbe Stadt hinter dem gelben Polizeiband zugesehen hatte. Die Befunde der Gerichtsmedizin hatten nicht lange auf sich warten lassen: Der Schädel des einen Mädchens war eingeschlagen, das Genick des anderen gebrochen worden. Mord in beiden Fällen.

Alte Gerüchte brachen sich mit aller Macht Bahn, mal geflüstert, mal herausposaunt. Von Zaubersprüchen, Tränken, Ritualen, die nackt unter dem Vollmond vollzogen wurden. Von geopferten Jungfrauen. Viele diese Verleumdungen waren von Menschen in Umlauf gebracht worden, die Althea ihr ganzes Leben gekannt hatten. Stichhaltige Beweise hatte man nicht gefunden, weshalb es nie zu einer Anklage gekommen war. Die Gerüchte verstummten dennoch nicht. Die werte Gesellschaft von Salem Creek ließ es sich nicht nehmen, eine Mahnwache mit Kerzen abzuhalten – eine, für die fast die halbe Stadt zusammengekommen war –, um das Böse mit Gebeten aus ihrer Mitte zu vertreiben. Denn die Unschuldsvermutung galt für alle, nur nicht für die Moons.

Jetzt war die Frau, die diese Menschen des Mordes verdächtigt hatten, tot. War ein Stoßseufzer der Erleichterung durch Salem Creek gegangen? Hatte der Bürgermeister einen Festtag ausgerufen?

Ding-Dong, die Hex' ist tot?

O ja, Lizzy versank definitiv in Selbstmitleid, und vielleicht war sie auch leicht angetrunken. Sie sollte etwas essen, doch allein bei dem Gedanke daran verging ihr der Appetit. So lief sie mit ihrer Handtasche und einem weiteren Glas Wein den Flur hinunter, entschlossen, sich ein langes, heißes Bad zu gönnen, bevor sie sich schlafen legte.

Sie warf die Tasche auf das Bett, schlüpfte aus ihren Sachen und wollte gerade wieder nach dem Weinglas auf dem Nachttisch greifen. Der Inhalt ihrer Handtasche hatte sich auf der Tagesdecke verteilt, darunter auch das Tagebuch, das Evangeline Broussard ihr mit dem Brief geschickt hatte. Der Anblick war wie ein Schlag in die Magengrube, bei dem man sich auch dann krümmte, wenn man ihn kommen sah.

Althea war fort.

Von Trauer überwältigt ließ Lizzy sich aufs Bett sinken und nahm das Buch in die Hand. Wegen der heißen, schweren Tränen hätte sie beinahe den Zettel übersehen, der aus dem Buch auf ihren Schoß gerutscht war. Sie blinzelte, und ihre Tränen versiegten abrupt. Die Wörter waren stellenweise verschmiert, aber es war unübersehbar Altheas strenge Schrift.

Meine liebste Lizzy,

wenn Du diesen Brief liest, dann weißt Du, dass ich fort bin und warum ich darum gebeten habe, Dir das Buch zu schicken. Dass Du glücklich bist, war alles, was ich mir im Leben gewünscht habe – und es ist alles, was ich mir noch immer für Dich wünsche –, aber ich würde lügen, wenn ich behaupten würde, ich hätte nie gehofft, Du könntest Dein Glück auf der Moon Girl

Farm finden. Ich habe nie aufgehört, mir auszumalen, dass Du wieder nach Hause kommst, dass Du eines Tages auf das Land zurückkehren würdest, das wir beide lieben. Dass auch Du den Pfad wählst, den die Moons seit Generationen beschreiten. Du warst als Kind so vielversprechend, mit all Deinen Gaben. Aber Du hattest Angst davor, anders zu sein. Etwas Besonderes zu sein. Du wolltest unbedingt wie alle anderen sein und warst bereit, Deine Gaben zu verleugnen. Aber Gaben wie die Deine wird man nie los. Sie stecken noch immer in Dir und warten darauf, genutzt zu werden. Warten darauf, dass Du nach Hause kommst. Wir haben eine lange, starke Blutlinie, aber ich fürchte, dass sie schon bald abreißen wird und unser Vermächtnis dann für immer verloren ist. Du bist alles, was davon noch übrig ist, die Letzte und die Beste von uns. Es gibt noch vieles, das Du lernen musst, das ich Dir nicht zeigen konnte, bevor Du fortgegangen bist. Was zerbrochen ist, muss repariert werden. Was verborgen ist, muss erzählt werden. Die Bücher sind hier, mit den Lehren derer, die vor Dir da waren. Jetzt bist Du ihre Bewahrerin, die Hüterin unserer Geheimnisse. Ich hoffe, dass eines Tages auch Dein Buch unter ihnen sein und neben dem meinen stehen wird, damit Gaben wie Deine nicht verloren gehen. Doch das kannst nur Du entscheiden, nicht ich. Wir alle haben eine Geschichte – eine, die wir bewusst oder unbewusst in den Stunden und Tagen erzählen, die uns gehören. Aber wie ich Dir schon vor vielen Jahren gesagt habe: Niemand außer Dir kann Deine Geschichte schreiben. Wofür auch immer Du Dich entscheidest, Du sollst wissen, dass Du in meinem Herzen immer Deinen Platz haben wirst und dass dies hier kein Abschied ist. Es gibt keine Abschiede, meine Lizzy, nur Neuanfänge in diesem Kreislauf. Bis dahin …

A.

Lizzy faltete den Brief unter Tränen zusammen und steckte ihn zurück zwischen die leeren Seiten des Tagebuchs. Es waren Worte, die nie hätten geschrieben werden sollen, die man einander von Angesicht zu Angesicht sagen sollte. In dem Brief ihrer Großmutter hatte wenig Überraschendes gestanden. Sie hatte immer gewusst, was man von ihr erwartet hatte – dasselbe, was man von allen Frauen der Moons erwartete. Sie sollte eine Tochter zeugen und sie in ihren Traditionen ausbilden, damit die Blutlinie nicht abriss. So hatten sie es seit Generationen gehalten.

Es gab keine Männer namens Moon. Keine Brüder oder Söhne und auch keine Ehemänner. Die Frauen der Moons hatten nie geheiratet und es vorgezogen, Männer von sich fernzuhalten, ihre Töchter ohne sie großzuziehen und ihre Kraft in die Familienfarm zu stecken.

Als Lizzy für ihr Studium Salem Creek verlassen hatte, war von der Farm nicht mehr viel übrig gewesen – ebenso wenig von der Familie –, und in den letzten acht Jahren dürfte sich daran nicht viel geändert haben. Sie führte inzwischen ihr eigenes Leben. Eines, dass sie sich hart erarbeitet hatte. Sollte jemand anderes die Farm wiederaufbauen, Leute, die das wirklich wollten.

Dennoch hallten Altheas Worte in ihr wider. *Die Bücher sind hier, mit den Lehren derer, die vor dir da waren. Jetzt bist Du ihre Bewahrerin …*

Wieder einmal die Bücher! Deshalb hatte Althea ihr das Tagebuch schicken lassen. Es ging dabei nicht nur um ihre Geschichte. Es ging um *alle* Geschichten und die Pflicht, die nun ihr als Hüterin der Geheimnisse der Moons übertragen worden war. Immer ging es um die Pflicht.

Sicher, sie könnte ein Maklerbüro finden, das die Farm auf den Markt bringen würde. Sie könnte auch jemanden auftreiben, der die Möbel und persönlichen Habseligkeiten ihrer Großmutter verkaufen würde – aber nicht die Bücher! Sie hatte keine Ahnung, was sie mit ihnen machen sollte – darüber hatte niemand je ein Wort verloren –, aber sie zu verhökern, verbot sich von selbst. Ihre Magie war subtil. Ruhig hatte Althea sie genannt. Ohne diesen Schnickschnack mit Kesseln und Kerzen. Die Moons beschworen keine Geister und wirkten keine Flüche. Es gab keinen Hexenzirkel und auch keine Lagerfeuer um Mitternacht. In diesen Büchern hielten sie für die Nachwelt fest, was sie an heilsamer Arbeit geleistet hatten, als Beweis ihrer Existenz, als Erinnerung daran, dass sie Gutes in der Welt getan hatten.

Sie würde nach Salem Creek fahren und sie holen, selbst wenn sie am Ende nur in ihrem Schrank landen würden. Irgendwann würde sie in Ruhe darüber nachdenken, was aus ihnen werden sollte, wenn sie selbst fort sein würde, wenn es keine Frau mehr geben würde, der sie diese Bücher vermachen könnte. Irgendwann – aber nicht jetzt.

Althea hatte in ihr die Letzte und die Beste der Moons gesehen. Aber das war sie nicht. Ihre *Gaben* – falls man sie so nennen wollte – unterschieden sich klar von Altheas. Sie war keine Heilerin und keine Wunderwirkerin. Sie machte Parfüm. Und seit ihrer Beförderung zur Creative Director machte sie nicht einmal mehr das. In Wahrheit hatte sie den Moons abgesehen von ihrer Fortpflanzungsfähigkeit wenig zu bieten. Sie kannte keine Heilmittel, keine Weisheiten, keine heiligen Rituale, die sie der nächsten Generation vermitteln könnte.

Dennoch würde sie wegen der Bücher zurückkehren. Für Althea. Vielleicht hatte Luc recht. Vielleicht musste sie etwas Zeit mit ihren Erinnerungen verbringen, der anderen Lizzy Moon ein letztes Mal ins Gesicht sehen, bevor diese für immer verschwinden würde.

DREI

17. Juli

Das Schild der Moon Girl Farm war so stark verblasst, dass Lizzy die Buchstaben kaum zu entziffern vermochte, als sie in die Einfahrt bog. Sie war erst sechs Stunden lang durch beständigen Nieselregen gefahren, danach eine Stunde über die vom Bodenfrost aufgerissenen Nebenstraßen von New Hampshire. Nun hatte sie es geschafft.

Um sechs Uhr früh hatte sie Luc angerufen, da sie wusste, dass er im Fitnessstudio war und deshalb nicht rangehen würde. Sie hatte ihm eine Nachricht hinterlassen, in der sie ihm mitteilte, dass sie ihre Meinung geändert habe und nach Hause fahren würde. Sie würde sich bei ihm melden, sobald sie wusste, wie viel Zeit sie brauchen würde. Dann hatte sie ihr Handy ausgeschaltet, damit er keine Möglichkeit hatte, sie zurückzurufen.

Am Ende der Einfahrt schaltete sie den Motor ab und rief sich beim Aussteigen noch einmal in Erinnerung, dass sie das hier tun musste. Es war eine letzte Pflicht, die sie zu erfüllen hatte, bevor sie unter diesen Abschnitt ihres Lebens endgültig einen Schlussstrich ziehen konnte. Aber selbst jetzt, mit einem faustgroßen Knoten in ihrem Magen, spürte sie, wie der Ort sie zu sich zog – eine Verbindung zwischen ihr und dem Land, die in ihre Seele gebrannt worden war.

Die Farm hatte schon immer etwas Übernatürliches ausgestrahlt, fast als existierte sie außerhalb von Zeit und Raum. Wie Brigadoon, ein Ort, den es nur in ihrer Vorstellung gab – der sich aber hier manifestiert hatte. Der Ort ihrer Kindheit, in der Zeit festgefroren wie ein Insekt, das in Bernstein eingeschlossen war.

Noch 1786 hatte es in den Randgebieten von Salem Creek lediglich weite Flächen gegeben. Damals war eine schwangere Sabine Moon mit nichts als einer Handvoll Edelsteinen, eingenäht in den Saum ihres Rocks, aus Frankreich in die neu gegründeten Vereinigen Staaten geflohen. Die Edelsteine hatte sie gegen ein drei Hektar großes Grundstück getauscht, auf dem sie eine kleine Farm errichtet hatte, die schon bald Früchte trug.

Die Dorfbevölkerung hatte sie gemieden, konnte sie doch nichts mit einer ungestümen Frau anfangen, die ihr Land ohne die Hilfe eines Mannes bewirtschaftete. Mit einer Frau, die keinen Ring trug und keine Erklärung für ihren runden Bauch abgab. Ganz zu schweigen von der unehelich geborenen Tochter, derer sie sich nicht schämte. Irgendwann vernichtete eine zwei Jahre währende Dürreperiode die Ernten der Stadt – aber nicht die Feldfrüchte von Sabine, die weiter gediehen. Da kamen die ersten Gerüchte über die seltsamen Sitten der Moons auf, über jene Frauen, die nie heirateten und nur Töchter gebaren, die Kräuter anbauten, Tees brauten und Amulette bastelten.

Selbst jetzt waren sich die Leute nicht sicher, was die Moons wirklich waren, auch wenn es über die Jahre genügend Menschen gegeben hatte, die mit ihrer Meinung nicht hinterm Berg gehalten und mit Wörtern wie *Voodoo* und *Hexenwerk* um sich geworfen hatten. Nicht dass in Salem Creek irgendjemand an Hexen glaubte, die Zeiten waren ebenso vorbei wie die der Nadel- und Wasserproben.

Das Verschwinden der Gilmans hatte den alten Verdächtigungen und längst vergessenen Ammenmärchen jedoch neue Nahrung gegeben. Die Morde waren nie aufgeklärt worden, die Gerüchte nie versiegt, und auf Altheas geliebter Farm blieb nach und nach die Kundschaft aus. Rhanna hatte als Erste das Weite gesucht. Lizzy war wenig später nach New York gezogen, eine Achtundzwanzigjährige, die ihr Studium an der Dickerson University anfing – um ein Leben so weit weg von Moon Girl Farm wie möglich zu führen.

Jetzt gehörte ihr die Moon Girl Farm.

Sie seufzte, als sie das Grundstück betrachtete, überwältigt von den Spuren der Vernachlässigung. Unkraut wucherte über die säuberlich angelegten Blumenbeete hinterm Haus, sodass in seinem feuchten Grün nur hier und da verkümmerte Blüten hervorlugten. Die Kräuterbeete sahen nicht besser aus. Die Vernachlässigung betraf aber nicht nur das Land. Auch das Gebäude mit der Apfelpresse jenseits der brachliegenden Felder, das einst als Altheas Apotheke gedient hatte, war völlig heruntergekommen. Der mit Schiefer ausgelegte Innenhof war früher voller Regale mit Kräutertöpfen und leuchtend bunten Sommerblumen gewesen. Jetzt wuchs Fingerhirse zwischen den Steinplatten. Die Regale selbst waren leer, die Fenster von Schmutz überzogen. Was hatte Althea wohl empfunden, als sie den Laden schließen musste? Als ihr Lebenswerk in Scherben vor ihr lag? Und als sie das alles allein ertragen musste?

Die alte Scheune zum Trocknen der Kräuter stand wie ein Wachposten hinter den Feldern. Die einst indigoblauen Bretter zeigten nur noch ein stumpfes Grau, die handgemalten grellen Wolken mit dem milchweißen Mond auf der Westwand waren zu geisterhaften Gestalten verblasst.

Das Bild vom nächtlichen Himmel war über Nacht erschienen, nachdem Rhanna wie so oft von ihrer launenhaften, völlig übertriebenen Muse geküsst worden war. Das ausgefallene Kunstwerk hatte unter der Dorfbevölkerung für viel Wirbel gesorgt. Ein Schandfleck, so hatten es manche genannt, viel zu hippiemäßig für Salem Creek. Dennoch war die Scheune zu einer Art Sehenswürdigkeit geworden, die es sogar in die Zeitschrift *Yankee* geschafft hatte, als Teil einer Artikelreihe zu den verborgenen Schätzen im ländlichen Neuengland.

Selbst heute, da die Zeit und das Wetter die Farben getrübt hatten, musste Lizzy bei seinem Anblick lächeln. Als Teenager war das ihr Lieblingsort gewesen, ihr einsames Plätzchen: kühl und ruhig und glücklicherweise tabu für die Kundschaft. Es war auch der ideale Ort für ein behelfsmäßiges Labor gewesen, in dem sie an ihren Parfümen arbeiten konnte. Doch wie der Rest der Moon Girl Farm war es inzwischen nur noch ein Schatten seiner selbst.

Sie schüttelte die Erinnerungen ab und ging zum Auto zurück, um ihren Koffer zu holen. Nach der Fahrt war sie am Verhungern und todmüde, vor allem da sie noch immer gegen die Nachwirkungen des Weins ankämpfte. Für Schuldgefühle blieb noch genug Zeit, wenn sie etwas zu essen aufgetrieben hatte.

Die Witterung hatte das Haus schwer in Mitleidenschaft gezogen. Die salbeigrünen Bretter schienen eher grau als grün, die Fensterrahmen waren verzogen und verrottet. Gleichwohl stand das Haus noch, vom Wetter zwar zermürbt, aber doch so stolz und unnachgiebig wie die Frau, die es vor über zweihundert Jahren gebaut hatte.

Als Lizzy mit dem alten Schlüssel aufschloss, ging die Tür ächzend auf. Sie blieb kurz stehen, bis ihre Augen sich an die Dunkelheit in der Diele gewöhnt hatten. Sie hatte vergessen, wie finster das Haus war, besonders im vorderen Teil, wo die Äste einer uralten Esche kaum Licht hereinließen. Aber es war die Stille, die sie am meisten traf: als ob nach Altheas Tod die Zeit stehen geblieben wäre …

Das Wohnzimmer war genauso, wie sie es in Erinnerung hatte: unter den Fenstern ein altertümliches Sofa, links und rechts vom Kamin aus Ziegelsteinen je ein durchgesessener Ohrensessel, die völlig chaotische Sammlung von Zinnfiguren auf dem Kaminsims und an der gegenüberliegenden Wand die Porträts. Es waren größtenteils grobe Bilder, Werke von Laien, aber all die gerahmten Gesichter wiesen untereinander eine frappante Ähnlichkeit auf. Dunkles Haar in einer schlichten Frisur, Haut so blass, dass man sie als durchscheinend bezeichnen könnte, und die typischen grauen Augen aller Moon-Frauen.

Unter diesen wachsamen Blicken war sie groß geworden. Zusammen wirkten sie dermaßen eindringlich, dass sie das Zimmer als Kind oft gemieden hatte. *Jedes Gesicht erzählt eine Geschichte,* hatte Althea gesagt, bevor sie die Namen abgefragt hatte. Sabine. Patrice. Renée. Dorothée. Sylvie. Honoré.

Das unerwartete Geräusch schlurfender Schritte ließ Lizzy zusammenzucken. Sie drehte sich abrupt um und erblickte am unteren Treppenabsatz eine Frau, deren Haut von warmem Braun war. Sie war groß und seltsam schön mit einer hohen Stirn, breiten Wangenknochen und grau meliertem Haar, das raspelkurz war.

»Sie hat gesagt, dass Sie kommen würden«, sagte die Frau nach einem langen, bedeutungsschwangeren Schweigen.

»Wer sind Sie?«

»Evangeline Broussard. Evvie.«

»Dann haben Sie mir den Brief geschickt.«

»Das habe ich. Zweimal sogar.«

Lizzy reckte das Kinn in die Höhe. Der unausgesprochene Tadel traf sie. »Ich bin umgezogen.«

Evvie schien es nicht eilig zu haben, ihr darauf zu antworten. Sie musterte Lizzy aus schmalen Augen von Kopf bis Fuß. »Sie haben vergessen, ihre Oma darüber zu informieren.«

Lizzy senkte kurz die Lider, überrascht von dem Geruch von beißendem Essig und verdorbenen Pfirsichen, den die Frau verströmte.

Missbilligung.

Das war eine Gabe, über die sie verfügte. Sie las die Gerüche eines Menschen wie eine Aura, nutzte also ihre Nase, nicht ihre Augen. Die Fähigkeit hatte sich zu Beginn ihrer Pubertät eingestellt, also in der Zeit, in der bei den Moons in der Regel die Gaben heranreiften, wie Althea ihr erklärt hatte.

Anfangs hatte sie dieses Talent überfordert: wirre Düfte, die ohne Vorwarnung auf sie einprasselten und selten Sinn ergaben. Es hatte eine Weile gedauert, bis es ihr schließlich gelungen war, ihre Bedeutung zu entschlüsseln und daraus einen Vorteil zu ziehen, sie sozusagen als Radar zu nutzen, der sie vor möglichen Gefahren warnte. Doch nachdem sie Salem Creek verlassen hatte, war ihre Gabe verkümmert. Als hätte sich der Empfang abrupt verschlechtert, seit sie die Farm verlassen hatte. Nun erhielt sie wieder ein Signal – und dieses Signal war Missbilligung.

»Ich hatte es vor, aber ich …« Ihre Stimme verlor sich. Es störte sie, dass sie sich vor der Fremden rechtfertigen wollte. »Warum sind Sie hier?«

»Ich könnte Sie dasselbe fragen.«

»Schon, aber im Moment frage ich Sie. Und da das hier das Haus meiner Großmutter ist, habe ich das Recht auf eine Antwort.«

»Ich war ihre Freundin«, antwortete Evvie rundheraus. »Wer hätte Ihnen sonst den Brief schreiben sollen?«

Lizzy neigte den Kopf zur Seite und versuchte, die fremde Frau zu lesen. Sie hatte einen eigenartigen Akzent, ihre Stimme hob und senkte sich wie die Melodie eines Liedes. Es klang schön und gebunden – und ein wenig beunruhigend. Womöglich lag das auch an den grünen Augen mit den kupferfarbenen Sprenkeln darin, deren Blick sie nur mit Mühe standhielt. »Ich habe angenommen, dass Evangeline Broussard für Altheas Anwältin arbeitet. Oder das Bestattungsinstitut. Ich hatte nicht erwartet, Sie hier vorzufinden.«

Evvie brummte. »Dann sind wir quitt, schätze ich. Warum sind Sie hier? Jetzt? Nach all den Jahren?«

Lizzy suchte nach einer Antwort, fand aber keine. Zumindest keine, die sie Evvie ohne Weiteres sagen wollte. »Es gibt ein paar Sachen von meiner Großmutter, um die ich mich persönlich kümmern wollte. Sachen, die sie mir überlassen wollte.«

Evvies Augen verengten sich erneut, aber sie sagte nichts, sondern nickte nur kurz und drehte sich um. Ihre abgetragenen UGG-Stiefel schabten über den Fußboden, als sie zur Küche lief.

Lizzy folgte ihr, und erst jetzt fiel ihr auf, dass Evvie eine von Altheas Blümchenschürzen trug. »Kochen Sie gerade?«

»Abendessen.«

Sie hob den Deckel vom Topf, in dem Suppe köchelte. Nachdem sie einen Löffel gekostet hatte, nahm sie ein Glas aus dem Schrank und gab eine Prise von dessen Inhalt in den Topf.

»Sie wohnen hier?«, fragte Lizzy, der die Wahrheit allmählich dämmerte.

Evvie wandte sich um, den Löffel noch immer in der Hand. »Das tue ich. Es sei denn, Sie werfen mich raus.«

Lizzy unterdrückte ein Seufzen. Sie war zu müde zum Streiten, besonders mit einer Fremden. »Ich bin nicht hierhergekommen, um Sie rauszuwerfen. Ich wusste gar nicht, dass Sie hier sind. Waren Sie … ihre Pflegerin?«

Evvie legte den Löffel weg und wischte sich die Hände an der Schürze ab. »Sie hat mich nicht bezahlt, falls das Ihre Frage ist, aber ich schätze, schon. Das tun Freundinnen … sie kümmern sich umeinander.«

Lizzy spürte, wie ihre Wangen glühten. »Ich meinte nicht … Es tut mir leid, ich versuche nur, das Ganze zu verstehen.«

»Haben Sie Hunger?«

Lizzy blinzelte. »Wie bitte?«

»Hunger?«, wiederholte Evvie, als würde sie mit einem besonders begriffsstutzigen Kind sprechen. »Haben Sie Hunger?«

»Ja, schon …«

»Gut. Dann decken Sie den Tisch!«

Sie aßen schweigend am Küchentisch – ein Reisgericht mit Tomaten und Bohnen und gut gewürzt. Es war köstlich, mit einem Aroma, das Lizzy nicht kannte. Zum Glück war kein Fleisch dabei, was ihr die potenziell unangenehme Diskussion über ihre vegetarische Lebensweise ersparte.

»Sie hat mir nie gesagt, dass sie krank ist«, sagte Lizzy, als ihr das Schweigen zu viel wurde. »Sonst wäre ich gekommen.«

Evvie nickte und träufelte Honig auf eine Scheibe Maisbrot. »Das wusste sie. Deshalb hat sie es Ihnen nicht gesagt. Selbst am Schluss nicht, als ich sie angefleht habe, dass Sie mich bei Ihnen anrufen lässt. Sie war eine sture alte Dame. Genau wie Sie, hat sie immer behauptet. Und das zu glauben, fällt mir nicht schwer.«

Lizzy senkte den Blick auf ihren Teller und schob ihr Essen hin und her. Warum fühlte sie sich in Anwesenheit dieser Frau wie ein ungezogenes Schulkind?

»Sie wollte, dass Sie hier sein *wollen.*« Evvie leckte sich den Honig von den Fingern. »Da Sie das aber offenbar nicht wollten, hat sie gehofft, dass Sie glücklich sind, wo immer sie sind. So sehr hat sie Sie geliebt. Genug, um Sie ziehen zu lassen.«

Lizzy legte die Gabel weg und wischte sich den Mund ab. »Ich habe sie nicht einfach verlassen, Evvie. Ich habe studiert, genau wie ich es immer vorhatte. Ich habe nie ein Geheimnis daraus gemacht, dass ich die Stadt verlassen wollte. Als ich an der Dickerson angenommen wurde, wusste ich, dass die Zeit des Abschieds gekommen war. Althea war traurig, dass ich wegziehen wollte, aber sie hat es verstanden.«

»Sie wusste, dass sie Sie endgültig verlieren würde, wenn sie versucht hätte, Sie aufzuhalten. Ich schätze, sie wusste, was sie tat, denn jetzt sind Sie ja endlich hier!«

»Warum dann der Vorwurf, weil ich weggezogen bin?«

Evvie richtete den Blick aus den kupfergrünen Augen auf Lizzy. »Das war kein Vorwurf. Zumindest nicht, wie Sie denken. Ich habe kein Problem damit, dass Sie weggezogen sind. Das verstehe ich sogar sehr gut. Mich stört, dass Sie weggeblieben sind. Alle haben das Recht, sich selbst zu finden, aber wenn ihnen das gelungen ist, sollten sie nach Hause zurückkehren, um sich mit der Vergangenheit auseinanderzusetzen und den Dingen ins Gesicht zu sehen.« Sie verstummte, schob ihren Teller weg und sah Lizzy fest in die Augen. »Aber vielleicht haben Sie sich ja noch gar nicht gefunden.«

Die Bemerkung schmerzte, was wohl auch beabsichtigt gewesen war. Aber es gab Dinge, die Evvie nicht verstand.

»Ich bin aus gutem Grund aus Salem Creek weggegangen, Evvie. Da ist etwas passiert, das …«

»Ich weiß von den beiden Mädchen«, unterbrach Evvie sie. »Und was die Leute gedacht und gesagt haben … Wie sie Ihre Oma behandelt haben. Ich weiß auch von Ihrer Mama, davon, wie sie damals im Café durchgedreht ist und gedroht hat, die ganze Stadt zu verfluchen. Wie sie ihre Sachen gepackt hat und abgehauen ist und einen Trümmerhaufen zurückgelassen hat. Ich weiß alles.«

Lizzy musste Evvie nur in die Augen sehen, um zu wissen, dass das stimmte. Sie wusste alles. Oder fast alles. »Redet man noch? Über Althea, meine ich. Glauben die Leute noch …«

Wieder unterbrach Evvie sie. »Ich habe es nicht über Gerüchte erfahren, falls es das ist, worauf Sie hinauswollen. Ihre Oma hat es mir gesagt. Ich habe keine Ahnung, was die Leute in der Stadt tatsächlich denken, denn wann immer ich in Hörweite war, haben sie alle den Mund gehalten. Was anderes würden sie sich bei mir aber auch nicht trauen.«

Die plötzliche Intensität in Evvies Stimme überraschte Lizzy. »Warum nicht?«

»Sie wissen es besser, schätze ich.« Sie deutete ein Lächeln an und zeigte Zähne, die so weiß und gerade waren wie sauber auf eine Kette gefädelte Perlen. »Ich glaube, sie haben ein wenig Angst vor mir. In Salem Creek gibt es nicht allzu viele Gesichter wie meines.«

Jetzt musste Lizzy grinsen. Es fiel ihr nicht schwer, zu glauben, dass die Bevölkerung von Salem Creek Angst vor Evvie hatte. Sie war eindrucksvoll. Dennoch hatte sie etwas an sich, das unerklärlich tröstend war und ein seltsam vertrautes Gefühl hinaufbeschwor.

»Erzählen Sie mir von meiner Großmutter«, bat sie leise. »Wie lange war sie krank?«

»Abwasch!«

»Wie bitte?«

Evvie stand auf, und ihr Stuhl kratzte über den Eichenholzfußboden. »Wir können beim Abwaschen reden. Tragen Sie Ihren Teller rüber!«

Lizzy räumte den Tisch ab, während Evvie das Spülbecken volllaufen ließ. Es fühlte sich eigenartig gut an, wieder in der Küche zu sein, in der sie und Althea so viele glückliche Stunden verbracht hatten. Es war, als würde sie in ein altes Paar Hausschuhe schlüpfen, das sie lange nicht getragen hatte, und ganz kurz vergaß sie sogar beinahe die schrecklichen Ereignisse, die das Leben auf der Farm für immer verändert hatten. Beinahe …

»Meine Großmutter …«, hakte Lizzy nach, als sie einen tropfenden Teller von Evvie entgegennahm.

»Ihre Leber.« Evvie nahm einen weiteren Teller aus dem Spülwasser. »Sie hat ihr einfach den Dienst versagt. Irgendwann hat Althea ein Einsehen gehabt und hat sich ärztlich untersuchen lassen, aber es gab nichts mehr, was sie für sie tun konnten. Die üblichen Verschleißerscheinungen. Sie wollte keinen Wirbel darum machen. Sie wissen, wie sie war. Keine Freundin von großem Tamtam.«

»Waren Sie hier, als sie …« Die Frage hing in der Luft, Lizzy brachte das letzte Wort nicht über die Lippen.

»Ja.«

»Und ihre Asche … Haben Sie sie …?«

»Hmm.«

Lizzy legte das Geschirrtuch weg, und als sie nach Evvies nassen Händen griff, blieben ihr die Worte fast in der Kehle stecken. »Ich weiß nicht, was ich sagen soll, außer: Danke. Dafür, dass Sie ihre Freundin waren. Dass Sie hier waren. Dass Sie getan haben, was getan werden musste. Ich hätte das tun sollen. Ihre Familie hätte hier sein sollen.«

Evvie hob den Blick vom Spülbecken, und ihr Kinn zitterte, als sie die Tränen wegblinzelte. »Das war sie«, sagte sie mit belegter Stimme. »Familie muss nicht immer blutsverwandt sein. Manchmal erkennt man sich einfach in einem anderen Menschen wieder.

So ging es mir mit Ihrer Oma. Wir waren verwandte Seelen. Eine besondere Art der Verwandtschaft.«

Wer Evvie sah, mit ihrer braunen Haut und den kupfergesprenkelten Augen, würde schwer glauben können, dass sie mit Althea verwandt sein sollte. Aber Lizzy fiel es leicht.

»Ich bin froh, dass Sie für sie da waren. Dass eine hier war, die sie geliebt hat.«

Evvies Gesicht wurde sanfter. »Gehen Sie ruhig hoch. Ich mache das hier noch fertig. Sie sehen aus, als wären Sie groggy.«

Lizzy nickte. *Groggy* beschrieb nicht mal ansatzweise, wie sie sich nach den Ereignissen der letzten vierundzwanzig Stunden fühlte. Sie trocknete sich die Hände ab und wollte gerade in die Diele gehen, um ihren Koffer zu holen, als Evvie sie zurückhielt.

»Das hätte ich fast vergessen: Ich schlafe in Ihrem alten Zimmer, Sie werden also Altheas benutzen müssen. Das Bett ist schon abgezogen, aber im Schrank auf dem Flur finden Sie frische Bettwäsche. Ihre Sachen lege ich morgen da rein.« Sie schwieg kurz und beäugte Lizzys Skinny-Jeans und die modischen schwarzen Stiefel. »Hier werden Sie anständige Kleidung brauchen.«

Lizzy nahm die Kritik an ihrer Kleidung hin, aber sie sperrte sich gegen die Vorstellung, in Altheas Bett zu schlafen. Es kam ihr falsch vor, aufdringlich und respektlos. »Ich nehme Rhannas Zimmer. Es ist nur für ein paar Tage.«

Evvie schüttelte den Kopf. »Geht nicht. Rhannas Zimmer ist mehr eine Abstellkammer als ein Schlafzimmer. Außerdem würde sich Ihre Oma freuen, wenn Sie ihr Zimmer benutzen.«

»Ich denke nicht …«

»Gehen Sie schon«, drängte Evvie sanft. »Sie würde sich wünschen, dass Sie dort schlafen.«

Altheas Zimmer befand sich im ersten Stock neben der Treppe.

Lizzy legte die Hand auf den Türknauf und schloss kurz die Augen, um sich gegen die Gefühle zu wappnen, die sie auf der anderen Seite der Tür erwarten würden. Sie verharrte im Türrahmen und nahm die kleinen, vertrauten Einzelheiten in sich auf: die Gedichte von Rumi, die Althea am liebsten gelesen hatte, das Stück von einem Hirschgeweih, das sie eines Tages auf ihrem Weg durch den Wald entdeckt hatten, die geschnitzte Holzschale mit den Wunschsteinen auf dem Nachttisch.

Doch es war die Frisierkommode, die sie schließlich in den Raum zog. Als Kind war das ihr liebster Ort im Haus gewesen, der Ort, an dem sie ihre Liebe zu den Düften gefunden hatte. Geranie, Jasmin, Patschuli, Sandelholz – eine endlose Reihe von Düften, die sich zu frischen, neuen Aromen mischen ließen. Eine Farbpalette für die Nase. Solange sie zurückdenken konnte, hatte Althea ihr Geschichten über die seltsamen Talente der Moon-Frauen erzählt. Jede von ihnen war auf einzigartige Weise begabt gewesen und hatte ihre eigene, stille Art gehabt, sich in der Welt nützlich zu machen. Eines Tages hatte Lizzy hier an der Frisierkommode ihre eigene, stille Magie entdeckt: die herrliche, mysteriöse Alchimie der Düfte.

Sie hatte instinktiv gewusst, dass Düfte im Grunde eine ganz besondere Form von Medizin waren, dass sie die Stimmung heben, Gefühle wecken und das Wohlbefinden wiederherstellen konnten. Dank ihrer ungewöhnlichen Gabe hatte sie auch erkannt, dass alle Menschen ihren individuellen Geruch besaßen, der unverwechselbar wie ein Fingerabdruck war. Ihre persönliche Signatur. Diese Entdeckung bildete schließlich die Basis für ihre Karriere.

An ihrem vierzehnten Geburtstag hatte sie verkündet, dass sie Altheas Liebe zur Farm in eine Flasche abfüllen wollte. Es war eine unfassbar kindische Idee gewesen, als wollte sie Emotionen wie Glühwürmchen in ein Glas sperren, aber Althea hatte sie nicht entmutigt. Lizzy hatte keine Ahnung gehabt, wo sie überhaupt anfangen sollte, sie war einfach ihrer Nase gefolgt und hatte sich irgendwann für Lavendel entschieden, weil er wie die Erde duftete, und Bergamottöl, weil es sie an Sonnenschein erinnerte. Zusammen rochen sie wie Althea. Ein paar Monate später hatte sie ihr Vorhaben wahr gemacht und den schlichten zweifachen Duft vorgestellt, ihr *Althea,* benannt nach der Frau, die sie zu ihrer Kreation inspiriert hatte.

Die Flasche hatte sie in einem der verstaubten Gebrauchtwarenläden in der Stadt gefunden. Sie hatte zwei Wochen lang ihr Taschengeld gespart, um sie sich leisten zu können. Die Flasche stand noch immer auf der Frisierkommode, quadratisch mit einem dicken Boden und einem langen, kegelförmigen Stopfen. Sie war über die Jahre viele Male nachgefüllt worden, aber jetzt war sie leer, von einem klebrigen braunen Rest am Boden abgesehen. Sie zog den Pfropfen trotzdem heraus, in der Hoffnung, den unverwechselbaren Duft ihrer Großmutter zu riechen, stellte aber enttäuscht fest, dass sie nur den süßlichen Duft der Öle wahrnehmen konnte, die sich abgesetzt hatten.

Eine Welle der Trauer überschwemmte sie, als sie die Flasche zurück auf die Frisierkommode stellte. Lizzy betrat die Kammer mit der niedrigen Decke, die lange als Lagerraum gedient hatte, bis Althea sie zum Lesen mit Regalbrettern und einem Stuhl ausgestattet hatte. Die Abwesenheit ihrer Großmutter machte sich als geradezu körperlicher Schmerz bemerkbar. Althea hatte viele wertvolle Besitztümer angesammelt, aber sie hatte nichts so geliebt wie ihre Bücher. Ihr heimliches Laster, hatte sie sie genannt, perfekt, um mit ihnen die kalten Winter von Neuengland zu verbringen.

Dann war da der Bücherschrank: mit Glastüren, die sich mit einem winzigen Messingschlüssel verschließen ließen, und drei Regalböden. Lizzy beugte sich vor, um durch das Glas zu spähen. Die Bücher. Als Kind hatte sie Ehrfurcht vor ihnen gehabt – oder zumindest vor dem, wofür sie standen. All diese unverheirateten Moon-Frauen, die jeden Abend vor dem Feuer gesessen und ihre Geheimnisse niedergeschrieben hatten, die nur für diejenigen gedacht waren, die auf demselben Pfad wandelten. Jetzt gehörten sie ihr, genau wie die Moon Girl Farm.

Sie fand den Schlüssel im Schubfach der Frisierkommode, wo Althea ihn stets aufbewahrt hatte. Der Geruch von Leder und altem Papier kam ihr entgegen, als sie die Tür öffnete, und sie ertappte sich dabei, wie sie den Atem anhielt, gleich einem Kind, das Angst hat, beim Stibitzen von Süßigkeiten erwischt zu werden. Allerdings war keine mehr da, die sie tadeln könnte. Lizzy fuhr mit dem Finger über die Reihe gerippter Buchrücken. Das Leder fühlte sich kühl an. Dann ließ sie sich auf die Knie nieder und zog den erste Band heraus.

Das Buch von Sabine. Die Frau, die am Anfang von alldem gestanden hatte.

Langsam blätterte Lizzy die Seiten um. Die Tinte war zu einem stumpfen Braun verblasst, die Linien der Schreibfeder waren krakelig und hauchzart, wodurch sie nur schwer zu entziffern waren. Die Mischung aus Englisch und Französisch machte es noch schwerer. Nicht, dass sie es lesen musste. Sie kannte die Geschichte auswendig. Wie Sabine von dem Mann verraten worden war, den sie geliebt hatte. Wie sie geflohen war, um der Verfolgung zu entgehen. Wie sie darum gekämpft hatte, mit einem Baby auf der Hüfte in einem fremden Land zu überleben. Und wie sie dann verlangt hatte, keine Moon dürfe sich je dem Joch der Ehe unterwerfen, weil dies das Ende der Blutlinie bedeuten würde. Es war eine Familienlegende, die seit Generationen weitererzählt wurde.

Sie schob den Band zurück ins Regal und musterte die anderen. So viele Moons, und jede mit ihrer eigenen Geschichte. *Patrice,* die erste Moon, die auf dem Boden der Staaten geboren worden war. *Renée,* die einzige Moon, die jemals einen Sohn zur Welt gebracht hatte. Das arme Ding hatte nur ein paar Stunden überlebt, ganz im Gegensatz zu seiner Zwillingsschwester *Dorothée.* Gerüchte über den Tod des Jungen hatten Renée ihr Leben lang verfolgt. *Sylvie,* die die Stadt schockiert hatte, weil sie offen und unerschrocken mit einer Frau namens Rachel Conklin zusammengelebt hatte. *Aurore,* die in der Nachbarschaft mit ihren täglichen Spaziergängen durch den Wald, auf denen sie nichts anderes als ihre Schuhe getragen hatte, Anstoß erregt hatte. *Honoré,* die nach vier Totgeburten im Alter von vierundvierzig endlich Althea zur Welt gebracht hatte. Und natürlich das neueste Buch: *das Buch von Althea.*

Sie alle waren hier – aber auch ein weiteres. Lizzy runzelte die Stirn beim Anblick des letzten Bandes, der nicht schwarz war wie der Rest, sondern in dunkelrotes Kalbsleder eingeschlagen war, bedruckt mit Blumen und Reben. Sie hatte das Buch noch nie gesehen. War es möglich, dass Rhanna doch ein Buch hinterlassen hatte? Es sähe ihr ähnlich, mit der Tradition zu brechen und eine auffällige Farbe zu wählen, als letzte trotzige Geste.

Was für Sachen könnte ihre Mutter festgehalten haben? Vielleicht eine Entschuldigung für ihr rücksichtsloses Verhalten und die vielen Fehlentscheidungen? Lizzy bezweifelte es. Reue war nie eine von Rhannas Stärken gewesen.

Von Neugier gepackt, zog Lizzy das seltsame Buch aus dem Regal und legte es in ihren Schoß. Das Buch war dick und wölbte sich seltsam. Es war mit einer schlichten Messingschließe verschlossen. Lizzy öffnete sie und schlug das Buch auf, in der Erwartung, die runde, rückwärts geneigte Schrift ihrer Mutter zu sehen. Stattdessen entdeckte sie zwischen dem Buchdeckel und der ersten Seite ein zusammengefaltetes Stück Wachspapier. Sie öffnete es und erkannte überrascht einen sorgsam gepressten Zweig Rosmarin. Sie blinzelte und sah dann auf die offene Seite und die saubere Schrift. Altheas Schrift.

Rosmarin – für Erinnerungen

Meine liebste Enkelin,
vergib mir, liebste Lizzy, dass ich es Dir nicht gesagt habe. Ich hatte meine Gründe, warum ich nicht wollte, dass Du von meiner Krankheit erfährst. Ich wollte nicht, dass Du Dich verpflichtet fühlst, meinetwegen zurückzukommen. Ich habe bei Deiner Mutter so viel falsch gemacht, als sie jünger war, denn ich war entschlossen, sie so zu erziehen, dass sie meinen Pfad ehrt, anstatt ihren eigenen zu gehen, obwohl ich es hätte besser wissen sollen. Diese Last wollte ich Dir nie aufbürden. Ich wollte, dass Du Deine Flügel frei entfalten kannst – und nur nach Hause fliegst, wenn Dein Herz Dich heimführt. Wenn Du diese Worte hier liest, hat es das vielleicht.

Mein Kreis wird sich bald schließen – wie alle Kreise –, aber noch bleibt mir ein wenig Zeit, also habe ich zum Stift gegriffen. Weil es unsere Art ist, zu lehren, in die Vergangenheit zu blicken und uns das zu vergegenwärtigen, woran wir uns stets erinnern sollten. Wir dürfen nie vergessen, wer wir sind. Wie weit wir gekommen sind, und was wir von jenen Menschen erdulden mussten, die Angst vor dem haben, was sie nicht verstehen.

Du kennst Sabines Geschichte, dass sie aus Frankreich hierherkam, allein mit einem Baby im Bauch, auf der Flucht vor der dortigen Justiz. Man hatte sie nicht wegen eines Verbrechens verfolgt, sondern wegen ihres Glaubens und wegen des Pfads, auf dem sie wandelte. Doch auch hier lagen die Hexenverbrennungen noch nicht lange zurück, und es gab einige – viele sogar –, die noch an ihrem Aberglauben festhielten. Er war nützlich, verstehst Du, und wurde hin und wieder gegen Frauen verwendet, die es wagten, den Mund aufzumachen und das einzufordern, was ihnen zustand.

So war es für Sabine. Ihr Liebhaber war mit einer anderen verlobt. Als er von dem Kind erfuhr, hat er sie verlassen und sie beschuldigt, unaussprechliche Dinge zu tun. Ein Haftbefehl wurde erlassen. Sie hätten sie nicht verbrannt. Die Zeiten waren vorbei. Aber sie hätten sie wegen Schamlosigkeit, Diebstahl oder anderen Dingen angeklagt und verhaftet. Oder ihr sogar noch Schlimmeres angetan. Also ist sie geflohen und hat von vorne angefangen. Sie hat gelernt, für sich selbst und ihr Kind zu sorgen. Ohne Mann und ohne sich um die Meinung anderer zu kümmern. Sie hat von der Farm gelebt und sich auf ihre Gaben verlassen und sich so in der Welt behauptet. Ihre Gaben, ihre Kräuter- und Heilkunde, die hat sie weitervererbt. Und sie hat sich ihren Platz in der Welt geschaffen, indem sie anderen geholfen hat.

Das sind wir, Lizzy.

Kämpferinnen. Heilerinnen. Mütter.

Es wird immer Menschen geben, die Angst vor uns haben und Geschichten über uns erfinden, um ihre Furcht zu verbergen. Sie werden mit dem Finger auf uns zeigen und uns beschimpfen. Sie werden Lügen über uns verbreiten. Aber wir dürfen nicht zulassen, dass uns das verändert oder dass es das Licht in uns schwächt.

Du warst ein gescheites Kind, klug und aufmerksam. Dir ist nichts entgangen. Ganz zu schweigen von Deiner Nase! Du warst etwas Besonderes, begabter, als Deine Mutter es jemals war. Als ich es jemals war. Ich habe das schon früh erkannt, konnte es in Dir strahlen sehen, noch bevor Du Dir selbst Deiner Fähigkeiten bewusst warst. Als es so weit war, hast Du Dich dagegen gesträubt. Du wolltest ein Leben führen wie alle anderen. Du wolltest auf Ponys reiten, Weihnachtsbäume aufstellen, bei Freundinnen übernachten. Ich kann es Dir nicht verdenken. Es ist nicht einfach, in Salem Creek anders zu sein. Und es gibt kaum etwas Grausameres auf der Welt als Kinder, wenn sie sehen, dass sich eines unter ihnen in seiner Haut nicht wohlfühlt. Ich kann mir nicht vorstellen, dass die Eskapaden Deiner Mutter es unbedingt leichter gemacht haben. Sie wollte um jeden Preis Aufmerksamkeit erregen. Es hat sie nie gekümmert, dass Du dadurch auch im Mittelpunkt standest. Etwas, das Du nie gewollt hast.

Du hast es vorgezogen, allein zu sein. Du hattest Deine Bücher und Deine Öle und Parfüms. Und Du hast so getan, als würde Dir das reichen. Das hat es aber nicht, und es fiel mir schwer, das mitanzusehen. Du warst so hübsch, aber Du hast Dich immer versteckt und versucht, Dich unsichtbar zu machen.

Und dann … diese armen Mädchen.

Es hat mich sehr getroffen, dass die Menschen dieser Stadt glaubten, ich wäre zu so etwas fähig. Mord. Warum? Was hätte ich davon, zwei schönen jungen Mädchen das Leben zu nehmen? Aber man kann mit Menschen nicht vernünftig reden, wenn sie besessen von einer Idee sind. Die Gerüchteküche brodelte, und damit hatte es sich. Schwerer aber war es, zu sehen, wie sehr das Gerede Dir zugesetzt hat. Jeden Tag habe ich beobachtet, wie Du Dich immer weiter zurückgezogen hast, ohne dass ich etwas dagegen tun konnte. Nachdem Deine Mutter abgehauen war, ist mir klar geworden, dass auch Du verschwinden wolltest, um all das hinter Dir zu lassen.

Ich habe Dir nie vorgeworfen, dass du zum Studium weggegangen bist. Das werde ich auch nie, denn ich habe immer gewusst, dass Du zu einer besonderen Frau werden und ein Leben führen wirst, das Du Dir selbst aufgebaut hast. Ich bin deswegen unglaublich stolz auf Dich, denn Du beschreitest Deinen eigenen Weg.

Darin bist Du wie Sabine. Du hast ihre Willenskraft und ihre Stärke. Ich war nicht so stark, als ich jung war. Ich habe mich gefügt und den Weg beschritten, der mir vorherbestimmt war. Ich war zu ängstlich, um vom Weg abzukommen und herauszufinden, wie ich diejenige sein konnte, die ich sein wollte, und gleichzeitig das vollbringen würde, was von mir erwartet wurde. Damals hatte ich nicht Deine Kraft, sosehr ich es mir manchmal auch wünschte. So vieles wird einer erst klar, wenn sie zurückschaut. Ich bedaure nichts oder nur wenig – und die Reue ist mit der Zeit längst verblasst. Aber ich verstehe jetzt, dass es im Leben unzählige Pfade gibt. Manche sind gut ausgetreten, andere muss man sich erst bahnen. Aber keinen sollte man mit Schuldgefühlen oder Verbitterung im Herzen beschreiten.

Deshalb habe ich dieses zweite Buch geschrieben, das Buch der Erinnerungen, nicht für die Nachwelt, sondern nur für Dich, meine Lizzy. Damit Du Dich daran erinnerst, wie es war, bevor alles schiefgegangen ist. An die glücklichen Zeiten mit mir, als Du noch ein Kind gewesen bist, an die Dinge, die ich Dich gelehrt habe, und an Deine Liebe zur Farm. Diese Sachen werden immer Dein Erbe sein. Darum bitte ich Dich, die folgenden Seiten zu lesen, und zwar so langsam, wie ich es Dir beigebracht habe, als

Du noch jung warst und alles auf einmal wissen wolltest. Nimm die Worte nach und nach auf und halte sie fest. Greife erst wieder nach dem Buch, wenn Du so weit bist. Vertrau mir, mein liebes Kind. Du wirst wissen, wann die Zeit reif ist.
A.

VIER

18. Juli

Lizzy kam langsam wieder zu sich. Sie lag noch immer angezogen unter der abgenutzten Steppdecke, mit der sie sich in der Nacht zugedeckt haben musste. Sie hatte sich gar nicht erst die Mühe gemacht, ins Schlafzeug zu schlüpfen oder das Bett zu beziehen. Stattdessen hatte sie sich mit Altheas Buch auf die nackte Matratze gelegt und gelesen.

Das Buch der Erinnerungen.

Selbst nach ihrem Tod erinnerte Althea sie daran, wer sie war und woher sie kam. Ein Abschnitt hatte sie auf eine Art berührt, mit der sie nicht gerechnet hatte. Und zwar dermaßen, dass sie ihn mehrmals gelesen hatte.

Ich war nicht so stark, als ich jung war. Ich habe mich gefügt und den Weg beschritten, der mir vorherbestimmt war. Ich war zu ängstlich, um vom Weg abzukommen und herauszufinden, wie ich diejenige sein konnte, die ich sein wollte, und gleichzeitig das vollbringen würde, was von mir erwartet wurde. Damals hatte ich nicht Deine Kraft, sosehr ich es mir manchmal wünschte.

Bildete sie sich das Bedauern zwischen den Zeilen nur ein? Die stille Trauer um etwas, das verloren oder unerledigt geblieben war? Es fiel ihr schwer, sich vorzustellen, dass Althea sich nach etwas anderem gesehnt haben könnte als dem Leben, das sie geführt hatte. Sie schien ihren Platz gefunden zu haben. Sie hatte ihre Arbeit und die leuchtenden, weiten Felder der Moon Girl Farm geliebt. Aber die Worte, sie habe *sich gefügt,* schienen auf eine Enttäuschung hinzudeuten. Sie hatte auch eine *Verbitterung im Herzen* erwähnt, was Lizzy sich aber recht leicht erklären konnte. Wie hätte ihre Großmutter nicht verbittert sein können, wenn sie als Mörderin gebrandmarkt wurde und alles verlor, was ihr etwas bedeutete?

Das Buch lag auf dem Nachttisch. Lizzy legte eine Hand auf den Buchdeckel und fragte sich, was Althea noch zu sagen hatte. Die Versuchung, weiterzulesen, war letzte Nacht überwältigend groß gewesen, aber ihre Großmutter hatte sie gedrängt, *die Worte nach und nach aufzunehmen und festzuhalten.* Und weil das die letzte Bitte ihrer Großmutter an sie war, wollte sie ihr nachkommen.

Sie ging zur Tür und spähte in den Flur. Nirgends eine Spur von Evvie, dafür aber eine zusammengelegte grüne Cordhose, ein weißes Baumwollhemd und abgetragene Schnürstiefel. Lächelnd strich sie über die abgewetzten Stiefel, seltsam froh, sie zu sehen, diese alten Freunde, die sie zurückgelassen, aber nie ganz vergessen hatte. Sie musste zugeben, dass es sich gut anfühlte, ein paar Tage lang die Stöckelschuhe und Bürokleidung abzulegen.

Nach einer kurzen Dusche ging sie nach unten. Evvie saß am Tisch und studierte die Morgenausgabe des *Chronicle* durch eine hellblaue Lesebrille aus der Apotheke. Sie klappte die Ecke der Zeitung um, als Lizzy die Küche betrat, und musterte kurz ihr Outfit.

»Besser«, sagte sie knapp. »Als würden Sie hierhergehören.«

»Danke. Gibt es zufällig Kaffee?«

»Nur Tee.« Evvie verkroch sich wieder hinter der Zeitung. »Und im Ofen steht ein Teller mit Eiern.«

Lizzy brachte es nicht über sich, Evvie zu sagen, dass sie das Frühstück meist ausfallen ließ. Oder dass sie ohne ihren morgendlichen Kaffee nicht sonderlich gut funktionierte. Sie holte den Teller aus dem Ofen und betrachtete entmutigt das Rührei und die selbst gemachten Pommes. Es war mehr, als sie sonst an einem Tag aß.

Evvie beäugte sie mit hochgezogenen Augenbrauen. »Essen Sie keine Eier?«

»Doch, schon. Ich frühstücke nur selten, und das hier ist ziemlich viel fürs Frühstück.«

»Hm.« Evvie musterte sie von oben bis unten. »Sie können ein bisschen Speck auf den Hüften vertragen, wenn Sie mich fragen. Gibt es in New York nichts zu essen?«

Lizzy ging nicht auf die Bemerkung ein und wechselte lieber das Thema, als sie sich mit dem Teller hinsetzte. »Erzählen Sie mir von sich, Evvie. Wie haben Sie meine Großmutter kennengelernt, und wie kommt es, dass Sie hier wohnen?«

Evvie nahm die Lesebrille von der Nasenspitze und legte sie auf den Tisch. »Meine Bienen.«

»Bienen?«

»Sehen Sie durch das Fenster.«

Lizzy reckte den Hals, um durch das Fenster in den Hinterhof zu blicken. Es dauerte ein Weilchen, bis sie die drei pastellfarbenen Kästen links von Altheas Treibhaus entdeckte. Apiarien wurden sie wohl genannt. »Sie halten Bienen?«

»Ich halte sie nicht, ich kümmere mich um sie. Ich mache auch Schmuck. Hauptsächlich Armbänder.«

Lizzy nickte und fragte sich, wie man sich um Bienen kümmerte. Dann wurde ihr klar, dass Evvie ihre Frage eigentlich nicht beantwortet hatte. »Was haben Bienen mit meiner Großmutter zu tun?«

Evvie erhob sich, ging zum Herd und setzte einen Teekessel auf. »Meine Schwester.« Sie nahm eine Tasse aus dem Schrank. »Ich weiß nicht mehr, warum, aber sie war vor ein paar Jahren hier oben und ist dabei auf den Laden Ihrer Oma gestoßen. Als sie wieder zu Hause war, konnte sie von nichts anderem reden als von den Sachen, die Ihre Oma herstellte und wie besonders sie waren. Wie besonders auch *sie* war. Also habe ich sie in einem Brief gefragt, ob ich meinen Honig in ihrem Laden verkaufen darf, und sie hat Ja gesagt. Danach haben wir uns oft geschrieben.« Sie lächelte wehmütig. »Die Frau hat einen guten Brief geliebt.«

Auch Lizzy musste lächeln. »Das hat sie.«

Evvie griff nach dem pfeifenden Kessel. Nachdem der Tee fertig war, trug sie zwei Tassen zurück zum Tisch und holte ein kleines Honigglas aus der Tasche ihrer Schürze. »Honig von der Moon Girl Farm«, sagte sie stolz. »Direkt vom Hinterhof.«

Lizzy nahm das Glas und rührte einen Löffel Honig in ihren Tee, Evvie setzte sich wieder auf ihren Stuhl. »Sie wollten mir gerade erzählen, wie Sie zur Farm gekommen sind.«

»Vor zwei Jahren hat sie mich zu einem Besuch eingeladen.« Sie zuckte die Achseln und gab einen großen Klecks Honig in ihren Tee. »Ich bin nie wieder zurückgekehrt.«

»Wohin?«

»Baton Rouge.«

»Aber Ihr Akzent … Das ist kein reiner Südstaatenakzent. Da schwingt noch etwas anderes mit.«

»*Kréyol La Lwizyàn*«, sagte Evvie über den Rand ihrer Teetasse hinweg. »Louisiana-Kreol. Die Familie meiner Mama stammt aus der Karibik.«

»Haben Sie noch Familie dort? In Baton Rouge, meine ich.«

Evvie schüttelte den Kopf. »Nicht mehr. Meine Schwester hat wieder geheiratet und ist ausgerechnet nach Texas gezogen. Nachdem mein Ehemann gestorben ist, hat mich dort nichts mehr gehalten.« Ihre Miene verfinsterte sich kurz, und sie senkte den Blick. »Jetzt bin ich mit meinen Bienen und Perlen hier und nutze die Zeit, die mir noch bleibt. Und Sie … Warum sind Sie hier? Eigentlich, meine ich. Gestern Abend haben Sie gesagt, dass Sie sich um persönliche Dinge kümmern wollen, aber ich nehme an, dass mehr dahintersteckt.«

Lizzy sah auf ihr Frühstück, das sie kaum angerührt hatte. Sie hatte gehofft, ihre Pläne eine Weile für sich behalten zu können, bis sie wusste, wie sie sie angehen wollte, aber das wäre unter den gegebenen Umständen nicht fair. Evvie sollte wissen, was auf sie zukommen würde, damit sie sich darauf vorbereiten konnte.

»Ich bin hier, um die Farm zu verkaufen«, sagte sie leise.

»Das dachte ich mir.«

»Es geht nicht ums Geld, Evvie. Es gibt nur keinen Grund für mich, sie zu behalten. Ich weiß, was Althea wollte, aber was soll ich mit einer Farm?«

»Tun Sie dasselbe wie sie. Pflanzen Sie etwas an! Stellen Sie etwas her! Helfen Sie den Leuten!«

»Ich habe schon einen Job, noch dazu einen, den ich mir hart erarbeitet habe – und zwar in New York.«

Evvie verschränkte die Hände auf dem Tisch und schürzte die Lippen, als würde sie sich ihre nächsten Worte gut überlegen. »Ihre Oma hat mir von Ihnen erzählt. Dass Sie etwas Besonderes wären. Sie konnte gar nicht aufhören, von Ihnen zu schwärmen. Nicht nur wegen Ihrer Gaben, sondern auch wegen Ihrer Persönlichkeit und dem, was Sie erreicht haben. Sie hatten einen Traum, und den haben Sie verfolgt. Sie war stolz auf Sie, auch wenn Sie sie verlassen haben. Sie wusste, dass Sie ein paar Sachen mit sich selbst ausmachen mussten, aber sie hat nie daran gezweifelt, dass Sie auch das eines Tages schaffen – und dann zurückkehren.«

Lizzy stellte ihre Tasse ab und beschloss, aufrichtig zu sein. »Ja, ich bin zurück, aber nicht für immer. Hier gibt es nichts, was mich hält.«

Evvie brummte, ein Geräusch, das Lizzy allmählich als Ausdruck von Skepsis erkannte. »Sie sind den ganzen Weg hergekommen, nur um ein Schild in den Boden zu stecken und dann nach New York zurückzuhasten?«

Lizzy missfiel dieses *zurückhasten,* sie konnte ihr aber im Grunde nicht widersprechen. »Ja, schon.«

»Wartet dort jemand auf Sie?«

»Jemand?«

»Jemand«, wiederholte Evvie. »Eine Person, die Ihnen Suppe bringt, wenn Sie krank sind, oder Ihre Hand hält, wenn sie traurig sind. Jemand, der Ihnen etwas *bedeutet.*«

Lizzy spielte mit dem Gedanken, zu lügen, verwarf die Idee aber gleich. Evvie würde sie nichts vormachen können. »Nein, mir bringt niemand Suppe.«

Aber das war die Abmachung, die sie mit sich selbst getroffen hatte. Wenn ihr niemand Suppe brachte, dann stellte auch niemand unangenehme Fragen über ihre Familie, dann wollte niemand Dinge von ihr, die sie nicht geben konnte. Keine Bindung, kein Ärger. Niemand, dem sie ihr Herz ausschütten musste. Sie hatte nie gelernt, sich einer anderen Person zu öffnen. Stattdessen hatte sie gelernt, allein zu sein, darin war sie inzwischen richtig gut. Alleinsein hieß sicher sein.

»Ich bin zurzeit zu beschäftigt für eine Beziehung.«

Evvie brummte wieder.

Das Geräusch verärgerte Lizzy. »Ich weiß, dass Sie und Althea Freundinnen waren.« Sie schob ihren Teller von sich. »Aber es gibt Dinge, die Sie über die Moons nicht wissen. Wir sind nicht wie die anderen. Wir verlieben uns nicht und heiraten nicht.«

»Wirklich?«

»Ja, wirklich. Ich erwarte nicht, dass Sie das verstehen …«

Evvie stand auf und nahm Lizzys Teller. »Ich verstehe das besser, als Sie denken. Ich höre auch, was Sie *nicht* sagen, nämlich, dass mich das nichts angeht.«

»Nein«, schoss Lizzy zurück. »Das habe ich nicht behauptet. Ich habe gesagt, dass es Dinge gibt, die Sie nicht wissen. Dinge, über die wir nicht reden.«

Evvie presste die Lippen aufeinander und schluckte runter, was auch immer sie gerade hatte sagen wollen. »Wie lange werden Sie bleiben?«

Lizzy war sowohl überrascht als auch erleichtert, dass Evvie das Thema gewechselt hatte. Sie hatte schon mehr über die Moons gesagt, als sie sollte. »Das weiß ich noch nicht. Vielleicht eine Woche. Ich wollte mir heute Morgen das Grundstück anschauen, um festzustellen, was gemacht werden muss, bevor ich ein Immobilienbüro mit dem Verkauf beauftragen kann.«

Evvie runzelte die Stirn, als sie den leeren Teller in die Spüle stellte. »Das hätte ich fast vergessen: Nachher kommt jemand her, um am Treibhaus Ihrer Oma etwas zu machen. Es ist in einem bedauernswerten Zustand, aber er schwört, dass er es reparieren kann.«

»Ist das sinnvoll? Geld für Reparaturen auszugeben, wenn das Treibhaus vermutlich von den Leuten abgerissen wird, die die Farm kaufen?«

»Vermutlich nicht, aber Ihre Oma hat das vereinbart, bevor sie gestorben ist. Sie hat das Treibhaus geliebt.«

»Ich weiß.« Lizzy beschloss, das Thema fallen zu lassen. »Danke fürs Frühstück. Ich komme nachher wieder.«

Sie trat durch die Hintertür und lief zum Treibhaus, wo sie ihre Tour genauso gut beginnen konnte wie an jeder anderen Stelle. Evvies Einschätzung von seinem Zustand war großzügig gewesen. Etliche Scheiben wiesen Sprünge auf, andere fehlten völlig. Drinnen standen vorwiegend leere Tische, auf denen hier und da verrostete Geräte herumlagen und sich leere Tontöpfe stapelten. In einer Ecke türmten sich mehrere Säcke Blumenerde, die aufgerissen waren und ihren Inhalt auf den festgetretenen Boden verteilt hatten.

Als Nächstes lief sie über die Lavendelfelder oder vielmehr das, was noch von ihnen übrig war. Echter Lavendel sowie Grosso-, Folgate- und Lavance-Lavendel. Sie alle waren einst hier gewachsen. Altheas ganzer Stolz. Nach den vielen Wintern, in denen sich niemand um sie gekümmert hatte, war nur noch verkümmertes grünes Gesträuch übrig, dürr und ohne Knospen. Der Anblick stimmte sie traurig. Warum hatte Althea sie nicht angerufen und um Hilfe gebeten?

Die Frage führte sofort zur nächsten: Wäre sie gekommen? Wenn Althea sie tatsächlich angerufen hätte, hätte sie dann alles stehen und liegen gelassen und wäre zur Farm zurückgekehrt? Sie wollte es gern glauben, fragte sich aber unweigerlich, ob sie das durfte. Denn in Wahrheit hatte sie dergleichen nie in Betracht gezogen und sich lieber vorgestellt, dass Althea ewig leben würde – weil alles andere einfach undenkbar war.

Anschließend inspizierte sie die Apfelbäume, denen es nur unwesentlich besser ging. Die Bäume selbst schienen nicht gelitten zu haben, aber auf dem Boden lagen die Früchte vom letzten Jahr, wo sie verrotteten und Schwärme von gierigen Wespen anlockten. Hinter der letzten Baumreihe stand ein kleiner Holzschuppen, dessen moosbewachsenes Schindeldach durchhing. In glücklicheren Tagen waren hier Körbe und Obstpflücker gelagert worden, mit denen die Leute aus der Stadt jeden Herbst ihre eigenen Äpfel ernten konnten. Damals, bevor die Gilman-Mädchen verschwunden waren …

Die Mutmaßungen darüber, dass Althea etwas mit dem Verschwinden der beiden zu tun haben konnte, hatten seltsamerweise das Geschäft angekurbelt. Neugierige hatten eifrig Lavendelöl gekauft, um einen Blick auf die Frau werfen zu können, die im Verdacht stand, die zwei ermordet zu haben. Fast drei Wochen lang hatten diese Gerüchte die Runde gemacht – und das Geschäft geboomt. Diejenigen aus der Stadt, die Althea gekannt und die Vertrauen in ihre Heilmittel und Amulette gefasst hatten, gaben zwar nichts auf das Gerede, doch selbst sie fingen zu zweifeln an, als man die aufgequollenen Leichen von Heather und Darcy Gilman aus dem Teich der Moons zog und in schwarze Leichensäcke legte. Über Nacht verkam die Flut von Kaufwilligen zu einem Rinnsal. Und selbst heute, acht Jahre später, waren die Erinnerungen daran noch immer frisch. Wie eine Wunde, die sich nie ganz geschlossen hatte. Aber gut, die Fragen nagten ja auch weiterhin an Lizzy.

Sie wandte sich von den Apfelbäumen ab und lief in den Wald zu dem Pfad, den Althea fast jeden Tag entlangspaziert war. Sie hatte Wert daraufgelegt, jeden Morgen Zeit zwischen den Bäumen zu verbringen. Ihre Gebetszeit hatte sie es genannt, was Sinn ergab. Der Wald war ihr Tempel gewesen, heilig wie es kein Steingebäude jemals sein könnte. Aber sie würde nie wieder hier langlaufen, nie wieder Pilze und wilde Kräuter sammeln, nie wieder eine Feder, ein Vogelnest oder das Stück von einem Geweih auf ihrem Weg entdecken und ins Haus bringen.

Eine warme Brise strich plötzlich durch die Wipfel. Lizzy hob die Nase und roch den unverwechselbaren Duft von Lavendel und Bergamottöl. Es war nur ein Hauch, wie er an einem Schal oder Pullover hing, lange nachdem die Kleidungsstücke bereits abgelegt worden waren, aber doch so deutlich, dass er sich fast körperhaft ausnahm. Ganz kurz glaubte Lizzy, sie bräuchte sich bloß umzudrehen und schon würde sie ihre Großmutter mit einem alten Weidenkorb am Arm erblicken.

Wunschdenken, nicht mehr! Wer spürte eine geliebte Person nicht noch, nachdem sie gestorben war? Wer glaubte nicht, dass sie noch da wäre und über all diejenigen wachte, die ihr nahegestanden hatten? Lizzy hatte davon gehört, alle hatten das, aber sie hatte es immer der Trauer zugeschrieben. Jetzt war sie sich nicht mehr so sicher. Was sie gerade empfunden hatte – dieses flüchtige, aber tief empfundene Gefühl, dass sie nicht allein war –, ließ sich nur schwer leugnen. Vielleicht wollte sie es gar nicht leugnen.

Sie zwang sich dazu, weiterzugehen, und plötzlich wusste sie genau, wohin sie gehen wollte. Wohin sie vielleicht schon die ganze Zeit gehen wollte …

***

Lizzy verlangsamte ihren Schritt, sobald sie einen Blick auf den Teich erhaschte. Beim letzten Mal waren Polizeibeamte in Taucheranzügen und mit Taucherbrillen durch die Rohrkolben und das Schilf am Ufer gekrochen. Aber davor – vor dem Verschwinden der Gilman-Mädchen und den Leichensäcken – war ihre Mutter gern an diesen Ort gekommen, um hier während der feuchtwarmen Sommermonate in Neuengland zu schwimmen. Einmal hatte sie Lizzy sogar mitgenommen.

Es war einer der seltenen Momente – vielleicht sogar der einzige –, in denen Rhanna sie zu etwas eingeladen hatte. Ein paar Wochen lang hatte Lizzy naiverweise geglaubt, dass sich die Dinge zwischen ihnen danach ändern könnten, dass Rhanna sich endlich wie eine richtige Mutter verhalten und diese Pflicht nicht mehr nur Althea aufbürden würde. Aber dann hatte Rhanna in diesem Sommer aufgehört, im Teich schwimmen zu gehen, und damit war der Traum ausgeträumt. Wenige Wochen später war ihre Mutter spurlos verschwunden.

Nicht, dass Lizzy das überrascht hätte. So war Rhanna schon immer gewesen. Sie hatte ihr Leben in Schüben gelebt. Sie hatte nie auf der Moon Girl Farm Wurzeln geschlagen. Wenn sie es eine Weile ausgehalten hatte, dann nur, weil es der Weg des geringsten Widerstands gewesen war: drei Mahlzeiten am Tag, ein Dach über dem Kopf und die Freiheit, tun und lassen zu können, was sie wollte. Um die tägliche Arbeit auf der Farm hatte sie sich gedrückt und stattdessen lieber an Straßenecken ihren abgenutzten Gitarrenkoffer auf den Boden gestellt und Volksballaden zum Besten gegeben, um auf diese Weise etwas Geld zu verdienen. Oder sie hatte auf dem Marktplatz in der Stadt Karten gelegt, mit einem Kopftuch und riesigen Ohrringen. Reich war sie damit zwar nicht geworden, doch ihren billigen Fusel oder was immer sie sonst benötigte hatte sie sich leisten können. Mehr wollte Rhanna nicht.

Lizzy schüttelte die Erinnerungen ab und näherte sich dem Ufer. Der Boden war weich und das feuchte Gras rutschig unter den Sohlen ihrer Stiefel. Kurz sah sie vor ihrem inneren Auge, wie sie kopfüber ins Schilf stürzte. Sie grub die Fersen in den Boden, weil sie dem Teich nicht näher kommen wollte, schlang die Arme um ihren Körper und starrte am Schilf vorbei auf das leuchtende, dunkle Wasser.

Er war nie besonders tief gewesen. Gerade tief genug.

Der Gedanke ließ sie schaudern und weckte Erinnerungen. Nasses Haar voller Schlamm und glitschiger Gräser, Gesichter, die nach Wochen im Wasser nicht mehr zu erkennen gewesen waren. Das war jetzt das Vermächtnis der Moons. Diese beiden Mädchen und dieser Tag. Und es würde ihr Vermächtnis bleiben, solange auch nur eine Person leben würde, die sich daran erinnerte.

Schade niemandem.

Das war das Credo der Moons. Ihre Großmutter hatte es sehr ernst genommen. Deshalb lebten sie vegetarisch, denn *Schade niemandem* schloss Tiere ein. Wie konnten die Leute nur glauben, dass Althea in der Lage gewesen wäre, zwei jungen Frauen zu schaden?

Lizzy kniff die Augen zusammen und erinnerte sich an den Moment, als das Staffelfinale von *Good Wife* von der Nachricht unterbrochen worden war, dass zwei Jugendliche aus der Gegend verschwunden waren und die Polizei von einem Verbrechen ausgehe. Niemand hätte vorhersehen können, was als Nächstes geschehen würde. Wie sich die Ereignisse entwickeln würden. Dass man eine völlig unschuldige Frau verdächtigen und dadurch alte Freundschaften sowie ihre Lebensgrundlage kaputtmachen würde. Dass man letztlich ihre Familie zerstören würde. Ein Schuldspruch ohne Prozess.

Wie hatte ihre Großmutter damit leben können?

Schlimmer noch: Wie hatte Althea damit sterben können? Mit dem Wissen, dass es immer Menschen geben würde, die diesen Gerüchten Glauben schenkten? In ihrem *Buch der Erinnerungen* hatte Althea von der Blutlinie der Moons geschrieben, von ihrer Angst, dass sie schon bald abreißen würde. Hatte sie nicht gesehen, dass dies längst geschehen war? Dass es nichts mehr zu retten gab? Dass es unmöglich war, jene Geschichte umzuschreiben, die Salem Creek längst verfasst hatte?

Du bist alles, was noch übrig ist, die Letzte und die Beste von uns.

Die Worte hallten in ihr wider, als wollten sie Lizzy verspotten. Sie war vielleicht die Letzte der Moons, aber sie war ganz sicher nicht die Beste. Wenn sie das wäre, dann hätte sie es jetzt nicht so eilig, die Farm loszuwerden. Sie würde bleiben und die Dinge wieder richten. Sie würde darum kämpfen, Altheas guten Ruf wiederherzustellen – falls das überhaupt noch möglich war.

Soweit sie wusste, war es der Polizei nie gelungen, einen einzigen brauchbaren Beweis zu finden. Deshalb hatte sie sich damit zufriedengegeben, dass die öffentliche Meinung angesichts mangelnder Indizien schon ein Urteil fällen würde. Die Öffentlichkeit – zumindest der größte Teil davon – war dem nur zu gern nachgekommen. Dass es keinen Prozess, kein Urteil und keine Strafverkündung gegeben hatte, war nebensächlich gewesen. Die Leute wussten, was sie wussten, mehr brauchten sie nicht.

Aber wenn es stimmte, dass es immer Leute geben würde, die sich an den Tag erinnerten, an dem die Gilman-Mädchen aus dem Wasser geholt worden waren, dann gab es vielleicht auch irgendwo Leute, die sich an den Tag erinnern würden, an dem die zwei im Teich versunken waren. Die etwas wussten, ohne sich darüber im Klaren zu sein. Das war doch Grund genug, um es wenigstens zu versuchen!

FÜNF

Andrew Greyson stieg über die niedrige Steinmauer, die das Grundstück seiner Familie von dem der Moons trennte. Er war entschlossen, endlich mit den Reparaturen am Treibhaus anzufangen, wie er es vor fast sechs Monaten versprochen hatte. Er bedauerte es, dass Althea gestorben war, bevor er sein Versprechen erfüllen konnte. Aber der Winter hatte ewig gedauert, und er hatte erst den Rückstand bei den Renovierungsarbeiten für seine zahlende Kundschaft aufarbeiten müssen. Er hatte gedacht, er hätte mehr Zeit – sie war eine toughe alte Dame gewesen –, doch dann war es schnell mit ihr zu Ende gegangen, was, wie er annahm, ein Segen war.

Jetzt war er hier, den Werkzeugkasten in der Hand. Versprochen war versprochen – vor allem, wenn man es einer sterbenden Frau versprochen hatte. Althea war auch nicht irgendeine Frau gewesen, sie war Teil seines Lebens gewesen, seit er denken konnte. An zahlreichen Wochenenden war er seinem Vater auf der Farm zur Hand gegangen, der gern Handwerker gespielt hatte, wenn er nicht gerade seinen Pflichten als Leiter im Baumarkt von Salem Creek nachgekommen war. Als Andrew vor vier Jahren aus Chicago wieder hierhergezogen war und gesehen hatte, dass sein Vater gesundheitlich schwer angeschlagen war, da war es ihm ganz natürlich erschienen, als Handwerker auf der Moon Girl Farm einzuspringen.

Es gab nicht viel, was er in den letzten Jahren nicht ausgebessert oder repariert hatte. Er kannte jeden Zentimeter auf dem Grundstück, jeden tropfenden Wasserhahn, den wackligen Zaun und den launischen Rauchfang über jedem einzelnen Kamin, ganz zu schweigen von dem ächzenden Ofen und den defekten Stromkabeln. Er hatte sein Bestes gegeben, damit nicht alles zusammenbrach, aber die feuchten Frühlinge und verschneiten Winter der letzten zweihundert Jahre hatten unweigerlich ihren Tribut gefordert. Früher oder später mussten umfassendere Reparaturen vorgenommen werden. Leider wären sie nicht billig, und auch wenn Althea es nie direkt gesagt hatte, nahm er an, dass sie nicht über die notwendigen Mittel verfügte.

Irgendwann würde die Farm verkauft werden, vermutlich als renovierungsbedürftiges Grundstück. Als Architekt, der sich auf die Renovierung historischer Grundstücke spezialisiert hatte, würde er dazu raten, alles abzureißen und von vorne anzufangen. Doch der Gedanke ärgerte ihn. Etwas an diesem Ort – seine Geschichte und seine Geheimnisse – war ihm als Junge unter die Haut gegangen und hatte ihn nie so recht losgelassen.

Okay, nicht etwas. Jemand.

Elzibeth Moon.

Lizzy.

Sie war ebenfalls jahrelang Teil seines Lebens gewesen, auch wenn das nicht auf Gegenseitigkeit beruht hatte. Fast zwanzig Jahre später hatte er noch immer vor Augen, wie sie in einem Regen aus Laubblättern aus dem Wald gekommen war. Ihr dunkles Haar hatte im Wind geweht, und sie hatte ausgesehen wie ein Wesen aus einer anderen Welt. Sie war so unglaublich schön gewesen, dass es ihm die Kehle zugeschnürt hatte. Bis zu dem Moment hatte er sie nur am Rande wahrgenommen, ein Mädchen, das in der Küche ihrer

Großmutter Äpfel schälte, schlaksig, mit großen grauen Augen. Dann aber kam der Tag im Wald, an dem er erkannt hatte, dass aus dem dünnen Mädchen eine junge Frau von seltsamer, erstaunlicher Schönheit geworden war.

Sie war bei seinem Anblick erstarrt und hatte ihn beäugt, als wäre sie ein scheues Fohlen. Etwas hatte in ihren Augen aufgeblitzt, als sich ihre Blicke begegneten. Wiedererkennen? Trotz? Auch nach all den Jahren war er sich nicht sicher. Die Begegnung hatte nicht lange gedauert – wenige Herzschläge –, aber in jenem intensiven Moment hatte sie ihn ohne ein Wort oder ein Nicken verzaubert. Danach hatte sie ihn behandelt, als wäre er Luft. In der Schule, in der Stadt, selbst auf der Farm hatte sie alles darangesetzt, ihm aus dem Weg zu gehen. Wer könnte es ihr vorwerfen, wenn er sie ständig angestarrt hatte wie ein liebeskrankes Kalb?

Erst als sie zum Studieren weggezogen war, hatte er auf seinen Vater gehört, der ihm geraten hatte, *sich nicht nach dem Mädchen zu verzehren und stattdessen sein Potenzial auszuschöpfen*. Er hatte sein Auto vollgepackt und war zur Universität gefahren, wo er sich ganz gut geschlagen und als Jahrgangsbester abgeschnitten hatte. Anschließend hatte er einen Job in einem der angesehensten Architekturbüros in Chicago bekommen. Aber die Windy City hatte schon bald ihren Glanz verloren, und als sein Vater endlich die Karten auf den Tisch gelegt und seine Krebserkrankung gestanden hatte, war er sofort nach Salem Creek zurückgekehrt.

Er hatte angenommen, dass Lizzy dasselbe tun würde, als Althea krank geworden war, aber das hatte sie nicht. Irgendwie verstand er das. Sie hatte sich in Salem Creek nie wohlgefühlt, und die Hexenjagd nach dem Verschwinden der Gilman-Mädchen hatte es nicht besser gemacht. Er dagegen war ein eingefleischter Neuengländer, selbst wenn er die hiesigen Vorurteile bestens kannte und genau wusste, welchen Schaden sie anrichten konnten, wenn sie sich gegen eine ganze Familie richteten.

Dann war ihm zu Ohren gekommen, dass sie in New York war und Parfüms herstellte. Gut für sie, wenn es sie glücklich machte. Das hatte sie verdient, nach all dem Mist, den sie durchgemacht hatte.

Er war völlig in seine Erinnerungen versunken, aber als er die Stelle erreichte, an der rechts ein Pfad abzweigte, hörte er das Knirschen von Schritten. Er blieb stehen und drehte sich nach dem Geräusch um. In seiner Verwirrung kam ihm der Gedanke, dass er durch ein Zeitportal getreten war. Dass er Jahre zurückgeschleudert worden war, zu der Zufallsbegegnung von damals. Schon fürchtete er, seinen Sinn für die Realität völlig verloren zu haben. Erst als sie sich zu ihm umdrehte, wurde ihm schlagartig klar, dass sie tatsächlich vor ihm stand und ihn anstarrte. Als wäre keine einzige Sekunde vergangen … Ihre Blicke begegneten sich, und ihm stockte der Atem, als hätte ihm jemand einen Schlag versetzt. War es ein Wunder, dass die Leute den Moons alles Mögliche zutrauten?

SECHS

Lizzy blieb reglos an der Weggabelung stehen, weil sie glaubte, ein Eichhörnchen würde durchs Unterholz huschen. Sie linste durch die Bäume und hielt, als sich das Geräusch näherte, erst links, dann rechts Ausschau. Schließlich sah sie ihn durch den Wald laufen. Andrew Greyson. Er trug eine Jeans und schwere Arbeitsschuhe und hatte einen abgenutzten roten Werkzeugkasten bei sich.

Ihre Blicke begegneten sich, und Lizzy stockte der Atem. Ein unheimliches Gefühl von Déjà-vu beschlich sie. Was hatte er hier verloren? Jetzt? Schon wieder?

Sie musterte den Werkzeugkasten in seiner rechten Hand. Evvie hatte erwähnt, dass jemand vorbeikommen würde, um das Treibhaus zu reparieren. Dass es sich dabei um Andrew Greyson handelte, sollte sie eigentlich nicht wundern. Er war ständig auf der Farm gewesen, als sie beide noch klein waren, und auch in der Schule war er stets in den ungünstigsten Momenten aufgetaucht, ihr Retter in strahlender Rüstung – ob sie es nun wollte oder nicht.

Einmal hatte er sie beim Klassentreffen überrascht. Sie war wie immer allein gewesen, als er sich plötzlich neben sie gesetzt und sie albern angegrinst hatte. Er hatte ihr eine offene Packung Twizzlers hingehalten. Jeder Kopf in der Sporthalle hatte sich plötzlich zu ihnen umgedreht. Zumindest hatte es sich damals so angefühlt. Am liebsten hätte sich Lizzy unter ihren Sitz verkrochen. Stattdessen war sie zur Erheiterung seiner Freunde, die zwei Reihen über ihnen gesessen hatten, geflüchtet. Leider hatte ihn das nicht abgeschreckt. Ständig hatte er ihre Nähe gesucht. Er war immer da gewesen, hatte seinen Vater begleitet, wenn dieser einen Wasserhahn oder einen Teil vom Zaun reparierte, und war einmal sogar aus dem Nichts aufgetaucht, um sie nach Hause zu fahren, als der Himmel über Salem Creek aufgebrochen war und mit erbsengroßen Hagelkörnern auf die Stadt eingedroschen hatte. In der Nacht, als Rhanna stockbetrunken im Springbrunnen ein Riesentheater veranstaltet hatte, war er aufgekreuzt, um sie vor den gehässigen Bemerkungen der Menge zu retten. Das Ganze war ihr noch immer ein Rätsel. Er war einer der heißesten Jungs in der Schule gewesen, Klassenbester, Captain des Footballteams, der tollste Hecht auf dem Schulhof. Welches Interesse sollte er ausgerechnet an ihr haben? War es Mitleid? Oder nur Neugier? Denn wenn die Moons eines konnten, dann die Neugierde ihrer Mitmenschen wecken.

Und jetzt war er wieder hier.

Er war größer und kräftiger, als sie ihn in Erinnerung hatte, und sah immer noch umwerfend aus, das rotbraune Haar kurz geschoren, das Gesicht schmal und gebräunt. Als Althea das letzte Mal von ihm gesprochen hatte, war er gerade nach Chicago gezogen, um dort protzige Bauten für wohlhabende Geschäftsleute zu entwerfen. Aber das war vor dem Tod seines Vaters gewesen. Wollte er jetzt hierbleiben, oder war er wie sie nur nach Salem Creek gekommen, um einige Dinge zu erledigen?

»Hallo«, sagte er steif. »Du erinnerst dich vielleicht nicht an mich. Ich bin …«

»Andrew. Von nebenan.«

Er nickte und nahm den Werkzeugkasten von der rechten in die linke Hand. »Ich wusste nicht, dass du wieder da bist. Mein Beileid wegen deiner Großmutter. Ich weiß, dass ihr euch mal sehr nahegestanden habt.«

Lizzy wurmte die Andeutung, dass das nicht mehr der Fall sein könnte. »Wir standen uns immer noch nahe.«

»Ja. Ich wollte nicht …«

»Sie hat mir von deinem Vater geschrieben. Mein Beileid. Ich erinnere mich, dass er sehr nett war. Nett zu Althea.«

»Das war er, und danke. Ich war gerade auf dem Weg zum Treibhaus.«

»Evvie hat gesagt, dass du vorbeikommst. Also nicht du, sondern jemand.«

Eine unangenehme Stille breitete sich nach diesem kurzen Small Talk aus. Andrew nahm den Werkzeugkasten wieder in die andere Hand und trat einen Schritt vor, als wollte er sie zurück nach Hause begleiten. Lizzy wandte sich ab und marschierte im Stechschritt den Pfad entlang. Sie hatte eine Entscheidung zu treffen und brauchte dafür generell niemanden an ihrer Seite – schon gar nicht Andrew Greyson.

Im Haus saß Evvie am Küchentisch, umgeben von Schüsseln mit bunten Perlen. Sie fädelte marmorierte blaue Kugeln auf ein dünnes Lederband zu einer Kette auf. Nach einer Weile sah sie hoch.

»Wie war der Spaziergang?«

»Sie hatten gesagt, dass jemand wegen des Treibhauses herkommt. Sie hatten nicht erwähnt, dass es Andrew Greyson ist.«

Evvie zuckte die Achseln. »Ich hielt es nicht für wichtig.« Sie begutachtete ihr Werk und drehte einige Perlen, bevor sie den Kopf erneut hob. »*Ist* es denn wichtig?«

»Ich war nur überrascht, ihn zu sehen. Ich wusste nicht, dass er wieder hier wohnt.«

»Seit fast drei Jahren. Er kam zurück, nachdem sein Daddy krank geworden war, und ist geblieben. Ehrlich gesagt, glaube ich, dass er nur nach einer Ausrede gesucht hat.«

»Eine Ausrede für was?«

»Er weiß genau, wohin er gehört. Nach Chicago passt er überhaupt nicht, nach Salem Creek dagegen bestens. So einfach ist das. Wie war Ihr Spaziergang?«

Lizzy blinzelte. Evvie hatte die Angewohnheit, das Thema so abrupt zu wechseln, dass man dem Gespräch kaum folgen konnte. »Ich war am Teich«, sagte sie leise. »Es hat mich nachdenklich gestimmt, ihn nach all den Jahren zu sehen. Ich musste an die schrecklichen Dinge denken, die die Leute gesagt und an die sie geglaubt haben … Ich frage mich, ob Althea deshalb krank geworden ist. Vielleicht hat sie einfach … aufgegeben.«

Evvie legte die Perlenkette weg und sah sie über den Rand ihrer Brille hinweg an. »Ihre Oma hat noch nie in ihrem Leben aufgegeben.«

»Sie waren nicht da, Evvie. Sie können sich nicht vorstellen, was sie durchgemacht hat und wie die Leute sie angesehen haben, als die beiden Mädchen aus ihrem Teich gezogen wurden. Das Schlimmste aber ist, dass die Leute ihre Meinung nie geändert haben. Was sie damals geglaubt haben, glauben sie auch heute noch.«

»Mag sein. Aber das ist nun mal der Lauf der Welt. Sind die Leute erst einmal von etwas überzeugt, kann man nicht mehr viel machen. Nicht ohne Beweise.«

»Was, wenn es Beweise gibt?«

Evvie hob den Kopf. »Was wollen Sie damit sagen, Kleines?«

Lizzy nahm eine Perle aus einer Schüssel und rollte sie über ihre Handfläche. Goldene Pyrit-Sprenkel durchzogen das dunkle Meeresblau. Eine winzige Welt in ihrer Hand … *Lapislazuli enthüllt ver-*

borgene Wahrheiten. Sie legte die Perle zurück in die Schale und erwiderte Evvies Blick.

»Gestern Abend haben Sie mich gefragt, warum ich hier bin, und ich habe gesagt, dass ich mich um Altheas persönliche Dinge kümmern will. In Wahrheit hatte ich gar nicht vor, zurückzukommen, aber in dem Tagebuch, das Sie mir geschickt haben, habe ich eine Nachricht von Althea gefunden. Sie hat behauptet, ich wäre die Beste der Moons und es gebe so viel, was zerbrochen ist und noch repariert werden müsse. Vielleicht bin ich deshalb hier: um die Scherben zu kitten.«

»Scherben kitten …«, wiederholte Evvie nachdenklich. »Wie soll das aussehen?« Natürlich kam Evvie direkt zur Sache.

»Das weiß ich nicht genau. Aber es muss etwas geben, was ich tun kann, um herauszufinden, was wirklich passiert ist. Damit Altheas Name wieder reingewaschen wäre.«

Evvie nahm die Brille ab, eine Falte zwischen den Augenbrauen. »Meinen Sie?«

»Ich weiß es nicht, aber den Versuch ist es wert. Acht Jahre sind keine Ewigkeit. Noch gibt es Leute in dieser Stadt, die etwas wissen, auch wenn sie vielleicht nicht einmal ahnen, dass sie das tun. Wenn ich die richtigen Fragen stelle, hilft das ihrem Gedächtnis womöglich auf die Sprünge.«

»Und am Ende nicht nur ihrem Gedächtnis.«

Lizzy sah sie finster an. »Was soll das heißen?«

»Das heißt, dass eine Klinge oft zweischneidig ist. Wenn Sie die Geschichte mit den Mädchen wieder aufwärmen, könnten Ihnen das einige Leute sehr übel nehmen.«

»Vielleicht, aber ich kann nicht um die Wahrheit herumschleichen, nur weil sie jemandem unangenehm sein könnte. Das habe ich schon einmal gemacht. Ich habe den Kopf in den Sand gesteckt und zugesehen, wie die ganze Stadt den Namen meiner Großmutter in den Dreck zieht. Das lasse ich nie wieder geschehen.«

Evvie unterdrückte ein spöttisches Lachen. »Ihre Oma hat gesagt, dass Sie resolut sind. Sie hat nicht übertrieben.«

»Raten Sie mir etwa, die Finger davon zu lassen?«

»Ganz und gar nicht, denn Sie haben ja vollkommen recht. Aber das, was Sie da in Angriff nehmen – herumschnüffeln, Fragen stellen –, kann unangenehm für Sie werden. Die Chancen, die Wahrheit aufzudecken, stehen ziemlich schlecht.«

»Ich weiß. Aber wenn ich dann wieder abreise, kann ich zumindest sagen, dass ich es versucht habe.«

Evvie setzte sich die Brille auf die Nasenspitze und nahm die halb fertige Perlenkette in die Hand. »Haben Sie schon eine Ahnung, wo Sie anfangen wollen?«

Lizzy stieß einen langen Atemzug aus und dachte zum ersten Mal ernsthaft über die Frage nach. »So weit war ich noch nicht, aber ich schätze, das Polizeirevier ist ein guter Anfang. Ich muss mir ein Bild davon machen, wie weit die Polizei gekommen ist und wie Chief Summers einer erneuten Untersuchung des Falls gegenübersteht.«

»Ausgerechnet dieser Typ!« Evvie schnaubte.

»Ich weiß. Von seiner Seite ist keine Hilfe zu erwarten, versuchen muss ich es aber. Am besten gehe ich gleich morgen zu ihm – bevor ich den Mut verliere.«

»Ihre Oma wäre stolz.«

Lizzys Kehle wurde eng. Wie gern würde sie das glauben. »Wäre sie das?«

Evvie streckte die Hand über den Tisch aus und drückte ihre Finger. »Zweifeln Sie nie daran.«

***

Lizzy hatte einiges, worüber sie nachdenken musste, als sie mit einer Gartenschere in der Tasche und einem Korb am Arm durch die Tür des Windfangs schlüpfte. Evvie hatte recht. Die Sache könnte unangenehm werden, wenn die Leute rausfinden würden, dass sie wieder da war und vorhatte, den Mordfall aufzurollen.

Salem Creek war schon immer stolz darauf gewesen, ein, wie es im *Yankee*-Magazin hieß, »echtes Stück *Americana*« zu sein und immer wieder im *New England Journal* auf der Liste der lebenswertesten Kleinstädte zu landen. Aber zwei tote Mädchen hatten dem ein Ende gesetzt. Lizzy ahnte deshalb sehr wohl, dass niemand besonders glücklich darüber sein würde, an den plötzlichen Wendepunkt in der Geschichte von Salem Creek erinnert zu werden – oder daran, dass man ihrer Großmutter die Schuld in die Schuhe geschoben hatte. Aber nun, da sie fest entschlossen war, Altheas guten Ruf wiederherzustellen, konnte sie keinen Rückzieher mehr machen. Was hier kaputtgemacht worden war, würde sie reparieren – denn außer ihr gab es niemanden, der sich der Sache annehmen konnte.

Als sie den Innenhof durchquerte, entdeckte sie Andrew, der vor dem Treibhaus kniete und in seinem Werkzeugkasten nach etwas kramte. Er hob den Kopf, und kurz begegneten sich ihre Blicke. Sofort beschleunigte Lizzy ihre Schritte und eilte zu dem, was von Altheas Wildblumengarten noch übrig war. Sie hatte unter dem Unkraut ein paar Blüten bemerkt und sich überlegt, dass es nett wäre, ein paar von ihnen ins Haus zu holen.

Für einen ganzen Strauß würde es sicher nicht reichen, für ein paar kleine Gläser auf der Fensterbank in der Küche aber schon. Ehrenpreis, Storchschnabel, Eisenkraut-Salbei und Moschusmalve wanderten in ihren Korb. Sie hätte gern auch ein paar Kornblumen gepflückt – das dunkle Blau wäre ein hübscher Kontrast zu den Nelken und den Fuchsien gewesen –, aber es gab keine.

Es stimmte sie traurig, den Garten verwahrlost zu sehen. Althea hatte ein besonderes Faible für Wildblumen gehabt, vermutlich, weil sie viel gaben, aber wenig brauchten. Diejenigen, die auf dem Pfad wandelten und deren Bräuche von Uneingeweihten oft als heidnisch bezeichnet wurden, hielten alles für beseelt, weshalb sich auch alles seiner Rolle im göttlichen Kreislauf der Geburt, des Wachstums, des Lebens und des Todes bewusst war. Althea hatte Trost gefunden in den Gezeiten und in den Jahreszeiten, in dem Glauben, dass nichts verschwendet oder nutzlos war, dass alles seine Zeit und seinen Zweck hatte. Wenn ihre Zeit vorüber war, würden die Seelen weiterleben, bis sie einen neuen Zweck fanden.

Deshalb hatten die Moons beschlossen, die Asche ihrer Toten auf ihrem Grundstück zu verstreuen, damit ein Teil von ihnen für immer in der Erde weiterlebte. Lizzy hatte nicht viel über diesen Brauch nachgedacht, aber es tröstete sie, dass Althea zu einem bleibenden Bestandteil des Bodens unter ihren Füßen geworden war. Allerdings hatte sie etwas Besseres verdient als diesen trostlosen Fleck voller Unkraut.

Sie sah sich im Garten um. Mit den richtigen Werkzeugen würde sie das Ganze nur ein paar Stunden kosten. Vielleicht war es albern – genau wie Andrew, der das Treibhaus reparierte –, aber es fühlte sich richtig an, wäre ein Werk der Liebe für die Frau, die sie großgezogen hatte, weil ihre eigene Mutter sich nicht um sie gekümmert hatte.

Bevor sie es sich anders überlegen konnte, überquerte sie das Feld zur Trockenscheune, in der Althea Harken und Schaufeln aufbewahrte. Sie zog den Querbalken aus der Halterung und zerrte an der Tür, bis sie stöhnend nachgab. Dann trat sie in die Scheune und atmete den Duft Tausender gepflückter Blumen ein. Sie waren längst verschwunden, die Trockengestelle und Rahmen leer, aber die Erinnerungen schwebten noch wie Geister in der kühlen, trockenen Luft.

Es dauerte ein paar Sekunden, bis sich Lizzys Augen an die Dunkelheit gewöhnt hatten, aber schließlich konnte sie Formen ausmachen. Die Werkzeuge, die sie benötigte, hingen direkt neben der Tür, aber sie ignorierte sie und lief stattdessen zum langen Holztisch an der Rückwand, auf dem sie früher ihre Parfüms hergestellt hatte.

Es war kein professioneller Arbeitsplatz, sondern eine staubige Ansammlung zusammengeklaubter Materialien und provisorischer Geräte, aber ihr Anblick stimmte sie nostalgisch. In Wahrheit vermisste sie die Tage, an denen sie sich ausprobiert hatte, die wundervollen Momente, wenn sie etwas Neues und völlig Unerwartetes entdeckt hatte. Bei Chenier gab es nicht viele Überraschungen. Tatsächlich setzte sie nur noch selten einen Fuß ins Labor und verbrachte den größten Teil ihrer Zeit mit Telefonkonferenzen oder in Meetings und arbeitete mit Leuten zusammen, die einen Rosenduft nicht von Moschus zu unterscheiden vermochten.

Sie verdrängte den Gedanken. Sie hatte unfassbar viel Glück gehabt, als Jacqueline Chenier sie nach ihrem Studium in ihre Firma geholt und ihr einen Job angeboten hatte, für den sie eigentlich als zu jung und unerfahren galt. Sie sollte dankbar sein – und sie war es auch. Sie war *absolut* dankbar. Aber sie würde lügen, wenn sie die Sehnsucht leugnen würde, die sie hier in der Scheune überkam.

Die Werkzeuge!, ermahnte sie sich innerlich und wandte sich von dem Tisch ab. Du bist wegen der Werkzeuge hierhergekommen, nicht um in deinen Erinnerungen zu schwelgen! Sie nahm die Heugabel und griff nach der Hacke, als ein Schatten im Türrahmen erschien. Sie drehte sich um und erkannte erschrocken, dass Andrew in der Tür stand.

»Du solltest nicht hier drinnen sein.«

Sie starrte ihn an. Ihr Puls raste. »Das ist heute das zweite Mal, dass du dich an mich rangeschlichen hast.«

»Ich habe mich nicht an dich rangeschlichen – weder vorhin noch jetzt. Und ich fände es gut, wenn du das Ding runternimmst. Du machst mich nervös.«

Sie blickte auf die Heugabel in ihrer Hand und stellte entsetzt fest, dass sie damit direkt auf ihn zeigte. Als wollte sie ihn aufspießen. Genervt von ihrer Angst, senkte sie die Forke. »Kann ich was für dich tun?«

»Ja, mir wäre lieb, wenn du die Scheune verlässt. Es ist nicht sicher.«

Sie sah sich um, konnte aber nichts entdecken, was auch nur im Entferntesten eine Gefahr darstellte. »Was meinst du damit, dass es nicht sicher ist? Sieht für mich in Ordnung aus.«

»Also, erst mal fällt die Tür hier bald aus den Angeln. Du hattest Glück, dass sie dich beim Öffnen nicht unter sich begraben hat. Und dort …« Er zeigte zum Scheitelpunkt des Daches, wo durch einen Spalt zwischen den Brettern Sonnenlicht hereinfiel. »Im April hat ein Sturm einen Teil des Dachs weggefegt und mehrere Dachbalken beschädigt. Außerdem geben der Dachboden und die Treppe bald nach. Nicht wegen des Sturms, sondern wegen der guten alten Holzfäule. In Neuengland baut man zwar Scheunen, die lange halten, aber nicht ewig. Ach, und wir hatten letzten Sommer Fledermäuse hier, und die neigen dazu, zurückzukommen.«

Sie beäugte ihn, als sie sich der Tür näherte. Er roch nach Amber und Sandelholz, nach kühlen Herbsttagen und Rauch. Die Mischung traf sie unvorbereitet. Ein unaufdringlicher, aber subtil männlicher Geruch, der Erinnerungen wachrief, die sie lieber verdrängte. Er hatte immer so gerochen. Immer.

Sie reckte das Kinn in die Höhe und bemerkte einen Streifen Dichtungsmasse in seinem Haar, als sie sich an ihm vorbeidrängte. »Fledermäuse machen mir keine Angst. Ich finde sie sogar niedlich. Einstürzende Dächer stehen aber auf einem anderen Blatt.«

Er folgte ihr nach draußen und schloss vorsichtig die Tür hinter sich. »Es ist auf der Liste.«

»Welche Liste?«

»Die Liste mit den Dingen, die ich deiner Großmutter versprochen habe. Ich wollte sie schon vorher erledigen …« Er senkte den Blick und ließ die Schultern hängen. »Ich hatte nicht genug Zeit.«

Lizzy schluckte den Kloß in ihrer Kehle runter. »Ich auch nicht.«

»Sie war eine feine Dame, deine Großmutter. Ich hatte gerade erst meinen Job angefangen, als mein Vater die Diagnose bekommen hatte. Ich war neu in der Firma und hatte ein großes Projekt an Land gezogen, weshalb er seine Krankheit viel zu lange für sich behalten hatte. Erst als es mit ihm zu Ende ging, hat er was gesagt. Deine Großmutter hat allerdings davon gewusst oder zumindest etwas geahnt. Sie hat für ihn gekocht, das Haus geputzt, hat ihn zu den Behandlungen gefahren und ihm einen speziellen Tee gegen die Übelkeit gebrüht. Sturer alter Mann. Ich habe es erst erfahren, als sie die Chemotherapie aufgegeben haben. Althea war die ganze Zeit für ihn da. Ich schulde ihr was.«

Lizzy musste darüber lächeln, eine Mischung aus Stolz und Trauer. »Althea hat mir auch nicht gesagt, dass sie krank war. Ich habe es erst erfahren, nachdem sie gestorben war.«

»Ich hatte mich schon gewundert, dass du sie nicht besucht hast. Das alles tut mir leid. Ich weiß, wie schwer das ist. Ich war wütend auf meinen Vater, weil er es mir verheimlicht hat, aber er hat aufrichtig geglaubt, dass es das Richtige war, mich im Ungewissen zu lassen. Deiner Großmutter muss es genauso gegangen sein.«

Sie betrachtete die Scheunentür und suchte nach einem Weg, das Thema zu wechseln. »Es ist nett von dir, dass du helfen willst, aber wer auch immer hier einzieht, hat sicherlich höchst eigene Vorstellung davon, was repariert werden soll.«

Andrew erstarrte. »Du hast die Farm verkauft?«

»Noch nicht, aber ich habe es vor.«

Seine Schultern schienen sich wieder zu entspannen, zumindest ein bisschen. »Also, was das betrifft. Es gibt ein paar Dinge, die du wissen solltest.«

»Zum Beispiel?«

»Du wirst hier einiges an Arbeit reinstecken müssen, bevor du überhaupt an einen Verkauf denken kannst. Und ich rede hier nicht von einem neuen Anstrich oder Tulpen in Blumenkästen vor den Fenstern. Die elektrischen Leitungen müssen überholt werden, die Rohre ebenfalls. Der Ofen macht nicht mehr lange, und sämtliche Dächer brauchen eine Runderneuerung.«

Sie starrte auf ihre Stiefelspitzen, um diese unerfreulichen Nachrichten zu verdauen. Noch ein Hindernis, mit dem sie nicht gerechnet hatte und das sie sich nicht leisten konnte. »Ich wusste nicht, dass es so schlimm ist. Ich nehme an, es wird einiges kosten? Reich bin ich nämlich nicht.«

Er schenkte ihr ein schiefes Lächeln. »Billig wird es nicht, fürchte ich. Aber rein zufällig kenne ich jemanden. Einen Freund der Familie. Wohnt ganz in der Nähe. Arbeitet für Essen und ein freundliches Wort.«

Sie drückte das Kreuz durch. »Danke, aber das kann ich nicht annehmen. Ein paar Fensterscheiben ist das eine, aber ich kann nicht verlangen, dass du die Stromkabel und Rohrleitungen neu verlegst.«

»Historische Renovierungen sind eigentlich genau meine Sache. Warum willst du meine Hilfe da nicht akzeptieren?«

Sie hob eine Hand, um ihn zu unterbrechen. »Nein danke. Mir fällt schon was ein. Vielleicht finde ich Leute, die das Grundstück so kaufen, wie es ist.« Sie hob den Kopf und sah ihm fest in die Augen. »Ich will nicht herzlos klingen, aber warum solltest du deine Zeit damit verschwenden? Wir kennen uns kaum.«

Er lächelte matt und zuckte die Achseln. »Weil ich es deiner Großmutter versprochen habe, und meine Versprechen halte ich. Das schulde ich ihr.«

»Du kannst ihr nichts schulden. Sie ist nicht mehr da.«

»Dann schulde ich es eben dir.«

Ihr fehlten die Worte. Sie musste an ihr Gespräch mit Luc vor zwei Tagen denken, seine scherzhafte Behauptung, dass er zusammen mit Chenier Fragrances, Ltd. auch sie geerbt hatte. Als wäre sie ein glitzerndes Schmuckstück aus dem Schmuckkästchen seiner Mutter. Und jetzt stand Andrew vor ihr und behauptete, das Versprechen, das er Althea gegeben habe, müsse er nun eben bei ihr einlösen war. Deutlicher könnte der Unterschied kaum sein.

»Man erbt keine Versprechen«, sagte sie leise. »So funktioniert das nicht.«

Er zuckte erneut die Achseln und lächelte. »Mein Versprechen. Meine Regeln. Ich vernagle die Tür, bevor ich gehe, nur um sicherzugehen. Ich bekomme nächste Woche eine Ladung Holz, und wenn ich mit dem Treibhaus fertig bin, fange ich mit dem Dachboden an.«

»Ich habe doch gesagt, dass ich dich nicht bezahlen kann. Und ich kann nicht von dir verlangen, dass du umsonst arbeitest.«

»Deine Großmutter war eine besondere Frau, Lizzy. Sie hatte ein gutes Herz und hat sich um die Leute gekümmert. Das haben nicht alle verstanden, und zum Schluss haben es selbst diejenigen vergessen, die sie kannten. Ich gehöre nicht dazu. Ich werde das Treibhaus und die Scheune aus demselben Grund instand setzen, aus dem du mit der Heugabel rüber in den verwilderten Garten gehst. Ich kann Althea nicht zurückbringen oder rückgängig machen, was geschehen ist, aber ich kann mich um die Dinge kümmern, die ihr wichtig waren. Für sie.«

Lizzy kämpfte gegen den Drang an, seinem Blick auszuweichen. Seine eindringlichen Worte hatten sie aus der Fassung gebracht. Vielleicht war es aber auch seine Güte, die sie in die Abwehrhaltung trieb. Er war am Ende für Althea da gewesen, nicht sie. Sicherlich dachte er sich seinen Teil dazu.

»Es ist nicht so, als ob es mir egal wäre. Das ist es nicht. Aber ich kann nicht bleiben. Ich weiß, was du denkst. Ich weiß auch, was Evvie denkt. Aber ich habe einen Job – und zwar in New York.« Sie schüttelte den Kopf. Es gefiel ihr nicht, dass sie sich rechtfertigte. »Althea gehörte zur Moon Girl Farm, ich nicht. Deshalb verkaufe ich die Farm. Damit sie wieder in die Hände von Menschen kommt, die sie genauso lieben werden, wie Althea es getan hat.«

Andrew strich sich mit den Knöcheln über die Stoppeln an seinem Kiefer, als müsste er sich seine nächsten Worte gut überlegen. »Was ist mit Rhanna? Will sie die Farm nicht?«

Lizzy versteifte sich beim Namen ihrer Mutter. »Wir haben seit Jahren nichts von ihr gehört. Ich denke, man kann mit Recht behaupten, dass sie kein Interesse daran hat.«

»Tut mir leid. Das wusste ich nicht. Althea hat nicht viel von ihr gesprochen.«

»Das Letzte, was wir gehört haben, ist, dass sie sich irgendwo in Kalifornien als Straßenmusikantin durchschlägt.«

Und wer weiß, wofür sie ihr Geld ausgibt.

Den letzten Teil sprach sie nicht aus. Das musste sie nicht. In der Stadt kannten alle Rhannas Geschichte. Alkohol und Drogen. Zahllose One-Night-Stands und regelmäßige Auseinandersetzungen mit der Polizei. Andrew wusste das besser als die meisten, denn er hatte einiges davon live miterlebt. Lizzy umklammerte die Heugabel und versuchte, die Erinnerungen zurückzudrängen. Sie kamen trotzdem.

Eine Menschenmenge in der *Dairy Bar* an einem schwülen Sommerabend. Familien mit Kindern. Teenies, die an einem Freitagabend nach der Schule irgendwo rumhängen wollten. Dann plötzlich Unruhe im hinteren Teil der Warteschlange. Menschen, die davonhasteten und wie Lemminge über den Parkplatz und um die Ecke liefen …

Sie folgte ihnen, wie man das eben tut, wenn Menschen losrennen. Hinter der nächsten Ecke parkte vorm Rathaus ein Polizeiwagen, dessen Blaulicht sie schwindeln ließ. Gelächter brach aus. Pfiffe ertönten. Eine schlimme Vorahnung befiel sie, als sich die Menge teilte. Und da sah sie Rhanna, nackt bis auf die Unterhose und mitten im Springbrunnen. Sie schmetterte aus vollem Hals *Me and Bobby McGee*.

Einer der Beamten zog seine Schuhe aus und watete durchs Wasser zu Rhanna, die ihm prompt eine Verfolgungsjagd lieferte, bis sein Gesicht knallrot anlief. Er keuchte. Erst nach fünfzehn Minuten konnten er und seine Kollegen Rhanna endlich aus dem Springbrunnen zerren, wobei sie selbst da total high weitersang. Sie wickelten sie in eine Decke und schoben sie in den Streifenwagen. Erleichtert blickte Lizzy dem schwarz-weißen Streifenwagen nach, als er davonfuhr. Das Spektakel war vorbei.

Doch Fehlanzeige.

Ein Junge aus der Schule, ein Footballspieler namens Brad oder Brett, entdeckte sie in der Menge. Er zeigte auf sie. »He, das ist ihre Tochter! Vielleicht ist sie die nächste! Was wirst du singen, Baby?« Weiteres Gelächter. Weitere Finger. Am liebsten wäre sie im Erdboden versunken, weggelaufen oder gestorben. Doch sie stand nur da wie angewurzelt. Plötzlich spürte sie eine Hand an ihrem Ellbogen, die sie aus der Menge führte, die Straße runter, um eine Ecke.

Sie riss sich los und starrte ihren Retter an. Es war der Junge von nebenan, dessen Vater gelegentlich Reparaturen für ihre Großmutter ausführte. Der Typ mit dem Grinsen und den Twizzlers.

Er hatte nur nett sein und sie vor weiteren Erniedrigungen beschützen wollen, doch sein Gesicht, das von einer Straßenlaterne erleuchtet worden war, zeigte einen mitleidigen Ausdruck, für den sie ihn hasste. Was sie ihm auch sagte, bevor sie ihn auf dem Bürgersteig stehen ließ.

Zweimal hatte man sie an diesem Abend gedemütigt. Erst die grölende und gaffende Menge, dann der einzelne Junge, der versucht hatte, nett zu ihr zu sein. Letzteres tat besonders weh. Deshalb gab sie sich nach jenem Tag noch mehr Mühe, ihm aus dem Weg zu gehen. Als Moon war sie darauf eingestellt, dass die Leute mit dem Finger auf sie zeigen und über sie reden – aber nicht darauf, dass jemand nett zu ihr war …

Und jetzt stand dieser Junge von damals wieder vor ihr, war nett und sah sie an wie an jenem Abend unter der Straßenlaterne, womit er Gefühle in ihr heraufbeschwor, die sie lieber nicht empfand.

»Ich muss los«, sagte sie und schulterte die Heugabel. »Ich habe noch einiges zu erledigen.«

Sollte er doch denken, was er wollte. Wenn sie eines in den vergangenen Jahren gelernt hatte, dann, dass es ihr egal war, was andere von ihr dachten. Als sie sich jedoch umdrehte und davonstapfte, fragte sie sich unwillkürlich, was er wohl dazu sagen würde, wenn er wüsste, dass sie Chief Summers einen Besuch abzustatten gedachte.

SIEBEN

19. Juli

Lizzy lenkte ihren Wagen durch Salem Creeks Innenstadt und überlegte sich, wie sie das Gespräch mit Chief Summers am besten beginnen sollte. Seit ihrem Weggang hatte sich nicht viel verändert, was sie jedoch nicht überraschte. Kleinstädte in Neuengland entwickeln sich nur langsam weiter. Große Einkaufszentren oder Läden sind hier nicht nötig, was ganz im Sinne der Menschen ist, die hier leben. Verschlafene Straßen mit Tante-Emma-Läden, Blumenkästen mit Geranien, handbeschriebene Tafeln mit den Tagesangeboten und auf dem Gehweg Wasserschüsseln für durstige Hunde. Hier zeigt sich der Neuengland-Charme von seiner besten Seite, auch wenn es an einigen Stellen heruntergekommen wirkt …

Dennoch hatte der Fortschritt nicht völlig vor Salem Creek haltgemacht. An der Ecke der Elm Street gab es ein neues Café mit Gerichten aus lokaler Produktion, daneben, wo früher die Textilreinigung war, einen Buchladen. Die Bibliothek hatte einen brandneuen Anbau, und ein Tätowierstudio namens Inky's hatte den alten Friseursalon Cut & Dry übernommen.

Lizzy steuerte die Third Street an, die von Backsteinhäusern gesäumt war. Hier befand sich das Polizeirevier. Wie erwartet war der Parkplatz davor fast leer. Von dem Doppelmord abgesehen, war die Verbrechensrate in Salem Creek ziemlich niedrig.

Der Sergeant am Empfang hob den Kopf, als sie durch die getönte Glastür trat. »Kann ich Ihnen helfen?«

»Ich wollte mit Chief Summers sprechen.«

Sie sah auf sein Namensschild. Sergeant Oberlin. Er war spindeldürr und ging in seiner sauberen Uniform fast unter. Über seine Wangen zogen sich frische Aknenarben. Er fuhr sich mit der Zunge ganz kurz über seine Zähne und musterte sie herablassend. »Geht es um eine Polizeiangelegenheit, Ma'am?«

»Das hier ist das Polizeirevier, oder?«

Der Sergeant lief rot an. »Ja, Ma'am.«

»Gut. Ja, es ist eine Polizeiangelegenheit. Es geht um einen Mord. Zwei Morde, genau genommen.«

Oberlin riss die Augen auf. »Mord?«

Lizzy lächelte höflich, zufrieden, dass sie nun seine volle Aufmerksamkeit hatte. »Es ist ein alter Fall. Die Gilman-Morde.«

»Können Sie das buchstabieren?«

Sie verkniff es sich, die Augen zu verdrehen. Bevor sie etwas erwidern konnte, erschien ein kräftiger Captain mit stahlgrauem Haar hinter dem Tresen. »Ich übernehme das, Todd. Entschuldigen Sie, Ms …«

»Moon«, sagte Lizzy. »Elzibeth Moon.«

»Ja, natürlich. Ms Moon. Habe ich richtig gehört, dass Sie sich nach den Gilman-Morden erkundigen wollen?«

»Haben Sie. Ich will über die Ermittlungen reden.«

»Die … Ermittlungen?«

Der ausdruckslose Blick des Captains bestätigte, was Lizzy bereits vermutet hatte: Es gab keine Ermittlungen. »Ist Chief Summers da?«

Der Sergeant räusperte sich und bemühte sich um ein angespanntes Lächeln. »Ich fürchte, der Chief ist gerade beschäftigt, aber wenn Sie mir mitteilen, worum es bei Ihrer Frage geht, werde ich Ihr Anliegen gern weiterleiten.«

»Das ist nicht nötig.« Lizzy trat zu den Plastikstühlen an der Wand und setzte sich. »Ich warte.«

Das war offenbar nicht die erhoffte Reaktion. »Aber Ms …?«

»Moon«, erwiderte sie kühl. »Ich bin Althea Moons Enkelin, und ich fände es nett, wenn Sie dem Chief sagen würden, dass ich mit ihm reden möchte, sobald es ihm passt.«

Der Captain schien sich geschlagen zu geben. Er verschwand durch dieselbe Tür, durch die er gekommen war, und Lizzy fragte sich, wie lange es dauern würde, bis er mit einer neuen Ausrede zurückkommen würde. Stattdessen erschien Randall Summers.

Sie versteifte sich automatisch. Er war groß und breitschultrig, aber nicht mehr so eindrucksvoll wie damals, als sie weggezogen war. In den letzten Jahren hatte er ordentlich zugelegt, und die marineblaue Jacke spannte sich über seiner Brust. Die Khakihose saß ziemlich tief, damit der vorstehende Bauch genug Platz hatte. Sein Haar hatte eine eigenartige blonde Farbe, die ohne Zweifel aus einer der üblichen Schachteln stammte, die man in jeder Drogerie kaufen konnte. Alles in allem erinnerte er Lizzy an einen alternden Moderator einer Gameshow.

»Ms Moon.« Er schüttelte ihre Hand und zeigte beim Lächeln nikotingelbe Zähne. »Ich wusste gar nicht, dass Sie zurück sind.«

Sie sah zu ihm hoch, ohne zu lächeln. »Woher auch?«

»Ich meinte nur … Nachdem Ihre Großmutter krank geworden ist, haben wir alle damit gerechnet, dass Sie wieder auftauchen. Da Sie nicht gekommen sind, dachten wir …«

Die Worte hingen in der Luft, und Lizzy fragte sich, wen er mit *wir* meinte und was genau diese Leute dachten. »Ich bin erst seit zwei Tagen zurück, und jetzt wollte ich mich bei Ihnen erkundigen, wie weit Sie mit dem Gilman-Fall sind.«

Summers setzte ein schmieriges Lächeln auf. Er roch nach Mundwasser und dem Merlot von letzter Nacht. »Wie wäre es, wenn wir kurz rausgehen? Ich muss eine rauchen, aber das darf man hier drinnen heutzutage ja nicht mehr.«

Sie folgte ihm vor die Tür. Er angelte eine Packung Marlboros mit Mentholgeschmack und ein schweres silbernes Feuerzeug aus der Jackentasche, dann hielt er ihr die Schachtel hin.

»Nein danke. Ich rauche nicht. Die Ermittlungen im Gilman-Fall«, hakte sie nach, nachdem er den ersten Zug genommen hatte. »Wie weit sind Sie da?«

Summers stieß genervt eine Rauchwolke aus. »Ms Moon, die Ermittlungen sind längst eingestellt.«

»Aber Sie haben nie herausgefunden, wer sie ermordet hat.«

Er warf ihr einen Seitenblick zu und zog noch einmal an der Zigarette. »Es wurde niemand angeklagt, das stimmt.«

Ihr war klar, worauf er hinauswollte. Soweit es ihn betraf, hatten sie die Mörderin gefunden, er hatte sie nur nicht anklagen können. Mit Altheas Tod war die Sache daher für ihn erledigt.

»Das heißt, Sie wollen nicht weiter ermitteln?«

Er verengte die Augen, und seine roten Wangen glühten noch dunkler als zuvor. »Es ist acht Jahre her, seit die Mädchen aus dem Teich Ihrer Großmutter gefischt wurden. Acht Jahre, ein anonymer Tipp, ein Paar Voodoopuppen und ein leeres Fläschchen aus dem

Laden Ihrer Großmutter in der Tasche von einem der Mädchen. Das ist nach wie vor alles, was wir haben. Keinen einzigen brauchbaren Fingerabdruck, keine Mordwaffe. Nur zwei tote Mädchen und den Teich Ihrer Großmutter. In welche Richtung sollen wir Ihrer Meinung nach *ermitteln?* Vielleicht haben Sie ja eine Kristallkugel, die wir uns ausleihen können.«

Sie hielt seinem Blick stand. Wenn er sie verärgern wollte, verschwendete er seine Zeit. Es gab kein Klischee, das sie noch nicht gehört hatte – und keines, das sie nicht wegstecken konnte. Auch sein Verhalten überraschte sie nicht. Er hatte nie ein Geheimnis daraus gemacht, dass er Althea verdächtigte, geschweige denn daraus, was er generell von den Moons hielt. Vorurteile, die von seiner hochnäsigen Frau Miriam wahrscheinlich noch befeuert wurden. Sie war in der Kirche der First Congregational Church als Organistin tätig und hatte bei der sogenannten Gebetswache für Heather und Darcy Gilman ganz vorne gestanden und für die Fernsehkameras mit Wörtern wie *Heidentum* und *Gottlosigkeit* um sich geworfen.

»Wann haben Sie denn das letzte Mal Leute befragt, woran sie sich aus der Zeit erinnern, als die Mädchen verschwunden sind?«

»Das ist … eine Weile her.«

»Monate? Jahre?«

Summers schnippte die Zigarette zu Boden und drückte das Kreuz durch. »Das hier ist Salem Creek, Ms Moon, nicht New York. Wir sind eine kleine Stadt mit wenigen Polizeikräften und noch weniger Geld. Wir müssen uns gut überlegen, wie wir unsere Ressourcen einsetzen. Und lassen Sie es mich ganz unumwunden sagen: Ich habe Besseres zu tun, als meine Leute auf einen acht Jahre alten Fall anzusetzen, dessen Spuren genauso kalt sind wie die Körper dieser Mädchen.«

Lizzy starrte ihn an. Seine Gefühllosigkeit hatte ihr die Sprache verschlagen. Soweit es ihn betraf, waren Heather und Darcy nichts weiter als ein Aktenkennzeichen, das er von seiner Liste gestrichen hatte, eine Sache, bei der es um Ressourcen ging. Sie holte Luft und zählte bis zehn. Sie war hier, um ihn um Hilfe zu bitten. Es würde ihr nichts nützen, wenn sie die Beherrschung verlieren würde.

»Ich bin mir sicher, dass es nicht einfach für Sie ist, Chief Summers, doch mit Geld kann ich Ihnen nicht helfen. Aber wie Sie sich vielleicht auch denken können, habe ich meine eigenen Gründe, warum ich wissen will, was passiert ist. Und ich möchte glauben, dass es Ihnen als Chief der Polizei ebenso wichtig ist wie mir, die Wahrheit herauszufinden.«

»Natürlich ist es das. Ich nehme meine Pflichten gegenüber der Gemeinde sehr ernst.«

»Dann macht es Ihnen vermutlich nichts aus, wenn ich mich selbst ein wenig umhöre, um zu erfahren, woran sich die Leute noch erinnern?«

»Das macht mir durchaus etwas aus!« Er kochte innerlich und verströmte einen Geruch nach heißem Metall, auch wenn er sich bemühte, seine Wut zu zügeln. »Als die Mädchen verschwunden sind, haben wir die ganze Stadt umgekrempelt. Ein Riesentheater war das! Überall wimmelte es von Pressefuzzis, ständig das Gerede von Serienmorden und weiß der Kuckuck, wovon noch. Es hat fünf Jahre gedauert, ehe man in dieser Stadt endlich wieder ein Grundstück verkaufen konnte. Tun Sie jetzt bitte nicht so, als wüssten Sie nicht genau, wovon ich rede, denn wir beide wissen, dass das nicht stimmt. Nennen Sie es Aberglauben, aber wenn die Leute von einer solchen Geschichte Wind bekommen, machen sie einen Bogen um den Ort. Inzwischen haben sich die Dinge endlich wieder normalisiert, deshalb werde ich es nicht zulassen, dass Sie Ihre Nase in die Sache stecken und diesen alten Fall wieder ausgraben.«

»Was ist mit den Gilmans? Wer auch immer ihre Töchter umgebracht hat, läuft nach wie vor frei herum! Haben Sie mal daran gedacht, wie es ihnen geht? Glauben Sie allen Ernstes, die beiden kümmert es, welchen Wert die Grundstücke in Salem Creek haben?«

»Ich versichere Ihnen, dass der Fall längst vor Gericht wäre, wenn ich genügend Beweise gehabt hätte. Ich verstehe ja Ihr Interesse an der Sache … Aber welchen Sinn hätten Ermittlungen jetzt noch? Ihre Großmutter ist tot, genau wie diese armen Mädchen. Nichts, was Sie oder andere tun, wird sie je zurückbringen. Manchmal kommt die Gerechtigkeit von allein. Warum tun Sie uns allen nicht den Gefallen und lassen die Toten ruhen?«

Sie musste sich zusammenreißen, um ihm nicht an die Gurgel zu springen. Er hatte quasi zugegeben, dass ihm Althea mit ihrem Tod einen Gefallen getan und den Fall zu einem sauberen Abschluss gebracht hatte. Für ihn mochte das Ganze damit erledigt sein, für sie aber nicht. »Ich würde gern mit dem Detective reden, der die Ermittlungen geleitet hat.«

Summers stieß einen Seufzer aus, offensichtlich war er das Gespräch leid. »Wie ich schon gesagt habe, wurde der Fall längst geschlossen. Im Übrigen hat Roger Coleman die Abteilung vor ein paar Jahren verlassen. Er war schon ein schräger Vogel, dieser Coleman. Manche würden ihn als Unruhestifter bezeichnen. Ich glaube nicht, dass jemand von ihm gehört hat, seit er weggezogen ist.«

»Wo wohnt er denn jetzt?«

Summers zuckte die Achseln. »Keine Ahnung. Nachdem er seine Dienstmarke abgegeben hat, war er nicht mehr mein Problem. Wenn Sie mich jetzt entschuldigen wollen, ich bin mit Bürgermeister Cavanaugh zum Mittag verabredet. Er will nach siebzehn Jahren zurücktreten, und ich möchte ihm den gebührenden Respekt erweisen.«

Er griff nach der Türklinke, doch Lizzy hielt ihn zurück. Sie musste zumindest fragen, auch wenn sie kaum Hoffnung auf Erfolg hatte. »Ich nehme nicht an, dass Sie mich einen Blick in die Akte werfen lassen?«

»Völlig richtig.« Er nickte höflich, aber abweisend, dann war er endgültig fort.

Lizzy erkannte erst, dass sie zitterte, als sie wieder hinter dem Steuer saß. Summers war genauso entgegenkommend gewesen, wie sie erwartet hatte, dazu doppelt so abscheulich – aber sie stand nicht mit leeren Händen da. Sie hatte einen Namen: Roger Coleman. Jetzt musste sie den Mann nur noch finden.

Ihr Handy klingelte, als sie den Parkplatz verließ. Luc. Sie drückte auf die Freisprechanlage. »Was gibt's?«

»Dasselbe wollte ich dich fragen. Wie läuft es?«

»Leidlich.«

»Wann kommst du zurück?«

»Ich bin grad erst angekommen.«

»Ich weiß. Ich dachte nur, dass du es kaum erwarten kannst, wieder von dort zu verschwinden.« Er lachte trocken. »Geister deiner Vergangenheit und so.«

Sie stieß den Atem aus. *Geister, in der Tat.*

»Es hat sich einiges ergeben, Luc. Zwei Sachen, genau genommen. Der Ausflug könnte etwas länger dauern, als ich gedacht habe. Offenbar muss am Haus einiges gemacht werden. Laut Andrew kann ich von Glück reden, wenn ich es überhaupt verkaufen kann.«

»Wer ist Andrew?«

»Ein Nachbar und ein Freund meiner Großmutter. Er ist auch Architekt. Er hat eine ellenlange Liste runtergerasselt, und ich weiß noch nicht, wie ich das alles schaffen soll.«

»Dann lass es! Reiß alles ab und vergiss die Geschichte! Du

kannst die Farm als unerschlossenes Land verkaufen. Außerdem sind dann die Steuern geringer. Sache erledigt!«

Sache erledigt? Die Farm zu verkaufen, war das eine, alles einzureißen etwas völlig anderes. »Ich bin hier aufgewachsen!«

»Wenn ich mich recht erinnere, konntest du es damals kaum erwarten, endlich abzuhauen.«

Seine Erwiderung wurmte sie. Nicht nur seine Worte, sondern auch die herzlose Art, mit der er es gesagt hatte. »Du hast keinen einzigen sentimentalen Knochen in deinem Leib, oder?«

»Das habe ich auch nie behauptet. Das ist Teil meines Charmes. Wo wir gerade von Sentimentalität reden: Andrew, der Architekt, ist nicht zufällig eine der Sachen, die sich ergeben haben, oder?«

Die Frage überraschte sie. »Warum fragst du?«

»Reine Neugier!« Es folgte eine lange Pause, und Lizzy hörte, wie Schubfächer geöffnet und geschlossen wurden, bis er beiläufig sagte: »Du fehlst mir.«

»Tue ich nicht.«

»Woher willst du das wissen?«

»Du hast mir gerade gesagt, dass du keinen sentimentalen Knochen in deinem Leib hast.«

Luc gestand ihr den Punkt zu, indem er das Thema wechselte. »Du hast meine Frage nicht beantwortet. Dieser Andrew, der dir so hilfreich zur Seite steht … Reden wir hier von einer alten Flamme?«

»Tun wir nicht. Er ist nur jemand, den ich von früher kenne und der ein paar Arbeiten für meine Großmutter erledigt.«

»Deine Großmutter ist tot.«

Sie unterdrückte ein Seufzen. »Es ist eine lange Geschichte, und mir ist nicht danach, jetzt darüber zu reden.«

»Meinetwegen. Solange er nicht vorhat, meine neue Creative Director abzuwerben. Du hast eine zweite Sache erwähnt, die sich ergeben hat, und du hast mir versichert, dass es nicht Andrew ist. Was also ist es dann?«

Sie biss sich auf die Lippe und hätte sich am liebsten getreten, weil sie nicht besser aufgepasst hatte. Was sollte sie sagen? *Ich versuche, meine Großmutter von einem Mordverdacht zu entlasten?* »Es ist nichts weiter«, sagte sie schließlich. »Nur ein paar juristische Angelegenheiten, um die ich mich kümmern muss.« Immerhin keine komplette Lüge, denn ein zweifacher Mord *war* eine juristische Angelegenheit. »Wie gesagt, es könnte länger dauern als gedacht.«

»Reden wir hier von Tagen? Wochen?«

»Ich weiß es nicht. Aber ich habe ein paar freie Tage angesammelt und gedenke, sie nun zu nutzen.«

Luc war kurz still. Sie hörte, wie er mit dem Stift auf den Schreibtisch klopfte, wie immer, wenn er genervt war. »Ich finde, du solltest einen kühlen Kopf bewahren«, sagte er schließlich. »Tu, was du tun musst, und verschwinde wieder. Ich verspreche dir, dass es eine Erleichterung sein wird, wenn das alles vorbei ist. Als würdest du ein Kapitel beenden und ein neues anfangen.«

Sie umklammerte das Lenkrad so fest, dass ihre Knöchel weiß hervortraten. »War es das, was du empfunden hast, als deine Mutter gestorben ist? Erleichterung?«

Wieder herrschte Schweigen, wieder klopfte er mit dem Stift. »Menschen sterben, Babe. Das gehört zum Leben dazu. Es gibt keinen Grund, sich schlecht zu fühlen, weil du etwas verkaufst, das dir gehört. Bring es hinter dich und komm nach Hause!«

Vielleicht lag es daran, dass er sie *Babe* genannt hatte, obwohl sie ihn schon hundertmal gebeten hatte, das zu lassen, vielleicht auch an seinem mangelnden Mitgefühl – auf alle Fälle musste Lizzy das Gespräch an diesem Punkt beenden. Sofort, bevor sie etwas sagte, das sie nicht zurücknehmen konnte. »Hör mal, ich muss Schluss machen. Ich sitze im Auto, und auf der Straße ist viel los.«

»Lizzy …«

»Ich ruf dich an, wenn ich mehr weiß.«

ACHT

Lizzy dachte noch immer über ihre Unterhaltung mit Luc nach, als sie in die Einfahrt bog und am Ende einen weißen Kleinlaster sah, der dort parkte. Die Worte *Andrew Greyson, Architekt* prangten auf beiden Türen. Sie erinnerte sich daran, dass Andrew eine Holzlieferung für die Scheune erwähnt hatte. Vermutlich brachte er sie gerade. Sie schirmte beim Aussteigen ihre Augen ab und hielt auf dem Grundstück nach ihm Ausschau, entdeckte aber nur einen Mann in einem abgetragenen grauen Overall, der jetzt auf sie zustapfte.

Er war groß und stämmig und schien ihr vage vertraut. Sie zermarterte sich das Gehirn, bis ihr sein Name wieder einfiel. Zumindest sein Nachname. Die Hanleys hatten früher nebenan gewohnt, auf der Nordseite der Moon Girl Farm. Nicht, dass sie jemals eine besonders nachbarschaftliche Familie gewesen wären. Das galt vor allem für den alten Herrn, der zu viel getrunken und sein Grundstück nur selten verlassen hatte.

Er hatte zwei Söhne gehabt, Hollis und Dennis, die nur ein Jahr voneinander trennte und die zusammenhielten wie Pech und Schwefel. Lizzy kannte die beiden nicht gut genug, um sie auf Anhieb voneinander unterscheiden zu können, aber wenn sie raten müsste, dann würde sie tippen, dass gerade Dennis, der ältere Bruder, auf sie zuhielt. Er hatte sich kaum verändert. Sein Nacken war vielleicht etwas breiter, aber sein Haar war noch immer hell wie junger Weizen, die Augen von demselben, beunruhigenden blassen Blau.

Lizzy winkte ihm höflich zu, aber Dennis ignorierte die Geste und marschierte an ihr vorbei. Ihm folgte der beißende Geruch von Kupfer, Salz und brackigem Wasser. Wie war es möglich, dass niemand sonst ihn wahrnahm? Sie atmete flach, während sie verfolgte, wie er nach den Brettern griff, die vermutlich für die von Andrew geplante Scheunenreparatur gedacht waren.

Als er ein halbes Dutzend Kanthölzer auf seine Schulter lud, rang sie sich ein Lächeln ab. »Wenn Sie mir sagen, wie viel ich Ihnen schulde, schreibe ich Ihnen einen Scheck.«

Er warf ihr einen finsteren Blick zu, ohne stehen zu bleiben. »Er hat mir keine Rechnung gegeben. Hat nur gesagt, dass ich das Zeug abladen soll.«

Er legte das Holz auf den Stapel, der schon vor der Tür zur Scheune aufragte. Auf dem Rückweg atmete er schwer. Lizzy hatte erwartet, er würde ihr wenigstens sagen, dass seine Arbeit damit erledigt war, doch er schlug bloß die Hecktür zu, kletterte in den Laster und ließ sie in einer Staubwolke zurück.

Sie sah ihm nach, als er die Einfahrt hinunterfuhr, unfähig, seinen Gestank abzuschütteln. Oder den kalten Blick in seinen Augen zu vergessen, mit dem er sie angesehen hatte. Es mochte zwar ein Tätowierstudio und ein brandneues Café in der Stadt geben, aber Dennis Hanleys ruppige Art zeigte ihr, dass sich manche Dinge in Salem Creek nicht geändert hatten.

Lizzy blickte noch immer finster drein, als sie Evvie entdeckte, die in ihrer abgenutzten Baumwollschürze durch den Gemüsegarten streifte. Der Garten war nicht mehr das, was er mal war, aber es war ihm besser ergangen als dem Rest der Farm. Hier gedieh nach wie vor eine prächtige Auswahl an Beeren und Gemüse.

Evvie verstaute eine Handvoll grüne Bohnen in der Tasche ihrer Schürze, hob den Kopf und musterte Lizzy. »Sie sehen aus, als hätte jemand Ihr bestes Schwein überfahren.«

Lizzy runzelte die Stirn. »Wie bitte?«

»Das hat mein Daddy immer gesagt, wenn jemand den Kopf hängen lässt. Ich nehme an, es lief mit dem Chief nicht so gut.«

»So kann man es auch nennen. Sie haben die Akte wohl längst geschlossen, und er hat nicht vor, sie wieder zu öffnen. Seine genauen Worte waren: Manchmal kommt die Gerechtigkeit von allein.«

Evvies Miene verfinsterte sich. »Wie haben Sie darauf reagiert?«

»Ich habe ihm lediglich gesagt, dass ich mich umhören werde.«

»Ich wette, das hat ihm nicht gefallen.«

»Nicht wirklich. Er hat mir ziemlich deutlich gesagt, dass es ihm lieber wäre, wenn ich alles auf sich beruhen ließe, und mir was von Grundstückswerten erzählt und davon, dass ich die Leute abschrecken würde. Ich habe ihn gefragt, ob ich mit dem Detective reden kann, der damals die Ermittlungen geleitet hat – Roger Coleman heißt er –, aber der ist wohl weggezogen. Laut Summers hat niemand mehr von ihm gehört, seit er die Polizei verlassen hat.«

Evvie brummte und reinigte ihre Fingernägel. »Da sieht man mal wieder, wie wenig er weiß.«

Lizzy griff nach ihrem Handgelenk. »Was soll das heißen?«

»Das heißt, dass es jemanden gibt, der genau weiß, wo der Mann sich aufhält, und der wohnt direkt nebenan.«

Lizzy sah in die Richtung, in die Evvie mit ihrem krummen Daumen deutete. »Andrew?«

»Ja. Er ist vor zwei Jahren rübergekommen und hat Ihre Oma gefragt, ob sie ein Problem damit hat, wenn er das neue Haus des

Detectives renoviert. Er hat gesagt, er würde den Job nicht annehmen, wenn sie was dagegen hätte. Es war ihm ernst. Aber Sie kennen ja Althea. Sie hat gesagt, der Mann hätte nur seinen Job gemacht und dass er dabei immer höflich war.«

»Also hat Andrew den Job angenommen?«

»Soweit ich weiß, ja. Aber wenn Sie sichergehen wollen, klopfen Sie an seine Tür und fragen ihn.«

***

Auf dem Grundstück der Greysons hatte sich einiges verändert. Die ungepflegte Hecke, die einst fast das ganze Haus eingenommen hatte, war einem Terrassengarten mit blühenden Dahlien, Sonnenbraut und strahlend orangen Taglilien gewichen.

Auch das Haus hatte sich verändert. Auf einer Seite entstand ein Anbau mit großen Fenstern, einer umlaufenden Veranda und einem Feldsteinschornstein, der hoch über die Hügel aufragen würde, wenn er erst einmal fertig war. Nachdem sein Vater gestorben war, hatte Andrew offenbar beschlossen, dem Grundstück seinen eigenen Stempel aufzudrücken.

Lizzy folgte dem Pfad zur Haustür und stellte überrascht fest, dass sie offen stand. Aus dem Innern hallte ihr Gehämmer entgegen. Sie klopfte und rief, den Lärm übertönend: »Hallo? Andrew?«

Das Hämmern verstummte, und wenig später tauchte Andrew auf, sichtlich überrascht, sie in seiner Tür zu sehen. »Hi.« Er wischte sich mit dem Ärmel über das Gesicht und schüttelte Sägespäne aus seinem Haar. »Was gibt's?«

Sie zögerte, als ihr der Zustand des Hauses auffiel. Es war leer, und der Boden war mit robuster Folie ausgelegt worden. »Ich kann später wiederkommen, falls du beschäftigt bist.«

»Wage es bloß nicht! Ich suche nämlich schon eine Weile nach einer Ausrede für eine Pause. Komm rein!«

In der Luft hingen der scharfe Geruch von frisch gesägtem Holz und die süßlichen Dämpfe von Lack. »Du renovierst.« Sie trat in den Flur. »Mir sind die Gärten vorne aufgefallen. Sie sind hübsch geworden. Ich würde allerdings frischen Mulch streuen, dann musst du nicht so oft gießen und dämmst nebenbei noch das Unkraut ein.«

»Du klingst wie deine Großmutter. Sie hat schon alles für mich aufgeschrieben, und eigentlich hat sie die Gärten designt. Bei Wänden und Verkabelungen bin ich ein Genie, aber von den Sachen außerhalb des Hauses habe ich keine Ahnung. Willst du es dir ansehen?«

Sie folgte ihm in die Küche, wo die Dielen von Sägespänen übersät waren. Der Raum war groß und offen, hatte eine Kochinsel in der Mitte und breite Fenster, die zur neuen Veranda hinausgingen. Die Geräte bestanden aus hochmodernem rostfreiem Stahl, die Lampen waren in die Decke eingelassen und die Schränke aus warm schimmerndem, dunklem Holz gezimmert.

»Die wird echt schön.« Lizzy strich mit der Hand über eine der Schranktüren. »Ich liebe das Holz.«

»Ich muss mich noch für eine Granitoberfläche entscheiden. Willst du mir helfen?« Er nahm drei Muster vom Kühlschrank und hielt sie ihr hin. »Die drei sind in der engeren Wahl.«

Sie schaute sich erst in der Küche um, dann besah sie sich wieder die Muster. Nach einem Augenblick nahm sie das in der Mitte – das hellste von ihnen – und hielt es gegen eine der Schranktüren. »Das hier«, sagte sie und reichte es ihm. »Die cremefarbene Oberfläche wird die Küche aufhellen, während die dunklen Adern wunderbar zum Holz und Stahl passen.«

»Alles klar, Madam. Aber ich muss dich warnen, es kann sein, dass ich deine Meinung noch einmal einhole, wenn ich die Möbel aussuche. Wo wir gerade davon reden: Hat Dennis das Holz für die Scheune geliefert?«

»Hat er. Auch wenn ich mir nicht ganz sicher bin, ob es Dennis war. Ich konnte die beiden noch nie auseinanderhalten.«

»Das war definitiv Dennis. Er arbeitet nachts in der Fleischfabrik, aber übernimmt ein paar Tage die Woche Lieferungen und andere Aufgaben für mich.«

»Er ist nicht besonders freundlich, oder?«

Andrew schüttelte den Kopf. »Ich fürchte, nicht, also nimm es nicht persönlich. Er ist schlimmer geworden, seit sein Bruder gestorben ist.«

»Hollis ist gestorben?«

»Vor zwei Jahren. Bei einem Autounfall, kurz nachdem er aus Afghanistan zurück war. Der arme Kerl hatte einfach kein Glück. Er war schon immer etwas langsam gewesen, aber Dennis hat auf ihn aufgepasst. Sie hatten sich zusammen zur Armee gemeldet und angenommen, dass sie auch im Einsatz zusammenbleiben würden, aber das hat nicht geklappt. Hollis hatte es schwer allein. Als er zurückkam, war er kaum wiederzuerkennen. Ich denke, Dennis fühlt sich im Grunde verantwortlich für den Tod seines Bruders. Deshalb bin ich mir ziemlich sicher, dass er den Job bei mir angenommen hat, damit er Hollis' Frau unterstützen kann.«

»O nein … Er war verheiratet?«

»War er. Er hat Bonnie Markhams jüngste Tochter Helen geheiratet. Ihr Baby war nicht mal ein Jahr alt, als er gestorben ist. Ein Mädchen namens Kayla. Sie ist jetzt etwa drei.«

Lizzy schüttelte den Kopf, tief betrübt, dass das Mädchen ohne seinen Vater aufwachsen musste und eine junge Frau ihren Mann verloren hatte. »Wie schrecklich. Aber es ist gut, dass Denis sich um die Familie seines Bruders kümmert. Das hätte ich ihm gar nicht zugetraut… Allerdings sollte ich es besser wissen und nicht vorschnell über andere Leute urteilen.«

Sie sah auf das Granitmuster, das sie noch in der Hand hielt und völlig vergessen hatte. Nun gab sie es Andrew zurück. Mit einem Mal fühlte sie sich unsicher. »Ich wollte dich um einen Gefallen bitten.«

»Nur zu!«

»Ich war heute bei Randall Summers, wegen des Gilman-Falls.«

»Im Ernst?«

Der Ausdruck auf seinem Gesicht sagte alles.

»Ich weiß schon… Warum sollte man das alles wieder aufwärmen? Eigentlich hatte ich das auch gar nicht vor, darauf gebe ich dir mein Wort. Aber jetzt, da ich hier bin, kann ich nur noch daran denken, wie schlimm es für Althea gewesen sein muss… Was die Leute von ihr gedacht haben und…« Sie sah weg und überließ es Andrew, den Gedanken zu Ende zu führen. »Ich hatte gehofft, er könnte mir etwas Neues sagen.«

Andrew schürzte nachdenklich die Lippen. »Ich verstehe, dass du Altheas Namen reinwaschen willst. Es überrascht mich nur, dass du angenommen hast, Summers würde dir helfen. Er war definitiv noch nie ein Freund der Moons.«

»Mag sein, aber irgendwo musste ich doch anfangen. Allerdings hast du recht, er will mir nicht helfen. Er hat lange genug mit mir geredet, um mir zu sagen, dass ich meine Zeit verschwende. Dann ist er zum Mittag mit dem Bürgermeister abgehauen.«

»Typisch.«

»Wieso das?«

»Summers hat die Tage gezählt, bis Cavanaugh entweder in Rente geht oder stirbt. Letzte Woche wurde es offiziell verkündet:

Der Bürgermeister packt seine Koffer und zieht nach North Carolina zu seinen Enkelkindern. Deine Chancen standen nie gut, aber jetzt, unmittelbar vor den Wahlen, wird dir die Polizei von Salem Creek definitiv nicht helfen.«

»Was mich zu dem Gefallen bringt, den ich erwähnt habe.« Sie stellte sich vors Fenster und sah nach draußen. »Ich habe Summers darum gebeten, mich mit dem Detective sprechen zu lassen, der den Fall damals übernommen hat. Laut Summers hat der Mann den Dienst vor ein paar Jahren quittiert und ist danach weggezogen. Er hat auch behauptet, niemand wüsste, wo er heute wohnt. Aber Evvie hat gesagt, dass du ihn kennst.«

»Du sprichst von Roger.«

Sie drehte sich vom Fenster weg und spürte plötzlich Hoffnung aufkeimen. »Genau! Weißt du, wie ich ihn kontaktieren kann? Hast du eine Adresse oder eine Telefonnummer?«

Er fuhr sich mit der Hand durchs Haar und wog offenbar seine Antwort ab. »Ich habe beides, aber ich bezweifle, dass er sich freuen wird, wenn ich sie dir gebe. Er ist jetzt Privatermittler und arbeitet für seinen Bruder in Dover. Ich könnte ihn aber anrufen und fragen, ob er bereit ist, mit dir zu sprechen. Kann sein, dass er es nicht ist. Ich habe den Eindruck, dass er nicht gerade gern an die Polizei von Salem Creek zurückdenkt.«

»Ruf ihn an! Bitte! Ich will ihm nur ein paar Fragen stellen und sehen, ob wir etwas Neues rausfinden können. Es bringt vermutlich nichts, aber einen Versuch ist es wert.«

Andrew musterte sie kurz, wobei er den Kopf zur Seite geneigt hatte, als gäbe es ein Rätsel zu lösen. »Ich bin neugierig. Vorhin hast du gesagt, dass du das alles nie wieder anfassen wolltest. Jetzt redest du davon, Steine umzudrehen und Salem Creek auf den Kopf zu stellen. Das ist ein ziemlich großer Richtungswechsel.«

»Ich weiß. Und ich wünschte, ich könnte es erklären. Aber letzten Endes weiß ich selbst nicht, was passiert ist. Ich war wütend, als ich weggezogen bin. So wütend, dass ich geschworen habe, nie wieder einen Fuß in diese Stadt zu setzen.«

»Aber jetzt bist du wieder hier.«

Sie nickte. »Genau.«

»Es ist ein langer Weg von New York. In jeder Hinsicht.«

Sie zuckte die Achseln, denn sie wusste, dass ihre Antwort für jemanden wie ihn albern klingen würde. Genau wie für alle anderen. »In New York fühle ich mich sicher. Ich weiß, dass das vermutlich seltsam klingt, aber es ist dort viel einfacher, ein anonymes Leben zu führen. Man ist nur eine von Millionen Menschen, alle mit ihrer eigenen Geschichte, für die aber niemand Zeit hat. Ich bin mir sicher, dass das keinen Sinn für dich ergibt. Du wolltest nie verschwinden oder einfach unsichtbar sein, ich schon … Manchmal will ich das auch jetzt noch.«

»Eines kann ich dir mit Sicherheit sagen: Du wirst nicht unsichtbar sein, wenn du anfängst, Fragen nach diesem Doppelmord zu stellen.«

»Ich weiß. Aber manchmal muss man sich aus dem Versteck wagen, nicht wahr? Um für das einzustehen, was richtig ist. Ich muss immer wieder daran denken, dass es vielleicht etwas geändert hätte, wenn ich mich nicht versteckt hätte, als sich alle auf Althea gestürzt haben. Aber ich habe mich verkrochen und all das geschehen lassen.«

»Lizzy, du kannst dir nicht die Schuld an dem geben, was passiert ist. Das hier ist Salem Creek. Hier wird man nicht ermordet, man stirbt aus Langeweile und in hohem Alter. Die Stadt ist durchgedreht, als die beiden Mädchen tot aufgefunden wurden. Die Leute hatten Angst, und wenn man Angst hat, macht man die dümmsten

Dinge, derer man sich hinterher schämt. Althea ist gewissermaßen in ein Buschfeuer geraten, das am Ende die ganze Stadt verschlungen hat.«

»Genau wie meine Großmutter.«

»Und dich.«

»Ja«, sagte Lizzy leise. »Und mich.«

»Hast du keine Angst, dieses Feuer nochmals zu entfachen?«

»Doch, die habe ich. Aber noch größere Angst habe ich davor, wegzugehen, ohne versucht zu haben, die Wahrheit herauszufinden. Althea hat das verdient, auch wenn ich acht Jahre zu spät dran bin.«

»Ich rufe Roger morgen früh an. Garantieren kann ich dir nichts, aber er ist ein anständiger Kerl. Er hat den Job ernst genommen, nur sind Summers und er ständig aneinandergeraten. Deshalb hat es niemanden überrascht, als er gegangen ist und in der Anwaltskanzlei seines Bruders als Privatermittler angefangen hat. Er kann dir bestimmt weiterhelfen, aber wie gesagt, ich habe keine Ahnung, wie er reagieren wird. Bedenkt man, wie es zwischen ihm und Summers gelaufen ist, kann es sein, dass er die Finger von der Sache lässt.«

Lizzy nickte. Nur eine Närrin würde sich freiwillig dieser grausigen Geschichte annehmen. »Danke. Egal, was er sagt, ich weiß deine Hilfe zu schätzen. Gib mir Bescheid, sobald du etwas von ihm hörst.«

NEUN

21. Juli

Lizzy zog sich der Magen zusammen, als Andrew auf die Dover Point Road fuhr. Roger Coleman war einverstanden, mit ihr zu reden, aber unter zwei Bedingungen: Andrew sollte beim Gespräch dabei sein, und Lizzy durfte auf gar keinen Fall von ihm verlangen, dass er mit Randall Summers reden würde. Andrew hatte anscheinend mit seiner Einschätzung der Beziehung zwischen dem Detective und seinem Ex-Chef richtig gelegen.

Sie war sich nicht sicher, wie sie reagieren würde, wenn sie den Detective wiedersehen würde. Die Vorstellung, erneut dem Mann gegenüberzustehen, der mit einem Durchsuchungsbefehl in der Tasche an ihre Tür geklopft hatte, begeisterte sie nicht gerade. Aber jetzt war es zu spät für einen Rückzieher. Sie bogen in die schmale Einfahrt ein, die hohe, vom Wind gekrümmte Kiefern säumten.

Das Grundstück war weitläufig und schattig, ein tortenrundes Anwesen, das sich in die Bucht von Little Bay schmiegte. Das Haus war ein kleiner schieferblauer Bungalow im Cape-Cod-Stil mit strahlend weißen Fensterläden. Im Hof neben dem Haus stand ein Segelboot auf Klötzen, vermutlich, um repariert zu werden.

Lizzy ließ ihre Handtasche auf dem Sitz liegen und stieg aus, keineswegs darauf gefasst, dass Roger Coleman plötzlich neben dem Rumpf des Segelboots von einem umgedrehten Milchkasten aufstehen würde. Als er sich nun näherte, machte sie sich innerlich auf das Schlimmste gefasst. Sie erinnerte sich noch, wie groß er war und wie höflich, wie eindrucksvoll mit seinem dunklen, kurzen Haar und dem kantigen, schmalen Kiefer. In den vergangenen Jahren hatte er sich kaum verändert. Er war noch immer groß, noch immer hager und noch immer eindrucksvoll, auch wenn sein Haar jetzt von silbernen Strähnen durchwirkt war und er die gebügelte olivgrüne Hose samt Blazer gegen eine lockere Jeans sowie ein löchriges T-Shirt eingetauscht hatte.

Andrew streckte ihm mit einem breiten Lächeln die Hand entgegen. »Du arbeitest immer noch an dem alten Rumpf, wie ich sehe.«

Roger strahlte und schüttelte Andrews Hand. »Das Boot ist bald für die Segel bereit. Mit etwas Glück kann ich es zu Wasser lassen, bevor die Stege freigegeben werden.« Seine Brust schwoll vor Stolz, und er zeigte mit dem Daumen über seine Schulter. »Ich habe es sogar geschafft, ihm einen Namen zu geben.«

Es war ein kleines Boot, nicht länger als zehn Meter, mit einem einzelnen Mast und einem hellblauen Rumpf. Lizzy kniff die Augen zusammen, um die Buchstaben zu erkennen, die am Heck angebracht worden waren: *Sleuth John B.* Es war eine Anspielung auf das alte Lied *Sloop John B.* von den Beach Boys. Anstelle von *sloop,* Schaluppe, hatte er *sleuth* verwendet, das englische Wort für Schnüffler, womit er wiederum auf seinen Beruf anspielte. Allerdings fiel es Lizzy schwer, sich vorzustellen, wie jemand von Colemans beachtlicher Größe in die winzige Kabine passen sollte.

Sie sah wieder zu Coleman und neigte den Kopf, als Andrew sie vorstellte. Ohne zu lächeln, hielt sie ihm die Hand hin. Sie erkannte den Geruch von polierten Schuhen und frisch gebügelter Baumwolle, was perfekt zu dem geradlinigen Detective passte. Aber da war noch etwas anderes, der schwache Duft von nassem Laub, der nicht mit dem Rest harmonierte. Es war ein dunkler, glatter Geruch, den sie immer mit Trauer oder Traurigkeit in Verbindung gebracht hatte, aber als sie sich dazu zwang, seinen Blick zu erwidern, sah sie nichts, was darauf hingewiesen hätte. Vielleicht war sie aus der Übung.

»Danke, dass Sie sich auf das Gespräch mit mir eingelassen haben, Detective.«

Coleman musterte sie aus Augen, deren Farbe irgendwo zwischen silbergrau und grün changierte. Lizzy erinnerte sich noch gut an diesen Blick: scharf und beunruhigend beständig, den der Detective erst dann abwandte, wenn er sich ein genaues Bild gemacht hatte. »Roger«, korrigierte er sie gelassen. »Roger reicht.«

Er geleitete sie ins Haus und goss ihnen jeweils ein Glas Eistee ein. Dann führte er Lizzy kurz durch die Räume, um ihr zu zeigen, welche Arbeiten Andrew vor zwei Jahren durchgeführt hatte. Die Wand, die er zwischen Wohnzimmer und Küche eingerissen hatte, den verglasten Durchgang zur Terrasse und die Oberlichter im Wohnzimmer.

Anschließend traten sie auf die Veranda hinaus in die Nachmittagssonne. Hinter dem Haus erstreckte sich die Bucht, silbern und ruhig bei fast vollständiger Flut. Lizzy hob den Kopf, dankbar für die Brise, die vom Wasser heranwehte.

»Also«, sagte Roger, nachdem sie sich auf den Stühlen niedergelassen hatten. »Andrew hat mir erzählt, dass Sie auf einer Mission sind.«

Lizzy sah zu Andrew, der die Eiswürfel in seinem Glas schwenkte und auf das Wasser schaute. Er hatte das Treffen organisiert und zugestimmt, sie zu begleiten, der Rest lag bei ihr.

»Ja, ich schätze, so kann man das nennen.« Sie schwieg kurz, unsicher, wo sie anfangen sollte. »Meine Großmutter hat den Mädchen nichts angetan«, sagte sie schließlich. »Das war jemand anders. Wenn es einen Weg gibt, herauszufinden, wer, dann will ich es versuchen.«

Roger betrachtete sie aus seinen graugrünen Augen. »Ihnen ist klar, dass die Chancen, heute noch etwas herauszufinden, nicht gut stehen, oder? Sie werden nur alle an ihre alten Verdächtigungen erinnern.«

»Ich weiß.«

»Und trotzdem wollen Sie das tun?«

»Ja.«

»Selbst, wenn Sie etwas herausfinden, das Sie nicht wahrhaben wollen?«

Sie wusste, worauf er anspielte: dass sie auf ihrer Suche nach der Wahrheit Beweise aufdeckte, die gegen Althea sprachen, statt sie zu entlasten. Aber er wusste nicht, was sie wusste, nämlich dass Althea niemandem etwas zuleide tun konnte und schon gar nicht zwei Mädchen.

»Das werde ich nicht.«

Er nickte kühl, bereit, sie fürs Erste beim Wort zu nehmen. »Also, was wollen Sie wissen?«

»Warum haben Sie die Polizei verlassen?«

Er blinzelte, sichtlich von der Frage überrascht. »Weil es an der Zeit war.«

Mit seiner ausweichenden Antwort teilte er ihr höflich mit, dass sie das nichts anging. Aber wenn sie ihm vertrauen sollte, musste sie seine Geschichte kennen und verstehen, warum er den vermutlich größten Fall seiner Karriere nicht zu Ende gebracht hatte. »Sie haben sich also zur Ruhe gesetzt?«

»Offiziell? Nein.« Er sah auf das Wasser raus, wo ein rot-weißes Segelboot träge vor Anker lag. »Ich habe gekündigt. Weil ich meinen Job nicht mehr effektiv durchführen konnte.«

»Was genau heißt das?«

»Das heißt, dass Chief Summers und ich unterschiedliche Vorstellungen davon hatten, welche Verantwortung die Polizei der Öffentlichkeit gegenüber hat. Er wollte, dass der Gilman-Fall zu den Akten gelegt wird, und ich wollte weiter ermitteln, bis ich ihn aufgeklärt hatte.«

Colemans sachlicher Tonfall überraschte sie. »Sie glauben nicht, dass er den Fall aufklären wollte?«

»Anfangs vielleicht. Als er jede Menge Aufmerksamkeit von den Medien bekommen hat. Der große Boss, dessen Name in der Zeitung stand und der stets für Interviews zu haben war. Aber dann wurde die Berichterstattung immer negativer, und er trat auf die Bremse. Er hat unsere Arbeitszeit reduziert, uns die Mittel gekürzt, Anträge nicht unterschrieben und verhindert, dass wir Beweisstücke ins Staatslabor schicken, weil dafür angeblich kein Geld da war. Um die Presse sollten wir gefälligst einen Bogen machen, und alle Aussagen mussten von ihm genehmigt werden. Es kam mir komisch vor. Er war zwar schon immer ein kleiner Tyrann gewesen, aber hier steckte irgendwie noch mehr dahinter.«

»Und was?«

»Es war, als würde hinter den Kulissen noch etwas vor sich gehen, von dem der Rest von uns nichts wusste.«

»Haben Sie ihn zur Rede gestellt?«

»Man stellt Randall Summers nicht zur Rede. Aber ich habe meine Kritik angebracht.«

»Und was ist daraufhin passiert?«

Coleman zuckte die Achseln. »Ich habe ein Segelboot gekauft und angefangen, für meinen Bruder zu arbeiten.«

»Verstehe.«

»Verstehen Sie mich nicht falsch. Mir gefällt meine Arbeit. Sie ist nützlich. Aber für Recht und Ordnung zu sorgen, liegt mir im Blut. Ich weiß, dass es abgedroschen klingt, als wäre ich eine Art Pfadfinder oder so was, aber ich habe meinen Job immer geliebt. Ich denke, so geht es den meisten von uns. Wir sind stolz auf das, was wir tun. Weil wir glauben, dass von uns wirklich etwas abhängt.« Er verstummte und sah wieder zur Bucht raus, zu einem Vater und dessen Sohn, die in einem Fischerboot herumalberten. Er lächelte, als er sich umdrehte, aber das Lächeln verblasste schnell wieder. »Manche von uns geben ihr Leben für den Job. Der Job erwidert den Gefallen nicht immer.«

Lizzy spähte zum Haus zurück. Bisher hatte sie nicht darauf geachtet, doch es gab weder Anzeichen dafür, dass er mit jemandem zusammenlebte, noch einen Ring an seinem Finger. Single? Geschieden? Sie erinnerte sich wieder an den Hauch von nassem Laub, den sie vorhin gerochen hatte, und fragte sich, ob Roger Coleman etwas – oder jemanden – für seinen Job aufgegeben hatte und das nun bereute.

Andrew schwenkte noch immer gedankenverloren seinen Tee. Die Eiswürfel klirrten rhythmisch gegen das Glas. Er stellte es ab und beugte sich vor, die Ellbogen auf die Knie gestützt. »Würde es gegen die Regeln verstoßen, wenn du mit uns darüber redest, wo die Ermittlungen standen, als du gegangen bist? Wir wollen nicht, dass du gegen deine Prinzipien verstößt, aber Lizzy hat ebenfalls ein Pflichtgefühl. Sie will sich nicht irgendwann den Vorwurf machen, etwas unversucht gelassen zu haben, um den Namen ihrer Großmutter reinzuwaschen. Sie war zuerst bei Summers, aber er war keine große Hilfe.«

Roger nickte langsam. »Ich würde gern behaupten, dass mich das überrascht, aber das tut es nicht. Dem Mann ist die öffentliche Sicherheit scheißegal. Für ihn ist der Posten als Chief nur ein Job. Ein Sprungbrett, wenn du so willst.«

Andrew suchte Lizzys Blick und schien ihr zu sagen: Siehst du! »Bürgermeister Cavanaugh hat gerade seinen Rücktritt verkündet …«

Rogers Lippen wurden schmal. »Dann kannst du wetten, dass die *Wählt-Summers-*Plakate schon gedruckt werden. Nicht, dass es ein großes Geheimnis wäre. Wir alle wussten, dass er es auf den Bürgermeisterposten abgesehen hatte. Mindestens. Wir haben gesehen, wie er daran gearbeitet hat, wie er die bekannten Fälle ausgenutzt hat, damit sein Name in den Zeitungen erscheint. Er liebte das Rampenlicht – außer er steht schlecht da, dann will er nichts damit zu tun haben.«

Andrew runzelte die Stirn. »Du denkst, die Gilman-Morde ließen ihn schlecht dastehen?«

Roger stieß einen langen Atemzug aus. »Die Gilman-Morde ließen uns alle schlecht dastehen. Die Leute von Salem Creek sind nicht daran gewöhnt, ein derartiges Verbrechen in den lokalen Nachrichten zu sehen. Tun sie es doch, dauert es nicht lange, bis sie mit dem Finger auf dich zeigen. Und sie haben nicht nur auf Summers gezeigt. Cavanaugh hat auch einiges abbekommen, und die Wahl stand vor der Tür … Es lag daher in unser aller Interesse, die Akte rasch zu schließen.«

»In unser aller nicht gerade«, widersprach Lizzy. »Aber er hat bekommen, was er wollte. Es gab keine Aufklärung des Falls, keine Verhaftung und keine Gerichtsverhandlung! Rein gar nichts!«

Roger verschränkte die Finger und musterte sie. »Sie müssen die Beweise bedenken, die wir damals hatten. Oder eher: die wir nicht hatten. Wir hatten die beiden Leichen und einen anonymen Tipp, aber nichts, was Ihre Großmutter direkt mit den Morden in Verbindung gebracht hätte. Kein Motiv. Keine Mordwaffe. Keine nennenswerten Spuren. Stellen Sie sich vor, wir hätten sie festgenommen, nur damit sich die Meute wieder beruhigt. Dann wäre es zur Gerichtsverhandlung gekommen, aber wir hätten keine Anklage erheben können, und Ihre Großmutter wäre freigesprochen worden. Den Leuten vor Augen zu halten, dass in seiner Amtszeit zwei Mädchen gestorben sind, Chief Summers die Mörderin aber laufen lassen muss, wäre das Letzte gewesen, was Cavanaugh zu der Zeit brauchen konnte, denn er war, wie gesagt, auf Stimmenfang.« Er zuckte schwermütig die Achseln. »Wenn man niemanden anklagen kann, tut man manchmal besser nichts, bevor man in ein Wespennest sticht. Die Strategie ist aufgegangen, schließlich ist Cavanaugh immer noch Bürgermeister.«

Andrew richtete sich auf, als wäre ihm gerade die volle Bedeutung von Rogers Worten klar geworden. »Du denkst, Cavanaugh hat Summers gebeten, die Ermittlungen zu behindern?«

»Nein«, erwiderte Roger matt. »Ich denke, Cavanaugh hat ihm gesagt, er solle die Sache unter den Teppich kehren. Anfangs war Summers vermutlich nicht gerade erpicht darauf. Mit einer Verurteilung hätte er als Held dagestanden, als Hüter von Recht und Ordnung. Aber sobald ihm klarwurde, wie unwahrscheinlich eine Verurteilung war, hat er, ohne zu zögern, die Richtung gewechselt. Ich denke, da hat eine Hand die andere gewaschen. Cavanaugh wollte, dass die Sache pünktlich zur Wahl in Vergessenheit gerät, und Summers will jetzt seine Unterstützung, um seine Nachfolge als Bürgermeister anzutreten, wenn Cavanaugh in Rente geht und nach North Carolina verduftet.«

Lizzy war fassungslos. »Dann hat er die Ermittlungen also blockiert?«

»Er hat dafür gesorgt, dass sie im Sande verlaufen. Angeblich hat es am Geld gelegen, doch das hat ihm niemand abgekauft. Da haben wir einen Riesenfall – und plötzlich dürfen meine Leute keine Überstunden mehr machen und kriegen keine Genehmigungen mehr fürs Labor, sodass nie festgestellt worden ist, wie lange die Mädchen im Wasser lagen oder ob sie womöglich vergiftet wurden. Beim Drogentest hat man zwar nur Alkohol nachgewiesen, aber das ist nicht so ungewöhnlich, wenn die Proben erst lange nach dem Tod entnommen werden. Gärungsprozesse verzerren alles. Wenn dann noch zwei Wochen unter Wasser dazukommen, wird es richtig kompliziert.«

»Was ist mit den Gilmans?«, fragte Lizzy, die unbedingt das Thema wechseln wollte. »Haben sie nicht auf Aufklärung bestanden?«

»Das haben sie, zumindest Fred Gilman. Aber Summers hat ihn davon überzeugt, dass die Ermittlungen in einer Sackgasse gelandet sind, und damit hatte es sich. Nicht, dass Gilman jemals aufgehört hat, Ihrer Großmutter die Schuld zu geben, aber das war Summers nur recht. Ihm war egal, was die Leute glaubten, solange er und Cavanaugh sich nicht die Hände schmutzig machen mussten.«

Lizzy starrte ihn sprachlos an. »Sie wollten sich die Hände nicht schmutzig machen? Meine Großmutter hat Morddrohungen bekommen, Detective. Jedes Mal, wenn sie das Haus verließ, hatten wir Angst um sie.«

»Ich weiß. Die Sache ist … aus dem Ruder gelaufen. Aber in Heathers Tasche wurde nun einmal diese Phiole gefunden. Aus blauem Glas, genau wie die Fläschchen, die Ihre Großmutter benutzt, aber ohne Etikett. Und als sie dann noch bestätigt hat, dass die Mädchen an dem Nachmittag, an dem sie verschwunden sind, in ihrem Laden waren, haben die Leute natürlich ihre eigenen Schlüsse gezogen. Wir alle – uns eingeschlossen – gingen davon aus, dass Althea die letzte Person war, die die Mädchen lebend gesehen hatte.«

»*Zuversicht*«, sagte Lizzy leise. »So heißt das Öl, das sie an dem Tag für Heather hergestellt hat. Heather wollte, dass sich ein Junge in sie verliebt. Deshalb ist sie in den Laden gekommen, für einen Liebestrank. Aber Althea hat nicht an Liebestränke geglaubt. Sie fand sie manipulativ, also hat sie Heather stattdessen dieses Öl verkauft, das sie auf ihre Handgelenke träufeln sollte. Eine Mischung aus Zedern- und Nelkenöl, die das Selbstvertrauen stärkt. Es ist kein Beruhigungsmittel und auch nicht giftig. Aber das hat meine Großmutter Ihnen alles schon damals gesagt.«

Roger nickte. »Das hat sie.«

»Sie haben ihr nicht geglaubt.«

»Der Flaschenhals war abgebrochen, als wir die Phiole aus Heathers Tasche gezogen haben. Es gab nichts zum Testen, nichts, um den Inhalt zu überprüfen. Ein Beruhigungsmittel hätte immerhin erklärt, wie jemand im Alter Ihrer Großmutter in der Lage gewesen wäre, zwei junge Frauen zu überwältigen … Wir haben unseren Job gemacht, Ms Moon.«

»Ich war da, als Sie mit Ihren Leuten zu uns gekommen sind«, sagte Lizzy leise. »Ich habe Sie reingelassen.«

»Ja.« Roger neigte den Kopf zur Seite, ein Zeichen, dass ihr Gespräch auch für ihn eine unangenehme Wendung genommen hatte. »Ich erinnere mich.«

Lizzy erhob sich abrupt und trat an das Geländer. Die Mischung aus Wut und Erinnerungen weckte in ihr ein mulmiges Gefühl. Andrew musste ihre Stimmung gespürt haben, denn er stand auf einmal neben ihr und legte auf dem Geländer eine Hand auf ihre. Er sagte nichts, aber die Frage in seinen Augen war nicht schwer zu lesen.

Alles in Ordnung?

Als sie nickte, drehte er sich wieder zu Roger. »Du sprichst einen Punkt an, der mich schon immer gestört hat, Roger. Althea Moon war höchstens einen Meter sechzig groß, und ich bezweifle, dass sie mehr als fünfundvierzig Kilo gewogen hat. Wäre sie wirklich stark genug gewesen, um die Kopfwunden zu verursachen, die bei beiden Mädchen festgestellt wurden?«

»Nur Darcy, die jüngere der beiden, hatte eine Kopfverletzung«, erklärte Roger ernst. »Stumpfe Gewalteinwirkung am Hinterkopf und am Scheitel. Subdurales Hämatom. Grausige Sache. Aber die Gerichtsmedizin konnte die Todesursache nicht einwandfrei feststellen. Es gab wohl pulmonale Blutungen, wie man sie manchmal bei Ertrunkenen findet. Aber nach zwei Wochen in einem Teich ist das schwer zu sagen. Heather war erwürgt worden. Zerquetschte Luftröhre, zwei gebrochene Halswirbel. In der Lunge fand sich kein Wasser, was heißt, dass sie tot war, bevor jemand sie in den Teich verfrachtet hat.«

Lizzy spürte unweigerlich Respekt für Roger Coleman. Acht Jahre waren seit dem Mord an den Gilman-Mädchen vergangen, und er erinnerte sich noch immer an ihre Namen, nannte sie Darcy und Heather, sah in ihnen keine gesichtslosen Opfer.

Andrew zog die Augenbrauen zusammen, als würde ihm etwas Kopfzerbrechen bereiten. »Gab es einen zeitlichen Unterschied zwischen den beiden Toden?«

Roger zuckte die Achseln. »Der Verwesungszustand war bei beiden ähnlich, aber das hat mehr damit zu tun, wie lange sie im Wasser waren, und weniger mit dem eigentlichen Todeszeitpunkt. Wahrscheinlich sind sie kurz nacheinander gestorben, aber sicher können wir uns nicht sein. Es gibt viel, worin wir uns nicht sicher sein können.«

»Ich denke nur laut nach, aber wenn wir die Größe ignorieren, wie wahrscheinlich ist es dann, dass Althea Heather und Darcy hätte umbringen können? Ich meine, eine Frau in den Sechzigern gegen zwei Jugendliche? Mindestens eine von beiden hätte doch entkommen müssen. Es sei denn natürlich, sie wären gefesselt gewesen … Das waren sie aber nicht, oder?«

»Nicht, als sie in den Teich gebracht wurden. Man hat beim Tauchen nach Seilen, Klebeband oder anderen Dingen gesucht, mit denen man sie hätte fesseln können, aber nichts gefunden.«

»Wie hätte Althea das dann schaffen sollen?«

»Das ist die Frage, oder? Es ist eine der Sachen, die mir keine Ruhe gelassen haben.«

Lizzy riss den Kopf hoch. Es war das erste Mal, dass er Zweifel an Altheas Schuld angedeutet hatte, und sie klammerte sich daran. »Sie glauben nicht, dass sie es getan hat.«

»Das habe ich nicht gesagt.«

»Aber Sie haben Zweifel daran. *Das* haben Sie gerade gesagt.«

»Anfangs hatte ich die nicht. Die Leichen wurden im Teich Ihrer Großmutter gefunden, von Steinen beschwert. Wenn uns der Job eines beibringt, dann dass es einen Grund dafür gibt, warum offensichtlich Verdächtige verdächtig sind. Aber es ist nicht mein Job, zu entscheiden, wer schuldig ist und wer nicht. Mein Job ist es, den Beweisstücken zu folgen. In diesem Fall gab es einige Dinge, die einfach nicht zusammenpassten.«

»Zum Beispiel?«

»Zum Beispiel, dass unser Informant sich nicht gemeldet hat, obwohl wir ihn darum gebeten haben. Nicht mal, als wir die Belohnung erhöht haben. Und dann ist da noch das Motiv. Ich konnte mir ums Verrecken nicht erklären, warum Ihre Großmutter den beiden jungen Frauen hätte schaden wollen, nur um sie dann in ihrem eigenen Teich zu versenken. Sie hätte wissen müssen, dass man sie dort irgendwann finden würde. Die Leute haben sich über Althea Moon den Mund zerrissen, aber niemand hat je behauptet, sie wäre dumm.«

»Nein«, sagte Lizzy ruhig, »dumm war sie wirklich nicht. Wer also hat es dann getan?«

Roger schüttelte den Kopf. »Das ist das andere Problem. Es ist viel schwerer, zu beweisen, dass Leute etwas *nicht* getan haben, als zu beweisen, dass sie es getan haben. Große Fälle entwickeln häufig ein Eigenleben. Die Beweismittel deuten in eine bestimmte Richtung, und plötzlich drehen alle den Kopf dorthin. Die Medien, die Öffentlichkeit und, ja, manchmal auch das Gesetz. Dann ist eine spektakuläre Entdeckung nötig, um die Sache wieder in eine andere Richtung zu lenken. Eine solche Entdeckung hatten wir einfach nicht. Wir hatten gar nichts.«

»Es war also okay für Sie, dass alle Althea für schuldig gehalten haben?«

Roger erhob sich steif von seinem Stuhl. »Folgen Sie mir.«

Lizzy wechselte einen Blick mit Andrew, bevor sie Roger ins Haus folgten. Sie liefen erst durch die Küche und das Wohnzimmer, dann durch einen kurzen Korridor mit drei Türen, von denen zwei offen standen. Die erste gehörte zu einem kleinen Gästebad, die zweite zu Rogers Schlafzimmer, in dem nur ein Bett, ein Schreibtisch und vorm Fenster ein Laufband standen.

Die letzte Tür war geschlossen. Roger öffnete sie wortlos und trat beiseite, um Lizzy und Andrew den Vortritt zu lassen. Das Zimmer war klein und dunkel, die Jalousien waren geschlossen, um das Licht der Nachmittagssonne auszusperren. Es gab keine Möbel, nur stapelweise Pappkartons auf dem Boden in der Mitte des Raums.

Lizzy sah von den Kisten zu Roger. »Was ist das?«

»Das«, sagte Roger wehmütig, »ist meine Karriere. Oder war es. Mein persönliches Archiv, mit Material zu jedem einzelnen Fall, den ich als Detective bearbeitet habe.« Er trat ins Zimmer und lief auf zwei Kartons zu, die abseits vom Rest standen. »Und das hier«, er legte eine Hand auf die oberste Kiste, »sind die Gilman-Akten.«

Lizzy beäugte ihn skeptisch. »Dürfen Sie die überhaupt haben?«

»Es sind keine offiziellen Polizeidokumente. Nur ein paar Sachen, die ich zusammengetragen habe, damit ich zu Hause an dem Fall weiterarbeiten konnte. Hauptsächlich Notizen.« Er hob den Deckel hoch und zog eine Handvoll kleiner schwarzer Notizbücher raus. »Man hat mir vorgeworfen, dass ich nie etwas wegwerfe, aber die Wahrheit ist, dass ich besser denke, wenn ich etwas auf Papier schreibe.«

Lizzy trat näher und warf einen Blick in den Karton mit den vielen Notizbüchern und Aktenordnern.

»Das müssen Hunderte von Seiten sein. Was ist das alles?«

»Aufzeichnungen zu den Dingen, an die ich mich am Ende eines Tages noch erinnern konnte. Einzelne Gedanken, beiläufige Bemerkungen, denen ich nachgehen wollte. Eindrücke, die ich mir nach den Befragungen oder den täglichen Besprechungen aufgeschrieben habe. Alles, von dem ich dachte, dass es irgendwann einen Sinn ergeben könnte.«

»Wie haben Sie nur die Zeit für all das gefunden?«

»Wie gesagt: Manche von uns geben ihr Leben für den Job.

Meine Frau und mein Sohn kamen ums Leben, kurz nachdem ich zum Detective befördert wurde. Sie waren auf dem Rückweg von einem Taekwondo-Wettkampf, an dem mein Sohn in Manchester teilgenommen hat. Die Straßen waren glatt, und das Auto ist über den Mittelstreifen in den entgegenkommenden Verkehr geschlittert. Ich hätte sie an dem Abend begleiten sollen, aber ich steckte in einer Befragung fest. Wenn ich gefahren wäre …« Sein Blick wanderte kurz zu Lizzy. »Mein Sohn war elf.«

Ihr schnürte sich die Kehle zu. Offenbar war sie doch nicht aus der Übung. Seine Frau *und* sein Kind. Wie hatte er diesen Verlust nur verkraften können? Wie schaffte er es, einen Fuß vor den anderen zu setzen, nachdem er alles verloren hatte, was ihm wichtig war?

»Das tut mir leid.«

Roger ließ die Schultern sinken. Er fühlte sich fraglos unwohl mit seiner Trauer. »Danach gab es nur noch den Job. Und meine Aufzeichnungen. Es ist alles hier.«

Andrew reckte den Hals, um den Inhalt der Kiste zu inspizieren. »Ich kann kaum glauben, dass du das alles aufgehoben hast.«

»Mein Bruder ist Strafverteidiger. Das Erste, was er mir eingeschärft hat, nachdem ich bei der Polizei angefangen habe, war, dass ich sämtliche Notizen aufheben muss. Man weiß nie, wann man einen Fall wieder aufrollen muss. Das habe ich nie vergessen. Ihr ahnt ja nicht, wie oft ein winziges Detail einen Fall in eine neue Richtung gelenkt hat. Nicht, dass das hier einer von diesen Fällen wäre. Ich habe weiß Gott genug Stunden damit verbracht, etwas zu suchen, das ich übersehen haben könnte. Leider habe ich nichts gefunden.«

Lizzy bewunderte Roger Coleman immer mehr. »Sie scheinen den Fall sehr ernst genommen zu haben.«

»Ich habe alle meine Fälle ernst genommen, aber ich gebe zu, dass mir dieser hier an die Nieren gegangen ist. Ich weiß, wie es ist, ein Kind zu verlieren, aber ich musste mich nie fragen, was meinem Sohn geschehen ist. Das wusste ich. Die Gilmans nicht. Sie wissen es immer noch nicht. Ich kann mir überhaupt nicht vorstellen, wie es ist, jeden Tag in dem Wissen aufzuwachen, dass das eigene Kind gestorben ist, ohne dass man weiß, wie oder warum. Deshalb war ich auch einverstanden, mit Ihnen zu reden. Als Andrew mir gesagt hat, dass Sie das alles wieder aufwärmen wollen, ist mir klar geworden, dass die Gilmans vielleicht nicht die Einzigen sind, die Antworten verdient haben.«

»Danke, Detective.«

»Roger«, erinnerte er sie. »Ich habe siebzehn Jahre als Detective gearbeitet, und in der Zeit gab es nur drei Fälle, die ich nicht aufklären konnte. Das ist einer von ihnen. Das sage ich Ihnen, damit Sie verstehen, dass ich nur die Wahrheit erfahren will. Wenn ich die Aufzeichnungen noch einmal durchgehe, dann nur, um die Wahrheit herauszufinden. Ich arbeite nicht für Sie.«

»Das verstehe ich. Lassen Sie mich wissen, wenn Sie etwas entdecken. In der Zwischenzeit will ich mit den Gilmans reden.«

Rogers Miene verfinsterte sich. »Sie können es gern versuchen, aber ich bezweifle, dass Sie etwas bei Ihnen ausrichten werden. Als ich das letzte Mal mit ihnen reden wollte, hat mir Fred Gilman fast den Kopf abgerissen, und Mrs Gilman sah aus wie ein Geist. Nicht, dass ich es ihnen vorwerfen würde. Er wollte, dass jemand für den Tod seiner Töchter büßte, und sie wollte endlich einen Schlussstrich unter die Geschichte ziehen. Beide brauchten einen sauberen Abschluss, und den konnte ich ihnen nicht geben.«

»Vielleicht können wir das doch noch«, sagte Lizzy leise. »Wenn sie verstehen, dass ich das auch will, werden sie mit mir reden.«

»Möglich.« Roger klang nicht überzeugt. »Es tut mir übrigens leid um Ihre Großmutter. Sie schien eine gute Frau zu sein, trotz allem, was passiert ist. Ich wünschte, unsere Wege hätten sich unter anderen Umständen gekreuzt.«

Sie sah ihm ins Gesicht. »Sie hat den beiden nichts angetan, Roger.«

»Sie haben keine Ahnung, wie gern ich das glauben würde, Ms Moon.«

»Lizzy«, korrigierte sie ihn. »Und ich schätze, nicht halb so gern, wie ich es Ihnen beweisen will.«

ZEHN

Die Rückfahrt über schwieg Lizzy. Sie spürte zwar, wie Andrew immer wieder zu ihr hinüberlinste, aber sie musste erst einmal verdauen, dass Randall Summers die Ermittlungen blockiert hatte, bevor sie wieder ein Wort über die Lippen bringen würde. Auf eine verdrehte Art gab ihr das Verhalten des Chiefs Hoffnung. Sie hatte angenommen, dass der Polizei die Hinweise ausgegangen waren, aber in Wahrheit waren die Ermittlungen klammheimlich eingestellt worden.

Ihr war jetzt klar, warum Roger die Polizei von Salem Creek nach knapp zwanzig Jahren Dienst verlassen hatte. Sie kannte den Mann kaum, aber sie hatte genug mitbekommen, um zu wissen, dass er geheime Absprachen und offenkundige Dienstvergehen nicht hinnahm. Summers Taktik lief jedoch genau darauf hinaus. Deshalb glaubte sie Roger, dass er in seinen Notizen nochmals nach Hinweisen suchen würde, die er womöglich bisher übersehen hatte. Nicht weil er ihr helfen wollte, sondern weil er die Wahrheit wissen wollte. So war er nun mal.

»Wir sind da«, sagte Andrew, als er in die Einfahrt fuhr. »Wieder zu Hause.« Er parkte den Lieferwagen und drehte sich zu ihr um. »Du hast nicht viel gesagt, seit wir von Roger aufgebrochen sind. Alles in Ordnung?«

»Mir geht's gut.« Mit einer Hand umklammerte sie ihre Handtasche, mit der anderen den Türöffner. Sie wollte zwar eigentlich mit ihren Gedanken allein sein, ließ sich nun aber in ihren Sitz zurücksinken. »Es ist ziemlich viel auf einmal, weißt du? Chief Summers hat zugelassen, dass ganz Salem Creek meiner Großmutter etwas unterstellte, das sie nie getan hat, nur weil er eines Tages Bürgermeister werden wollte. Was ist das für ein Mensch, der so etwas tut?«

»Ein ehrgeiziger.«

Sie schüttelte verständnislos den Kopf. »Damit sollte er nicht durchkommen.«

»Nur hat Summers keinen Boss, außer du nimmst Cavanaugh, und wir können wohl mit Sicherheit sagen, dass er uns nicht helfen wird.«

»Dann sollten wir den Gouverneur informieren. Oder die Medien. Irgendjemand.«

Andrew starrte ins Nichts, die Hände noch immer auf dem Steuer. »Ich verstehe, dass du wütend bist, Lizzy. Aber in wie viele Kämpfe willst du dich stürzen?«

»So viele wie nötig.«

Er stieß den Atem langsam und nachdenklich aus. »Okay. Aber dann vielleicht besser einen nach dem anderen. Konzentrier dich auf das, was jetzt wichtig ist!«

»Ich will mit den Gilmans reden.«

Er verzog das Gesicht. »Du bist vermutlich die letzte Person, mit der die Gilmans reden wollen. Warum wartest du nicht ab, bis Roger etwas herausgefunden hat?«

»Und wenn er nichts rausfindet?«

»Dann sehen wir weiter. Im Moment bin ich mir nur sicher, dass es keine gute Idee ist, die Gilmans da wieder mit reinzuziehen.«

»Ich will herausfinden, was mit ihren Töchtern passiert ist. Denkst du nicht, dass sie mir dabei helfen wollen?«

»Aber sie glauben doch, dass sie schon genau wissen, was damals passiert ist. In ihren Augen versuchst du nur, Altheas Namen reinzuwaschen. Du solltest auch wissen, dass sich die Gilmans vor ein paar Jahren getrennt haben. Fred wohnt noch hier, aber irgendwer hat mir erzählt, dass Susan weggezogen ist.«

Das tat Lizzy leid, aber es überraschte sie nicht. Sie hatte davon gehört, dass nach dem Tod eines Kindes Ehen in die Brüche gehen. Die Frau macht dem Mann Vorwürfe, der Mann schottet sich emotional ab. Sie konnte sich nur schwer vorstellen, wie man weitermachen sollte, wenn plötzlich ein Teil des eigenen Herzens fehlte. Die Gilmans mussten sich das nicht vorstellen. Sie hatten es erlebt.

»Glaubst du, mir ist egal, was sie durchgemacht haben? Ich habe Susan Gilmans Gesicht gesehen, als sie ihre Töchter aus unserem Teich gezogen haben. Ich habe gesehen, wie sie innerlich gestorben ist, als der Wagen der Gerichtsmedizin weggefahren ist. Aber Althea ist auch tot. Ich bin die Einzige, der die Erinnerung an *sie* wichtig ist. Ist das so schlimm?«

»Nein, das ist es nicht. Ich sage nur, dass du darüber nachdenken solltest. Wenn du beschließt, doch mit ihnen zu reden, dann denk daran, dass ihre Trauer anders ist als deine. Vielleicht nicht so frisch, aber genauso tiefgreifend.«

Sie nickte und wollte nun wirklich aussteigen, hielt aber noch einmal kurz inne. »Danke, dass du mir das Gespräch heute ermöglicht hast und mitgekommen bist. Selbst wenn nichts dabei rauskommt, war es nett von dir.«

»Gern geschehen.«

Sie stand auf der Einfahrt und sah, wie Andrew wegfuhr. Vielleicht hatte er recht. Vielleicht sollte sie die Gilmans in Ruhe lassen.

Welches Recht hatte sie, diese alte Wunde aufzureißen, die kaum verheilt war? Salem Creek hatte das alles hinter sich gelassen. Vielleicht war es an der Zeit, dass sie es auch tat, die Farm zum Verkauf anbot und losließ.

Evvie war in der Küche und zog etwas Goldenes und Duftendes aus dem Ofen. Der Geruch von warmen Blaubeeren hing in der Luft. Lizzy sah das Blech auf dem Ofen und musste an Althea denken. Niemand machte Blaubeerkuchen wie sie, aber dieser glänzte – und roch – fast genauso.

»Sie haben Kuchen gebacken.« Sie lächelte. »Ich liebe Blaubeerkuchen!«

»Das hat mir Ihre Oma erzählt.«

»Wir haben unsere eigenen Blaubeeren gesammelt und zu Hause ein großes Chaos veranstaltet. Wenn wir fertig waren, waren meine Finger und Lippen blau. Es ist meine liebste Nachspeise.«

»Auch das hat sie mir verraten.«

Sie sah erst auf das Blech mit dem saftigen, goldbraunen Kuchen, dann zu Evvie. »Haben Sie … den etwa für mich gebacken?«

»Ich dachte, Sie brauchen nach dem Gespräch mit dem Detective vielleicht eine Aufmunterung. Im Gefrierschrank ist Eiscreme.«

»Vanille?«

»Was sonst?«

Lizzy blinzelte unerwartete Tränen weg. Es war ein emotional aufwühlender Tag gewesen, und ihre Nerven lagen blank. »Danke, Evvie. Das ist sehr nett von Ihnen. Vielleicht sollten wir uns duzen?«

Evvie nahm Lizzys Dankbarkeit mit einem Nicken entgegen, aber ihre Miene blieb ernst. »Sagst du mir, was passiert ist?«

Lizzy trat an den Gefrierschrank und holte ein halbes Kilo Vanilleeis raus, bevor sie zwei Schüsseln aus dem Schrank nahm. »Er ist anders, als ich erwartet hatte. Er ist … aufrichtig.«

»Das ist ein Wort, das man nicht mehr häufig hört.«

»Stimmt, aber es passt zu ihm. Ihm ist die Wahrheit wichtig. Was mehr ist, als man von Summers behaupten kann.«

Nachdem Evvie den Kuchen in die Schüsseln gefüllt hatte, gab sie diese Lizzy, die einen großen Löffel Eiscreme dazugab, bevor sie zum Küchentisch ging.

»Er wird mir helfen.« Lizzy ließ sich auf einen Stuhl fallen. »Er hat in seinem Gästezimmer zwei Kisten mit Notizen zu den Ermittlungen, und er hat versprochen, sie noch einmal durchzugehen, falls er doch etwas übersehen hat. In der Zwischenzeit will ich mit den Gilmans reden.«

Lizzy hatte erwartet, dass Evvie das missfallen würde, aber diese nickte nur. »Du wirst dich mit dem Daddy begnügen müssen«, sagte sie mit vollem Mund. »Die Mama ist vor ein paar Jahren weggezogen, und seitdem hat niemand etwas von ihr gehört.«

»Andrew hat es mir schon erzählt.«

»Ich kann's ihr nicht verdenken. Es heißt, Mr Gilman wäre nicht gerade der Jackpot gewesen. Kann mir nicht vorstellen, dass er sich nach dem, was passiert ist, gebessert hat. Und wer will schon an einem Ort wohnen, wo man ständig daran erinnert wird, was man verloren hat? Ich nicht, so viel kann ich sagen. Er ist aber noch da. Lebt jetzt im Meadow Park, der Wohnwagensiedlung draußen auf der Festtagswiese. Ich bin mir ziemlich sicher, dass er noch im Mason Electric arbeitet.«

Lizzy steckte den Löffel in den Kuchen, verharrte aber, bevor sie ihn sich in den Mund schob. »Der Detective glaubt nicht, dass ich weit kommen werde. Andrew auch nicht. Allmählich habe ich das Gefühl, dass sie recht haben. Fred Gilman wird sofort an Althea denken, wenn er mich sieht – die Frau, von der er glaubt, dass sie seine Töchter umgebracht hat.«

»Gut möglich. Er wird wahrscheinlich sauer sein. Aber du wusstest von Anfang an, dass die Leute wütend reagieren. Hast du es dir deswegen anders überlegt?«

»Ich weiß es nicht. Vielleicht. Ich male mir halt aus, wie es mir an ihrer Stelle gehen würde, wenn jemand daherkäme und all das wachrufen würde. Es scheint mir grausam, ganz besonders, da es vermutlich zu nichts führen wird. Ich frage mich, ob es das wert ist.«

Evvie tupfte sich mit der Schürze den Mund ab. »Da könntest du recht haben. Vielleicht führt es zu nichts. Aber was, wenn doch? Wenn es da doch etwas gibt, das die Gilmans im Gespräch mit der Polizei vergessen haben zu erwähnen. Etwas, das ein ganz neues Licht auf die Sache wirft. Die beiden waren damals wie von Sinnen. Seitdem ist aber einige Zeit vergangen. Jetzt können sie es mit klareren Augen betrachten. Vielleicht gibt es tief vergraben eine kleine Erinnerung, die wachgerüttelt werden könnte, wenn du auftauchst.«

»Das sind ziemlich viele Mutmaßungen, Evvie. Was, wenn ich völlig umsonst Staub aufwirble?«

»Staub«. Evvie sah sie finster an. »Darum machst du dir Sorgen? Dass du Staub aufwirbeln könntest?«

»Ich will das Richtige tun. Mitgefühl zeigen.«

»Du willst das Richtige tun? Dann hilf den Mädchen, Frieden zu finden.«

Lizzy neigte den Kopf und musterte Evvie. »Was hast du gesagt?«

»Du sollst den Mädchen helfen, Frieden zu finden. Du machst dir um Mr Gilman Sorgen, aber hast du daran gedacht, dass die Mädchen keine Ruhe finden, bis jemand die Person schnappt, die ihnen wehgetan hat? Dass sie die ganze Zeit zwischen unserer Welt und dem Jenseits festhängen und darauf warten, dass jemand herausfindet, was wirklich passiert ist? Deine Oma könnte auch das Gefühl haben, dass es hier noch etwas zu tun gibt, etwas, das sie an diesen Ort bindet und sie nicht weiterziehen lässt.«

Lizzy senkte den Löffel zurück in die Schüssel. »Gestern…« Sie verstummte und schob den Gedanken beiseite. »Vergiss es! Es war nichts.«

»Sieht nicht aus wie nichts.«

»Also gut. Als ich gestern vom Teich zurückgekommen bin, ist etwas Seltsames passiert. Ganz plötzlich hatte ich das Gefühl, als wäre sie bei mir. Es hat sich so echt angefühlt, dass ich dachte, wenn ich mich umdrehe, würde sie dort stehen.« Sie zwang sich dazu, Evvie in die Augen zu sehen. »Ich habe sie gerochen, Evvie. Das Parfüm, das ich für sie gemacht habe … Ich konnte es riechen.«

»Es heißt, Gerüche können Erinnerungen wachrufen.«

»Das können sie«, bestätigte Lizzy. »Die Geruchs- und Erinnerungszentren im Gehirn liegen dicht beieinander. Aber es hat sich nicht wie eine Erinnerung angefühlt. Es fühlte sich … echt an.« Sie verdrehte die Augen und seufzte. »Ich höre mich schon an, als hätte ich den Verstand verloren. Das ist doch seltsam, oder?«

Der Ausdruck um Evvies Mund wurde sanfter, fast wie ein Lächeln. »Vielleicht. Aber manchmal sind die seltsamsten Dinge auch die wahrsten. Nur weil wir uns eine Sache nicht erklären können, heißt das nicht, dass wir sie uns einbilden.«

Unverwandt starrte Lizzy sie an. Sie versuchte noch immer, aus dieser rätselhaften Frau schlau zu werden, mit ihren Augen, denen nichts entging, und dem seltsamen schiefen Lächeln. »Manchmal sagst du Sachen, Evvie, bei denen ich mich frage, ob du …« Sie fing sich wieder und winkte ab. »Vergiss es!«

Evvie schob ihren Stuhl zurück und stand auf. »Komm mit! Es gibt etwas, das ich dir zeigen muss.«

Lizzy folgte ihr in den Hinterhof, vorbei am Treibhaus mit den neuen Scheiben, dem Gemüsegarten mit seinem Maschendrahtzaun und dem Tor, bis sie schließlich vor Evvies pastellfarbenen Bienenkästen stehen blieben.

Lizzy beäugte die Anlagen argwöhnisch. Sie hatte nie Altheas Zuneigung zu Bienen entwickelt – oder zu anderen Wesen mit Flügeln und Stacheln. Sie hielt den Atem an, als Evvie eine Hand auf den Deckel eines Bienenstocks legte. Ein Lächeln umschmeichelte Evvies Mundwinkel. Lizzy wagte es nicht, zu atmen. Sie wusste über Bienenhaltung nur, dass man Schutzkleidung brauchte: einen Anzug, Handschuhe und einen dieser Tropenhelme mit Netz. Evvie trug nichts dergleichen. Sie stand nur da, Gesicht und Arme ungeschützt, und fing an, zu singen.

Lizzys Haut kribbelte, und die Härchen auf ihren Armen richteten sich auf. Es war keine Melodie, die sie kannte. Die Worte waren ihr fremd, aber die Sprachmelodie ähnelte dem Französischen. Sie stand wie verzaubert da, als Evvie die Augen schloss, den Kopf in den Nacken legte und sich nicht mehr rührte, während das Lied in tiefen, vollen und bittersüßen Tönen aus ihr herausströmte. Dann hob sie langsam die Arme und streckte sie seitlich von sich. Eine Einladung, wie Lizzy klar wurde. Sie rief nach ihnen.

Eine nach der anderen kamen die Bienen aus dem Korb, umschwirrten sie wie eine weiche, summende Wolke und ließen sich schließlich auf ihren Armen, ihrem Hals und ihren Wangen nieder. Es hätte ein furchterregender Anblick sein müssen, aber das war es nicht. Es war wundervoll und magisch, und plötzlich begriff Lizzy es.

Sie ist eine von uns.

Auf einmal fügte sich alles zusammen. Das seltsam vertraute Gefühl, das sie fast von Anfang an für Evvie empfunden hatte, die scharfen, allwissenden Augen, ihre Bemerkung darüber, dass Familie nicht immer blutsverwandt ist. Natürlich hatte sie sich mit Althea gut verstanden. Sie waren Schwestern im Geiste, wandelten auf dem gleichen Pfad.

»Du kannst meine Bienen ruhig begrüßen«, sagte Evvie, als wäre all dies das Natürlichste von der Welt.

Lizzy starrte auf die summenden Leiber, die sich an Evvies Arme klammerten, und schüttelte den Kopf. »Danke, lieber nicht.«

»Sie sind glücklich. Sie werden dir nicht wehtun.«

Lizzy atmete tief ein, hielt die Luft an und näherte sich vorsichtig. »Sollte man nicht eines von diesen Rauchgeräten benutzen?«

»Ich brauche keins.«

»Hast du keine Angst, dass sie dich stechen könnten?«

»Nicht die Bohne!«

Lizzy konnte den Blick nicht von ihr lösen. Magie hin oder her, es fiel ihr schwer, zu begreifen, was sie da sah. »Das Lied, das du gesungen hast … Was war das?«

»Es ist ein kreolisches Wiegenlied und heißt *Galine Galo*.«

»Du singst ihnen Wiegenlieder vor?«

»Die gefallen ihnen.«

Lizzy zog skeptisch eine Augenbraue hoch, doch es war nur zu offensichtlich, dass Evvies Lied die Bienen nicht bloß angelockt, sondern auch beruhigt hatte. Sie wirkten geradezu … liebevoll. »Konntest du das schon immer?«

»Solange ich denken kann.«

»Wie bist du bloß darauf gekommen, ihnen etwas vorzusingen?«

Evvie zuckte die Achseln. Die Bienen auf ihren Schultern regten sich kurz, beruhigten sich jedoch gleich wieder. »Keine Ahnung. Ich wusste es einfach. Meine Mama hat mir das Lied vorgesungen, als ich noch klein war, und es hat mich immer beruhigt. Ich dachte, wenn es bei mir funktioniert, dann auch bei ihnen.« Sie schwieg kurz und schürzte die Lippen, um sanft auf ihren Arm zu pusten. »Husch«, sagte sie leise zu den Bienen. Sie drehte sich zum anderen Arm und pustete wieder. »Kusch. Ich habe noch einiges zu erledigen. Genau wie ihr.«

Lizzy beobachtete fasziniert, wie die Bienen ihr gehorchten. Nachdem die letzte Biene davongeflogen war, beugte sich Evvie runter und nahm den Deckel von dem alten Waschbottich aus Emaille, der vor dem Bienenstock stand. Darin lagen verschiedene Werkzeuge. Sie wählte ein gekrümmtes Messer und machte sich an die Arbeit, löste einen der Rahmen, hob ihn sanft heraus und schüttelte einige Bienen ab, die noch daran klebten.

Zu ihrer eigenen Überraschung stellte Lizzy fest, dass sie sich entspannte, während sie Evvie bei der Arbeit beobachtete. Die Bienen wirkten völlig unbeeindruckt von diesem Eingriff in ihren Lebensraum und behandelten Evvie wie eine Besucherin.

»Stechen sie dich auch mal?«

Evvie sah von ihrer Arbeit hoch. »Hin und wieder, aber dann bin ich meistens selbst schuld, weil ich gegen ihre Regeln verstoßen habe.«

»Bienen haben Regeln?«

»Natürlich haben sie Regeln. Alle Lebewesen haben Regeln. Bei Bienen ist es wichtig, dass man starke Gerüche vermeidet. Das wühlt sie sonst auf und macht sie nervös.«

»Das klingt plausibel. Könnte ich das eigentlich lernen? Das Singen, meine ich. Nicht, dass ich das will, ich bin nur neugierig.«

»Ich bezweifle es.« Evvie presste die Lippen zusammen und dachte über die Frage nach. »Es ist wie bei dir und deiner Nase. Deine Oma hat mir erzählt, dass du Menschen lesen kannst, indem du sie riechst. Das war nichts, was du gelernt hast, sondern du wurdest mit dieser Gabe geboren.«

»Von einer Gabe hat Althea auch immer gesprochen, auch wenn es sich nicht immer wie eine angefühlt hat. Manchmal weiß ich Dinge, die ich lieber nicht weiß. Darüber, was die Leute denken, wenn ich in ihrer Nähe bin.«

»Wenn dir eine Gabe zuteilwurde, gibt es dafür einen Grund. Die Magie geht stets dorthin, wo sie am nützlichsten ist.«

Lizzy nickte gedankenverloren und fragte sich, welchen Nutzen eine Frau davon haben könnte, zu Bienen zu singen. »Vermutlich. Aber es sieht trotzdem gefährlich aus. Was, wenn etwas passiert? Was, wenn sie alle gleichzeitig wütend werden?«

Evvie sah von dem Rahmen hoch, den sie inspizierte. »Bienen sind wie Menschen, Kleine. Sie greifen an, wenn sie sich bedroht fühlen oder wenn sie Angst haben. Genau wie wir. Es ist immer das, wovor wir uns fürchten, was uns am Ende sticht. Die Dinge, vor denen wir uns verstecken oder gegen die wir uns wehren. Wenn wir die Angst ablegen und unsere Abwehrhaltung aufgeben, dann gehen die Dinge ganz natürlich und schmerzlos ihren eigenen Gang.«

»Jetzt klingst du wie Althea mit ihren Naturmetaphern, mit denen sie immer versucht hat, mir etwas beizubringen.«

Nachdem Evvie den klebrigen Rahmen wieder in den Korb eingepasst hatte, wischte sie sich die Hände an ihrer Schürze ab. »Ich glaube, das ist das netteste Kompliment, das mir jemals gemacht wurde.«

»Ich habe ein Buch gefunden«, platzte es aus Lizzy heraus. »In Altheas Bücherschrank. Eins, das sie nur für mich geschrieben hat.«

Ein wehmütiger Ausdruck legte sich auf Evvies Gesicht. »Sie hat es am Tag, bevor sie gestorben ist, beendet. Ich habe ihr geholfen, die Blumen und Kräuter zu pressen, und es zu den anderen gestellt, nachdem sie fertig war. Sie wusste, dass du es finden würdest, wenn die Zeit reif dafür ist.«

»Woher soll sie das gewusst haben?«

Abermals lächelte Evvie rätselhaft. »Sie hat dich großgezogen, Kleine. Und sie hat dich von ganzem Herzen geliebt. So ein Band endet nicht, nur weil eine von euch nicht mehr atmet. Das Buch ist aus Liebe entstanden, damit sie dir auch nach ihrem Tod noch etwas beibringen kann.«

»Ich dachte, dafür hat sie dich hier zurückgelassen.«

»Sei nicht albern! In einem Bienenstock gibt es immer nur eine Königin – und das war Althea.«

Lizzy stellte unweigerlich die Frage, die auf der Hand lag: »Was passiert, wenn die Königin stirbt?«

Evvie musterte sie eindringlich. »Das kommt drauf an«, sagte sie schließlich. »Manchmal zieht sie ihre eigene Nachfolgerin ran. Aber wenn der Tod plötzlich kommt und der Bienenstock nicht darauf vorbereitet ist, schließen sich die Arbeiterbienen zusammen und ziehen eine neue Königin groß. Sie wird sorgsam vorbereitet, gefüttert und verhätschelt, bis sie bereit ist, ihren neuen Posten als Chefin des Bienenstocks einzunehmen.«

»Und dann?«

»Als Königin besteht ihre einzige Aufgabe darin, das Überleben des Bienenstocks zu garantieren.«

»Du meinst, indem sie Nachkommen produziert«, erwiderte Lizzy nüchtern.

»Genau. Ihre Aufgabe ist es, für ein großes Bienenvolk zu sorgen und schließlich ihre Nachfolgerin zu gebären. Wenn ihr das nicht gelingt, könnte der Bienenstock eingehen. Es sei denn, eine Imkerin schreitet ein.«

Lizzy brauchte einen Augenblick, um das zu verdauen. Ihr war klar, dass sich ihr Gespräch nicht nur um die Bienenzucht drehte. »Bist du deshalb hier? Um einzuschreiten?«

Evvie lächelte verlegen. »So etwas in der Art. Deine Oma hatte gehofft, dass du es mit mir an der Seite etwas einfacher hast, wenn du zurückkommst.«

»Was, wenn ich nicht zurückgekommen wäre? Ich hatte das nämlich eigentlich nicht vor …«

»Sei nicht albern! Du wusstest bloß noch nicht, dass du kommst, sie schon. Deshalb hat sie das Buch geschrieben. Weil ihr klar war, dass es schwer für dich sein würde. Es war für dich hier noch nie leicht, so wie du aufgewachsen bist, ohne Freundschaften, ohne eine richtige Mutter. Und dann sind diese armen Mädchen tot aufgefunden worden. Salem Creek hat deine Oma beschuldigt, aber das ist auch an dir nicht spurlos vorbeigegangen. Trotzdem bist du wieder in der Stadt und denkst darüber nach, in ein Wespennest zu stechen. Das ist tapfer.«

»Vielleicht ist es nur dumm.« Lizzy schüttelte den Kopf und sah in den Wald. »Ich könnte Roger Coleman anrufen und ihm sagen, dass er es vergessen soll. Ich könnte die ganze Sache fallenlassen und nach New York zurückfahren.«

Evvie runzelte die Stirn. »Könntest du das?«

Es fiel ihr schwer, das zu beantworten. Sie war nicht wie Luc. Sie konnte diese Geschichte nicht einfach hinter sich lassen, erleichtert, dass sie endlich vorbei war. Denn das war sie nicht. Das wäre sie erst, wenn alle in Salem Creek wussten, was wirklich in jener Nacht passiert war, in der Heather und Darcy Gilman verschwunden waren. Aber war sie bereit – wirklich bereit –, den Preis für diese Wahrheit zu bezahlen? Sie wollte das nur zu gern glauben und darauf vertrauen, dass sie gegen alles gewappnet war, was die Gilmans oder der Rest der Stadt ihr an den Kopf werfen würden. Sie wollte es – aber sie war sich nicht sicher.

Wie zur Antwort kam Bewegung in die Luft um sie herum, eine

sanfte Brise, die den frischen Duft von Lavendel und Bergamottöl an sie herantrug. Das Aroma war unverwechselbar, strich zart wie Finger über ihre Wange, und plötzlich wusste sie, was sie tun musste.

… Greife erst wieder nach dem Buch, wenn Du so weit bist. Vertrau mir, mein liebes Kind. Du wirst wissen, wann die Zeit reif ist.

Glockenblumen – für die Wahrheit

Meine liebste Lizzy,
wenn Du das hier liest, wurdest Du zu den Seiten zurückgerufen, vermutlich, weil Du Dich mit einer Entscheidung herumschlägst und Dein Herz danach ergründen musst, was richtig ist. Ich wusste, dass dieser Tag kommen würde, falls Du zur Farm zurückkehrst, und dass es nicht einfach sein würde. Das ist die Wahrheit selten. Deshalb verbringen wir so viel Zeit damit, uns vor ihr zu verstecken. Aber die Wahrheit kann uns nicht wirklich schaden. Nur wir können das, wenn wir uns weigern, uns der Realität zu stellen, weil sie unbequem ist oder uns ungelegen kommt.

Als Kind warst Du sensibel, hattest Angst vor der Dunkelheit und den Monstern, die, wie Du geschworen hast, unter Deinem Bett gehaust haben. Fast jede Nacht bist Du wach geworden, schweißgebadet und steif vor Angst, sicher, dass man Dich in die Finsternis schleifen und verschlingen würde. Du kamst weinend den Flur entlang und hast mich angefleht, Dich zu retten oder Dich zu verstecken. Und ich ließ Dich zu mir ins Bett steigen. Ich tröstete Dich und versicherte Dir, dass die Monster Dich niemals kriegen würden.

Aber eines Abends wurde mir klar, dass ich Dir nur half, Deine Monster am Leben zu erhalten, wenn ich Dich umsorge und beschütze. Ich wusste, dass Du Dich immer wieder fürchten würdest, wenn ich Dich Abend für Abend in mein Bett lassen würde. Also habe ich Dich den Flur entlang zurückgetragen. Erinnerst Du Dich noch? Du hast Dich auf dem ganzen Weg mit Händen und Füßen dagegen gewehrt. Aber ich habe Dich gezwungen, ins Zimmer zu gehen, und dann habe ich das Licht eingeschaltet. Ich habe Dich an die Hand genommen und mit Dir unter Dein Bett und in den Schrank gesehen, in jede Schublade und jede Ecke deines Zimmers, bis Du selbst davon überzeugt warst, dass dort keine Monster waren und auch nie gewesen sind.

Danach hattest Du den Albtraum nicht mehr. Weil Du verstanden hast, dass das, was nicht real ist, Dir auch nicht wehtun kann. Illusionen haben keine Macht über uns – außer wir klammern uns an sie. Dann werden sie zu einer verzerrten Form der Wahrheit, zu einer Geschichte, mit der wir uns zufriedengeben, weil wir lieber im Dunkeln bei den Monstern hocken, die wir kennen, als uns neuen zu stellen.

Deshalb sind die Wahrheiten am schlimmsten, denen wir uns nicht stellen wollen. Sie richten den größten Schaden an. Wir ziehen Lügen und Halbwahrheiten vor, Fantasiegebilde, die all jene Dinge verschleiern, die wir nicht sehen wollen. Aber wenn man von einer Sache nur die Hälfte kennt, dann kennt man sie gar nicht. Wir sagen uns, dass der Preis für die Wahrheit einfach zu hoch ist, dass es besser ist, eine Sache auf sich beruhen zu lassen, damit Frieden herrscht, statt im Namen der Wahrheit Schmerzen zu verursachen. Aber dieser Frieden hat ebenfalls seinen Preis.

Wir dürfen nie vergessen, dass eine Münze zwei Seiten hat und dass auf der Rückseite einer Lüge eine unausgesprochene Wahrheit steht. Alles hat seinen Preis. Wir alle gelangen im Leben an einen Punkt, an dem uns das verfolgt, vor dem wir uns fürchten. Nicht die kindischen Dinge, die in dunklen Ecken oder unter unseren Betten lauern, sondern das, was in unseren Köpfen und unseren Herzen lebt. Erwachsene Dinge. Dinge, die tiefen Schmerz verursachen, sobald sie zutage treten. Dann müssen wir uns entscheiden: Tun wir das, was schwer ist, und zerstören die Lüge, oder lassen wir sie stehen?

Du hast immer ein gutes Herz gehabt, meine Lizzy. Ein gütiges Herz. Aber es ist nie Güte, wenn man eine Lüge stehen lässt, egal wie schwer es ist, der Wahrheit ins Gesicht zu sehen. Am Ende vertreibt allein das Licht die Dunkelheit. Es ist das Einzige, was sie je vertreiben kann. Suche in allen Dingen die Wahrheit, meine liebste Enkelin. Ohne sie kann es keine Heilung geben.
A.

ELF

22. Juli

Es war schon fast siebzehn Uhr, als Lizzy auf den Parkplatz vor dem Elektronikfachgeschäft Mason Electric fuhr. Sie hatte absichtlich gewartet, bis der Laden schließen würde, zögerte aber, als sie nach der Türklinke griff. Wenn sie an Fred Gilman herantreten würde, würde es kein Zurück mehr geben. Aber Altheas Worte hallten in ihrem Kopf wider: Suche in allen Dingen die Wahrheit. Ohne sie kann es keine Heilung geben.

So sei es!

Eine Glocke klingelte leise über der Tür, als sie in den Vorraum trat. Hinter dem Tresen hob eine junge Frau mit einer Cateye-Brille und einem limettengrünen Sommerkleid und lächelte höflich.

»Kann ich Ihnen helfen?«

»Ich wollte mit Fred Gilman sprechen. Ist er da?«

»Tut mir leid, er erledigt gerade einen Auftrag. Aber wenn Sie mir Ihren Namen dalassen, sag ich ihm, dass er Sie zurückrufen soll.«

Lizzy war sich nicht sicher, ob sie erleichtert oder enttäuscht sein sollte. »Nein danke. Das ist nicht nötig.«

Sie wollte gerade gehen, als sie zwei Männer in grauen Arbeitshemden bemerkte, die vor dem Wasserspender hinter dem Tresen standen. Einer von ihnen, der größere, musterte sie über den Papierbecher hinweg.

»Was wollen Sie von Fred?«

Lizzy sah auf das Namensschild an seinem Hemd: Jake. »Mit ihm reden. Es geht um etwas Persönliches.«

»Nein«, sagte er schroff. »Genau das wollen Sie nicht! Ich weiß, wer Sie sind, und ich weiß, um was es geht. Hat Ihre Familie nicht schon genug Unheil in dieser Stadt angerichtet?«

Als Lizzy die beißende Mischung aus Lauge und heißem Teer entgegenschlug, kämpfte sie gegen das Bedürfnis, zurückzuweichen. Dieser Geruch war kein gutes Zeichen. »Ich will Fred Gilman keinen Ärger machen, sondern ihm lediglich ein paar Fragen stellen.«

Jake beugte sich über den Tresen, bis sein Gesicht nur noch wenige Zentimeter von ihrem entfernt war. »Lassen Sie den Mann in Ruhe! Er braucht Ihre Fragen nicht. Niemand braucht die.«

»Jake!« Die Frau mit der Cateye-Brille warf eine Aktenmappe auf die Tischplatte. »Geh zurück ins Lager, wo du hingehörst! Du auch, Tommy.« Sobald die Männer fort waren, drehte sie sich um und lächelte Lizzy versöhnlich an. »Entschuldigen Sie die beiden. Fred sollte gleich zurück sein. Sie können warten, wenn Sie wollen.«

»Nein danke, lieber nicht. Ich werde später mit ihm reden.«

Als sie die Tür bereits erreicht hatte, spürte sie einen Blick im Rücken. Sie drehte sich um. Jake war zurückgekommen und sah ihr mit hartem Gesichtsausdruck hinterher.

Sobald sie im Auto saß, umklammerte sie erst einmal mit beiden

Händen das Steuer. Sie hatte keinen roten Teppich erwartet, aber auch nicht mit offener Feindseligkeit gerechnet. Dabei hatte sie noch keine einzige Frage gestellt. Was würde erst passieren, wenn sie ernsthaft anfing, nachzuforschen?

Bevor sie den Gedanken weiterverfolgen konnte, fuhr ein Lieferwagen mit einer Leiter auf dem Dach auf den Parkplatz und hielt ein paar Plätze von ihr entfernt an. Sie hatte Fred Gilman seit Jahren nicht gesehen, aber sein typischer Gang war unverwechselbar. Er zog die Schultern bis zu den Ohren hoch und stapfte mit stocksteifen Armen zum Elektronikladen. Ein Mann, der sich gegen einen Sturm stemmt … Lizzy wollte schon aussteigen, überlegte es sich dann aber anders. Würde sie ihm jetzt folgen, würde sie bloß wieder diesem Jake in die Arme laufen – und damit jede Hoffnung auf eine produktive Unterhaltung im Keim ersticken. Vermutlich hatte sie bessere Karten, wenn sie wartete, bis er wieder rauskam.

Zehn Minuten später erschien Gilman erneut auf der Bildfläche, allerdings mit Jake im Schlepptau. Damit hatte sie nicht gerechnet. Sie sank in ihren Sitz und hoffte inständig, dass die beiden sie auf dem Weg zu ihren Autos nicht entdeckten. Sie blieben eine gefühlte Ewigkeit stehen und diskutierten hitzig. Worüber, konnte sich Lizzy unschwer vorstellen.

Nachdem Gilman endlich in seinen abgetakelten grünen Subaru eingestiegen war und den Motor angelassen hatte, folgte Lizzy ihm in einer, wie sie hoffte, diskreten Entfernung. Sie fuhr langsamer, wenn er langsamer fuhr, und bog ab, wenn er abbog – und kam sich dabei so lächerlich vor wie eine besessene Stalkerin oder unfähige Spionin. Wenn er sie entdeckte, würde er dann die Polizei rufen? Und wenn ja, was *dann?* Schließlich verstieß nicht gegen das Gesetz und hatte doch wohl das Recht, ihm ein paar Fragen zu stellen.

Kurz hinter dem Eingang von Meadow Park bog Gilman ab.

Sein Wohnwagen war der dritte auf der rechten Seite. Er parkte davor, aber Lizzy fuhr weiter und drehte ein paar Runden, um ihm Zeit zu geben, nach drinnen zu gehen. Es würde ihr keine Punkte bringen, wenn sie den Mann in seiner Einfahrt überfallen würde. Als sie zum dritten Mal bei ihm vorfuhr, hielt sie hinter dem Subaru.

Fred Gilmans lebte in einem schlichten gelb-weißen Wohnwagen, vor dem sich eine verwitterte Terrasse befand. Das briefmarkengroße Grundstück war völlig verwahrlost und abgesehen von einer wild wuchernden Hecke an einem Ende absolut karg. Keine Blumen im Hof, kein Fußabtreter auf der Terrasse, kein Kranz an der Tür. Das Heim eines Mannes, der allein wohnte.

Lizzy nahm mit angehaltenem Atem die Vortreppe und klopfte an die verbeulte Aluminiumtür. Kurz hörte sie, wie jemand am Schloss rumfummelte, bevor die Tür einen Spalt geöffnet wurde. Gilman blinzelte sie an, eine halb geöffnete Packung Tiefkühlkost in den Händen, erschöpft und genervt – bis er sie mit einem Mal erkannte.

Sein Gesicht verfinsterte sich. Er wich zurück und war kurz davor, ihr die Tür vor der Nase zuzuschlagen. Doch wo sie bereits so weit gekommen war, würde sie nicht mehr mit leeren Händen abziehen. Reflexartig schob sie den Fuß zwischen Tür und Rahmen. Der Geruch von Mottenkugeln, verbranntem Kaffee und schmutzigem Teppich waberte durch den schmalen Spalt. Obwohl Lizzy vermutete, dass diese Gerüche auf Fred Gilmans Lebensstil zurückgingen, nicht auf seine aktuellen Gefühle, wich sie nach hinten aus.

»Mr Gilman, ich würde gern mit Ihnen reden.«

Gilman starrte sie an. »Bleiben Sie mir vom Leib!«

»Bitte! Es betrifft auch Sie! Es geht um die Ermittlungen zum Tod Ihrer Töchter.«

Plötzlich wich jede Entschlossenheit aus seinem Gesicht. Kurz stand er da und blinzelte so verständnislos auf die Packung mit dem Essen in seinen Händen, als würde er sich fragen, wie sie dahingekommen war. Schließlich schoss sein Blick zu Lizzy zurück. »Sie haben eine Minute, um mir zu verraten, weshalb Sie hier sind, und zwar direkt von der Veranda aus!«

Lizzys Schultern entspannten sich. »Sie haben sicherlich gehört, dass meine Großmutter gestorben ist.« Sie wartete auf eine Antwort, aber seine Miene zeigte nicht die geringste Reaktion. »Ich weiß, was Sie denken, Mr Gilman. Sie glauben, dass Althea Ihren beiden Mädchen etwas angetan hat. Aber das stimmt nicht. Ich habe guten Grund zu der Annahme, dass die Ermittlungen nicht ordentlich durchgeführt wurden. Deshalb habe ich jemanden von der Polizei gebeten, sich die Beweismaterialien noch einmal anzusehen, aber in der Zwischenzeit hatte ich gehofft, dass Sie und Ihre Frau sich vielleicht erinnern …«

»Meine *Frau*«, spuckte Gilman, »lebt jetzt in Massachusetts.«

»Das tut mir leid, Mr Gilman. Mir tut es wirklich aufrichtig leid, was Sie durchgemacht haben. Aber ich bin mir sicher, dass auch Sie die Wahrheit erfahren wollen.«

»Von Ihnen will ich gar nichts erfahren! Meine Mädchen sind tot. Meine Frau hat mich verlassen. Was wollen Sie noch?«

»Mr Gilman, bitte! Sie kannten meine Großmutter, da müssen Sie doch wissen, dass sie Ihren Töchtern niemals hätte wehtun können. Ich brauche nur eine Spur, irgendetwas, das Chief Summers überzeugt, die Ermittlungen wieder aufzunehmen.«

Auf Gilmans Gesicht bildeten sich rote Flecken, und er sah ihr unverwandt in die Augen. »Ich weiß alles, was ich über die Moons wissen muss! Genau wie der Rest der Stadt. Die Leute wollen Sie genauso wenig hier haben wie ich. Trotzdem stehen Sie jetzt vor meiner Tür und bitten mich um Hilfe. Sie haben vielleicht Nerven! Aber das hattet Ihr Moons ja schon immer. Aber wenigstens sind wir Ihre Großmutter los! Sie hat bekommen, was sie verdient hat, wenn Sie mich fragen! Wer weiß, vielleicht trifft Sie bald das gleiche Schicksal.«

Die Mischung aus Drohung und kaum verhülltem Abscheu jagte Lizzy einen Schauer über den Rücken. Musste sie damit rechnen, dass er handgreiflich wurde? Sie war sich nicht sicher, klar war nur, dass sie von ihm keine Hilfe zu erwarten brauchte. Sie drehte sich um und stiefelte die wenigen Stufen hinunter.

»Wenn Sie wissen, was gut für Sie ist, werden Sie meine Frau in Ruhe lassen!« Seine Worte trafen sie in den Rücken, noch bevor sie ihren Wagen erreichte. »Sie hat Ihnen nichts zu sagen!«

***

Auf der Rückfahrt ging Lizzy die Unterhaltung noch einmal durch. Nicht dass viel gesagt worden wäre. Sie hatte nichts erfahren, was sie nicht schon gewusst hätte. Aber sie wurde das Gefühl nicht los, dass da noch etwas ganz anderes hinter Gilmans Groll steckte. Er wollte nicht, dass sie an der alten Geschichte rührte, vor allem aber sollte sie seine Frau damit nicht behelligen.

Sie hat Ihnen nichts zu sagen.

Vielleicht stimmte das, vielleicht aber auch nicht. War es möglich, dass Gilman etwas zu verbergen hatte? Lizzy erschauderte bei dem Gedanken. Unmöglich war es ja nicht … Man hörte immer wieder davon in den Nachrichten, las darüber in der Zeitung. Eltern, die zu unvorstellbaren Dingen fähig waren …

Abrupt hielt sie inne. Hangelte sie hier nicht nach Strohhalmen? Erfand sie nicht einen Plot, der einem Groschenroman entsprungen sein könnte und auf wenig mehr als Mutmaßungen fußte? Dabei sollte gerade sie besser als die meisten anderen Menschen wissen, welchen Schaden falsche Anschuldigungen anrichten konnten! Sie musste ihre Fantasie gefälligst im Zaum halten und sich von Fakten leiten lassen, nicht von ihren Gefühlen. Aber was hatte sie denn an der Hand? Roger hatte sie darauf hingewiesen, dass es einen Grund dafür gab, warum offensichtlich Verdächtige verdächtig waren. Aber was, wenn es keine offensichtlich Verdächtigen gab? Kein Motiv, keine Gelegenheit? Dann musste man sich doch wohl die nicht so offensichtlich Verdächtigen ansehen, oder nicht?

Überrascht stellte sie fest, dass sie bereits wieder zu Hause war. Sie war so in Gedanken versunken gewesen, dass sie den größten Teil der Fahrt wie in Trance zurückgelegt hatte. Als sie an Andrews Einfahrt vorbeifuhr, bemerkte sie seinen Lieferwagen. Vielleicht war eine männliche Perspektive ja das, was sie jetzt brauchte.

Sie stieg aus dem Auto aus, lief über den Hof und klopfte. Andrew öffnete kurz darauf die Tür. Er trug eine locker sitzende Trainingshose, über seinen Schultern hing ein feuchtes Handtuch. Eine Mischung aus Amber und Rauch strömte in Wellen von ihm aus.

»Hi! Dachte ich doch, dass ich es klopfen gehört habe. Was gibt's?«

Lizzys Blick wanderte über seinen nackten Oberkörper, sie riss ihn aber sofort wieder los und sah Andrew ins Gesicht. »Ich bin eben nach Hause gekommen und habe deinen Lieferwagen gesehen. Soll ich später noch mal vorbeischauen?«

»Eigentlich passt es mir gerade großartig. Ich wollte mir was zum Abendessen machen.«

»Oh, entschuldige. Wenn du kochst, komme ich wirklich später wieder.«

»Wer hat was von Kochen gesagt?«

»Du, dachte ich.«

Er bedeutete ihr, ihm in die Küche zu folgen. »Ich kann Wasser kochen, Eier verrühren und Toast buttern. Bei allem anderen bin ich eher der Fertiggerichttyp. Außerdem ist der Herd noch nicht angeschlossen.« Er blieb stehen und öffnete schwungvoll den Kühlschrank. »Weshalb ich heute Nachmittag auf dem Markt war. Ich dachte an ein kleines Picknick.«

Lizzy beäugte die Sammlung mit Behältern aus dem Feinkostladen und etwas, das aussah wie Grillhähnchen. »Sieht wie ein Festmahl aus.«

»Willst du mitessen?«

»Oh, nein. Ich will mich nicht aufdrängen. Wir können wunderbar morgen über alles reden.«

»Bleib ruhig, es ist genug da. Ich warne dich aber, das hier ist nicht New York. Die Speisen sind nicht trendy, und wir müssen auf dem Boden sitzen.«

Er strahlte sie an, und Lizzy erwiderte sein Lächeln. Sie fragte sich, warum ihr seine Grübchen noch nie aufgefallen waren. »Ich persönlich fand Stühle schon immer überbewertet.«

»Hervorragend. Gib mir eine Minute, um mir ein Hemd anzuziehen. Wenn du magst, hol doch schon mal alles aus dem Kühlschrank. Pappteller sind im Schrank neben der Spüle.«

Wenig später kehrte er in einer zerrissenen Jeans und einem ausgeblichenen Patriots-T-Shirt zurück. »Man soll mir nicht nachsagen, ich hätte dich gezwungen, mit einem ungehobelten Kerl zu speisen.«

Während Lizzy sich an den Speisebehältern zu schaffen machte, breitete Andrew eine Abdeckplane voller Farbspritzer auf dem Boden des Raums aus, von dem sie annahm, dass er später als Esszimmer dienen sollte. Sie ließen sich zu ihrem provisorischen Picknick nieder und saßen einander mit Papptellern und Plastikbesteck gegenüber.

Lizzy sah mit gemischten Gefühlen zu, wie Andrew sich damit abmühte, das Hähnchen mit dem Plastikmesser auseinanderzunehmen. Sie fragte sich, ob das ein guter Zeitpunkt war, ihm zu sagen, dass sie Vegetarierin war. »Ich will nicht kleinlich sein, aber mit einem richtigen Messer wäre die Sache einfacher.«

Andrew verzog das Gesicht und kämpfte immer noch mit dem Huhn. »Ich habe keins.« Nach ein paar Minuten löste sich die Keule, und er bot sie Lizzy an.

Sie winkte kopfschüttelnd ab. »Kein Fleisch für mich.«

»Entschuldige. Das wusste ich nicht.«

»Woher auch? Warum hast du kein Messer?«

»Die meisten Sachen aus dem Erdgeschoss sind im Lager. Ich habe nicht nachgedacht, als ich die Küche weggepackt habe. Ich wollte einfach nur alles raushaben. Es ist umständlich, aber auf lange Sicht einfacher. Man stolpert nicht über Dinge, muss sich keine Sorgen darum machen, die Möbel zu schützen, und muss die Kisten nicht von einem Raum in den nächsten schieben. Oben habe ich ein Bett und eine Kommode. Und meinen Zeichentisch. Das reicht, bis ich fertig bin.«

Lizzy betrachtete das Zimmer, die leeren Wände und den bloßen Fußboden. »Wann soll das sein?«

Er zuckte die Achseln und griff nach einer Möhre. »Kommt drauf an. Im Frühling vielleicht. Ich kümmere mich zwischen den Aufträgen darum, kann also eine Weile dauern. Außerdem geht's ja nur um mich, es eilt also nicht. Du bist übrigens die Erste, die es sieht. Ich habe nicht oft Gäste. Bei der Gelegenheit: Was hat dich denn nun hergeführt?«

Lizzy löffelte einen Klecks Kartoffelsalat auf ihren Teller und reichte ihm den Behälter. »Ich war heute bei Fred Gilman. Du hattest recht. Er hat mir fast die Tür vor der Nase zugeschlagen.«

»Das sollte dich nicht überraschen.«

»Nein, aber ich frage mich … Wie gut kennst du ihn?«

»Gilman? Nicht besonders gut. Er war ein Kunde von meinem Vater. Warum?«

»Ich hatte mich nur gefragt, ob es einen Grund gibt, warum er nicht will, dass ich rumschnüffle. Vielleicht verbirgt er etwas.«

»Mit *etwas* meinst du …«

»Solche Dinge kommen vor.«

»Lizzy, überleg dir, was du da sagst!«

»Das habe ich. Auf dem ganzen Weg nach Hause. Er war nicht nur aufgebracht, er war regelrecht feindselig. Er will nicht, dass ich mich dieser Geschichte annehme.«

Andrew legte mit finsterer Miene die Gabel weg. »Was hat er gesagt?«

»Dass Althea bekommen hat, was sie verdient hat, und dass es mir genauso ergehen wird. Hauptsächlich hat Wut aus ihm gesprochen, aber da war noch etwas anderes. Keine Ahnung, was genau, aber sein Ton war echt unheimlich. Er hat mich auch davor gewarnt, seine Frau aufzusuchen, was ich seltsam finde, da die beiden ja nicht mehr zusammen sind. Warum will er nicht, dass ich mit ihr rede?«

»Vielleicht einfach nur, weil er sie beschützen will. Bloß weil zwei Menschen getrennt sind, heißt das nicht, dass sie einander egal sind.«

Sie nahm die Bemerkung mit einem Nicken zur Kenntnis. Wenn es um die Ehe ging, konnte sie nicht mitreden, da fehlte ihr die Erfahrung. »Möglich … und genau deshalb bin ich hier. Vermutlich wollte ich aus deinem Mund hören, dass ich mir das alles bloß einbilde. Insgeheim habe ich wohl gehofft, dass er mir nach all der Zeit wenigstens zuhören würde.«

»Was willst du als Nächstes unternehmen?«

Sie schob den Kartoffelsalat auf ihrem Teller hin und her. »Keine Ahnung. Ich schätze, ich werde mit Mrs Gilman reden. Falls ich sie ausfindig mache. Aber ich brauche etwas, das ich Summers präsentieren kann, etwas, das er nicht ignorieren kann.«

»Dann viel Glück! Cavanaugh will ihn nämlich als nächsten Bürgermeister von Salem Creek haben. Da wird er die Sache garantiert nicht noch mal anfassen.«

»Dann werde ich ihm einfach keine andere Wahl lassen.«

»Lizzy …« Er faltete seine Papierserviette und legte sie beiseite. »Ich verstehe ja, dass du das tun musst. Ich bewundere dich sogar dafür, aber vielleicht solltest du auf die Bremse treten und Roger Zeit geben, seine Notizen durchzugehen. Wenn da noch etwas ist, findet er es. Dann soll er damit zu Summers gehen, und du musst dich nicht weiter darum kümmern. Parallel dazu könnte ich mich umhören, ob jemand weiß, wie man an Mrs Gilman herankommt.«

Lizzy rang sich ein Lächeln ab. Sie wollte nicht undankbar erscheinen, aber er machte es schon wieder: Er beschützte sie, genau wie damals, als Rhanna im Brunnen gegrölt hatte. Aber diesmal stand auch für ihn einiges auf dem Spiel. »Ich bin dir dankbar dafür, dass du mich zu Roger gebracht hast, aber die Sache muss ich allein austragen. In ein paar Wochen bin ich nicht mehr hier, du schon. Genau wie dein Geschäft. Deshalb kannst du es dir nicht leisten, in die Angelegenheit hereingezogen zu werden.«

»Ich mache mir keine Sorgen darüber, was die Stadt von mir hält.«

»Das solltest du aber.« Sie musste an die Männer im Mason Electric denken, an Jake und seinen Kumpel. Die beiden waren auf hundertachtzig gewesen, nur weil sie dort aufgetaucht war. In einem Punkt hatte Fred Gilman nämlich recht: Niemand wollte sie hier haben. Wenn Andrew die Moons über Salem Creek stellte, wäre auch er in der Stadt nicht mehr wohlgelitten. »Ich hätte dich nicht in die Sache reinziehen sollen.« Sie stellte ihren Teller ab. »Das verzeihe ich mir nie.«

»Du hast mich in nichts *reingezogen,* Lizzy, sondern ich habe dir meine Hilfe angeboten.«

»Warum?« Das Wort war ihr über die Lippen gekommen, bevor sie darüber nachdenken konnte, wohin es führen würde. Jetzt, da sie es ausgesprochen hatte, war sie allerdings neugierig. »Warum hast du das getan – obwohl du doch offenbar davon überzeugt bist, dass ich der Sache besser nicht nachgehen sollte? Übrigens hast du das schon immer gemacht, mir geholfen, meine ich. Nicht nur mit dem Anruf bei Roger. Auch mit dem Treibhaus, der Scheune und all die anderen Male.«

Er zog eine Augenbraue hoch. »Die anderen Male?«

»In der Schule. Die Twizzlers bei der Versammlung. Die Heimfahrt im Hagelsturm. Wir kannten uns kaum. Im Grunde kennen wir uns immer noch kaum.« Sie verstummte und senkte den Kopf. »Ich habe mich immer gefragt … War es, weil ich dir leidgetan habe?«

Er starrte sie an, als wäre er aufrichtig verblüfft. »Das hast du gedacht? Dass du mir leidgetan hast?«

Sie antwortete mit einem halbherzigen Schulterzucken. »Ich war nicht gerade beliebt in der Schule. Damals wollte ich unsichtbar sein … Ehrlich gesagt, dachte ich sogar, ich wäre ziemlich gut darin. Aber dann bist du ständig aufgetaucht und warst nett zu mir. Ich habe nie verstanden, warum. Ich verstehe es immer noch nicht.«

Er schwieg, griff nach seiner Serviette und wischte sich langsam die Hände ab. Schließlich sah er sie an. »Warum ist ein Junge nett zu einem Mädchen? Ich wollte, dass du mich magst. Das will ich auch jetzt noch.«

Sie blinzelte und spürte, wie ihre Wangen kribbelten. Diesmal sah sie keine Grübchen, kein Zeichen dafür, dass er sie neckte. Es gab nur seine Worte, die zwischen ihnen in der Luft hingen, und ein warmes, unvertrautes Gefühl, das sich in ihrem Brustkorb ausbreitete. Sie hatte als Erwachsene genügend Beziehungen gehabt, aber dieses taumelige Flattern der ersten Liebe, diesen erschütternden inneren Aufruhr, den hatte sie übersprungen. Denn damals hätte es keinen Sinn gehabt, sich dem hinzugeben. Und heute eigentlich auch nicht.

Sie stand auf, mied Andrews Blick und lief zur Tür. »Es tut mir leid. Mir war nicht klar, wie spät es ist. Ich muss nach Hause, bevor Evvie sich Sorgen macht.«

Andrew erhob sich und folgte ihr. »Lizzy …«

Sie drehte sich um, die Hand schon auf dem Knauf.

»Du könntest für mich nie unsichtbar sein. Damals nicht, und heute auch nicht.«

Sie nickte, kühl und vorsichtig, als ihr klar wurde, was er zu sagen versuchte, ohne es wirklich zu sagen. »Es geht nicht darum, ob ich dich mag, Andrew. Darum ging es nie. Aber im Moment steht viel auf dem Spiel. Für uns beide.«

ZWÖLF

Andrew sah ihr nach, als sie den Pfad vor dem Haus hinunterlief, und verfluchte sich. Was hatte er sich bloß dabei gedacht? Sie hatte ihn um Hilfe gebeten, und statt ihr einen Rat zu geben, hatte er wie ein liebeskranker Teenager herumgefaselt und sie damit verjagt.

Schon wieder.

Sie war in seiner Nähe immer scheu gewesen. In der Nähe von allen Menschen eigentlich. Warum sollte das jetzt anders sein? Konnte er ihr vorwerfen, dass sie vorsichtig war? Acht Jahre waren für die meisten eine lange Zeit – aber nicht in einer Stadt wie Salem Creek, in der sich Ansichten nur langsam änderten. Wenn überhaupt. Vermutlich wusste sie das sogar besser als er.

Nachdem Heather und Darcy Gilman als vermisst gemeldet worden waren, hatte es keine vierundzwanzig Stunden gedauert, bis die Stimmung umschlug. Am nächsten Morgen hatte die Gerüchteküche der Stadt eine ganze Reihe alberner und grundloser Vermutungen parat. In den Kleinstädten Neuenglands, in denen nie viel passierte, gehörte das Klatschen zu den beliebtesten Freizeitbeschäftigungen, ähnlich wie Hockey auf der Highschool oder Ballspiele beim sonntäglichen Barbecue. Die Leute hatten das Gerede jedenfalls verschlungen wie ein gut gegrilltes Steak.

Als dann die Leichen der Mädchen aus dem Teich der Moons gezogen worden waren, hatten sie mit ihren Fackeln und Mistgabeln nach ihrer eigenen Form von Gerechtigkeit verlangt. Nach Rhannas Eskapade im Café hatten sich mehrere Kirchen zusammengeschlossen, um eine mitternächtliche Mahnwache abzuhalten. *Um gegen das Böse in unserer Mitte zu beten und den Willen des Herrn geschehen zu lassen …*

Am Tag zuvor waren in der ganzen Stadt Flyer aufgetaucht, und in Schaufenstern sowie an Telefonmasten prangten Plakate, um die Gläubigen zur Versammlung einzuladen, auf der man für das Heil der gottesfürchtigen Stadt beten wollte. Der Name Moon fiel an dem Abend kein einziges Mal, aber das war auch nicht nötig. Alle wussten, wer gemeint war …

Die drei lokalen Nachrichtensender berichteten über die Zusammenkunft und lieferten ausreichend Filmmaterial von dem Meer selbstgerechter Gesichter, erhellt vom flackernden Licht der weißen Kerzen. Sobald größere Nachrichtenagenturen die Story aufgegriffen hatten, fielen die Medien über die Stadt her, und Randall Summers musste eine Stellungnahme abgeben, in der er um Geduld bat, damit die Polizei ihre Arbeit in Ruhe erledigen konnte. Auf diese Weise wollte er verhindern, dass die Leute diese Predigten missverstanden und die Sache in die eigene Hand nahmen.

Noch heute wurde Andrew bei der Erinnerung daran schlecht. Er hatte vorgehabt, an jenem Abend zur Wache zu gehen, um ihnen allen zu sagen, wohin sie sich ihre sogenannten Gebete stecken konnten, aber sein Vater hatte ihn davon abgebracht. Er hatte ihm erklärt, dass ein Feuer besonders leicht angefacht werden würde, wenn man mit dem Finger auf andere zeigte und die Nachbarschaft gegeneinander aufhetzen würde. Er hatte ihm versprochen, dass die Gerechtigkeit am Ende siegen, dass die Wahrheit ans Licht kommen würde und die Moons wieder ihre Ruhe haben würden. Sein

Vater hatte sich in seinem Leben nicht oft geirrt, aber darin schon. Salem Creek hatte den Moons nie vergeben. Weder den Mord an den beiden Mädchen noch die Sünde, anders zu sein.

Am Tag nach der Mahnwache hatte Rhanna die Stadt verlassen. Ein Beweis für die Macht ihrer Gebete, hatten die Leute behauptet. Althea hatte das Einzige getan, was sie tun konnte: Sie hatte den Kopf eingezogen und darum gekämpft, ihren Laden zu retten. Lizzy hatte sich in die Scheune zurückgezogen, in sichere Entfernung von der Kundschaft und allen Neugierigen. Und von ihm.

Nach dem Grundstudium an der University of New Hampshire war er hiergeblieben, hatte weiterführende Kurse besucht und seinem Vater im Laden geholfen. Er hatte immer neue Ausreden gefunden, um die Einschreibung für ein weiterführendes Studium aufzuschieben. Nicht, dass er irgendjemandem etwas vorgemacht hätte. Trotzdem hatte er sie nur selten gesehen. Nur, wenn er sich einen Vorwand ausgedacht hatte, um zur Farm zu gehen, was er mit peinlicher Regelmäßigkeit getan hatte. Damals war sie ein Rätsel gewesen, das er lösen musste, die Antwort auf eine Frage, die ihm noch nicht ganz klar gewesen war. Er hatte nie in ihrer Haut gesteckt, war nie *anders* gewesen in einer Welt, die Gleichförmigkeit und Anpassung belohnte. Nein, er war der Präsident des Schülerrats gewesen, ein typischer amerikanischer Highschool-Schüler, der Sohn eines respektierten Geschäftsmannes, der mit einer Handvoll Stipendien seinen Abschluss gemacht hatte. Es war ein spießiges Leben, das Typen wie er für selbstverständlich hielten. Lizzys Leben hätte sich von seinem nicht stärker unterscheiden können.

Ihre Familiengeschichte, die Art, wie die Moons ihren Lebensunterhalt verdienten, und sogar ihr Aussehen wichen so stark von der Norm ab, dass man sie allein dafür schnitt. Doch statt um sich zu schlagen oder ihr Anderssein zu akzeptieren, hatte sie sich zurückgezogen. Als das nicht mehr funktionierte, war sie fortgegangen.

Althea hatte es ihm gesagt. Er war mal wieder mit einem vorgeschobenen Auftrag für seinen Vater zur Farm gegangen, in der Hoffnung, einen Blick auf Lizzy zu erhaschen. Ihr Auto, ein alter blauer Honda Civic, war nicht da. Das hätte für ihn der erste Hinweis sein müssen, denn sie fuhr damals nicht mehr in die Stadt. Er hatte das Rohr vom Ofen im Salon untersucht und überlegt, wie er Althea nach Lizzy fragen könnte, als Althea schließlich mit der Sprache herausgerückt war. Sie war weggezogen, um in New York zu studieren und Parfümeurin zu werden.

Danach hatte es nicht lange gedauert, bis sein Vater ihn überredet hatte, sein Studium anzufangen und nicht länger Trübsal zu blasen wegen einer Frau, die nicht mal wusste, dass es ihn gab. Acht Wochen, vielleicht zehn waren vergangen, bis auch er die Stadt verlassen hatte und nach Chicago gezogen war, um an die Illinois School of Architecture zu gehen. Er hatte sich geschworen, dass die Tage, an denen er Lizzy Moon angeschmachtet hatte, vorbei waren.

Jetzt war er zurück. Genau wie sie.

DREIZEHN

23. Juli

Evvie zog ein Blech mit Mohn-Zitronen-Muffins aus dem Ofen, als Lizzy die Treppe herunterkam. Der duftende Dampf hatte ihre Brillengläser beschlagen. »Du bist früh auf den Beinen.«

Lizzy sah zur Uhr über der Spüle hinüber. Es war kurz nach sechs, selbst für sie früh, aber nach den wirren Träumen, in denen aus Fred Gilmans Gesicht Andrews geworden war, hatte es sie nicht länger im Bett gehalten. »Ich hatte eine anstrengende Nacht.«

»Das kommt davon, wenn man das Abendessen ausfallen lässt. Setz dich, ich mach dir Frühstück.«

»Ich habe das Abendessen nicht ausfallen lassen. Ich habe bei Andrew gegessen. Gewissermaßen. Ich wollte mit ihm über Fred Gilman reden.«

»Ich habe mich schon gefragt, wo du geblieben bist, aber dann bin ich eingenickt. Als ich wieder wach wurde, war es schon fast Mitternacht. Wie lief denn das Treffen?«

Lizzy stellte den Kessel für Teewasser auf den Herd, um ihn zu erhitzen, und holte die Teedose aus dem Schrank. Sie musste dringend Kaffee besorgen. »Genauso, wie alle gesagt haben. Er hat mich noch an der Tür abgefertigt.«

»Und wie war das Abendessen?«

Lizzy bemühte sich um eine neutrale Miene. Sie wollte nicht an das Gespräch mit Andrew denken. »Abendessen?«

»Du hast gesagt, du hättest bei Andrew gegessen.«

»Ach ja, stimmt … Es war ganz spontan. Wir haben auf dem Fußboden gepicknickt. Wusstest du, dass er renoviert? Er hat die Terrasse erneuert und die Fenster ausgewechselt, jetzt baut er die Küche um. Ich habe ihm neulich schon geholfen, die Granitoberflächen auszusuchen.«

Evvies Blick wanderte zu Lizzy. »Wirklich?«

Der pfeifende Teekessel nahm Lizzy die Antwort ab. Evvie schaltete den Herd aus. »Ich kümmere mich um den Tee. Hol du mal die Zeitung rein!«

Wie gebeten, lief Lizzy zur Haustür. Kühle Morgenluft begrüßte sie auf der Vortreppe. Die Vögel waren schon wach und trällerten in den Baumkronen. Sie stand im Schatten der weiten Eschenzweige und genoss den Chor aus hellen, lieblichen Klängen. Meisen, Zeisige, Kiefernwaldsänger. Althea hatte ihr beigebracht, ihre Lieder zu erkennen.

Sie wollte gerade die Zeitung aufheben, als sie etwas in den unteren Ästen eines Baums hängen sah. Neugierig ließ sie den *Chronicle* liegen und tapste barfuß über das Gras, um in den Baum zu spähen. Ihr Magen zog sich zusammen, als ihr klar wurde, was sie da sah: Eine grob gearbeitete Strohpuppe in einem schwarzen Kleid und mit einem spitzen Hut hing an einem schmutzigen Seil.

Lizzy zog an dem Seil. Die Puppe löste sich leichter, als sie erwartet hatte, und fiel schlaff in ihre Arme. Sie starrte den Zettel an, der an ihrem Hals steckte.

Die Zauberinnen sollst du nicht leben lassen.

Sie kannte das Zitat aus dem zweiten Buch Mose – alle Moons kannten es.

Ein Schaudern lief über ihre Wirbelsäule, während sie den weißen Zettel anstarrte. Er war fest und glatt, wie das Papier, das auf großen Rollen geliefert und manchmal in Restaurants als Tischdecke benutzt wurde oder in der Vorschule zum Malen mit Fingermalfarben. Die Worte waren mit rotem Buntstift in groben Buchstaben hingekritzelt worden. Sie sah über ihre Schulter und suchte den Hof und die Straße ab, entdeckte aber nichts und niemanden. Keine große Überraschung …

Halloween, *Samhain,* war bei den Kindern ein besonders beliebter Feiertag. Althea hatte es immer auf die leichte Schulter genommen und über die fantasievolleren Streiche sogar gelacht. Das Pentagramm aus Toilettenpapier vor dem Haus hatte sie besonders amüsiert. Aber das war Jahre her. Fing es wieder an? Oder war das hier etwas anderes? Etwas Ernsteres?

»Ich habe mich schon gewundert, wo du abgeblieben bist.« Evvie erschien in der Tür. Sie öffnete den Knoten ihrer Schürze und warf sie sich über die Schulter. »Was hast du denn da?«

»Nichts.« Lizzy versteckte die scheußliche Puppe hinter ihrem Rücken. »Vermutlich haben sich ein paar Kinder einen Streich erlaubt.«

Evvie runzelte die Stirn. »Zeig mir das mal!«

»Es ist nichts.«

»Dann gibt es auch keinen Grund, es zu verstecken. Gib es her!«

Lizzy starrte auf Evvies ausgestreckte Hand. An ihr würde sie nicht vorbeikommen, so viel war klar. »Es ist vermutlich nichts«, wiederholte sie, denn sie wollte ihren eigenen Worten glauben. Sie gab Evvie die Puppe. »Nach den Morden ist das ständig passiert. Einmal hat jemand ein Pentagramm in die Motorhaube von Altheas Auto geritzt. Ein anderes Mal haben wir eine tote Katze auf der Türschwelle gefunden. Aber es ist nie etwas passiert. Offenbar fanden die Leute das witzig.«

Evvies Gesichtszüge wurden hart, als sie die Puppe hochhielt und sie nachdrücklich schüttelte. »Diese Puppe ist nicht *witzig,* Kleine. Diese Nachricht ist nicht *witzig.*«

Sie kehrte ins Haus zurück und ließ Lizzy vor der Tür stehen.

Lizzy seufzte und folgte ihr. »Bitte, mach daraus keine große Sache.«

»Keine große Sache?« Evvie stieß mit dem Finger gegen die gekritzelte Nachricht. »Wofür hältst du das denn? Einen Tag nachdem du Fred Gilman einen Besuch abgestattet hast? Ich sag dir, was das bedeutet. Es bedeutet, dass jemand nicht glücklich damit ist, dass du wieder in Salem Creek bist und in der Vergangenheit herumstocherst. Das hier war kein Kind aus der Nachbarschaft. Das war eine erwachsene Person. Eine gefährliche Person.«

»Oder es will uns nur jemand glauben lassen, dass er gefährlich ist.« Lizzy atmete tief ein und suchte nach einem Weg, Evvie zu beruhigen. Und vielleicht auch sich selbst. »Hör mal, ich weiß, wie furchterregend das wirken muss …«

»Ach ja?« Evvie stemmte die Hände in die Hüften, und in ihren Augen blitzte es auf. »Da, wo ich herkomme, nehmen wir Galgenstricke durchaus ernst.«

Lizzy senkte beschämt den Kopf. »Natürlich. Aber das hier ist etwas anderes, Evvie. Niemand hat vor, jemanden zu lynchen.«

»Wir wissen nicht, was irgendwer vorhat, und wir werden es auch nicht rausfinden. Wir rufen die Polizei.«

»Evvie, die Polizei ist das Letzte, was ich jetzt brauche. Noch weiß nicht die ganze Stadt, dass ich zurück bin. Sobald ich das Telefon nehme und der Polizei von dieser Drohung erzähle, geht das in Salem Creek rum wie ein Lauffeuer. Dann redet garantiert niemand mehr mit mir. Bitte, sag nichts! Zumindest noch nicht.« Sie griff nach Evvies Hand und drückte sie. »Bitte!«

»Meinetwegen.« Evvie drückte Lizzy die Puppe wieder in die Hände. »Aber werde das Ding los! Meine Mama hat immer gesagt, dass wir kein schlechtes Juju im Haus brauchen.«

Lizzy atmete erleichtert auf, als sie die Puppe in den Windfang brachte, damit sie ihr aus den Augen war, bis sie entschieden hatte, was sie mit ihr machen wollte. Im Moment war sie nur erleichtert, dass Evvie eingelenkt hatte. Möglicherweise war das Ding wirklich bloß als Streich gedacht. Wäre ja nicht das erste Mal. Genauso gut war aber denkbar, dass jemand – Fred Gilman vielleicht – hinter der abscheulichen Strohpuppe steckte.

***

Lizzy beäugte die Akkuanzeige auf ihrem Smartphone. Noch sechzehn Prozent. Sie griff nach dem Aufladekabel, stöpselte es ein, rieb sich die Augen und scrollte weiter. Alte Zeitungen auf einem winzigen Display durchzusehen, war alles andere als ideal, aber da Althea moderner Technologie – und damit auch dem Internet – misstraut hatte, hatte Lizzy ihren Laptop gar nicht mitgebracht.

Nach wie vor hoffte sie, etwas zu entdecken, das alle anderen vor acht Jahren übersehen hatten oder das sie in eine neue Richtung führen würde. Oder das ihr sagen würde, wohin Susan Gilman gezogen war, nachdem sie Salem Creek verlassen hatte. Doch selbst nach drei Stunden intensiver Suche hatte sie noch nichts gefunden.

Material gab es genug, Artikel aus den lokalen Zeitungen und denen anderer Bundesstaaten, eine Schlagzeile grausiger als die nächste: Eltern flehen um Rückkehr ihrer vermissten Töchter! Grausiger Fund auf Moon Girl Farm! Leichen vermisster Mädchen in lokalem Teich entdeckt! Doppelmord erschüttert ruhige Kleinstadt in Neuengland! Noch immer keine Verhaftungen! Gilman-Töchter werden zur letzten Ruhe gebettet!

Weitaus schwerer zu ertragen waren allerdings die zahlreichen Fotos, unscharfe Schwarz-Weiß-Aufnahmen, die Mitleid ebenso wie Wut schüren sollten. Ein idyllisches Familienporträt – Mutter und Vater im Hintergrund, die Töchter vor ihnen, scheinbar für Ostern herausgeputzt – und mehrere Fotos von den Mädchen, als sie schon älter waren.

Die Schwestern sahen sich erstaunlich ähnlich, hübsch wie die meisten Mädchen in diesem Alter, jung und sorglos. Aber es gab auch Unterschiede. Darcy hatte große Augen und einnehmende Grübchen. Heather hatte die gleichen Augen, aber die Grübchen fehlten. Vermutlich weil sie auf keinem der Bilder lächelte. Und noch etwas war an Heather anders: Sie sah mit hartherzigem Trotz in die Kamera, was sie stark von dem offenherzigen Gesichtsausdruck ihrer Schwester unterschied.

Es gab auch Fotos von den Eltern. Die meisten waren während der Pressekonferenzen oder den Interviews aufgenommen worden. Susan Gilman wirkte auf ihnen völlig apathisch, als würde sie durch einen Albtraum schlafwandeln. Was der Wahrheit entsprach. Fred, der trauernde Vater, starrte direkt in die Kamera, ein verbrauchter und ausgemergelter Mann, der aber dieselben harten Kanten zeigte, die Lizzy erst gestern gesehen hatte.

Sie studierte sein Gesicht, die zusammengekniffenen Lippen, die aufgeblähten Nasenflügel, den fast schon mit Händen greifbaren

Zorn, der ihr aus den Fotos entgegensprang. War es das Gesicht eines trauernden Vaters oder das eines Mannes, der seinen eigenen Töchtern etwas angetan hatte? Beides? Und wenn ja, wie könnte sie das beweisen?

Die Frage nagte an ihr, als sie den Browser schloss und das Telefon beiseitelegte. Sie hatte den ganzen Morgen mit dieser Recherche verbracht, ohne dass ihre Mühen belohnt worden wären. Da hätte sie doch besser Immobilienbüros angerufen oder den Dachboden inspiziert. Beides hatte sie allerdings wenig gereizt … Und jetzt wollte sie erst mal ihren Körper bewegen, einen klaren Kopf bekommen und etwas von der angestauten Energie abbauen. Vielleicht würde sie sich einfach eine Stunde dem Wildblumengarten widmen oder Unkraut jäten.

Auf halber Treppe hörten sie die Stimmen von Andrew und Evvie, die aus der Küche zu ihr drangen. Nach ihrem plötzlichen Aufbruch gestern Abend hätte sie es vorgezogen, Abstand zwischen ihm und sich zu wahren, aber um zur Hintertür zu gelangen, musste sie durch die Küche.

Die beiden verstummten, kaum dass Lizzy den Raum betreten hatte. Kein gutes Zeichen. Andrew drehte sich zu ihr um, die Strohpuppe in der Faust. »Hattest du vor, die zu erwähnen?«

Lizzy riss den Kopf in Evvies Richtung rum, die aber nur abwehrend die Hände hob und jeder Frage zuvorkam: »Spar dir jeden Kommentar! Ich habe dir gesagt, dass du sie loswerden sollst. Du bist also selbst daran schuld, wenn er sie gesehen hat, als er hereingekommen ist.«

»Ich habe sie heute Morgen gefunden«, erklärte Lizzy matt. »Im Baum vor der Tür. Es sieht nicht gut aus, muss aber nichts bedeuten.«

»Du warst gestern bei Fred Gilman, und heute findest du dieses

Ding – und da nimmst du an, die beiden Sachen hängen nicht miteinander zusammen?!«

»Ich weiß, dass das Timing verdächtig ist, aber wenn Fred Gilman mir etwas hätte antun wollen, dann hatte er gestern Abend die perfekte Gelegenheit dazu. Kannst du dir wirklich vorstellen, dass er im Dunkeln in einen Baum klettert und diese Puppe da aufhängt?«

Andrew atmete scharf aus. »Du kannst diesen Vorfall nicht ignorieren, Lizzy! Das ist etwas anderes, als wenn dir jemand das Auto zerkratzt. Du musst es melden!«

»Ich ignoriere nichts. Und irgendwann mache ich auch eine Meldung. Aber nach dem, was Roger mir über Summers erzählt hat, glaube ich nicht, dass die Polizei auch nur einen Finger rührt, wenn es um die Moons geht. Ich brauche Zeit, ohne dass mir die Polizei in die Quere kommt. Können wir das Ganze also vergessen? Wenn mich jemand braucht, ich bin im Wildblumengarten und jäte Unkraut.«

Lizzy drehte sich um und stapfte aus der Küche. Andrew und Evvie starrten ihr nach. Sobald sie außer Hörweite war, würden die beiden ihrem Ärger Luft machen, aber das war ihr egal. Schlechtes Juju oder nicht, es brauchte schon mehr als eine Strohpuppe, um ihr Angst zu machen.

VIERZEHN

26. Juli

Lizzy musste drei Runden um den Block drehen, bevor sie endlich einen Parkplatz in der Nähe des Büros ReadiMaxx fand. Sie freute sich nicht gerade darauf, sich mit dem »besten Immobilienspezialisten im Süden von New Hampshire« zusammenzusetzen, aber sie hatte bereits eine ganze Woche verschwendet. Es war an der Zeit, mit jemandem zu reden, um eine Vorstellung davon zu gewinnen, was sie angesichts des heruntergekommenen Zustands der Farm erwarten konnte. Ganz zu schweigen von dem Stigma, dass zwei tote junge Frauen im Teich gefunden worden waren.

Gut dürften ihre Verkaufschancen nicht stehen, das war ihr klar, aber zumindest würde sie dann wissen, welche Optionen sie hatte. Mit dem Geld, das sie gespart hatte, konnte sie die zahlreichen Reparaturen sicher nicht bezahlen, die Andrew erwähnt hatte. Vielleicht konnte sie eine kleine Hypothek aufnehmen. Gerade genug für die dringendsten Reparaturen und die Grundstückssteuer, bis die Farm verkauft war. Aber was, wenn dieser Plan scheiterte? Was, wenn es nicht Monate, sondern Jahre dauern würde, bis jemand die Farm kaufte? Sie würde eine Zwangsvollstreckung riskieren …

Bei dem Gedanken zog sich ihr der Magen zusammen, während sie in ihrem Portemonnaie nach Münzen für den Parkautomaten suchte. Ein Fünf-Cent-Stück und zwei Pennys waren alles, was sie fand. Deshalb hielt sie auf der Center Street nach einem Laden Ausschau, in dem sie einen Zehn-Dollar-Schein wechseln lassen könnte. Ihre Auswahl war überschaubar: die Post, eine Chiropraxis, ein Blumenladen, der offenbar montags geschlossen hatte, und das Café.

Sie beäugte das Schild mit einem mulmigen Gefühl. *Brewed Awakenings.* Der Schauplatz von Rhannas berüchtigtem letztem Gefecht. Ihn gab es noch – was mehr war, als sie von ihrer Mutter behaupten konnte. Aber nach ihrem Auftritt damals hatte sie wirklich nicht in Salem Creek bleiben können.

An dem Tag hatten zwei Frauen Rhanna über ihre Milchkaffees angestarrt, woraufhin diese ein Riesentheater inszenierte und über fromme alte Hühner fluchte, die sonntags lächelnd davon faselten, man müsse auch die andere Wange hinhalten, sich unter der Woche aber in Schlangen verwandelten. Hätte sie an dem Punkt aufgehört, wäre sie vermutlich noch glimpflich davongekommen. Aber Rhanna machte nie halbe Sachen. Folglich baute sie sich in der Mitte des Cafés auf, hob die Arme über den Kopf und verhängte im Namen aller Moons, der lebenden wie der toten, über jede atmende Seele in Salem Creek einen Fluch. Als wäre dergleichen tatsächlich möglich.

Dieser Fluch erzielte dennoch die gewünschte Wirkung. Innerhalb von Minuten war das Café wie leer gefegt. Die unerwünschte Nebenwirkung war leider die Polizei, die auftauchte, um der Drohung nachzugehen, die von einem halben Dutzend Menschen gemeldet worden war. Am Ende passierte jedoch nichts. Kein Gesetz stellte Flüche unter Strafe.

Die Nachricht von dem Zwischenfall verbreitete sich jedoch wie ein Lauffeuer. Die Rufe, es müsse endlich jemand etwas gegen »Althea Moon und ihre Mädchen« unternehmen, wurden immer lauter. Am Tag der Mahnwache hatte Rhanna ihren Van gepackt, Altheas Ersparnisse aus dem Tonkrug auf dem Kühlschrank eingesteckt und war abgehauen. Mit den Konsequenzen ihres Auftritts durften sich ihre Mutter und ihre Tochter allein auseinandersetzen.

Und nun, acht Jahre später, wollte sie, Lizzy und damit eine Moon, in dieses Café gehen und nach Wechselgeld fragen. Bei dem Gedanken wurden ihre Handflächen feucht. Ob sie den Strafzettel einfach in Kauf nahm? Lächerlich! Also drehte sie sich um und zwang sich dazu, die Tür mit den klingelnden Messingglöckchen zu öffnen.

Das Café hatte sich seit damals kaum verändert: schwarz-weiße Bodenfliesen, zerkratzte Bistrotische, die sich vor gelben Wänden aufreihten, Farn in Blumentöpfen, die in geknüpften Netzen von der Decke hingen. Lizzy las die Tagesangebote auf der Tafel, während sie in der Schlange wartete. Immer wieder wanderte ihr Blick zu der Frau an der Kasse. Sie trug kein Namensschild, aber sie kam ihr bekannt vor.

Die Frau bediente den Mann vor Lizzy und gab seine Bestellung lautstark weiter: »Ein Ahornbrötchen und einen Macchiato, halb mit starkem, halb mit entkoffeiniertem Kaffee für Brandon!« Nachdem er sich in die Schlange zur Abholung eingereiht hatte, wickelte sie eine Rolle mit Vierteldollarmünzen aus. Sie mühte sich noch immer mit dem Münzpapier ab, als sie die Kasse schloss und endlich hochsah. »Was kann ich für Sie tun?« Ihr Lächeln verblasste, das zerknüllte Papier in ihrer Hand war vergessen. »Lizzy Moon … Sie sind doch Lizzy, oder?«

Lizzy spannte sich innerlich an und versuchte, den Ausdruck auf dem Gesicht der Frau zu lesen. War es Angst? Geringschätzung? Am Ende spielte es keine Rolle. »Ja, ich bin Lizzy.«

Da wurde die Miene der Frau plötzlich sanft. »Ich habe gehört, dass Sie wieder da sind. Es tut mir so leid wegen Ihrer Großmutter. Sie war eine feine Dame. Eine ganz feine Dame.«

»Entschuldigen Sie …« Die unerwartete Freundlichkeit hatte Lizzy aus dem Konzept gebracht. »Sie kommen mir bekannt vor, aber ich erinnere mich nicht an Ihren Namen.«

»Ich bin Judith Shrum. Ich war eine Kundin von Ihrer Großmutter. Sie hat immer gewusst, wie sie mir helfen kann. Nicht schlechter als eine Ärztin, wenn Sie mich fragen.« Sie beugte sich vor und senkte die Stimme zu einem Flüstern herab: »Diese ganzen Wichtigtuer, die sich wegen der armen Mädchen das Maul zerrissen haben … Sie hatten keine Ahnung, wovon sie geredet haben. Alle, die Althea Moon kannten – ich meine wirklich kannten –, wussten, dass sie zu so etwas niemals imstande gewesen wäre. Selbst die Mutter der beiden hat das gewusst.«

Lizzy hakte sofort nach. »Mrs Gilman?«

»Susan, ja. Die Arme. Wir waren damals Freundinnen, sehen uns heute aber nicht mehr oft, da sie weggezogen ist. Verdenken kann ich es ihr nicht. Es war schwer für sie. Sie hat mir mal gesagt, dass es sich für sie nie richtig angefühlt hat, was die Leute über Ihre Großmutter gesagt haben, und dass ihr das Gerede gar nicht gefallen hat. Es schien …« Sie verstummte, als eine junge Frau in einer fleckigen Schürze und einem T-Shirt mit dem Logo von *Brewed Awakening* mit einer Sprühflasche und einem Lappen an ihnen vorbeilief. Judith sprach erst weiter, als sie sicher war, dass die Kollegin außer Hörweite war. »Ich hatte immer den Eindruck, als wüsste sie genau, was passiert ist.«

»Und … und das war?«

Judith zuckte die Achseln. »Das hat sie nie gesagt. Es ist nur so ein Gefühl von mir. Eines Tages hat Susan einfach aufgehört, darüber zu reden. Dann hat sie über gar nichts mehr geredet. Als hätte sie die ganze Welt ausgesperrt. Auch das kann ich ihr nicht verdenken. Ich habe mich aber gefragt, ob ihr Schweigen etwas mit Fred zu tun hat. Der ist ein echter Tyrann. Ich war traurig, als sie weggezogen ist, aber ich bin froh, dass sie sich von ihm getrennt hat.«

Lizzy linste hinter sich, froh, dass niemand hinter ihr in der Warteschlange stand. »Treffen Sie sich noch mit ihr?«

Judith schüttelte bedauernd den Kopf. »Nein, aber wir telefonieren gelegentlich miteinander. Sie wohnt in Peabody und ist Friseurin. Es geht ihr gut. Als wir das letzte Mal miteinander gesprochen haben, hatte sie gerade einen neuen Freund, was mich total gefreut hat. Nach der ganzen Sache hat sie etwas Glück im Leben verdient … Einen Neuanfang, der zu neuen Erinnerungen führt.«

Lizzy nickte. Sie verstand besser als viele andere, dass ein Neuanfang manchmal bedeutete, das bisherige Zuhause zu verlassen. Sie wusste auch, wie schwer es sein konnte, sich alten Erinnerungen zu stellen. War es fair, sich in Susan Gilmans Welt zu drängen und das Pflaster von einer Wunde zu reißen, die endlich zu heilen schien? Den Fehler hatte sie mit Susans Ex gemacht, und das war nicht gut gegangen. Aber wenn sie Judith Shrum bat, ihre Handynummer an Susan weiterzuleiten, konnte sie selbst entscheiden. Vielleicht war sie nach all den Jahren bereit, jemandem zu sagen, was ihrer Ansicht nach mit ihren Töchtern geschehen war.

***

Nach anderthalb Stunden verließ Lizzy Chuck Bundys Büro mit einem unangetasteten Vanille-Milchkaffee und einem pochenden Schmerz hinter ihrem rechten Auge. Wie sie vermutet hatte, waren die Aussichten auf einen reibungslosen Verkauf nicht rosig, auch wenn Bundy sie während ihres Gesprächs mehrmals darauf hingewiesen hatte, dass er sich bisher nur rein hypothetisch zu ihrem speziellen Grundstück äußern konnte.

Sie hatte einen Crashkurs in Immobilienhandel erhalten und erfahren, welche Tücken es bei dem Verkauf heruntergekommener Grundstücke gab und wie sehr der Preis schwanken konnte, je nachdem, welche vergleichbaren Angebote sich gerade auf dem Markt befanden. Als sie nach der Möglichkeit eines schnellen Verkaufs gefragt hatte, war er ihr kühl ausgewichen und hatte vorgeschlagen, zunächst einen Termin zu vereinbaren, damit er sich das Grundstück ansehen konnte. Sobald er wusste, womit er es zu tun hatte, würde er ihr eine Liste mit Möglichkeiten schicken, und sie würden einen Schlachtplan entwerfen.

In der Zwischenzeit hatte er ihr ein paar Hausaufgaben aufgegeben: Sie musste Unterlagen auftreiben, Anrufe tätigen und Formulare beschaffen, unterschreiben und beim Landkreisamt abgeben. Mit einem strahlenden Lächeln hatte er ihr beim Hinausgehen versichert, dass es kein unverkäufliches Grundstück geben würde, bevor sie sein Büro verlassen hatte. Aber jetzt, auf dem Heimweg, gingen ihr Begriffe wie *Marktsättigung* und *gebrandmarktes Grundstück* durch den Kopf, und ihre Hoffnung schwand. Außerdem graute ihr schon davor, Luc zu erklären, dass sich alles noch mal verzögern würde.

Sie überlegte, wie lange sie diese Unterhaltung vor sich herschieben konnte, als ihr Handy klingelte. Kurz bevor sie auf das Display blickte, fragte sie sich schon, ob sie Luc herbeibeschworen hatte, doch die Vorwahl war 978 und nicht 212. Eine unbekannte Nummer.

»Hallo?«

»Ms Moon?«

»Ja.«

»Hier spricht Susan Gilman. Judith hat mir Ihre Nummer gegeben.«

Lizzy konnte ihr Glück kaum fassen. »Vielen Dank, dass Sie mich anrufen. Ich weiß, wie seltsam das ist, aber ich hatte mich gefragt, ob Sie vielleicht mit mir reden würden. Wir könnten uns auf einen Kaffee treffen.«

»Das müssten wir hier in Peabody machen«, sagte sie nach langem Schweigen. »Ich kann Sie nicht in Salem Creek treffen.«

»Das verstehe ich. Ich komme gern zu Ihnen. Sagen Sie mir nur, wo.«

»Ich bin mir nicht sicher, ob ich Ihnen weiterhelfen kann, aber ich beantworte Ihre Fragen, so gut ich kann. Nach der Arbeit hätte ich Zeit für Sie.«

»Vielen Dank, Mrs Gilman. Ich kann Ihnen gar nicht sagen, wie viel mir das bedeutet.«

»Bis später also, nach meiner Schicht. Es gibt einen Buchladen im Einkaufszentrum, ein Barnes & Noble. Um achtzehn Uhr bin ich dort im Café.«

***

Lizzy betrat zehn Minuten vor achtzehn Uhr das Café, das bereits überfüllt war. Vorwiegend junge Leute von der Uni oder aus der Geschäftswelt, die mit Ohrstöpseln in den Ohren über ihren Laptops hockten. Sie musste sich ein paarmal umsehen, bevor sie Susan

Gilman entdeckte, die an einem Tisch in der Ecke saß, und selbst da musste sie zweimal hinsehen.

Auch sie hatten die Jahre verändert, aber ganz anders als ihren Ehemann. Ihr Haar, das früher farblos und strähnig herabgehangen hatte, war nun hellblond mit rotgoldenen Strähnchen, und ihr Make-up sah aus, als wäre es von professioneller Hand aufgetragen worden. In ihren Stiefeln und der Skinny-Jeans wirkte sie modisch, fast schon provokant.

»Mrs Gilman?«

Susan sah, ohne zu lächeln, von ihrer Zeitschrift auf. »Ich heiße jetzt Ames, mein Geburtsname. Das war einfach … einfacher. Aber bitte, nennen Sie mich Susan.«

Lizzy nickte. Jetzt verstand sie, warum ihre Suche im Internet ins Leere gelaufen war. »Danke, dass Sie sich mit mir treffen. Soll ich Ihnen noch einen Kaffee holen?«

»Danke, nein. Mein letzter Termin hat abgesagt, ich bin also schon eine Weile hier.« Sie deutete auf den leeren Stuhl und wartete, bis Lizzy sich gesetzt hatte. »Wie ich höre, haben Sie meinen Ex-Ehemann besucht.«

Lizzy öffnete den Mund, schloss ihn aber wieder, überrascht, dass Susan von ihrem Besuch bei Fred Gilman wusste.

»Schauen Sie nicht so überrascht! Wir beide kennen Salem Creek. Judiths Mann arbeitet im Mason Electric. Es hat nicht lange gedauert, bis es sich herumgesprochen hatte, dass Sie dort aufgetaucht sind und nach Fred gesucht haben. Wie lief es?«

»Nicht gut. Ich bin mir sicher, dass er mir Angst machen wollte.«

Susan nickte grimmig. »Ganz großer Held, mein Ex.«

»Hat er jemals versucht, Ihnen Angst zu machen?«

»Er musste es nicht versuchen. Das liegt ihm im Blut.«

»War er … übergriffig?«

»Wenn Sie damit meinen, ob er mich geschlagen hat … nein, das nicht. Er hat seinen Standpunkt auf andere Art klargemacht.«

»Wie denn?«

Susan hob ihre Tasse und hielt sie mit beiden Händen fest. Ihre Hände zitterten. »Es gibt ganz unterschiedliche Wege, übergriffig zu sein, Ms Moon. Solche, die keine Narben hinterlassen, die der Nachbarschaft oder der Polizei auffallen könnten.«

»Haben Sie jemals die Polizei wegen ihrem Mann gerufen?«

Susan sah sie über den mit Lippenstift verschmierten Tassenrand an. »Und was hätte ich der sagen sollen? Dass er gemein zu mir war? Dass er mich bestraft hat, weil ich seinen Toast verbrannt oder vergessen habe, ihm neue Schnürsenkel für seine Stiefel zu kaufen? Nein, ich habe die Polizei nicht gerufen. Stattdessen habe ich getrunken. Nicht zu viel, nur genug, um nichts mehr empfinden zu müssen. Dann ein bisschen mehr, als das nicht mehr funktioniert hat.«

Lizzy bekam ein deprimierend lebhaftes Bild davon, was es bedeutet hatte, Fred Gilmans Ehefrau zu sein. »Was war mit Heather und Darcy? Hatten sie Angst vor ihrem Vater?«

»Angst? Vor Fred? Gott bewahre!«

Etwas Neues zeigte sich in Susans Miene, etwas, das tiefer ging als Trauer und sie sehr zerbrechlich machte. Lizzy schwieg und wartete, aber Susan redete nicht weiter. Stattdessen pulte sie an dem glitzernden kastanienbraunen Nagellack an ihrem linken Daumennagel.

Allmählich wurde Lizzy auf ihrem Stuhl unruhig. Sie ahnte den Schmerz der Frau, aber sie musste die Wahrheit wissen. »Susan?«

»Was? Ach ja. Hatten die Mädchen Angst vor ihm? Nein, ganz und gar nicht. Wenn sie Angst vor ihm gehabt hätten, wären sie vielleicht noch hier. Heather wäre zum Abschlussball gegangen, und Darcy wäre auf die Krankenpflegeschule gegangen. Ich hätte vielleicht schon Enkelkinder und Sammelalben mit Schnappschüssen aus dem Urlaub. Aber ich habe geschwiegen und damit alles zunichtegemacht. Fred hat wie immer seinen Willen bekommen. Wohin ihn das geführt hat, wohin uns das alle geführt hat, ist bekannt. In Freds Augen standen seine Mädchen tadellos da. Er hat sich geweigert, der Wahrheit ins Gesicht zu sehen. Und ganz sicher wollte er sie nicht von mir hören.«

»Was genau wollte er nicht hören?«

»Dass Heather über die Stränge schlug. Dass Darcy es ihr nachmachte. Dass etwas Schreckliches passieren würde, wenn er sie nicht in ihre Schranken verwies. Und dann ist es passiert.« Von ihren Gefühlen überwältigt, versagte ihr die Stimme. Sie wandte den Blick ab und fächelte die Tränen weg, die sich in ihren Augen sammelten. »Entschuldigen Sie! Es ist so schwer, dass ich damit recht gehabt habe … Kennen Sie dieses Gefühl, wenn Sie wissen, dass etwas Schlimmes passieren wird? Und dann, wenn es passiert, treten Sie sich selbst, weil sie es gewusst haben. Sie haben es gewusst und nichts dagegen unternommen! Damit lebe ich.«

Lizzy suchte nach einer Antwort, als ihr ein trüber, feuchter Geruch in die Nase stieg, eine Mischung aus Moder und frisch umgegrabener Erde. Die Aromen von Kaffee und Backwaren hatten im Café alles andere überlagert, sodass sie den Geruch bis jetzt nicht bemerkt hatte, aber die Gefühle waren unverwechselbar: Verlust. Reue. Tiefgreifende Trauer.

Ehe Lizzy sich's versah, hatte sie Susans Hand ergriffen. »Was damals geschehen ist, das ist nicht Ihre Schuld. Eine Mutter kann ihre Kinder nicht vor allem beschützen.«

»Sicher nicht, wenn es ihr nicht gestattet ist.«

»Nicht gestattet? Das verstehe ich nicht.«

»Fred hat nicht zugelassen, dass ich sie erziehe. Nicht mal ein bisschen. Das war seine Aufgabe, hat er gesagt. Seine Mädchen, seine Aufgabe.«

»Er wollte nicht, dass Sie Ihre eigenen Töchter erziehen?«

Susan sah von dem Daumen hoch, dessen Nagellack sie wieder bearbeitete. Eine Träne rann ihr über die linke Wange. »Das ist ja das Problem. Sie waren nicht meine Töchter. Nicht vor dem Gesetz.«

Lizzy blinzelte. Bei allem, was über die Gilmans vor acht Jahren berichtet worden war, war dieses kleine Detail der Aufmerksamkeit entgangen. »Er war schon mal verheiratet?«

»Christina. Seine Highschool-Liebe, ist das zu fassen? Sie ist bei einem Brand ums Leben gekommen. Ein Kabelschaden oder so etwas. Fred war mit den Mädchen zum Abendessen zu seiner Mutter gefahren. Als er nach Hause zurückkam, war es schon zu spät. Sie haben sie in der Wanne gefunden und vermutet, dass sie sich auf diese Weise vor den Flammen schützen wollte.«

Lizzy unterdrückte ein Schaudern und versuchte, sich die Szene nicht bildlich vorzustellen. »Wie alt waren die Mädchen, als Sie und Fred geheiratet haben?«

»Heather war drei, Darcy anderthalb Jahre alt.«

»Dann waren Sie ihre Mutter.«

Susan nickte und wischte sich eine weitere Träne ab. »Ich bin die einzige Mutter, die sie je gekannt haben. Aber ich durfte nie ihre Mutter *sein.* Fred hat mich nie vergessen lassen, dass sie seine Mädchen waren und dass ich eine Außenseiterin war.«

Lizzy spürte, wie ihre Wut auf Fred Gilman wieder hochkochte. »Aber er hat Sie geheiratet!«

»Wie sich herausgestellt hat, wollte er keine Ehefrau, sondern eine Haushälterin. Offenbar hatte ich das Glück, dem Anspruch zu genügen. Als mir klar geworden war, worauf ich mich eingelassen hatte, hatte ich seine Töchter – unsere Töchter – zu sehr ins Herz geschlossen, um zu gehen. Hätte ich sie verlassen, hätte ich sie nie wieder gesehen.«

»Sie haben sie nie offiziell adoptiert?«

»Nein.« Sie rieb sich die Augen und verwischte ihre Wimperntusche. »Ich wollte es, aber Fred wollte nicht mal darüber reden. Sie hatten eine Mutter, und das war nicht ich. Es spielte keine Rolle, dass sie sich nur an mich erinnerten und daran, wie ich sie in den Schlaf gesungen und sie gehalten habe, wenn sie krank waren. *Er* hat sich erinnert.«

»Das klingt ein wenig …«

»Obsessiv?«, erwiderte Susan verbittert. »Weil es das auch war. Als wäre Christina eine Heilige oder so was. Das Ganze wurde noch schlimmer, als die Mädchen zu ihrem Ebenbild heranwuchsen, ganz besonders Heather. Jedes Mal, wenn er sie ansah, sah er Christina. Ich denke, deshalb konnte er ihr nichts abschlagen. Selbst, wenn er es hätte tun sollen. Immer wieder habe ich ihm gesagt, dass sie zu schnell erwachsen wurde, und Darcy im Grunde auch, aber er wollte nichts davon hören. Er hat mich nur angesehen und gesagt, ich sollte mich um meinen Kram kümmern.«

Susans Wangen glühten dunkelrot. Lizzy war fast erleichtert. Ihre Wut war leichter zu ertragen als ihr Schmerz. Trotzdem musste sie vorsichtig sein, wenn sie wollte, dass sie weiterredete. »Ich weiß, dass es nicht leicht ist und dass es das Letzte ist, worüber Sie reden wollen, aber ich muss herausfinden, wer Ihren Töchtern das angetan hat. Wenn wir darüber sprechen, könnte es mir helfen, Puzzlestücke zusammenzufügen, die der Polizei entgangen sind. Fühlen Sie sich stark genug, noch ein paar Fragen zu beantworten?«

Susan wirkte erschöpft, aber sie nickte. »Fragen Sie, was immer Sie wissen wollen.«

»Sie haben gesagt, dass Heather zu schnell erwachsen geworden ist. Wie meinen Sie das?«

»Genauso, wie Sie denken. Sie kam nicht zur verabredeten Zeit nach Haus, zog mit Jungs um die Häuser, trug freizügige Klamotten, trank. Wenn ein Mädchen solche Sachen macht, kommt es irgendwann an und sagt, dass es schwanger ist.« Sie schüttelte den Kopf. »Können Sie glauben, dass ich mir *darüber* Sorgen gemacht habe? Dass sie uns sagt, dass sie in Schwierigkeiten steckt? Damals dachte ich, das wäre das Schlimmste, was passieren könnte.«

»Wusste ihr Mann davon? Vom Trinken und den Jungs?«

»Ja, er wusste es. Ich habe es ihm gesagt … oder zumindest versucht, denn ich stieß nur auf taube Ohren. An dem Abend, als sie …« Sie schloss kurz die Augen. »An dem Abend, als sie verschwunden sind, wollte ich die Polizei rufen, aber Fred hat es mir verboten. Er hat gesagt, wir würden die Polizei nicht mit unseren Angelegenheiten behelligen, und die Mädchen würden schon noch kommen. Wir haben uns gestritten. Es war schrecklich. Ich konnte nicht fassen, dass er so gelassen war. Als ich es nicht mehr ausgehalten habe, bin ich ins Auto gestiegen und herumgefahren. Ich habe alles abgeklappert, wo meine beiden sein könnten, aber ich fand keine Spur von ihnen. Ich wusste, dass etwas nicht stimmte. Eine Mutter weiß so etwas immer. Ich bin nach Hause und habe ihre Zimmer durchwühlt, auf der Suche nach einem Hinweis, einem Tagebuch, einer Telefonnummer … irgendetwas, das uns helfen könnte, sie zu finden. In Heathers Nachttisch fand ich eine Packung Kondome. Drei fehlten. Als ich Fred die Schachtel gezeigt habe, hat er mir bloß gesagt, er habe sie ihr gekauft. Er hat unserer fünfzehnjährigen Tochter …« Weitere Tränen stiegen ihr in die Augen. »Damit sie sicher ist.«

Lizzy stand auf und lief zum Tresen, um Papierservietten holen.

Sie wartete, bis Susan sich die Augen getrocknet und sich wieder gefasst hatte.

»Es geht schon«, sagte sie schließlich, die zerknüllten Servietten noch in der Hand. »Fragen Sie ruhig weiter.«

»Kennen Sie einen der Jungs, mit denen Heather zusammen war?«

»Ich wünschte es, aber Heather und ich haben kaum noch miteinander gesprochen. Sie wissen, wie Teenager sind. In ihren Augen war ich die Feindin. Sie war sehr gut darin, mich aus ihrem Leben auszuschließen, und hat sogar Darcy zu ihrer Komplizin gemacht.«

»Was ist mit ihrem Freundeskreis? Hat da jemand gewusst, welchen Jungen sie gedatet hat?«

»Sie hat sich von den meisten ihrer alten Clique getrennt und hat sich mit neuen Leuten getroffen. Älteren, die ich nicht kannte. Ich habe mit einigen Eltern geredet. Fred war außer sich. Er hat mir vorgeworfen, ich würde seine Tochter – *seine* Tochter, als hätte ich sie nicht ebenfalls großgezogen – als Schlampe darstellen.«

Das brachte Lizzy zu der Frage, die sie eigentlich stellen wollte, so unbequem sie auch sein mochte. »Als ich neulich mit Ihrem Mann gesprochen habe, hat mich gewundert, dass er kein großes Interesse daran zu haben schien, herauszufinden, wer seinen Töchtern das angetan hat.«

»Vermutlich, weil die Sache für ihn klar ist. Für ihn kam nie jemand anderes infrage als Ihre Großmutter. Aber ich habe das immer bezweifelt. Zwei schöne junge Mädchen. Warum sollte sie das tun? Aber Fred hat sich mit Händen und Füßen an die Version geklammert. Irgendjemandem musste er die Schuld geben. Und diese Variante hatte den Vorteil, dass seine liebste Heather dann nicht als Schlampe und er nicht als schlechter Vater dastand. Ihre Großmutter war für ihn also der perfekte Sündenbock.«

»Wo wir gerade von Sündenböcken sprechen, ich hatte mich

gefragt …« Lizzy verstummte, nicht sicher, wie sie die Frage stellen sollte. Es war eine Sache, dass sie schlecht über ihren Ex-Mann redete, aber etwas völlig anderes, zuzugeben, dass er seinen eigenen Töchtern etwas angetan haben könnte. Doch sie musste fragen. »Glauben Sie, Fred ist zu Gewalttätigkeiten fähig?«

Susan hatte die zusammengeknüllten Servietten in ihren Händen angestarrt. Sie riss den Kopf hoch. »Wollen Sie wissen, ob ich glaube, dass er unsere Töchter umgebracht hat?«

»Ich schätze, schon.«

»Nein. Mein Mann ist zu vielem fähig, aber er hätte den Mädchen niemals wehgetan. Ich weiß, dass es bizarr klingt, aber wenn er ihnen wehgetan hätte, dann wäre das, als hätte er Christina wehgetan.«

Lizzy nickte, nicht weil sie Susans Antwort vorbehaltlos glaubte, sondern weil es tatsächlich bizarr klang. Was sie gerade beschrieben hatte, war das komplette Gegenteil von dem üblichen Muster mit einem überängstlichen Vater, der auf Keuschheit pochte und deshalb mit der scheinbar viel zu nachsichtigen Mutter aneinandergeriet. Aber hatte Fred Gilman seiner ältesten Tochter nicht nur *nicht* mit dem Keuschheitsgürtel gedroht, sondern ihr sogar eine Packung Kondome gekauft, während er zugleich vorgegeben hatte, sich um ihren Ruf zu sorgen? Es überstieg Lizzys Vorstellungskraft. Was sie zu einer weiteren Frage brachte.

»Ich will niemanden verurteilen, Susan, und ich kann mir kaum vorstellen, wie schrecklich die Zeit für Sie gewesen sein muss, aber ich frage mich, warum Sie Ihre Zweifel nie erwähnt haben. Sie waren ständig in den Nachrichten, wurden immer wieder in den Zeitungen zitiert, aber ich habe nie gehört, wie Sie auch nur einmal der Behauptung Ihres Mannes widersprochen haben, dass Althea für das verantwortlich war, was Heather und Darcy widerfahren ist.«

Sie atmete stockend ein. Tränen rannen über ihre Wangen. »Ich hatte damals Angst vor ihm. Die habe ich noch immer, schätze ich. Und ich habe getrunken. Nicht mehr nur in Maßen, um meinen Schmerz zu betäuben, sondern bis zur Besinnungslosigkeit. Anders habe ich die Tage nicht ertragen, den Schmerz und die Schuldgefühle und Freds ständige Wutausbrüche. Ich habe geschwiegen und getrunken. Tag und Nacht. Und Salem Creek hat weiterhin geglaubt, dass Ihre Großmutter meine Töchter umgebracht hat. Auch mit dieser Last lebe ich.«

***

Es gab viel, worüber Lizzy nachdenken musste, als sie von Peabody zurückfuhr. Die verstörende Ehe der Gilmans zum Beispiel. Fred Gilman hatte Susan nicht nur emotional misshandelt, er war auch von seinen Töchtern besessen gewesen. Oder zumindest von Heather, weil sie wie seine tote Frau ausgesehen hatte. Etwas an den Kondomen und seiner Angst um Heathers Ruf passte nicht zusammen. Aber Susan war felsenfest überzeugt davon, dass ihr Mann seinen Töchtern niemals hätte wehtun können. Offenbar führte die Spur Fred Gilman nicht weiter.

Aber etwas hatte sie aus dem Treffen mitgenommen: zwei Namen, die Susan ihr auf eine Serviette gekritzelt hatte. Cynthia Draper und Jenny Putnam waren noch wenige Monate vor dem Doppelmord mit Heather befreundet gewesen. Es mochte ins Leere laufen, aber es war ein Anfang. Teenager nahmen es nicht einfach hin, wenn man sie fallenließ. Wenn man sie *ghostete*, wie es heute hieß. Sie würden genau wissen, wer sie ersetzt hatte – und warum. Jetzt musste Lizzy sie nur noch finden und dazu bringen, mit ihr zu reden.

FÜNFZEHN

27. Juli

Lizzy hatte nicht damit gerechnet, am nächsten Morgen Andrew in die Arme zu laufen, als sie die Zeitung holte. Sie kannte es nicht von ihm, dass er die Haustür nutzte – und schon gar nicht, dass er einen Blazer und eine olivgrüne, frisch gebügelte Stoffhose anstelle der üblichen Jeans trug. Das war ein neuer Look. Ein guter Look.

Sie zog die Tür auf und musterte ihn. »Was willst du denn hier?«

»Ich wünsche dir auch einen guten Morgen.«

»Entschuldige.« Es ärgerte sie, dass sein Anblick sie derart durcheinanderbrachte. »Ich bin nur überrascht, dich zu sehen. Ich hatte den Immobilienmakler erwartet. Er wollte heute Morgen vorbeikommen, um über meine Optionen zu sprechen, von denen wahrscheinlich keine besonders gut sein wird.«

Andrew nahm das ohne Kommentar zur Kenntnis. »Ich wollte dir nur sagen, dass ich ein paar Tage nicht in der Stadt sein werde. Außerdem solltest du wissen, dass die Scheune jetzt sicher ist. Also etwas sicherer … Ich habe das marode Scharnier gestern ausgewechselt, aber ich muss dir was zeigen, falls du kurz Zeit hast.«

Sie sah auf ihre Uhr. Bundy würde erst in zwanzig Minuten aufkreuzen. Sie nahm ihre Kaffeetasse und folgte ihm zur Scheune.

Andrew hob den Querbalken und zog die Tür ohne Schwierigkeiten auf, dann bedeutete er ihr mit dem Kopf, einzutreten. Im Innern war es kühl und finster, und es roch nach frischen Sägespänen. Er drückte auf den Lichtschalter neben der Tür. »Da.« Er zeigte zum Dachboden. »Als ich die alte Leiter abgenommen habe, ist mir aufgefallen, dass der Fensterrahmen kaum noch Halt hat. Komm ihm also lieber nicht zu nahe. Ich kümmere mich darum, sobald ich aus Boston zurück bin.«

Lizzy legte den Kopf in den Nacken und beäugte das Fenster vom Dachboden. »Großartig. Was treibt dich nach Boston?«

»Potenzielle Kundschaft. Sie holen gerade Angebote von Architekturfirmen ein, denn sie wollen ihr Stadthaus in Back Bay renovieren, und ich stehe auf der Liste. Es ist ein großer Auftrag und genau das Richtige für mich.«

»Das erklärt die Aufmachung.«

Mit strahlendem Grinsen legte er die Hände ans Revers und posierte. »Man bekommt nur einmal die Gelegenheit für einen ersten Eindruck.«

Sie trank einen Schluck von ihrem Kaffee. Er war kalt, aber nach anderthalb Wochen ohne Kaffee war er ein Genuss. »Wie lange bist du weg?«

»Eine Woche, vielleicht zehn Tage, wenn alles gut läuft. Das ist der andere Grund, warum ich hier bin.« Er griff in die Tasche des Blazers und zog eine Visitenkarte raus. »Ich wollte dir meine Handynummer geben, nur für alle Fälle.«

»Was soll schon passieren?«

Er zuckte die Achseln. »Man weiß es nie. Evvie hat gesagt, dass du dich gestern mit Susan Gilman getroffen hast.«

Sie ignorierte die Karte, die er hier hinhielt, und lief zur Werkbank hinüber. »Stimmt. Offenbar hat sie nie an Altheas Schuld geglaubt. Sie hatte auch ein paar interessante Dinge über ihren Ex-Mann zu sagen.«

Sie erzählte ihm, was sie erfahren hatte: dass Heather trank, von den Jungs und den Kondomen, von Fred Gilmans gestörter Beziehung zu seinen Töchtern und der Tatsache, dass Susan nicht ihre leibliche Mutter war.

Bei der letzten Information schossen Andrews Augenbrauen in die Höhe. »Ich wusste gar nicht, dass die beiden adoptiert waren.«

»Waren sie nicht. Gilmans erste Frau ist bei einem Brand ums Leben gekommen, als Heather drei war. Darcy steckte noch in den Windeln. Offenbar hat er es nicht gut verkraftet. Er hat nicht zugelassen, dass Susan sie adoptiert.«

»Und was hat das mit den Morden zu tun?«

Sie zuckte die Achseln. »Keine Ahnung. Vielleicht nichts. Es macht mich nur … stutzig. Susan hat mir aber weitergeholfen, indem sie mir die Namen von zwei von Heathers Freundinnen gegeben hat. Ich will versuchen, sie ausfindig zu machen. Mädchen reden ja untereinander.«

»Ich schätze, du wirst damit nicht warten, bis ich aus Boston zurück bin?«

»Andrew, wir haben darüber gesprochen. Ich muss das machen, und ich muss es allein machen. Außerdem habe ich nicht den ganzen Sommer Zeit. Luc scharrt schon mit den Hufen.«

»Dein Freund?«

»Nein, er ist … Wir …« Sie sah weg. Es war ihr unangenehm, wie sie ins Stocken geriet. »Er ist mein Boss.«

»Sicher?«

Sie warf ihm einen Blick zu, genervt, weil ihm ihre ungeschickte Erwiderung nicht entgangen war. »Ich dachte, du musst los.«

»Richtig. Ich mach mich wohl besser auf den Weg nach Boston.«

Sie sah ihm nach und wünschte sich, sie wäre nicht so schroff gewesen. Der Mann war hartnäckig, das musste sie ihm lassen. Aber er meinte es gut. Er hatte es immer gut gemeint. Er verstand nur nicht, dass den Moons Eigenständigkeit in den Genen lag, ein Überlebensmechanismus, der von Generation zu Generation weitervererbt wurde. Wer allein war, war sicher.

Sobald sie wieder im Haus war, klingelte ihr Smartphone, aber bevor sie es vom Küchentresen in die Hand nehmen konnte, sprang die Mailbox an. Wenig später piepte es. Sie rief die Nachricht ab und trug ihre Tasse zur Kaffeemaschine, um sie nachzufüllen.

»Hi, hier spricht Catherine Daniels von Chuck Bundys Büro. Er hat mich gebeten, Ihnen mitzuteilen, dass er es nicht zu Ihrem Termin um zehn schafft. Sein Sohn ist heute Morgen gestürzt, und er ist mit seiner Frau in der Notaufnahme, wo sie erfahren werden, ob er operiert werden muss. Er hat gesagt, dass er sich bei Ihnen melden wird, um nächste Woche einen neuen Termin zu vereinbaren.«

Nächste Woche?

Sie unterdrückte ein Stöhnen. Alles dauerte viel länger, als sie erwartet hatte. Je nach Option musste sie unterschiedliche Dokumente auftreiben, Anrufe tätigen und Laufarbeiten erledigen. Deshalb hatte sie sich darauf verlassen, dass Bundy ihr heute die Richtung vorgeben würde. Stattdessen hing sie weiter in der Luft.

Aber vielleicht konnte sie in der Zwischenzeit etwas anderes erledigen. Sie nahm ihr Telefon, öffnete die Facebook-App und gab Jenny Putnams Namen ein. Es wurden ihr fünf Profile angezeigt, aber nur eine Jenny Putnam wohnte in New Hampshire.

Kurz darauf betrachtete sie das Foto einer zierlichen Blondine in Fahrradkluft und mit einer Nummer auf der Brust. Laut ihrem Profil war sie verheiratet, hatte Zwillinge namens Bella und Shay und wohnte immer noch in Salem Creek. Ihr Familienname lautete nun Wittinger – ihr Ehemann war Donny –, und sie arbeitete im New England Regional als Hebamme. Nach einem Anruf bei der Telefonauskunft hatte Lizzy sogar eine Telefonnummer.

Nachdem sie die Nummer gewählt hatte, hielt sie den Atem an. Sie wünschte sich, sie hätte sich überlegt, was sie sagen wollte, falls Jenny oder – schlimmer noch – die Mailbox tatsächlich rangehen würde. Ob sie auflegen sollte, in Ruhe nachdachte und noch einmal anrief? Gerade als sie das tun wollte, meldete sich am anderen Ende eine Frau.

»Hallo?«

Ihre Stimme klang belegt und träge, als hätte sie bis eben geschlafen.

»Mrs Wittinger?«

»Ja.«

»Mein Name ist Lizzy Moon. Ich rufe an …«

»Lizzy Moon.«

Mit angehaltenem Atem wartete Lizzy darauf, dass sie auflegte. Das tat sie nicht.

»Was wollen Sie?«

»Ich habe mich gefragt … Gestern habe ich mit Susan Gilman gesprochen, und sie hat mir Ihren Namen genannt. Ich hatte gehofft, wir könnten uns kurz unterhalten. Über Heather.«

»Warum sollte ich mit Ihnen reden?«

»Weil Heather Ihre Freundin war und die Person, die sie – und Darcy – getötet hat, noch immer frei herumläuft.«

»Ich habe gehört, dass Sie wieder da sind.«

Lizzy überging die trockene Bemerkung. »Ich habe ein paar Fragen. Zu Dingen, die Susan mir erzählt hat. Ich hatte gehofft, wir könnten uns irgendwo treffen. Ich könnte …«

Jenny unterbrach sie. »Ich werde mich nirgendwo mit Ihnen treffen. Ich bin mir nicht mal sicher, ob ich überhaupt mit Ihnen reden will.«

»Bitte! Es sind nur ein paar Fragen.«

»Sie haben meine Nummer von Heathers Mom?«

»Nein, von der Auskunft. Aber sie hat mir Ihren Namen gegeben. Sie dachte, Sie könnten mir eventuell weiterhelfen.«

Jenny Wittinger schwieg wieder, diesmal länger. Lizzy hörte das Geräusch von Eiswürfeln, die in ein Glas fielen, dann fließendes Wasser. »Was wollen Sie wissen?«

Lizzy atmete erleichtert auf. »Sie hat gesagt, dass Heather sich mit Ihnen verkracht hatte.«

»Nicht nur mit mir. Sie hat sich mit keiner von uns mehr getroffen.«

»Warum nicht?«

»Keine Ahnung. Sie hat sich eine ganze Weile seltsam verhalten, abweisend und irgendwie nervös. Irgendwann hat sie einfach nicht mehr mit uns gesprochen.«

»Und sie hat nie gesagt, warum?«

»Sie hat gar nichts gesagt. Als wären wir unsichtbar.«

»Hat sie sich mit anderen Leuten getroffen?«

»Nicht in der Schule. Von heute auf morgen schottete sie sich ab, saß allein, aß allein. Dann hat sie die Schule geschwänzt. Niemand wusste, wo sie sich rumgetrieben hat. Irgendwann war es uns dann egal. Ich weiß, das klingt hart, aber Heather wollte eben nicht mehr mit mir befreundet sein, und ich wollte sie nicht dazu zwingen.«

»Stimmt schon.« Lizzy war Jennys gereizter Unterton nicht entgangen. »Erzwingen kann man das nicht … Sie hatten erwähnt, dass sie sich seltsam verhalten hat. Haben Sie sie gefragt, was los war?«

»Sie ist ausgerastet, wenn ich versucht habe, mit ihr darüber zu reden. Früher sind wir nach der Schule zu ihr gegangen, weil ihre Mom total leckere Sachen gebacken hat. Aber ganz plötzlich wollte sie sich bei mir oder bei Cynthia treffen. Als wäre sie nicht gern zu Hause. Vielleicht wegen der Sache mit ihrer Mom. Sie hat sie Mrs Schnüfflerin genannt, weil sie sie ständig ins Kreuzverhör genommen hat.«

»Und Mr Gilman? Wie lief es zwischen ihr und ihm?«

»Ganz in Ordnung, denke ich. Er hat meist gearbeitet, wenn wir da waren. Aber ich weiß, dass er nach ihrer Pfeife getanzt hat. Einmal wollte sie einen süßen Rock aus dem Forever 21 haben, aber ihre Mom fand ihn zu kurz. Später kam sie trotzdem damit an. Als ich sie gefragt habe, wie sie ihre Mutter dazu rumgekriegt hat, hat sie gesagt, dass sei nicht nötig gewesen, weil ihr Vater ihr den Rock gekauft hat. Sie hat behauptet, sie hätte ihn mühelos um den kleinen Finger gewickelt. Sie hat ständig damit angegeben, dass sie ihn dazu bringen konnte, alles zu tun, was sie wollte.«

Ihr Kondome zu kaufen, zum Beispiel.

Lizzy spürte Ekel in sich aufsteigen. Susan hatte dasselbe erzählt. »Hat sie angedeutet, wie sie das schaffte?«

»Nein. Ich habe sie zwar danach gefragt, aber da hat sie dichtgemacht. Wie gesagt, sie wurde damals total seltsam.«

»Haben Sie jemals Schnitte oder blaue Flecken an ihr bemerkt?«

»Sie meinen, ob ihre Eltern sie geschlagen haben?«

»So etwas kommt ja leider vor …«

»Nein, so was ist mir an ihr nicht aufgefallen.«

»Hatte sie einen Freund?«

»Nein, jedenfalls nicht mehr. Sie war mal mit Brian Smith zusammen, das hat in der Mittelstufe angefangen, aber sie hat sich von ihm getrennt, als sie auch uns aus ihrem Leben gestrichen hat. Danach gab es keinen mehr, soweit ich weiß, und dann …«

Genau! Und dann …

»Hat die Polizei mit Ihnen gesprochen? Danach, meine ich.«

»Ja. Zwei Männer sind zu uns gekommen und haben mir Fragen gestellt.«

»Haben Sie ihnen erzählt, was Sie mir eben gesagt haben? Dass Heather nicht mehr gern zu Hause war?«

»Nein. Ich hätte es tun sollen, schätze ich, aber es schien mir damals nicht wichtig. Außerdem war ich immer noch sauer auf sie, denke ich. Aber jetzt, wo ich älter bin und über die alten Geschichten nachdenke – vor allem wenn man selbst Kinder hat –, da frage ich mich, ob es etwas gab, das mir hätte auffallen sollen, etwas, das ich hätte verhindern können. Ich weiß nicht, was mit Heather passiert ist oder mit Darcy, aber ich kann mir kaum vorstellen, dass ihre Veränderung nichts damit zu tun hatte.« Sie klang mit einem Mal erschöpft und traurig. »Ich muss jetzt Schluss machen. Mich erwartet heute die Nachtschicht, und ich muss noch schlafen.«

»Ja, natürlich. Vielen Dank, Sie haben mir sehr geholfen. Ich hatte auch gehofft, mit Cynthia Draper zu reden. Wissen Sie vielleicht, wie ich sie kontaktieren kann.«

»Cynthia ist vor zwei Jahren an Leukämie gestorben.«

Damit war eine weitere Hoffnung geplatzt. »Das tut mir leid.«

Kurz schwiegen beide, bevor Jenny dann fortfuhr: »Ich hätte damals etwas sagen sollen, aber ich hatte total Angst. Habe ich immer noch, schätze ich. Mein Dad ist mit Fred Gilman befreundet. Er wäre total angepisst, wenn er wüsste, dass ich mit Ihnen rede. Jedenfalls tut es mir leid um Ihre Großmutter. Ich weiß noch, wie nett sie war.«

Lizzy war sich nicht sicher, wie sie sich fühlte, nachdem sie aufgelegt hatte. Trauer, Abscheu und Wut schienen um einen Platz in ihrem Magen zu kämpfen. Jenny hatte Susans Version der Dinge mit überraschender Klarheit bestätigt und ein Bild von Heather Gilman gezeichnet, das mehr Fragen aufwarf, als es beantwortete. Warum hatte sie ihre Freundinnen wie Luft behandelt und sich von ihrem Freund getrennt? Warum wollte sie mit einem Mal nicht mehr nach Hause? War sie einfach nur eine typische rebellierende Jugendliche, oder steckte mehr dahinter?

Nachdem Lizzy Rogers Nummer gefunden hatte, rief sie ihn an. Es klingelte viermal, bevor die Mailbox ranging. Dafür, dass der Mann nicht mehr bei der Polizei war, war er ganz schön beschäftigt. Sie hinterließ ihm eine Nachricht und teilte ihm mit, dass sie mit Susan Gilman geredet hatte und ein paar Sachen mit ihm besprechen wollte.

Kaum hatte sie aufgelegt, klopfte es an ihre Tür. Sie rechnete mit Evvie, die Arme voller Pakete, die sie von der Post geholt hatte. Stattdessen stand eine rundliche Frau mit einer Sonnenbrille und einem breitkrempigen Strohhut vor der Tür.

Die Frau lächelte nervös. Sie roch nach frisch gebackenem Brot. Ein warmer Geruch. Ein sicherer Geruch. »Ich bezweifle, dass Sie sich noch an mich erinnern. Mein Name ist Penny Castle. Ich arbeite in Wilson's Drugstore, am Imbisstresen.«

Lizzy erinnerte sich nicht an sie, erwiderte aber ihr Lächeln. »Was kann ich für Sie tun, Ms Castle?«

»Ich fürchte nichts, aber fragen kostet ja nichts. Ihre Großmutter hat mir nämlich immer einen Tee gegen meine Migränen gemacht. Es war das Einzige, was mir Erleichterung verschafft hat. Als ich gehört habe, dass Sie zurück sind, hatte ich gehofft – gebetet sogar –, dass Sie den Laden wieder aufmachen würden.«

»Es tut mir leid, aber nein. Ich bin nur hier, um die Farm zum Verkauf auszuschreiben.«

Ms Castle wirkte enttäuscht, nickte aber. »Kann ich Ihnen nicht verdenken. Trotzdem ist es schade. Das Ende einer Ära, würden manche sagen. Sie hatte so ein großes Herz, Ihre Großmutter. Hat allen geholfen, selbst denjenigen, die sie nicht bezahlen konnten. Es war nicht fair, wie die Leute …« Ihre Stimme verlor sich, und sie presste die Finger gegen den Mund. »Entschuldigen Sie, aber sie war eine gute Frau. Sie sind ihr ähnlich, wissen Sie? Nicht nur äußerlich, sondern auch damit, wie Sie von innen leuchten. Bei Althea war das genauso. Jedenfalls danke ich Ihnen, dass Sie mir zugehört haben, und entschuldigen Sie bitte die Störung.«

Lizzy sah Penny Castle mitfühlend nach. Wie viele litten noch, weil Altheas Heilmittel fehlten? Und an wen würden sie sich wenden?

Sie wollte gerade die Tür schließen, als sie sah, wie Evvies alter Kombi die Einfahrt entlangratterte. Evvie stieg aus, die Arme voller Pakete, dazu noch eine Tüte mit frisch gebackenen Brotlaiben. Ein Stoffbeutel hing an ihrem Handgelenk.

»Ich bin auf dem Rückweg noch beim Wochenmarkt vorbeigefahren. Was hältst du von Spinatsalat mit frischen Erdbeeren zum Abendessen?«

Lizzy nahm Evvie die Pakete ab. »Klingt gut. Es ist schon viel zu warm zum Kochen.«

In der Küche machte Evvie sich daran, die Pakete zu öffnen – Perlen, die sie aus Vermont bestellt hatte –, während Lizzy ein Sieb holte und die Erdbeeren abspülte. Eine Weile arbeiteten sie schweigend, aber Lizzy konnte Penny Castles Gesicht nicht vergessen.

»Wir hatten heute Besuch, als du weg warst«, sagte sie schließlich. »Eine Frau, die nach Tee gegen Kopfschmerzen gefragt hat.«

Evvie sah von dem Beutel mit achatgrünen Perlen in ihrer Hand auf. »Das passiert manchmal. Die Leute hoffen, dass noch ein paar von den Heilmitteln deiner Oma zu haben sind.«

»Ihr Name ist Penny Castle. Sie hat gehört, dass ich wieder in Salem Creek bin, und gehofft, ich hätte den Laden wieder aufgemacht.«

»Hast du ihr gesagt, dass du das nicht einmal beabsichtigst?«

Lizzy blinzelte. »Was hätte ich denn sonst tun sollen? Ende des Monats steht das Zu-Verkaufen-Schild vor dem Haus. Aber ich habe ein schlechtes Gewissen. Sie hat ein paar nette Sachen über Althea gesagt. Dass sie den Menschen geholfen und niemals jemanden weggeschickt hat. Judith aus dem Café hat auch so von Althea geschwärmt.«

»Es gibt einige, die so denken, Kleine. Du erinnerst dich bloß nicht daran, weil du dich auf diejenigen konzentrierst, die deiner Oma das Leben schwer gemacht haben.«

»Sie haben nicht nur Althea das Leben schwer gemacht.«

Evvie nickte. »Stimmt, sie haben sich auch auf dich gestürzt. Aber nicht alle. Es gab auch freundliche Leute, die etwas gegen das Gerede gesagt und die Lügen nie geglaubt haben. Deine Oma hat sie bis zu ihrem Todestag nicht vergessen. Vielleicht ist es an der Zeit, dass auch du dich an sie erinnerst.«

Ringelblume – zum Heilen von Narben

Meine liebste Enkelin,
Du bist zu diesen Seiten zurückgekehrt, um nach Antworten oder Trost zu suchen, vielleicht sogar beides. Ich wünschte, ich wäre bei Dir und könnte Dich so trösten wie früher, als Du noch klein warst und unter der Ablehnung Deiner Mitmenschen gelitten hast. Du hast in Deinem kurzen Leben schon so viel durchgemacht. Aber welche Wahl blieb Dir, da Du nun einmal in unsere Familien hineingeboren wurdest? Du wolltest nie sein wie wir. Nicht, nachdem Du erfahren hast, welchen Preis Du dafür zahlen musst. Ich kann es Dir nicht verdenken, dass Du verbittert bist. Das ist Dein gutes Recht. Es ist schrecklich, immer die Außenseiterin zu sein. Und welches Mädchen träumt nicht von einem weißen Kleid, einer Kirche voller Blumen, einem Happy End? Wir aber lernen schon früh, dass dies die Träume von anderen sind. Die von gewöhnlichen Leuten. Was wir nie waren. Unser Pfad wurde vor einer Ewigkeit angelegt. Es ist kein besserer Pfad, wohl aber ein anderer. Den meisten von uns genügte das für ein glückliches Leben.

Aber nicht Dir, meine Lizzy.

Du hast Dich in der Haut einer Moon nie wohlgefühlt. Du wolltest etwas anderes. Irgendetwas anderes. Ich denke, das wusste ich, noch bevor es Dir klar wurde. Auch wenn ich gehofft hatte, dass Du eines Tages Deine Meinung ändern würdest, war ich entschlossen, Dich Deinen Weg selbst finden zu lassen. Ich habe Dich nie bedrängt. Das Beispiel Deiner Mutter hat mich gelehrt, wohin das führen kann. Du warst alles, was ich noch hatte. Meine Hoffnung und mein Stolz. Also ließ ich Dir Deinen Willen und habe von ganzem Herzen gehofft, dass Du eines Tages Deinen Weg zurück zu Deinen Wurzeln findest. Zurück zu unseren Wurzeln …

Dann aber sind die Mädchen verschwunden. Nach vierundzwanzig Stunden zeigten in der Stadt alle mit dem Finger auf mich. Ich war die Schuldige. Wer denn sonst, wenn nicht ich? Das alte Weib am Stadtrand, das Kräuter zieht und Sprüche murmelt. Natürlich hat diese Hexe die beiden Mädchen vergiftet, erwürgt und ihnen mit ihren dunklen Kräften das Leben geraubt. Doch die Polizei hatte nichts in der Hand, um mich vor Gericht zu bringen. Also haben die Leute der Stadt mich auf die einzige Art bestraft, die ihnen blieb: indem sie über mich herzogen und mir die kalte Schulter zeigten. Sobald sie mich sahen, haben sie die Straßenseite gewechselt. Ihre Läden durfte ich nicht mehr betreten. Und all das musstest Du mit ansehen. Tag für Tag, Woche für Woche. Als wäre es nicht ohnehin schon schwer für Dich, hattest Du auch noch eine Großmutter, die des Mordes beschuldigt wurde. Du hast nie darüber gesprochen – dafür warst Du zu stolz –, aber ich habe Dich durch die Wand gehört, wie Du nachts in Dein Kissen geweint hast, und es hat mir das Herz gebrochen, zu wissen, wie sehr Dir all das zusetzt.

Bei uns allen hinterlässt die Zeit Spuren, die wir gern verbergen wollen. Bei mir ist Dir das nie gelungen. Ich habe Deine

Wunden gesehen, Deinen Schmerz gespürt, den Du mit jedem Schlag gegen mich einstecken musstest. Ich habe auch gesehen, wie sich Narben gebildet haben und wie Du Dich hinter ihnen verschanzt hast. Denn da, wo Narben sind, spürt man nichts. Da gibt es keinen Schmerz, da gibt es nur Taubheit, die vor künftigen Verletzungen schützt. Um sämtliche empfindlichen Stellen Deiner Seele hast Du eine Mauer errichtet. Untröstlich, wie ich war, habe ich Dich nicht daran gehindert. So hast Du Dich immer weiter von mir entfernt, aber auch von Dir selbst, bis ich das kleine Mädchen, das ich geliebt und großgezogen habe, irgendwann gar nicht mehr wiedererkannt habe.

Jetzt, da Du wieder in Salem Creek bist, fürchte ich, dass sich Deine Wunden erneut öffnen. Deshalb musst Du Dich daran erinnern, was hinter allem steckt. Es ist weder Wut noch Hass. Darum geht es nie. Immer geht es um Angst. Die Menschen fürchten sich vor dem, was nicht in ihre Vorstellung von richtig oder falsch passt. Wir Moons bringen das Gleichgewicht durcheinander, weil wir unseren eigenen Pfad beschreiten und nach unserer eigenen Wahrheit leben. Das war noch nie einfach, denn die Menschen sehen in uns eine Gefahr für ihre gesellschaftliche Ordnung. Nur deshalb gehen sie auf uns los. Denn solange sie uns angreifen, spüren sie ihre Angst nicht.

Mit diesem Wissen erträgst Du die Schläge zwar auch nicht besser, doch hilft es Dir dabei, die Menschen zu verstehen und ihnen vielleicht sogar zu vergeben. Denn Du musst ihnen ebenso vergeben, meine liebe Lizzy, wie Du die Mauern um Dich herum einreißen musst. Verbitterung ist ein subtiles Gift. Sie lullt Dich mit gerechtem Zorn und einem irrigen Gefühl der Macht ein, nur um sich dann gegen Dich zu wenden und Dein Herz zu Asche zu verbrennen. Vergebung ist jedoch Balsam für ein verwundetes Herz.

Und Liebe. Nie dürfen wir die Liebe vergessen.

Sie ist nicht nur eine flüchtige Empfindung, sondern bildet den Kern unseres Herzens. Darum darf die Angst sie nicht überschatten. Wie die meisten Dinge in meinem Leben musste ich das durch schmerzliche Lektionen lernen, noch dazu mehr als einmal. Wer wahrhaftig liebt, riskiert den größten Schmerz, aber es ist das Risiko wert.

Vergib mir meine Predigt. Jetzt, nachdem so viele Jahre vergangen sind. Es gibt Dinge, über die wir nie gesprochen haben, Dinge, die Dir diese Zeit vermutlich leichter gemacht hätten. Aber ich hatte damals mit meinen eigenen Wunden zu kämpfen und mit meinen eigenen Ängsten. Also muss ich jetzt davon erzählen, in der Hoffnung, dass Du Dich daran erinnerst, wenn Du die Verlockung spürst, Dein Herz zu stählen. Reibe Deine Narben mit Liebe ein, mein Kind, ganz gleich was kommt, und bewahre Dir ein offenes Herz. Liebe – selbst die unerwiderte – ist niemals ein Gefühl, das wir bereuen müssen.

In ewiger Liebe

A.

SECHZEHN

28. Juli

Lizzy betrachtete die getrocknete Blume in ihrem Schoß, deren früherer Goldton fast völlig verblichen war.

Ringelblume – zum Heilen von Narben

Wieder einmal hatte Althea genau gewusst, was sie sagen sollte und wann sie es sagen sollte. Sie hatte ihr geraten, nicht zu schnell durch das Buch zu hetzen, sondern sich seinen Seiten erst zuzuwenden, wenn sie bereit dafür war. Heute Morgen hatte sie beim Aufwachen das vertraute Ziehen gespürt, das sie dazu gedrängt hatte, weiterzulesen. Zu lesen – und sich daran zu erinnern, dass Angst sich oft als Hass zeigt und dass Vergeben Balsam für ein verletztes Herz ist. Konnte sie vergeben?

Evvie hatte recht. Nicht alle in Salem Creek hatten sich von den Moons abgewandt. Es gab auch Menschen wie Penny Castle oder Judith Shrum, wie Andrew oder seinen Vater, die sich geweigert hatten, den Gerüchten Glauben zu schenken. Es war bloß einfacher, sich an all die unablässigen, grundlosen Lügen zu erinnern, an den Verrat, der sich unauslöschlich in Lizzys Gedächtnis gebrannt hatte. Dass Menschen, die Althea ihr ganzes Leben lang gekannt hatten, sich von ihr abgewendet hatten, war ihr noch immer unbegreiflich. Dass sie ihr einfach den Rücken zugekehrt und sie der öffentlichen Meinung ausgeliefert hatten, die keine Gnade gekannt hatte.

Aber was war mit den anderen? Jene, die zwar die Gerüchte nicht geglaubt, aber nie den Mut aufgebracht hatten, etwas zu sagen? Die unsichtbar geblieben waren? Wie groß war ihr Verrat? Wie groß war ihr eigener?

Die Frage nagte an Lizzy, als sie Altheas Buch zuklappte und nach unten ging, um sich Kaffee zu machen. Evvie sah vom Küchentisch auf, wo sie sorgfältig Etiketten auf zwei Dutzend kleinen Honiggläsern anbrachte.

»Möchtest du etwas zum Frühstück?«

»Nein danke, ich brauche nur Kaffee.« Sie füllte den Filter und schaltete die Maschine ein, dann lehnte sie sich mit der Hüfte gegen den Tresen und wartete. »Was hast du mit diesen Gläsern vor?«

»Die bringe ich zu Ben in den Baumarkt.«

»Hast du ihm nicht erst vor ein paar Tagen eine Fuhre geliefert?«

Evvie senkte den Blick. »Und wenn schon.«

Lizzy neigte den Kopf und musterte Evvie aufmerksam. Sie hatte Lippenstift aufgelegt, ein schimmerndes Korallenrot, das ihre Augen betonte. Dann waren da noch die langen Jadeohrringe. »Gibt es etwas, das ich wissen sollte?«

»Was sollte das sein?«

»Zum Beispiel warum du mich auf einmal nicht mehr ansehen kannst. Oder warum du grad so verträumt geklungen hast, als du Bens Namen gesagt hast.«

Evvie sah hoch und reckte das Kinn. »Habe ich nicht!«

Lizzy stemmte die Hände in die Hüften und lächelte amüsiert. »Wenn ich es nicht besser wüsste, würde ich ja sagen, dass du in den guten alten Ben verschossen bist. Warum sonst solltest du schon wieder zu ihm fahren?«

»Meine Besuche bei ihm haben überhaupt nicht das Geringste damit zu tun, dass ich in ihn verschossen bin«, brummte Evvie gereizt. »Er stellt die Gläser auf die Ladentheke, und seine Kundschaft reißt sie ihm aus den Händen. Kann ich was dafür, dass die Leute wissen, was gut schmeckt?«

»Der Lippenstift ist also reiner Zufall?«

»Ach, sei still und trink deinen Kaffee!«

Lizzy verkniff sich das Grinsen und nahm eine Tasse aus dem Schrank. Sie wartete, bis die letzten Tropen stotternd in die Kanne getropft waren. »Warst du vor Kurzem mal im Laden?«

Die Frage schien Evvie zu überraschen. »Im Laden? Schon länger nicht mehr. Warum?«

»Ich habe mich gefragt, ob noch etwas da ist …«

»Du denkst an den Tee gegen Kopfschmerzen, nach dem Penny Castle gefragt hat«, erwiderte Evvie wissend. »Es könnte durchaus noch welcher da sein. Soweit ich weiß, ist noch alles so wie zu Zeiten deiner Oma. Sie ist jeden Tag hingegangen und hat dort rumgewerkelt. Nicht dass noch viele Leute vorbeigeschaut oder etwas gekauft hätten, aber sie ist trotzdem jeden Morgen hingegangen. Selbst nachdem sie krank geworden war. Nach einer Weile wurde es ihr dann aber doch zu viel, weshalb sie die Tür einfach abgeschlossen und den Schlüssel ans Brett gehängt hat. Wir haben nie darüber gesprochen, aber ich weiß, dass es ihr das Herz gebrochen hat. Der Laden und ihre Kräuter bedeuteten ihr alles. Und du natürlich. Aber du warst da schon weg. Der Laden war das Letzte, was ihr noch geblieben war.«

Lizzy gab etwas Zucker in ihre Tasse und rührte auf dem Weg zum Tisch um. »Kann ich dir helfen?«

»Ich bin fast fertig. Aber du kannst mir die Kiste vom Boden geben, damit ich sie vollpacken und zum Auto schaffen kann.«

Lizzy nahm die Kiste und füllte sie. »Ben verkauft die alle im Baumarkt?«

»Bis aufs letzte Glas. Die Leute hier haben was übrig für Produkte aus der Region, selbst wenn sie von einer Frau mit einem seltsamen Akzent und der Hautfarbe von altem Holz stammen.« Sie zwinkerte Lizzy zu, als sie die Kiste hochhob. »Willst du mitkommen?«

»Zum Baumarkt?«

»Wäre vielleicht keine schlechte Idee, dich zu zeigen. Damit die Leute wissen, dass du dich nicht nur für Fred Gilman interessierst.«

»Ich habe schon was vor. Mir ist da noch etwas eingefallen …«

Evvie setzte ihre Brille ab und putzte sie mit der Schürze. »Noch ein Treffen mit deinem Immobilienmakler?«

»Das steht erst nächste Woche an, wenn alles gut geht. Nein, es ist was anderes. Ein Gefallen, den ich jemandem schulde.«

Sie wartete, bis Evvies Kombi die Einfahrt entlangratterte, nahm den Schlüssel vom Haken hinter der Windfangtür und ging zu dem einen Ort, den sie bislang nicht hatte betreten können: Altheas Laden.

Der gedrungene Steinbau war in den 1820ern für das Apfelpressen errichtet worden. Die rauen Granitsteine fügten sich wie Puzzleteile zusammen. Über die Jahre hatte er viele Funktionen erfüllt: als Trockenlager, zum Lagern von Töpferwaren, sogar als Raum für Stepparbeiten, bis Althea dann beschlossen hatte, ihn auszuräumen und als Laden zu nutzen. Sie hatte fantastische Arbeit geleistet und eine Anlage wie aus einem Märchen geschaffen: Ein Steinpfad wand sich zum Haus, berankte Gitter und Blumenkästen vor den Fenstern schmückten es. In seinen besten Jahren hatte der Laden Kundschaft aus ganz Neuengland angelockt. Jetzt waren die Blumenkästen leer und der Pfad von Unkraut überwuchert.

So viele Erinnerungen an einem einzigen Ort …

Das Schloss ließ sich leicht öffnen, aber die Tür war verzogen, sodass Lizzy ein paarmal dagegenstoßen musste, bevor sie endlich nachgab. Erschaudernd betrat sie den Laden. Die Fenster waren schmutzig und ließen nur trübes Licht hinein, aber es reichte, um zu erkennen, dass über allem eine feine Staubschicht lag und in den Ecken Spinnweben hingen. Als sie zum Lichtschalter ging, knirschte Mäusekot unter ihren Füßen. Sie betätigte den Lichtschalter, und die Lampen über ihrem Kopf flackerten auf, ein Drittel der Glühbirnen blieb jedoch dunkel.

Seit sie weggezogen war, hatte sich nicht viel verändert. Lizzy sah sich im Laden um: die Regale an der Rückwand, die Glasvitrinen zwischen den Fenstern auf der Vorderseite, der schwere Holztisch in der Mitte des Raums. Darauf lag Altheas Buch zu den Heilmitteln, eine Art Kochbuch mit Rezepten, mit denen sich alle möglichen Leiden behandeln ließen.

Lizzy nahm es in die Hand und spürte die vertraute Ehrfurcht vor Altheas Gabe als Heilerin. Eine Duftmischung aus Lavendel und Bergamottöl, sanft und flüchtig wie ein Seufzen in der Luft, stieg ihr in die Nase. Ein Willkommensgruß? Ein zustimmendes Nicken? Oder nur Einbildung? Sie vermochte es nicht zu entscheiden. Aber als sie das Buch aufschlug und durchblätterte, wurde ihr klar, dass es auch gar nicht wichtig war. Es zählte nur, dass sie hier war und etwas Gutes tun wollte und dass Althea es irgendwie wusste und billigte.

Die Seiten waren mit Rezepten vollgeschrieben. Es gab Mittel gegen Koliken, Krämpfe, nächtliches Schwitzen und Halsschmerzen, gegen aufgeschlagene Knie und schmerzende Gelenke und schließlich ein Rezept für einen Tee gegen Migräne. Aber sie brauchte kein Rezept, sie brauchte das fertige Produkt.

In den Regalen stand nicht mehr viel, lediglich einige Fläschchen mit Pipetten und ein paar vereinzelte Salbendosen. Sie ging zu den Kommoden, in denen Althea speziellere Mittel in versiegelten Plastikbeuteln aufbewahrt hatte, die sorgfältig beschriftet und alphabetisch nach der Krankheit sortiert waren. Es dauerte ein paar Minuten, die Päckchen gründlich durchzugehen, aber dann fand sie, wonach sie gesucht hatte: den Migräne-Tee.

Sie suchte nach dem Datum, doch das Etikett war zu ausgeblichen, als dass sie es hätte entziffern können. Zeit hatte einen starken Einfluss auf die Wirksamkeit von Kräutern ebenso wie Licht und Luft. Die Mittel waren allerdings in luftdichten Tüten in einem dunklen Schrank gelagert worden. Mit etwas Glück hatten sie ihre medizinische Wirkung also noch nicht eingebüßt. Und falls doch, würden sie zumindest nicht schaden.

Lizzy wollte gerade den Laden verlassen, als ihr eine Idee kam. Sie drehte sich um und ließ den Blick über die Regale wandern, bis sie fand, wonach sie gesucht hatte: Lavendel- und Muskatellersalbeiöl. Sie steckte die kleinen blauen Fläschchen in ihre Tasche und stellte im Kopf bereits die Anweisungen zusammen, wie sie verwendet werden sollten. Ein paar Tropfen von beiden Ölen auf einen warmen Umschlag oder in einen Topf mit kochend heißem Wasser geben. Es wäre eine beruhigende Zusatzmaßnahme zu Altheas Tee.

***

Die Mittagszeit war gerade vorbei, als Lizzy den Drugstore betrat. Penny Castle war hinter dem Imbisstresen damit beschäftigt, Teller wegzuräumen und Kaffee nachzuschenken. Sie hatte gerade einem

Mann in einer Latzhose mit einem Basecap der Patriots die Rechnung gebracht, als sie Lizzy bemerkte.

Nach der ersten Überraschung lächelte sie und deutete auf einen freien Stuhl, doch Lizzy setzte sich nicht. Stattdessen holte sie eine braune Papiertüte aus ihrer Handtasche und reichte sie Penny. »Das habe ich in Altheas Laden gefunden. Ich dachte mir, ich bringe es Ihnen vorbei.«

Pennys Gesicht hellte sich auf, nachdem sie in die Tüte gesehen hatte. »Mein Tee!«

»Es waren nur noch drei Päckchen da, aber die habe ich alle gebracht. Es kann sein, dass die Wirkung etwas nachgelassen hat, deshalb sollten Sie den Tee länger ziehen lassen als sonst. Ich habe noch ein paar Duftöle für eine Aromatherapie dazugetan, die Ihnen helfen könnten. In der Tüte ist ein Zettel mit Anweisungen, wie sie anzuwenden sind.«

»Ich kann Ihnen gar nicht sagen, wie viel mir das bedeutet. Was schulde ich Ihnen?«

Lizzy winkte ab. »Betrachten Sie es als Geschenk. Um der alten Zeiten willen.«

Penny griff über den Tresen und drückte beherzt Lizzys Arm. »Ich weiß, dass Sie nicht bleiben werden, aber es tut gut, dass Sie wieder in Salem Creek sind. Und dass Sie Ihrer Großmutter ähnlich sind. Sie wäre stolz auf Sie.«

Auf dem Heimweg fühlte Lizzy sich erstaunlich beschwingt. Seit ihrer Rückkehr nach Salem Creek war vieles falsch gelaufen, aber Penny Castle den Tee zu bringen, hatte sich richtig und gut angefühlt. Eine Kleinigkeit, nur eine Handvoll Kräuter und Öle. Aber für Penny war es eben keine Kleinigkeit. Für sie bedeutete es Erleichterung, etwas, das ihr half, wenn die konventionelle Medizin versagte. Für eine Person mit chronischen Schmerzen kam das einem Wunder gleich. Hatte sich Althea jeden Tag so gefühlt – wie eine Wundertäterin?

Die Frage ließ Lizzy nicht los, als sie abrupt wendete und auf den Parkplatz von Nature's Harvest fuhr. Evvie hatte neulich das Pfirsicheis erwähnt, das Althea jeden Sommer für sie gemacht hatte, als sie noch klein war. Dieses wäre nicht selbst gemacht, aber es wäre heute Abend ein schönes Dessert.

Es war früher Nachmittag, und im Laden waren nicht viele Leute. Lizzy ging zur Tiefkühlabteilung, entschied sich für eine Literpackung Pfirsicheis und stellte sich an die Kasse. Nachdem sie ihre Ware auf das Fließband gelegt hatte, bemerkte sie eine Frau, die am Tresen für den Kundendienst stand und sie anstarrte.

Sie war dünn und blass, und ihr schulterlanges Haar hatte die Farbe von schmutzigem Spülwasser. Lizzy kannte sie nicht. Auf ihrem Namensschild stand Helen. Die Frau sah rasch weg, sobald ihr klar wurde, dass Lizzy sie erwischt hatte. Kurz darauf starrte sie Lizzy jedoch erneut schamlos an. Diese hielt ihrem Blick stand und überlegte, ob sich im Gesicht der Frau eher Neugierde oder eher Abneigung spiegelte. Nicht, dass es eine Rolle spielen würde. Lizzy war mit diesen Blicken groß geworden. Wie alle Moons. Es überraschte sie trotzdem, dass sie deswegen selbst heute noch den Wunsch verspürte, sich davonzuschleichen und zu verstecken.

SIEBZEHN

29. Juli

Lizzy atmete erleichtert auf, als sie das Standesamt verließ. Der Papierkram würde sie noch einige Zeit in Anspruch nehmen, aber zumindest einen Anfang hatte sie nun gemacht. In den letzten Tagen hatte sie in einem alten Ziehharmonikaordner, in ein paar Wirtschaftsbüchern mit Eselsohren sowie in einem Schuhkarton voller stornierter Schecks und loser Quittungen Altheas Finanzunterlagen zusammengesucht und sortiert.

Zum Glück hatte sie in einem Schubfach in Altheas Schreibtisch auch eine Aktenmappe mit den Unterlagen zur Vermögenssteuer gefunden, eine Treuhandvereinbarung, eine Vermächtnisurkunde und ein Standardtestament. Mehr brauchte sie nicht, um das Grundstück auf ihren Namen übertragen zu lassen und falls nötig eine Hypothek aufzunehmen. Natürlich hatte Althea bestens für alles gesorgt.

Der Rest würde sich klären, wenn Chuck Bundy vorbeikommen

und sich umsehen würde. *Falls* er das jemals tun würde. Sie hatte heute Morgen in seinem Büro angerufen, hatte aber voller Enttäuschung hören müssen, dass er noch nicht wieder arbeitete. Bei seinem Sohn war eine zweite Operation nötig gewesen, selbst eine dritte OP konnte nicht ausgeschlossen werden. Lizzy hatte ihm Genesungswünsche ausrichten lassen. Sie konnte dem Mann schlecht übel nehmen, dass er sich um seinen Sohn kümmerte, aber sie durfte den Verkauf nicht auf die lange Bank schieben. Wenn er sich der Sache nicht bald annehmen konnte, würde sie ein anderes Maklerbüro suchen. Vielleicht sollte sie mit Andrew reden, wenn er aus Boston zurück war, und ihn fragen, ob er ihr eines empfehlen konnte.

Ihr Telefon klingelte. Sie sah auf das Display. Roger. Es waren zwei Tage vergangen, seit sie ihm die Nachricht von ihren Gesprächen mit Susan Gilman und Jenny Putnam hinterlassen hatte. Inzwischen fragte sie sich schon, ob er womöglich die Finger von dem Fall lassen wollte. Vielleicht hatte sein Bruder ihm ja dazu geraten.

»Hallo, Roger.«

»Entschuldigen Sie, dass ich erst jetzt zurückrufe, aber ich musste noch eine Ermittlung zu Ende bringen. Ich nehme an, Sie haben sich ein paar Gedanken zu Heather Gilman gemacht.«

Bildete sie sich die Ungeduld in seiner Stimme ein? Vermutlich nicht. Und wer wollte sie ihm vorwerfen? Er hatte eine *echte* Klientel, die für seine Arbeit bezahlte und nicht versuchte, ihm zu sagen, wie er seinen Job machen sollte. »Das habe ich. Außerdem habe ich am Montag mit Susan Gilman gesprochen.«

»Das konnte ich Ihrer Nachricht entnehmen. Fürs Protokoll: Ich habe auch mit ihr gesprochen, *mehrmals* …«

»Ich weiß. Ich meinte nicht … Sie ist nicht mehr dieselbe, Roger. Jetzt kann sie über Dinge sprechen, die sie damals nicht über die

Lippen gebracht hat. Wussten Sie, dass sie Zweifel an der Schuld meiner Großmutter hegte?«

»Das wusste ich nicht«, gestand er nach kurzem Schweigen. »Aber ihr Ehemann war laut genug für sie beide. In den Zeitungen, den Nachrichten, jeden Tag dasselbe. Warum wurde die Frau nicht verhaftet? Wie viele unschuldige Mädchen müssen noch sterben? Seine Frau hat ihm nicht ein einziges Mal widersprochen.«

»Weil sie Angst hatte. Sie hat mir geradeheraus gesagt, dass er ein Tyrann war, und nach meinem Gespräch mit ihm kann ich das nur bestätigen.«

»Sie haben mit Fred Gilman gesprochen?«

In ihrem Eifer, von ihrem Gespräch mit Susan zu erzählen, hatte sie ihren Besuch im Meadow Park offenbar vergessen. »Ja. Ich war bei ihm zu Hause, aber er hat sich geweigert, mit mir zu reden. Dass er ein Tyrann ist, habe ich gespürt. Ich verstehe, warum Susan Angst vor ihm hatte.«

»Es gab keine Anzeichen für häusliche Gewalt. Das haben wir überprüft.«

»Wir beide wissen, dass ein Mann seine Fäuste nicht braucht, um seine Frau einzuschüchtern.«

»In Ordnung, das ist nicht von der Hand zu weisen. Aber es gab keine Spur von Gewalt. Keine gebrochenen Knochen oder blauen Augen, keine regelmäßigen Besuche in der Notaufnahme. Nur normale Beulen und Blessuren. Wollen Sie jetzt andeuten, dass sie ihn für schuldig hält?«

»Nein, das will ich nicht.«

»Sondern?«

Da war sie wieder, die Ungeduld, dieser strenge und bissige Ton. Lizzy fuhr auf den erstbesten Parkplatz – vor der Trockenreinigung Stay-Brite Dry Cleaners – und hielt an. Er musste ihr zuhören, damit er sich ein klares Bild davon machen konnte, was im Haus der Gilmans los gewesen war. »Damals sind Dinge vor sich gegangen, von denen niemand wusste. Unheimliche Dinge. Da hat beispielsweise ein Vater seiner fünfzehnjährigen Tochter eine Packung Kondome gekauft, ohne ihrer Mutter etwas davon zu sagen. Heather ist völlig aus der Spur geraten, hat die Schule geschwänzt und getrunken. Aber davon wollte Mr Gilman nichts hören. Er wollte auch nicht, dass andere davon erfuhren. Ganz besonders nicht die Polizei. Da müssen doch die Alarmglocken schrillen.«

»Sie haben gerade gesagt, dass seine eigene Frau ihn nicht für schuldig hält.«

»Tut sie auch nicht. Aber Ehefrauen sind selten objektiv, selbst unter normalen Umständen. Und in dem Haus ging es alles andere als normal zu.«

»Klingt so, als würden *Sie* ihn für schuldig halten.«

»Ich halte es definitiv für möglich. Susan hat gesagt, ihr Mann war fast schon besessen von den Mädchen. Besonders von Heather. Da alle davon überzeugt waren, dass Althea schuldig ist, hat ihn niemand in Betracht gezogen.«

Roger seufzte. »Das stimmt nicht. Nur weil wir die Öffentlichkeit nicht über jeden unserer Schritte unterrichtet haben, heißt das nicht, dass wir unsere Arbeit nicht getan hätten. Ich kann Ihnen versichern, dass wir ihn unter die Lupe genommen haben. Und seine Frau auch. Beide haben für den Abend, an dem die Mädchen verschwunden sind, ein Alibi. Fred wurde von den Leuten in der Nachbarschaft in seiner Garage gesehen, wo er an einem alten Mustang geschraubt hat. Susan hat die wöchentliche Canasta-Runde ausgerichtet und bis kurz vor Mitternacht Karten gespielt. Erst da ist ihr aufgefallen, dass ihre Töchter nicht nach Hause gekommen sind. Leider hat sie fast fünf Stunden gewartet, bis sie das gemeldet hat.«

»Weil Fred es ihr verboten hat. Er wollte nicht, dass die Polizei gerufen wird, und will es offenbar immer noch nicht. Finden Sie das nicht seltsam?«

»Seine Töchter sind tot, Lizzy. Ermordet. Ich kann verstehen, dass er das alles nicht noch einmal durchmachen will. Dieser Schmerz lässt nie nach.«

Lizzy biss sich auf die Lippe. Sie hatte nicht vergessen, dass seine Frau und sein Sohn gestorben waren. »Da haben Sie vermutlich recht.«

»Wer weiß, vielleicht ist das Ganze auch ein verdrehter Racheplan von Susan Gilman.«

»Ein Racheplan?« Das war eine Möglichkeit, die sie nicht bedacht hatte.

»Ihr Mann hat sie wahrscheinlich jahrelang in ihrer Ehe emotional misshandelt und seine Töchter über sie gestellt. Irgendwann hat sie ihn verlassen und versucht, all das hinter sich zu lassen. Dann tauchen aus heiterem Himmel Sie auf und stellen alle möglichen Fragen. Plötzlich sieht sie eine Gelegenheit, es ihrem Ehemann heimzuzahlen, indem sie andeutet, dass er von seinen Töchtern besessen war.«

»Klingt wie aus einem schlechten Film.«

»Wenn Sie die Sache mit der zerrütteten Familie verfolgen wollen, dann müssen Sie alle Perspektiven betrachten. Sie können nicht das eine Ende des Fadens aufrollen und das andere liegenlassen.«

Sie dachte darüber nach. Ohne Zweifel hatte man Roger schon oft genug etwas vorgespielt, aber ihr Bauchgefühl – und ihre Nase – sagte ihr, dass Susan Gilmans Schmerz echt war. »Sie hat es nicht vorgetäuscht, Roger. Das könnte niemand vortäuschen.«

»Auf die Gefahr, abgestumpft zu klingen, aber die Leute sind zu allem fähig.«

»Mag sein. Aber nicht in diesem Fall. Wenn Susan jemandem Vorwürfe macht, dann sich selbst, weil sie an dem Abend, an dem die Mädchen verschwunden sind, nicht stark genug war, sich gegen ihren Mann durchzusetzen. Vielleicht wäre sonst alles anders gekommen. Für die Mädchen und auch für Althea. Vielleicht hätte dann auch mehr als nur eine verdächtige Person auf Ihrer Liste gestanden.«

»Zum Beispiel Fred Gilman?«

Bevor sie ihm darauf antwortete, drängte sie ihren Frust zurück. »Meinen Sie nicht, dass Sie genauer hingesehen hätten, wenn Sie gewusst hätten, dass Heathers Familie zerrüttet war? Ich habe mit einer Schulfreundin von ihr gesprochen, mit Jenny Putnam, und sie hat alles bestätigt, was Susan gesagt hat.«

»Wir haben sie befragt, nachdem die Mädchen verschwunden sind. Wir haben einige aus Heathers Clique befragt. Keine ihrer Freundinnen hat etwas gewusst. Zumindest nichts, was sie sagen wollte.«

»Jenny scheint nach all den Jahren einiges in einem anderen Licht zu sehen. Vielleicht gilt das ja nicht nur sie. Ich habe überlegt, noch ein paar andere von Heathers damaligen Mitschülerinnen aufzusuchen, um herauszufinden, woran sie sich erinnern.«

Roger schwieg eine Weile. Wie jemand, der zu einer Erwiderung ansetzen wollte, die man nicht gern hörte. »Ich bin mir nicht sicher, ob das klug ist, nach dem, was schon passiert ist.«

»Was … passiert ist?«

»Andrew hat mir von der Puppe erzählt. Er hat mir auch erzählt, dass Sie sich geweigert haben, die Polizei zu rufen.«

»Ich habe mich nicht geweigert. Ich will nur … abwarten.«

»Weshalb das? Eine Schlinge ist eine Drohung, Lizzy. Egal, wie man es dreht und wendet. Und Sie sind doch diejenige, die behauptet, dass in Salem Creek ein Mörder frei herumläuft. Warum überlassen Sie es da nicht mir, an Türen zu klopfen?«

Es ärgerte sie, dass er nicht glaubte, sie wäre fähig, mit ein paar ehemaligen Cheerleaderinnen zu reden. Außerdem machte sie sich Sorgen, dass ein Detective – selbst einer, der die Uniform abgelegt hatte – die Leute nervös machen könnte. Die guten Menschen aus Salem Creek gaben vielleicht vor, dass sie an Recht und Ordnung glaubten, aber sie hegten ein tief sitzendes Misstrauen gegenüber denjenigen, die geschworen hatten, das Gesetz durchzusetzen.

»Ich mache Ihnen einen Vorschlag, Detective«, sagte sie, als sie den Motor wieder anließ. »Ich spüre die Leute aus Heathers Klasse auf und schau, was ich rausfinde. Wenn ich auf einen brauchbaren Hinweis stoße, gebe ich Ihnen Bescheid, damit Sie die Daumenschrauben anlegen können.«

Er seufzte, diesmal aus Resignation. »Ihnen ist klar, dass es den Leuten nicht gefallen wird, wenn Sie rumschnüffeln.«

»Ich bin eine Moon. Wir sind daran gewöhnt, dass den Leuten nicht gefällt, was wir tun.«

ACHTZEHN

2. August

Das Sekretariat der Schule war kleiner, als Lizzy es in Erinnerung hatte, ein Gewirr aus geschlossenen Türen, zerschrammten Tischen und hässlichen Stühlen aus orangem Plastik. Die Gerüche waren aber noch genau die von früher: Eine Mischung aus Kaffee, Klebeband und Druckertinte hing in der stickigen Luft.

Eine Frau hinter einem der Schreibtische nahm die Brille von der Nase und zog die Augenbrauen hoch. »Kann ich Ihnen helfen?«

»Ich hoffe es. Ich hatte mich gefragt, ob die Schule noch irgendwo Ausgaben alter Jahrbücher hat.«

Die Frau blinzelte. »Alte Jahrbücher?«

»Eigentlich nur das von 2012. Ich bin auf Besuch und hatte gehofft, ein paar alte Bekannte aufzustöbern, aber ich fürchte, ich muss meinem Gedächtnis ein wenig auf die Sprünge helfen.«

Die Frau musterte sie ausdruckslos. Falls sie die Anfrage verdächtig fand, ließ sie es sich nicht anmerken. »Dafür müssen Sie in die

Bibliothek«, sagte sie knapp. »Dort finden Sie alle Ausgaben seit 1973, als die Schule gebaut wurde. Fragen Sie Jeannie, sie weiß, wo sie stehen.«

Wie sich herausstellte, führte Jeannie die Bibliothek wie das Pentagon. Lizzy musste am Empfang ihren Namen, ihre Ankunftszeit und den Grund für ihren Besuch angeben. Standard für alle, die diese Schule nicht besuchten, hatte Jeannie ihr brüsk erklärt. Danach hatte sie Lizzy gefragt, wozu sie das Jahrbuch bräuchte, und ihr unmissverständlich erklärt, dass sie die Bücher aus dem Archiv nur auf dem Gelände lesen und die Schule damit nicht verlassen dürfe. Lizzy versicherte ihr, dass sie das Jahrbuch nicht weiter als bis zur Kantine bringen würde. Nachdem Lizzy angeboten hatte, ihren Führerschein als Pfand dazulassen, gab Jeannie schließlich nach.

Es war vermutlich vergebliche Mühe, aber sie musste es zumindest versuchen.

Heute Nacht war Lizzy um drei Uhr früh mit einem Bild vor Augen aus dem Schlaf gerissen worden: eine Frau mit mausbraunem Haar und einem Haarnetz. Jene Frau aus der Kantine, die nach Veilchen und Talkumpuder gerochen hatte und zu einem Mädchen nett gewesen war, das zur Mittagszeit immer die Nase in ein Buch gesteckt hatte. Manchmal hatte Lizzy einen zweiten Pudding auf ihrem Tablett vorgefunden. Oder einen zweiten Keks, wenn es Hafer-Rosinenkekse gab, weil sie die besonders gern mochte.

Zuerst konnte Lizzy sich nicht erklären, warum diese Frau ihr einfiel, aber dann wurde es ihr klar. Wo könnte sie besser ihre Suche nach Heathers Schulfreundinnen beginnen, als bei ihr? Schließlich hatte sie die letzten dreißig Jahre fast jeden Tag damit verbracht, die Jugend von Salem Creek zu füttern …

Louise Ryerson.

Wie die meisten Kinder hatte Lizzy sie nur als Kantinenfrau gekannt, aber Evvie hatte sofort den Namen gewusst und konnte ihr sagen, dass sie noch immer an der Schule arbeitete. Leider hatte sie ihr keine Adresse nennen können, und auch die Telefonauskunft hatte nicht weitergeholfen. Damit blieb Lizzy nur noch ein Besuch in der Schule, um sie dort zu fragen, ob sie sich mit ihr zusammen ein paar der alten Fotos anschauen würde. Es war ein Schuss ins Blaue, das wusste sie, schließlich war es fast ein Jahrzehnt her, seit Heather Gilman und ihre Freundinnen durch die Korridore der Highschool von Salem Creek gelaufen waren. Aber vielleicht würde das Jahrbuch Louise ja helfen, sich zu erinnern.

Anfang August fanden nur die Sommerkurse statt, außerdem war Mittagspause, weshalb die Flure auf dem Weg zur Kantine gespenstisch leer waren. Ein Gefühl von Déjà-vu überkam Lizzy, als sie durch die Doppeltür trat. Sofort stieg Übelkeit in ihr hoch, ausgelöst von dem widerwärtigen Geruch nach Fett, Ketchup und zerkochtem Gemüse.

Zahlreiche Blicke folgten ihr auf ihrem Weg vorbei an den langen Tischen. Hauptsächlich die von neugierigen Jugendlichen. Vermutlich fragten sie sich, wer sie war und was sie hier wollte. Eine Mutter? Oder eine Vertretungslehrerin? Sie waren so jung, so lebhaft und sorgenlos. Sie waren so, wie Lizzy es in ihrem Alter hatte sein wollen.

Hinter der Theke hantierten zwei Frauen in weißen Kitteln am Warmhaltetisch. Wenn die Uhr über der Tür richtig ging – was immer der Fall war –, würde die Schulglocke in viereinhalb Minuten klingeln und das Ende der Mittagspause verkünden. Bis dahin würde sie sich eine stille Ecke suchen und mit ihrer Umgebung verschmelzen – wie früher.

Nach dem Läuten dauerte es weniger als fünf Minuten, bis sich die Kantine geleert hatte. Lizzy trat an die Theke, das Jahrbuch unter dem Arm, und wartete zunächst ab, ob eine der beiden Frauen sie bemerkte. Nach einer Weile räusperte sie sich. Louise sah sie durch die vernebelte Brille ausdruckslos an, als wäre sie überrascht, eine Erwachsene in ihrer Kantine vorzufinden. Ihre Blicke begegneten sich, und sie runzelte die Stirn, schien Lizzy jedoch nicht wiederzuerkennen.

»Mrs Ryerson, Sie erinnern sich vermutlich nicht an mich, aber ich bin vor einiger Zeit hier zur Schule gegangen. Mein Name ist …«

»Lizzy Moon«, sagte sie, und ihr Gesicht hellte sich auf. »Sie sind Altheas Enkelin.«

»Richtig.«

»Ich habe gehört, dass Sie wieder da sind. Mein Beileid zum Tod Ihrer Großmutter.«

Lizzy lächelte freundlich. »Danke. Ich hatte mich gefragt, ob wir uns kurz unterhalten können.«

»Worüber?«

»Ich habe ein paar Fragen, bei denen Sie mir vielleicht weiterhelfen können. Ich verspreche, dass es nicht lange dauern wird. Wenn wir uns irgendwo hinsetzen könnten …« Sie verstummte, als eine Frau mit karminrotem Haar einen Stapel schmutziger Tabletts an ihnen vorbeitrug, und sprach dann mit gesenkter Stimme weiter. »Es wäre wirklich eine große Hilfe für mich.«

Louise nickte matt, zog sich die Gummihandschuhe aus und warf sie weg. »Also gut, wenn es nicht lange dauert. Wir können uns dort drüben hinsetzen.«

Lizzy folgte ihr zu einem der langen Mittagstische und setzte sich ihr gegenüber. »Danke. Ich möchte gern mit Ihnen über die Gilman-Schwestern reden.«

Louise verzog den Mund. Sie hatte sich erstaunlich wenig verändert. Ihr Haar war jetzt fast weiß, und die Falten in ihren Mundwinkeln hatten sich vertieft, aber das Haarnetz saß noch immer auf ihrem Kopf, und ihr Gesicht wirkte noch immer freundlich.

»Eine echte Tragödie. Die arme Mutter. Und Ihre Großmutter. Was sie wegen der Leute durchmachen musste! Eine absolute Schande!«

»Ja.« Lizzy wollte schnell zum Punkt kommen. »Deshalb bin ich hier. Ich weiß, dass es vermutlich nicht viel bringt, aber ich würde gern herausfinden, was wirklich passiert ist, falls ich kann. Ich denke, es würde mir helfen, wenn ich mit einigen aus Heathers Freundeskreis sprechen würde. Leider kenne ich ihre Namen nicht und weiß auch nicht, wie ich sie kontaktieren kann. Ich hatte gehofft, dass Sie mir dabei helfen können.« Sie schob das Jahrbuch über den Tisch zu Louise. »Ich habe das hier mitgebracht. Ich dachte, die Bilder helfen uns dabei vielleicht.«

Lizzy schlug das Buch zur zehnten Klasse auf und studierte die Fotos, bis sie fand, wonach sie gesucht hatte: Heather, die mit einem angedeuteten Grübchen in die Kamera lächelte. »Das ist Heather«, erklärte sie Louise. »Können Sie sich die Bilder ansehen? Vielleicht fällt Ihnen dabei jemand auf. Eine Freundin oder ein Junge …«

Louise sah auf das Jahrbuch, dann zu Lizzy. »Das ist schon lange her.«

»Ich weiß, aber können Sie es sich wenigstens ansehen?«

»Versuchen kann ich es.«

Louise nahm ihre Brille ab, putzte sie und setzte sie sich wieder auf die Nase, bevor sie den Kopf senkte und das Jahrbuch an sich nahm. Lizzy presste die Hände zwischen die Knie und beobachtete sie still, aber aufmerksam.

Es dauerte fast zwanzig Minuten, bis Louise schließlich die letzte

Seite erreicht hatte. Kopfschüttelnd schloss sie das Buch. »Es tut mir leid, nein.«

»Nein?« Es fiel Lizzy schwer, ihre Enttäuschung zu verbergen. »Es kommt Ihnen niemand bekannt vor?«

»Es gibt kein Gesicht, das mir aufgefallen wäre, außer das von Heather. Und Ihres natürlich. Sie waren so hübsch. Sind Sie noch. Aber Sie sind nicht hier, um zu hören, wie hübsch Sie sind, nicht wahr?«

Lizzy schüttelte den Kopf.

Louise sah sie offen an, mit aufrichtigem Mitgefühl in den Augen. »Ich verstehe, wie gern Sie die Wahrheit herausfinden würden, und ich wünschte, ich könnte Ihnen helfen. Wirklich. Aber nach so vielen Jahren fließen die Gesichter ineinander. Das arme Mädchen erkenne ich auch nur, weil ihr Gesicht in den Nachrichten war, zusammen mit dem ihrer Schwester. Mit Namen war ich noch nie gut.«

»Aber meinen Namen haben Sie nie vergessen«, widersprach Lizzy. »Sie haben sich vorhin daran erinnert.«

»Kein Wunder …« Louise lächelte und beugte sich vor, als wollte sie ihr ein Geheimnis verraten. »Sie sind nie in der Masse untergegangen. Nicht mal damals. Sie waren immer eine ganz eigene Person.«

Lizzy war sich nicht sicher, wie sie darauf reagieren sollte. Louise hatte die Worte gut gemeint, aber sie hatte ihre ganze Schulzeit damit verbracht, mit ihrer Umgebung zu verschmelzen. Dass ihr das nicht gelungen war, wollte sie nicht hören. Sie bemühte sich um ein Lächeln, als sie in ihre Handtasche griff, um Papier und Stift rauszuholen.

»Das ist meine Handynummer«, sagte sie, nachdem sie sie aufgeschrieben hatte. »Wenn Ihnen noch etwas einfällt – irgendetwas –, rufen Sie mich bitte an.«

Sie nahm das Jahrbuch an sich und wollte gerade gehen, als Louise eine Hand hob, um sie aufzuhalten. »Bevor Sie gehen … Ich hatte mich gefragt, ob ich Sie um einen Gefallen bitten kann. Penny Castle hat mir erzählt, dass Sie ihr Tee gegen ihre Kopfschmerzen gebracht haben, und daher habe ich mich gefragt, ob vielleicht noch etwas von der Babyseife da ist, die Ihre Großmutter gemacht hat. Die, die den Kleinen beim Einschlafen hilft. Bei meiner Tochter hat sie wahre Wunder gewirkt, und jetzt hat mein Mädchen selbst ein Baby … Das arme Ding. Es ist ein Jahr alt und schläft noch immer nicht durch.«

Lizzy wusste, welche Seife Louise meinte. Es war eine Mischung aus Kamille, Lavendel und Hafer, die Althea aus Verzweiflung zusammengerührt hatte, als Rhanna noch ein Baby gewesen war. Sie hatte sie *Babys Traumseife* genannt, und sie war rasch zu einem ihrer Verkaufsschlager geworden. Aber sie hatte den Laden erst gestern durchsucht und dabei keine Seifenstücke entdeckt.

»Ich fürchte, meine Großmutter hat die Regale ziemlich leer zurückgelassen.«

»Aber Sie könnten doch bestimmt selbst welche machen«, schlug Louise hoffnungsvoll vor. »Sie wissen doch sicher, wie sie hergestellt wird. Wir haben alles aus der Apotheke probiert – die Duschgele und Waschlotionen –, aber nichts funktioniert. Meine Tochter ist total erschöpft.«

Lizzy hatte Mitgefühl mit Louises Tochter, aber zum Kochen von Seife gehörte mehr als das Verrühren von ein paar Zutaten und ihre Abfüllung in Formen. Gute Seife zu produzieren war eine Kunst. Dazu gehörten Techniken, die nach Zeit und Übung verlangten. Selbst wenn Lizzy ihr die Bitte erfüllte, musste die Seife aushärten, was mindestens vier Wochen dauerte. Sie bezweifelte, dass sie dann noch hier sein würde.

»Seife muss aushärten, Mrs Ryerson. Sie wäre frühestens in einem Monat fertig, und bis dahin bin ich nicht mehr hier.«

»Ach, aber sie müsste ja nicht fertig sein. Sie könnte bei mir zu Hause … aushärten, so haben Sie es doch genannt? Sie könnten sie machen, und ich hole sie einfach ab. Ich kann Sie jetzt bezahlen, wenn Sie wollen. Meine Handtasche ist im Schließfach.«

Lizzy erinnerte sich wieder an den Ausdruck auf Penny Castles Gesicht, als sie ihr den Tee gegen Migräne gebracht hatte, und auch daran, wie gut sich das angefühlt hatte. »Betrachten wir es als Geschenk. Ich bestelle die Zutaten und sage Ihnen Bescheid, wenn sie fertig ist.«

»Meine Tochter wird Ihnen dankbar sein. Sie wissen gar nicht, wie viel eine freundliche Geste bedeuten kann, wenn man mit seinem Latein am Ende ist.«

Sie wusste es. Louise Ryerson hatte ihr vor langer Zeit gezeigt, dass Freundlichkeit verschiedene Formen annehmen konnte. Manchmal als Keks, manchmal als Seife. »Ich helfe gern, Mrs Ryerson.«

Louise hielt einen Finger hoch. »Gehen Sie noch nicht. Ich habe etwas für Sie.«

Sie verschwand durch die Schwingtür und kehrte wenig später mit etwas zurück, das sie in eine Papierserviette gewickelt hatte. »Hafer-Rosinen«, sagte sie mit dem freundlichen Lächeln, an das sich Lizzy noch gut erinnerte. »Die haben Sie immer gern gegessen.«

NEUNZEHN

3. August

Lizzy wischte sich die Hände am Hintern ihrer Jeans ab und griff nach ihrer Wasserflasche. Sie hatte seit dem Frühstück im Laden gearbeitet, hatte die Fenster geputzt, Regale leer geräumt, Mäusekot entfernt – und jetzt endlich sah sie Fortschritte.

Gestern hatte sie Altheas Lieferdienst angerufen, um die Zutaten für Louise Ryersons Seife zu bestellen. Bei der Gelegenheit war ihr klar geworden, dass sie den Laden erst mal sauber machen musste, bevor sie mit der Arbeit beginnen konnte. Sie war sich noch immer nicht sicher, warum sie sich bereit erklärt hatte, die Seife herzustellen, schließlich hatte sie schon genug um die Ohren, auch ohne die Wünsche anderer.

Schweiß rann ihr über den Rücken. Der August war mit aller Macht über Salem Creek hereingebrochen, und im Laden war es drückend heiß. Sie würde einen Ventilator vom Dachboden holen müssen – nicht nur gegen die Hitze, sondern auch gegen die Laugendämpfe. Nachdem Lizzy ihre Wasserflasche geleert hatte, ließ sie den Blick durch den Laden schweifen. Sie versuchte sich vorzustellen, wie Altheas Apotheke ohne die Tresen und Regale aussehen würde. Was würden diejenigen damit machen, die die Farm kaufen würden? Ein Gästehaus mit Spitzenvorhängen vor den Fenstern? Ein Atelier mit halb fertigen Aquarellen? Ein Lager?

Im Grunde sollte ihr das egal sein, aber das war es nicht. Generationen von Menschen aus Salem Creek waren hierhergekommen, weil sie auf ein Heilmittel hofften. Viele hatten es erhalten. Ihretwegen würde das jetzt ein Ende finden.

Du bist alles, was noch übrig ist, die Letzte und die Beste von uns.

Altheas Worte bahnten sich einen Weg in ihre Gedanken. Sie stimmten nicht – zumindest nicht ganz. Vielleicht war sie die letzte Moon, aber ganz sicher nicht die beste. Für sie war Moon nur ein Name, etwas, den sie genau wie das schwarze Haar und die seltsam grauen Augen von ihrer Mutter geerbt hatte, die sie wiederum von ihrer Mutter geerbt hatte.

Ihre Mutter.

Mit ihr hatte der Zerfall der Moons eingesetzt. Mit Rhanna. Der Alkohol und die Drogen, die vielen Männer und Zwischenfälle mit der Polizei … Eine schleichende Rebellion gegen das Leben, das ihr bestimmt war. Das Leben, das allen Moons bestimmt war. Rhanna hatte das nie gewollt, weder die Farm noch den Laden, und ganz sicher nicht ihre Familie. Die Morde hatten ihr die Ausrede geliefert, die sie gebraucht hatte, um ihre Zelte abzubrechen und für immer zu verschwinden.

Das war das, was Lizzy ihr nicht verzeihen konnte. Nicht, dass sie gegangen war – sie hatte das auch getan –, sondern dass sie einfach komplett verschwunden war. Ohne Vorwarnung. Ohne Nachricht. Nur eine leere Kommode und eine leere Ecke, in der zuvor ihre

Gitarre gestanden hatte. Es war ihr nie in den Sinn gekommen, dass Althea sich Sorgen machen könnte, denn Rhanna dachte nie an andere, nur an sich. Sie war fröhlich von einer Katastrophe zur nächsten geschlittert, ohne sich auch nur im Mindesten darum zu kümmern, welches Chaos sie hinterließ. Dazu gehörte auch die Tochter, die sie nie gewollt hatte …

Lizzy war fünf oder sechs Jahre alt gewesen, als sie erkannte, dass ihre Beziehung zu Rhanna nicht normal war. In der Schule hatte sie dann miterlebt, wie andere Mütter – *echte* Mütter – sich kleideten und verhielten. Rhanna war nie die Art Mom gewesen, die ihr gesunde Snacks und ein Handdesinfektionsmittel einpackte. Sie feierte lieber Partys, als dass sie sich um so etwas Banales wie Lizzys Hausaufgaben oder den Kauf von Schulheften kümmerte. Althea hatte all das gemacht.

In der dritten Klasse hatte ihre Lehrerin sämtliche Mütter eingeladen, beim Dekorieren der Weihnachtskekse mitzumachen. Rhanna war die Einzige, die nicht erschienen war, und Lizzy musste ihr Dutzend Lebkuchen ganz allein verzieren. Aus Mitleid hatte ihr dann Mrs Gleason geholfen. Während sie den Zuckerguss auf die knusprig braunen Kekse auftrug, tröstete sie Lizzy damit, dass ihrer Mutter bestimmt etwas dazwischengekommen war.

Mrs Gleason wusste natürlich nicht, dass Lizzy den Flyer zwei Wochen zuvor auf dem Heimweg in die erstbeste Mülltonne geworfen hatte. Rhanna sollte auf gar keinen Fall in ihrem Batik-T-Shirt und ihrer ausgefransten Schlaghose in der Schule aufkreuzen und sich unter die Mütter in pastellfarbenen Twinsets und gebügelten Stoffhosen mischen. In ihren Augen war es weitaus erträglicher, gehänselt zu werden, weil die eigene Mutter nicht kam, als geschnitten zu werden, weil diese Mutter eine Hippie war, die nach Gras und Patschuli roch.

Aber das war Schnee von gestern. Jetzt war sie hier – und Rhanna irgendwo anders. Vielleicht auch nirgendwo. Sie würde es wohl nie erfahren, und es spielte auch keine Rolle. Nicht die geringste …

Mit einem Mal fiel ein Schatten durch die Tür. Als Lizzy sich umdrehte, sah sie Evvie, die ihr mit einem Lächeln ein Glas Limonade hinhielt. »Wie meine Mama zu sagen pflegte: Du siehst aus, als könntest du eine Dusche vertragen.«

Lizzy sah auf ihre schmutzigen Hände und wischte sie an ihrem T-Shirt ab. »Ich fürchte, da hat sie recht.«

Evvie betrat den Laden und sah sich um. »Du warst fleißig. Ich wünschte, deine Oma könnte das sehen.«

»Ich auch.« Lizzy seufzte. Sie erinnerte sich noch daran, wie alle möglichen Tonika und Heilmittel die Regale gefüllt hatten, jede Flasche und jedes Glas mit einem Etikett in Altheas sorgfältiger Schrift versehen. Jetzt waren die Regale leer, und jene Tage schienen eine Ewigkeit her zu sein. Sie nahm die Limonade von Evvie entgegen und trank in einem Zug das halbe Glas leer. Dann wischte sie sich den Mund ab, was einen Schmutzstreifen an ihrem Kinn hinterließ. »Was mache ich hier, Evvie?«

»Weißt du das nicht?«

Sie blinzelte. »Du willst eine ehrliche Antwort? Nein. Ich sollte die Farm für den Verkauf vorbereiten, aber stattdessen stelle ich Seife für Louise Ryersons Enkelin her. Das ist doch verrückt.«

»Ist es nicht«, widersprach Evvie. »Es ist das Gescheiteste, was du getan hast, seit du hergekommen bist. Dieser Ort liegt dir im Blut, Kleine. Der Laden, der Boden und das Haus … Sie alle sind ein Teil von dir. Ebenso wie die Tatsache, dass du dich um andere Menschen sorgst. Mehr gehört zu einer Heilung nicht dazu. Man braucht bloß auf die Magie zu vertrauen und ein wenig davon zu teilen. Deine Oma hat das gewusst.«

Lizzy schüttelte den Kopf. »Ich bin nicht Althea, Evvie. Ich bin nicht so stark wie sie.«

»Doch! Du hast bloß die Orientierung verloren. Deshalb hat deine Oma dir das Buch dagelassen. Damit du deinen Weg zurückfindest. Und das wirst du, wenn die Zeit reif dafür ist. Die beste Magie ist die, die uns überrascht. Wir planen unser Leben, als hätten wir alles unter Kontrolle, legen die Puzzleteile zusammen, wie wir es für richtig halten, und *bumm!* Mit einem Mal passiert etwas, das wir nicht vorhergesehen haben, und wir finden uns an einem ganz anderen Ort wieder. Manchmal genau an dem, von dem wir aufgebrochen sind.«

Lizzy sah ihr in die Augen. »Und manchmal nicht.«

»Mag sein«, sagte Evvie nachdenklich. »Das Beste, was wir tun können, ist, uns nicht selbst im Weg zu stehen.«

»Und der Magie zu vertrauen?«

Ein verschwörerisches Leuchten erstrahlte in Evvies kupfergrünen Augen, als sie nach Lizzys leerem Glas griff. »So was in der Art. Komm rein und spring erst mal unter die Dusche. Mir scheint, es gibt da etwas, das du lesen solltest.«

Lilien – für die Wiedergeburt

Meine liebste Enkelin,
wie Du siehst, bin ich zu den Seiten zurückgekehrt, um die Dinge niederzuschreiben, die mir am Herzen liegen. Dinge, von denen ich hoffe, dass sie Dir helfen, wenn ich nicht mehr da bin. Aber es steckt ohne Zweifel auch etwas Selbstsüchtiges dahinter. Ich bin nicht so edel, wie ich gedacht habe, als ich das hier begonnen habe. Nachdem ich Rhanna verloren hatte, habe ich mir geschworen, dass ich Dich nie zu einem Leben zwingen werde, das Du nicht führen willst. Aber jetzt, da mein Licht erlischt, ist mir meine Reue keine gute Gesellschaft. Also muss ich meine Gedanken in die Zukunft richten, Lizzy – in Deine Zukunft –, und versuchen, Dich umzustimmen.

Zwischen diese Seiten habe ich eine Lilie gepresst. Wie Du Dir vorstellen kannst, ließ sie sich nicht leicht pressen. Sie ist zu zerbrechlich, und die Härte, die nötig ist, um sie zu bewahren, wird ihr gefährlich. Aber in den richtigen Händen, mit der richtigen Pflege, kann sogar das zerbrechlichste Wesen der Mühsal trotzen und zu neuer Schönheit gelangen. Und uns einige Lektionen erteilen …

Erneuerung. Wiedergeburt. Reinkarnation.

Unterschiedliche Wörter, die alle dasselbe bedeuten: die Rückkehr ins Leben für ein Wesen, dessen Kräfte verbraucht schienen. Das Ende. Der Anfang. Sie waren schon immer ein und dasselbe. Ein Teil des Kreises, in den wir alle hineingeboren werden. Diese Weisheit wird in den unterschiedlichsten Traditionen auf ganz unterschiedliche Art vermittelt, aber das Versprechen ist immer dasselbe: die Hoffnung, dass es ein Leben nach dem Tod gibt. Das ist der natürliche Gang der Dinge – oder der übernatürliche, wenn einem das lieber ist –, eine unbestreitbare Wahrheit, die uns im Blut und in den Knochen liegt.

Weil wir alle Teil eines Ganzen sind. Darum müssen wir auf alles achtgeben, damit niemals etwas verloren geht. Die Saat – die reine Essenz – ist da und wartet darauf, sich als neuere, bessere Version zu manifestieren. Wir betreuen den Vorgang, pflegen und beschützen, heilen und erschaffen. Das ist unsere Aufgabe. Unser Daseinsgrund. Deiner wie meiner wie der von allen Moons vor uns.

Nimm aus meinen Worten mit, was Du willst. Es sind die Überlegungen einer alten Frau, die sich von Herzen wünscht, dass Du glücklich bist, sich aber auch danach sehnt, dass jemand ihr Lebenswerk fortführt. Wir alle haben viele Schicksale zu erfüllen. Deine Großmutter zu sein, war eines von meinen, und es wäre unverzeihlich von mir, wenn ich jetzt aufhören würde, Dich Dinge zu lehren, nur weil meine Füße auf dieser Erde keine Spuren mehr hinterlassen. Deshalb werde ich sagen, was mir auf dem Herzen liegt, genau wie ich das schon immer getan habe. Eines Tages, vielleicht schon bald, wirst Du Dich entscheiden müssen, hin- und hergerissen zwischen dem Leben, in das Du hineingeboren wurdest, und dem, das Du Dir selbst aufgebaut hast. Zwischen Deiner Pflicht und Deinen Träumen.

Und doch liegen beide Wege nicht so weit auseinander, wie Du denkst. Vertrau auf Dein Herz! Vertrau der Magie! Sie ist noch in Dir, tief verborgen, und wartet darauf, wieder ans Licht gelockt zu werden. Wenn Du siehst, was Dir hinterlassen wurde – was nicht mehr viel ist, das gebe ich zu –, dann wirst Du nur sehen, wie verfallen alles ist. Aber es ist nie zu spät, meine Lizzy. Alles kann wiedergeboren werden.
A.

ZWANZIG

7. August

Lizzy schreckte aus dem Schlaf und starrte mit aufgerissenen Augen in die alles umfassende Finsternis von Altheas Zimmer. Was hatte sie geweckt? Unter der Tür drang kein Licht durch, auf dem Flur hallten keine Schritte wider, es gab keine Geräusche, die sie geweckt haben könnten. Sie schloss die Augen und lauschte erneut in die Stille hinein, hörte jedoch nur die vertrauten Geräusche des Hauses, das in der Nacht knarzte.

Als sie noch klein war, hatte sie oft im Dunkeln gelegen und sich vorgestellt, dass das Haus ein Lebewesen wäre. Sie hatte gelauscht, wie seine alten Knochen am Ende eines langen Tages knackten und wie die Uhren gleichmäßig tickten wie ein Herz, während seine dunklen Fenster auf die Straße blickten gleich zahlreichen blinden Augen. Die Vorhänge wehten seufzend vor den Fenstern hin und her, als würde das Haus atmen …

Auch jetzt bewegten sie sich in der schwachen Brise. Lizzy sah dem hypnotischen Hin und Her zu und spürte, wie sie wieder sanft in den Schlaf glitt. Dann roch sie es durch das Fliegengitter, ganz schwach: Rauch.

Ihr Herz fing zu rasen an. Sie warf die Decke von sich und lief zum Fenster. Im Osten, wo der Apfelhain lag, flackerte der Horizont in einem unheimlichen Orangerot. Ein weiterer Schwall drängte sich ins Zimmer. Der beißende Gestank des Rauches war unverwechselbar.

Der Hain brannte.

Panik jagte Lizzy durch die Adern, als sie sich die schmutzige Jeans anzog, in die Arbeitsstiefel stieg, die am Fußende ihres Betts standen, und in den Flur rannte, um an Evvies Tür zu hämmern. »Ruf die Feuerwehr! Sie soll zu den Apfelbäumen kommen!«

Dann rannte sie los, donnerte in den Stiefeln mit den offenen Schnürsenkeln die Treppe runter, durch den Windfang und über die brachliegenden Felder. Der Rauch wurde dichter, je näher sie dem Hain kam, und der Himmel glühte rot. Beim Anblick der Flammen wäre sie fast gestürzt: grelle Zungen, die mit erstaunlicher Geschwindigkeit von Baum zu Baum sprangen.

Ein Schluchzer steckte in ihrer Kehle, als sie am Rande der Feuersbrunst stehen blieb. Der Rauch und das Knacken von Holz, das verschlungen wurde, verursachten ihr Übelkeit. Die Hitze war unerträglich, und der Wind biss ihr in Augen und Wangen. In einem winzigen, aber noch funktionierenden Eckchen ihres Verstands kam ihr der Gedanke, dass sie den Rückzug antreten sollte, aber ihre Beine wollten ihr nicht gehorchen. Der Schuppen war bereits von Flammen eingehüllt, und das Dach drohte, gleich einzustürzen. Im Brüllen des Feuers vernahm sie, wie ein Fenster barst. Dann hörte sie die näherkommenden Sirenen.

Schon sah sie auf der Straße die roten Lichter der Löschfahrzeuge. Die Sirenen waren kaum verstummt, da lief bereits eine Handvoll Feuerwehrleute mit Schläuchen zum Schuppen. Als ein Feuerwehrmann sie entdeckte, verließ er seinen Posten gerade lange genug, um sie aufzufordern, das Gebiet zu verlassen. Wenig später brach der Schuppen mit einem trockenen Knacken zusammen. Neue Flammen stiegen zum Himmel auf.

Irgendwann kam Evvie in ihrem Bademantel und den UGG-Stiefeln dazu. Sie legte einen Arm um Lizzys Schulter und zog sie an sich. Ihr Gesicht glänzte tränenfeucht.

»Wie konnte das passieren?«, murmelte Lizzy heiser. »Mitten in der Nacht … Wie konnte einfach so ein Brand ausbrechen?«

Evvie löste den Blick vom Feuer. Sie schein aus einer Trance zu erwachen und hob den Kopf zum rauchgefüllten Himmel. »Ist doch sonnenklar«, sagte sie unheilvoll. »Es war kein Unfall.«

***

Lizzy war sich nicht sicher, wen sie eigentlich erwartet hatte, als sie am nächsten Nachmittag an die Tür ging – aber ganz bestimmt nicht den Mann, der seine Dienstmarke vorzeigte. Sie starrte ihn an, die Augen noch immer gerötet vom Rauch und vom Schlafmangel. »Entschuldigen Sie. Kann ich Ihnen helfen?«

»Guy McCardle«, stellte er sich knapp vor. »Von der Feuerwehr. Wir sind wegen des Brandes von gestern Nacht hier.«

Hinter ihm sah Lizzy einen weißen Geländewagen am Ende der Einfahrt, auf dessen Tür SCFD – die Abkürzung für die Feuerwehr von Salem Creek – stand. Dass sich überhaupt jemand für einen brennenden Schuppen interessierte, verwunderte sie, aber vermutlich gab es Vorschriften, die es zu befolgen galt.

»Ja, natürlich. Ich bringe Sie zum Apfelhain.«

»Zwei von meinen Leuten sind schon dort. Aber ich habe ein paar Fragen.« Er trat zurück und bedeutete ihr, ihm zu folgen. Sobald sie zu ihm aufgeschlossen hatte, beschleunigte er seinen Schritt. »Es ist meine Aufgabe, die Brandursache zu klären«, teilte er auf dem Weg über die brachliegenden Kräuterfelder mit. »Ich muss für die Ermittlungen den Tatort untersuchen und Beweismittel zusammentragen.«

Lizzy beäugte ihn skeptisch. »Ich bin mir nicht sicher, wie viel Sie finden werden. Es war nur ein Schuppen, und von dem ist nicht mehr viel übrig.«

»Sie wären überrascht.«

Sie wollte gerade etwas erwidern, als sie den Rauch und die verbrannten Äpfel roch. Sie zwang sich, weiterzugehen, und redete sich ein, dass nichts schlimmer sein könnte, als es brennen zu sehen.

Ein Irrtum.

Als sie sich dem Hain näherten, brach ihr das Herz, und ihre Kehle schnürte sich zusammen: Jede einzelne Baumreihe war zerstört. Die verkohlten Stämme und die knorrigen Äste erinnerten sie an eines dieser grausigen Märchen mit geisterhaften Wäldern und vergifteten Äpfeln.

Der Anblick des Schuppens traf sie noch schwerer: ein schwarzes Ungetüm, das tot am Rand des Hains lag. Seinen Überresten haftete etwas Makabres an, wie sie da kalt und nass in der Nachmittagssonne lagen. Einzelne Latten ragten gleich schwarzen Knochen daraus hervor. Dieser Schuppen hatte unzählige Winter in Neuengland überstanden, hatte zahlreichen Nordostwinden standgehalten – und war nun binnen zwei Stunden zu Asche verbrannt.

Wie?

Die Frage hallte in ihrem Kopf, während ihr Blick über die Trümmer wanderte. In der Asche machte sie die Überreste einer Schaufel und einiger Harken aus, deren Holzgriffe verbrannt waren. Glasscherben funkelten unter dem Ruß. Sie erschauerte bei der Erinnerung an das widerwärtige Knacken, als die Fenster in den tosenden Flammen geborsten waren.

Die beiden Männer McCardles hatten sich schon an die Arbeit gemacht, schossen Fotos aus verschiedenen Winkeln und liefen am Rand der Trümmer entlang, den Blick auf den Boden geheftet und die Hände in Gummihandschuhen.

Lizzy wandte sich an McCardle, der etwas auf einen kleinen Notizblock kritzelte. »Wonach suchen sie?«

»Beweisstücke. Fußspuren, Behälter für Brandbeschleuniger, Stofffetzen, irgendetwas, das die Täter zurückgelassen haben könnten. Es ist noch zu früh, um sicher zu sein, aber es sieht so aus, als wäre das Feuer im Schuppen ausgebrochen und wäre später auf die Bäume übergesprungen.«

»Aber wie hat es angefangen? Den Schuppen hat seit Jahren niemand benutzt.«

»Genau das wollen wir herausfinden. Wissen Sie, ob das Gebäude zum Lagern von irgendwelchen Chemikalien genutzt wurde? Farben, Düngemittel, Benzin? Selbst ölgetränkte Lappen können eine Gefahr darstellen, wenn sie sich in geschlossenen Behältern befinden.«

»Nein, nichts dergleichen. Nur Stangen zum Apfelpflücken, Körbe und ein paar alte Leitern.«

McCardle legte den Kopf in den Nacken und betrachtete den Himmel über ihnen. »Zu dem Gebäude führen keine Stromleitungen, an der Elektrik hat es also nicht gelegen. Das ist das Erste, was wir bei einem Gebäude wie diesem überprüfen. Alte Kabel, trockenes Holz, da reicht ein einzelner Funke … Als Nächstes kommt das

Wetter. Viel häufiger, als die Leute glauben, schlägt nämlich irgendwo der Blitz ein, aber es gab kein Gewitter in der Gegend, weshalb wir auch das ausschließen können.«

Lizzy spürte Angst in sich aufsteigen. »Was bleibt dann noch?«

»Brandstiftung.«

Das Wort schien in der Luft zu hängen, als einer von McCardles Männern zu ihnen kam. »Ich dachte, das wollen Sie sich vielleicht ansehen.« Er hielt etwas in der Hand, das wie der obere Teil einer Glasflasche aussah, die am Flaschenhals abgebrochen war. Ein karierter, gelber Stofffetzen steckte in der Öffnung. Offenbar der Fetzen von einem Geschirrtuch, das angesengt worden war. »Habe ich da drüben gefunden, außerhalb der Brandzone.«

McCardle holte blaue Gummihandschuhe aus der Gesäßtasche und zog sie sich mit einem Schnappen am Handgelenk über, dann nahm er das Glas und den Stoff an sich und hielt sich beides unter die Nase. »Petroleum.« Er drehte sich zu Lizzy. »Und eine alte Milchflasche. Besser bekannt als Molotowcocktail. Plump, aber wirkungsvoll. Allerdings nicht in diesem Fall, da der Stofffetzen noch intakt ist. Ist vermutlich vor dem Aufprall erloschen.«

»Es war wirkungsvoll genug«, sagte Lizzy. »Der Schuppen ist ein Haufen Asche.«

»Deshalb werden wir uns weiter umsehen. Wenn nötig, werden wir jeden Zentimeter absuchen.« Er gab den kaputten Flaschenhals an seinen Mann zurück. »Gute Arbeit, Ward. Tüten Sie das fürs Labor ein.«

Ward besorgte eine solide Plastiktüte, verstaute darin das Flaschenstück und den Stofffetzen und schloss sie.

»Was passiert im Labor?«, fragte Lizzy.

»Wir werden den Stoff untersuchen, um den Brandbeschleuniger zu bestimmen. Mit etwas Glück finden wir auf der Flasche Fingerabdrücke. Wer könnte Ihnen so etwas angetan haben? Gibt es Leute, die einen Groll gegen Sie hegen?«

Lizzy starrte McCardle an, und allmählich dämmerte ihr der Ernst der Lage. Sie hatte sich an die Hoffnung geklammert, dass die Puppe ein Streich gewesen war, keine offene Drohung. Der Brand hier ließ sich bestimmt nicht mehr wegerklären. Denn das Timing, das konnte kein Zufall sein! Ob jemand – womöglich Fred Gilman – erfahren hatte, dass sie mit Louise Ryerson gesprochen hatte, und sie deshalb ein zweites Mal warnte?

Gut möglich. Vielleicht hatte jemand aus der Schulbibliothek ihren Besuch erwähnt oder eines der Kinder aus der Kantine, auch wenn sie vermutlich zu jung waren, um zu wissen, wer sie war. Oder wer Fred Gilman war.

Obendrein war Fred Gilman nicht der Einzige, der ein Problem mit den Moons hatte. Die kalten Blicke, die sie seit ihrer Rückkehr trafen, bewiesen das. Trotzdem durfte sie Gilman nicht ohne Beweise anklagen, so verlockend es auf den ersten Blick auch sein mochte. Am Ende würde sie damit an einer Tür rütteln, die sie nicht öffnen wollte. Die Leute aus der Stadt hatten sich für eine Seite entschieden. Grundlose Beschuldigungen würden die Gräben nur vertiefen.

»Ms Moon?«

Sie hatte Ward dabei beobachtet, wie er die Asche durchsuchte, und zwang sich nun, ihren Blick wieder auf McCardle zu richten. »Entschuldigen Sie. Sie haben gefragt, ob ich Leute kenne, die einen Grund hierfür hätten. Das muss ich verneinen.«

»Es gab also keine Auseinandersetzungen in letzter Zeit? Keinen wütenden Partner? Keinen Streit in der Nachbarschaft?«

»Nein«, sagte sie, ohne ihn anzusehen. »Nichts dergleichen.«

»Sieht so aus, als hätten wir noch einen, Boss«, rief Ward, der sich inzwischen auf ein Knie niedergelassen hatte, McCardle über die

Schulter zu. »Kein Stofffetzen, aber dasselbe Glas. Ich schätze, der hier hat funktioniert. Er ist aber zerbrochen.«

»Ich bin gleich da.« McCardle klappte den Notizblock zu und wandte sich an Lizzy. »Sieht so aus, als wären die Leute entschlossen gewesen. Hoffen wir, dass sie auch unvorsichtig waren.«

Sie nickte ausdruckslos, nicht sicher, wie sie reagieren sollte.

»Wir sollten unseren Teil der Ermittlungen in ein oder zwei Tagen abgeschlossen haben. Vom Schuppen ist nicht mehr viel übrig. Es gibt keine Zeugen. Aber bitte halten Sie sich vorerst vom Tatort fern. Es ist natürlich, nach so einer Sache aufräumen zu wollen, aber wir wollen nicht riskieren, dass Sie etwas kontaminieren, bis wir alles in Tüten haben und unsere Informationen an die Polizei von Salem Creek übergeben können.«

»Selbstverständlich, und danke. Wenn Sie mich nicht mehr brauchen, lasse ich Sie jetzt weiterarbeiten.«

McCardle nickte knapp. »Kein Problem. Ich weiß ja, wo ich Sie finde, wenn ich noch Fragen habe.«

***

Evvie war im Hinterhof, als Lizzy zurückkehrte, und füllte die Wasserschalen auf, die sie im Hof verteilte, damit ihre Bienen genug zu trinken hatten. Sie drehte das Wasser ab und sah hoch. »Und?«

»Sie haben eine kaputte Flasche mit einem Stofffetzen gefunden.«

»Brandstiftung?«

»Ja. Genau genommen waren es sogar zwei Flaschen.«

Evvie warf den Wasserschlauch ungehalten auf den Boden, trocknete sich die Hände an der Schürze ab und murmelte etwas auf Kreol. »Jetzt rufst du hoffentlich die Polizei und sagst ihnen, was hier vor sich geht?«

»Ich nehme an, dass der Ermittler genau das tun wird. Damit wird die Sache morgen in der ganzen Stadt bekannt sein. Aber es gibt einen Lichtblick: Wenn jemand wirklich versucht, mir Angst zu machen, dann bin ich nicht die Einzige, die sich fürchtet.«

Evvie schnaubte und zog eine Augenbraue hoch. »Du sagst das, als wäre das was Gutes.«

»Menschen, die Angst haben, machen Fehler, Evvie.«

»Sie sind auch gefährlich.«

»Möglich. Aber warum sollten sie den Hain in Brand stecken, wenn sie uns in unseren Betten verbrennen könnten? Wer auch immer dahintersteckt, will mir nur Angst machen, und früher oder später werden sie einen Fehler machen. Dann werden wir endlich die Wahrheit erfahren. Ist es nicht das, was wir wollen? Die Wahrheit?«

Evvie schob wenig überzeugt die Unterlippe vor. »Die Wahrheit wird dir wenig nützen, wenn du tot bist. Ich habe gerade erst deine Oma verloren, ich will nicht als Nächstes deine Asche verstreuen müssen.«

Lizzy gelang es, zu lächeln, obwohl ihr nicht danach war. Falls Evvie vorgehabt hatte, ihr einen Schauer über den Rücken zu jagen, dann war ihr das gelungen. »Die Polizei und die Feuerwehr sind jetzt eingeschaltet, also wirst du dir so bald keine Sorgen um meine Asche machen müssen, vor allem, da ich gar nicht weiß, was ich als Nächstes unternehme. Was ich jetzt gleich mache, ist mir dagegen klar: Ich gehe nach oben und lasse mir eine Wanne ein, in der ich mich so lange einweichen werde, bis ich nicht mehr wie eine Schornsteinfegerin rieche. Dann gehe ich in die Küche und schenke mir ein großes Glas Wein ein und koche Ratatouille. Ich brauche dringend eine kulinarische Beruhigungstherapie und einen Abend ohne Überraschungen.«

EINUNDZWANZIG

Anderthalb Stunden später war Lizzy klatschnass, aber frei vom Ruß, und auch McCardles Geländewagen war fort. In der Küche öffnete sie eine Flasche Chardonnay und goss sich ein Glas ein. Dann holte sie eine Aubergine, eine grüne Paprika und mehrere Zucchinis aus dem Kühlschrank. Kochen war für sie immer eine Zuflucht gewesen, eine beruhigende, fast meditative Tätigkeit, und wenn es etwas gab, das sie jetzt brauchte, dann Ruhe.

Durch das Fenster über der Spüle sah sie, wie die Sonne langsam hinter den Baumwipfeln verschwand. Die Tage wurden bereits kürzer, und das Nachmittagslicht nahm diesen sanften, buttergelben Ton an, der davon kündete, dass der Herbst vor der Tür stand. Schon bald würde das Laub an den Bäumen sich verfärben und die Hügel golden schimmern lassen. Kürbisse würden auf Türschwellen auftauchen, zusammen mit Getreidebündeln und gelben Chrysanthemen. Bis dahin wäre sie längst wieder in New York …

Das Klopfen an der Haustür riss sie aus ihren Gedanken. Sie lauschte, ob sie das Quietschen von Evvies Stiefeln hörte, aber da das nicht der Fall war, wischte sie sich die Hände ab, trank einen Schluck Wein und lief zur Tür.

Überrascht sah sie Andrew vor sich. »Du bist wieder da.«

»Ja.«

»Wie war Boston?«

»Gut. Es war … gut.«

»Heißt das, du hast den Auftrag?«

»Ja. Ja, das heißt es.«

Sie neigte den Kopf und musterte ihn. Er verhielt sich seltsam, fahrig und nervös. »Möchtest du reinkommen?«

»Ich bin … ähm …« Er verstummte und fuhr sich mit der Hand durch das Haar. »Ich bin nicht allein.«

»Wie bitte?«

»Ich habe eine Anhalterin mitgenommen«, sagte er leise. »Du kennst sie.« Er drehte sich zu seinem Lieferwagen um, der halb in der Einfahrt stand. »Es ist deine Mutter, Lizzy. Sie ist im Auto.«

In ihren Ohren rauschte es, und eine Stille hüllte sie ein, als wäre sie in Watte gepackt. Sie meinte, in einem Flugzeug zu sitzen, das gerade abhob. Die Erde versank unter ihr, und sie fühlte sich von der Welt losgelöst, schwebte zwischen der Realität und dem, was auch immer nun kommen würde.

Ihre Mutter. Im Auto.

Unmöglich.

Aber ein Blick über Andrews Schulter bestätigte ihr, dass tatsächlich jemand auf dem Beifahrersitz seines Lieferwagens saß. Sie erstarrte, als sich die Tür öffnete und Rhanna ausstieg. Sie trug ein gestricktes Neckholder-Top und eine Jeans, die am Saum ausfranste. Eine perlenbesetzte Handtasche schlug ihr bei jedem Schritt gegen die Hüfte.

Lizzy blieb wie angewurzelt stehen und hielt den Atem an. Verwirrung und Unglaube vermischten sich zu einer Welle glühend heißer Wut. Als Rhanna den Pfad zum Haus erreicht hatte, umrundete Lizzy Andrew und versperrte ihrer Mutter den Weg.

»Was willst du hier?«

Rhanna sah ihr fest in die Augen. »Nach Hause kommen.«

Lizzy versteifte sich. »Auf einmal ist das dein Zuhause?«

Andrew räusperte sich. Er fühlte sich sichtlich unwohl. »Lizzy, sie ist den ganzen Weg von Kalifornien hierher getrampt. Es hat sechs Wochen gedauert, bis sie hier war.«

»Es ist mir egal, wie lange sie gebraucht hat. Mich interessiert, warum sie hier ist. Jetzt. Nach acht Jahren.«

»Ich bin wegen Althea hier«, brachte Rhanna leise heraus. »Und wegen dir.«

Lizzy verschränkte die Arme vor der Brust und betrachtete Rhanna kühl. Ihre Haut, die einst weiß wie eine Wand gewesen war, war jetzt gebräunt und ledrig von der Sonne, und silberne Strähnen durchzogen ihr dunkles Haar. Sie hatte abgenommen, so viel, dass ihre Kleidung schlaff an ihrer schmalen Gestalt hing. War sie krank? Ging es darum?

»Es ist ein bisschen spät, jetzt an mich zu denken, Rhanna. Und Althea ist …«

»Tot«, sagte Rhanna betrübt. »Ich weiß.«

Lizzy kniff die Augen zusammen. Das wusste sie immerhin, so viel war klar. Nicht klar war, woher sie es wusste. »Woher weißt du das mit Althea? Seit Jahren hat niemand etwas von dir gehört.«

»Ich hatte einen Traum. Ich glaube zumindest, dass es ein Traum war. Ich bin aufgewacht und habe ihr Parfüm gerochen … Das Parfüm, das du immer für sie gemacht hast. Es war, als wäre sie im Zimmer bei mir. Und da … wusste ich es einfach.«

Lizzy fühlte sich, als hätte sich der Boden unter ihr aufgetan. Altheas Parfüm. Derselbe Duft von Lavendel und Bergamottöl, den sie immer wieder gerochen hatte, seit sie zur Farm zurückgekehrt war. Rhanna hatte ihn auch gerochen. In Kalifornien.

Jetzt stand sie ihr gegenüber, und die beiden starrten sich über einen acht Jahre alten Graben hinweg an. Lizzy wollte wegsehen. *Weggehen.* Zurück ins Haus. Sie wollte die Tür fest hinter sich verschließen. Was für eine Ironie des Schicksals. Oft genug hatte sie verlangt, Rhanna solle sich um all das hier kümmern. Und jetzt war sie hier, war extra aus dem sonnigen Kalifornien gekommen ...

Andrew räusperte sich wieder und durchbrach das Schweigen. »Ich hole ihre Sachen aus dem Wagen.«

»Ich habe nicht gesagt, dass sie bleiben kann.«

»Sie ist deine Mutter, Lizzy.«

Lizzy starrte ihn an. Die Bemerkung tat weh. Hatte er Rhannas Auftritt im Brunnen vor dem Rathaus vergessen? Den Vorfall im Café? Sie sah zurück zu Rhanna in ihrer Schlaghose, mit den Perlen. Sie war jetzt in ihren Fünfzigern. Ein verwelktes Blumenkind. Und sie war ihre Mutter. Konnte sie diese Frau wirklich wegschicken? Sie genauso behandeln, wie Salem Creek viele der Moons behandelt hatte? Wie eine Ausgestoßene? Lizzy war sich ziemlich sicher, dass sie dazu tatsächlich fähig wäre. Rhanna hatte den Moons vor Jahren den Rücken gekehrt. Jetzt sollte sie damit leben.

»Eine Nacht«, gab sie eisig nach, dann trat sie beiseite und ließ Rhanna ins Haus. »Eine. Dann verschwindest du.«

Zögernd betrat Rhanna die Diele, die Arme fest an die Brust gedrückt, als traute sie sich nicht, irgendetwas anzufassen. »Es hat sich nichts verändert«, flüsterte sie. Sie blinzelte Tränen weg. »Alles ... ist noch genauso.«

Diese für Rhanna untypische Emotionalität überraschte Lizzy. Rührselig war Rhanna nie gewesen. Und da war noch mehr, was sich verändert hatte. Zum Beispiel Rhannas Geruch, wie Lagerfeuer und Teeblätter, Rosenblüten und Regen. Die Mischung war sowohl unvertraut als auch beunruhigend, deutete auf Spiritualität und endlose Straßen hin, all das überlagert vom lehmigen Geruch nasser

Erde – was für ein Unterschied zu der Frau, an die Lizzy sich erinnerte.

»Andrew hat mir erzählt, was passiert ist. Dass Althea krank wurde, meine ich. Hätte ich das gewusst, wäre ich zurückgekommen. Ich wäre hier gewesen.«

Ein Nicken war alles, was Lizzy als Antwort zustande brachte. Sie hatte Evvie am Abend ihrer Ankunft das Gleiche gesagt, und sie fragte sich, ob Evvie damals genauso skeptisch gewesen war wie sie jetzt. »Was ist mit dir, Rhanna? Geht es dir … gut?«

»Gut genug.«

»Lügst du?«

»Würde es dich kümmern?« Rhanna lächelte traurig, als Lizzy nicht sofort antwortete. »Wenn ich es mir recht überlege, sag lieber nichts. Mir geht es gut. Es war nur nicht leicht in letzter Zeit. Es ist ein langer Weg von Kalifornien.«

Lizzy wollte gerade etwas Abfälliges erwidern, als sie hörte, wie die Hintertür zugeschlagen wurde.

»Ich dachte, ich hätte Stimmen gehört …«

Evvies Worte erstarben, als sie Rhanna sah. Einen Augenblick lang sagte keine der beiden ein Wort. Die zwei musterten einander, und die Luft zwischen ihnen knisterte unter all den Fragen, die sie nicht aussprachen. Lizzy las in Evvies Gesicht, dass es nicht nötig war, Rhanna vorzustellen. Alle, die Rhanna sahen, wussten sofort, dass sie eine Moon war. Trotzdem musste sie etwas sagen.

»Evvie, das ist Rhanna. Meine Mutter.«

***

Rhannas Sachen bestanden aus einem armeegrünen Rucksack und einem stark zerkratzten Gitarrenkoffer. Andrew stand wie angewurzelt in der Diele, den Rucksack an die Brust gedrückt und die Gitarre über der Schulter. »Wo soll ich das hinbringen?«

Lizzy funkelte ihn finster an. Sie war noch lange nicht so weit, darüber nachzudenken, wo Rhanna übernachten sollte. Er sollte am besten wissen, wie das alles enden würde. Deshalb war es noch schlimmer, dass er derjenige gewesen war, der sie vor ihrer Tür abgesetzt hatte wie eine streunende Hündin, um die sie sich kümmern sollte, ob sie nun wollte oder nicht.

Sie alle – Andrew, Evvie, Rhanna – sahen sie an und warteten darauf, dass sie etwas sagte, was die Spannung lockern würde. Darauf konnten sie lange warten. »Stell sie hier ab«, sagte sie widerwillig zu Andrew. »Neben der Tür. Ich muss mich ums Abendessen kümmern.« Und damit drehte sie sich um und lief davon, in der Hoffnung, dass ihr niemand folgen würde.

In der Küche trank sie einen Schluck Wein, der mittlerweile lauwarm war, und nahm das Messer. Sie brauchte Zeit, um diese neue Entwicklung zu verarbeiten und sich zu überlegen, was als Nächstes passieren sollte. Sie hatte schon genug um die Ohren, da brauchte sie nicht noch eine Dramaqueen mit einer Vorliebe für Nervenzusammenbrüche. Genau das aber würde sie bekommen, wenn Rhanna länger hierbliebe.

Generationen von Moons waren mit dem Wissen aufgewachsen, wie riskant es war, Aufsehen zu erregen, aber Rhanna hatte die subtile Kunst verfeinert, sich einen feuchten Kehricht darum zu scheren. Mit Bravour hatte sie gegen jede Konvention verstoßen, Szenen gemacht und Unsagbares ausposaunt. Wie damals, als sie suspendiert worden war, weil sie bei der Talentshow der Schule Tarotkarten gelesen und vorhergesagt hatte, dass ihre Sportlehrerin dabei erwischt werden würde, wie sie sich in der Vorratskammer der Hausmeisterin einen Joint drehte. Oder als sie ein Friedenszeichen mit einem Stinkefinger in der Mitte an die Wand des Pfarrhauses der Presbyterianischen Kirche gemalt hatte. Leichtsinn und Rebellion. Das waren Rhannas Superkräfte, die sie jetzt nach Salem Creek zurückgebracht hatte.

Eine Nacht, rief sich Lizzy ins Gedächtnis und trank einen weiteren Schluck Wein. Mehr hatte sie nicht versprochen. Aber was dann? So wie es aussah, war Rhanna völlig blank. Sie hatte keinen Job und war ganz sicher mit niemandem in Salem Creek befreundet. Was blieb da noch?

Ihr Gedankengang wurde unterbrochen, als die Hintertür erneut zugeschlagen wurde. Sie hoffte, dass es Andrew gewesen war, der wieder gegangen war. Stattdessen sah sie durch das Küchenfenster Evvie, die mit einem Korb am Arm zum Garten lief. Offenbar war Lizzy nicht die Einzige, die Zeit für sich brauchte.

Wie aufs Stichwort kam Rhanna in die Küche. Sie strich mit den Fingern über die Arbeitsfläche wie ein gelangweiltes Kind, das nach einer Ablenkung suchte. »Andrew ist in den Garten gegangen. Mit … Evvie heißt sie?«

»Genau«, antwortete Lizzy kurz angebunden. »Evvie.«

Rhanna stellte sich auf die Zehenspitzen, um einen besseren Blick in den Garten werfen zu können. »Das ist mal ein angenehmer Anblick. Andrew, meine ich. Nicht Evvie. Er war noch an der Universität von New Hampshire, als ich gegangen bin, aber er ist echt ansehnlich geworden.«

Lizzy hörte auf, das Gemüse zu schneiden, und drehte sich zu ihr um.

»Was?« Rhanna schob unschuldig die Unterlippe vor. »Ich bin alt, nicht tot.«

Lizzy öffnete den Mund, schloss ihn aber wieder und schnitt weiter.

»Also, was hat es mit ihr auf sich?« Rhanna stibitzte ein Stück von der grünen Paprika vom Schneidebrett und steckte es sich in den Mund. »Warum wohnt sie hier?«

»Sie wohnt hier«, sagte Lizzy trocken, »weil sie Altheas Freundin war. Sie war bis zum Schluss bei ihr.« Sie sah zu Rhanna. »Sie ist wie wir.«

Rhanna hob die Augenbrauen. »Mit *wie wir* meinst du …«

»Ja«, sagte Lizzy nachdrücklich. »Ich meine *wie wir.*«

»Wow.« Rhanna zog die Mundwinkel nachdenklich nach unten. »Das hört man nicht alle Tage.« Sie griff nach dem Chardonnay auf der Arbeitsfläche, aber Lizzy kam ihr zuvor und schob das Glas außer Reichweite. Rhanna seufzte. »Wird das jetzt die ganze Zeit so laufen? Dass du mich wie eine unerwünschte Besucherin behandelst, die vor deiner Tür aufgetaucht ist?«

»Bist du das nicht?«

»Das ist mein Zuhause, Lizzy. Ich bin hier genauso aufgewachsen wie du.«

Den Blick auf ihr Glas geheftet, drehte Lizzy den Stiel zwischen den Fingern. »Du bist ganz und gar nicht wie ich hier aufgewachsen.«

»Lizzy …« Rhanna sah sie sanft an, flehend.

»Reden wir nicht davon, okay?«, erwiderte Lizzy, ohne sie anzusehen.

Aber Rhanna schien entschlossen zu sein, ihre Meinung zu sagen. »Was ich nach deiner Geburt getan habe, als ich dich Althea gegeben habe … Ich weiß, dass das schrecklich klingen muss. Aber ich weiß auch, dass es richtig war. Ich war nicht … bereit. Ich war selbstsüchtig und gedankenlos und total kaputt. Darum habe ich es getan, Lizzy. Nicht weil du mir egal warst, sondern weil du mir *nicht* egal warst. Ich hatte Angst …« Sie schloss die Augen und ließ die schmalen Schultern hängen. »Ich hatte Angst, ich könnte dir wehtun.«

»Klar!«, giftete Lizzy, bevor sie den Rest ihres Weins trank. »Das wolltest du ganz sicher nicht.«

Sie sahen einander noch immer finster an, als Andrew wieder auftauchte. Lizzy drehte sich um und musterte ihn kühl. »Du bist ja noch da.«

»Evvie hat mich gebeten, dir das hier zu bringen.« Er reichte ihr einen Korb mit frisch geerntetem Kopfsalat. »Sie hat gesagt, sie kommt gleich wieder und macht den Salat. Und ich soll dir sagen, dass du den Tisch für vier Personen decken sollst. Sie hat mich gebeten, zum Abendessen zu bleiben.«

Lizzy beäugte den Korb, dann Andrew. Sie fragte sich, wie es ihr gelungen war, die Kontrolle über die Situation zu verlieren. »Wundervoll.«

Andrew wandte sich an Rhanna. »Ich habe Ihre Sachen hochgetragen. Ich wusste nicht, in welchem Zimmer Sie schlafen, also habe ich sie neben dem oberen Treppenabsatz abgestellt.« Er schwieg kurz, beugte sich dann zu Lizzy und senkte die Stimme. »Ich muss mit dir reden.«

Auch sie hatte ihm Dinge zu sagen, aber jetzt war nicht der Zeitpunkt dafür. Sie deutete mit dem Kinn zur Arbeitsfläche, auf der das geschnittene Gemüse lag. »Ich bin gerade beschäftigt. Wie es scheint, veranstalte ich ein Abendessen und muss noch ein gemästetes Kalb schlachten, schließlich ist die verlorene Tochter nach Hause zurückgekehrt.«

Andrew ignorierte jedoch die Anspielung auf die Bibel. »Dann nach dem Abendessen. Es ist wichtig.«

***

Eine Stunde später saßen sie alle am Tisch. Lizzy hätte am liebsten schweigend gegessen, aber Andrew schien entschlossen, Rhanna aus der Reserve zu locken.

»Ich bin neugierig: Was in aller Welt hat Sie geritten, von Kalifornien nach New Hampshire zu trampen?«

Rhanna ließ ein Grinsen aufblitzen. »Dasselbe, was die Leute im Allgemeinen zum Trampen bringt, schätze ich. Leere Taschen. Oder fast leere. Ich musste meinen Van verkaufen, um ein paar Schulden abzubezahlen. Danach blieben mir noch genau neunundachtzig Dollar, meine Gitarre und mein Daumen.«

Andrew sah sie verblüfft an, vielleicht auch ein bisschen bewundernd. »Sie haben Kalifornien mit weniger als hundert Dollar in der Tasche verlassen?«

»Ich war schon immer einfallsreich.«

Lizzy verdrehte die Augen. »So kann man das auch nennen.«

Andrew würdigte den Hieb nur mit einem Blick, dann widmete er sich wieder Rhanna. »Was haben Sie in San Francisco gemacht? Ich weiß noch, dass Sie früher gemalt haben.«

»Das habe ich, aber ich musste es aufgeben. Ich konnte mir die Materialien nicht leisten. Ich habe in Cafés gesungen, Karten gelegt, die Zukunft vorausgesagt. Viel habe ich nicht verdient, aber es reichte meistens fürs Essen. Und ich war mit Leuten befreundet, auf deren Couch ich übernachten konnte, wenn es mal richtig eng wurde. Mein Zuhause war die Straße, aber mir war das nur recht.«

Lizzy stellte schnaubend ihr Weinglas ab. »Wie ist das jetzt? Ist es dir jetzt auch noch recht?« Sie starrte Rhanna unverhohlen an, angewidert von dem ganzen Schauspiel, von der Darbietung einer Aussteigerin, die so lebt, wie es ihr gefällt. Glaubte sie ernsthaft, dass sie ihr das abkaufen würden, nach all den Katastrophen, die sie zurückgelassen hatte?

Rhannas Lächeln verblasste. »Ich habe gelernt, die Dinge zu nehmen, wie sie kommen.«

»Anders ausgedrückt, du lässt andere Leute hinter dir aufräumen.«

Andrew suchte ihren Blick, offenbar in der Hoffnung, er könnte die Szene abwenden, die sie gleich machen würde. Sie sah ihn jedoch an, ohne mit der Wimper zu zucken. Nachdem sie jahrelang gerätselt hatte, ob Rhanna überhaupt noch lebte, war sie nun von ihrer plötzlichen Rückkehr überrumpelt worden. Es stand ihr zu, eine Szene zu machen.

Sie schob ihren Teller weg und drehte sich wieder zu Rhanna. »Tu uns allen den Gefallen und spar uns das Geplänkel! Du warst vielleicht zu high, um dich daran zu erinnern, wie es damals war – wie *du* warst –, aber ich erinnere mich noch gut daran. Wie du Dinge aus dem Drugstore gestohlen hast. Wie du am vierten Juli stockbesoffen warst. Wie du am Veterans Day demonstriert hast, noch dazu auf der Schnellstraße zu Ehren der Veteranen in Auslandskriegen. Jedes Mal, wenn ich mich umgedreht habe, hast du etwas getan, das uns in Verlegenheit brachte.«

Rhanna erwiderte ihren Blick mit gesenkten Schultern. »Lizzy, bitte …«

»*Bitte* was? Darf ich dich nicht blamieren, nachdem du uns ständig blamiert hast?«

»Ich wollte nie …«

»Warum sagst du uns nicht, was du wirklich hier willst? Wir beide wissen, dass du kein Heimweh hattest. Du bist abgehauen und hast nie wieder ein Lebenszeichen von dir gegeben. Jetzt tauchst du einfach hier auf und erwartest, dass ich dich mit offenen Armen empfange? Hast du wirklich gedacht, dass es so läuft?«

»Natürlich nicht. Ich weiß, was du von mir hältst … Was alle von mir halten.«

»Warum bist du dann hier?«

»Ich sagte doch …«

»Ich weiß, was du gesagt hast. Jetzt sage ich es dir: Wenn du deine Gitarre durch das Land geschleppt hast, weil du dachtest, jetzt könntest du absahnen, dann bist du umsonst hergekommen.«

Rhanna sah aus, als wäre sie geschlagen worden. »Ist es das, was du denkst? Dass ich hergekommen bin, weil ich auf Geld hoffe? Du solltest mich eigentlich besser kennen.«

Wäre Lizzy nicht so wütend gewesen, hätte sie laut gelacht. Sie kennen? Wie denn das? Wenn Rhanna meist zu betrunken oder high gewesen war, um sich an ihren eigenen Namen zu erinnern, geschweige denn an den ihrer Tochter?

Sie schob den Stuhl zurück und stand auf. »Da irrst du dich, Rhanna. Ich kenne dich nicht. Ich habe dich nie gekannt. Dafür immerhin hast du gesorgt.«

ZWEIUNDZWANZIG

Ach du Scheiße!

Andrew stand am Rand des Apfelhains, und sein Magen zog sich zusammen. Er hatte die Asche gerochen, bevor er den Hain erreicht hatte, hatte sich sogar vorgestellt, was er vorfinden würde. Aber nichts, was Evvie ihm erzählt hatte, hatte ihn auf das vorbereitet, was er jetzt vor sich sah: rußschwarze Bäume, verbrannter Boden, ein Haufen verkohltes Holz, wo einst der Schuppen gestanden hatte.

Brandstiftung. Evvie hatte ihm das Wort im Garten zugeflüstert und erklärt, dass bei den Ermittlungen zwei Molotowcocktails in den Trümmern gefunden worden waren. Der Gedanke ließ ihm das Blut in den Adern gefrieren. Es hätte genauso gut das Haus treffen können.

Er würde sich gleich morgen früh mit Guy McCardle in Verbindung setzen. Randall Summers nahm seine Arbeit vielleicht nicht ernst, aber Guy war anständig. Wenn sie etwas herausgefunden hatten, würde er es ihm sagen.

Andrew drehte sich um und lief nach Osten, die untergehende Sonne im Rücken. Er ging am Hain entlang und suchte in jeder Baumreihe, an der er vorbeikam, nach Lizzy. Sie war irgendwo hier, das hatte er instinktiv gewusst, als er das Haus verlassen hatte. Er hatte Evvies Rat ignoriert, dass er ihr Zeit geben sollte. Sie mussten miteinander reden – und nicht nur über das Feuer.

Zehn Minuten später fand er sie. Sie saß im Schneidersitz vor einem alten Baumstamm, mit dem Rücken gegen ihn gelehnt, den Kopf gesenkt und die Augen geschlossen. Weinte sie? Betete sie? Betete sie überhaupt jemals? Er hatte so vieles über sie wissen wollen, aber es war das erste Mal, dass er sich diese Frage stellte.

Ihm wurde eng ums Herz, als er sich ihr näherte. Auf dem Weg hierher war er ihr Gespräch ein Dutzend Mal durchgegangen, aber jetzt wusste er nicht mehr, was er sagen sollte. Sie hob den Kopf nicht, aber er ahnte, dass sie wusste, dass er hier war. »Lizzy.«

Sie sah hoch und warf ihm einen vernichtenden Blick zu. »Was willst du?«

»Ich will mit dir über das reden.« Er deutete mit dem Arm auf den verbrannten Boden und die schwarzen Bäume. »Evvie hat mir im Garten die abgespeckte Version erzählt. Ich hatte gedacht, dass du beim Abendessen den Rest erzählst, aber du bist mit keinem Wort darauf eingegangen.«

»Entschuldige, aber ich war anderweitig beschäftigt. Irgendein Typ hat nämlich beschlossen, ohne Vorwarnung meine Mutter vor meiner Tür abzusetzen.«

Er seufzte und fuhr sich mit der Hand durch das Haar. »Was hätte ich denn tun sollen, Lizzy? Sie weiterlaufen lassen? Sie wäre früher oder später ohnehin hier angekommen. Das ist dir doch klar, oder?«

»Darum geht es nicht.«

»Sie ist nicht irgendeine Anhalterin, die ich aufgegabelt habe. Sie ist deine Mutter.«

»Hör auf, das zu sagen!«

»Okay, geht in Ordnung. Zwischen euch gibt es böses Blut,

schon verstanden. Mir ist klar, dass mich das nichts angeht, aber auf die Gefahr, dass ich mich zu weit aus dem Fenster lehne: Vielleicht ist es an der Zeit, eure Probleme anzugehen. Wenn nicht für euch beide, dann wenigstens für Althea. Sie würde wollen, dass ihr euch zusammenrauft.«

»Woher willst du das wissen?«

»Weil wir darüber geredet haben.«

Lizzy sah ihn finster an. »Über mich?«

Er wäre fast zusammengezuckt. Er hatte nicht vorgehabt, seine Gespräche mit Althea zu erwähnen. Schon gar nicht die über Lizzys schwierige Beziehung zu ihrer Mutter. Instinktiv hatte er gewusst, dass sie es nicht einmal ihrer Großmutter verzeihen würde, wenn sie hinter ihrem Rücken über sie redete. Aber er hatte die Tür aufgestoßen, und vielleicht war es auch an der Zeit.

»Ja«, sagte er vorsichtig. »Manchmal haben wir über dich geredet. Wir haben auch einmal über Rhanna gesprochen. Darüber, was passiert ist, bevor sie verschwunden ist, und wie sich das auf dich ausgewirkt hat. Sie hat ziemlich viel angestellt, das stimmt, aber sie ist zurückgekommen. Das muss etwas bedeuten. Vielleicht will sie eine zweite Chance. Und vielleicht willst du ihr tief in deinem Innern eine geben.«

Lizzy starrte ihn an. »Das Einzige, was ich Rhanna geben will, ist eine Fahrkarte dahin zurück, woher sie gekommen ist. Sieh mich nicht so an. Du *weißt,* wie sie ist. Du hast sie gesehen, als sie im Brunnen ihre Show abgezogen hat. Und diese Person hast du aufgegabelt und hierhergebracht.«

Er stieß den Atem aus. Ja, er hatte sie gesehen. Die halbe Stadt hatte sie gesehen. Und die Hälfte, die sie nicht gesehen hatte, hatte davon gehört. Genau wie von jeder anderen verdammten Sache, die sie angestellt hatte. Aber er hatte auch Lizzys Gesicht gesehen, als

Rhanna aus seinem Lieferwagen ausgestiegen war. Dieses flüchtige Wiedererkennen, die Erleichterung, bevor sie sich hinter ihre Wut zurückgezogen hatte. Er fragte sich, ob sich hinter ihrem Zorn nicht etwas verbarg, das sie sich selbst nicht eingestehen wollte: Schmerz. Der Schmerz, wie er von einem gebrochenen Herzen herrührt. Ja, die beiden hatten eine Vorgeschichte, und nein, er kannte sie nicht in allen Einzelheiten – aber dreitausend Meilen durch das Land zu stiefeln, musste selbst bei einer Frau etwas bedeuten, die liebend gern durchs Land zog.

»Vielleicht ist sie nicht mehr die Frau von einst«, sagte er leise. »Vielleicht hat sie sich verändert. Das tun Menschen gelegentlich …«

Lizzy zog eine Augenbraue hoch. Auf ihrer rechten Wange prangte wie eine wütende Blessur ein Rußfleck. »Sie ist mit einem Rucksack und einer Gitarre durch das Land getrampt. Sie musste ihren Van verkaufen, um ihre Schulden zu begleichen. Sie sagt die Zukunft voraus und schläft auf Sofas. Klingt das für dich, als hätte sie sich verändert?«

»Ich denke, es ist zu früh, um das zu sagen. Aber sie ist hier. Ich weiß, dass du jedes Recht hast, wütend zu sein. Aber ich weiß auch, dass du nicht die Frau bist, die ihre Mutter einfach auf die Straße setzen würde. Sie ist pleite, und das hier ist ihr Zuhause. Sie ist nach Hause gekommen, Lizzy.«

Sie sah zu Boden und grub mit dem Stiefelabsatz eine Rinne in die rußbedeckte Erde. »Sie hat vor Langem das Recht verwirkt, die Moon Girl Farm ihr Zuhause zu nennen. Und sie war noch nie meine Mutter. Sie war mit sechzehn schwanger mit mir und hat mich Althea gegeben, bevor die Hebamme mit ihr fertig war. Wir haben uns ein Haus, Zahnpasta und Shampoo geteilt. Wir waren nie Mutter und Tochter.«

»Vielleicht hat sie das getan, weil sie nur das Beste für dich wollte.«

»Jetzt klingst du schon wie sie.«

Ratlos zuckte er die Achseln. Er war nicht hergekommen, um sie zu verärgern. Schweigend ließ er sich neben ihr nieder, nahm einen Stock und malte Kreise in die Asche. Nach all diesen Jahren war sie noch immer geheimnisvoll, ein Rätsel, das er lösen wollte.

»Das, was sie vorhin gesagt hat …«, sagte er schließlich. »Über den Traum … Du hast sie gefragt, woher sie wusste, dass Althea tot ist, und sie hat gesagt, sie hätte einen Traum gehabt. Was meinte sie damit?«

Sie wandte den Blick ab. »Nichts. Sie hat nichts damit gemeint. Sie erzählt viel.«

»Ich habe dein Gesicht gesehen, als sie es gesagt hat, Lizzy. Es war nicht nichts.«

Er konnte sehen, wie ihre Gedanken arbeiteten, während sie ihre Worte abwägte und auf der Unterlippe kaute. Dann sah sie ihn direkt an. »Glaubst du an Geister?«

Die Frage traf ihn unvorbereitet. Vielleicht war es auch nur die Art, wie sie sie gestellt hatte, als wollte sie ihn prüfen. »Wenn du damit meinst, ob ein Teil von uns zurückbleibt, wenn wir sterben, dann ja, ich schätze, schon. Nachdem mein Vater gestorben war, habe ich lange gedacht, ich könnte oben in seinem Zimmer hören, wie er mit der Zeitung raschelt.«

»Du denkst nicht, dass es nur Wunschdenken ist?«

Er ließ sich Zeit mit seiner Antwort, denn er spürte, dass dies ein neuer Test war, der noch wichtiger war. »Denke ich nicht. Ich glaube, für die meisten von uns gibt es Dinge, die wir nicht erledigt haben, wenn wir die Welt verlassen. Sachen, die wir nie gesagt haben, Chancen, die wir nie ergriffen haben, Fehler, die wir nie ausgebügelt haben. Vielleicht halten sie uns hier. Wie Jacob Marley in Dickens' *Weihnachtsgeschichte* sind wir durch das, was wir bereuen, an diese Welt gebunden. Wir können erst weiter, wenn wir alles geklärt oder zumindest unseren Frieden damit gemacht haben.«

Plötzlich hatte Lizzy Tränen in den Augen, die an ihren Wimpern zitterten und herabzufallen drohten. Sie versuchte, sie wegzublinzeln, aber es war zu spät. Sie rannen über ihre Wange und zogen eine Spur durch den Rußfleck dort. »Manchmal frage ich mich …« Sie schüttelte den Kopf und sah weg, ohne den Satz zu beenden.

»Was?«

»Nichts. Vergiss es!«

»Rede mit mir, Lizzy! Was fragst du dich?«

Sie schob sich das Haar aus der Stirn und hinterließ einen weiteren Rußfleck auf ihrer Haut. »Manchmal frage ich mich, ob Althea … ob ein Teil von ihr noch hier ist und versucht, die Dinge wieder ins Lot zu bringen.« Sie zögerte und sah sich um. »Hin und wieder kann ich sie spüren. Ich drehe mich um und erwarte, sie zu sehen. Aber sie ist nie da.«

»Nur weil du sie nicht sehen kannst, heißt das nicht, dass sie nicht da ist.«

»Glaubst du das?«

»Ja«, sagte er nüchtern, denn es fühlte sich richtig an. Es sähe Althea ähnlich, noch da zu sein, um sicherzugehen, dass es den Menschen, die sie liebte, gut ging. Und um die Scherben zu kitten und ihre Familie wieder zusammenzubringen, falls das überhaupt möglich war.

»Das, was Rhanna auf der Treppe gesagt hat … das mit dem Parfüm … das ist mir auch passiert. Nicht immer, aber hin und wieder. Und dann ist da dieses Tagebuch, das Althea mir hinterlassen hat, mit Kräutern und Blumen, die sie zwischen die Seiten gepresst hat, und voller Lektionen für mich. Ich weiß, dass das verrückt klingt, aber es ist, als wäre sie noch immer hier und würde mit mir reden.«

»Das klingt überhaupt nicht verrückt. Es klingt ganz wie Althea. Sie hat dich geliebt. Und wenn du mich fragst, dann gibt es keinen besseren Grund, um hierzubleiben.«

Ihre Mundwinkel zuckten, als würde sie gleich lächeln. »Danke. Eigentlich hatte ich befürchtet, du wolltest mir eine Standpauke halten, weil ich eine miserable Gastgeberin bin. Das hier hatte ich nicht … erwartet.«

Er auch nicht. Er hatte mit ihr über das Feuer reden wollen. Vielleicht auch über Rhanna, darüber, was wirklich der Grund für ihre Wut sein könnte. Stattdessen hatte sie zum ersten Mal zugelassen, dass er sie ohne ihre Schutzmauern sah. Jetzt fühlte *er* sich, als stünde er auf unsicherem Boden.

Sie sah ihn noch immer an, wartete darauf, dass er etwas sagte. Ihr Gesicht wirkte kantig im Abendlicht. Sie war eine Moon durch und durch. Porzellanhaut, mitternachtsdunkles Haar, wie Quecksilber leuchtende Augen. Wie eine Figur aus einem Märchen, aber so echt, dass er sie berühren konnte.

»Wir sollten besser zurückgehen.« Er stand auf. Wenn er noch länger hier sitzen blieb, würde er etwas Dummes sagen. Etwas, das er nicht zurücknehmen konnte.

DREIUNDZWANZIG

Es war dunkel, als Lizzy ins Haus zurückkehrte. Der Tisch war abgeräumt, das Geschirr abgewaschen und zum Trocknen abgestellt. Sie war froh darüber, auch wenn sie sich fragte, wo Rhanna abgeblieben war. Vielleicht hatte sie erkannt, dass sie hier nicht einfach wie der wiederauferstandene Lazarus hereinschneien konnte, und war bereits auf dem Weg zurück nach Kalifornien.

Die gedämpften Stimmen, die mit einem Mal von oben herunterdrangen, machten diese Hoffnung jedoch zunichte. Mit einer bösen Vorahnung stieg sie die Treppe rauf. Das Licht in Rhannas altem Zimmer brannte, und was hinter der Tür passierte, klang nicht angenehm. Am oberen Absatz konnte Lizzy die Stimmen deutlicher hören: Evvie brummte etwas über Hippies und Absteigen, Rhanna schimpfte darüber, dass man sie in ihrem eigenen Zimmer herumkommandieren würde. Beide rissen gleichzeitig die Köpfe herum, als Lizzy eintrat.

»Was ist hier los?«

Evvie reckte das Kinn wie ein bockiges Kind. »Ich habe ihr Platz in diesem Chaos gemacht, damit sie schlafen kann.« Sie deutete auf die gestapelten Kisten und ausrangierten Haushaltsgegenstände, die überall im Zimmer standen. »Ich habe das Bett freigeräumt und wollte ihr gerade sagen, dass das Bettzeug im Schrank ist …«

»Ich habe seit Wochen nicht mehr vernünftig geschlafen«, sagte Rhanna gereizt und genauso bockig wie Evvie. »Ich brauche kein Bettzeug, ich brauche Schlaf.«

Evvie verschränkte die Arme. »In diesem Haus benutzen wir Bettzeug. So wie wir in diesem Haus nach dem Abendessen das Geschirr abwaschen und wegräumen, wenn wir fertig sind.«

Offenbar hatte der Streit in der Küche angefangen. Was keine Überraschung war, wenn sie Rhannas Abneigung gegen jede Form der Hausarbeit bedachte. Evvie hatte mit ihrer Meinung ganz sicher nicht hinterm Berg gehalten, dergleichen lag nicht in ihrer Natur.

Lizzy schloss die Augen und seufzte. »Ich kümmere mich darum, Evvie.«

Evvie schüttelte den Kopf. »O nein, du hattest heute schon genug zu tun. Du siehst …« Sie betrachtete Lizzys rußverschmierte Jeans und das schmutzige Gesicht mit offener Missbilligung. »Du warst bei den Apfelbäumen, nicht wahr? Ich dachte, der Mann von der Feuerwehr hat dir gesagt, dass du da nichts anfassen sollst?«

»Habe ich nicht. Ich war nur …«

»Moment!« Rhanna unterbrach sie mit erhobener Hand. »Warum war die Feuerwehr hier?«

Lizzy schluckte ihr Stöhnen hinunter. Heute Abend wollte sie nicht darüber reden. Und sie wollte auch nicht, dass Evvie darüber redete. Sie flehte sie stumm an, ihr die Sache zu überlassen, dann wandte sie sich an Rhanna. »Der Schuppen hat letzte Nacht gebrannt. Und ein Teil der Apfelbäume.«

Rhannas Gesicht wirkte ausdruckslos. Sie sah zu Evvie hinüber. »Gebrannt?«

»Ist bis auf die Grundmauern abgebrannt.«

»Weiß man, warum?«

Lizzy winkte ab. »Wir können morgen darüber reden. Lass uns

einfach das Bett machen, okay? Du bist nicht die Einzige, die Schlaf braucht.«

Aber nachdem Lizzy endlich ins Bett gegangen war, konnte sie nicht einschlafen. Bruchstücke aus ihrem Gespräch mit Andrew gingen ihr ständig im Kopf herum. Er hatte sie heute Abend überrascht. Er hatte immer ein Talent dafür gehabt, sie zu überraschen. Doch heute Abend war es anders gewesen. Er hatte nicht mit der Wimper gezuckt, als sie ihn gefragt hatte, ob er an Geister glaubte. Stattdessen hatte er über Reue geredet und darüber, was es bedeutete, die Welt zu verlassen, wenn einige Dinge noch unerledigt waren.

Hoch oben am Himmel leuchtete der Mond und flutete die Schlafzimmerwände mit milchig weißem Licht. Lizzys Blick wanderte zu Altheas *Buch der Erinnerungen* neben ihr auf dem Nachttisch. Sie schaltete die Lampe ein, griff nach dem Buch und drückte den Knopf an der kleinen Messingschnalle. Der Geruch von Lakritze stieg ihr in die Nase, als sie die erste ungelesene Seite aufschlug und ein quadratisches Wachspapier vorfand, in dem sich ein Zweig mit gepressten Blättern und winzigen lila Blüten befand.

Basilikum – zum Heilen von Zerwürfnissen

Meine liebste Lizzy,
von allen Lektionen, die ich in diesem Buch festgehalten habe, wird diese sicher die schwerste sein. Du warst schon immer eine Frau, die sich an ihre Wunden klammert, die an jeder Verletzung kaut, bis sie den Geschmack verliert – und selbst dann noch weiterkaut. Nun sind manche Wunden gefährlicher als andere. Sie setzen sich in den Knochen fest, eitern dort und fressen Dich von innen auf, bis nichts mehr übrig bleibt, das sich zusammennähen ließe. Dann nimmt die Wunde Dein ganzes Wesen ein.

Doch Heilung musst Du wollen, mit Deinem ganzen Wesen. Das solltest Du nun tun, mein Kind.

Jahrelang habe ich zugesehen, wie Du den Graben zwischen Dir und Deiner Mutter gehegt hast, wie du ihn genährt und gegossen und ihm geholfen hast, zu wachsen. Dass sie fortging – und die Art, wie sie das tat – hat diesen Graben noch größer werden lassen. Es war ein Verrat. Sie hat Dich endgültig verlassen, und das hat wehgetan. Vor allem weil Du nicht gedacht hast, dass sie Dir überhaupt noch wehtun könnte. Glaub mir, wenn ich Dir sage, dass ich Deinen Schmerz verstehe. Kein Graben ist so tief wie der zwischen einer Mutter und ihrer Tochter. Aber Brücken können über die weitesten Abgründe gebaut werden, selbst wenn dafür nur noch zerbrochene Teile geblieben sind.

Womöglich wirst Du mir nicht glauben, doch kommt ganz gewiss eine Zeit, da Du diese Brücke zu bauen wünschst, da Du unter Umständen sogar dazu gezwungen bist. Es wird nicht einfach sein, und so wie ich Dich kenne, wirst Du Dich mit Händen und Füßen dagegen sträuben. Manchmal fällt es uns schwer, anderen zu vergeben, weil wir nicht gelernt haben, uns selbst zu vergeben. Ich kann Dir nicht sagen, wie man das macht. Aber ich kann Dir sagen, dass Du in Deinem Leben keinen Frieden findest, wenn Du anderen die Schuld für Deinen Schmerz zuweist. Von dieser Neigung müssen wir uns losmachen.

Deine Mutter war schon immer anders gewesen, anders als Du und ich. Anders als die meisten Moons, nehme ich an. Nichts hat mich auf ihre üblen Launen und ihre wilde Art vorbereitet. Ich hatte mich gefragt, ob es meine Schuld war, ob man den eigenen Schmerz vererben kann wie blaue Augen oder eine Herzerkrankung. Sie war ein rastloses Kind, aber auch sensibel. Sie hat einmal behauptet, sie würde Dinge sehen. Sie hat nicht gesagt, was, also bin ich nicht sicher, ob es stimmt. Aber es gab Zeiten, an denen sie tagelang nicht geschlafen hat. Dann ist sie wie ein Geist durch das Haus geirrt. Ich wusste nie, was ich mit ihr anfangen sollte, wenn sie diese Phasen durchlebte. Später zog sie dann los und machte in der Öffentlichkeit Szenen, als wollte sie es mit der ganzen Welt aufnehmen. Auch da wusste ich nicht, was ich mit ihr anfangen sollte.

Du warst einfacher. Aber es sollte nicht einfach sein, eine Mutter zu sein. Es sollte uns herausfordern, und Rhanna hat genau das getan. Bis alles vorüber ist, wird sie wohl auch Dich her-

ausfordern. Lass sie! Hilf ihr, ihren Weg zurückzufinden, wenn es das ist, was sie will! Und wer weiß, vielleicht hilft sie Dir ebenfalls, zurückzufinden.

A.

VIERUNDZWANZIG

9. August

Lizzy warf die zusammengeknüllte Luftpolsterfolie beiseite und packte die Materialien für die Babyseife aus, die sie Louise Ryerson versprochen hatte. Die Lieferung war kurz nach neun Uhr gekommen, und sie hatte die Kiste sofort in den Laden gebracht. Sie war froh, das Haus verlassen zu können, noch dazu ohne ihr Handy. Luc hatte ihr unaufhörlich geschrieben, und seine Nachrichten hatten zunehmend ungeduldiger geklungen. Irgendwann würde sie ihm antworten – aber nicht jetzt, da sie so viele Brände zu löschen hatte.

Evvie hatte beim Frühstück geschmollt und sich zwischen Toast und Rührei über Rhanna beschwert. Vor allem darüber, dass Rhanna glaubte, sie könne bis Mittag schlafen und bekäme dann das Frühstück serviert. Das hier war doch kein Hotel!

Obwohl Lizzy sich der Kritik anschloss, war sie insgeheim erleichtert, dass Rhanna nicht zum Frühstück runtergekommen war.

Noch wusste sie nicht, wie viel sie über das Feuer sagen wollte. Oder über die mögliche Brandursache. Die Morde an den Gilmans hatten Salem Creek damals zutiefst erschüttert, aber Rhanna hatten sie besonders hart getroffen. Danach hatte sie nicht mehr gemalt und angefangen, im Morgengrauen zu verschwinden und erst in den späten Nachtstunden zurückzukommen. Als wäre es plötzlich unerträglich, im Haus zu sein. Oder auf der Farm. Lizzy hatte nie gewusst, wo sie war oder was sie tat – außer wenn die Polizei sie mal wieder nach Hause brachte.

Es hatte niemanden überrascht, dass Rhanna ihnen Probleme bereitete. Ihr wahres Gesicht hatte sie schon früh gezeigt. *Schwierig*, hatte die Vertrauenslehrerin sie in der neunten Klasse genannt. *Eine Unruhestifterin und eigen.* In der zehnten Klasse hatte sie die Schule abgebrochen, um Folksängerin zu werden. Ein paar Monate später war sie schwanger. Die Stadt hatte sich das Maul darüber zerrissen, als sie Althea das Baby in die Hände gedrückt hatte, damit diese es großzog. Ihr großes Finale im Café hatte Salem Creek dann allerdings die Sprache verschlagen …

Auf weitere spektakuläre Auftritte von ihrer Mutter war Lizzy nicht erpicht. Aber genau das würde passieren, wenn Rhanna erfuhr, dass Lizzy sich mit Heather und Darcy Gilman beschäftigte. Dann würde Rhanna die Verbindung zum Feuer herstellen. Lizzy hatte einer Nacht zugestimmt. Solange sie daran festhielt, würde sie keine Einzelheiten preisgeben müssen. Rhanna würde weiterziehen, und die Sache hätte sich erledigt. Blieb die Frage, ob sie das tatsächlich übers Herz brachte. Ob sie Rhanna heute wegschickte, ohne Geld in der Tasche, ohne ein Dach überm Kopf.

Hilf ihr, ihren Weg zurückzufinden, wenn es das ist, was sie will!

Altheas Worte hallten noch in ihrem Gedächtnis nach. Genauso wie Andrews. Aber was war mit dem, was *sie* wollte? Warum ging es immer nur um Rhanna, die doch bloß alles noch komplizierter machte?

Sie rang mit dieser Frage, den Kopf gesenkt, um die Waren mit dem Lieferschein abzugleichen, als die Ladentür knarzte und Rhanna eintrat. Sie war barfuß und trug einen kurzen Jeansrock und ein Batik-T-Shirt, das an der Taille geknotet war. In jeder Hand hielt sie eine Tasse.

»Ich dachte, du willst vielleicht einen Kaffee.« Sie streckte ihr eine der Tassen entgegen, bemühte sich aber, Lizzys Finger nicht zu berühren.

Sie hatte eine Abneigung dagegen, berührt zu werden. Haphephobie nannte man das, eine Angststörung, die für gewöhnlich mit sexuellem Missbrauch oder anderen körperlichen Traumata in Verbindung stand. Aber Rhanna hatte nichts dergleichen erlebt, als die ersten Symptome auftraten. Lizzy hatte es daher immer Rhannas chronischem Drang nach Aufmerksamkeit zugeschrieben und erwartet, auch diese Macke würde sie irgendwann ablegen. Offenbar verhielt es sich hier anders.

Rhanna hielt ihre Tasse mit beiden Händen und atmete den Dampf genussvoll ein. »Ich nehme an, Evvie ist kein Morgenmensch. Sie hat vielleicht fünf Wörter herausgebracht, während der Kaffee durch die Maschine lief, und die bestanden darin, mir zu sagen, dass ich die Tasse abwaschen soll, wenn ich fertig bin. Woher kommt ihr Akzent?«

»Es ist hauptsächlich Kreol. Sie kommt aus Baton Rouge.«

»Baton Rouge? Wie um alles in der Welt hat es sie dann hierher verschlagen?«

»Sie ist Imkerin und verkauft Honig. Althea hat ihn in ihrem Laden angeboten, und irgendwann hat sie Evvie eingeladen. Sie haben sich gut verstanden, also sie ist geblieben.«

Rhanna schüttelte den Kopf. »Typisch Althea, dass sie sich mit einer Imkerin aus Louisiana anfreundet, die Kreol spricht.«

Lizzy warf ihr einen Blick zu. »Stört dich daran etwas?«

»Nein.«

»Ausgerechnet du solltest nämlich nicht über andere urteilen. Du warst schließlich nicht gerade das Aushängeschild für Normalität.«

Rhanna presste die Lippen aufeinander und wirkte reumütig. »Es war nicht so gemeint, Lizzy. Ehrenwort. Evvie ist nur … eine Überraschung.«

Dem musste Lizzy zustimmen. Ihr erster Eindruck war ähnlich gewesen. Aber jetzt verteidigte sie Evvie wie eine Tigerin und wollte, dass Rhanna sie genauso sah wie sie: als großzügige und weise Frau, als Teil der Moon-Familie. »Wo wir schon bei Überraschungen sind: Du solltest sie mit ihren Bienen sehen. Sie trägt überhaupt keine Schutzkleidung. Keine Handschuhe. Nichts. Sie singt nur zu ihnen.«

Rhanna kniff ein Auge zu. »Hast du gerade gesagt, dass sie zu ihnen singt?«

»Habe ich. Es ist unheimlich, aber auch wunderschön. Sie umschwärmen sie, und keine von ihnen sticht.«

»Peter, Paul and Mary!«, sagte Rhanna leise, als könnte sie sich so etwas nicht vorstellen.

Der Ausdruck brachte Lizzy zum Lächeln. Es war Rhannas typischer Fluch, eine Hippie-Version des beliebten *Jesus, Maria und Josef.* Diese Variante hatte Althea ihr verboten, weil die Moons keine Religion herabsetzten. Bei dem Namen einer Folkgruppe aus den Sechzigern hatte sie aber keine Bedenken geäußert.

»Du magst sie«, sagte Rhanna.

»Ja. Und es wäre mir lieb, wenn du ihr etwas Respekt entgegenbringst. Sie war gut zu Althea und zu mir.« Sie trank einen Schluck vom Kaffee und musterte Rhanna über den Rand hinweg. Ein Kaffee, eine kleine Plauderei … Was hatte sie vor? »Es wundert mich übrigens, dich hier zu sehen. Ich dachte nicht, dass du so früh schon auf bist.«

»Ich bin schon seit Stunden wach. Ich habe meditiert, Yoga gemacht und bin raus zu den Apfelbäumen.«

Lizzy erstarrte, die Tasse auf halbem Weg zu ihrem Mund. »Warum?«

»Du hast gesagt, dass sie gebrannt haben. Ich musste es sehen.«

»Du hast mir nicht geglaubt?«

»Natürlich habe ich dir geglaubt. Ich musste es nur mit eigenen Augen sehen. Um die Schwingungen zu spüren, weißt du?«

»Die Schwingungen?«

»Das war Absicht, nicht wahr? Jemand hat den Brand gelegt?«

»Das weißt du aufgrund der Schwingungen?«

»Das weiß ich aufgrund deines Verhaltens. Dir stand auf der Stirn geschrieben, dass du mir etwas verheimlichst. Also, was ist los? Warum soll ich das nicht wissen?«

Das hatte ja nicht lange gedauert. Lizzy stieß den Atem aus. »Weil ich müde war und nicht wollte, dass du durchdrehst.«

Rhanna nickte. »Verständlich. Und? Was ist passiert?«

»Es wurden zwei Flaschen in den Trümmern gefunden. Eine hatte einen Stofffetzen im Flaschenhals, der mit Benzin getränkt war. Mehr wissen wir noch nicht.«

Größtenteils stimmte das. Mehr wussten sie nicht mit Sicherheit. Der Rest war reine Spekulation.

Rhanna starrte sie entsetzt an. »Sie haben keine Ahnung, wer das war?«

»Es ist erst vorgestern passiert. Sie arbeiten daran.«

»Nach all den Jahren«, sagte Rhanna leise, »können sie uns immer noch nicht in Ruhe lassen.«

Lizzy zog eine Augenbraue hoch. »Jetzt heißt es also *wir?*«

Rhanna ließ die Schultern sinken. »Du bist entschlossen, das hier schwierig zu machen, oder?«

»Ich *mache* es nicht schwierig«, erwiderte Lizzy. »Es *ist* schwierig. Du. Hier. Du tust so, als wäre nichts passiert, und ich soll einfach mitspielen. Warum? Für Althea?«

»Reicht das nicht?«

»Althea ist nicht mehr da, Rhanna. Und die Farm wird es in ein paar Monaten auch nicht mehr geben.«

Rhannas Schultern sanken noch tiefer. »Du wirst sie verkaufen? Steht dein Entschluss endgültig fest?«

»Im Grunde ja. Es gibt nur ein Problem bei der Sache: Hier bricht alles zusammen, und ich habe kein Geld für Reparaturen.«

Rhanna sah in ihre Tasse. »Es ist nicht leicht, oder? Alles wirkt heruntergekommen. Die Gärten sind tot. Ich bin fast froh, dass Althea das nicht sehen muss.«

Lizzy starrte sie finster an. »Das ist nicht einfach so passiert, Rhanna. Es hat Jahre gedauert. Es gab kein Geld, und niemand hat ihr geholfen. Sie *hat* das gesehen.«

Rhanna stellte ihre Tasse ab und trat sogleich ein paar Schritte zurück. »Ich konnte nicht bleiben, Lizzy.« Die Worte sprudelten aus ihr raus, als hätte sie sie zurückgehalten, seit sie aus Andrews Lieferwagen gestiegen war. »Ich … konnte einfach nicht.«

Lizzy konnte sie nicht ansehen. Sie griff nach der Luftpolsterfolie auf der Werkbank und zerdrückte die kleinen Bläschen eine nach der anderen zwischen Daumen und Mittelfinger. Alles, damit sie Rhanna nicht anschauen musste. Vielleicht weil sie in der Reue ihrer Mutter, in ihrem Schmerz und ihren Schuldgefühlen, ihre eigenen Gefühle wiedererkannte.

»Ich weiß«, sagte sie leise.

Auch Rhanna mied ihren Blick und seufzte schwer. »Tust du nicht. Kannst du gar nicht. Auch wenn du vermutlich deine eigenen Gründe hast, diesen Ort zu hassen.«

Lizzy runzelte die Stirn. Etwas an der Bemerkung störte sie. »Ich hasse ihn nicht. Ich habe ihn nie *gehasst.* Ich wollte nur ein anderes Leben führen. Ein normales Leben. Und das habe ich jetzt. Ich lebe in New York und arbeite für einen Parfüm-Designer.«

Rhanna bedachte sie mit einem angedeuteten Lächeln. »Natürlich hast du das. Du hast schon immer gewusst, was du wolltest, selbst als Kind. Du warst so ernst. Als du noch klein warst, hast du förmlich in der Scheune gelebt und lauter Sachen zusammengebraut. Ich weiß noch, wie es roch, wenn die Blumen und Kräuter in Bündeln oder an den Rahmen trockneten und sich die Gerüche miteinander vermischten. Für mich war es immer ein einziger Duft, ganz im Unterschied zu dir. Du hast jeden einzelnen Geruch erkannt. Basilikum, Estragon, Rosmarin, Salbei. Erinnerst du dich noch daran?«

Lizzy nickte. »Natürlich.«

»Bei deinem Job … Hast du da deine eigene Duftreihe?«

»Ich designe keine Düfte. Ich entwickle Konzepte fürs Marketing.«

Rhanna zog die Augenbrauen hoch. »Fehlt es dir nicht? Hand anzulegen, meine ich. Früher hast du das geliebt.«

Das stimmte. Sie hatte es wirklich geliebt, Hand anzulegen. Aber Chenier hatte für diesen Teil des Prozesses gut bezahlte *Nasen*. Ihre Aufgabe bestand darin, jeder Kreation ein Gesicht, jedem charakteristischen Duft eine eigene Persönlichkeit zu geben und die Marketingkampagne darauf abzustimmen. Das war nicht der Job, den sie sich vor all den Jahren ausgemalt hatte, aber die Arbeit war nicht ohne Reiz. Vielleicht würde später mehr daraus werden. Sie war gut darin. Sehr gut. Aber der schöpferische Teil des Prozesses fehlte ihr, dieses herrliche Gefühl einer zufälligen Entdeckung, das sie anfangs dazu getrieben hatte, Parfüms zu machen. Die Magie des Duftes.

»Mir gefällt, was ich tue«, sagte sie ernst. »Ich hatte Glück, dass ich vor fünf Jahren bei Chenier einen Fuß in die Tür bekommen habe. Jetzt bin ich dort Creative Director.«

Rhanna schüttelte den Kopf. In ihren Augen schimmerte es plötzlich. »Das hat nichts mit Glück zu tun. Du hast Parfüms im Blut, solange ich mich entsinne. Du hast schon immer mit Düften experimentiert und ihnen coole Namen gegeben. Wie hieß der, der mir so gefiel?«

»*Erdenklänge*«, sagte Lizzy leise. »Du mochtest den, der *Erdenklänge* hieß.«

»Genau! Das war es. Er roch beruhigend. Kühl und erdig wie ein Spaziergang im Wald.«

»Wacholder, rosa Pfeffer, Muskatellersalbei und Vetiver-Öl«, zählte Lizzy aus dem Gedächtnis auf.

»Daran erinnerst du dich noch?«

»Ich erinnere mich an alle Düfte.«

Rhanna nickte. »Das verstehe ich. Es ist wie bei meinen Bildern. Jedes ist auf seine Art etwas Besonderes. Ich schätze, deshalb hat mich dein Schreibtischjob so überrascht. Ich würde durchdrehen. Aber solange du es gern machst …« Sie ließ die Worte verhallen und schwieg kurz, dann sah sie Lizzy forschend an. »Du hast das alles doch gern, oder? New York, der Job …?«

»Natürlich.« Es missfiel Lizzy, wie mürrisch sie klang. »Warum interessierst du dich auf einmal für meine Karriere?«

»Weil ich will, dass du glücklich bist. Dass du ein erfülltes Leben hast. Weil du es verdient hast. Du warst ein wundervolles Kind. Ich weiß noch, wie ich dachte: Wie kann ein so kleiner Kopf so viele Informationen bewahren? Dank dir habe ich mir gewünscht, ich hätte besser aufgepasst, als ich noch klein war und Althea versucht hat, mich zu unterrichten.« Sie verzog den Mund und wirkte wieder ernst. »Wenigstens hatte sie dich. Du hattest so viele wundervolle Gaben. Überhaupt warst du nie wie ich. Darüber war ich immer froh.«

Lizzy war sich nicht sicher, auf welche der Enthüllungen sie zuerst reagieren sollte. »Es überrascht mich, dass du dich daran erinnerst, wie ich als Kind war.«

»Ich erinnere mich an mehr, als du denkst. Mehr, als mir recht ist.«

Lizzy sah sie genervt an. »Ich weiß nicht, was du damit meinst.«

»Ich meine, dass du nicht die Einzige mit schrecklichen Erinnerungen bist. Ich lebe auch mit ihnen. Und das schon länger, als du auf der Welt bist.«

»Es war nicht alles schlecht«, rief Lizzy ihr ins Gedächtnis. »Denk an die Scheune! Ihre Wand hast du gern bemalt.«

Da hellte sich Rhannas Gesicht auf. »Kein Bild, das ich je gemalt habe, habe ich so geliebt wie dieses.«

Lizzy musste lächeln. »Du hast es geliebt, weil es die Leute aufgebracht hat.«

Rhanna riss die Augen auf. »Das denkst du? Dass ich das Bild gemalt habe, um die Leute zu ärgern?«

»Deshalb hast du doch die meisten Dinge getan, oder nicht? Wie das Friedenszeichen an der Kirche. Oder dein nackter Auftritt im Brunnen.«

»Schon gut. Da hast du recht. Aber dieses Gemälde war etwas anderes. Es war … etwas Persönliches. Als ich noch klein war, hat sich für mich die Abenddämmerung so angefühlt. Dieser kurze

Augenblick zwischen Tag und Nacht, wenn der Himmel aussieht wie Samt und die Sterne sich zeigen. Das war geradezu magisch, als würde die Welt den Atem anhalten und abwarten, was als Nächstes geschieht.«

Lizzy war zu erstaunt, um zu antworten. So hatte sie Rhanna noch nie gesehen. So voller … Zufriedenheit? Sehnsucht? War es möglich, dass ihre Mutter unter all der nervösen Energie angenehme Erinnerungen hütete?

»Du klingst fast glücklich.«

Rhanna zuckte die Achseln. »Es war nicht alles schlecht.«

»Nein, das war es nicht.«

In der Stille, die sich ausbreitete, tranken sie beide ihren Kaffee. »Ich habe es dir nicht einfach gemacht, oder?«, fragte Rhanna schließlich.

»Das hast du nicht.«

»Hast du Salem Creek deswegen verlassen? Weil du dich meinetwegen geschämt hast?«

Lizzy hob das Kinn, unwillig, den Punkt einzugestehen. »Ich bin weggezogen, um zu studieren. Aber du warst ein wichtiger Grund, warum ich nicht zurückgekommen bin. Der Schaden, den du angerichtet hast … Die Trümmer, die du zurückgelassen hast … Du hast dafür gesorgt, dass es nichts mehr gab, wohin ich hätte zurückkehren können.«

Rhanna nahm die Worte nickend hin. »Glaub mir, das wollte ich nicht.«

Lizzy neigte den Kopf zur Seite und versuchte, in ihrem Gesicht zu lesen. »Ist das deine Vorstellung von einer Entschuldigung?«

»Würdest du mir ein Ja überhaupt abkaufen? Oder wenn ich auf die Knie fallen und dich um Vergebung bitten würde für die schrecklichen Dinge, die ich getan habe? Würdest du mir auch nur ein Wort glauben? Oder würdest du denken, ich würde das alles bloß sagen, um eine Show abzuziehen?«

»Es wäre nicht das erste Mal, Rhanna. Genau das macht es so schwer.«

»Ich weiß.« Sie lief ans Ende der Werkbank und betrachtete die Flaschen und Gläser, die auf der Tischplatte standen, den Karton und die Luftpolsterfolie. »Was ist das alles?«

»Nur ein paar Zutaten, die ich bestellt habe.«

»Kolloidales Hafermehl, Sheabutter und Lauge.« Sie hob den Kopf. »Du willst Seife kochen?«

Lizzy nickte, überrascht, dass Rhanna so schnell dahintergekommen war. »Ich habe einer Frau Tee gegen Kopfschmerzen gebracht, die am Imbiss im Wilson's arbeitet. Sie hat einer Freundin davon erzählt. Jetzt mache ich Seife.«

»Du hättest ihr die Bitte abschlagen können.«

»Es sind alte Kundinnen von Althea. Sie haben zu ihr gehalten, als sich der Rest der Stadt von ihr abgewandt hatte. Ich hatte das Gefühl, ihnen etwas schuldig zu sein.«

Rhanna nahm die Packung Hafermehl, las das Etikett und stellte es wieder ab. »Ich könnte dir helfen.«

Der Kaffee, die kleine Plauderei … Mit einem Mal verstand Lizzy es. Rhanna spielte auf Zeit. »Wir haben gestern Abend darüber gesprochen. Ich habe dir eine Nacht zugestanden.«

»Bitte, Lizzy!« Rhanna blinzelte mehrmals, und ihre grauen Augen schimmerten feucht. »Du kannst mich nicht wegschicken! Nicht so. Nicht bis … keine Ahnung. Ich weiß nicht mal, warum ich hier bin. Ich wusste nur, dass ich herkommen musste. Ich werde mich benehmen. Versprochen. Wenn ich Mist baue, kannst du mich rauswerfen. Und ich werde meinen Unterhalt verdienen. Lass mich dir bei der Seife helfen.«

»Warum?«, fragte Lizzy matt. »Warum dieser Sinneswandel?«

»Die Frauen …«, sagte Rhanna bloß. »Die hinter Althea gestanden haben. Auch ich schulde ihnen etwas. Ich schulde vielen Menschen etwas.«

Lizzy betrachtete sie. Sie traute dieser neuen, sanfteren Ausgabe von Rhanna nicht über den Weg. Meinte sie es ernst, oder war es nur eine neue Rolle?

Hilf ihr, ihren Weg zurückzufinden, wenn es das ist, was sie will!

»Also gut«, sagte sie widerwillig. »Für Althea.«

»Nur für sie?«

Lizzy erwiderte ihren Blick. »Mehr kann ich dir nicht anbieten.«

Rhanna nickte. »Danke. Danke, dass du mir eine Chance gibst.«

»Heute nach dem Abendessen fangen wir an«, erwiderte Lizzy kühl. »Und ich tue das nicht für dich.«

FÜNFUNDZWANZIG

Andrew warf seinen Zeichenstift beiseite und fuhr sich mit der Hand durchs Haar. Er war früh im Büro aufgetaucht, weil er hoffte, die Änderungen für den Auftrag in Boston fertigzustellen, doch in den letzten beiden Stunden war er kaum einen Schritt weitergekommen. Er war ruhelos und abgelenkt und konnte sich nicht auf die Arbeit konzentrieren.

Der Baulärm im neuen Architekturbüro tat ein Übriges. Dennis Hanley arbeitete fleißig, aber er war ganz sicher nicht leise. Nicht dass es möglich gewesen wäre, eine Trockenmauer lautlos hochzuziehen. Vielleicht brauchte er frischen Kaffee. Vielleicht hatte er auch schon zu viel.

Vielleicht konnte er sich auch deshalb nicht konzentrieren, weil ihm Lizzys Gesicht ständig vor Augen stand. Wie sie ihn gestern Abend angesehen hatte, als sie ihn gefragt hatte, ob er an Geister glaubte. Als ob ihre ganze Welt von seiner Antwort abhängen würde. Dabei hatte er sich nur wieder mit ihr vertragen wollen, nachdem er Rhanna mitgebracht hatte.

Aber was hätte er denn tun sollen? Zulassen, dass die Frau die letzten fünfundzwanzig Kilometer zu Fuß lief? Er hatte beim *Cumby* auf einen Kaffee angehalten und sie gesehen, als sie aus der Toilette gekommen war. Im ersten Moment hatte er sie gar nicht erkannt.

Sie war dünner als früher, fast schon drahtig, und ihre sonst so blasse Haut gebräunt. Nur die Gitarre auf ihrem Rücken hatte ihm auf die Sprünge geholfen. Sie und die Tatsache, dass sie Lizzy trotz allem erstaunlich ähnlich sah.

Sie war erschrocken gewesen, als er ihren Namen gerufen hatte, fast schon verwirrt. Aber wer hätte es ihr verdenken können, nachdem sie fast fünftausend Kilometer durch das Land getrampt war? Sie hatte sich schnell wieder gefangen, nachdem er sich vorgestellt hatte, und hatte sogar vorgegeben, sie würde sich an ihn erinnern, auch wenn er sich ziemlich sicher war, dass sie schwindelte. Rhanna hatte immer in ihrer eigenen Welt gelebt, losgelöst und rebellisch, als ob die Regeln, die im Rest der Welt galten, für sie einfach nicht existierten. Sie hatte auch nicht gemerkt, welchen Preis ihre Familie, insbesondere ihre Tochter, für ihre Rücksichtslosigkeit bezahlt hatte.

Damit allerdings schlug sie nicht aus der Art. Die Moons taten, was sie taten, waren, wer sie waren, und weigerten sich hartnäckig, in irgendeiner Weise auf die Gerüchte einzugehen, die sich um sie rankten. Bisher wurde noch jeder Generation der Moons das Leben schwer gemacht – und Andrew hatte nicht das Gefühl, dass sich daran nach Altheas Tod etwas ändern würde. Wobei er sich nicht allein auf sein Gefühl verlassen musste. Nicht bei einem abgefackelten Schuppen. Oder einer Strohpuppe, die in einem Baum aufgehangen worden war. Mit einem Zettel am Hals.

Die Zauberinnen sollst du nicht leben lassen.

Beim bloßen Gedanken daran pochte es hinter seinen Schläfen. Er verstand, warum Lizzy es nicht an die große Glocke hängen wollte. Und es wäre gelogen, wenn er behaupten würde, er würde ihre Entschlossenheit, Altheas Ruf wiederherstellen zu wollen, nicht bewundern. Deshalb hatte er eingelenkt und nach dem Vorfall mit der Puppe nicht die Polizei gerufen. Aber jetzt, da der Apfelhain abgebrannt war, stand mehr auf dem Spiel. Für ihn und für Lizzy. Worte, ganz gleich wie bösartig, konnten keinen echten Schaden anrichten. Feuer schon.

Bevor er seine Meinung ändern konnte, griff er zum Telefon. Das würde Konsequenzen haben, aber damit würde er leben.

Er hing zehn Minuten lang in der Warteschleife, bis Chief Summers endlich ranging. »Summers am Apparat.«

»Hier spricht Andrew Greyson.«

»Toms Sohn? Hey, tut mir leid wegen Ihrem Dad. Er war ein guter Mann. Was kann ich für Sie tun?«

»Ich rufe wegen dem Feuer auf der Moon Girl Farm an und wollte fragen, ob Sie schon Informationen dazu haben.« Er sah keinen Grund, sein Gespräch mit Guy McCardle zu erwähnen. »Ich weiß, dass bei den Ermittlungen etwas gefunden wurde, das nach einem Molotowcocktail aussieht.«

»Und woher wissen Sie das?«, fragte Summers ungehalten. »Wir haben die Information nicht veröffentlich.«

»Ich bin mit Lizzy Moon befreundet.«

»Tatsächlich?«

Die Art, wie er das gesagt hatte, brachte Andrew auf die Palme. »Ja, tatsächlich. Und ich dachte, Sie sollten wissen, dass Ms Moon kurz davor bedroht wurde.«

»Und das sehen Sie in einem Zusammenhang mit dem Brand?«

»Beschwören würde ich es nicht, aber das Timing erscheint mir verdächtig.«

»In welcher Weise wurde Ms Moon denn bedroht?«

»In dem Baum vor der Tür hing eine Puppe.«

»Eine Puppe? Klingt nicht besonders bedrohlich.«

Andrew drückte einen Finger ans Ohr, weil der Lärm von nebenan lauter wurde. »Es war nicht irgendeine Puppe.« Er stand auf, um die Tür zu schließen. »Sie wurde *in effigie* aufgehängt, mit einer Schlinge und einer Nachricht.«

»Nicht nur eine einfache Puppe, sondern *in eff*... Entschuldigung, wie haben Sie es genannt?«

»*In effigie*«, wiederholte Andrew langsamer als nötig. »Anstelle der eigentlichen Person. Sie bestand aus Stroh und hatte einen dieser schwarzen Spitzhüte.«

Summers brach in Gelächter aus. »Hey, das ist echt gut! Muss jemand mit Humor gewesen sein.«

Sein Lachen erinnerte Andrew an ein wieherndes Maultier. Eigentlich passend. Der Mann war schon immer ein Esel gewesen. »Sie finden das lustig?«

»Kommen Sie, Greyson. Ich weiß, dass Sie eine Weile weg waren, aber Sie sind der Nachbar dieser Moons. Sie wissen, was man sich über die erzählt.«

»Was denn?«

Summers räusperte sich verlegen, als hätte er gerade gemerkt, dass er sein Publikum falsch eingeschätzt hatte. »Sie erwähnten da noch eine Nachricht.«

»Ein Zettel am Hals der Puppe, genau.«

»Und hätten Sie die Güte, mir zu verraten, was die Nachricht besagte, oder soll ich das erraten?«

Andrew atmete erleichtert auf, als das Hämmern vor seiner Tür abrupt verstummte. »Es war ein Bibelspruch. Aus dem 2. Buch Mose, glaube ich. Die Zauberinnen sollst du nicht leben lassen.«

Er hörte, wie Summers den Atem ausstieß. Ob er überrascht war oder ein Lachen unterdrückte, vermochte Andrew nicht zu entscheiden. »Das klingt tatsächlich ... Wann soll das passiert sein?«

Jetzt hatte er die Aufmerksamkeit des alten Esels. »Erst kürzlich.«

»Ich erinnere mich nicht daran, dass Ms Moon Anzeige erstattet hätte. Da fällt mir ein: Warum rede ich mit Ihnen darüber und nicht mit ihr? Eine Anzeige muss vom eigentlichen Opfer erstattet werden.«

»Ich rufe nicht an, um Anzeige zu erstatten. Ich wollte wissen, ob Sie zu dem Feuer schon Hinweise haben. Bei der Gelegenheit habe ich Sie gleich darüber in Kenntnis gesetzt, was noch vorgefallen ist. Lizzy … Ms Moon weiß nicht, dass ich mit Ihnen spreche.«

»Ach, nicht?«

Da war er wieder, dieser abfällige Tonfall, bei dem Andrew am liebsten in die Stadt gefahren und Summers ein paar Zähne gelockert hätte. »Nein.«

»Darf ich fragen, welches Interesse Sie an der ganzen Sache haben? Wenn Ms Moon glaubt, in Gefahr zu sein, warum ruft sie dann nicht selbst an?«

»Keine Ahnung. Vielleicht hatte sie Angst, Sie würden sie nicht ernst nehmen.«

»Ich hoffe, Sie wollen damit nicht andeuten …«

»Will ich nicht. Aber die Moons sind über die Jahre immer wieder Opfer von sehr unglücklichen Streichen geworden, die meistens als harmlos abgestempelt werden konnten. Diesmal frage ich mich allerdings, ob die Situation nicht ernster ist.«

»Schwer zu sagen.«

»Soweit ich weiß, fallen Molotowcocktails nicht vom Himmel. Die hat jemand in den Schuppen geworfen. Jemand, der mit den Moons ein Hühnchen zu rupfen hat.«

»Und Sie glauben zu wissen, wer das war?«

»Nein, tu ich nicht. Aber Sie erinnern sich vielleicht daran, dass Lizzy zu Ihnen gekommen ist, um Sie zu bitten, sich den Gilman-Fall noch einmal anzusehen. Nachdem Sie das abgelehnt haben, hat sie beschlossen, die Sache in die eigene Hand zu nehmen, und angefangen, Fragen zu stellen. Ich schätze, das hat jemanden nervös gemacht.«

»Ich habe sie davor gewarnt, ihre Nase in den alten Fall zu stecken.«

»Mehr fällt Ihnen dazu nicht ein? Nur, dass Sie sie gewarnt haben?«

»Greyson, ich höre gerade zum ersten Mal von dieser Drohung. Sie können doch nicht ernsthaft erwarten, dass ich mich um etwas kümmere, von dem ich nichts wusste.«

»Nein, aber jetzt wissen Sie Bescheid. Genau das war der Grund für meinen Anruf. Damit Sie sich später nicht herausreden können.«

Summers schwieg eine Weile. Andrew überlegte unterdessen, was Summers jetzt wohl am liebsten heraushauen wollte, und ob der Mann tatsächlich dumm genug war, auch nur ein Wort davon über die Lippen zu bringen. »Ich schicke ein paar Leute vorbei, damit Ms Moon eine Aussage machen kann«, sagte er schließlich missmutig. »Zufrieden?«

»Ob ich zufrieden bin? Was nehmen Sie an, was mich erwartet? Sie wird mir den Kopf abreißen, wenn sie rausfindet, dass ich Sie angerufen habe. Aber darüber mache ich mir weniger Sorgen als darüber, dass sie Schaden nimmt.«

Nachdem er aufgelegt hatte, starrte Andrew das Telefon an. Er würde sofort mit Lizzy reden müssen – und zwar persönlich –, um ihr zu gestehen, was er getan hatte. Wenn seine Ahnung ihn nicht trog, würde das nicht gut ausgehen. Allerdings würde es noch deutlich schlechter ausgehen, wenn die Polizei schneller war als er.

Er steckte das Telefon in seine Hemdtasche und kramte in seiner Hosentasche nach den Schlüsseln. Fast wäre er dabei über Dennis gestolpert, der vor der Bürotür stand. Völlig überrumpelt, kam er jedem Wort von ihm zuvor. »Entschuldige, aber ich habe nicht mit dir gerechnet. Ich muss kurz weg.«

Dennis nickte knapp. Dabei starrte er auf das Blatt seiner Handkreissäge. Den Kopf hielt er gesenkt, sodass die Red-Sox-Kappe sein Gesicht größtenteils verdeckte. Er war schon immer ein Sonderling gewesen, der alles beobachtete, aber nie viel sagte. Andererseits leistete er gute Arbeit. Außerdem konnte man schlecht jemanden kritisieren, der einen zweiten Job angenommen hatte, um das Kind seines toten Bruders zu versorgen.

»Ich bin vermutlich nicht lange weg«, versicherte er Dennis. »Ich will nur kurz zu den Moons. Sollte ich bis zum Mittag nicht zurück sein, kannst du abschließen.«

Dennis legte die Säge weg und sah hoch. Sein Gesicht war mit weißem Staub bedeckt, was ihn auf unheimliche Art wie ein Skelett aussehen ließ. »Ich hoffe, du trägst dein Kreuz.«

Andrew stockte kurz der Atem. Ihm gefiel nicht, wonach das klang. »Mein Kreuz?«

»Du weißt doch, was die Leute sagen. Dass sie … du weißt schon … Hexen sind.«

Andrew zählte im Stillen bis zehn. »Du bist ein bisschen zu alt, um dich vor Hexen zu fürchten, Dennis.«

»Fürchtest du dich nicht? Nicht mal ein bisschen?«

»Wenn wir hier von Kesseln und schwarzen Katzen reden, nein, dann fürchte ich mich nicht. Ich habe nur Angst vor Leuten, die alberne Gerüchte für bare Münze nehmen.«

»Komm schon, Mann! Selbst ihr Name ist seltsam. Moon? Du musst zugeben, dass sie gruselig sind. Besonders die Jüngste. Seit sie zurück ist, macht sie nur Ärger. Schleicht durch die Stadt und fragt alle nach den toten Mädchen aus. Als hätten die Leute vergessen, in wessen Teich die zwei gefunden wurden. Nerven hat die.«

Andrew starrte ihn an und bemühte sich, Ruhe zu bewahren. »Es war mutig von ihr, nach allem, was die Stadt ihrer Familie angetan hat, überhaupt zurückzukommen.«

Dennis schien zu spüren, dass er eine Grenze überschritten hatte. Er nahm sein Basecap ab und strich sich mehrmals über das blonde Haar. »Ich will nur sagen, dass sie ihre Zeit verschwendet. Alle wissen, was mit den Mädchen geschehen ist, und das alles wieder hochzuholen, ändert nichts daran.«

Andrew umklammerte seine Schlüssel so fest, dass sie sich in seine Handfläche bohrten. Lizzy hatte ihn davor gewarnt, was geschehen würde, wenn er sich auf ihre Seite stellte. Das war ihm egal gewesen, und daran hatte sich nichts geändert. »Niemand weiß, wer Heather und Darcy Gilman ermordet hat, Dennis. Du nicht. Die Polizei nicht. Nicht mal Lizzy. Mir wäre lieb, wenn du das nicht vergisst … und deine Meinung für dich behältst.«

»Ich sage ja nur …«

»Lass es!« Sein Tonfall klang sogar in seinen Ohren drohend. »Halt einfach den Mund! Jedenfalls wenn du weiter für mich arbeiten willst.«

SECHSUNDZWANZIG

Ein beißender Essiggeruch schlug Lizzy entgegen, als sie die Küche betrat. Evvie stand mit einer Sprühflasche und einer zerknüllten Seite aus dem *Chronicle* am Fenster und reinigte die Scheibe.

»Im Kühlschrank liegt ein Sandwich für dich. Und eins für deine Mutter, falls sie noch da ist. Ich habe sie seit heute Morgen nicht gesehen.«

»Sie war bei mir im Laden. Sie ist mit zwei Tassen Kaffee aufgetaucht und hat mir gesagt, dass sie bei den Apfelbäumen war.«

Evvie ließ die Sprühflasche sinken. »Was wollte sie denn da?«

»Offenbar hat sie den Schwingungen nachgespürt. Sie weiß, dass das Feuer absichtlich gelegt wurde.«

»Was hast du ihr erzählt?«

»Ich habe ihr von den Molotowcocktails erzählt. Früher oder später hätte sie eh davon erfahren. Sie soll aber nicht wissen, dass ich mich wegen der Morde an Heather und Darcy umgehört habe oder dass der Brand damit zusammenhängen könnte. Auf einen ihrer Ausraster kann ich getrost verzichten, allerdings kann ich sie auch nicht die ganze Zeit im Auge behalten, während sie hier ist.« Lizzy verstummte kurz, denn sie war sich nicht sicher, wie Evvie die nächste Information aufnehmen würde. »Sie wird ein Weilchen bei uns bleiben. Wie lange genau, wird sich finden.«

Evvie zuckte die Achseln. »Es ist deine Mutter und dein Haus.« Sie neigte den Kopf und studierte Lizzy eingehend. »Wie ist es, sie nach all der Zeit zu sehen?«

Lizzy dachte über die Frage nach. Eben! Wie hatte sie sich in den letzten vierundzwanzig Stunden eigentlich gefühlt? »Es ist … schwer. Wenn ich sie sehe, bin ich so wütend. Aber dann frage ich mich: Inwiefern ist sie anders als du? Wir sind beide abgehauen. Wir waren beide nicht da, als Althea gestorben ist, und wir sind beide zu spät zurückgekommen. Wo ist da der Unterschied?«

»Das will ich dir gern sagen«, tönte Evvie. »Du hast deine Träume verfolgt, um zu der Frau zu werden, die du sein wolltest. Deine Mama ist vor dem Chaos geflohen, das sie angerichtet hat. Das ist ja wohl ein himmelweiter Unterschied! Wo steckt sie überhaupt?«

Lizzy zuckte die Achseln. »Keine Ahnung. Sie hat gesagt, sie würde spazieren gehen. Irgendwie hat sie sich … seltsam verhalten.«

Evvie kniff die Augen zusammen. »Inwiefern seltsam?«

»Da kann ich gar nicht genau den Finger drauflegen. Für mich war sie immer ein offenes Buch, aber mit einem Mal sehe ich ganz neue Seiten an ihr … Vielleicht hat sie mir auch nur etwas vorgemacht. Wir haben uns über ihr Bild an der Scheune unterhalten, und ganz überraschend ist sie dann damit herausgerückt, wie es hier war, als sie klein war, wie der Himmel im Dämmerlicht ausgesehen hat. So hat sie noch nie gesprochen, als ob ihr all das tatsächlich etwas bedeuten würde. Das hätte ich nie für möglich gehalten.«

»Und das bedeutet?«

Lizzy schüttelte langsam den Kopf. »Ich weiß es nicht. Als sie aus Andrews Lieferwagen gestiegen ist, hat es sich angefühlt, als hätte mir jemand einen Schlag vor die Brust versetzt. Mir ist einfach die Luft weggeblieben. Ich konnte nur denken: Nicht schon wieder! Nach allem, was wir ihretwegen durchgemacht haben, nachdem sie uns das Herz gebrochen hat, taucht sie aus dem Nichts wieder auf und tut so, als würde ihr die Farm etwas bedeuten. Soll ich ihr das wirklich abkaufen? Soll ich sie tatsächlich mit offenen Armen willkommen heißen? Das kann ich nicht. Nicht nachdem, wie sie gegangen ist.«

Ein kurzes Klopfen an der Haustür hielt Evvie davon ab, etwas zu erwidern. Sie legte das feuchte Zeitungspapier in die Spüle und trocknete sich rasch die Hände ab. »Sind vermutlich wieder Leute mit Flugblättern. Ich kümmere mich schon darum.«

Wenig später kehrte sie zurück. »Es ist die Polizei. Sie wollen mit dir reden.«

Lizzy trat an die Tür, vor der zwei uniformierte Beamte standen. »Kann ich Ihnen helfen?«

»Ich bin Sergeant Woodruff«, sagte der größere der beiden knapp. »Das ist Sergeant Grainger. Wir sind wegen einer Puppe und einer Drohung hier. Sind Sie Elzibeth Moon?«

Lizzy riss den Kopf zu Evvie rum, die in Hörweite wartete. Evvie zog eine Augenbraue hoch und hob abwehrend eine Hand. »Ich hab sie nicht informiert.«

Lizzy glaubte ihr. Aber wer dann? Rhanna konnte es nicht gewesen sein. Sie wusste nichts von der Puppe. Blieb also nur noch … Sie würde ihn umbringen.

»Darf ich fragen, wer Ihnen davon erzählt hat?«, wandte sich Lizzy mit einem überaus höflichen Lächeln an die beiden Beamten.

»Es tut mir leid, Ma'am, diese Information habe ich nicht. Wir würden gern mit Ihnen sprechen, falls das möglich ist. Und einen Blick auf die Puppe und die Nachricht werfen, falls Sie diese noch haben. Damit wir uns ein Bild von der Sache machen können.«

»Ich glaube nicht, dass ich die noch habe.« Lizzy wusste ganz genau, dass sie das grässliche Ding zerrissen und in den Mülleimer im

Windfang geworfen hatte. »Vielmehr bin ich mir sicher, dass ich sie weggeworfen habe. Ganz sicher sogar.«

Da tauchte plötzlich Evvie mit den Überresten der Puppe in der Armbeuge auf. Sie gab das Wirrwarr aus Stroh und schwarzem Stoff Sergeant Woodruff und wischte sich die Hände an ihrem Rock ab, als wäre sie erleichtert, das Ding los zu sein. »Bitte sehr! Puppe und Zettel.« Sie sah herausfordernd Lizzy an. »Wenn sie schon hier sind, können wir ihnen den Kram auch zeigen.«

Sergeant Woodruff untersuchte interessiert die Überreste der Puppe und drehte die Stücke langsam in den Händen. »Grob gearbeitet. Definitiv selbst gemacht.« Den Zettel besah er sich dagegen nur kurz, ehe er ihn an Grainger weiterreichte.

Dieser hielt das Papier ins Licht. »Kein Wasserzeichen. Stabil, aber nicht teuer. Sieht aus, als wäre das Papier abgerissen worden. Geschrieben wurde der Text in Druckbuchstaben. Mit rotem Buntstift. Könnte von einem Kind sein, aber dagegen sprechen die Worte. Erkennen Sie die Handschrift, Ms Moon?«

Lizzy schüttelte den Kopf. »Nein.«

»Verstehe … Da wir alle Möglichkeiten in Betracht ziehen müssen, würden wir die Puppe und den Zettel gern mitnehmen, wenn Sie nichts einzuwenden haben. Außerdem hätten wir noch ein paar Fragen, falls Sie kurz Zeit haben.«

Lizzy öffnete den Mund, um zu widersprechen, nickte dann aber, da ihr keine plausible Ausrede einfiel.

Sie würde Andrew umbringen.

Vierzig Minuten später klappte Sergeant Woodruff endlich seinen Notizblock zu und stand auf. Er hatte mehr Informationen über Lizzys Besuch bei Fred Gilman und Louise Ryerson bekommen, als sie ihm eigentlich hatte geben wollen. Zumindest war es ihr gelungen, Rogers Namen rauszuhalten.

»Ich denke, wir haben vorerst, was wir brauchen.« Woodruff steckte den Stift zurück in die Brusttasche. »Danke, dass Sie sich die Zeit genommen haben. Wenn ich Ihnen einen Rat geben darf: Überlassen Sie die Polizeiarbeit in Zukunft uns. Es hat seinen Grund, dass wir den Leuten davon abraten, die Ermittlungen in die eigene Hand zu nehmen. Das endet selten so, wie sie es sich wünschen.«

Überlassen Sie die Polizeiarbeit uns? Das hatte sie acht Jahre lang getan. Ohne irgendeinen Erfolg. Immerhin gelang es ihr, pflichtschuldig zu nicken.

Grainger nahm den Zettel sowie die Reste der Puppe an sich und drückte Letztere etwas ungelenk an seine Brust. »Wir melden uns, aber rufen Sie uns ruhig an, wenn Ihnen etwas Verdächtiges auffällt. Wegen des Brands im Schuppen arbeiten wir mit der Feuerwehr von Salem Creek zusammen. Wenn wir etwas herausfinden, werden wir es Ihnen mitteilen. Haben Sie also bitte noch ein klein wenig Geduld!«

Lizzy beobachtete von der Haustür aus, wie der Streifenwagen die Einfahrt rückwärts verließ. Sie schloss die Tür und lehnte stöhnend die Stirn dagegen. *Haben Sie Geduld.* War das ein Witz? Sie war acht Jahre lang geduldig gewesen. Sie war es leid, geduldig zu sein.

»Hallo.«

Sie hatte Andrew nicht herankommen gehört. Sofort wirbelte sie herum und verlangte allein mit ihrem finsteren Blick eine Erklärung von ihm. Wenigstens hatte er so viel Anstand, betreten zu wirken.

»Ich habe Evvie in der Küche getroffen. Sie hat mir gesagt, dass ich reinkommen soll. Sie war sich sicher, dass du mit mir reden willst.«

Lizzy verschränkte die Arme und musterte ihn kühl. »Kann mir nicht vorstellen, worüber.«

»Es tut mir leid. Ich wollte hier sein, bevor sie kommen.«

»Das hätte die Sache auch nicht besser gemacht!«

»Ich weiß, dass du sauer bist, aber sie mussten davon erfahren, Lizzy. Sie mussten von alldem erfahren.«

»Und zwar von dir?«

»Du wolltest es ihnen ja nicht sagen, also habe ich es übernommen.«

»Obwohl ich nicht will, dass die Polizei sich einmischt?«

»Ja. Nein.« Er fuhr sich mit der Hand durch das Haar. »Verdammt! Natürlich ist mir dein Standpunkt wichtig – aber nicht so wichtig wie deine Sicherheit.«

Lizzy schloss die Augen, atmete tief ein und schüttelte beim Ausatmen den Kopf. »Ich brauche keine Sicherheit – ich brauche Antworten. Die letzten zwei Wochen habe ich damit verbracht, jemanden aufzuspüren, der weiß, wie die Mädchen in den Teich meiner Großmutter gekommen sind. Dabei habe ich versucht, möglichst unauffällig vorzugehen, was sich immer empfiehlt, wenn der eigene Nachname Moon lautet. Und dann ziehst du los und schleppst mir die Polizei ins Haus. Wer wird jetzt noch mit mir reden?«

»Ich verstehe dich ja. Wirklich! Dir geht es dabei um Althea. Aber gerade sie würde mir zustimmen. Sie würde nicht wollen, dass du dich in Gefahr bringst.«

»Wenn sie mir an die Kehle wollten, hätten sie das Haus in Brand gesteckt. Stattdessen haben sie einen leeren Schuppen abgefackelt. Die wollten mir bloß Angst machen.«

»Und haben sie das?«

Sie starrte ihn schweigend an, denn sie wollte nicht zugeben, dass dies der Fall war. »Ich bin es leid, schikaniert zu werden, Andrew! Ich will nicht mehr wegen Lügen und albernem Aberglauben herumschleichen müssen. Ich will mich nicht länger für meine Familie entschuldigen müssen.«

»Das weiß ich.«

Seufzend ließ sie die Schultern sinken. »Dann hilf mir!«

»Wie?«

»Indem du mich tun lässt, was ich tun muss. Hör auf, meinen Beschützer zu spielen, sondern sei einfach ... für mich da.«

»Das bin ich schon immer gewesen, Lizzy. Immer.«

Das stimmte. Er war immer für sie da gewesen. Schon lange bevor die Gilman-Morde ihr Leben durcheinandergebracht hatten. Aber jetzt ging es um mehr. »Ich meine, grundsätzlich. Ob beim Verkauf der Farm, bei meiner Mutter oder eben bei meiner Suche nach der Wahrheit hinter dem Doppelmord ... Ich will, dass du mir bei *allem* sagst, dass ich das Richtige tue. Und dass ich es aus dem richtigen Grund tue.«

Ihre Stimme brach. Sie senkte den Kopf und fühlte sich auf einmal erschöpft. »Entschuldige! Ich bin einfach nur müde. Als ich zurückgekommen bin, habe ich mit alldem nicht gerechnet. Der Plan war, ein paar Sachen zusammenzupacken, die Farm zum Verkauf anzubieten und nach New York zurückzufahren. Stattdessen muss ich mich damit herumschlagen, dass die Farm verkommt, mir das Geld fehlt, um die nötigen Reparaturen vorzunehmen, meine Mutter aus dem Nichts auftaucht und ein Brandstifter frei herumläuft. Jedes Mal, wenn ich mich umdrehe, scheint etwas anderes in sich zusammenzustürzen. Und ich habe keine Ahnung, wie ich mit alldem umgehen soll.«

Andrew trat auf sie zu, nahm ihre Hände und zog sie an sich.

»Und alle, mich eingeschlossen, sagen dir andauernd, dass du die Sache falsch angehst …«

Lizzy legte ihren Kopf an seine Brust wie ein weinerliches Kind. Es war ihr egal – denn genauso fühlte sie sich. Und obendrein müde. Und verloren. »Vielleicht gehe ich die Sache wirklich falsch an. Vielleicht ist das alles nicht das, was Althea gewollt hätte. Vielleicht ist es das, was ich will, und ich tue das alles, damit ich mich besser fühle. Damit ich dieses Mal mit einem reinen Gewissen weggehen kann.«

»Glaubst du das wirklich? Dass dahinter nur ein egoistischer Wunsch nach Vergebung steht?« Er nahm ihr Kinn und hob ihr Gesicht. »Wie kommt es, dass du dich so schlecht kennst, Lizzy Moon?«

Sie begegnete seinem Blick und ergründete mit angehaltenem Atem die Tiefe in seinen warmen bernsteinfarbenen Augen. Vertraute Augen, wie sie feststellte. Wäre sie nur ein wenig sorgloser, würde sie sich in ihnen verlieren.

Abrupt trat sie einen Schritt zurück und brachte eine Armeslänge Abstand zwischen sich und ihn. »Ich weiß gar nichts mehr, Andrew. Außer dass ich nichts Unerledigtes zurücklassen möchte, wenn ich wieder abreise. Ich will nie wieder zurückschauen müssen.«

SIEBENUNDZWANZIG

Lizzy stand in der Tür zum Laden, froh, ein paar Minuten für sich zu haben. Die Vögel waren verstummt, die Stille füllten Laubfrösche und Grillen mit ihrem Chor. In der Ferne blinkten Glühwürmchen, gelbe Lichtpunkte in der rasch heraufziehenden Abenddämmerung. Es war ihre liebste Tageszeit. Und offenbar auch die ihrer Mutter.

Sie hatte Rhanna in der Küche zurückgelassen, wo sie Evvie dabei half, das Geschirr vom Abendessen abzuwaschen. Zu Lizzys Überraschung packte Rhanna auf einmal freiwillig mit an. Noch überraschender als der Anblick von Rhanna mit einem Geschirrtuch in der Hand waren allerdings die drei schmatzenden Luftküsse, die sie Evvie zuwarf, begleitet von der Versicherung, sie beide seien nun Freundinnen. Evvie hatte bloß die Augen verdreht und gebrummt, sie habe keine Zeit für solche Albernheiten, doch Rhanna konnte, wenn sie wollte, höchst charmant sein. Es war daher nur eine Frage der Zeit, bis Evvie auftauen würde. Und dann? Was, wenn hinter Rhannas Herzlichkeit ein Motiv steckte, irgendeine heimliche Absicht?

In der Ferne hörte Lizzy, wie die Hintertür zuschlug. Wenig später tauchte Rhanna auf, die barfuß den Rasen überquerte. Sie hatte das Haar zu zwei langen Zöpfen geflochten und die Enden mit gelben Bändern zusammengebunden. Beim Laufen schlugen sie ihr gegen den Rücken. Rhanna blieb grinsend stehen und rammte die nackten Fersen aneinander.

»Rhanna Moon meldet sich zum Seifendienst, Sir.«

»Rühren Sie sich«, erwiderte Lizzy trocken, dann trat sie zurück, um Rhanna reinzulassen. »Ich hatte schon gedacht, du kommst nicht.«

»Ich habe doch gesagt, dass ich dir helfe – und ich halte meine Versprechen.«

Lizzy griff nach Altheas Rezeptebuch und schlug die Seite auf, die sie vor ein paar Tagen markiert hatte. »Das war eine hübsche Show, die du für Evvie abgezogen hast«, bemerkte sie schließlich. »Kurz dachte ich, dass sie dich mit der Bratpfanne schlägt.«

Rhannas Lächeln verblasste. »Sie mag mich nicht.«

»Sie kennt dich nicht. Sie weiß nur, was sie gehört hat.«

»Dann ist es hoffnungslos.«

Lizzy musste an ihre eigene erste Begegnung mit Evvie denken. Die unausgesprochene Missbilligung. Das skeptische Misstrauen. »Evvie legt viel Wert auf Loyalität. Besonders wenn es um Althea geht. Man muss sich ihr Vertrauen erarbeiten.«

»Fünftausend Kilometer«, sagte Rhanna leise. »Vorwiegend zu Fuß. Zählt das nichts?«

Lizzy musterte sie. Sie wirkte jung mit ihren nackten Füßen und den Zöpfen. Erschreckend verletzlich. »Das tut es. Zumindest irgendwann. Sie muss wissen, dass sie dir vertrauen kann. Genau wie ich. Bei mir weiß ich aber nicht, ob das möglich ist.«

»Du kannst mir vertrauen, Lizzy. Ich weiß, dass das schwer zu glauben ist, aber es stimmt. Als ich gesagt habe, dass ich vielen etwas schulde … Da habe ich vor allem von dir gesprochen. Ich bitte nur um eine Chance.«

»Die hast du«, sagte Lizzy ausdruckslos. »Aber nur die eine. Wenn du die nicht nutzt, kannst du gehen. Lass uns anfangen! Ich bin müde.«

Eine Weile arbeiteten sie schweigend. Sie teilten die Arbeitsschritte unter sich auf und fanden mühelos in ihren Rhythmus. Lizzy maß die Natronlauge ab und rührte mit angehaltenem Atem die Kristalle in einen Messbecher mit destilliertem Wasser. Als die chemische Reaktion zwischen den beiden Substanzen Wärme erzeugte, behielt sie das Thermometer im Auge. Rhanna schmolz die Sheabutter auf einer Kochplatte und bereitete das Hafermehl, die Vanille und das Lavendelöl in den entsprechenden Mengen vor.

Lizzy warf immer wieder verstohlene Blicke zu ihr hinüber, während sie darauf wartete, dass die Lauge abkühlte. Sie hätte sich nie vorstellen können, einmal an Rhannas Seite Seife herzustellen. Oder irgendetwas anderes. Ihre Mutter hatte ein Talent dafür gehabt, genau dann zu verschwinden, wenn Arbeit anstand – was auf einer Farm immer der Fall war. Doch nun verdiente sie sich ihren Aufenthalt, indem sie mithalf, ganz wie sie es versprochen hatte. Und sie war erstaunlich gut darin.

»Ich denke, die Lauge ist abgekühlt«, sagte Lizzy. »Wie sieht es bei dir aus?«

»Bestens. Es riecht fantastisch.« Rhanna nahm die Pfanne von der Platte und ging zu Lizzy. »Ich denke, wir können sie vermischen. Du musst die Lauge in das Ölgemisch gießen. Aber langsam und über den Stiel des Spachtels. Es sollten keine Luftblasen entstehen.«

Lizzy folgte Rhannas Anweisungen und stellte anschließend den leeren Messbecher beiseite. »Bist du sicher, dass das so stimmt?« Sie blickte skeptisch in die Schüssel mit der gallertartigen Masse. »Es sieht aus wie ein misslungenes Frühstück.«

Rhanna schnaubte. »Das stimmt schon so. Jetzt verrühren wir alles.« Sie beugte sich vor, wie immer darum bemüht, jede Berührung zu vermeiden. »Aber ganz langsam und vorsichtig … Nein, du darfst die Seiten nicht abkratzen! Rühr einfach um und beobachte es.«

Lizzy zog eine Augenbraue hoch. »Was soll ich beobachten?«

»Das.« Rhanna steckte ihren eigenen Spachtel in den Brei und hob ihn langsam raus. »Das, was herabtropft, sollte oben liegen bleiben und nicht absinken wie jetzt. Das nennt sich *zeichnen*. So weißt du, dass die Seife bereit zum Kochen ist. Das kann aber eine Weile dauern. Wir nutzen die altmodische Methode. Heutzutage verwenden die Leute Pürierstäbe. Und Schongarer. Sobald nichts mehr absinkt, kommt das Ganze zurück auf die Kochplatte. Danach kommt das Hafermehl dazu.«

Lizzy sah Rhanna staunend an, als sie den Spatel wieder nahm. »Woher weißt du das alles? Ich kann mich nicht erinnern, dass du jemals Interesse an dem gezeigt hättest, was in diesem Laden passiert.«

Rhanna zuckte die Achseln. »Hatte ich damals auch nicht. Ich war zu sehr damit beschäftigt, eine verzogene Göre zu sein. Aber das Leben hat eine lustige Art, einer Person zu geben, was sie braucht. Selbst wenn du nicht weißt, dass du es brauchst. Ich war eine Weile mit diesem Typen in der Half Moon Bay zusammen. Mir gefiel der Name des Ortes besser als der Kerl, aber das ist eine andere Geschichte. Ich habe einen Job auf einer Kräuterfarm angenommen. Es war hauptsächlich gewöhnliche Farmarbeit, aber in den Pausen habe ich zugesehen, wie sie dort Peelings und Seifen hergestellt haben. Wenn ich die Augen geschlossen habe, war es, als wäre ich wieder hier. Das hat ein wenig geholfen.«

Lizzy sah vom Topf auf und vergaß, umzurühren. »Du hattest Heimweh?«

»Hättest du nicht gedacht, wie?«

»Nie im Leben!« Lizzy rührte wieder um, und die Stille dehnte sich aus, während sie versuchte, diese überraschende Offenbarung mit der Rhanna in Einklang zu bringen, die sie kannte. Die alles dafür getan hatte, dass die Leute über sie tratschten. »Warum hast du es getan?«, fragte sie schließlich. »An dem Tag im Café, warum hast du da all diese schrecklichen Dinge gesagt … Dass du die ganze Stadt verfluchst und dafür sorgst, dass Salem Creek bekommt, was es verdient hat … Du wusstest doch genau, was das für Althea bedeuten würde! Für uns alle!«

»Ich war wütend.«

Die knappe Antwort nervte Lizzy. »Wir alle waren wütend.«

In Rhannas Augen schimmerte es, als sie Lizzy ansah. »Ich habe es nicht mehr ertragen. Wie sie alle geflüstert und mit dem Finger auf uns gezeigt haben, als würden sie genau Bescheid wissen. Gar nichts wussten sie. Niemand wusste etwas. Aber sie haben trotzdem auf uns gezeigt. Da ist mir einfach der Kragen geplatzt. Ich dachte: Wenn sie unbedingt das Schlimmste von uns denken wollen, dann bitte! Dann gebe ich ihnen etwas, über das sie sich das Maul zerreißen können.«

»Das ist dir geglückt.«

Rhanna griff nach einem ihrer Zöpfe und fummelte kurz an dem gelben Band, bevor sie ihn wieder über die Schulter warf und seufzte. »Ich habe in meinem Leben eine Menge Fehler gemacht, Lizzy, und viele Dinge getan, für die ich mich heute schäme. Aber an dem Tag … Ich werde es mir nie verzeihen, was ich damals gesagt habe. Ich habe völlig die Kontrolle über mich verloren. Du kannst dir das nicht vorstellen …«

»Ich muss es mir nicht vorstellen«, sagte Lizzy matt, »schließlich habe ich es miterlebt. Ich war hier, genau wie du. Auch ich musste mir das Gerede anhören und zusehen, wie sie mit dem Finger auf uns gezeigt haben.«

»Trotzdem«, hauchte Rhanna, »hast du nicht alles so erlebt wie ich.«

Lizzy schnaubte. Sie war nicht in der Stimmung für Rhannas Drama. »Was soll das heißen?«

»Nichts. Es soll nichts heißen.«

Sie wollte sich abwenden, aber Lizzy hielt sie am Handgelenk fest. »Rede endlich mit mir!«

»Lass das!« Rhanna riss ihre Hand zurück, als hätte sie sich verbrannt. »Bitte … fass mich nicht an!«

Überrascht von der Panik in den Augen ihrer Mutter, starrte Lizzy sie an. »Hat dir jemand etwas angetan?«

Rhanna senkte den Blick, als sie sich an ihr vorbeidrängte. »Ich will nicht darüber reden. Wir müssen auf die Seife aufpassen.« Sie nahm den Spatel, hob ihn raus und beobachtete, wie die Mischung wieder in den Topf sickerte. »Es ist so weit«, verkündete sie geschäftsmäßig. »Stell sie aufs Feuer und behalte sie im Auge. Wenn sie wie alter Grießbrei aussieht, kannst du die Vanille und das Hafermehl hinzufügen. Ich räume schon mal auf und bereite dann die Formen vor.«

Lizzy musste ihre ganze Willenskraft aufbringen, um nicht nach Antworten zu bohren, während Rhanna die benutzten Schüsseln und Messbecher einsammelte und zur Spüle trug. Sie hatte keine Kraft für einen weiteren Streit, aber genau den würde Rhanna ihr liefern, wenn sie weiter in sie dringen würde. Die Anzeichen waren da: ein unsteter Blick, steife Schultern und diese nervöse Energie, die unter ihrer Haut brodelte. Rhanna raste auf eine ihrer finsteren Stimmungen zu – und das nahm nie ein gutes Ende.

Eine Stunde später hatte Rhanna das Hafermehl in die Lauge gemischt und zeigte Lizzy, wie sie die Masse in die Formen gießen und fest einpacken musste, damit die Seifenblöcke glatt waren, wenn sie sie rausholen würden. Ihre Schultern schienen sich bei der Arbeit zu entspannen, aber sie vermied noch immer jeden Blickkontakt, und ihre Miene war völlig undurchdringlich.

»Alles in Ordnung?«, fragte Lizzy, nachdem sie die letzte Form gefüllt hatte. »Du wirkst …«

»Mir geht's gut.«

»Als du dich vorhin von mir losgerissen hast …«

»Ich denke, du schaffst den Rest allein«, unterbrach Rhanna sie und reichte ihr den Spatel. »Vergiss nicht, die Formen mit Wachspapier abzudecken, wenn du fertig bist. Und mit ein paar Handtüchern, falls du welche hast.«

Lizzy stieß einen Atemzug aus und sah ihr hinterher. Sie war selbst schuld. Ohne es zu wollen, hatte sie sich ihr geöffnet. Sie hatte gehofft, dass sie nach all den Jahren der Distanz und Zurückweisung nicht mehr wie zwei Fremde miteinander umgingen, die lediglich höfliche Floskeln austauschten. Aber es hatte sich nichts geändert. Rhanna war immer noch Rhanna, die sie aus ihrem Leben ausschloss und von sich stieß. Genau wie früher.

Sie schloss die Augen, erschöpft von dem Drama dieses Abends. Rhanna war kein Rätsel, das sie heute Nacht lösen konnte. Das sie jemals lösen konnte. Blieb die eigentliche Frage, was sie als Nächstes tun sollte. Die Tür, die sie gerade eben geöffnet hatte, wieder schließen? Doch sie war viel zu müde, um über diese Frage nachzudenken.

Sie deckte die Seifenformen mit Wachspapier ab, trieb ein paar alte Handtücher auf und legte sie zusätzlich über die Formen. Als sie das Licht ausschalten wollte, fiel ihr ein, dass sie fast den wichtigsten Teil des Prozesses vergessen hätte.

Jedes Rezept bedurfte eines *Segens*. Ein paar knappe Zeilen in Versform, die laut ausgesprochen wurden. Sie sollten die natürlichen Heilkräfte der Arznei stärken. Allen, die auf dem Pfad wandelten, galt der Segen als die wirkungsvollste Zutat eines jeden Heilmittels.

Lizzy nahm das Rezeptebuch und überflog die Worte am Ende der Seite. Sie hatte gesehen, wie ihre Großmutter über die Jahre diverse Segen gesprochen hatte. Ein paarmal hatten sie das beide zusammen getan – aber allein hatte sie es noch nie versucht. Woher sollte sie wissen, ob sie es richtig machte. Ob es … wirkte? Sie hatte Althea einmal danach gefragt, aber ihre Antwort war vage und rätselhaft gewesen. »Zauber. Gebete. Segnungen. Es ist alles dasselbe. Wichtig ist die Intention, Lizzy, dass man das, was man im Herzen trägt, in das Werk hineingibt.«

Damals hatte sie es nicht verstanden. Vielleicht verstand sie es ja jetzt.

Sie las die Zeilen ein paarmal durch, um sie sich einzuprägen. Sobald sie sicher war, dass sie die Worte wusste, schloss sie die Augen und hielt die Hände über die Seife, wie Althea es getan hatte, als sie das schwarze Basilikum wieder zum Leben erweckt hatte. Dann sprach sie die Worte:

Zieh vorüber, dunkle Nacht!
Süßer Schlaf dem Kind gebracht.
Sanfte Seife, mild und rein,
Hab Dank, o Geist, so soll es sein.

Lizzy rührte sich nicht, nachdem sie den Vers aufgesagt hatte, sondern wartete auf ein Zeichen, dass der Segen gewirkt hatte. Zunächst nahm sie nichts wahr außer den steten Chor der nächtlichen

Geräusche, die durch die offene Tür drangen. Dann aber spürte sie es. Eine Art sprudelnder Vibration, die in ihren Knochen rauschte wie strömendes Wasser. Es war ein aufregendes Gefühl, so mitreißend, dass ihr fast schwindlig wurde. Als es verebbte, überkam sie tiefe Ruhe und das Wissen, dass sich in den wenigen Sekunden, in denen sie die Augen geschlossen hatte, die Welt in kleinem, aber bedeutsamen Maße verändert hatte.

Maiglöckchen – für Versöhnungen

Meine Lizzy,
hier sind wir wieder, Du und ich, und kommen auf dieser beschriebenen Seite zusammen. Es bereitet mir Freude, beim Schreiben daran zu denken, dass Du dieses Buch in Händen halten wirst. Vielleicht liegst Du im Bett oder sitzt in meinem Lesezimmer. Dann fühle ich mich Dir nahe, auch wenn ich mir nicht sicher bin, dass Dir gefällt, was ich zu sagen habe. Wieder einmal muss ich von Deiner Mutter sprechen. Du denkst vermutlich, dass ich schon genug zu Euch beiden gesagt habe, aber meiner Ansicht nach ist das noch längst nicht der Fall. Auf die Gefahr hin, Dich für immer zu verlieren, fahre ich deshalb fort.

Du warst schon immer ein wissbegieriges Kind, das stets nach dem Warum gefragt hat und alles auseinandernehmen musste, bis Du am Ende die Wahrheit verstanden hast. Es spielte keine Rolle, worum es ging. Du musstest alles verstehen. Es gefiel Dir, jede Einzelheit über die Dinge zu wissen. Wofür sie gut sind. Wie sie funktionieren. Was geschehen würde, wenn … Du dachtest, wenn Du nur genug weißt, könnte Dich nie etwas überraschen. Du mochtest es, wenn alles durchgeplant war, vorhersagbar und sicher. Aber das liegt nicht in unserer Natur. Das Leben kommt nicht mit einem Wegweiser daher, schon gar nicht für Frauen wie uns.

Das Gleiche gilt für die Menschen in unserem Leben.

Selbst als Kind schien Dich das zu verwirren. Du musstest Menschen in Schubladen stecken können, damit Du sie als feindlich oder freundlich, gefährlich oder harmlos einstufen konntest. Dann wusstest Du, was Du zu erwarten hast und wie Du Dich schützen konntest. Aber bei Rhanna hat das nicht funktioniert. Sie war Deine Mutter – und sie war es nicht. Sie hat unter demselben Dach gewohnt, aber in allen Punkten, die für ein Kind wichtig gewesen wären, war sie abwesend.

Sie war nicht bereit für Dich und hatte fürchterliche Angst vor der Verantwortung. Sie war so jung. Ich hatte Angst, sie würde etwas Unüberlegtes tun. Etwas, das sich nicht rückgängig machen ließe. Also bin ich einen Handel mit ihr eingegangen. Sie würde Dich zur Welt bringen, und ich würde den Rest übernehmen, Dich aufziehen und unterweisen. Denn von Anfang an war mir klar, dass Du das Erbe der Moons antreten würdest.

Du warst zu jung, um einen solchen Handel zu verstehen, und Du hast Rhanna dafür gehasst, auch wenn Du so getan hast, als wäre Dir Deine Mutter egal. Der Graben zwischen Euch wurde so tief, dass Ihr kaum noch miteinander gesprochen habt. Rhanna zerbrach unterdessen. Du hast nicht gesehen, was ich gesehen habe, weil Du sie nicht kanntest. Aber ich kannte sie, und ich sah, wie sie sich veränderte. Im Grunde über Nacht. Sie litt unsagbar, aber ich konnte nicht erkennen, worunter. Und sie wollte es mir nicht sagen. Ich habe sie angefleht, mit mir zu reden, sich helfen zu lassen, aber sie hat sich immer weiter von mir entfernt. Wir alle tragen eine dunkle Seite in uns, die uns dazu treibt, uns zu-

rückzuziehen, wenn wir leiden oder uns fürchten. Für Rhanna lag dieser Rückzugsort am Boden einer Flasche oder im Bett von Fremden. All das hast Du beobachtet. Daran erinnerst Du Dich: wie sie am Schluss war.

Du bist eine kluge Frau, Lizzy, und ich liebe Dich, aber bei manchen Dingen setzt du Scheuklappen auf. Vor allem, wenn Deine Mutter vor Dir steht. Du hast Dir vor Jahren Deine Meinung über sie gebildet und keinen Raum für die Möglichkeit gelassen, dass mehr hinter ihrem Verhalten stecken könnte. Mehr, als wir beide wissen.

Ich habe lange gelebt und viele Dinge gesehen, und eines weiß ich mit Sicherheit: Wir alle tragen unsere Narben, wir alle sind auf unsere Art zerbrochen. Manche von uns zerbrechen leiser als andere, aber wir alle zerbrechen, wenn uns Unsagbares zuteilwird. Das gehört zu dem Weg, den wir alle beschreiten, und die Schmerzen wie die Verluste gehören zu unserer Reise. Aber wir können uns über diese Wunden erheben, wenn wir es nur wollen. Wenn wir bereit sind, uns zu öffnen, wenn wir über die Schwächen und die Unzulänglichkeiten anderer hinwegsehen und erkennen, was darunter liegt. Es ist einfacher, kratzbürstig zu sein als verletzlich, einfacher, andere mit scharfen Worten anzufahren, statt ihnen unsere Blessuren zu zeigen. Doch wie unangenehm es auch sein mag, wir müssen genau das tun, denn davon hängt unsere Heilung ab.

Während Du diese Zeilen liest, wirst du an Rhanna, an ihre Schwächen und Unzulänglichkeiten denken. Aber ich spreche auch von Dir, meine Lizzy. Du musst Dich öffnen. Die Zeit wird kommen, in der Rhanna Dich brauchen wird – und Du sie. Noch kannst Du Dir das nicht vorstellen, das weiß ich, denn noch trennt Euch dieser tiefe Graben. Aber es wird der Tag kommen, vielleicht sogar früher, als Du denkst, an dem Du verstehst: Es gibt kein Zerwürfnis, das groß genug wäre, um Blutsbande zu zertrennen.

A.

ACHTUNDZWANZIG

10. August

Lizzy lief die Treppe runter und fuhr sich mit den Händen durch das Haar, um es nach etwaigen Spinnweben abzutasten. Heute Morgen war sie bei strömendem Regen wach geworden, Altheas Tagebucheintrag immer noch im Sinn. Es war der perfekte Tag gewesen, um sich auf dem Dachboden zu verkriechen und verstaubte Kisten durchzugehen.

In den meisten hatten sich ganz gewöhnliche Dinge befunden: Wäsche, Kochgeschirr, alte Teppiche und ausrangierte Lampen. Aber es hatte auch ein paar interessante Fundstücke gegeben: ein paar Sammelalben, die Altheas Mutter Aurore gehört hatten, eine Kiste voll salzglasierten Steinguts, das mit ziemlicher Sicherheit Dorothée Moon angefertigt hatte, und ein Skizzenbuch mit botanischen Zeichnungen, die Sylvie Moon signiert hatte.

So viele Leben. So viele Geschichten. Was sollte sie damit anfangen?

Während sie ihre Optionen durchspielte, betrat sie die Küche, bereit für Kaffee und Toast. Evvie war wach und besserte am Tisch die Tasche an einer abgetragenen Baumwollschürze aus.

»Morgen«, murmelte sie mit einer Handvoll Nadeln im Mund. »Wo warst du denn?«

»Auf dem Dachboden.« Lizzy drehte den Wasserhahn auf und schrubbte sich den Schmutz von den Händen, dann maß sie Kaffee ab und füllte eine Karaffe mit Wasser. »Willst du einen Tee?«

»Ich hätte lieber meine Zeitung, falls sie sich in dem Regen nicht schon aufgelöst hat.«

»Ich denke, ich kriege sogar beides hin. Wie es aussieht, hat der Regen nachgelassen.«

Sie stellte den Teekessel auf den Herd und tapste zur Tür. Es hatte aufgehört, zu regnen, aber das ferne Donnergrollen deutete auf ein weiteres Gewitter hin. Nachdem sie den *Chronicle,* der heute in einer Plastiktüte steckte, aufgehoben hatte, sah sie, wie ein silberner Toyota Camry die Einfahrt raufkroch. Der Wagen blieb stehen, und der Motor verstummte. Kurz darauf öffnete sich die Fahrertür, und eine hochgewachsene Gestalt in einer Stoffhose und einem marineblauen Blazer stieg aus. Roger.

Als sie auf ihn zukam, hob er die offene Hand, um sie zu begrüßen. »Morgen.«

Lizzy gelang es, zu lächeln, aber ihr Verstand raste. Wo war Rhanna? Und wie sollte sie ihr Rogers Anwesenheit erklären, falls sie ausgerechnet jetzt auftauchen würde? Ob er hier war, weil er etwas entdeckt hatte? Diese Möglichkeit fesselte sie sofort.

»Ich hoffe, Sie bringen Neuigkeiten mit.«

»Ich fürchte, nicht. Ich habe mit einem alten Freund gefrühstückt, und er hat mir von dem Feuer erzählt. Was ist passiert?«

Sie klemmte sich die feuchte Tüte mit der Zeitung unter den

Arm und lehnte sich mit der Hüfte gegen den Kotflügel des Camrys. »Ich bin wach geworden und habe Rauch gerochen. Als ich zum Fenster raussah, habe ich die Flammen gesehen.«

»Und?«

»Man geht wohl nicht von einem Unfall aus«, fügte sie widerwillig hinzu.

»Das hatte ich befürchtet. Gibt es Beweisstücke?«

»Zwei Milchflaschen, die offenbar mit Petroleum gefüllt waren.«

Er holte einen Stift und einen Notizblock aus der Tasche seines Blazers und schrieb sich etwas auf. Als er Lizzy wieder ansah, wirkte er entschlossen. »Sie verstehen, was hier vor sich geht, oder? Erst der Zettel, jetzt das Feuer?«

»Das alles ist mir durchaus klar.«

»Irgendwelche Ideen, wer es gewesen sein könnte?«

»Nein. Wahrscheinlich bin ich jemandem auf die Füße getreten. Ein paar Tage vor dem Feuer habe ich eine Frau aufgesucht, die in der Highschool arbeitet, Mrs Ryerson. Ich dachte, sie würde sich vielleicht an ein paar der Kinder erinnern, mit denen Heather Gilman befreundet war. Vielleicht hat irgendwer mitbekommen, dass ich mit Mrs Ryerson gesprochen habe, und daraufhin das Feuer gelegt, damit ich weiß, dass ich unter Beobachtung stehe.«

»Okay. Ich rede mit Guy McCardle und schau mal, was er weiß.«

Lizzy beäugte ihn. »Arbeiten Sie jetzt etwa offiziell an dem Fall?«

»Offiziell? Nein. Noch würde ich es nicht einmal als einen Fall bezeichnen. Allerdings ist an der Sache irgendwas faul.«

»Was ist mit Ihren alten Notizen? Sind Sie da auf etwas gestoßen?«

»Ich gehe sie durch, wenn ich kann, aber in letzter Zeit hatte ich viel zu tun.« Er hielt inne, um sich noch etwas zu notieren. »Ich schätze, ich kann Sie nicht dazu bringen, die Sache eine Weile ruhen zu lassen und mir das Schnüffeln zu überlassen?«

»Nachdem ich mit einer Freundin von Heather, mit Mrs Ryerson aus der Kantine, Susan Gilman und Fred Gilman geredet habe, ist das Einzige, was ich mit Sicherheit sagen kann, dass die Gilmans keinen Preis als Familie des Jahres gewinnen würden. Daher wüsste ich überhaupt nicht, was ich als Nächstes tun sollte. Schnüffeln Sie also ruhig los.«

»Gut. Ich melde mich.« Er umrundete das Auto, um auf die Fahrerseite zu kommen, zögerte aber, bevor er einstieg. »Tun Sie mir einen Gefallen und halten Sie die Augen offen! Bis jetzt ist niemand verletzt worden. Nächstes Mal haben Sie aber vielleicht nicht so viel Glück.«

Lizzy drehte sich zum Haus um und unterdrückte ein Schaudern. An ein nächstes Mal wollte sie gar nicht erst denken.

In der Küche zischte bereits der Kessel. Sie nahm den *Chronicle* aus der Tüte und legte ihn auf den Tisch, dann füllte sie für Evvie einen Becher mit heißem Wasser, hängte einen Beutel Earl Grey über den Rand und steckte einen Löffel in die Tasse.

»Ihr Tee, werte Dame«, verkündete sie vornehm, als sie den Becher vor Evvie abstellte. »Ups, ich habe den Honig vergessen.«

Als sie mit dem Glas zurückkam, hatte Evvie schon die Titelseite der Zeitung überflogen. Sie hob den Kopf und blickte finster.

Lizzy betrachtete sie argwöhnisch. »Was ist?«

Evvie legte die Zeitung auf den Tisch und deutete auf die Schlagzeile.

Verdacht auf Brandstiftung bei Feuer

Die Polizei von Salem Creek hat in dem Falle eines Feuers, das am Samstag, dem 7. August, kurz vor Mitternacht auf der Moon Girl Farm ausgebrochen ist, Untersuchungen aufgenommen. Das Feuer soll sich von einem kleinen Schuppen aus zu den Apfelbäumen in seiner unmittelbaren Nähe ausgebreitet haben. Es gibt keine Berichte über Verletzungen, aber es kam zu einem erheblichen Sachschaden, bevor die Feuerwehr die Flammen unter Kontrolle bringen konnte. Die Ursache des Brands ist bislang unbekannt, allerdings wurden die Überreste von zwei Brandsätzen zur Analyse in ein staatliches Labor geschickt. Die Moon Girl Farm steht nicht zum ersten Mal in den Schlagzeilen. Im November 2012 wurden im Teich auf dem Grundstück die Leichen der beiden Teenager Darcy und Heather Gilman gefunden. Die Morde sind bis heute nicht aufgeklärt, doch der Verdacht ist seinerzeit auf Althea Moon gefallen, die damalige Besitzerin der Farm. Die kürzlich erfolgte Rückkehr ihrer Enkelin Elzibeth (Lizzy) Moon lässt vermuten, dass das Feuer im Zusammenhang mit neuerlichen Ressentiments gegen die Familie zu sehen ist. Wie aus gut unterrichteten Quellen verlautet, untersucht die Polizei zudem einen Vorfall mit einer Strohpuppe und einer anonymen Nachricht. Mittlerweile betrachtet sie die Nachricht als potenzielle Drohung. Eine ortsansässige Frau, die darum gebeten hat, dass ihr Name ungenannt bleibt, hält es ebenfalls für möglich, dass der Brand und der Gilman-Fall zusammenhängen. »Es würde mich keineswegs überraschen. Man kann nach all der Zeit nicht wieder hier auftauchen, Ärger machen und dann erwarten, ungeschoren davonzukommen.« Leider waren die Gilmans nicht zu einem Kommentar zu bewegen.

Seufzend schob Lizzy die Zeitung von sich. »Es war wohl zu erwarten, dass Rhanna früher oder später von alldem erfahren würde. Hast du sie heute schon gesehen?«

Evvie schüttelte den Kopf. »Sie hat ihr Zimmer den ganzen Morgen nicht verlassen und hört da diesen grässlichen Krach. Aber du hast recht. Sie wird das Gerede mitbekommen. In dieser Stadt kann man sich nicht mal die Nase putzen, ohne dass jemand sich das Maul darüber zerreißt.«

Wenn es um Nachrichten ging, konnte der *Chronicle* der Gerüchteküche von Salem Creek nicht das Wasser reichen. Rhanna würde von der Puppe erfahren, von der Drohung und den Gerüchten, die offensichtlich bereits brodelten – und die Geschichte würde kein gutes Ende nehmen. Die einzige Hoffnung, die ihnen blieb, war, dass sie es noch in der Hand hatten, wann Rhanna davon erfuhr.

»Also gut«, sagte Lizzy und nahm die Zeitung an sich. »Ich teile ihr wohl besser mit, was los ist.«

Rhannas Schlafzimmertür war geschlossen, und eine wilde Mischung aus Janis Joplin und Patschuli kroch unter der Tür hindurch in den Flur. Lizzy klemmte sich den zusammengefalteten *Chronicle* unter den Arm und klopfte.

»Komm rein«, übertönte Rhanna die harten Klänge von *Piece of My Heart*.

Lizzy erlebte ein Déjà-vu, als sie den Raum betrat. *Kunsthöhle trifft Haschladen,* hatte Rhanna es mal beschrieben. Die Wände waren noch immer apfelgrün und mit Schwarzlicht-Postern und perlenbesetzten Knüpfarbeiten behängt. Auf der Kommode stand inmitten von Batik-Schals eine Lavalampe, in der grelloranger Glibber waberte.

»Hi«, sagte Rhanna verlegen. Sie saß im Schneidersitz auf dem Boden, umgeben von Farbtuben und Buntstiften.

»Was machst du da?«

»Mich verstecken. Es tut mir leid wegen gestern Abend. Ich wollte nicht einfach abhauen. Es ist nur … Manchmal ist es schwer. Aber ich bin heute Morgen rübergegangen und habe nach der Seife gesehen. Sie sieht gut aus. Ich denke, wir können sie nachher ausformen.«

Lizzy nickte abgelenkt.

»Ich gebe mir Mühe, Lizzy. Wirklich.«

»Ich weiß.«

»Was ist? Fliege ich trotzdem raus?«

»Nein«, sagte Lizzy ruhig. »Du fliegst nicht raus. Aber wir müssen miteinander reden.«

Rhannas Lächeln erstarb. Sie streckte die Hand aus und hob den Arm vom Schallplattenspieler. Janis verstummte. »Okay.«

Lizzy setzte sich auf den Rand des ungemachten Betts. »Ich muss dich über ein paar Dinge informieren, die vorgefallen sind, und du sollst mir zuhören, ohne etwas zu sagen, bis ich fertig bin. Kannst du das?«

Rhanna presste die Lippen aufeinander und nickte.

»Es gibt da etwas, das ich dir schon lange hätte sagen sollen. Seit ich wieder hier bin, habe ich versucht, herauszufinden, was an dem Abend, an dem Heather und Darcy Gilman verschwunden sind, wirklich passiert ist. Eigentlich bin ich nicht deshalb zurückgekommen, aber als ich den Teich gesehen habe, wusste ich, dass ich das tun musste.«

Sobald sie den Teich erwähnt hatte, wurde Rhanna kreidebleich. Schweigend wartete Lizzy auf eine Reaktion. Als keine kam, fuhr sie fort: »Ich bin zu Randall Summers gegangen. Er hat mir gesagt, dass ich meine Zeit verschwende, dass es im Grunde keine Ermittlungen gab und ich die Sache in Ruhe lassen soll. Aber das konnte ich nicht. Andrew hat für mich den Kontakt zu einem Detective hergestellt, einem ehemaligen Polizisten aus Salem Creek, der damals den Fall bearbeitet hat. Du erinnerst dich vielleicht an ihn. Sein Name ist Roger Coleman.«

Rhanna blieb beunruhigend still sitzen, brachte aber ein Nicken zustande.

»Das, was er über Randall Summers gesagt hat, schürte meine Zweifel daran, dass die Polizei die Ermittlungen damals ernst genommen hat. Roger hat seine Notizen zu dem Fall aufgehoben und geht sie jetzt noch mal durch, weil er hofft, auf einen Hinweis zu stoßen, den er übersehen hat. In der Zwischenzeit habe ich selbst ein wenig nachgeforscht.«

Rhanna fiel die Kinnlade nach unten. »Was?«

»Ich habe mich umgehört.«

»Wonach?«

»Ich habe mich mit Susan Gilman getroffen. Ich wollte mehr über ihren Mann wissen, was für ein Vater er war und ob sie glaubt, dass er ihren Töchtern etwas angetan haben könnte. Das tut sie zwar nicht, trotzdem bin ich mir nicht so sicher. Ich habe ihn besucht, und er ist gelinde gesagt kein netter Mensch.«

»Lizzy, warum hast du mir bis jetzt nichts davon erzählt?«

Sie sah auf ihre Hände. Es war Zeit, ehrlich zu sein, grausam ehrlich sogar. »Ich wollte nicht, dass du … wie immer reagierst. Ich kann mir keinen deiner Ausbrüche leisten, während ich versuche, der Sache auf den Grund zu gehen. Falls du es vergessen hast: Wir sind hier nicht gerade beliebt.«

»Ich schätze, da ist was dran«, sagte Rhanna nach kurzem eisigem Schweigen. »Warum erzählst du es mir dann jetzt? Hat sich irgendwas geändert?«

Lizzy zog die Zeitung unter ihrem Arm vor, schlug sie auf und reichte sie Rhanna. »In der Zeitung von heute Morgen steht ein Artikel über den Brand.«

Während Rhanna den Artikel überflog, kroch ihre Hand langsam zu ihrem Hals. »O Gott …«

»Ich wollte, dass du es von mir erfährst.«

»Sie behaupten …«

»Sie glauben, das Feuer sei von einer Person gelegt worden, die nicht will, dass ich Fragen stelle.«

Rhanna starrte sie an, eine Mischung aus Verwirrung und Panik im Gesicht. »Du hast nichts von einer Puppe oder einer Drohung erzählt.«

»Das ist passiert, nachdem ich mit Mr Gilman gesprochen habe, das Timing ist also verdächtig.«

Rhanna riss die Augen auf, und ein Schleier legte sich über ihren Blick. Sie schlang die Arme um die Brust. »Peter, Paul and Mary!«

»Sie wollen mir nur Angst machen, damit ich die Finger von der Sache lasse.«

»Vielleicht solltest du das.«

»Ich muss wissen, was passiert ist.«

»Althea ist tot, Lizzy. Nichts wird das ändern.«

»Ich weiß. Aber ich kann etwas daran ändern, was die Leute denken. Ich kann ändern, wie sie sich an sie erinnern. Wie sie sich an uns alle erinnern.«

Rhanna schüttelte den Kopf, die Augen fest geschlossen wie ein bockiges Kind. »Mir ist egal, was die Leute denken. Ich kann das nicht noch mal durchmachen.« Sie wippte vor und zurück, geriet sichtlich in Panik.

Lizzy streckte die Hand aus, hielt sich aber rechtzeitig zurück. Sie zu berühren würde alles nur noch schlimmer machen. »Rhanna«, sagte sie langsam und deutlich. »Du musst dich zusammenreißen. Schaffst du das?« Sie schwieg, erhielt aber keine Antwort. »Wenn du das nicht erträgst, solltest du vielleicht gehen, denn ich muss das tun. Ich *werde* das tun.«

»Nicht noch mal!«, wimmerte Rhannna, als hätte sie sie nicht gehört. »Bitte! Bitte! Nicht noch mal!«

Lizzy unterdrückte ein Stöhnen, gefangen zwischen Mitgefühl und Ungeduld. »Worauf spielst du an? Was kannst du nicht noch einmal durchmachen?«

Tränen liefen über Rhannas Gesicht, als sie die Augen öffnete. Sie wischte sie weg und atmete stockend. »Kommst du mit mir mit?«

Lizzy blinzelte. »Wohin?«

»Bitte.« Frische Tränen sammelten sich in ihren Augen. »Habe ich dich jemals um etwas gebeten? Jemals?«

»Nein«, sagte Lizzy, als ihr klar wurde, dass das stimmte. »Hast du nicht.«

»Dann hol deine Schlüssel. Wir nehmen dein Auto.«

Lizzy drehte sich zum Fenster. Es hatte wieder angefangen, zu regnen, dicke Tropfen schlugen schwer gegen die Fensterscheiben. »Du willst *jetzt* losfahren? Bei dem Wetter?«

»Ja. Jetzt.«

NEUNUNDZWANZIG

Es goss wie aus Eimern, als Rhanna und Lizzy sich ins Auto setzten. Rhanna presste ihre Handtasche gegen die viel zu große Jeansjacke.

»Der Gurt«, erinnerte Lizzy sie, bevor sie rückwärts aus der Einfahrt fuhr. »Und verrate mir, wo wir hinwollen.«

»Fahren wir erst mal den Hügel runter! Ich sage dir, wenn du abbiegen musst.«

Lizzy verlor allmählich die Geduld. »Worum geht es hier, Rhanna? Wohin willst du? Und warum um alles in der Welt müssen wir das ausgerechnet jetzt machen?«

Rhanna starrte ausdruckslos durch die Windschutzscheibe. »Ich muss dir auch etwas erzählen. Etwas Schreckliches … Das hätte ich schon längst tun sollen.«

Lizzy warf ihr einen Blick aus den Augenwinkeln zu. Die alte Furcht war wieder da. Sie hatte ihre Mutter schon in jedem nur denkbaren Zustand erlebt – betrunken, high und durchgedreht –, aber noch nie so. Nie völlig verängstigt. »Rede mit mir, Rhanna! Erzähl mir, was los ist!«

»Du musst hier abbiegen.«

Lizzy sah auf das Straßenschild: Old Stage Road. »Hier geht's zum Friedhof.«

»Ich weiß.«

»Rhanna …«

»Fahr ans Ende der Straße und halt dort an.«

Lizzy erfüllte ihr die Bitte und parkte vorm Friedhofstor. Weit und breit nichts als vom Regen dunkle Grabmäler aus Granit, in den unterschiedlichsten Formen und Größen und völlig willkürlich aufgestellt. Der Friedhof machte daher einen recht zusammengewürfelten Eindruck und erinnerte an einen schlecht angelegten Garten.

»Okay«, sagte Lizzy, während die Scheibenwischer leise quietschten. »Wir sind da. Verrat mir jetzt bitte, was wir hier wollen!«

Bevor Lizzy wusste, was geschah, war Rhanna aus dem Auto ausgestiegen und taumelte durch den kalten, grauen Regen. Lizzy griff nach ihrem Gurt und folgte ihr. »Was hast du nun schon wieder …? Rhanna! Wo willst du hin?«

Lizzy war im Nu klatschnass und konnte durch den schweren Regen kaum etwas erkennen. Rhanna hatte das Tor bereits hinter sich gelassen und pflügte sich ihren Weg an den Grabsteinen vorbei wie eine Frau auf einer Mission. Lizzy hatte Mühe, sie einzuholen, und rutschte zweimal im glitschigen Gras aus. Schließlich blieb Rhanna so abrupt stehen, dass Lizzy fast in sie reingerannt wäre.

»Hast du jetzt völlig den Verstand verloren? Was willst du …?« Lizzys Stimme verlor sich, als sie Rhannas Blick folgte.

HEATHER & DARCY GILMAN
GELIEBTE TÖCHTER, SCHWESTERN IM LEBEN
UND IM TOD

Rhanna stand reglos da, Regen tropfte ihr von der Nase und vom Kinn. »Sie wurden zusammen beerdigt«, sagte sie über das stete Prasseln des Regens. »In einem Sarg. Wusstest du das?«

Lizzy spürte, wie es in ihrem Rücken kribbelte. »Was wollen wir hier, Rhanna?«

»Er war weiß. Mit Schleierkraut und pinken Rosen bedeckt. Damals hat es auch geregnet.«

Lizzy blinzelte erstaunt. *Rosenblüten und nasse Erde.* »Du warst hier. Am Nachmittag der Beerdigung … Du bist damals durchnässt und betrunken nach Hause gekommen und hast kein Wort gesagt.«

Rhanna zitterte. Ihr Blick war noch immer auf den Grabstein geheftet. »Ich musste dabei sein. Ich habe sie aus der Ferne beobachtet, damit mich niemand sieht. Aber ich musste hierherkommen.«

»Warum?«

»Weil es meine Schuld war.«

Lizzy wurde eiskalt. »Was war deine Schuld?«

»Alles. Sie. Der Teich.« Sie vergrub das Gesicht in den Händen, und ihre Schultern bebten. »Ich … ich musste das Ende von alldem sehen.«

»Was willst du damit sagen?« Lizzy griff nach den Ärmeln von Rhannas Jacke und riss ihr die Hände vom Gesicht. »Sieh mich an! Welches Ende?«

Rhanna starrte mit großen grauen Augen durch sie hindurch.

Da erkannte Lizzy, dass sie nicht hier war, sondern an einem schrecklichen Ort. Sie hatte keine Ahnung, wie sie sie zurückholen sollte, aber hier im Regen würde ihr das bestimmt nicht gelingen. Sie griff nach der nassen Jeansjacke und zog Rhanna schweigend über den Friedhof zurück zum Auto.

Rhanna sagte nichts, als Lizzy die Autotür öffnete und sie hineinschob. Wie ein nasser Sack landete sie auf dem Beifahrersitz und starrte noch immer vor sich hin, als Lizzy sich hinters Steuer setzte. Ihre Haut war ergraut, und sie presste die Zähne fest zusammen, damit sie nicht mit ihnen klapperte.

Lizzy griff nach dem Pullover, der auf dem Rücksitz lag, und legte ihn Rhanna um die Schultern. »Ist ja gut.« Sie rubbelte Rhannas Arme. »Alles ist in Ordnung.«

Rhanna blinzelte träge, als würde sie aus einem tiefen Schlaf erwachen. »Wir sind im Auto.«

»Ja. Du musst dich zusammenreißen. Schaffst du das?«

Rhanna schob sich eine nasse Haarsträhne aus dem Gesicht und nickte erschöpft.

Lizzy atmete aus. Zum ersten Mal seit sie den Friedhof erreicht hatten. In dem geschlossenen Auto roch es so intensiv nach Rosen, dass ihr fast schlecht wurde. Das also hatte sie gerochen, als Rhanna auf der Farm angekommen war. Den Geruch nach Friedhof und Grabschmuck. Nach Tod.

»Also gut, Rhanna. Du musst mir ein paar Dinge erklären. Was hast du damit gemeint, dass du das Ende von alldem sehen musstest?«

Rhannas Augen waren verschleiert und reagierten nur langsam. So war sie manchmal nach Hause gekommen, nach einer durchzechten Nacht, betäubt von den Drogen, die sie ihren Freunden abgeluchst hatte. Aber jetzt lallte sie nicht, und ihr drang auch nicht der Gestank von Alkohol aus den Poren. Sie hatte bloß Angst.

»Was musst du mir erzählen, Rhanna?«

Rhanna atmete stoßweise ein und sank in ihren Sitz. Nach einem Augenblick drehte sie den Kopf in Lizzys Richtung. »Willst du wissen, warum ich aus Salem Creek weggegangen bin? Den tatsächlichen Grund?«

Lizzy schluckte schwer. Mit einem Mal war sie sich nicht sicher, ob sie das wirklich erfahren wollte.

»Ich sehe Dinge, Lizzy.« Sie schloss die Augen. »Schreckliche Dinge, die niemand sehen sollte.«

Lizzy wartete geduldig darauf, dass Rhanna fortfuhr, denn sie hatte Angst, sie zu bedrängen. Die Sekunden verstrichen, und der Regen trommelte auf das Autodach. Die Fensterscheiben beschlugen.

»Ich sehe die Toten«, sagte Rhanna schließlich.

Die Haare auf Lizzys Armen richteten sich auf. »Wie meinst du das?«

»Als ich ein Kind war … mit vierzehn, glaube ich … waren Althea und ich mal im Stadtpark. Es war Ostersonntag, und die Leute haben nach Ostereiern gesucht. Überall waren Kinder, alle in neuen Kleidern. Sie hatten so viel Spaß. Da war dieses kleine Mädchen, ein winziges Ding in einem Kinderwagen. Sie hatte große blaue Augen und rotblonde Locken. Ich sehe ihr Gesicht noch heute vor mir.« Rhannas Blick wanderte auf ihren Schoß, ihre Stimme war kaum mehr als ein Flüstern. »Ich sehe alle ihre Gesichter.«

»Wessen Gesichter?«

»Die der Toten.«

Lizzy spürte, wie sie unter ihrer triefnassen Kleidung eine Gänsehaut bekam. Sie griff nach dem Steuer und hielt sich daran fest. »Du hast von einem kleinen Mädchen gesprochen.«

Rhanna nickte und schluckte schwer. »Sie hatte ein kleines Plüschlamm fest an sich gedrückt, wie Kinder so machen. Als sie sah, wie ich sie beobachtet habe, hat sie es mir entgegengestreckt, um es mir zu zeigen. Das Lamm ist aus dem Kinderwagen gefallen und auf dem Gehweg gelandet. Ich habe mich runtergebeugt und es aufgehoben. Als ich es ihr zurückgegeben habe, haben sich unsere Finger berührt. Da habe ich es gesehen. Als wir uns berührt haben …«

»Was?«, hakte Lizzy nach. »Was hast du da gesehen?«

»Das Mädchen. Mit einem Mal hörte ich laute Geräusche in

meinem Kopf… Sirenen und dieses grässliche Heulen von den Löschfahrzeugen. Dann sah ich die Kleine. Sie war noch immer im Auto, in ihrem Autositz, von Blut und Glassplittern bedeckt. Und auch das Lamm sah ich. Es lag auf dem Boden im Auto. Es dauerte nur den Bruchteil einer Sekunde… nur dieses eine Bild wie aus einem schrecklichen Amateurfilm… aber ich habe sie genau erkannt, Lizzy. Es war nicht nur ein Bild, sondern die Realität.«

»Das war bestimmt nicht die Realität, Rhanna. Das hast du dir bloß eingebildet.«

»Nein!« Rhanna presste eine Hand vor ihre Augen und schüttelte den Kopf. »Es kam ein paar Tage danach in den Nachrichten. Eine Mutter und ihre kleine Tochter waren auf dem Highway von einem betrunkenen Fahrer erfasst worden. Sie haben das Bild der Kleinen gezeigt. Und auch das ihrer Mutter. Das waren die beiden, Lizzy. Es war das Mädchen aus dem Park. Ein Typ in einem Chevrolet Suburban war auf die Gegenspur geraten. Der Kerl hat überlebt, aber Mutter und Tochter sind noch am Unfallort gestorben.«

Lizzy sackte tiefer in den Sitz und versuchte, zu verarbeiten, was sie gerade gehört hatte. »Und du hast es gesehen? Diesen Unfall?«

»Nicht den Unfall. Den Teil sehe ich nie. Nur… den danach, wenn sie schon tot sind.«

Ihre Antwort klang so nüchtern, dass Lizzy die Worte fehlten. »Ich verstehe nicht… wie… Das ist nicht nur einmal passiert?«

Rhanna nickte unglücklich. »Nein.«

Die Fensterscheiben waren mittlerweile komplett beschlagen. In dem kleinen Auto meinte Lizzy, zu ersticken. Sie wischte mit dem Ärmel die Windschutzscheibe ab. Damit schindete sie nur Zeit, das wusste sie. »Weißt du… wie?«, fragte sie schließlich.

»Beim ersten Mal… bei dem Mädchen… dachte ich, dass es meine Schuld war. Deshalb habe ich mich wie ein Monster gefühlt.

Aber dann ist es wieder passiert. Ein Mann aus der Drogerie hatte bei sich zu Hause einen Herzinfarkt, nachdem ich beim Imbiss gegen ihn gestoßen bin. Dann bei einem Kind, mit dem ich zur Schule gegangen bin.«

»Wie viele?«

»Ich weiß es nicht. Nach einer Weile habe ich den Überblick verloren. Dutzende, schätze ich. Jedes einzelne Gesicht hat sich in mein Hirn gebrannt. Hast du eine Ahnung, auf wie viele Arten man sterben kann?«

Lizzy schwieg. Auf diese Frage gab es keine Antwort.

»Ich weiß, wie verrückt das klingt, Lizzy. Als ob ich mal wieder eine Story erzähle, um Aufmerksamkeit zu erhalten, aber ich schwöre dir, dass ich die Wahrheit sage. Nicht mal ich würde mir so etwas Schreckliches ausdenken.«

»Wusste Althea davon?«

Rhanna schüttelte den Kopf. »Ich war schon schwierig genug, da wollte ich nicht auch noch als irre gelten. Außerdem ist das nicht unbedingt etwas, das man anderen gern berichtet. Tote Menschen sehen … Für so was sperren sie dich weg, und das wollte ich auf gar keinen Fall … Anfangs wusste ich nicht mal, was genau es war. Es passierte nur bei Leuten, die ich körperlich berührt habe, und selbst dann trat der Tod manchmal erst Wochen später ein.«

Vierzehn. Lizzy war etwa in dem gleichen Alter gewesen, als sich ihre Gabe gezeigt hatte. Aber das war nichts im Vergleich zu dem, was Rhanna eben beschrieben hatte. »Ich kann mir nicht vorstellen … Das muss schlimm gewesen sein.«

»Ich wusste nie, wann es wieder passieren würde. Oder bei wem.« Ein Schluchzen entfuhr ihr, unkontrolliert wie Schluckauf. »So viele Gesichter … Jedes Mal, wenn ich die Augen schließe … Und dann habe ich bei Lonnie Welden meinen ersten Wodka getrunken.

Danach wusste ich, wie ich die Bilder loswerde. Eine Weile hat es geholfen, aber dann nicht mehr. Dann brauchte ich andere Dinge.«

»Drogen?«

Rhanna zuckte die Achseln. »Drogen. Alkohol. Sex. Einfach alles! Um ja nichts mehr zu fühlen. Irgendwann habe ich bemerkt …« Sie sah weg. »Dann kamst du. Ein Baby. Wie sollte ich ein Baby aufziehen, wenn ich dieses *Ding* in mir habe? Was, wenn …«

»Nein, nicht«, unterbrach Lizzy sie. »Darüber können wir später reden. Warum erzählst du mir das jetzt? Und warum mussten wir dafür hierherkommen?«

Rhanna starrte auf ihre Hände, die mit den Tellern nach oben in ihrem Schoß lagen. »Ich habe sie gesehen, Lizzy … Ich habe die beiden Gilman-Töchter gesehen.«

Es dauerte ein paar Sekunden, bis ihr die Bedeutung ihrer Worte klar wurde. »Was? Wie?«

»Ich weiß nicht, wie. Das habe ich noch nie gewusst. Es … passiert einfach. Es war an einem Freitagabend, und ich war mit Jimmy Swann in der *Dairy Bar*. Wir haben auf unsere Milchshakes gewartet, als die beiden aufgetaucht sind. Sie haben sich hinter uns angestellt. Auf einmal stieß die Ältere … Heather, glaube ich … gegen mich. Und da habe ich sie gesehen. Beide.«

Lizzy schloss die Augen und versuchte, sich das Unvorstellbare vorzustellen.

»Sie waren im Wasser«, sagte Rhanna leise. »Im Teich. Ich wusste, dass es unser Teich war, weil etwas am Boden geleuchtet hat. Das Armband mit den Anhängern, das ich ein paar Monate vorher verloren hatte.«

Lizzy starrte sie an. »Du hast es gewusst … Als sie gesucht wurden, hast du die ganze Zeit gewusst, wo sie waren …?«

»Ich wollte mich irren, Lizzy. Ich wollte mich unbedingt irren.

Zunächst deutete auch alles auf einen Irrtum hin. Zwei Wochen nach diesem Bild war immer noch nichts passiert. Es verging eine weitere Woche, dann noch eine … Erst nach fünf sind sie überhaupt verschwunden.«

Die Erinnerung an Susan Gilmans tränenüberströmtes Gesicht tauchte plötzlich vor Lizzys innerem Auge auf. »Wie konntest du das für dich behalten? Ihre arme Mutter war außer sich vor Angst.«

Rhanna zog die Knie an die Brust und umschlang sie mit den Armen. »Denkst du, ich weiß das nicht? Ich habe jeden Tag zusehen müssen, wie die arme Frau um ihre Mädchen geweint hat und nur wollte, dass man sie unversehrt zu ihr zurückbringt. Und die ganze Zeit habe ich gewusst, wo sie waren. Und dass sie nie wieder zurückkommen werden. Was hätte ich ihr sagen sollen? Dass ich eine Vorahnung gehabt hatte? Und dann?«

Lizzy nickte. Da war was dran. Niemand hätte Rhanna diese Geschichte abgekauft – denn Rhanna war eine Moon.

»Du kannst dir nicht vorstellen, wie das war. Ich wusste, wo die beiden sind, musste es aber für mich behalten! Ich kam mir vor wie der Typ in der Geschichte von Poe, der das Herz unter den Dielen hört. Tag und Nacht hatte ich Angst, dass jemand herausfindet, was ich weiß. Was die Leute mir dann unterstellen würden, war mir klar.«

Stück für Stück setzte sich das Bild zusammen. »Deshalb wolltest du nicht mehr im Teich schwimmen«, sagte sie. »Und deshalb wolltest du nicht mehr angefasst werden.«

»Genau.«

Rhannas gequältes Flüstern sprach Bände. Gestern Abend hatte sie auf die Frage nach ihrem Auftritt im Café nur über die Leute geschimpft, die mit dem Finger auf sie gezeigt hatten und sich quasi damit brüsteten, genau zu wissen, was mit Heather und Darcy geschehen war. Dabei hatte niemand etwas gewusst. Niemand – außer

Rhanna. Doch gestern hatte ihre Mutter diesen Teil der Geschichte noch ausgelassen.

Dass sie Tote sah.

Lizzy konnte es nicht glauben, obwohl sie bereits davon gehört hatte. Von Menschen, die mit der Polizei zusammenarbeiteten, um verschwundene Kinder zu finden. Menschen, die ihre Gabe der Vorhersehung nutzten, um Verbrechen aufzuklären und Leid zu lindern. Aber war es das wirklich? Eine Gabe? Rhanna sah das offenbar anders.

»Du hättest es Althea sagen können«, sagte Lizzy leise. »Sie hätte es verstanden.«

»Ach ja?« Rhanna schien der Vorschlag aufrichtig zu überraschen. »Sie wäre sofort zur Polizei gegangen. Das weißt du. So war sie nun mal. Sie hat immer das Richtige gemacht, egal, was es sie gekostet hat. Sie hat darauf vertraut, dass die Dinge schon ihren Gang gehen würden. Taten sie aber nicht.«

»Nein«, gab Lizzy leise zu. »Das taten sie nicht.«

»Ich bitte dich nicht, mir zu vergeben. Das habe ich nicht verdient. Nicht nach allem, was passiert ist. Ich … wollte nur, dass du es weißt.«

Lizzy betrachtete Rhanna stumm. So hatte sie sie noch nie erlebt, frei von ihrem rebellischen Gehabe und zutiefst erschüttert. Schmerzhaft entblößt. Der Anblick war kaum zu ertragen, aber zum ersten Mal fühlte sie sich der Frau verbunden, die sie zur Welt gebracht hatte. Vielleicht waren sie doch nicht so verschieden. Sie beide waren mit *Gaben* geboren worden, die sie nicht wollten, und hatten alles in ihrer Macht getan, um vor diesen Gaben zu fliehen – was ihnen beiden misslungen war.

»Ich fasse nicht, dass du das all die Jahre für dich behalten hast. Ich glaube, ich hätte den Verstand verloren.«

»Ich stand kurz davor«, gestand Rhanna, die zitternd einatmete. »Aber ich habe einen Weg gefunden, damit umzugehen.« Sie nahm ihre Handtasche vom Boden und suchte eine Weile darin, bis sie ein schwarzes, in Leder gebundenes Buch hervorzog. »Ich habe sie gezeichnet.«

Sie legte das Buch in Lizzys Schoß und zog langsam die Hand weg, als hätte sie Angst, es könnte explodieren. Lizzy erkannte es sofort. Sie hatte genau das gleiche an ihrem sechzehnten Geburtstag erhalten.

»*Das Buch von Rhanna*«, sagte Lizzy ernst.

»Darin sollte ich meinen Weg festhalten, meine Gaben schildern und die Art, wie ich sie nutze. Ich habe kein einziges Wort geschrieben – sondern gezeichnet. Damit ich die Gesichter aus dem Kopf bekomme.«

Lizzy legte die Hände um das Buch, öffnete es aber nicht. »Hat das funktioniert?«

»Nicht so gut wie Wodka.«

Mit angehaltenem Atem betrachtete Lizzy das Buch. Es brannte förmlich unter ihren Händen, die schweißfeucht über das Leder strichen. Sie war sich nicht sicher, ob sie die Bilder sehen *wollte,* die seit dem ersten Gesicht vor fast vierzig Jahren in Rhannas Kopf lebten. Doch sie *musste* sie sehen – um zu wissen, was hinter Rhannas Gabe steckte.

Die erste Skizze war mit Bleistift gezeichnet worden, grob, aber genau genug, um die Einzelheiten zu erkennen: ein kleines Mädchen, das seltsam unnatürlich in einem Autositz hing, die Augen geschlossen. Und das Lamm.

Die Skizzen wurden immer besser, je weiter Lizzy blätterte, die Details deutlicher, denn Rhannas Fähigkeiten entwickelten sich. Leichen in jeder nur erdenklichen Position, die Gesichter im Tod unheimlich reglos. Ein korpulenter Mann in einem karierten Hemd, zusammengekrümmt auf dem Küchenboden. Ein Jogger, mit dem Gesicht nach unten auf einem Joggingpfad. Eine alte Frau, am Fuß einer Treppe liegend. Schreckliche Bilder, wie aus einem Albtraum. Und für Rhanna *war* es ein Albtraum. Einer, von dem sie keiner Menschenseele erzählt hatte.

Lizzy drehte sich ihr zu. »Du hast sie alle …?«

Rhanna nickte stumm.

»Das tut mir so leid«, sagte Lizzy leise. Und das tat es ohne Frage. Was sie sonst noch sagen sollte, wusste sie nicht. Doch mit einem Mal ergab vieles Sinn. Rhannas plötzlicher Rückzug, die Haphephobie … Lizzy konnte sich nicht vorstellen, mit solchen Bildern im Kopf zu leben.

Sie schloss das Buch, weil sie den Anblick der Skizzen nicht mehr ertrug. »Sind sie auch hier drin? Heather und Darcy?«

Rhanna schüttelte den Kopf. »Ich hatte Angst davor, sie zu zeichnen. Was, wenn jemand das Buch gefunden hätte? Kannst du dir vorstellen, was da los gewesen wäre?«

Noch ein guter Punkt. Eine solche Zeichnung hätte viele Fragen aufgeworfen – und keine guten. »Passiert dir das immer noch?«

»Manchmal, aber nicht mehr so oft wie früher. Ich bin viel umhergezogen und lasse mich nicht auf enge Beziehungen ein. Dadurch wird es einfacher. Ich weiß, dass ich den Tod nicht *verursache,* dass ich nur etwas sehe, das passieren wird, und zwar völlig unabhängig von mir. Aber es ist trotzdem schwer, sich nicht wenigstens dafür verantwortlich zu fühlen.« Sie zog die Schultern hoch und ließ sie wieder sinken. »Tolle Gabe, was?«

»Es tut mir leid, dass du das allein durchmachen musstest.«

»Das war meine Entscheidung. Und es ist keine Entschuldigung für den Mist, den du und Althea meinetwegen durchmachen musstet. Jedenfalls weißt du es jetzt.«

»Jetzt weiß ich es.«

Lizzy ließ den Motor an und schaltete die Lüftung ein, um die Fensterscheiben zu klären. Rhanna hatte recht. Es war keine Entschuldigung. Aber sie musste daran denken, was Althea über Rhanna geschrieben hatte, und plötzlich ergaben ihre Worte Sinn. *Du hast dir vor Jahren Deine Meinung über sie gebildet und keinen Raum für die Möglichkeit gelassen, dass mehr hinter ihrem Verhalten stecken könnte. Mehr, als wir beiden wissen.*

Wieder einmal hatte sie richtig gelegen.

DREISSIG

16. August

Lizzy rollte auf dem Weg nach draußen die Ärmel runter und lief zur Scheune. Die Sonne ging unter, und es wehte eine kühle, fast schon kalte Brise, die sie daran erinnerte, dass der Sommer allmählich zu Ende ging – und dass sie schon viel zu lange hier war. Chuck Bundys Sohn ging es besser, und sie wollte sich übermorgen mit dem Makler treffen, um die Optionen für den Verkauf der Farm durchzugehen. Jetzt konnte sie endlich aufhören, Lucs Anrufe zu ignorieren, und ihm sagen, dass es voranging. Irgendwie.

Die Personalabteilung hatte ihr auf ihre Anfrage geantwortet, ob sie ihre angesammelten Überstunden für eine längere Abwesenheit nutzen konnte. Sie hatte in der letzten Zeit keinen Urlaub genommen, und es gab eine großzügige Überstundenregelung, wodurch sie insgesamt fast acht Wochen angesammelt hatte. Vier Wochen waren inzwischen weg, vier blieben noch. Nicht viel, wenn sie bedachte, was sie noch alles erledigen musste.

Seit dem Gespräch mit Rhanna auf dem Friedhof war eine Woche vergangen. Keine von ihnen beiden würde diesen Tag wohl so bald vergessen. Für Rhanna war er eine Art Therapie gewesen. Danach hatte sie ihre Zeit größtenteils im Laden verbracht, um mit den Materialien zu experimentieren, die sie in den Schränken und Schubfächern vorfand. Sie malte auch wieder. Was Lizzy jedoch besonders auffiel, war, dass sich der Geruch von feuchter Erde, der ihr angehaftet hatte, allmählich verflüchtigte, ein Zeichen dafür, dass sie den Schmerz und die Schuldgefühle wegen Heather und Darcy verarbeitete. Lizzy wusste nicht, was die Zukunft bringen würde, wenn sie beide wieder ihrer Wege gingen, aber fürs Erste fühlte es sich so an, als ob Althea zufrieden wäre. Das war gut – und genug für sie alle.

Lizzy schlüpfte in die Scheune, ließ die Tür aber offen. Rhannas Frage, ob es ihr fehlte, bei der Parfümherstellung Hand anzulegen, hatte sie zum Nachdenken gebracht. Sie hatte es bestritten, aber das war gelogen. Die Herstellung fehlte ihr, so sehr, dass sie mit dem Gedanken gespielt hatte, als Überraschung den Duft *Erdenklänge* herzustellen, den Rhanna immer gemocht hatte. Sie hatte auch Ideen für einen Duft für Evvie. Etwas Warmes und Unaufdringliches mit einem Hauch von etwas Tropischem. Eine zitronige Kopfnote, die von Myrrhe, Neroliöl und Jasmin ausgeglichen werden würde …

Aber erst musste sie ihre alte Werkbank aufräumen und ihre Ingredienzien durchgehen, um zu sehen, was sie noch benutzen konnte und was sie besser wegwerfen sollte. Dann würde sie eine Liste mit den Zutaten erstellen, die sie noch brauchte. Außerdem würde sie nach den richtigen Flaschen suchen müssen. Vorzugsweise alten. Es würden Abschiedsgeschenke sein, Erinnerungen an den letzten Sommer der Moon Girl Farm. Deshalb sollten sie etwas ganz Besonderes werden.

Als sie an die Werkbank trat, bemerkte sie zu ihrer Freude, dass der alte Kittel aus Chambray-Stoff, den sie Althea gemopst hatte, noch immer am Nagel hing und wie ein alter Freund geduldig auf ihre Rückkehr wartete. Er musste bloß gründlich gewaschen werden, bevor sie ihn tragen konnte. Sie wollte ihn gerade abnehmen, als sie Schritte hörte. Beim Umdrehen erblickte sie Andrew.

»Hi.« Er hob eine Hand zur Begrüßung und kam auf sie zu. »Ich habe das Fenster rausgenommen, damit ich den Rahmen bearbeiten kann, und wollte mal sehen, ob die Plane nach dem Regen letzte Woche noch intakt ist. Ich hatte nicht damit gerechnet, dich hier vorzufinden.«

»Ich denke über ein neues Projekt nach, muss aber erst mal die Werkbank aufräumen.«

»Was für ein Projekt?«

»Ein Geschenk für Rhanna. Ein Parfüm, das ihr früher gefallen hat. Ich will sie damit überraschen, also muss ich hier draußen arbeiten. Heimlich …«

»Es läuft also besser zwischen euch?«

Sie zuckte die Achseln. »Wir haben über einiges gesprochen. Es war nicht gerade eine Liebesbekundung, aber mir sind jetzt einige Dinge klarer. Dinge, über die sie noch nie geredet hat. Ich denke, dadurch können wir beide in Frieden auseinandergehen.«

»Hast du schon eine Ahnung, wann du uns verlässt?«

»Nein. Ich muss noch über meine Optionen nachdenken. Im Grunde habe ich zwei. Ich könnte Geld ausgeben, das ich nicht habe, damit auf der Farm alles runderneuert wird, oder sie in ihrem jetzigen Zustand zum Verkauf anbieten und Monate – vielleicht sogar Jahre – warten, bis sie verkauft ist. Leider ist im Januar die Grundstückssteuer fällig. Das heißt, dass ich vermutlich so oder so eine Hypothek aufnehmen muss.«

Sie unterdrückte ein Stöhnen, als ihr Handy klingelte, denn sie wusste schon, wer es war. Sie holte das Telefon aus der Gesäßtasche und sah auf die Nummer, um sicherzugehen, dann drückte sie auf »Ignorieren«.

»Mein Boss«, erklärte sie verlegen.

»Luc?«

Er hatte den Namen mit einem übertrieben französischen Akzent ausgesprochen. Sie quittierte den abfälligen Tonfall mit einem Augenrollen. »Ja, Luc. Ich gehe ihm seit ein paar Tagen aus dem Weg, weshalb er mir ständig Nachrichten schickt. Er will wissen, wie lange es noch dauert, bis ich hier fertig bin. Aber ich habe keine Antwort darauf.«

»Setzt er dich unter Druck?«

Sie zuckte die Achseln und nickte. »Es hätte nicht so lange dauern sollen. Ich hatte gedacht, dass ich hier alles in ein paar Tagen erledigt habe. Maximal in einer Woche. Jetzt ist schon ein Monat rum, und ich bin kaum weiter.«

»Du hast gedacht, du kannst alles, was sich in Jahrzehnten angesammelt hat, in einer Woche zusammenpacken?«

»Ich hatte gedacht, es wäre … einfacher. Nicht nur das Packen, sondern alles. Ich hatte nicht gewusst, wie schlimm es um die Farm bestellt ist, geschweige denn damit gerechnet, dass Rhanna auftaucht. Ich hatte ganz sicher nicht vorgehabt, einen acht Jahre alten Fall zu lösen. Luc war unfassbar geduldig, aber irgendwann erwartet er mich zurück.«

»Was läuft eigentlich zwischen euch?«

Sie blinzelte, von der Frage völlig überrumpelt. »Da läuft nichts. Er ist mein Boss.«

»Bist du sicher? Denn als ich letztens gefragt hatte, hast du ganz schön rumgedruckst.«

»Ja, ich bin mir sicher.« Sie wartete auf eine Reaktion, aber es kam keine. Er kaufte es ihr nicht ab. »Also gut. Wir waren kurz zusammen, aber ich habe die Geschichte beendet.«

»Das klingt fast, als wäre es für dich ein Baseballspiel gewesen, das man wegen Regen abbricht.«

»Ich wurde befördert. Das war eine große Sache, und ich wollte nicht, dass alle denken … du weißt schon. Also habe ich schlussgemacht.«

Eine Falte bildete sich zwischen seinen Augenbrauen. »Du hast eine Beziehung beendet, weil du Angst davor hattest, was andere denken könnten?«

»Es war keine Beziehung«, korrigierte sie ihn. »Nicht das, was sich andere darunter vorstellen. Luc ist niemand, der Bindungen eingeht, und das war mir nur recht.«

Andrews Augen wurden schmal. »Wolltest du nur mit ihm keine Bindung eingehen oder mit niemandem?«

Sie wandte sich ab und gab vor, sich für eine Flasche Ylang-Ylang-Öl zu interessieren, deren Inhalt längst verdunstet war. »Sagen wir einfach, dass es nicht zu meinem Plan gehört.«

»Wegen deiner Karriere?«

»Wegen mir.« Sie warf die leere Flasche in einen Mülleimer. »Manchen Leuten ist diese ganze Sache mit der Liebe und Ehe vorherbestimmt. Dazu gehöre ich nicht.«

»Entschuldige, falls ich dir zu nahe getreten bin. Es ist dein Leben und deine Zukunft. Ich wollte nur …« Er verstummte kurz und schob die Hände tiefer in die Taschen. »Warum gehörst du nicht dazu?«

Bei der Frage wurde ihr Mund trocken. Warum redeten sie darüber? Lizzy sah auf ihre Hände und wischte Staubflusen von ihren Handflächen. »Wenn man mit Nachnamen Moon heißt, lernt man sehr schnell, nicht das zu wollen, was andere Leute haben. Denn selbst wenn du es gern möchtest, hast du gar nicht die Wahl.« Sie schloss den Mund und schüttelte den Kopf. Sie hatte schon zu viel gesagt. »Entschuldige! Ignorier mich einfach!«

Sein Blick begegnete ihrem, und er verzog die Mundwinkel zu einem unbeholfenen Lächeln. »Ich habe dich noch nie ignorieren können, Lizzy. Ich denke, das weißt du.«

Sie trat einen Schritt zurück, dann einen weiteren, bis sie die Werkbank in ihrem Rücken spürte. Er war ihr zu nahe, der rauchige Amberduft lenkte sie ab. »Bitte, flirte nicht mit mir, Andrew!«

»Warum nicht?«

Atme. Atme einfach. Sie drückte sich eine Hand auf die Brust und versuchte, die Wärme zurückzudrängen, die sich in ihrem Brustkorb ausbreitete. »Weil ich sonst vergessen könnte, dass ich nicht flirten will, und das will ich nicht vergessen. Ich suche nicht nach einer Sommerromanze.«

Das Lächeln kroch aus seinem Gesicht, und seine Stimme klang mit einem Mal belegt. »Ich auch nicht.«

Sie zuckte zurück, als er ihr Gesicht berührte. Mit einem einzelnen Knöchel strich er ihr über die Wange. Sie bekam kaum noch Luft und konnte den Blick nicht von ihm lösen. »Ich meine es ernst. Ich flirte nicht. Was ich vorhin gesagt habe, dass ich nicht die gleichen Wünsche wie andere Frauen haben darf, das war nicht gelogen. Ich bin nicht wie sie. Ich suche nicht nach einem Happy End. Ich bin … anders.«

Er ließ die Hand sinken, aber sein Blick hielt den ihren noch immer fest. »Denkst du, das weiß ich nicht? Dass du … *anders* bist? Ich habe mein ganzes Leben lang neben dir gewohnt. Wie könnte ich das also nicht wissen?«

»Aber du weißt nichts davon, Andrew. Jedenfalls nicht wirklich. Wenn du es wüsstest …«

»Da irrst du dich«, sagte er seltsam ernst. »Ich weiß es. Ich habe es immer gewusst. Als ich dich das erste Mal gesehen habe, in diesem ersten Augenblick … Da habe ich gewusst, dass du wie keine andere bist.«

Etwas an der Art, wie er kurz gestockt hatte, wie er bei seinen Worten ihren Blick festhielt, als wollte er etwas bestätigen, dass sie beide bereits wussten, ließ die Alarmglocken in ihrem Kopf schrillen. »Ich weiß nicht, wovon du redest. Ich meinte nur …«

»Ich weiß, Lizzy.« Er entspannte sich sichtlich, nachdem ihm die Worte über die Lippen gekommen waren, als hätte er sie lange zurückhalten müssen und wäre nun erleichtert, sie endlich ausgesprochen zu haben. »Ich habe es immer gewusst. Über dich. Über *alle* Moons. Ich weiß es.«

Sie erstarrte. Sie sah es in seinem Gesicht, in seinen Augen, hörte es in seinen Worten. Er *wusste* es. Irgendwie. Alles. Wer sie war. Was sie war. Wer und was sie alle waren. Aber wie? Hatte Althea etwas gesagt? Oder Evvie?

»Woher?«, flüsterte sie. »Woher weißt du es?«

Er zuckte die Achseln. »Keine Ahnung. Ich weiß es einfach.«

»Wie lange schon?«

»Du willst eine ehrliche Antwort? Ich kann mich nicht an eine Zeit erinnern, in der ich es nicht gewusst habe. Es war einfach eine Tatsache, wie die Sonne, die jeden Morgen aufgeht. Da ist ein Licht in dir. Althea hatte es auch. Oder deine Mutter. Genau das macht euch zu Moons. Dieses Licht.«

Sie starrte ihn an, fassungslos angesichts dieser Worte. »Du sagst das, als wäre es etwas Gutes, als wäre ich gesegnet oder so. Ich wollte immer nur wie die anderen sein. Stattdessen …«

Er unterbrach sie kopfschüttelnd. »Du wirst nie wie andere sein, Lizzy. Deshalb bist du mir nie mehr aus dem Sinn gegangen, seit ich achtzehn war.« Er trat einen Schritt vor, brachte die Hälfte der Distanz zwischen ihnen hinter sich. »Und daran wird sich auch nie etwas ändern.«

Sie ballte die Hände zu Fäusten, damit sie nicht zitterten. Er war ihr so nahe, dass sie die goldenen Punkte in seinen Augen, das kleine Grübchen an seinem Kinn und die Stoppeln an seinem Kiefer sehen konnte. Warum passierte das? Damit hatte sie nicht gerechnet. Und schon gar nicht mit ihm. Er wusste es. Er wusste es, und er würde sie trotzdem küssen.

Und sie würde es zulassen. Auch wenn es sie alles kosten würde.

Sie verlor den Boden unter den Füßen, als er die Arme um sie legte und sie an der Taille festhielt. Sie sackte gegen ihn, drückte die Hände gegen seine Brust und erwiderte kurz seinen Blick. Er drückte sanft die Lippen auf ihre, zaghaft, als würde er um Erlaubnis bitten. Sie gab sie bereitwillig, schmolz dahin, als der Kuss Funken schlug und Feuer fing. Es war sowohl neu als auch furchterregend.

Stopp! Hör auf, solange du noch kannst!

Sie ignorierte die Alarmglocken. Denn sie brauchte das hier. Brauchte ihn. Jetzt, in diesem Augenblick, wollte sie die Person sein, für die er sie hielt: die Frau mit dem Licht im Innern.

Auch wenn das nicht stimmte. Auch wenn es nicht fair war, ihn das glauben zu lassen.

Sie löste sich aus seinen Armen und atmete stockend ein. »Es tut mir leid, ich kann das nicht.«

Er trat einen Schritt zurück und sah sie verwirrt an.

Entsetzt drückte sie sich eine Hand auf den Mund. Wie hatte sie nur so dumm sein können? »Es tut mir leid, Andrew. Ich wollte nicht, dass das passiert. Ich meine, offensichtlich schon, aber auch wieder nicht. Mein Leben steht auf dem Kopf. Ich brauche nicht noch mehr Komplikationen.«

»Keine Komplikationen.« Er nickte steif. »Verstehe.«

Sein Tonfall traf sie, aber er hatte jedes Recht darauf, genervt zu sein. Sie hatte ihm grünes Licht gegeben und war dann auf die Bremse getreten. »Du denkst, dass du alles über mich weißt, aber das tust du nicht. Als ich vorhin gesagt habe, dass ich nicht nach einem Happy End suche, da habe ich von uns allen geredet. Von allen Moons. Wir gehen keine … Bindungen ein. Wir haben eine Aufgabe: eine Tochter zu zeugen, die unser Erbe antreten kann. Die Liebe spielt dabei keine Rolle.«

»Also … keine Ehemänner.«

Sie schluckte schwer, nicht sicher, ob sie für diese Unterhaltung bereit war, aber er wartete auf eine Antwort. »So ist es weniger … kompliziert«, sagte sie mit belegter Stimme. »Für alle.« Sie stierte wieder auf ihre Hände, auf ihre Schuhe – überallhin, nur nicht zu ihm. »Du hast recht, wir sind anders. Aber nicht auf eine gute Art. Die Leute bezeichnen uns als böse Hexen. Sie geben uns an allem die Schuld und behandeln uns wie Aussätzige. Früher oder später trifft das auch die Leute, die wir lieben. Wir bringen kein Glück.« Sie zuckte die Achseln. »Es ist nur eine Frage der Zeit, bis wir alles um uns herum vergiftet haben.«

»Deshalb versuchst du gar nicht erst etwas anderes?«

Sie nickte. »Genau.«

Er atmete schwer aus. »Und das findest du okay? Dass du irgendwann allein eine Tochter großziehen wirst, um irgendeine uralte Tradition fortzusetzen?«

»Das werde ich nicht tun. Die Tradition wird mit mir enden.«

Die Worte schienen in der aufgeladenen Luft zu vibrieren. »Soll das heißen …«

»Genau. Ich bin die letzte Moon.«

»Also willst du keinen Ehemann *und* keine Kinder. Das klingt ziemlich endgültig.«

»Das soll es auch.«

»Es klingt auch einsam.«

Sie zuckte die Achseln. »Mag sein, aber alles andere wäre ungerecht. Frauen machen sich Sorgen darüber, dass sie ihren Kindern alles Mögliche vererben könnten … schlechte Haut, breite Hüften, eine Krankheit … Über solche Sachen mache ich mir keine Gedanken. Ich habe Angst, ein Mädchen zur Welt zu bringen. Dann müsste meine Tochter verstecken, wer sie ist, hätte Angst davor, Freundschaften zu schließen, und würde nirgendwo dazuzugehören. Ich habe diese Kindheit gehabt. Das werde ich keiner Tochter von mir antun.«

»Auf die Gefahr, vermessen zu klingen, aber man kann heiraten, ohne Kinder zu haben. Viele Paare haben keine.«

»Das stimmt, aber es geht nicht nur um Kinder. Es geht um alles. Eine Ehe ist schwer genug, wenn beide Teile gewöhnlich sind. Ich bin nicht gewöhnlich. Das Erbe meiner Familie ist keine Last, die ich einem Mann oder einem Kind aufbürden würde. Das habe ich mit Komplikationen gemeint. Keine … Bindungen.«

Er zog eine Augenbraue hoch. »Luc war keine Komplikation?«

Sie seufzte, denn ihr war klar, wie bizarr ihm all das erscheinen musste. Er war in einer Familie aufgewachsen, die nie aus der Reihe getanzt war. »Luc war gar nichts. Er hatte keine Erwartungen an uns beide. Für mich galt das auch. Darum war es mit ihm einfach. Er wollte keine Familie mit Haus und Garten. Aber du bist nicht wie Luc. Du willst etwas, das ich nicht geben kann. Und ich will etwas, das ich nicht haben kann …«

Sein Gesicht wurde sanfter, und er lächelte. »Ich habe nur gehört, wie du gerade zugegeben hast, dass du mich willst. Das habe ich doch richtig gehört, oder?«

»Das meinte ich im übertragenen Sinne.«

»Wirklich?«

Sie starrte ihn an. Es wäre unfair, wenn sie jetzt nachgeben würde. »Ja.«

Er berührte ihre Wange, strich sanft darüber, bevor er die Hand sinken ließ. »Meinetwegen. So habe ich mir unsere erste romantische Begegnung ohnehin nicht vorgestellt. In einer Scheune!«

Sie spürte, wie ihre Wangen rot aufflammten. »Du hast dir eine romantische Begegnung mit mir vorgestellt?«

»Ich war achtzehn. Und männlich. Natürlich habe ich mir das vorgestellt. Das tue ich immer noch. Aber nicht hier. Und auch nicht, wenn du es nicht willst. Glaub aber nicht, dass ich so schnell aufgebe! Ich habe zwanzig Jahre auf diesen Kuss gewartet. Ich warte noch mal zwanzig, wenn es sein muss.«

Er drehte sich um und lief zur Tür. Sie sah ihm nach, aber ihre Erwiderung blieb ihr im Hals stecken. Hatte er nicht gehört, was sie gesagt hatte?

EINUNDDREISSIG

17. August

Lizzy wachte mit nagenden Kopfschmerzen und einem Knoten im Magen auf. Andrew hatte sie gestern Abend geküsst. Und einen verhängnisvollen, schwachen Moment lang hatte sie den Kuss erwidert. Bis ihr dann wieder eingefallen war, was auf dem Spiel stand. Ihr Herz. Seines womöglich auch. Wenigstens hatte sie das Ganze noch rechtzeitig beendet

Jetzt würde es unangenehm zwischen ihnen werden, wie immer, wenn man jemanden küsste, den man nicht küssen sollte. Und es *blieb* unangenehm, bis man Ausreden fand, um einander aus dem Weg zu gehen.

Aber das wollte sie nicht. Andrew war der beste Freund, den sie jemals gehabt hatte. Der all ihre Geheimnisse kannte – und trotzdem bei ihr blieb. Solange sie noch in Salem Creek war, wollte sie mit ihm befreundet bleiben. Sie würden früh genug getrennte Wege gehen. Wenn sie erst einmal die Farm verkauft und all das hinter sich gelassen hatte. Dann würde sie nichts mehr hier halten oder sie je zurückziehen.

Der Gedanke hinterließ ein Gefühl in ihr, das sie lieber nicht benannte. Wenn man Dingen einen Namen gab, wurden sie wahr.

»Bist du das, Kleine?«

»Ja, ich bin's«, antwortete sie, bevor sie um die Ecke bog und Evvie am Küchentisch vorfand. »Hast du Rhanna gesehen? Ich wollte sie etwas wegen der Sachen auf dem Dachboden fragen.«

»Sie ist vorhin hier eingefallen«, brummte Evvie hinter ihrer Zeitung. »Hat sich dieses Teufelszeug gebraut, das ihr alle trinkt, und ist dann raus zum Laden. Sie arbeitet sich seit Tagen die Finger wund.«

Lizzy goss sich Kaffee in eine Tasse und setzte sich zu Evvie an den Tisch. »Sie malt wieder, hat sie dir das gesagt?«

Evvie sah mit versteinerter Miene auf. »Es gibt einen weiteren Artikel.«

Lizzy seufzte. »War ja nicht anders zu erwarten. Was steht drin?«

Evvie runzelte die Stirn und suchte nach dem Artikel. »Mal schauen. Hier. ›Aus gut unterrichten Kreisen hat der *Chronicle* erfahren, dass die Laborergebnisse nicht aussagekräftig sind. Petroleum konnte zwar als Brandbeschleuniger bestätigt werden, doch wurden keine Fingerabdrücke gesichert.‹«

»Was heißt, dass es keine Verdächtigen gibt.«

»Da steht noch mehr.«

Lizzy verdrehte die Augen. »Will ich das wissen?«

»Sie haben ein Zitat von der Organistin der First-Congregational-Kirche abgedruckt. Miriam Summers. Sie sei nicht überrascht, dass wieder schlimme Dinge auf der Moon Girl Farm passieren, weil dort die Geister der armen toten Mädchen rumspuken würden. Sie hat allen Ernstes das Wort *rumspuken* verwendet. Kannst du dir vorstellen, dass eine Zeitung diesen Unsinn abdruckt?«

Leider konnte sich Lizzy das nur zu gut vorstellen. Wie der Zufall es wollte, war die Ehefrau von Chief Summers an jenem Tag im Café gewesen, als Rhanna dort ihren denkwürdigen Auftritt hingelegt hatte. Schon damals hatte Mrs Summers die Wut ihrer lieben Mitmenschen mit Freuden angefacht, und wie es schien, tat sie es auch heute noch. Und diesmal war nicht Rhanna daran schuld, sondern Lizzy selbst.

»Ich habe über verschiedene Dinge nachgedacht, Evvie.«

»Worüber?«, fragte diese misstrauisch.

»Dass ich mich vielleicht übernommen habe. Wem will ich eigentlich etwas beweisen, wenn ich mich an einem Fall versuche, an dem die Polizei vor acht Jahren gescheitert ist? Vielleicht sollte ich meine Kraft besser darauf verwenden, die Farm zu verkaufen, und das Schnüffeln sein lassen. Ich bringe die Leute ja ohnehin nur auf.«

»Hast du Angst?«

Lizzy spannte sich an. Sie hatte keine Angst. Aber die Sache wurde kompliziert, und das nicht nur in dieser Hinsicht. »Ich habe keine Angst. Es ist nur …«

Evvie faltete die Zeitung und warf sie auf den Tisch. »Es ist keine Schande, Angst zu haben, Kleine. Nicht nach allem, was hier passiert ist. Aber wenn du denkst, dass du das Handtuch werfen solltest, nur weil die Leute dir etwas krummnehmen, dann ist das ein ganz anderes Paar Botten.«

Lizzy hätte über den eigensinnigen Vergleich gelacht, wenn sie nicht immer noch über ihre Lage grübeln würde. »Ich fürchte mich nicht, Evvie. Ich frage mich nur, was ich erreiche. Bis jetzt habe ich die Leute nur daran erinnert, warum sie uns nicht leiden können. Aber habe ich irgendwas herausgefunden, das ich nicht schon gewusst habe? Dass Heather Gilman ein wildes Kind war, das nicht zur abgemachten Zeit nach Hause gekommen ist, sich mit Jungs getroffen und betrunken hat? Das macht die Hälfte aller Mädchen in Salem Creek. Und sonst? Nur dass sie ihre besten Freundinnen ohne Erklärung fallengelassen hat und eine ihrer alten Freundinnen glaubt, sie hätte Angst davor gehabt, nach Hause zu gehen.«

»Das ist deutlich mehr, als die Polizei vorzuweisen hat.«

»Mag sein, aber was beweist das? Mrs Gilman hat selbst gesagt, dass sie nicht daran glaubt, dass ihr Mann ihren Töchtern etwas angetan hat. Und vergessen wir nicht, dass er ein wasserdichtes Alibi für die Nacht hat, in der die beiden verschwunden sind. Kein Wunder, dass die Polizei den Fall nicht wieder aufrollen will. Wenn Fred Gilman aber definitiv als Täter ausscheidet, dann gibt es keine Spur mehr, der ich nachgehen könnte.«

»Das heißt, du gibst auf? Fährst einfach zurück nach New York?«

Lizzys Gesicht wurde sanfter. Sie streckte den Arm aus und legte eine Hand auf Evvies. »Das hier sollte nie von Dauer sein, Evvie. Das weißt du. Irgendwann muss ich meine Sachen packen und nach Hause zurückkehren.«

Evvie schob die Unterlippe vor. »Das hier *ist* dein Zuhause.«

»Das war es mal. Früher … Hier bin ich aufgewachsen. Aber aufwachsen bedeutet eben auch, aus den Sachen rauswachsen.«

»Man kann nicht aus dem eigenen Zuhause rauswachsen, Lizzy. Das Zuhause liegt einem im Blut. Es ist kein Ort, an dem man wohnt, sondern einer, den man im Herzen trägt.«

»Für mich ist das jetzt New York, Evvie.«

Evvie zögerte kurz, bevor sie weitersprach. »Was ist mit Andrew?«

Lizzy zog die Hand zurück, nahm ihre Tasse und wich Evvies Blick aus. Sie konnte unmöglich wissen, was gestern Abend passiert war. Und wenn schon. Es war ein Kuss. Ein unschuldiger, unvernünftiger Kuss. »Was hat das mit Andrew zu tun?«

Evvie schürzte nachdenklich die Lippen. »Das fragst du mich?«

Das Klingeln ihres Handys rettete sie davor, etwas erwidern zu müssen. Sie öffnete die Nachricht, aber sie wusste schon, dass sie von Luc war.

Ruf mich an, Lizzy. Ich meine es ernst.

Evvie kniff die Augen zusammen. »Stimmt was nicht?«

»Es ist nur die Arbeit. Ich muss telefonieren.«

Sie wartete, bis sie oben war, bevor sie Lucs Nummer wählte. Sie hatte nichts Neues zu berichten, konnte ihm nicht sagen, wann sie zurückkommen würde – aber diesmal durfte sie ihn nicht ignorieren. Ihm war der Geduldsfaden gerissen.

Luc bemühte sich nicht mal um ein Hallo, als er ranging. »Gibt es in New Hampshire keine Handymasten?«

Lizzy unterdrückte ein Seufzen. »Hallo, Luc.«

»Ich habe dir seit einer Woche Nachrichten hinterlassen. Wolltest du irgendwann mal zurückrufen?«

»Ich rufe jetzt zurück.«

»Um mir zu sagen, dass du zurückkommst?«

»Nein. Aber ich treffe mich morgen mit dem Immobilienmakler. Danach werde ich zur Bank gehen, um einen Kredit zu beantragen, damit ich mir die Reparaturen und die Grundstückssteuer leisten kann, bis jemand die Farm kauft. Es sollte nicht lange dauern, ein Bauunternehmen zu beauftragen, sobald ich die Mittel habe. Andrew kann mir ein paar Empfehlungen geben und die Arbeitskräfte im Auge behalten.«

Luc schnaubte ins Telefon. »Wie wäre es, wenn ich dir einfach einen Scheck für die Steuer schreibe und du heute abfährst?«

»Ich werde nicht zulassen, dass mein Boss die Steuer für die Farm meiner Großmutter bezahlt.«

»Es ist jetzt deine Farm. Und wir wissen beide, dass ich nicht nur dein Boss bin. Sei nicht so stur und lass dir von mir helfen.«

Lizzy zählte innerlich bis zehn, angewidert von seiner anmaßenden Art. »Ich bin nicht stur, Luc. Es ist ein nettes Angebot, wirklich, aber das hier ist mein Problem.«

»Ich frage mich«, sagte er kühl, »ob es was mit Andrew zu tun hat, dass du dich so querstellst. Mir scheint, dass du … etwas unkonzentriert bist. Bitte sag mir, dass du nicht darüber nachdenkst, deine Karriere an den Nagel zu hängen, um einem albernen Happy End mit dem Jungen von nebenan nachzujagen.«

Lizzy fiel es schwer, ihre Wut im Zaum zu halten. Er reizte sie absichtlich, kommandierte sie herum, weil sie nicht jedes Mal sprang, wenn er sie rief. Als ob die Tatsache, dass er ihr Gehalt zahlt, ihm das Recht gab, sich in ihr Leben einzumischen. »Wir waren uns einig, als wir uns getrennt haben, dass die Sache zwischen uns professionell bleibt, Luc. Mein Happy End geht dich nichts an.«

»*Wir* haben uns nicht getrennt. *Du* hast dich von mir getrennt. Aber wenn die Sache rein professionell bleiben soll, dann bitte! Ich habe eine Firma zu leiten, Ms Moon. Als ich dir die Beförderung gegeben habe, habe ich erwartet, dass sich das bezahlt macht. Statt mir dankbar zu sein, tanzt du mir auf der Nase herum.«

Dankbar?

Lizzy ließ sich das Wort einen Augenblick lang durch den Kopf gehen. Es klang wie ein Handel, was genauso wehtat wie die herablassende Art, mit der er ihren Nachnamen ausgesprochen hatte. »Du hast mir gar nichts gegeben, Luc. Ich habe mir die Beförderung verdient, und das weißt du. Nicht weil ich sechs Monate lang deine Freundin war, sondern weil ich mir den Arsch aufgerissen habe. Weil ich gut in dem bin, was ich tue. Laut der Personalabteilung habe ich sechs Wochen Urlaub angespart und noch zehn Krankentage übrig. Das heißt, dass mir noch etwas mehr als drei Wochen bleiben. Zahl sie mir aus oder nicht! Ganz wie du willst! Aber ich kann hier jetzt nicht weg.«

Sie legte auf, bevor er auf ihre Worte reagieren konnte. Mit zitternden Händen starrte sie aufs Display. Hatte sie gerade gekündigt? Bevor sie genauer darüber nachdenken konnte, klingelte ihr Telefon wieder. Sie erwartete Lucs Nummer, aber der Anruf kam von hier.

»Hi, hier spricht Chuck Bundy.« Sein übermäßig fröhlicher Tonfall nervte sie. »Ich weiß, dass wir morgen einen Termin haben, aber ich hatte mich gefragt, ob wir die Sache nicht langsamer angehen sollten. Ich bin die Zahlen durchgegangen und habe mir angesehen, was gerade auf dem Markt ist, und mein Bauchgefühl sagt mir, dass wir warten sollten.«

Sie spürte, wie sich ihr Magen zusammenzog. »Worauf denn? Wir warten seit Wochen.«

»Ich weiß, und das tut mir leid. Es ist nur so, dass jetzt nicht der beste Zeitpunkt ist, wenn man die Geschichte der Farm bedenkt und das … Gerede in letzter Zeit.«

»Es geht um den Artikel im *Chronicle* von heute Morgen, nicht wahr?«

»Ms Moon.« Er schwieg kurz. Sie hörte, wie ein Feuerzeug klickte und er kurz darauf ein- und wieder ausatmete. »Ich habe Ihnen bei unserem ersten Treffen gesagt, wie es aussieht. Der Markt ist gerade übersättigt von Grundstücken auf dem Land, und seien wir ehrlich: Es wäre schwer genug gewesen, die Farm zu verkaufen, als es nur um die Gilman-Morde ging. Aber mit der Brandstiftung und den Geistern, die von den Damen aus der Kirche ins Spiel gebracht werden, wird man das Grundstück nicht mal mit der Kneifzange anfassen. Ich weiß, dass Sie in einer Zwickmühle stecken und dass Sie das jetzt nicht hören wollen, aber ich muss ehrlich mit Ihnen sein. Sie müssen noch warten.«

Noch warten?

Das hörte sich an wie eine neue Version von *Es liegt nicht an dir, sondern an mir.* »Sie springen ab?«

»Genau genommen gibt es nichts, wovon ich überhaupt abspringen könnte. Wir haben keinen Vertrag zum Verkauf aufgesetzt, und ehrlich gesagt denke ich nicht, dass wir das jetzt tun sollten. Ich empfehle Ihnen gern jemand anderes, wenn Sie fest zum Verkauf entschlossen sind, aber nach fünfzehn Jahren im Geschäft würde ich das für einen übereilten Schritt halten. Wenn Sie die Farm jetzt zum Verkauf ausschreiben, werden Sie darauf sitzenbleiben, und je länger sich die Sache hinzieht, desto weniger wird Ihr Grundstück einbringen. Daher wäre es vernünftig, abzuwarten, bis Gras über die Sache gewachsen ist, und in sechs Monaten oder einem Jahr einen neuen Anlauf zu nehmen.«

Sechs Monate? Sie hatte keine sechs Monate! Geschweige denn ein Jahr!

»Okay«, sagte sie benommen, nachdem sie den Anruf beendet hatte. »Ich warte, bis Gras über die Sache gewachsen ist.«

***

Als Lizzy den Laden betrat, gab Rhanna gerade Honig in einen Messbecher. Sie hatte Altheas altes Radio auf den Sender für Oldies eingestellt und sang bei *Monday, Monday* mit. Ihr durchscheinender Rock umspielte ihre Knöchel, während sie im Takt der Musik wippte.

Lizzy blieb schweigend stehen und beobachtete sie. Evvie hatte recht. Sie war fleißig und erstaunlich produktiv gewesen. In weniger als zwei Wochen hatte sie die Regale mit Tonika, Massageölen und Salzpeelings gefüllt, jedes davon handbeschriftet und mit Bastschleifchen versehen.

»Das ist beeindruckend.« Lizzy drehte sich im Kreis.

Rhanna zuckte zusammen, sichtlich überrascht, dass sie Gesellschaft bekam. Sie griff nach dem Handtuch, um sich die Hände abzuwischen, und drehte das Radio leiser. »Tut mir leid, ich habe dich nicht reinkommen gehört. Ich experimentiere mit einem neuen Badezusatz auf Haferbasis. Eine Variante von einem Rezept, das ich in Altheas Buch gefunden habe. Ich suche nach etwas für den Herbst oder Halloween, das warm und würzig ist. Wir könnten es *Ein Verflucht Gutes Bad* nennen. Was hältst du von der Idee?«

Lizzy musste lächeln. Sie hatte Rhanna noch nie derart begeistert erlebt. Leider vergaß ihre Mutter, dass sie beide zu Halloween nicht mehr hier sein würden.

Rhanna deutete auf die Gitter, auf denen Louise Ryersons Seife aushärtete. »Die Seifenstücke sind perfekt geworden. Vielleicht sollten wir noch ein paar machen. Offenbar hat es sich herumgesprochen.«

»Was?«

»Dass die Moons wieder im Geschäft sind. Evvie musste schon Kundschaft abwimmeln.«

»Sind wir aber nicht. Das ist dir klar, oder? Dass das hier nur vorübergehend ist?«

Rhanna sackte in sich zusammen, dann musterte sie Lizzy misstrauisch. »Was ist los? Ist was passiert?«

»Mein Immobilienmakler hat angerufen.«

»Und?«

»Er ist nicht mehr mein Immobilienmakler.«

»Warum?«

»In der Zeitung heute Morgen haben sie über das Feuer geschrieben, was Mr Bundy zu einem Rückzieher veranlasst hat. Die Farm würde man nicht mal mit der Kneifzange anfassen, hat er behauptet. Wenn ich sie jetzt zum Verkauf anbiete, werde ich seiner Ansicht nach drauf sitzenbleiben, außerdem würde sie in der Zeit an Wert verlieren, weshalb er mir rät, noch zu warten.«

»Wie lange?«

»Sechs Monate, vielleicht ein Jahr.«

»Ein Jahr?« Hoffnung flackerte in Rhannas Augen auf. »Was wirst du tun?«

Lizzy zuckte die Achseln. »Keine Ahnung. Ich werde wohl eine zweite Meinung einholen und hoffen, dass die Bank mir genug Geld gibt, um über die Runden zu kommen.«

Rhanna überraschte sie, indem sie ihr kurz eine Hand auf die Schulter legte. Es war das erste Mal seit Jahren, dass sie körperlichen Kontakt suchte. »Es tut mir leid, dass du die ganze Last allein tragen musstest, aber ich möchte helfen. Es gibt da einen Typen, mit dem ich mal zusammen war: Billy Church. Seine Familie hat ein großes Immobilienbüro in Somersworth, und er schuldet mir einen Gefallen. Oder ich schulde ihm einen. Ich habe die Einzelheiten nicht mehr im Kopf. Aber ich wette, ich kann ihn auftreiben. Was das Geld betrifft: Darüber haben Evvie und ich uns ein paar Gedanken gemacht, und vermutlich können wir dir helfen.«

Lizzy beäugte sie skeptisch. »Sollte ich mir Sorgen machen?«

Rhanna schmollte theatralisch. »Das habe ich nicht gehört! In New Bay in Connecticut soll ein New-Age-Festival stattfinden. Ich habe dort letzte Woche angerufen, und sie hatten noch ein paar Tische frei. Wir wollen einen Teil von Evvies Honig und ein paar Sachen von hier verkaufen, um schnell an Geld zu kommen.«

Lizzy sah über Rhannas Schulter und betrachtete die sauber

beschrifteten Behälter auf dem Regal. Gärtnersalbe aus Löwenzahn, Salzpeelings mit Wasserminze, Body Butter mit Mandel-Kokosnuss. Es gab sogar kleine Töpfe mit Lippenbalsam, in der Variante Honig-Vanille. Nicht schlecht, wenn man die begrenzten Materialien bedachte, mit denen Rhanna sich begnügen musste.

»Das hast du hier draußen gemacht? Sachen für das Festival?«

Rhanna strahlte. »Wir wollten dir nichts sagen, bis wir sicher wussten, dass wir genügend Sachen zum Verkaufen haben, aber bis zum Festival haben wir genug. Evvie hat ihre Armbänder und ihren Honig. Ich werde auch Karten legen. Die Grundstückssteuer können wir damit nicht bezahlen, aber es hält die Farm am Laufen, und ich hatte versprochen, dass ich meinen Unterhalt verdienen werde. Ich weiß, dass das Ganze nichts für dich ist, und du musst auch nicht mitkommen. Evvie und ich können das übernehmen, während du deine Sachen hier erledigst.«

Lizzy schüttelte lächelnd den Kopf. »Althea hat immer gesagt, dass du Hippie-Blut in den Adern hast. Wann findet das Festival statt?«

»Dieses Wochenende. Ben vom Baumarkt leiht uns einen großen Schirm und Gestelle, um Schilder aufzuhängen.«

Lizzy zog die Augenbrauen hoch, als sie Bens Namen hörte. »Wie wurde er denn von dem Plan überzeugt?«

»Da bin ich mir nicht sicher. Offenbar hat Evvie den Jahrmarkt erwähnt, und er hat sofort seine Hilfe angeboten. Klingt so, als wäre er in unsere Evvie verschossen.«

»Ich glaube, das beruht auf Gegenseitigkeit.« Lizzy lächelte fröhlich. »Vor ein paar Wochen hat sie eine Kiste mit Honig für den Baumarkt beladen, und sie hatte Lippenstift getragen.«

»Lippenstift? Evvie?«

»Und Ohrringe.«

»Peter, Paul and Mary!«, hauchte Rhanna. Ein verschmitztes Lächeln umspielte ihre Mundwinkel. »Eine Liebesgeschichte hier auf der Moon Girl Farm! Damit werde ich definitiv meinen Spaß haben!«

»Als ich sie darauf angesprochen habe, hat sie sich zugeknöpfter gegeben als eine Pfarrersfrau. Erwarte also nicht, dass sie irgendwas zugibt.«

Rhanna tippte sich nachdenklich gegen die Unterlippe. »Vielleicht halte ich dann besser den Mund. Wir haben gerade erst Frieden geschlossen, das möchte ich nicht aufs Spiel setzen.« Ein Schweißtropfen rann ihr über die Schläfe. Sie tupfte ihn mit dem Ärmel ihres T-Shirts ab. »Grundgütiger, ist das heiß! Möchtest du in der Pause ein Eis essen gehen?«

»Ich kann nicht. Ich bin auf dem Weg zur Bank, um ein paar Formulare abzuholen und mir einen Termin für einen Kredit geben zu lassen.«

Rhanna nickte ernst. »Okay. Später vielleicht. Wir könnten zur *Dairy Bar* und uns einen Bananensplit teilen. Die gibt es doch noch, oder?«

»Ja, sie ist noch da. Ich war überrascht, wie wenig sich die Innenstadt verändert hat. Allerdings haben wir jetzt einen Laden für E-Zigaretten und ein Tätowierstudio.«

»Wow. In einer Stadt wie Salem Creek ist das ein Fortschritt. Wenn ich mich recht entsinne, gab es hier nie viel, was man unternehmen konnte. Außer man kannte die richtigen Leute.«

»Die richtigen Leute?«

Rhanna zog eine Braue hoch. »Na, die Hanley-Jungs!«

Lizzy runzelte verwirrt die Stirn. »Ich habe keine Ahnung, wovon du redest.«

»Von der Hanley-Farm. Die hinter uns, mit den gelben Zutritt-

Verboten-Schildern überall! Der alte Herr hat gern so getan, als wüsste niemand, was dort wächst, aber wir alle haben es gewusst. Es war das am schlechtesten gehütete Geheimnis von Salem Creek.«

»Was hat er denn …« Lizzy fiel die Kinnlade runter. »Doch nicht etwa Gras?«

Rhanna verdrehte die Augen. »Natürlich Gras, mein Schatz, was denn sonst?«

»Ich dachte, sie haben Mais angebaut.«

»Auch – aber eben nicht nur. Was auch ganz gut war, sonst wären die Jungs mit *niemandem* befreundet gewesen. Sie waren so seltsam. Was ist eigentlich aus ihnen geworden?«

»Hollis ist bei einem Autounfall ums Leben gekommen, kurz nachdem er aus Afghanistan zurückgekommen ist. Dennis arbeitet stundenweise für Andrew und unterstützt seine Schwägerin finanziell. Ich hätte ihn nicht für familiär gehalten, aber ich schätze, wir wissen nicht immer, wie es in anderen aussieht. Vielleicht hat ihn auch der Tod seines Bruders verändert …«

Rhanna nickte, und in ihren Augen schimmerten mit einem Mal Tränen. »Die Zeit hat die Angewohnheit, uns zu ändern«, sagte sie leise. »Und wenn man großes Glück hat, dann gibt sie uns eine zweite Chance.«

ZWEIUNDDREISSIG

Lizzy hatte die Bank nach weniger als einer Stunde wieder verlassen, was ihr genug Zeit für ihre letzte Besorgung ließ. Evvie hatte sie gebeten, ein weiteres Dutzend Honiggläser im Baumarkt abzugeben und ein Rankgitter für die Heckenkirsche zu besorgen, die sie für ihre Bienen anpflanzen wollte. Lizzy hatte sie deswegen mit der Bemerkung geneckt, wie es denn komme, dass sie sich die Gelegenheit entgehen lassen würde, Ben wiederzusehen. Evvie hatte daraufhin bloß gebrummt und vermeintlich verständnislos die Stirn gerunzelt.

Der Parkplatz vor dem Baumarkt war fast leer, als Lizzy dort hielt. Sie stellte den Wagen in der Nähe des Eingangs ab und nahm den Karton mit dem Honig heraus. Messingglöckchen klingelten, als sie die Tür aufschob. Sie ging zum Verkaufstresen im hinteren Bereich, wo sie von einem stämmigen Mann begrüßt wurde. Seine Haut war wie Leder, und seine Haare hatten die Farbe von frischem Schnee.

»Guten Tag.«

»Sind Sie Ben?«

»Schuldig im Sinne der Anklage. Wie kann ich Ihnen helfen?«

Lizzy begutachtete ihn kurz, bevor sie den Karton auf den Tresen stellte. Er sah gut aus, auf eine raue Art. Wie jemand, der gern an der frischen Luft war. Im Grunde eine alte Eiche, mit tiefen Furchen, die von der Zeit geglättet worden waren. »Evvie schickt mich.«

»Ach.« Ben sah zum Karton mit den Gläsern, dann wieder zu Lizzy. Er bemühte sich um ein Lächeln, aber seine Enttäuschung war nicht zu übersehen. »Sie kommt sonst selbst.«

»Ich weiß, aber sie ist mit den Vorbereitungen für das Festival beschäftigt. Danke, übrigens. Wie ich höre, helfen Sie mit den Schildern aus. Das ist nett von Ihnen.«

Sie hätte es nicht für möglich gehalten, aber Ben errötete. »Sie ist eine gute Frau, diese Evvie. Weise und gutmütig, und lustig. Sie ist schon eine.«

Lustig?

Es war amtlich. Ben, der Mann vom Baumarkt, war bis über beide Ohren in Evangeline Broussard verknallt. »Evvie hat mir erzählt, dass sich der Honig gut verkauft«, sagte sie in der Hoffnung, ihn noch etwas aus der Reserve zu locken.

Ben nickte und strahlte wie ein Teenager. »Das stimmt. Die Leute schwören auf das Zeug. Sie behaupten, es heilt alles von Schuppenflechte bis zur Erkältung.« Er hob einen knubbligen Finger. »Da fällt mir ein! Ich habe einen Umschlag für sie. Und ein Rankgitter, das ich für sie beiseitelegen sollte. Warten Sie kurz!«

Sie sah ihm hinterher, bis er durch eine Schwingtür verschwand, und lief zu einem Regal mit Saatgut. Gerade als sie nach einem Päckchen mit Bartnelkensamen griff, bemerkte sie Fred Gilman, der mit einem zusammengerollten Seil und einer langen Axt auf sie zuhielt. Beim Anblick der Axt, die wie ein Pendel neben seinem Schenkel hin- und herschwang, stockte ihr der Atem. Gilman blieb abrupt stehen und starrte sie an.

Lizzy wandte den Blick als Erste ab und war erleichtert, weil Ben mit einem fächerförmigen Rankgitter in den Armen wieder durch die Schwingtür kam. Er nickte Fred zu, bevor er ihr das Gestell überreichte und einen Umschlag aus der Gesäßtasche zog. »Hier ist ihr Geld von der letzten Ladung Honig. Dazu noch das Rankgitter, das sie wollte. Grüßen Sie sie von mir, und sagen Sie ihr, dass ich den Schirm morgen vorbeibringe.«

»Danke, das mache ich.«

Sie steckte den Umschlag in ihre Handtasche und lief den Gang zurück zur Tür. Mit zitternden Händen versuchte sie, den Knopf zu drücken, um den Kofferraum zu öffnen. Sie hatte nicht erwartet, dass Fred Gilman ihr im Baumarkt den Kopf abschlagen würde, aber die eisige Wut, die ihr von ihm entgegengeschlagen war, hatte sie nicht ignorieren können.

Sie stieß den Atem aus und bemühte sich, ihren Herzschlag zu beruhigen, erst dann legte sie das Rankgitter in den Kofferraum und schlug den Deckel zu. Als sie aufsah, stand Fred Gilman vor ihr, die Axt auf der linken Schulter. Sie nahm einen Geruch von ihm wahr, einen beißenden Schweißgeruch, gemischt mit dem Gestank einer schwärenden Wunde. Als würde er langsam von innen verwesen.

Lizzy trat einen Schritt zurück und sah sich hektisch auf dem Parkplatz um. Nirgends Hilfe in Sicht … Überhaupt war nirgends jemand in Sicht. Sie drückte das Kreuz durch, entschlossen, ihre Gefühle nicht preiszugeben. »Was wollen Sie?«

Er musterte sie aus seinen trüben Augen von oben bis unten, ehe er ihr ins Gesicht starrte. »Hab in der Zeitung von Ihren Problemen in letzter Zeit gelesen. Etwas über ein Feuer. Es hieß, es wäre niemand verletzt worden.« In seinen Mundwinkeln zuckte es, und er verzog die Lippen zu einem Grinsen. »Freut mich. Meine erste Frau ist in einem Feuer umgekommen. Keine schöne Art zu sterben.«

Lizzy öffnete den Mund, fand aber keine Erwiderung. Daraufhin drängte sie sich mit klopfendem Herzen an ihm vorbei und lief schnurstracks zur Fahrertür.

»Vielleicht sollten Sie besser aufpassen, wo Sie Ihre Nase reinstecken«, sagte er, als sie sich hinter das Steuer setzte. »Wäre schade, wenn nächstes Mal jemand verletzt werden würde.«

***

Sie zitterte noch immer, als sie Andrews Büro erreichte. Was sie gerade von ihm erwartete, wusste sie selbst nicht, aber er war der erste Mensch, an den sie beim Verlassen des Parkplatzes gedacht hatte.

Sie ignorierte Dennis Hanleys kalten Blick, lief über den Baustellenbereich vor Andrews Büro und klopfte an die Tür.

»Herein«, rief er.

Er hatte den Kopf noch immer gesenkt, als sie sein Büro betrat. Irgendwann sah er auf, wirkte aber abgelenkt. »Lizzy. Was … Was ist los? Du bist ja weiß wie die Wand.«

»Entschuldige die Störung.« Sie umklammerte noch immer zitternd die Türklinke. »Ich wusste nicht, wo ich sonst hingehen sollte.«

Innerhalb von Sekunden stand er neben ihr. Er löste ihre Finger von der Klinke und führte sie zu einem Stuhl. Anschließend trat er zum Wasserspender, füllte einen Papierbecher und drückte ihn ihr in Hand. »Trink das! Und dann erzähl mir, was passiert ist!«

Mit einem Mal fühlte sie sich albern, weil er so beunruhigt wirkte. Was, wenn sie übertrieben reagiert hatte? »Ich bin beim Baumarkt Fred Gilman begegnet, und er …« Sie trank den Rest des Wassers. »Er ist mir auf den Parkplatz gefolgt.«

»Ist er handgreiflich geworden?«

»Nein. Er hat mich nicht mal angefasst. Er hat nur … geredet. Über das Feuer und was für ein Glück es gewesen sei, dass niemand verletzt wurde. Es klang, als würde er mich verspotten. Und er hatte eine Axt dabei.«

»Eine Axt?!«

»Er hat sie nicht geschwungen oder so, sondern gerade erst gekauft. Aber er muss geahnt haben, dass er mir damit fürchterliche Angst einjagen konnte. Und genau das wollte er. Seine Augen waren wie Eis. Als würde er mich mit bloßen Händen erwürgen, wenn er wüsste, er käme damit durch. Und ich stand nur da und hab kein Wort gesagt, während er fast schon gestanden hat, dass er das Feuer gelegt hat.«

Andrew nahm ihr den leeren Becher aus der Hand, zerdrückte ihn und warf ihn in den Mülleimer. »Es ist nur zu natürlich, dass er dir Angst gemacht hat, Lizzy, aber über das Feuer zu reden – oder zu spotten – ist nicht das Gleiche, wie ein Geständnis abzulegen. Denk nach. Hat er irgendwas gesagt, das er nicht wissen konnte? Irgendwas, das nicht in der Zeitung stand?«

Lizzy ließ sich in den Stuhl sinken. »Es stand alles in der Zeitung.«

»Hat er dich bedroht? Ich meine, hat er dich *wirklich* bedroht?«

»Nicht mit Worten, nein. Aber er hat es gewollt. Das habe ich gerochen.«

»Du hast es … gerochen?«

Sie seufzte und wünschte sich, sie hätte besser aufgepasst, was sie sagte. »Das ist ein Talent von mir«, sagte sie leise. »So funktioniert mein Gehirn, schätze ich. Ich kann riechen, was die Leute fühlen, und er war definitiv wütend.«

Andrew nahm diese neue Information mit einem Nicken zur Kenntnis. »Wie riecht seine Wut?«

»Verdorben. Als würde ihn etwas innerlich zerfressen. Und er wollte, dass ich es weiß. Warum sonst hätte er mich daran erinnern sollen, dass seine erste Frau in einem Feuer gestorben ist? Soll ich zur Polizei gehen?«

»Das ist eine Möglichkeit, auch wenn ich mir nicht sicher bin, ob es die klügste ist. Ohne ausdrückliche Bedrohung kann die Polizei nicht viel unternehmen. Es gibt Gesetze dagegen, jemanden zu bedrohen, aber es ist absolut legal, ein Arsch zu sein.«

»Spielt es keine Rolle, dass ich mich bedroht *gefühlt* habe?«

»Für die Polizei? Das weiß ich nicht. Für mich allerdings schon.« Er schaltete die Schreibtischlampe aus und nahm sein Smartphone und die Schlüssel vom Tisch. »Fahr heim. Ich ruf dich nachher an.«

»Wohin gehst du?«

»Ich werde Mr Gilman einen Besuch abstatten. Ich rechne nicht damit, dass er etwas zugibt, aber er soll wissen, dass ich ihn in Zukunft im Auge behalte.«

DREIUNDDREISSIG

Andrew sah in dem Moment hoch, in dem die Ampel auf Gelb sprang. Sofort trat er aufs Gaspedal und jagte über die Kreuzung, bevor er sich wieder fing. Statt zu rasen, sollte er lieber Gründe finden, warum er Fred Gilman *nicht* erwürgen sollte. Gefängnis, zum Beispiel. Aber für jedes Gegenargument fielen ihm zwei gute Gründe ein, es doch zu tun.

Eine Axt!

Der Mistkerl hatte Lizzy mit einer Axt in der Hand bedroht. Was er sich dabei gedacht hatte, das würde er ihm haarklein erklären müssen. Andrew kannte die genaue Adresse nicht, aber er kannte den Wohnwagenpark, in dem Gilman lebte, und er kannte Gilmans kotzgrünen Subaru. Er würde ihn finden. Und dann …

Eine gottverfluchte Axt!

Es hatte ihn zutiefst überrascht, Lizzy in der Tür zu seinem Büro zu sehen. Nach ihrem Kuss am vergangenen Abend hatte er erwartet, dass sie sich von ihm fernhalten würde. Je länger er darüber nachdachte, desto stärker war er davon überzeugt, dass Distanz wirklich das Richtige für sie beide war. Er hatte seine Karten auf den Tisch gelegt – oder zumindest fast. Und auch Lizzy hatte ihm klipp und klar gesagt, dass weder er noch sonst jemand einen Platz in ihrem Leben hatte. Sie brauchte keine Komplikationen.

Das verstand er. Vorbehaltlos. Aber das hieß nicht, dass es ihm gefiel.

Links vor ihm tauchte das Schild zum Meadow Park auf. Andrew bog ab und wand sich durch das Labyrinth aus kurzen Straßen, bis er gefunden hatte, wonach er suchte.

Er hielt in der Einfahrt hinter Fred Gilmans Subaru, schaltete den Motor ab und blieb eine Weile hinter dem Steuer sitzen, um seine Wut niederzukämpfen. Sobald der Mann ihm die Tür öffnete, musste er einen zusammenhängenden Satz zustande bringen, mit dem er Gilman ein für alle Mal klarmachte, dass er Lizzy Moon gefälligst in Ruhe lassen sollte. Bei der Gelegenheit würde er auch entscheiden müssen, ob der Mann lediglich ein Tyrann war oder eine ernsthafte Gefahr darstellte.

Nachdem er ein paarmal tief durchgeatmet hatte, stieg er aus, ging die paar Stufen zur Tür hoch und klopfte dreimal an. Kurz darauf hatte er Gilman vor sich.

»Ja?«

Andrew stand blinzelnd da und versuchte, das Bild von dem grauhaarigen Mann mit dem Stoppelbart mit dem Fred Gilman in Einklang zu bringen, den er kannte. Früher war er ein hart gesottener Kerl gewesen, der seine Wut offen zur Schau trug. Der Mann vor ihm schien dagegen nicht mal einer leisen Brise trotzen zu können.

»Fred Gilman?«

»Wer will das wissen?«

Biergestank drang durch die offene Tür, zusammen mit einer Reihe anderer Gerüche, die Andrew lieber nicht zuordnen wollte. Er widerstand dem Drang, einen Schritt zurückzuweichen. »Ich.«

»Kenne ich Sie?«

»Ich bin Andrew Greyson. Sie kannten meinen Vater.«

»Ach ja … Ihm hat der Baumarkt gehört, bevor Ben ihn gekauft hat. Da war ich heute.«

»Das waren Sie«, bestätigte Andrew knapp. »Und genau deshalb bin ich hier. Ich bin mit Lizzy Moon befreundet.«

Gilmans Mund nahm einen harten Zug an. »Verschwinden Sie!«

Bevor er Andrew die Tür vor der Nase zuschlagen konnte, schob dieser den Stiefel zwischen Tür und Rahmen. »Erst, wenn ich gesagt habe, was ich sagen will.«

»Sie haben mir nichts zu sagen!«

»Doch! Und Sie werden mir zuhören! Es sei denn, es ist Ihnen lieber, dass ich zur Polizei gehe.« Er wartete auf eine Reaktion. Als die ausblieb, fuhr er fort: »Sie haben Ms Moon heute auf dem Parkplatz angesprochen. Mit einer Axt in der Hand. Damit haben Sie ihr Angst eingejagt.«

»Dürfte der nicht schaden.«

Andrews Puls schoss in die Höhe. »Bitte?«

»Was bildet die sich denn ein?!«, giftete Gilman. »Kommt nach all den Jahren her und steckt ihre Nase in Dinge, die sie nichts angehen! Die hat nur gekriegt, was sie verdient.«

»Und Sie glauben, es ist Ihre Aufgabe, ihr das klarzumachen? Haben Sie Ms Moon deshalb heute angesprochen?«

»Ich wollte eine Axt kaufen und ein Seil, um einem Kumpel zu helfen, einen Baum zu fällen! Da ist die rotzfrech im Laden rumstolziert!«

»Hat sie nicht vielleicht das Recht, den Laden zu betreten?«

»Frauen wie die haben überhaupt kein Recht, irgendwo zu sein. Seit die zurück ist, macht sie nur Ärger!«

»Den Leuten? Oder Ihnen?«

»Meine Mädchen gehen sie überhaupt nichts an.«

»Und deshalb haben Sie Ms Moon bedroht?«

Gilman riss die Augen auf. »Wer behauptet, dass ich sie bedroht habe?«

Bevor Andrew sich zurückhalten konnte, krallte er sich in Gilmans Hemd. »Sie sind auf sie losgegangen … mit einer Axt in der Hand.«

Zum ersten Mal schien Fred Gilman klar zu werden, dass er in Schwierigkeiten steckte. »Ich habe sie nicht … Ich wollte nur …«

Andrew schüttelte ihn. »Was wollten Sie?«

Zu Andrews Überraschung verzog Gilman das Gesicht. Dann brach er zusammen, und seine Schultern und seine Brust bebten, während er heftig schluchzte. »Ich will doch nur, dass es vorbei ist. Nach dem Tod der alten Schrulle dachte ich, dass es das jetzt war.« Er rang nach Luft, und Tränen flossen ihm über die Wangen. »Stattdessen tauchen die beiden anderen wieder auf, und die ganze Stadt redet über sie. Niemand will die hier haben. Irgendjemand musste denen das doch klarmachen.«

»Also haben Sie den Schuppen in Brand gesteckt und die Apfelbäume abgefackelt! Damit es ihnen klar ist.«

»Was?« Gilman sah ihn mit schreckgeweiteten Augen an. »Nein! Damit hatte ich nichts zu tun!«

Andrew krallte sich noch fester in Gilmans Kragen. »Und die Puppe am Baum? Die mit der Drohung. Was ist damit?«

»Ich war das nicht!«

»Vielleicht sollte die Polizei Ihrem Gedächtnis auf die Sprünge helfen. Was meinen Sie, soll ich sie anrufen? Ihnen mitteilen, dass Sie heute eine Frau mit einer Axt bedroht haben? Das könnte sie interessieren.«

Gilman wurde kreidebleich. »Nein! Nicht die Polizei! Bitte! Ich weiß nichts von einer Puppe. Und ich hatte nichts mit dem Feuer zu tun. Das schwöre ich. Ich wollte ihr nur Angst machen, damit sie uns in Ruhe lässt.« Er schüttelte den Kopf und blinzelte die Tränen weg. »Ich wollte, dass sie verschwindet, mehr nicht. Damit die Toten in ihrer Ruhe nicht gestört werden.«

»Mir fällt es schwer, auch nur ein Wort davon zu glauben, Mr Gilman. Denn wissen Sie, was ich von Ihnen denke: Sie sind ein Tyrann, und Tyrannen sind Feiglinge, die so tun, als wären sie tough. Deshalb schikanieren Sie gern Frauen. Aber es gibt ein paar Dinge, die Sie über die Moons wissen sollten, ganz besonders über Lizzy Moon. So leicht macht man ihnen keine Angst. Und sollten Sie sich in Zukunft auch nur in der Nähe der Moon Girl Farm oder von Lizzy wagen, brauchen Sie sich nicht vor der Polizei zu fürchten, denn dann kriegen Sie es mit mir zu tun. Haben wir uns verstanden?«

Gilman starrte Andrew mit offenem Mund an.

Andrew schüttelte ihn ein letztes Mal. »Los! Antworten Sie!«

Gilman brachte nur ein Nicken zustande, aber das reichte Andrew. Vorerst.

***

Lizzy saß auf den Stufen vor dem Haus, nippte an einem Glas Wein und beobachtete die heraufziehende Nacht. Als Andrew in ihre Einfahrt fuhr, hob sie das Glas zu einem halbherzigen Gruß.

»Da bist du ja wieder«, sagte sie, als er den Weg raufkam.

»Was machst du hier draußen?«

»Ich zähle die Glühwürmchen. Als ich noch klein war, habe ich sie geliebt. Sie sahen aus wie Sterne, die in den Wipfeln tanzen.« Sie trank einen weiteren Schluck. »In New York haben wir keine. In der Stadt, meine ich. Einmal habe ich …«

Sie verstummte. Andrew setzte sich neben sie und beäugte das

Weinglas. Er fragte sich, wie viel sie schon getrunken hatte. »Alles in Ordnung?«

»Es war … ein langer Tag.« Sie atmete tief ein. »Mein Immobilienmakler hat sich heute Morgen von mir getrennt, ich habe vielleicht meinen Job gekündigt, außerdem hat mich ein durchgeknallter Typ mit einer Axt bedroht. Die gute Nachricht ist, dass ich bei der Bank eine Hypothek auf die Farm meiner Großmutter aufnehmen kann.« Sie runzelte die Stirn und starrte in ihr Weinglas. »Ich glaube, das ist guter Stoff für einen Country-Song.«

Andrew ging nicht auf ihren Scherz ein. »Du hast gekündigt?«

»Vielleicht.« Sie zuckte die Achseln. »Ich bin mir nicht sicher.«

»Du bist dir nicht sicher?«

»Luc und ich haben uns heute Morgen darüber gestritten, wann ich zurückkomme. Das ging nicht gut aus.« Sie reckte den Hals und gab vor, sich für den dunkler werdenden violetten Himmel zu interessieren. »Lass uns über was anderes reden, okay? Wie lief es mit Fred Gilman?«

»Der Mann ist völlig am Ende, so viel ist klar. Aber er ist ein Buch mit sieben Siegeln. Ich habe ihn nach dem Feuer und der Drohung gefragt. Natürlich hat er alles abgestritten und behauptet, er habe damit nichts zu tun. Doch ich brauchte ihm nur das Wort *Lügner* an den Kopf zu knallen, damit er heulend zusammenbricht.«

Lizzy klappte die Kinnlade runter. »Er … Moment … Hast du *heulend* gesagt?«

»Wie ein Baby. Ihm sind waschechte Tränen über das Gesicht gelaufen.«

Sie legte den Kopf in den Nacken und musterte ihn. »Du klingst fast, als würde er dir leidtun.«

»Würde er auch, wenn er nicht mit einer Axt unterwegs gewesen wäre. Allerdings glaube ich, dass er die Wahrheit sagt. Er hat davon geredet, wie erleichtert er war, als Althea gestorben ist, weil er nach ihrem Tod einen Schlussstrich unter die alte Geschichte ziehen konnte. Als ich ihn beschuldigt habe, das Feuer gelegt zu haben, ist er aus allen Wolken gefallen. Kann sein, dass er mir was vorgemacht hat, aber ich denke nicht.«

»Heißt das, du glaubst ihm?«

»Das heißt, dass ich mir nicht sicher bin. Außerdem geht es um zwei verschiedene Fragen. Erstens, ob Gilman hinter dem Feuer und der Drohung steckt. Zweitens ob er in der Lage wäre, seinen eigenen Töchtern etwas anzutun. Ehrlich gesagt habe ich auf keine der beiden Fragen eine Antwort, denn ich werde aus ihm einfach nicht schlau. In einem Moment spuckt er große Töne, im nächsten heult er Rotz und Wasser. Das Einzige, was ich mit Sicherheit weiß, ist, dass er dich nicht in Salem Creek haben will. Und er will keine Polizei. Er wirkte total verängstigt, als ich angedeutet habe, sie zu rufen.«

»Wir stehen also wieder am Anfang?«

»Das würde ich nicht behaupten. Ich habe ihm klar gemacht, was passiert, wenn er dich nicht zufrieden lässt. Auf dem Rückweg habe ich Roger angerufen und bin die ganze Sache mit ihm durchgegangen. Er findet auch, dass Gilman nichts Illegales gesagt oder getan hat, auch wenn er heute Nachmittag zu weit gegangen ist. Aber Roger denkt, es wäre gut, das Ganze aktenkundig zu machen. Die Polizei wird mit ihm reden, seine Aussage aufnehmen und ihm vermutlich raten, sich von dir fernzuhalten. Das wird ihm nicht gefallen, aber das ist sein Problem.«

Lizzy schüttelte skeptisch den Kopf. »Ich habe heute Nachmittag vermutlich überreagiert, als ich völlig aufgelöst zu dir gerast bin. Aber der Mann war so wütend. Erst wusste ich überhaupt nicht, was ich tun sollte, dann bist du mir eingefallen, und ich bin zu dir gekommen.«

»Was goldrichtig war. Außerdem hast du nicht überreagiert. Ich weiß, dass du dich nicht gerne beschützen lässt, aber unter den gegebenen Umständen …«

Sie sagte eine Weile nichts, sodass die Grillen und Laubfrösche mit ihrem Chor die Stille füllten. Schließlich seufzte sie und prostete ihm in der Luft zu. »Also gut. Du darfst mein Bodyguard sein. Aber mir wäre lieb, wenn du den heutigen Vorfall Evvie und Rhanna gegenüber nicht erwähnst. Ich will nicht, dass sie sich meinetwegen Sorgen machen.«

Andrew nickte widerwillig. »Wo stecken die beiden überhaupt?«

»Im Laden. Sie bereiten alles für das Festival am Wochenende vor. Ich habe ihnen eine Weile Gesellschaft geleistet, aber dann brauchte ich Zeit, um meine Gedanken zu sortieren.«

»Und Glühwürmchen zu zählen?«

Sie lächelte traurig und sah in die Ferne. »Ja.«

Er beobachtete sie aus den Augenwinkeln. Sie wirkte wunderschön im Mondlicht, kühl, still und entrückt. Schon immer hatte sie ein Talent dafür gehabt, sich abzusondern, die Welt um sich herum – und ihn – einfach auszublenden.

»Ich bin froh, dass du heute an mich gedacht hast, Lizzy, und dass du das Gefühl hattest, du könntest zu mir kommen. Das kannst du immer … Egal, was zwischen uns ist oder nicht ist, ich bin für dich da.« Er stand auf und schob die Hände in die Taschen. Ein Reflex, damit er sie nicht berührte.

Sie sah verwirrt zu ihm hoch, als wäre sie überrascht, dass er stand. »Du gehst?«

»Ich muss. In ein paar Tagen fahre ich nach Boston. Vorher muss ich noch die letzten Pläne fertigstellen. Falls ich Evvie und Rhanna vor dem Festival nicht mehr sehe, sag ihnen, dass ich ihnen viel Erfolg wünsche.«

»Andrew.« Lizzy erhob sich. Ihre Augen leuchteten im Mondlicht. »Gestern Abend in der Scheune, als wir …« Sie drehte den Kopf in offensichtlichem Unbehagen zur Seite. »Es ist nicht so, dass ich nicht … Ich kann nur nicht. Das verstehst du doch, oder?«

Er hörte ihre Worte. Vielleicht glaubte sie sogar an das, was sie sagte. Ein Blick in ihre silbergrauen Augen versicherte ihm aber, dass er sie küssen könnte, wenn er wollte – und sie ihn nicht zurückweisen würde. Ungeachtet ihrer klugen Erklärungen. Der Wein – und vielleicht auch die Ereignisse des Tages – hatten sie nachgiebig und verletzlich gemacht. Danach aber – und auch das erkannte er – würde sie diesen Kuss bereuen. Unweigerlich. Und von dieser zweiten Zurückweisung würde er sich nicht erholen.

Behutsam trat er einen Schritt zurück. Er konnte warten. Selbst wenn das bedeuten würde, dass er für immer warten musste. »Gute Nacht, Lizzy.«

VIERUNDDREISSIG

19. August

Es war die Stille, die Lizzy um zwei Uhr früh weckte, das kribbelnde Gefühl, dass etwas nicht stimmte. Unter Evvies Tür drang kein Licht hervor, aus Rhannas Zimmer ertönten nicht die gedämpften Klänge von Janis Joplin oder Creedence. Dann fiel es ihr wieder ein: Rhanna und Evvie waren nach dem Frühstück mit all ihren Salzpeelings und Massageölen sowie Bens geborgtem großen Schirm für den Stand zum Festival in Connecticut gefahren.

Sie hatte den Rest des Tages in der Scheune verbracht, wo sie ihre Werkbank aufgeräumt und die Materialien ausgepackt hatte. Dann hatte sie mit einer hoffentlich brauchbaren Formel zu experimentieren begonnen, um das Parfüm *Erdenklänge* zu mischen. Die Arbeit hatte sie aufgewühlt, und erst nach einem heißen Bad und einer Tasse Baldrianwurzeltee war sie endlich eingeschlafen. Und jetzt war sie wieder wach.

Es fühlte sich seltsam an, allein im Haus zu sein, umgeben von tintenschwarzer Finsternis und undurchdringlicher Stille. Sie lag reglos da, bis sich ihre Augen an die Dunkelheit gewöhnt hatten. Da war es wieder, dieses nagende Gefühl, dass etwas nicht in Ordnung war. Es gab keine summenden Geräte oder tickenden Uhren, keine knarzenden Deckenventilatoren, keine Brise in der Luft. Als hätte das Haus plötzlich aufgehört, zu atmen.

Sie tastete nach dem Schalter der Nachttischlampe und betätigte ihn. Erst einmal, dann noch einmal. Nichts. Entweder war der Strom ausgefallen oder der uralte Sicherungskasten hatte endgültig den Geist aufgegeben. Wütend, eine weitere kostspielige Reparatur am Hals zu haben, schob sie die Decke beiseite und arbeitete sich vorsichtig zum Flur vor. Sobald der Kredit von der Bank da war, würde sie sich um die Elektrik in diesem Haus kümmern! Sie war die halbe Treppe runtergestiegen, als sie jäh stehen blieb. Hatte sie sich das Knarzen eben nur eingebildet?

Die Hand auf dem Geländer, lauschte sie in die Stille. Nichts. Was war nur los mit ihr? Sie war eine erwachsene Frau und verhielt sich wie ein verängstigtes Mädchen, wie damals, als sie noch klein war. Doch dann hörte sie es wieder. Ein Knarzen aus der Küche. Diesmal lauter. Ihr Herz hämmerte gegen ihre Rippen, als sie im Haus eine gekrümmte Gestalt sah, die gerade am Fenster vorbeihuschte.

Es kostete sie all ihre Willenskraft, nicht loszuschreien. Sie presste sich gegen die Wand, hielt sich eine Hand vor den Mund und beobachtete, wie der Schatten mit der Dunkelheit unten verschmolz. Ein falscher Atemzug, und sie wäre entdeckt. Aber sie konnte den Atem nicht ewig anhalten …

Da sie an das Telefon in der Küche nicht rankam, blieben ihr nur zwei Möglichkeiten: Sie konnte zur Hintertür rennen und hoffen, sie vor dem Eindringling zu erreichen. Oder sie lief nach oben, schloss sich in ihr Zimmer ein, setzte darauf, dass er zu erschrocken war, um ihr zu folgen, während sie mit ihrem Handy die Polizei holte.

Im nächsten Augenblick hatte sie eine Entscheidung getroffen und raste die Treppe runter. Sie hörte kaum das überraschte Grunzen des Einbrechers, als sie an ihm vorbei zum Windfang rannte. Er hatte die Tür offengelassen. Sie stolperte hinaus in die Finsternis, fiel schmerzhaft auf ein Knie, sprang wieder auf die Füße und lief barfuß über den Hof, vorbei am Gemüsegarten, dem Treibhaus und Evvies Bienen.

Ein dumpfes Pochen hallte in ihrem Kopf. Schritte oder ihr Herzschlag? Sie wusste es nicht und wagte nicht, zurückzuschauen. Der Mond stand hoch und war fast voll, womit sie ein leichtes Ziel abgab. Hier auf freier Fläche würde der Kerl sie mühelos erwischen und zu Boden reißen.

Deshalb floh sie nach links in den Wald, wo sie halb blind im Zickzackkurs durch das finstere Geflecht der Zweige rannte. Sie ignorierte das Gestrüpp, das gegen ihre Schienbeine schlug, und die niedrigen Äste, die auf ihre Wangen einpeitschten. Ihre rechte Seite schmerzte, doch die Panik trieb sie weiter und ließ ihre Füße über Baumwurzeln und taufeuchte Blätter stampfen.

Endlich hatte sie das Waldstück durchquert und sah Licht im oberen Fenster von Andrews Haus. Sie atmete schluchzend ein. Nur noch ein paar Meter, und sie wäre in Sicherheit. Mit letzten Kräften brachte sie den Rest des Weges hinter sich. Als sie die Stufen hochstolperte, schrammte sie sich das Schienbein auf. Kraftlos sank sie gegen die Tür und schlug mit beiden Fäusten gegen sie, versuchte es dann mit dem Türklopfer, der Klingel und schließlich noch einmal mit den Fäusten.

Sein Lieferwagen stand in der Einfahrt, er musste zu Hause sein!

Schon wollte sie das Fenster in der Tür einschlagen, als das Licht auf der Veranda anging und Andrew die Tür aufriss.

»Was zum … Lizzy!«

»Jemand … im Haus. In der … Küche.«

Er packte sie, bevor sie zu Boden sank, und führte sie zu einem Klappstuhl aus Metall, der in einer Ecke im leeren Wohnzimmer stand. »Bist du verletzt?«

Sie schüttelte den Kopf. Sie fühlte sich seltsam taub. »Nein.«

»Hast du gesehen, wer es war?«

»Zu … d-dunkel.« Ihre Zähne klapperten, denn ihr wurde allmählich klar, was eigentlich geschehen war.

Andrew musterte sie eindringlich. »Bist du sicher, dass du nicht verletzt bist? Vielleicht sollten wir dich untersuchen lassen.«

Sie sah blinzelnd zu ihren Beinen, die nackt und von Kratzern und Striemen überzogen waren. Sie trug lediglich ein übergroßes T-Shirt, und die Rennerei durch den Wald hatte ihre Spuren hinterlassen. Sie leckte sich über die schmerzende Unterlippe. Offenbar war es ihrem Gesicht nicht viel besser ergangen als ihren Beinen.

»Mir geht's gut.« Sie war noch immer außer Atem. »Das sieht schlimmer aus, als es ist. Ich bin durch den Wald gelaufen.«

»Himmel …« Er fuhr sich mit der Hand durch das Haar. »Hast du die Polizei gerufen?«

»Konnte ich nicht. Er war in der Küche, und mein Handy war oben.« Sie schloss die Augen und unterdrückte ein Schaudern. »Ich musste an ihm vorbei, um aus dem Haus zu kommen. Ich bin bis hierher gerannt.«

Er wandte sich ab, und sie hörte, wie er verschiedene Schubfächer öffnete und Eiswürfel klirrten. Wenig später kehrte er mit einem provisorischen Eisbeutel zurück. »Drück das an deinen Mund. Das hilft gegen die Schwellung.«

Sie folgte seinem Rat und zuckte zusammen, sobald die Kälte ihre pochende Lippe berührte. Er ging zum Schrank im Korridor und holte eine Decke, in die er sie fest einwickelte. Mittlerweile zitterte sie völlig unkontrolliert, schluchzte auch immer wieder, jedoch vor Erleichterung.

»Hier kann dir nichts passieren«, beruhigte er sie sanft. »Aber wir müssen die Polizei rufen. Du hast gesagt, dass du ihn gesehen hast. Bist du sicher, dass du ihn nicht identifizieren kannst?«

Sie schüttelte schniefend den Kopf und trocknete sich die Augen. »Ich habe sein Gesicht nicht gesehen, nur seinen Umriss. Ich glaube, er hat den Strom abgeschaltet.«

»Okay.« Er griff auf dem Weg zur Haustür nach seinem Telefon. »Ich bin gleich wieder da. Lass das Eis auf der Lippe und geh ja nicht an die Tür!«

Sie setzte sich auf. »Was hast du vor?«

»Ich rufe die Polizei und gehe kurz rüber. Es wird Zeit, dass wir dem Ganzen ein Ende bereiten. Sie werden bestimmt mit dir reden wollen, aber das kann bis morgen warten. Bleib erst mal hier. Und ich meine das ernst: Öffne niemandem die Tür!«

FÜNFUNDDREISSIG

Andrew erreichte das Haus und sah, dass bereits zwei Streifenwagen in der Einfahrt standen, deren Blaulicht unheimlich blinkte. Immerhin, sie waren schnell angerückt, das musste er ihnen lassen. Dennoch dürfte der Einbrecher längst verschwunden sein.

Von draußen beobachtete er das Licht von zwei Taschenlampen hinter den Vorhängen. Wenig später erschienen Ken Landry und Jonathan Clark in der Einfahrt. Sie griffen zu ihren Waffen, sobald sie Andrew bemerkten.

Er hob die Hände. »Ich bin's, Andrew Greyson. Ich habe Sie angerufen.«

Landry, der größere der beiden, schaltete seine Taschenlampe ein und strahlte Andrew ins Gesicht. Nachdem er Andrew erkannte hatte, schaltete er sie wieder aus. »Hi, Andrew. Ist Ms Moon da?«

»Sie ist bei mir. Das Ganze hat sie ziemlich mitgenommen. Obwohl sie den Typen nicht erkannt hat, hat er ihr eine Riesenangst gemacht. Sie vermutet, dass er den Strom abgeklemmt hat.«

»Sieht so aus, als hätte er an der Hauptsicherung hantiert. Wir können das aber erst in Ordnung bringen, wenn wir die Fingerabdrücke haben. Inzwischen haben wir uns schon gründlich umgesehen. Es ist niemand mehr im Haus. Vermutlich ist der Kerl abgehauen, sobald er gemerkt hat, dass Ms Moon ihn entdeckt hat. Das tun die meisten. Er hat uns allerdings ein Souvenir dagelassen.«

Andrew spürte ein unangenehmes Prickeln im Nacken. »Was für ein Souvenir?«

»Etwas sehr Scharfes und sehr Spitzes«, meldete sich Clark zu Wort. »Er muss es auf dem Weg aus dem Haus fallen gelassen haben. Grässliches Ding. Sehen Sie sich das mal an.«

Andrew umrundete mit Landry und Clark das Haus. Die Hintertür stand immer noch offen, wahrscheinlich schon für die die Leute von der Spurensicherung. Landry schaltete seine Taschenlampe wieder an und strahlte den unteren Absatz der Steinstufen an. »Sehen Sie das da? Wie gesagt, grässliches Ding.«

Andrew folgte dem Licht. *Grässlich* traf es ganz gut. Es war ein ungewöhnliches Messer, fast fünfundzwanzig Zentimeter lang, schmal, mit einem Edelstahlgriff und einer schweifförmigen Klinge.

»Was zum Henker ist das?«

»Das ist ein Zerlegemesser«, erklärte Landry. »Das benutzt man bei der Jagd, um das Wild zu entbeinen. Damit lassen sich Knorpel und Knochen gut voneinander trennen.«

Andrew verdrängte die Bilder, die sich ihm plötzlich aufdrängten. »Und das hatte er bei sich?«

»Falls es nicht den Moons gehört. Was ja auch nicht auszuschließen ist.«

»Sie sind Vegetarierinnen.«

Landry neigte den Kopf. »Wie bitte?«

»Die Moons. Sie sind Vegetarierinnen. Sie hätten keine Verwendung für ein Messer, mit dem man Knochen zerteilen kann.«

»Verstehe. Werde ich mir notieren. Die Spurensicherung ist gleich da. Sie werden das Ding mitnehmen, auf Fingerabdrücke untersuchen und die Herstellerfirma feststellen. Wir prüfen die lokalen Läden, aber ich bezweifle, dass uns das weiterbringt. Schließlich ist das hier Jagdgebiet. In der Stadt gibt es vermutlich Dutzende davon. Aber vielleicht haben wir ja Glück.«

Ein weißer Geländewagen hielt hinter den beiden Streifenwagen und schaltete die Scheinwerfer aus. Clark deutete mit dem Kopf zur Einfahrt. »Ich sage ihnen, was wir bis jetzt rausgefunden haben.«

Andrew sah ihm nach und wandte sich an Landry. »Sie wissen, was los ist, oder? Von den Drohungen, die Lizzy bekommen hat?«

Landry nickte. »Alle wissen davon. Es steht überall in den Zeitungen. Summers ist nicht gerade glücklich darüber. Er fürchtet, dass der Ruf der Stadt darunter leidet.« Er verstummte und beobachtete, wie die Leute von der Kriminaltechnik mit ihrer Ausrüstung zum Abnehmen von Fingerabdrücken ins Haus gingen. Dann drehte er sich wieder zu Andrew. »Wegen Ms Moon: Sie haben zwar gesagt, dass sie aufgewühlt ist und den Typen nicht wirklich gesehen hat, aber wir brauchen für den Bericht eine Aussage von ihr.«

»Natürlich. Das erledigen wir gleich morgen. Ich werde sie überreden, bei mir zu übernachten. Ich denke nicht, dass sie jetzt allein sein sollte.«

»Gute Idee. Wir sollten erst mal herausfinden, was hier los ist. Könnte ja auch jemand gewesen sein, der ein Radio klauen wollte, um es gegen Geld für Drogen zu verkaufen.«

Andrew musterte Landry. »War es aber nicht, oder?«

Landry senkte den Kopf. »Nein, vermutlich nicht. Einer unserer Wagen sucht die Gegend ab, aber bis jetzt haben sie nichts gefunden. Morgen hören wir uns mal um. Vielleicht haben wir Glück, und jemand hat was gesehen. Aber ich fürchte, wir werden uns mit dem begnügen müssen, was die Spurensicherung für uns hat. Wir schließen ab, wenn wir fertig sind, und jemand wird das Haus über Nacht im Auge behalten. Man weiß ja nie. Am Ende merkt der

Typ, dass er sein Messer fallen gelassen hat, und kommt noch mal her.«

Andrew nahm sich Zeit für den Rückweg. Auch er musste zunächst verdauen, was hier geschehen war. Ohne Frage hatte der Eindringling gewartet, bis Evvie und Rhanna aus dem Haus waren. Doch selbst wenn das noch ein Zufall sein mochte … Würde sich jemand, der nach Radios und Geld suchte, die Mühe machen, den Strom abzuklemmen? Oder ein Jagdmesser mitbringen?

Nein, hier ging es um mehr.

Wer auch immer das gewesen war, hatte Lizzy aufgelauert – und war ihr viel zu nahe gekommen.

***

Lizzy schlief, als Andrew zurückkam. Sie saß immer noch auf dem unbequemen Stuhl, die Decke unter das Kinn gezogen. Ihr Gesicht wirkte im Schlaf entspannt. Er sollte sie wecken und ihr sagen, wie die Dinge standen, war sich aber nicht sicher, ob er das über sich brachte. In dieser Nacht konnten sie ohnehin nichts mehr tun. Während er noch grübelte, öffnete sie die Augen.

»Da bist du ja wieder«, sagte sie schlaftrunken.

»Entschuldige, dass ich dich geweckt habe.«

Sie setzte sich stöhnend auf. »War die Polizei da?«

»Ja. Aber wer immer eingebrochen ist, ist entwischt. Du sollst morgen früh durch das Haus gehen und schauen, ob irgendwas fehlt. Sie haben noch Fingerabdrücke genommen, als ich gegangen bin.« Er wünschte sich, er müsste ihr den Rest nicht erzählen. »Sie sind sich ziemlich sicher, dass er ein Messer dabeihatte.«

Sie krallte die Finger in die Decke und presste sie fest an ihren Hals.

»Die Polizei hat es auf dem Boden gefunden. Sie dachten, es könnte aus dem Haus stammen, aber ich habe ihnen gesagt, dass das unwahrscheinlich ist.«

»Warum?«

»Es war ein Zerlegemesser, wie es bei der Jagd verwendet wird, um erlegtes Wild zu entbeinen.«

Sie nickte wie in Zeitlupe.

Über ihre Augen legte sich ein Schleier, und er ahnte, was ihr durch den Kopf ging. Sie sah vor sich, was passiert wäre, wenn sie nicht entkommen wäre ... Wenn der Kerl ihr in den Wald gefolgt wäre und sie erwischt hätte. Er selbst hatte sich das ebenfalls vorgestellt.

»Du bleibst heute Nacht hier«, sagte Andrew entschlossen. »Die Polizei wird das Haus ein paar Tage lang beobachten, falls er unerwartet wieder auftaucht. Wahrscheinlich ist das zwar nicht, aber nach so einer Geschichte müssen sie das tun. Morgen gehen wir aufs Revier und sehen, was sie sonst noch rausgefunden haben. Jetzt muss Summers das Ganze ernst nehmen.«

»Du glaubst, dass der Mann, der heute Nacht in der Küche war, auch Heather und Darcy Gilman umgebracht hat.«

Kurz spielte er mit dem Gedanken, es zu leugnen, verwarf die Idee aber gleich wieder. »Inzwischen muss man wohl eins und eins zusammenzählen.«

»Und du glaubst, dass er mich umbringen wollte.«

»Ich denke, dass es heute Nacht nicht nur darum ging, dir Angst zu machen.«

Sie wandte den Blick von ihm ab, aber er sah, dass sie das Gleiche dachte. Sie hatte zwar noch keinen Namen, aber sie hatte offenbar ihren Mörder gefunden.

Oder besser: Er hatte sie gefunden.

SECHSUNDDREISSIG

Lizzy tupfte ihr aufgeschlagenes Knie ab und zuckte zusammen. Es brannte. Jeder Zentimeter ihres Körpers schien die Nachwirkungen ihrer panischen Flucht durch den Wald zu spüren. Sie war todmüde, und ihre Gliedmaßen waren wund und zitterten wie Espenlaub. Wenigstens war sie inzwischen sauber.

Und sicher.

Sie hatte Andrew nicht widersprochen, als er gesagt hatte, dass sie die Nacht hier verbringen sollte. Nur eine Schrotflinte – und vielleicht nicht mal die – hätte ihn davon überzeugt, sie in ihr Haus zurückzulassen. Nicht, dass sie das gewollt hätte. Er war sorgsam wie eine Amme gewesen, hatte ihr Tee angeboten oder Rührei und Toast. Sie hatte beides abgelehnt. Beim bloßen Gedanken daran, etwas zu essen, war ihr schlecht geworden. Aber als er eine lange, heiße Dusche vorgeschlagen hatte, brauchte er sie nicht lange zu überreden.

Er hatte sie ins Gästezimmer und Bad geführt und ihr eine Gute Nacht gewünscht, nur um wenig später mit einem Schlafanzug für Männer, einer Zahnbürste, Pflaster und einer antibiotischen Wundsalbe zurückzukommen. Als sie jetzt den geborgten Pyjama zuknöpfte, wünschte sie sich, sie hätte die Rühreier angenommen. Nicht weil sie Hunger hatte, sondern weil sie noch nicht so weit war, das Licht auszuschalten und die Augen zu schließen. Sie war zu verängstigt, um zu schlafen, und ihre Nerven fühlten sich an wie überspannte Saiten einer Geige.

Ein Mann in ihrem Haus. Mit einem Messer. Das man zum Zerlegen von Tieren benutzte. Was, wenn sie nicht aufgewacht wäre? Sie verdrängte den Gedanken und suchte nach einer Ablenkung, etwas, das ihr dabei helfen würde, sich zu entspannen. Andrews Gästezimmer hatte leider wenig zu bieten. Sie lief zur Tür und spähte nach draußen. Am Ende des Flurs drang ein Lichtschimmer unter einer der Türen hindurch. Andrews Zimmer, wie sie vermutete. Sie lief über den Korridor, wobei sie die Schlafanzughose festhalten musste, damit sie nicht runterrutschte.

Er öffnete die Tür, kaum dass sie angeklopft hatte. »Alles in Ordnung?«

»Ja. Ich wollte nur …« Sie wandte den Blick ab. Es war ihr unangenehm, dass sie in seine Privatsphäre eingedrungen war. »Ich glaube nicht, dass ich schlafen kann. Ich hatte mich gefragt, ob du was dahast, was ich lesen könnte. Eine Zeitschrift zum Beispiel.«

»Ja, klar.« Er rieb sich mit dem Daumen über das Kinn, das Stoppeln verdunkelten. »Die meisten meiner Bücher sind im Keller verstaut und warten darauf, dass ich ihnen Regale baue, aber ich sollte noch irgendwo etwas rumliegen haben. Komm rein, während ich suche.«

Sie betrat das Zimmer und sah sich kurz und – wie sie hoffte – diskret um. Es war spärlich eingerichtet: ein großes Bett mit ledernem Kopfende, ein einzelner Nachttisch mit Lampe, eine Kommode mit einem passenden Spiegel und vor dem Fenster ein Zeichentisch, an dessen Rand eine verstellbare Lampe geklemmt war.

»Die Auswahl ist dürftig, fürchte ich«, sagte er über die Schulter, während er den Stapel Zeitschriften auf dem Nachttisch durchging.

»Du hast die Wahl zwischen dem *Architectural Digest* vom letzten Monat und einer veralteten Ausgabe vom *Old-House Journal* mit einem absolut fantastischen Artikel zur Restaurierung von Sandstein.«

Lizzy legte einen Finger an die Lippen und tat so, als würde sie abwägen. »Versuchen wir es mal mit dem *Old-House Journal.* Ich liebe gute Artikel zur Restaurierung von Sandstein.«

»Na dann.« Mit einer theatralischen Geste überreichte er ihr die Zeitschrift. »Da hast du Glück. Aber ich sollte dich warnen: In dem geht es heiß her.«

»Danke«, sagte sie plötzlich verlegen. »Ich war überrascht, dass bei dir noch Licht ist. Du musst doch morgen nach Boston.«

»Ich muss noch ein paar letzte Einzelheiten erledigen.«

»Um vier Uhr früh?«

Er zuckte die Achseln. »Nachts arbeite ich am besten.«

»Okay. Entschuldige. Ich störe dich nicht weiter.«

Sie war schon fast an der Tür, als er sie zurückhielt. »Du kannst bleiben, wenn du willst. Mach's dir mit der Zeitschrift bequem und lies eine Weile. Du störst mich nicht.«

Ihr Blick wanderte zum Bett und zurück zu ihm. Es missfiel ihr, dass er gemerkt hatte, dass sie nicht allein sein wollte. »Bist du sicher?«

»Ganz sicher. Solange du versprichst, leise umzublättern.«

Sie lächelte, dankbar, dass er versuchte, die Stimmung zu lockern. »Versprochen.«

Sie wartete, bis er wieder an seinem Zeichentisch saß, bevor sie sich gegen die Kissen lehnte und die Zeitschrift aufschlug. Sie würde nicht lange bleiben. Nur, bis sie müde wurde. Wie sich herausstellte, dauerte das nicht lange. Sie kämpfte sich durch die Vorzüge einer Austauschreparatur im Vergleich zu einer regenerativen

Reparatur und die diversen Materialien, die für die richtige Mischung zum Ausbessern nötig waren, aber als es um die spezifische Beschreibung von Kalk versus Glimmer ging, verschwamm alles vor ihren Augen.

Sie sah zu Andrew, der sich mit einem Bleistiftstummel zwischen den Zähnen über seine Entwürfe beugte. Er war der Held, den sie nie gewollt hatte, der Freund, dem sie mittlerweile vertraute, das Risiko, das sie noch immer nicht eingehen konnte. Und doch fand ein Teil von ihr den Gedanken an ihn – an sie beide – aufregend. Bei ihm müsste sie nichts von sich verheimlichen. Er wusste genau, wer sie war – und wollte sie trotzdem.

Er starrte sie an, eine Falte zwischen den Brauen. »Stimmt was nicht?«

Sie spürte, wie ihre Wangen vor Verlegenheit rot anliefen, weil er sie beim Starren erwischt hatte. »Alles in Ordnung.« Sie klappte die Zeitschrift zu, legte sie beiseite und schwang die Füße aus dem Bett. »Ich denke, ich kann jetzt schlafen.« Sie stand auf und wollte gehen, blieb aber stehen. »Danke, Andrew.«

Er richtete sich ebenfalls auf und umrundete den Zeichentisch mit einem schiefen Lächeln. »Schön, dass es funktioniert hat. Nächstes Mal habe ich etwas Interessanteres da.«

»Ich meinte nicht die Zeitschrift. Ich meinte für heute Abend. Und vorgestern in deinem Büro.« Sie sah auf ihre Zehen runter, die unter dem geborgten Schlafanzug hervorlugten. »Und für den Abend am Brunnen. Ich habe mich dafür nie bedankt, aber das hätte ich tun sollen.«

»Was ich gestern Abend zu dir gesagt habe, meinte ich ernst, Lizzy. Dass ich für dich da bin. Dafür musst du mir nicht danken.«

»Aber ich möchte es.« Sie wandte den Blick ab und redete weiter, bevor sie der Mut verließ. »An dem Abend in der Scheune hast du gesagt, dass du zwanzig Jahre lang gewartet hast. Stimmt das, oder hast du nur geflirtet?«

»Du hast mir verboten, mit dir zu flirten.«

»Also …«

»… stimmt es. Ich habe gewartet, und ich werde weiter warten, weil ich gar nicht anders kann.«

Sie hob eine Hand, aus Angst vor dem, was er noch sagen könnte. Oder vor dem, was *sie* sagen könnte. Wie ist das passiert? Sie war so vorsichtig gewesen, so entschlossen, ihn auf Distanz zu halten. Aber es war trotzdem passiert. Irgendwie. Sie hatte nicht aufgepasst, hatte sich geöffnet und ihn an sich herangelassen.

»Sag was, Lizzy.«

Ihr Blick löste sich von seinem. Was gab es da noch zu sagen, was sie nicht schon gesagt hatte? Nichts davon war jetzt wichtig, denn jetzt war sie hier. Sie beide waren hier. Lizzy schüttelte den Kopf und versuchte, zu verstehen, was gerade passierte. »Es fühlt sich an, als hätte ich dich mein halbes Leben lang von mir gestoßen. Wenn du mit deinem Dad zu uns gekommen bist, bin ich abgehauen und erst wiederkommen, wenn ich sicher war, dass ihr weg wart. An dem Abend am Brunnen, als du mich von der Menge weggezogen hast, habe ich dir all diese schrecklichen Dinge an den Kopf geworfen. Beim Abschlussball, als du dich neben mich gesetzt hast, bin ich geflohen, als hättest du die Pest.« Sie schüttelte wieder den Kopf. Ihre Wangen glühten bei der Erinnerung. »Du hast immer versucht, mich zu retten.«

Er lächelte verlegen. »Ich habe nicht versucht, dich zu retten. Ich habe versucht, dich um ein Date zu bitten, habe aber nie den Mut dafür aufgebracht. Du hattest ein echtes Talent, mich auszubremsen.«

»Du hast mir Angst gemacht. Ich schätze, das tust du immer noch.

Der Gedanke an dich. An uns. Ich glaube, bis heute Abend war mir das nicht klar. Aber jetzt weiß ich es und …« Sie sah ihn wieder an. Er war nur wenige Zentimeter von ihr entfernt. »Was, wenn das hier ein Fehler ist, Andrew? Was, wenn *wir* ein Fehler sind?«

»Möglich. Aber ich finde, den Versuch ist es wert, oder nicht? Wenn ich nicht das bin, was du willst, gehe ich, und das war's. Der Gedanke an uns macht mir aber keine Angst.« Er verstummte und griff nach ihrer Hand. »Wir alle fürchten uns, Lizzy. Und wir alle machen Fehler. So läuft das eben. Wir versuchen es einfach immer wieder, bis es klappt.«

»Was ist mit dir?« Sie studierte sein Gesicht, ohne zu wissen, wonach sie eigentlich suchte. »Hat es bei dir jemals geklappt?«

Er senkte den Blick auf den Teppich. Dann sah er wieder hoch. »Fast.«

Das war nicht die Antwort, mit der sie gerechnet hatte. »Was heißt *fast?*«

»Ich habe eine Frau am College getroffen. Dianna. Sie war klug, hübsch, lustig. Im Grunde perfekt.«

»Was ist passiert?«

Er zuckte die Achseln. »Sie war nicht du.«

Sie starrte ihn an, zu überrascht, um etwas zu erwidern. Er hatte es gesagt, ohne zu zögern.

»Du warst immer die Eine, Lizzy. Seit dem Tag, an dem ich gesehen habe, wie du mit Blättern im Haar aus dem Wald gekommen bist. Wie aus einem Märchen. Du hast nichts gesagt, du hast nur dagestanden und mich angestarrt. Da war es um mich geschehen. Ich hatte mich in das Mädchen von nebenan verliebt.«

»Andrew, ich kann nicht …«

»Ich weiß«, sagte er leise. »Darum bitte ich dich auch nicht. Aber bleib hier. Selbst wenn es nur heute Nacht ist.«

Sie sah auf ihre Hände, seine warmen Finger und ihre miteinander verschränkt. Es wäre so einfach, es geschehen zu lassen, so einfach, sich eine Nacht bei ihm zu verkriechen. »Nur heute Nacht«, flüsterte sie. »Das würde dir reichen?«

»Nein. Aber es ist mehr, als ich jemals für möglich gehalten hätte.« Er berührte ihr Gesicht, seine Handfläche ruhte warm an ihrer Wange. »Bleib bei mir.«

Er küsste sie mit dahinschmelzender Sanftheit und riss ihre letzten Mauern ein. Etwas in ihr brach auf wie ein Vorhängeschloss, und die Entscheidung lag plötzlich nicht vor, sondern hinter ihr. Es passierte. Diese leichtsinnige, herrliche, fatale Sache passierte.

Er grub die Hände in ihr Haar, sein Atem war nur mehr ein leises Stöhnen, als er zärtlich ihren Hals küsste und den Mund auf ihre weiche Haut drückte. Sie griff nach seinem Hemd, zog es ihm über den Kopf und strich mit den Händen über seine Brust und den harten, flachen Bauch. Er roch nach Seife und Shampoo. Und nach dem unverwechselbar erdigen Geruch von Sandelholz und warmem Amber, der seiner Haut entströmte. Sie atmete ihn ein, während er sie auszog. Nach jedem Knopf hielt er inne, um sie zu küssen, bis der Schlafanzug, den er ihr vor einer Stunde ausgeliehen hatte, auf dem Teppich lag. Zwischen ihnen gab es nur noch Verlangen, einen brennenden Hunger, der keinen Raum für Worte ließ.

Sie ließen sich auf das Bett fallen, ein Wirrwarr aus Lust und verschlungenen Gliedmaßen. Er streckte sie aus, ohne den Blick von ihr zu lösen. Seine Hände, weich und warm, streichelten ihren Bauch, ihre Hüften und die Innenseite ihres Oberschenkels, als wollte er sich jeden Zentimeter ihres Körpers einprägen. Sie schloss die Augen. Nur zu gern hätte sie sich eingeredet, all das bedeute nichts, aber das klappte nicht. Andrew war nicht Luc. Oder einer der anderen Männer, mit denen sie zusammen gewesen war.

Sie hörte ihren Namen, spürte ihn, wie er sanft an ihrem Hals gesprochen wurde und den letzten Widerstand in ihr auflöste. Morgen früh würde sie all das bereuen. Vielleicht würden sie beide das. Aber in diesem Augenblick konnte sie nur ihn spüren, riechen und kosten. Es gab nur noch die Hingabe an einen Moment, der nie wiederkehren würde.

SIEBENUNDDREISSIG

Andrew fuhr mit dem Lieferwagen die Einfahrt rauf und schaltete den Motor ab. »Bleib hier, während ich reingehe und mich umsehe. Solange wir nichts Genaueres wissen, sollten wir auf Nummer sicher gehen.«

Lizzy sah ihm noch nach, bis er hinter dem Haus verschwand. Sie war erleichtert, dass sie endlich einen Augenblick für sich hatte. Die letzten zwölf Stunden waren ein einziges Durcheinander gewesen. Erst war sie aufgewacht, und es war jemand im Haus gewesen, dann war sie panisch durch den Wald geflohen, und schließlich war sie mit Andrew ins Bett gegangen.

Ihre Wangen kribbelten bei der Erinnerung daran, wie sie einander in der Dunkelheit umschlungen hatten. Das schwindelerregende Gefühl des Unvermeidlichen war über sie hinweggerollt wie eine Flutwelle über den Strand. Von dieser Welle war sie erfasst worden und noch im selben Moment in ihr ertrunken. Aber jetzt, bei Tageslicht, war die Flut der Ebbe gewichen, und sie musste damit leben, letzte Nacht schwach geworden zu sein.

Andrew hatte sie mit Kaffee und einem Teller Rührei geweckt. Nie zuvor hatte ihr ein Mann Frühstück gemacht, geschweige denn ans Bett gebracht. Luc war nur manchmal sonntagmorgens mit Bagels von der Bäckerei Luesden's aufgetaucht.

Zunächst hatten Andrew und sie schweigend mit überkreuzten Beinen auf seinem Bett gesessen und es sich schmecken lassen. Lizzy hatte sich immer um einen vollen Mund bemüht, und Andrew hatte immer wieder einen Blick in ihre Richtung riskiert, wenn er von seinem Toast abgebissen hatte. Er besaß genug Feingefühl, darauf zu warten, dass sie die Sprache auf die letzte Nacht bringen würde. Irgendwann würden sie darüber reden müssen – darüber, was es bedeutete und was nicht –, aber bis jetzt war ihr diese Auseinandersetzung erspart geblieben.

Andrew hatte gerade sein Ei aufgegessen, als sein Handy geklingelt hatte. Das Bauunternehmen aus Boston. Beim Fundament gab es ein Problem, weshalb Rohre und Stromleitungen neu geplant werden müssten. Entsprechend schnelles Handeln war gefragt, die Optionen müssten abgeklärt, die Kosten kalkuliert werden. Sofort hatte er ein paar hektische Anrufe getätigt und hatte sich sofort bei ihr entschuldigt. In Wahrheit war sie aber ganz dankbar für die Verschnaufpause.

Als Andrew nun wieder auftauchte, bedeutete er ihr mit einem Winken, dass alles in Ordnung war. Angst überkam sie, als sie aus dem Lieferwagen stieg und zur Rückseite des Hauses lief. Sie hatte sich den ganzen Morgen darauf vorbereitet, aber beim Anblick der offenen Tür bekam sie eine Gänsehaut. Der Türrahmen war zerkratzt, das Schloss aufgebrochen.

»Er hat die Tür aufgehebelt.« Andrew deutete auf den Schaden. »Danach hat er sich offenbar gleich den Sicherungskasten vorgenommen.«

Lizzy nickte stumm und beäugte das schwarze Pulver an der Türklinke und dem Türrahmen. Sie hatte schon davon gehört, was für einen Dreck das Pulver für Fingerabdrücke hinterließ und was für ein Albtraum es war, alles wieder sauber zu machen. Jetzt durfte sie das selbst erleben. Zum zweiten Mal in acht Jahren war die Moon Girl Farm der Tatort eines Verbrechens geworden.

Andrew griff nach ihrer Hand. »Alles okay?«

»Ja. Es ist nur unheimlich, wenn ich daran denke, was hätte passieren können.«

»Geht mir auch so.« Er drückte ihre Hand. »Wir müssen nicht lange bleiben. Du läufst einfach kurz durch, schaust, ob was fehlt, und ziehst dir was Vernünftiges an. Auch wenn ich finde, dass du in meiner Boxershorts besser aussiehst als ich.«

Sie lächelte. Er hatte ihr ein T-Shirt und eine kurze Hose geliehen. Sie hatte den Bund ein paarmal umkrempeln müssen, damit die Hose nicht rutschte, aber es hielt ganz gut.

»Bist du bereit?«

Sie nickte und schluckte ein Stöhnen runter.

Im Haus herrschte ein schlimmeres Chaos als erwartet. Sie gab sich Mühe, es zu ignorieren, während sie von Zimmer zu Zimmer lief. Sie sollte auf durchwühlte Schubfächer und Schränke achten, was allerdings nicht leicht war, wenn auf fast allen Oberflächen eine Schicht aus rußigem Pulver lag. Eine gnadenlose Erinnerung an den Einbrecher.

»Und?«, fragte Andrew, als sie wieder in die Küche trat.

»Hier unten fehlt nichts. Ich schätze, er war nicht hier, um das Silber zu stehlen.«

»Sieht so aus.«

»Ich schau mich kurz oben um, dann zieh ich mir was an, damit wir die Sache hinter uns bringen können. Ich will noch ein paar Stunden in der Scheune arbeiten, wenn wir den Besuch bei der Polizei hinter uns haben. Außerdem sollte ich wohl aufräumen.«

Sie war erleichtert, dass oben nichts angefasst worden war und ihre Handtasche sowie das Handy nach wie vor auf der Kommode lagen. Dass der Einbrecher nicht nach oben gegangen war, hätte sie trösten sollen – erhärtete jedoch nur den Verdacht, dass es hier nicht um Diebstahl ging.

Nachdem sie Andrews Boxershorts gegen eine Jeans getauscht und sich die Haare gekämmt hatte, steckte sie das Handy in die Handtasche und lief nach unten. Sie würde Roger anrufen, sobald sie ihre Aussage gemacht hatte, um ihm von alldem zu erzählen und zu hören, ob er etwas Neues in Erfahrung gebracht hatte.

Sie fand Andrew im vorderen Salon, wo er von Fenster zu Fenster lief und sich etwas auf dem Notizblock notierte, den Evvie neben dem Telefon aufbewahrte. Er drehte sich zu ihr um und zog die Augenbrauen hoch. »Und?«

»Ich glaube nicht, dass er nach oben gegangen ist. Falls doch, dann nicht, um etwas zu stehlen. Meine Handtasche lag nämlich gut sichtbar auf der Kommode. Was machst du da?«

»Ich zähle die Fenster. Das Schloss an der Hintertür tausche ich heute Nachmittag aus, und sobald ich aus Boston zurück bin, bringe ich an den Fenstern überall neue Schlösser an.«

Sie sah sich im Wohnzimmer um und seufzte. »Ich will gar nicht daran denken, was los ist, wenn Evvie und Rhanna wieder hier sind und das alles sehen. Evvie wird mich nicht mehr aus den Augen lassen.«

»Kann ich ihr nicht verdenken. Ich denke auch, dass eine Alarmanlage keine schlechte Idee wäre.«

»Die Leute von Salem Creek haben keine Alarmanlage, Andrew. Die Hälfte von ihnen verschließt nicht mal ihre Tür.«

»Das werden sie, wenn sie von der Sache hier hören.«

Sie wollte gerade etwas entgegnen, da klingelte ihr Handy. Sie zog es aus der Handtasche und runzelte die Stirn, als sie die Nachricht von Luc las.

Arbeitest du noch für mich oder wie?

Andrew musterte sie. »Stimmt was nicht?«

»Es ist Luc«, sagte sie tonlos. »Er will wissen, ob ich noch für ihn arbeite.«

»Tust du es?«

Sie seufzte erneut. Natürlich wusste sie, was er von ihr hören wollte: dass sie nicht zurückgehen würde. Aber das brachte sie nicht über die Lippen. Wenn ihr die letzte Nacht etwas bewiesen hatte, dann, dass sie am besten nach New York zurückkehren sollte. Bevor sie Andrew und sich noch tiefer ins Chaos verstrickte. Sie hatte den ganzen Morgen überlegt, wie sie dieses Gespräch mit ihm einleiten sollte. Offenbar hatte Luc ihr die Entscheidung abgenommen.

»Ich habe schwer dafür geschuftet, bei Chenier aufzusteigen. Dort habe ich eine Zukunft. Das kann ich nicht einfach aufgeben.«

»Also ja.«

»Ich schätze, schon.« Sie sah zur Seite und suchte nach Worten, die das alles einfacher machen würden, doch die gab es nicht. »Ich weiß, was du von mir hören willst … dass die letzte Nacht alles verändert hat. Ich würde lügen, wenn ich behaupten würde, dass es nicht so wäre. Aber ich weiß jetzt auch, warum ich dich so lange von mir gestoßen habe. Weil ich bei dir alles vergesse. Meine Pläne und meine strikten Verboten. Warum ich zurückgekommen bin und warum ich nicht bleiben kann. Die letzte Nacht hat mir aber auch noch etwas anderes in Erinnerung gerufen. Diese Stadt will mich nicht haben. Daran wird sich nie etwas ändern. Egal, wie viele Fragen ich stelle oder was ich beweise. Salem Creek versucht seit zweihundert Jahren, die Moons loszuwerden. Es wird Zeit, dass die Leute bekommen, was sie wollen.«

Er hatte ihr mit verschränkten Armen zugehört. Jetzt veränderte er seine Haltung und drückte die Schultern nach hinten. »Ist das alles?«

Lizzy blinzelte ihn an. »Alles?«

»Vor drei Tagen hast du mir erzählt, dass du vielleicht deinen Job gekündigt hast. Ich habe dich gefragt, wann du es mit Sicherheit weißt. Du hast abgewunken, als wäre es eine Lappalie. Und plötzlich ist dir glasklar, dass du nach New York zurückmusst. Selbst auf die Gefahr hin, paranoid zu klingen, aber bist du sicher, dass das nichts mit letzter Nacht zu tun hat?«

»Ich gehe zurück, weil ich es muss. Ich bin immer noch, wer ich bin und *was* ich bin. Das habe ich gestern Nacht vergessen. Weil ich mich meinen Gefühlen hingegeben habe. Weil ich mit dir zusammen sein wollte. Mehr als alles andere. Aber das war dir gegenüber nicht fair. Es war ein Fehler …«

»Das mit mir war also ein Fehler?«

»Nein.« Es gefiel ihr nicht, dass er sie mit ihren eigenen Worten schlug. »Ich war der Fehler. Ich wusste, dass es nicht mehr als eine Nacht sein würde. Ich wollte nur …«

»Wie lange hat das mit dir und Luc gehalten?«

»Luc war bedeutungslos. Er war eine Affäre, jemand, der mir für meine Nächte und Wochenenden ganz recht war. Er war nicht …« Sie schloss die Augen und ließ den Rest des Satzes in der Luft hängen.

»Was?«

»Du«, sagte sie leise. »Er war nicht du.« Sie widerstand dem Drang, die Hand nach ihm auszustrecken. Es würde ihnen beiden nicht guttun, wenn sie ihn jetzt berühren würde. »Letzte Nacht habe ich alles für uns beide schwerer gemacht, und das tut mir leid. Du hast die Familie mit dem Haus und Garten verdient, aber mit mir würdest du sie nie bekommen. Ich habe dir gesagt, dass ich nicht für ein Happy End geschaffen bin. Es war ein Fehler, dich glauben zu lassen, dass es möglich wäre. *Mich* das glauben zu lassen …«

»Wer hat etwas von einer Familie erzählt? Ich brauche keine Kinder, nicht mal einen Ring, wenn du willst. Dieser ganze Kram ist mir nicht wichtig. Du bist mir wichtig. Letzte Nacht dachte ich, dass ich dir auch etwas bedeute.«

»Das tust du. So viel, dass ich gehe und dich nicht bitte, ein unerfülltes Leben zu führen. Das habe ich immer gesagt.«

Er nickte, doch seine Miene wirkte plötzlich verschlossen. »Das hast du. Ich dachte wohl, ich könnte deine Meinung ändern. Offenbar habe ich meine Überzeugungskünste überschätzt.« Er drehte ihr den Rücken zu und sah sich in der Küche um. »Ich denke, wir sollten jetzt zur Polizei fahren.«

Sie nahm ihre Handtasche und drückte sie wie einen Schutzschild an sich. »Vielleicht wäre es besser, wenn ich allein gehe. Du musst nach Boston, und ich schaffe das schon. Auf dem Rückweg fahre ich noch bei der Bank und im Supermarkt vorbei. Da musst du mich nicht begleiten.«

»Du solltest nicht allein sein. Nicht nach letzter Nacht.«

»Die Polizei hat doch gesagt, dass sie die Farm im Auge behält. Mir passiert schon nichts.«

»Warum fährst du nicht mit mir nach Boston? Inzwischen macht die Polizei hier ihre Arbeit. Es wäre vielleicht eine ganz gute Idee, wenn du dich ein paar Tage am Pool aalst oder auf der Newbury Street bummelst.«

Sie rang sich ein Lächeln ab. »Du fängst schon wieder an, mich zu retten.«

»Letzte Nacht ist ein Mann mit einem Messer durch deine Küche gelaufen. Was soll ich sonst tun?«

»Du hast gesagt, dass du ein neues Schloss in der Hintertür einbaust, und falls du dich dann besser fühlst, verstreue ich zum Schutz etwas Salz auf der Türschwelle.«

Er sah sie finster an. »Ist das ein Scherz?«

Sie lächelte schief. »Ein halber.«

Sie verstand seine Sorge, aber sie konnte sich nichts Gefährlicheres vorstellen, als zwei oder drei Tage mit ihm in Boston zu verbringen. Dort würde sie mit Sicherheit rückfällig werden und sich dem herrlichen Sog der Erinnerung hingeben. Was sie aber brauchte, waren Abstand und Zeit, damit sich ihr Entschluss festigen konnte.

Er zog seine Schlüssel aus der Tasche, nahm einen vom Ring und legte ihn auf den Tresen. »Du bleibst die nächste Nacht in meinem Haus.«

»Andrew …«

»Keine Sorge, ich werde nicht da sein. In den nächsten Tagen bin ich in Boston, du hast das Haus ganz für dich. Im Kühlschrank ist nicht viel, du musst also einkaufen. Nimm das Auto, lauf nicht durch den Wald und schließ ab, sobald du im Haus bist.«

Sie sah ihn an. Sein kalter Tonfall traf sie. Wenn es doch nur etwas zwischen dieser eisigen Distanz und dem sengenden Schmerz der Zurückweisung geben würde, eine Mittelweg, den sie nach dem kurzen Aussetzer von letzter Nacht beschreiten konnten. Wieder suchte sie nach etwas, das sie sagen konnte. Irgendetwas. Aber sie hatten schon alles gesagt. Außer vielleicht Lebewohl.

***

Es war fast schon fünfzehn Uhr, als Lizzy den Supermarkt erreichte. Nach dem Besuch bei der Polizei fühlte sie sich erleichtert. Sicher, das war nötig – doch noch ehe sie das Revier betreten hatte, war ihr klar gewesen, dass nichts dabei rauskommen würde.

Detective Hammond war mit ihr die Fragen durchgegangen. Nein, sie hatte das Gesicht des Einbrechers nicht gesehen. Nein, da war nichts, was ihr bekannt vorgekommen wäre. Nein, aus dem Haus war nichts entwendet worden. Dass der Eindringling ein Mann gewesen war, war das Einzige, worin sie sich sicher war. Doch wer weiß, vielleicht täuschte sie sich da auch.

Die gesamte Vernehmung hatte nicht mal eine Stunde gedauert. Am Ende hatte ihr Hammond seine Karte gegeben und sie aufgefordert, ihn anzurufen, falls ihr noch etwas einfallen sollte. Er hatte ihr versichert, dass er sie auf dem Laufenden halten würde, wenn sich was ergeben würde, hatte dabei aber nicht sonderlich optimistisch geklungen. Vermutlich, weil auf dem Messer keine Fingerabdrücke gefunden worden waren.

Im Markt war es ziemlich still. Lizzy lief an den Regalen entlang und packte genug in ihren Wagen, um die nächsten Tage bei Andrew zu überleben. Zum Schluss steuerte sie die Haushaltsabteilung an. Bei ihrer Suche im Internet, wie das Puder für Fingerabdrücke zu beseitigen sei, war sie auf Mikrofasertücher und Mehrzweckreiniger mit Ammoniak gestoßen. Sie deckte sich auch damit ein und lief zur Kasse. Sie wollte unbedingt in der Scheune weiterarbeiten, bevor sie sich um das Haus kümmerte.

Leider gab es nur eine Kasse, und vor ihr standen schon drei Leute an. Um sich die Zeit zu vertreiben, las sie die Schlagzeilen der Klatschzeitungen, spielte Kuckuck mit einem Kind im Wagen vor ihr und studierte das Angebot an Kaugummi und Minzbonbons. Schließlich bezahlte die Mutter des Kleinkindes ihren Einkauf und sagte ihrem Sohn, dass er der hübschen Dame zum Abschied winken sollte.

Lizzy kramte in ihrer Handtasche nach ihrer Bankkarte, während die Kassiererin ihre Sachen einscannte. Irgendwann blickte die Frau hoch. Ihre Hand erstarrte mitten in der Bewegung, und ihr aufgesetztes Lächeln verblasste, als sie Lizzy in die Augen sah. Sie hatte das dünne Haar heute zu einem Pferdeschwanz gebunden und es mit dem Make-up etwas übertrieben, aber es bestand kein Zweifel daran, dass es die Frau war, die sie hier schon einmal von oben bis unten gemustert hatte. Lizzy sah auf ihr Namensschild: Helen.

Mit gesenktem Blick arbeitete sie weiter, bis es an der Zeit war, das Geld entgegenzunehmen. »Das macht zusammen siebenunddreißig sechsundzwanzig.«

Lizzy schob ihre Bankkarte in das Lesegerät, gab ihre PIN ein und wartete, bis Helen ihren Einkauf eingepackt hatte. Dass man ihr die kalte Schulter zeigte, war nicht neu, aber nach den Ereignissen der vergangenen vierundzwanzig Stunden lagen ihre Nerven blank, und es störte sie mehr als sonst.

»Schönen Tag noch«, sagte sie mürrisch, als sie die Papiertüten an sich nahm. Sie merkte nicht einmal, dass Helen hinter der Kasse hervortrat, bis sie plötzlich gegen sie prallte und ein paar Pfirsiche aus einer der Tüten fielen und über den Boden rollten.

Als Lizzy sie aufheben wollte, kam Helen ihr zuvor. Sie sah Lizzy direkt in die Augen, als sie die Pfirsiche wieder in die Tüte legte. Ihre matten braunen Augen blinzelten nicht.

»Sie sollten besser aufpassen, Ms Moon. Ich fände es schlimm, wenn Ihnen was passieren würde.«

Lizzy starrte sie an und wollte sie gerade darauf hinweisen, dass sie diejenige gewesen war, die den Zusammenprall verursacht hatte, und nicht andersrum, aber etwas an Helens Blick ließ sie innehalten. Die Sekunden zogen sich unbehaglich in die Länge, bis Lizzy ihr auswich und zur Tür lief.

Im Auto ging sie den Vorfall noch einmal durch, als sie sich in den Verkehr einreihte, und sie fragte sich, ob sie den Ausdruck auf

Helens Gesicht missverstanden und nach ihrer Begegnung mit Fred Gilman überreagiert hatte. Helens Worte hatten nicht nach einer Drohung geklungen. Im Gegenteil. Sie hatte sie lediglich gewarnt, besser aufzupassen.

Gewarnt.

Das Wort jagte ihr einen Schauer über den Rücken. War es möglich, dass Helen absichtlich gegen sie gelaufen war? Oder war sie paranoid, weil sich letzte Nacht ein Mann mit einem Messer in ihre Küche geschlichen hatte?

Bei der nächsten Ampel wendete sie und fuhr zurück zum Supermarkt. Sie hielt beim Eingang und ließ ihre Handtasche auf dem Sitz liegen. Sie würde vermutlich gleich eine komplette Närrin aus sich machen, aber das war ihr egal. Es wäre nicht das erste Mal, dass sich eine Moon in der Öffentlichkeit unmöglich aufführte.

Sie hatte die Tür fast erreicht, als Helen rauskam und sie beide ihren Zusammenstoß von vorhin fast wiederholt hätten. Lizzy erstarrte, und ihre hastig zurechtgelegten Worte blieben ihr im Hals stecken. Helen starrte sie mit großen Augen schweigend an. Die Sekunden verstrichen. Sie hatte die Hände so fest um den Riemen ihrer Handtasche geklammert, dass die Knöchel weiß hervortraten. Nach einem Augenblick schien sie sich gefasst zu haben und trat nach links. Lizzy stellte sich ihr in den Weg und dann wieder, als sie versuchte, die Richtung zu wechseln.

»Sie sind vorhin gegen mich gestoßen und haben mir geraten, aufzupassen, weil Sie es schlimm fänden, wenn mir was passieren würde. Was genau haben Sie damit gemeint?«

»Nichts.« Helen senkte den Blick. »Ich habe nichts gemeint.«

»War es eine Drohung? Wollten Sie mir drohen?«

»Bitte, lassen Sie mich in Ruhe. Lassen Sie *alles* in Ruhe.«

»Was alles?«

Helen wandte den Kopf ab. »Sie sollten nicht hier sein.«

»Ich werde aber nicht verschwinden, ehe Sie mir nicht gesagt haben, was Sie damit gemeint haben, dass ich aufpassen sollte.«

»Bitte«, murmelte Helen heiser. Ihr Blick wanderte über Lizzys Schulter, und mit einem Mal wurde sie kreidebleich unter dem viel zu dunklen Make-up. »Ich will keinen Ärger. Ich wollte nur …«

Da sah Lizzy es, die blau-grüne Verfärbung an ihrem Auge, die die Schminke nicht ganz verbergen konnte. »Ihr Gesicht …«

Helen unterbrach sie mit einem fast unmerklichen Kopfschütteln. Wenig später hörte Lizzy Schritte und drehte sich um.

Dennis Hanley stand mit finsterer Miene hinter ihr. Er hatte ein Mädchen mit weizenblondem Haar auf dem Arm. Sie hatte das gleiche Gesicht wie ihre Mutter, blass und herzförmig, aber das blonde Haar war das der Hanleys. *Helen.* Natürlich. Andrew hatte ihren Namen erwähnt, als sie über Hollis gesprochen hatten.

»Mommy!«, rief die Kleine. »Ich will zu Mommy!«

Helen bemühte sich um ein Lächeln und streckte die Arme nach ihrer Tochter aus, aber Dennis trat daraufhin zurück. Er drehte sich zu Lizzy und musste in der Nachmittagssonne blinzeln. »Brauchen Sie was?«

Lizzy spürte, wie sich ihre Wirbelsäule versteifte und sie instinktiv zurückschreckte. Er trug einen langen weißen Kittel, der offenbar mit getrocknetem Blut befleckt war. An seinem Hals schimmerte ebenfalls ein Fleck. Er verströmte einen derart penetranten Gestank von Blut, dass Lizzy ihn fast schmecken konnte. Salzig. Kupfern. Beißend. Über den Kopf des Kindes hinweg starrte Dennis sie finster an und wartete auf eine Antwort.

Stattdessen ergriff Helen das Wort. »Ich habe mich nur entschuldigt. Ich hatte nicht gesehen, wo ich hinlaufe, als ich durch die Tür gegangen bin, und wir sind gegeneinandergeprallt.«

Dennis' Blick löste sich nicht von Lizzys Gesicht. »Stimmt das?«

Sie bemühte sich darum, verlegen zu wirken. »Ich war diejenige, die nicht aufgepasst hat. Tut mir leid. Ich war schon immer ungeschickt.«

Helen wollte gerade etwas erwidern, aber Dennis brachte sie mit einem Blick zum Schweigen. Er deutete mit einem Nicken zum Parkplatz, auf dem ein verrosteter Ford Bronco stand, dessen Fahrertür offen war. »Wir gehen.«

Helen trat an seine Seite wie eine Hündin, die bei Fuß gerufen worden war, und beugte sich vor, um ihrer Tochter einen Kuss auf den hellen Schopf zu geben. Das Veilchen leuchtete im Sonnenlicht wie eine blaue und grüne Zielscheibe. Lizzy fiel es schwer, wegzusehen. Helen musste ihren Blick gespürt haben, denn sie zog den Kopf ein, eine kleine Geste, die aber alles sagte. Sie schämte sich. Jemand – mit ziemlicher Sicherheit Dennis – hatte sie geschlagen, aber *sie* schämte sich. Bei dem Gedanken wurde Lizzy übel.

Sie sah den dreien nach. Helen ließ sich zurückfallen und schaute sich noch einmal nach ihr um, bevor sie in den Wagen stieg. Ganz kurz erwiderte sie Lizzys Blick. War es eine Bitte oder eine Warnung? Lizzy war sich nicht sicher.

ACHTUNDDREISSIG

Lizzys erster Gedanke auf dem Heimweg war, Andrew anzurufen und ihm zu sagen, dass Dennis Hanley seine Schwägerin schlug und er ihn deshalb feuern sollte. Aber war sie sich da sicher? Dass Helen Angst hatte, daran bestand kein Zweifel. Sie hatte den Hauch von Urin in ihrem Atem gerochen – ein Geruch wie Ammoniak, in dem sie immer Angst erkannt hatte. Auch die Prellung in ihrem Gesicht war echt. Aber reichte das aus, um häusliche Gewalt zu vermuten?

Sie sah keine Spur von Andrews Lieferwagen, als sie vor das Haus fuhr, weder in ihrer Einfahrt noch in seiner. Drinnen fand sie zwei neue silberne Schlüssel auf dem Küchentresen, zusammen mit einer Nachricht.

Das Schloss an der Hintertür ist ausgetauscht. Bin in Boston. A. G.

Lizzy las die Notiz mehrmals durch. Es fiel ihr schwer, den knappen Ton zu ignorieren. Oder die Initialen. Für Vor- *und* Nachname. Kühl. Distanziert. Aber hatte sie nicht genau das gewollt? Distanz? Sie spielte kurz mit dem Gedanken, ihn anzurufen und ihm ihren Verdacht gegen Dennis darzulegen, doch wenn sie die Tür zwischen ihnen endgültig schließen wollte, dann durfte sie ihn nicht jedes Mal anrufen, wenn etwas schiefging. Wenn sie darauf bestand, ihn nicht zu wollen, dann durfte sie ihn auch nicht brauchen.

Entschlossen packte sie ihren Einkauf weg und trennte das, was sie zu Andrew mitnehmen würde, von dem, was hierbleiben sollte. Mit knurrendem Magen holte sie ein Päckchen in weißem Einschlagpapier heraus und öffnete es. Sie nahm sich ein Stück Schweizer Käse und steckte es sich in den Mund, dann nahm sie sich noch eins. Seit dem Rührei heute Morgen hatte sie nichts gegessen.

War das wirklich erst heute Morgen gewesen?

Sie verdrängte den Gedanken und konzentrierte sich stattdessen auf das, was sie noch erledigen musste. Es war kurz nach fünfzehn Uhr. Wenn sie es richtig anstellte und eine Stunde in der Scheune arbeiten und sich dann noch ein oder zwei Stunden um das Fingerabdruckpulver kümmern würde, könnte sie noch vor Einbruch der Dunkelheit bei Andrew sein. Es würde sich seltsam anfühlen, allein in seinem Bett zu schlafen, eine unangenehme Erinnerung daran, wie rücksichtslos sie mit seinen Gefühlen umgegangen war. Und mit ihren eigenen. Nach der letzten Nacht war sie noch immer nervös.

Sie wickelte den Käse wieder ein und hielt inne. Etwas – *was?* – war ihr aufgefallen. Etwas, das sie bemerken oder woran sie sich erinnern sollte. Sie sah auf das Einschlagpapier, das sie wieder zusammengefaltet hatte, und mit einem Mal wurde es ihr klar. Kein Kunstpapier. Butterbrotpapier. Wie man es in der Fleischverarbeitung benutzte.

Einer Eingebung folgend, riss sie ein Stück davon ab und hielt es ins Licht. Stabil, aber nicht teuer. Kein Wasserzeichen … Sie schloss die Augen und rief sich die Worte ins Gedächtnis, die darauf gekritzelt worden waren.

Die Zauberinnen sollst du nicht leben lassen.

Es war, als würde ihr der Boden unter den Füßen weggerissen werden, als sich die Puzzlestücke zusammenfügten.

Ruf Andrew an! Nein, nicht Andrew! Roger!

Beim vierten Klingeln ging die Mailbox ran. Lizzy unterdrückte ein Stöhnen und betete, dass sie nicht tagelang darauf warten musste, bis er sie zurückrufen würde. »Hier spricht Lizzy. Rufen Sie mich an, sobald Sie das hier abhören! Ich muss dringend etwas mit Ihnen besprechen.«

Ungeduldig starrte sie auf ihr Handy, wollte es mit Gedankenkraft zum Klingeln bringen, während sich ihr Verstand zunehmend verknotete. Griff sie nach Strohhalmen? Sah sie Gespenster, wo es keine gab?

Nach dreißig Minuten hatte Roger immer noch nicht angerufen. Daraufhin steckte sie das Handy in die Tasche und ging zur Scheune. Sie musste sich ablenken, etwas Produktives tun, statt nur Däumchen zu drehen und ihren wirren Gedanken nachzuhängen.

In der Scheune war es kühl und dunkel. Sie schaltete das Licht ein, krempelte die Ärmel hoch und freute sich schon darauf, zu sehen, wie die Ölmischung sich entwickelt hatte. Sie schraubte den Deckel von der kleinen Bernsteinflasche auf, tupfte etwas auf ihr Handgelenk und atmete langsam und tief ein. Danach hielt sie das Handgelenk etwa zwei Zentimeter von ihrem Mund entfernt, schloss die Augen und atmete durch den Mund ein, damit sich der Duft auf ihre Zunge legte und in ihre Kehle wanderte, die wie eine Hintertür zu ihrer Nase war.

Dunkel, hölzern, feucht und grün.

Keine perfekte Nachahmung des Originals, aber so nah dran wie möglich, konnte sie sich doch nur von ihrer Erinnerung und ihrer Nase leiten lassen. Jetzt war es an der Zeit, das Gemisch zu verdünnen. Danach musste es zwei Wochen ruhen, bevor sie es abfüllen konnte.

Sie zog das Handy aus ihrer Tasche und legte es auf die Werkbank, dann suchte sie einen Stift und fing an, alles zu berechnen. Sie überlegte, ein Eau de Toilette mit fünfundachtzigprozentiger Verdünnung herzustellen. Damit wäre der Duft nicht nur leichter, sie würde auch mehr daraus gewinnen. Nun brauchte sie bloß noch auszurechnen, wie viele Flaschen sie dafür bestellen musste.

Gerade als das erledigt war und sie den Deckel von einer Flasche Ethanol schraubte, klingelte ihr Handy. Lizzy ging sofort ran. »Roger. Danke, dass Sie mich zurückrufen.«

»Ich habe grad telefoniert. Wie ich höre, hatten Sie gestern Nacht Besuch. Geht es Ihnen gut?«

»Hat Andrew Sie angerufen?«

»Nein. Ein Freund vom SCPD. Ich habe gefragt, ob es Ihnen gut geht?«

»Ja. Ich habe den Mann gesehen, als ich die Treppe runtergegangen bin, und bin geflohen. Aber vergessen Sie das! Was wissen Sie über Dennis Hanley?«

Es dauerte ein bisschen, bis Roger ihr folgen konnte. »Warum?«

»Vielleicht bin ich nur paranoid, aber mir ist heute im Supermarkt etwas Seltsames passiert. Helen Hanley war an der Kasse. Als ich gehen wollte, hat sie mich heftig angerempelt und mir geraten, aufzupassen, weil sie nicht will, dass mir was passiert. Zuerst dachte ich, sie sei nur unhöflich, aber je länger ich darüber nachgegrübelt habe, desto stärker hat es sich nach etwas anderem angefühlt. Daraufhin bin ich zurückgefahren, um mit ihr zu reden. Dabei ist mir eine Prellung auf ihrer Wange aufgefallen. Sie hat versucht, sie zu überschminken, aber ich konnte sie trotzdem sehen. Und dann ist Dennis aufgetaucht. Sie hatte Angst vor ihm, Roger. Ich kann es ihr nicht verdenken. Er hat einen weißen Kittel mit getrocknetem Blut getragen und muss gerade von seiner Schicht in der Fleischverarbeitungsfabrik gekommen sein. Ich habe es erst verstanden, als ich zu Hause war und eine Packung Käse von der Feinkosttheke aufgemacht habe.«

»Käse?«

»Er war in weißes Papier eingeschlagen. Butterbrotpapier – wie man es auch in einer Fleischerei verwendet.«

Wieder war es kurz still, während er das alles verarbeitete. »Die Nachricht«, sagte er schließlich. »Sie glauben, dass Dennis sie geschrieben hat.«

»Ich liege total daneben, nicht wahr? Zähle zwei und zwei zusammen und komme auf fünf?«

»Vielleicht nicht. Eigentlich …«

Sie erwartete, dass er weitersprach, aber da das nicht passierte, hakte sie nach. »Eigentlich?«

»Es gibt etwas, was ich von einem Kumpel gehört habe, nachdem Hollis gestorben ist. Ein neuer Kollege hat den Anruf erhalten. Steve Gaffney. Er ist ein guter Kerl, aber er hat die Sache zum Teil vermasselt.«

Lizzys Herz schlug höher. »Inwiefern?«

»Er hat behauptet, dass Hollis eine Nachricht hinterlassen hat, einen Abschiedsbrief. Hollis' Frau hat ihn am Kühlschrank gefunden und Gaffney gegeben, als er sie aufgesucht hat, um ihr von dem Unfall zu erzählen. Er hat gesagt, dass sie geweint hat, aber von der Nachricht nicht allzu überrascht schien.«

»Was stand in dem Abschiedsbrief?«

»Sachen, die man schreibt, wenn man vor dem Abgrund steht. Laut Helen war er nach Afghanistan ziemlich kaputt. Sie hat ihn angefleht, sich einer Selbsthilfegruppe anzuschließen, aber Dennis hat dem einen Riegel vorgeschoben. Er hat gesagt, dass die Hanleys ihre Probleme selbst lösen.«

»Ein wahrer Experte für posttraumatische Belastungsstörungen«, murmelte Lizzy.

»Das ist es ja: Bei Hollis wurde nie eine PTBS festgestellt.«

»Vielleicht nicht offiziell, aber etwas muss dort drüben passiert sein, wenn er ein Jahr nach seiner Rückkehr Selbstmord begeht. Was stand in der Nachricht?«

»Das weiß niemand. Gaffney hat es vermasselt und die Nachricht nicht mitgenommen. Anfängerfehler. Der erste VU Ex kann einen ganz schön mitnehmen, besonders, wenn er so unschön ist wie der.«

»VU Ex?«

»Entschuldigen Sie, das ist die polizeiliche Abkürzung für einen Verkehrsunfall mit tödlichen Folgen.«

»Nett.«

»Nicht wirklich, nein. Aber es hilft dabei, den Anblick wegzustecken. Jedenfalls war der Abschiedsbrief verschwunden, als Gaffney das nächste Mal nach ihm gefragt hat.«

»Wie kann ein Brief verschwinden?«

»Nicht von allein, das ist sicher. Bei dem Besuch war Dennis anwesend, und Helen hatte einen schweren Anfall von Amnesie. Sie hat behauptet, sie hätte den Brief nie gesehen. Als Gaffney nicht locker gelassen hat, ist Dennis dazwischengegangen. Er hat gesagt, dass Helen schon genug durchgemacht hat und er sich um alles Weitere kümmert. Es gab keinen Verdacht, dass etwas nicht mit rechten Dingen zuging, also hat Gaffney die Sache auf sich beruhen lassen. Die Leute reagieren auf Selbstmord komisch. Empfindlich. Aber dass der Brief verschwunden ist, hat Gaffney nicht gefallen. Es gab ein paar Zeilen, die ihm nicht aus dem Sinn gingen. Hollis hatte wohl geschrieben, dass manche Leute bekommen, was sie verdienen, manche aber im Albtraum anderer gefangen sind. Und dass er für das, was er getan hat, in die Hölle kommen würde.«

»Na ja, das passt, oder nicht? Er muss wirklich furchtbare Dinge in Afghanistan gesehen haben. Vielleicht hat er auch schlimme Dinge getan. All das hat ihm offensichtlich zugesetzt. Womöglich hat Dennis davon gewusst und nicht gewollt, dass die Leute es rausfinden.«

»So kann man das verstehen, wenn man nicht die ganze Geschichte kennt. Aber Gaffney hat es keine Ruhe gelassen. Er kennt einen Typen, mit dem Hollis stationiert war, und so wie er die Sache erzählt, hat Hollis Hanley seine Waffe nie abgefeuert. Bei ihrer ersten Mission ist ihre Einheit in Schwierigkeiten geraten. Sie saßen in einem ausgebombten Gebäude fest und standen unter heftigem Beschuss. Hollis hat die Waffe angelegt und … nichts getan. Er ist erstarrt. Ein paar der anderen konnten ihn zu Boden ziehen, bevor er getötet wurde. Sie haben ihm danach einen Posten außerhalb des Kampfgeschehens beschafft, aber das hat nicht geholfen. Etwas in ihm war zerbrochen. Er wurde ausgemustert. Entschuldigung, das heißt, er wurde entlassen.«

Lizzy musste Rogers Worte erst einmal verdauen und die Puzzleteile aneinanderlegen. »Wenn Hollis niemanden in Afghanistan getötet hat, warum hat er dann gedacht, dass er in die Hölle kommt?«

»Jetzt verstehen Sie, worauf ich hinauswill.«

Die Zahnräder drehten sich langsam, bis es schließlich klickte. »Sie glauben, dass er sich wegen Heather und Darcy umgebracht hat? Weil er sie ermordet hat. Und Dennis hat es gewusst.«

»Die Morde lagen Jahre zurück. Es war unwahrscheinlich, dass es irgendjemand mit Heather und Darcy in Verbindung bringen würde. Aber jetzt glaube ich, dass man sich das näher anschauen sollte. Es würde erklären, warum Dennis den Abschiedsbrief loswerden wollte. Er hat Hollis schon immer beschützt. Vielleicht hat das mit Hollis' Tod nicht aufgehört. Vielleicht wollte er sichergehen, dass niemand die Fragen stellen würde, die wir jetzt stellen. Doch dann tauchen Sie auf und fangen genau damit an.«

Sie dachte über den letzten Teil nach. Die Puppe. Das Feuer. Der Mann in ihrer Küche. »Helen hat versucht, mich zu warnen. Sie wusste, dass Dennis hinter allem steckt, was vorgefallen ist.«

»Es ist nur eine Theorie, aber es passt.«

»Was machen wir jetzt?«

»*Wir* machen gar nichts«, sagte Roger nachdrücklich. »Wenn wir recht haben, und das ist ziemlich wahrscheinlich, dann ist Dennis Hanley ein gefährlicher Mann. Diesmal kann Summers es nicht unter den Teppich kehren. Wo ist Andrew?«

»In Boston. Wegen einem Auftrag.«

»Sie sollten ihn anrufen, damit er weiß, was vor sich geht. Ich muss auch ein paar Anrufe tätigen. Bleiben Sie in der Nähe von Ihrem Telefon.«

Sie legte das Handy weg und stützte sich mit beiden Händen an der Werkbank ab. Andrew hatte in Boston schon genug um die Ohren. Sie würde ihn heute Abend anrufen, wenn Roger sich noch mal bei ihr gemeldet hatte. In der Zwischenzeit würde sie noch etwas arbeiten und versuchen, zu begreifen, dass der Mörder von Heather und Darcy tatsächlich gefunden werden könnte, auch wenn man ihn nicht mehr der Gerechtigkeit überführen konnte. Altheas Ruf wäre endlich gerettet.

Die Dinge fügten sich allmählich zusammen. Sie hatte das, was sie hier tun wollte, fast geschafft. Der Kredit war genehmigt worden. Sobald sie die Reparaturen veranlasst und beim Immobilienbüro von Rhannas Freund den Vertrag unterschrieben hatte, würde es nichts mehr geben, was sie hier hielt. Rhanna und Evvie konnten bleiben, bis die Farm verkauft war. Sie würden sich auch um den Hausrat kümmern. Für sie selbst war es an der Zeit, Luc anzurufen und mit ihm ein Datum für ihre Rückkehr zu vereinbaren. Außerdem musste sie die *Erdenklänge* für Rhanna fertigstellen. Ihr Abschiedsgeschenk.

Bei dem Gedanken wurde ihr unerwartet schwer ums Herz. Sie griff nach einem gläsernen Messbecher und füllte ihn mit Ethanol. Dabei behielt sie das Handy ebenso im Auge wie den Notizblock, auf dem sie ihre Berechnungen angestellt hatte. Plötzlich hielt sie inne. Es hatte kein Geräusch gegeben, keine Bewegung, nur eine unterschwellige Veränderung in der Luft, die ihr sagte, dass sie nicht mehr allein war.

NEUNUNDDREISSIG

Sie erkannte Dennis, kaum dass sie sich umgedreht hatte.

Er stand mit schlaff herabhängenden Armen reglos in der Tür. Ihr Herz schlug ihr gegen die Rippen. Sie wartete darauf, dass er etwas sagte, aber er stand nur da, schweigend und doch seltsam aufgewühlt. Schließlich zog er die Tür zu und trat mit langsamen, aber entschlossenen Schritten auf sie zu.

Ihr Verstand raste, während sie überlegte, wie gut ihre Chancen auf eine Flucht standen. Diesmal würde sie nicht an ihm vorbeikommen. Sie würde die Tür niemals erreichen.

»Sie haben hier nichts verloren.« Sie kämpfte darum, nicht panisch zu klingen, und bewegte sich langsam zum Ende der Werkbank, wo ihr Handy lag. »Verschwinden Sie! Sofort!«

Er hielt weiter auf sie zu. Sein Gesicht war gerötet und schweißbedeckt. Den Unterkiefer hatte er vorgeschoben wie eine Bulldogge. Statt des blutverschmierten Kittels trug er seine unförmige armeegrüne Jacke, die für den schwülen Augustnachmittag völlig unpassend schien.

Lizzy roch den mittlerweile vertrauten Geruch nach Schlamm und Blut, in den sich jetzt auch eine Alkoholfahne mischte. Er hatte getrunken, seit sie ihm zuletzt gegenübergestanden hatte. Viel, soweit sie das beurteilen konnte. Ob das zu ihrem Vorteil war oder nicht, vermochte sie nicht zu entscheiden. Der Alkohol könnte ihn ebenso träge gemacht wie seine Wut aufgestachelt haben. Innerlich wettete sie auf Letzteres.

»Sie!«, lallte er, während er weiter auf sie zukam. »Sie halten sich für so clever. Kommen nach all den Jahren her und stecken Ihre Nase in Dinge, die Sie nichts angehen. Wie so ein verfluchter Columbo.«

»Heather und Darcy Gilman gehen mich durchaus etwas an.«

»Und meine Schwägerin? Geht die Sie auch etwas an? Oder mein Bruder?«

Sie trat nach links, einen weiteren Schritt auf ihr Handy zu. »Ich kannte Hollis nicht wirklich …«

»Nehmen Sie seinen Namen nicht in den Mund! Niemals!« Er ließ den Kopf sinken, als wäre er plötzlich erschöpft. »Sie hätten nicht herkommen sollen!«

»Wollten Sie mir das gestern Nacht sagen? Dass ich nicht hätte herkommen sollen?«

Er hob den Kopf. Seine Augen funkelten. »Ich wollte Ihnen gar nichts sagen.«

»Ich weiß.« Sein Geständnis alarmierte sie. Er hatte es, ohne zu zögern, hervorgebracht. Wie ein Mensch, der nichts zu verlieren hatte. »Die Polizei hat Ihr Messer gefunden.«

»Ich habe Ihnen drei Gelegenheiten gegeben!«, brüllte er sie an. »Drei Gelegenheiten, um den Rückzug anzutreten. Die blöde Puppe mit der Nachricht! Der Brand im Schuppen! Und als das nicht funktioniert hat, bin ich mit dem Messer hergekommen. Trotzdem haben Sie einfach weitergemacht und Ihre Fragen gestellt. Aber das hat jetzt ein Ende.« Der Schweiß lief ihm aus allen Poren. Er wischte sich mit dem Ärmel über das Gesicht. »Ein Mann beschützt seine Familie. Mein alter Herr hat mir das beigebracht.

Hat eine Weile gedauert, aber jetzt hab ich es kapiert. Ein Mann tut, was er tun muss.«

Lizzy drückte das Kreuz durch. Um keinen Preis der Welt wollte sie sich einschüchtern lassen. »Genau wie eine Frau.«

Er verzog den Mund. »Ich frage mich, ob Sie glauben, dass es das wert war.«

Das Blitzen in seinen hellen Augen ließ ihr das Blut in den Adern gefrieren. Sie war sich nicht sicher, was er mit der Bemerkung gemeint hatte, aber sie würde nicht hierbleiben, um es herauszufinden. Sie sprang nach links und griff blind nach ihrem Handy. Dann wirbelte sie nach rechts und duckte sich, als er sie packen wollte.

Sie war fast in Sicherheit, den Blick auf die Tür gerichtet, da erwischte Dennis sie am Arm und riss sie zurück. Völlig verängstigt schlug sie nach ihm. Immerhin traf sie ihn schmerzhaft an der Brust und am linken Auge.

Letztlich konnte sie gegen seine Größe und Stärke aber nichts ausrichten. Ein Kinnhaken ließ sie taumeln. Geblendet von sengendem Schmerz stürzte sie und knallte auf den Rücken. Ihr Kiefer pochte, und sie schmeckte Blut auf ihrer Zunge. Schwarze Punkte tanzten in ihren Augenwinkeln, als sie versuchte, aufzustehen. Zu allem Unglück hatte sie auch noch ihr Handy verloren.

Dennis stand mit schweißüberströmtem Gesicht ein paar Schritte vor ihr. An seinem linken Auge erblühte ein Veilchen. Ungerührt beobachtete er, wie sie versuchte, auf alle viere zu gelangen. Dann sah er sich in der Scheune um, bis sein Blick auf die Werkbank fiel. Er trat an sie heran und inspizierte einige Utensilien.

»Netten Arbeitsplatz haben Sie hier«, sagte er mit höhnischem Grinsen. »Ein paar Sachen können allerdings leicht in Flammen aufgehen.« Sein Grinsen wurde noch breiter, als er ein Feuerzeug hervorholte. Kurz ließ er es aufflammen. »Wäre eine Schande.«

Panik durchströmte Lizzys Gliedmaßen, das heiße und kalte Prickeln von Adrenalin fuhr ihr in Arme und Beine. Um sie herum drehte sich alles, als sie sich auf die Füße kämpfte, außerdem sah sie alles doppelt. Kurz fürchtete sie, sich übergeben zu müssen, doch das Gefühl war vergessen, als Dennis den Reißverschluss seiner Jacke herunterzog und in seine Innentasche griff.

Ihre Kehle wurde eng, als sie eine Flasche mit roter Flüssigkeit und einem Stofffetzen im Flaschenhals erkannte. So eine hatte auch in der Asche vom Schuppen gelegen. Dennis drehte sie ein paarmal auf den Kopf, um den Stoff zu tränken. Dabei lief ein Teil der Flüssigkeit über seine Finger und den Jackenärmel. Als ein paar Tropfen auf den Boden fielen, nahm Lizzy den öligen Gestank von Petroleum wahr.

»Dennis, bitte!« Der Schmerz in ihrem Kiefer war so heftig, dass sie ohnmächtig zu werden drohte. Sie stützte sich an der Werkbank ab und zwang sich, bei Bewusstsein zu bleiben. Ihr Plan war, ihn in ein Gespräch zu verwickeln. »Sie wollen das doch gar nicht.«

Er sah sie mit einem boshaften Lächeln an und trat einen Schritt zurück. »Ach nein?«

»Die Polizei weiß alles«, platzte es aus ihr raus. Sie suchte nach etwas – irgendetwas! –, das einer Waffe gleichkam. »Sie weiß, warum Hollis sich umgebracht hat. Und sei weiß von der Puppe und der Nachricht und dass Sie den Schuppen niedergebrannt haben. Der Molotowcocktail, mit dem Sie das Feuer gelegt haben, ist längst bei der Kriminaltechnik. Wenn Sie das hier tun, wird die Polizei wissen, dass Sie es waren, und Sie verhaften.«

»Das spielt dann keine Rolle mehr.« Die Tränen in seinen Augen überraschten Lizzy. Er blinzelte heftig, aber sie rannen ihm trotzdem über die Wangen. Er wischte sie mit dem Handballen weg. »Wir haben genug bezahlt, Hollis und ich. Vor allem Hollis. Es hätte vorbei sein sollen. Abbezahlt. Jetzt sind Sie hier und wollen, dass wir noch mal zahlen. Aber so läuft das nicht.« Er verstummte und starrte mit einem Mal durch sie hindurch. Er hatte den Blick ausdruckslos in die Ferne gerichtet. »Es heißt, man kann eine Hexe nur töten, indem man sie verbrennt.« Er schwieg wieder, trat noch einen Schritt zurück und ließ das Feuerzeug aufflammen. »Ein Mann tut, was er tun muss.«

»Neeeiin!«

Lizzy verfolgte entsetzt, wie er den petroleumgetränkten Stoff an die Flamme brachte. Trotz ihrer Panik begriff sie, dass sie einen völlig irrealen Augenblick erlebte, in dem alles zu schnell und gleichzeitig zu langsam geschah. Ein entsetzlich flackernder Film …

Der Messbecher fühlte sich kühl an, als sie ihre Finger um ihn schloss. Angst ließ sie kurz zögern, doch dann flog der Becher durch die Luft. In einem sauberen Bogen schoss er auf sein Ziel zu, einen Alkoholschweif hinter sich herziehend. Sobald er mit dem Feuerzeug in Dennis' Hand kollidierte, loderte eine blaue Flamme auf. Die Jacke fing Feuer – das sofort über die Petroleumspuren herfiel. Dennis starrte den brennenden Ärmel mit weit aufgerissenen Augen an, als könnte er all das nicht fassen. Dann schlug er wie wild auf die Jacke ein, während sich das blau-orangefarbene Feuer weiter und weiter in den Stoff fraß.

Lizzy öffnete den Mund zu einem Schrei – aber es würde sie niemand hören. Und niemand würde ihr helfen. Es war ohnehin längst zu spät. Sie hörte Glas splittern, als die Milchflasche auf dem Boden landete. Dann griff das brennende Petroleum mit sengender Hitze und beißendem Licht an.

Dennis war in Sekundenschnelle in Flammen gehüllt. Während sie ihn verschlangen, schrie er wie am Spieß. Irgendwann sackte er in sich zusammen wie eine Marionette, deren Fäden gekappt worden waren. Auf dem Bauch liegend, wand er sich mit dem Gesicht nach unten in den Flammen wie ein Schwimmer auf dem Trockenen, bis er schließlich reglos liegen blieb.

Nun packte Lizzy doch ein Würgereiz. Sie unterdrückte ein panisches Schluchzen und bedeckte Nase und Mund. Der Gestank nach Petroleum und verbranntem Fleisch war plötzlich überall. Das Feuer breitete sich rasch aus, verschlang knochentrockenes Holz und zog sich über den Boden und die Wände hoch. In wenigen Minuten würde ihr einziger Weg ins Freie versperrt sein.

Mit angehaltenem Atem ging sie auf die Knie – etwas, das sie noch aus den Feuerübungen in der Schule wusste – und kroch an den züngelnden Flammen vorbei. In der Scheune war es eigenartig dunkel geworden. Der dichte Ruß verschlang den flackernden Feuerschein. Sie tastete sich zur Tür, wo sie hektisch an der Klinke hantierte.

Als sie die Tür aufriss, rollte frische Luft über sie hinweg, als würde die Scheune selbst nach Atem ringen. Kurz darauf stieß ihr ein heißer Wind in den Rücken und riss sie von den Knien. Sie blieb einen Augenblick liegen und saugte die frische Luft ein. Die Scheune stand komplett in Flammen, ächzte und knackte unter dem Feuer, das tintenschwarzen Rauch in den wolkenfreien blauen Himmel stieß.

Der Anblick hätte sie tief treffen sollen, aber sie fühlte sich seltsam taub, während sie das Wüten der Flammen beobachtete, als hätte sich ihr Verstand von ihrem Körper gelöst. Sie sollte etwas tun, jemanden rufen, aber sie war außerstande, auch nur einen klaren Gedanken zu fassen. In der Ferne hörte sie Sirenen, erst leise, dann immer lauter. Sie schloss die Augen. Jemand hatte den Rauch gesehen. Hilfe nahte.

VIERZIG

Lizzy schob den Eisbeutel über ihrem Kiefer hin und her und öffnete die Augen. Verschwommene Sicht, Übelkeit, Verwirrung – alles Symptome, die zu einem Schlag auf den Kopf passten und auf eine Gehirnerschütterung deuteten. Jedenfalls hatte ihr das Janie, die Sanitäterin, eben erklärt und ihr deswegen dringend geraten, in die Notaufnahme zu fahren, sich röntgen und ihre Lungenfunktion testen zu lassen. Wenigstens hatte das Klingeln in ihren Ohren inzwischen nachgelassen. Sie hatte sogar die meisten Fragen richtig beantwortet und nur beim Namen des aktuellen Präsidenten gepatzt.

Während der Untersuchung hatte sie irgendwann fallen lassen, dass Dennis Hanley in der Scheune liege. Daraufhin war Janies Partner Hal kurz verschwunden, vermutlich, um dafür zu sorgen, dass diese Information bei der Gerichtsmedizin landete.

»Alles klar?«, fragte Janie. Sie waren gerade dabei, Lizzy in den Rettungswagen zu bringen. »Hal mimt den Chauffeur, ich fahre hinten bei Ihnen mit.«

Lizzy nickte und sah auf die Riemen, die sie auf der Trage festhielten. Es war nicht so, als hätte sie eine Wahl.

»Warten Sie! Bitte!« Mit aufgerissenen Augen und völlig außer Atem raste Rhanna die Einfahrt rauf. »Ich will sie sehen, bitte!

Lizzy, Schatz …« Sie keuchte, und ihre Augen füllten sich mit Tränen. »O mein Gott … Dein Gesicht!«

Lizzy kniff die Augen zusammen und versuchte, sich zu konzentrieren. »Was machst du hier?«

»Unwichtig! Was ist passiert?«

»Mir geht's gut«, murmelte sie. »Sie wollen mich nur untersuchen. Wo ist Evvie?«

»Irgendwo hinter mir. Wir mussten auf der Straße parken. Wir haben den Rauch gesehen …« Sie griff nach Lizzys Hand und verzog das Gesicht. »Ach, Schatz … Wie ist das passiert?«

Janie trat vor, bevor Lizzy etwas sagen konnte. »Es tut mir leid, wir müssen los. Wir bringen sie ins Memorial.«

»Richtig. Entschuldigen Sie.« Rhanna lächelte Lizzy an, als sie zurücktrat, aber ihr Kinn bebte. »Wir sind direkt hinter dir.«

»Nein, Moment. Fährst du mit?« Lizzy sah zu Janie. »Kann sie mit? Sie ist meine Mutter.«

Janie zuckte halbherzig mit den Achseln. »Soll mir recht sein. Was meinen Sie, Mom, wollen wir los?«

Während Janie und Hal Lizzie in den Rettungswagen schoben und für den Transport vorbereiteten, erklärte Rhanna Evvie alles. Sobald Hal das Signal gab, kletterte Rhanna in den Wagen und setzte sich neben Janie.

Lizzie griff nach ihrer Hand, als der Rettungswagen die Einfahrt runterfuhr. »Danke, dass du mitkommst.«

Rhanna trocknete sich die Augen und lächelte zittrig. »Tut mir leid, dass ich so weinerlich bin. Es ist nur … Als du gefragt hast, ob ich mitfahren darf, hast du da gesagt, dass ich deine Mutter bin, weil du dachtest, sie würden mich sonst nicht mitfahren lassen?«

Lizzy stellte überrascht fest, dass auch ihr die Tränen kamen. »Ich habe es gesagt, weil du das bist. Ich habe dein Gesicht gesehen, als du mich auf der Trage gesehen hast. Du hattest Angst um mich.« Sie schloss die Augen und schluckte schwer, denn ihr kamen Altheas Worte in den Sinn: Aber Brücken können über die weitesten Abgründe gebaut werden, selbst wenn dafür nur noch zerbrochene Teile geblieben sind. »Es wird Zeit, dass ich aufhöre, dich zu bestrafen.«

***

Lizzy blinzelte zur Tafel für den Sehtest an der Wand des Schockraums hinüber, bis sie nicht mehr alles doppelt sah. Das grelle Licht von den Deckenlampen verstärkte ihre Kopfschmerzen nur. Leider konnte man die meisten Schmerzmittel bei einer Gehirnerschütterung nicht anwenden, weshalb lediglich Paracetamol blieb. Bislang hatte das aber noch nicht gewirkt.

Nach einigem Flehen hatte die Ärztin zugestimmt, dass sie nach Hause entlassen wurde. Aber erst, nachdem Rhanna versprochen hatte, dass sie liegen bleiben, nicht aufs Handy starren und alle paar Stunden geweckt werden würde. Das Handyverbot dürfte nicht schwer einzuhalten sein, schließlich war ihr Smartphone verbrannt.

Lizzy hob den Kopf, als der Raumteiler zur Seite geschoben wurde und Evvie auftauchte.

»Oh, meine Kleine. Ganz zerschlagen und grün und blau. Ich wusste, dass etwas nicht stimmt. Ich konnte es fühlen. Deshalb haben wir früher zusammengepackt. Ich wusste …«

Lizzy berührte die Klammer an ihrer Lippe. »Es ist nicht so schlimm, wie es aussieht. Nur ein paar Prellungen und eine leichte Gehirnerschütterung.«

Evvie schnaubte. »Du hast dich vermutlich noch nicht im Spiegel angeschaut. Und so etwas wie eine *leichte* Gehirnerschütterung gibt es nicht. Sie haben gesagt, dass dein Kiefer gebrochen sein könnte.«

»Ist er nicht. Nur eine Knochenprellung, die schlimmer aussieht, als sie ist. Ich muss mich aber wohl eine Weile von Grießbrei ernähren.«

Evvie verdrehte die Augen und zog ein Taschentuch aus ihrer Handtasche, um sich die Augen abzutupfen. »Du hättest sterben können.«

»Bin ich aber nicht.« Lizzy atmete stockend ein und grub die Finger in die dünne Krankenhausdecke. Die schwarz-weiße Uhr an der Wand tickte im Sekundentakt. »Es war Hollis Hanley, Evvie. Er hat die Mädchen umgebracht, und Dennis hatte Angst, dass ich es rausfinde. Die Drohung, das Feuer im Apfelhain … alles, um Hollis zu beschützen.«

Evvie nickte ernst. »Deine Mama hat es mir erzählt. Hast du schon mit der Polizei gesprochen?«

»Sie haben einen Detective geschickt, der meine Aussage aufgenommen hat. Derselbe, mit dem ich über den Einbruch geredet habe. Offenbar ist er ein Freund von Roger.«

Es hatte sie überrascht, dass Michael Hammond sie erwartet hatte, als sie vom Röntgen zurückgebracht worden war. Er hatte ihr erklärt, dass Roger ihm nach ihrem Telefonat mit ihm Bescheid gesagt hatte, und hatte ihr mitgeteilt, dass sie Dennis' Überreste in den Trümmern gefunden hatten. Da sie sich nur an den Zähnen orientieren konnten, würde es leider ein paar Tage dauern, bis sie ihn identifiziert hatten.

»Ich habe ihm von dem Papier erzählt, auf dem die Drohung geschrieben worden war. Es könnte aus der Fleischerei stammen. Hammond wird morgen zur Fabrik gehen, in der Dennis gearbeitet hat, um die Vermutung zu überprüfen. Er will auch die Messer dort mit dem vergleichen, das die Polizei in der Nacht des Einbruchs gefunden hat. Wir haben zwar keinen Beweis, der Hollis mit den Morden in Verbindung bringt, aber die Indizien deuten definitiv auf ihn.«

»Das reicht«, sagte Evvie. »Es wird Zeit, dass diese Geschichte ein Ende nimmt.«

Lizzy dachte darüber nach, wie es sich anfühlen würde, wenn alles vorbei sein würde. Wenn alle Fragen endlich beantwortet und die Puzzlestücke zusammengefügt worden waren. Bisher fühlte es sich nicht nach einem Ende an. Keine Erleichterung, kein Abschluss. Nur noch mehr Fragen.

»Das hoffe ich«, sagte sie leise.

»Gibt es da noch etwas?«

»Nein. Aber es ist schon eine seltsame Ironie des Schicksals, findest du nicht auch? Dennis hat so lange verzweifelt versucht, zu vertuschen, was vor acht Jahren passiert ist, aber am Ende hat er nur sein eigenes Leben zerstört. Warum? Hollis war tot.« Sie betastete ihre geschwollene Unterlippe. »Ich frage mich …« Sie schloss die Augen und unterdrückte ein Schaudern. Sie hatte davon gehört, wie Menschen in einem Feuer umkamen – alle, die wie sie waren, hatten davon gehört –, aber es mit eigenen Augen zu sehen, war etwas völlig anderes. »Das Letzte, was er gesagt hat, war: *Ein Mann tut, was er tun muss.* Als hätte er gedacht, er hätte keine andere Wahl.«

»Du hast getan, was du dir vorgenommen hast, und jetzt ist es vorbei.«

Lizzie nickte stumm. Sie wollte es nur zu gern glauben.

EINUNDVIERZIG

Andrew hatte den Rauch gerochen, lange bevor er die Löschfahrzeuge sah. Er bog um die Ecke und sah die Rettungsfahrzeuge und die leuchtenden orange-weißen Barrikaden der Straßensperrung. Sein Magen zog sich zusammen. Er hielt so dicht wie möglich vor den Absperrgittern und rannte los, kaum dass er ausgestiegen war. Nicht mal den Zündschlüssel hatte er herausgezogen.

Das Haus war intakt. Ebenso der Laden. Blieb die Scheune. Er folgte den schlaffen Löschschläuchen die Einfahrt hinauf. Als er den weißen Van mit den offenen Türen sah, geriet er kurz ins Stolpern.

Kein Wasser in den Schläuchen. Kein Rettungswagen auf der Straße. Die Gerichtsmedizin bereits vor Ort. Was auch immer geschehen war, die Lage beruhigte sich allmählich. Aber jemand war tot.

Der Gedanke traf ihn wie ein Schlag.

In der Luft hing der Gestank nach Rauch und nasser Asche, die den Himmel in ein schmutziges Grau verwandelten. Er schmeckte Ruß in der Kehle, seine Augen brannten, und vor ihnen verschwamm alles. Er wurde kurz langsamer, um sich über das Gesicht zu wischen, eilte dann aber weiter über das Feld und den Abhang hinauf, von wo aus er den hinteren Teil des Grundstücks überblicken konnte.

Da sah er es hinter dem Hügel, die rußschwarzen Überreste, wo eigentlich die Scheune stehen sollte. Das Dach war eingekracht, die verkohlten Wände wirkten wie eine geplatzte Samenkapsel. Vor dem sich verdunkelnden Himmel nahm sich die Szenerie aus wie ein Bild aus einem Albtraum.

Die Feuerwehrleute liefen bereits ohne Masken umher und gingen mit Schaufeln und Äxten gegen die rauchenden Überreste vor. Aufräumarbeiten. Andrew lief schnurstracks auf den Mann zu, der ihm am nächsten war, und tippte ihm auf die Schulter.

Der Mann wirbelte herum, auf dem verrußten Gesicht ein überraschter und gereizter Ausdruck. »Hier hat niemand was verloren, Kumpel. Erst, wenn die Brandwache ihr Okay gegeben hat.«

»Ich muss wissen …«

Andrews Worte verhallten, als er zwei Männer in marineblauen Overalls sah, die mit einem schwarzen Leichensack aus den Überresten auftauchten.

Noch ein Schlag in die Magengrube.

»Wer …« Der Speichel in seinem Mund war plötzlich zäh. »Ich muss wissen, wer …«

Der Feuerwehrmann drehte den Kopf und folgte Andrews Blick zum Leichensack. Er stützte sich auf seine Schaufel und sah auf seine Stiefel, als wäre ihm auf einmal nicht wohl. »Da kann ich Ihnen nicht helfen. Das liegt über meiner Gehaltsklasse. Aber vielleicht weiß es meine Kollegin.« Er legte eine Hand an den Mund. »Tammy!« Er wartete, bis Tammy da war. »Hast du eine Ahnung, wen's erwischt hat?«

Tammy nahm den Helm ab und schob die schweißnassen blonden Strähnen zurück, die sich aus ihrem Pferdeschwanz gelöst hatten. Dann musterte sie Andrew. »Gehören Sie zur Familie?«

»Nein. Ich bin … ein Freund.«

Sie nickte, und ihr Gesicht wurde sanfter. »Wir wissen es noch nicht sicher. Der Leichnam ist … ziemlich schlimm verbrannt. Tut mir leid. Ich schätze, die Polizei schickt jemanden zum Krankenhaus, um mit der Frau zu reden.«

Andrew wurde schwindlig. »Mit welcher Frau?«

»Die hier lebt. Ihren Namen weiß ich nicht.«

Er hatte das Gefühl, als würden seine Beine unter ihm nachgeben. »Lizzy Moon? Sie ist im Krankenhaus?«

»Im Memorial. Sie hatte Glück, dass sie es rausgeschafft hat.«

»War sie …« Er ließ die Worte unausgesprochen in der Luft hängen. *Verbrannt. Hat sie sich verbrannt?* »Wie schlimm ist sie verletzt?«

Tammy sah ihn mitfühlend an. »Das weiß ich nicht. Tut mir leid. Wir hatten alle Hände voll zu tun. Ich weiß nur, dass die Sanis sie mitgenommen haben.«

Andrew drehte sich um, murmelte noch einen Dank und lief zurück zur Straße. Seine Schritte schlugen im Rhythmus der Worte, die in seinem Kopf widerhallten:

Nicht tot. Nicht tot. Nicht tot.

***

In der Notaufnahme herrschte ein kontrolliertes Chaos. Auf grünen Plastikstühlen warteten Patienten in verschiedenen Stadien von Erkrankungen und Verletzungen mit Gesichtsausdrücken, die das gesamte Spektrum von gelangweiltem Unbehagen bis aufrichtigem Leid abdeckten.

Andrew lief an ihnen vorbei zum Empfangstresen. Eine Krankenschwester in einem ausgeblichenen rosa Kittel begrüßte ihn kühl und suchte ihn mit den Augen bereits eingehend nach lebensbedrohlichen Verletzungen ab. Da sie keine entdeckte, griff sie nach einem der Klemmbretter mit den Aufnahmeformularen.

Er winkte ab. »Nicht nötig, ich suche nach einer Patientin. Lizzy Moon. Sie wurde mit einem Rettungswagen vor ein paar Stunden hergebracht. Es gab da ein Feuer …«

Die Frau sah auf den Computerbildschirm zu ihrer Linken. »Ja. Sie ist in Schockraum vier. Gehören Sie zur Familie?«

»Ich bin ein Freund der Familie. Geht es ihr gut?«

»Es tut mir leid. Ich fürchte, das darf ich Ihnen nicht sagen. Ihre Mutter ist bei ihr. Wenn Sie sich setzen, sage ich ihr, dass Sie hier sind.«

Andrew ließ sich auf den nächstbesten Stuhl fallen und fragte sich, warum Rhanna hier war und nicht in Connecticut. Kurz darauf erschien sie. Er sprang auf und versuchte, ihren Gesichtsausdruck zu deuten. Sie wirkte erschüttert und erschöpft, aber nicht, als würde sie trauern.

Sie nahm seine Hände und drückte sie. »Ihr geht's gut. Sie hat eine Gehirnerschütterung, aber anscheinend lassen sie Lizzy nach Hause.«

Nachdem die Panik sich verzogen hatte, schossen ihm hundert Fragen durch den Kopf. »Ich war bei der Farm und habe die Löschfahrzeuge gesehen. Sie haben jemanden in einem Leichensack davongetragen, und ich dachte schon …«

»Sie hat es rausgeschafft«, unterbrach Rhanna ihn, bevor er es laut aussprechen konnte. »Sie ist in Sicherheit.« Sie löste ihre Hände aus den seinen. »Dennis Hanley ist tot.«

Der Leichensack. Dennis. Andrew musste es erst sacken lassen. »Hat sie Ihnen gesagt, was passiert ist?«

»Lizzy war in der Scheune, und Dennis ist mit einer Flasche voller Petroleum aufgetaucht. Sie entsprach genau der, die im Apfelhain gefunden worden ist. Er wollte die Scheune mit Lizzy darin abbrennen, damit niemand herausfindet, was sein Bruder Heather und Darcy Gilman angetan hat.« In Rhannas Augen schimmerte es. Sie blinzelte die Tränen weg. »Sie hat etwas nach ihm geworfen, als er den Stoff anzünden wollte – irgendeinen Alkohol, glaube ich –, und sein Ärmel hat Feuer gefangen. Daraufhin hat er die Flasche mit dem Petroleum fallengelassen – und alles ist in Flammen aufgegangen. Sie hat es gerade so nach draußen geschafft.«

»Ist sie …«

»Nein«, sagte sie rasch. »Sie hat keine Verbrennungen davongetragen. Aber er hat sie geschlagen. Ihr Gesicht ist ziemlich lädiert.«

Andrew kniff die Augen zusammen. Ihn überkam so heftige Wut, dass er sie schmecken konnte. Kurz wünschte er sich, Dennis Hanley wäre nicht schon in einem Leichensack.

Rhanna legte eine Hand auf seinen Arm. »Wollen Sie sie sehen? Dann sag ich kurz Bescheid, damit man Sie zu ihr lässt.«

Noch ehe er antwortete, lief sie los. Wenig später kehrte sie zurück. »Sie können jetzt zu ihr. Ich bringe Sie hin. Evvie ist gerade noch bei Lizzy.«

Lizzy drückte sich einen Eisbeutel ans Gesicht, als er eintrat. Sie senkte den Beutel und begegnete seinem Blick. Er hatte versucht, sich auf ihren Anblick vorzubereiten, hatte sich vorgestellt, wie es sich anfühlen würde, sie verletzt zu sehen, aber das hatte nicht gereicht. Diese üble Prellung an der linken Seite hätte er sich nie im Leben vorstellen können. Oder die geschwollenen Lippen mit der Klammer. Bei ihrem Anblick würde man schwören, dass sie sich mit einem Profiboxer geprügelt hatte – und k. o. gegangen war.

»Schau mal, wen ich dir mitbringe«, durchbrach Rhanna das unangenehme Schweigen. »Und er kommt wie gerufen. Die Ärztin hat nämlich gesagt, dass du in ein paar Stunden nach Hause kannst, wenn dein Zustand stabil bleibt. Ich hatte mich schon gefragt, wie wir dich nach Hause bekommen, da Evvies Auto vollgepackt ist. Jetzt kannst du bei Andrew mitfahren.« Sie sah zu Evvie hinüber und krümmte einen Finger. »Wir müssen kurz raus. Die Krankenschwester hat gesagt, dass nur eine Person auf einmal bei ihr sein darf.«

Sobald sie allein waren, trat Andrew an Lizzys Bett. »Himmel. Es tut mir so leid.«

Sie blinzelte. »Was denn?«

»Dass ich anderthalb Stunden entfernt war, als das passiert ist. Dass ich beleidigt abgehauen bin, weil mein Ego verletzt war. Ich hätte nie nach Boston fahren sollen.«

»Ich habe dir gesagt, dass du fahren sollst, Andrew. Du hattest einen Auftrag, und ich hatte …« Sie zog eine Augenbraue nach oben. »Wo wir gerade davon reden: Was machst du hier?«

»Roger hat angerufen. Er hat gesagt, er hätte dir geraten, in der Nähe von deinem Handy zu bleiben, aber du bist nicht rangegangen. Deshalb hat er mich angerufen, um herauszufinden, ob ich etwas von dir gehört hätte. Bei der Gelegenheit hat er mir von deinem Zusammenprall mit Dennis erzählt und dass er ein schlechtes Gefühl hat. Also habe ich dich angerufen, und da du nicht rangegangen bist, bin ich nach Hause gefahren. Bei dir zu Hause habe ich die Löschfahrzeuge gesehen …« Er verstummte. Da war sie wieder, die Angst, als er den Wagen der Gerichtsmedizin gesehen hatte.

»Mir geht es gut.« Mit einer energischen Handbewegung unterband sie jeden Widerspruch. »Aber lass uns nicht mehr davon reden. Ich bin müde.«

Sie lehnte sich zurück und schloss die Augen. Eine Weile sah er einfach zu, wie sie atmete, dankbar für das stete Heben und Senken ihrer Brust. In dem ausgebleichten Krankenhaushemd wirkte sie klein und blass. Zerbrechlich. Das Bild von dem Leichensack, der aus den Überresten der Scheune getragen worden war, ließ seine Kehle eng werden, während er ihr Gesicht betrachtete. Die Blessuren und die Rußspuren.

Er hätte sie fast verloren. Auch wenn sie nicht ihm gehörte.

ZWEIUNDVIERZIG

20. August

Lizzy öffnete die Augen. Durch die Fenster im Salon drangen diesiges Licht und der Geruch von baldigem Regen. Sie war erschöpft und verspannt. Ihr Nacken schmerzte, nachdem sie die Nacht hochgelagert auf dem Sofa verbracht hatte, damit Evvie und Rhanna abwechselnd nach ihr sehen konnten.

Erst weit nach Mitternacht waren sie nach Hause gekommen. Rhanna hatte ihr beim Ausziehen geholfen und ihr ein warmes Bad mit Kamille eingelassen. Dann hatte sie sie abgeseift und ihr die Haare gewaschen. Anschließend hatte sie Lizzy in einen Flanellschlafanzug gesteckt und ihr auf dem Sofa ein Nest aus einem Kissen und einer Decke gebaut. Genau das Gleiche hatte Althea früher gemacht, als Lizzy noch klein gewesen war und Bauchschmerzen oder eine Erkältung gehabt hatte.

Nun unterhielt sich Rhanna mit Evvie in der Küche, aber ihre Stimmen verloren sich hinter dem Geräusch von fließendem Wasser. Es fiel Lizzy trotzdem nicht schwer, das Thema ihres Gesprächs zu bestimmen. Sie warf die Decke beiseite und setzte sich vorsichtig auf. Als sie aufstand, schwankte der Boden unter ihren Füßen. Sie wartete, bis das Schwindelgefühl abgeklungen war, dann tapste sie in die Küche.

Rhanna warf ihr einen missbilligenden Blick zu, als sie in der Tür erschien. »Was soll das werden?«

»Ich brauche Kaffee.«

»Ich bringe dir Kaffee. Leg dich wieder hin. Hier drinnen herrscht schon genug Chaos mit dem ganzen schwarzen Puder. Da musst du mir nicht auch noch umkippen.«

»Du weißt, dass mit meinen Beinen alles in Ordnung ist, oder? Ich kann problemlos stehen.«

»Und problemlos fallen und dir den Kopf aufschlagen«, erwiderte Rhanna. »Ab mit dir!«

Lizzy ließ sich von Rhanna zurück zum Sofa führen, wobei ihre Mutter gleich noch die Kissen aufklopfte. »Leg dich hin.«

»Danke«, sagte Lizzy, nachdem Rhanna sie zugedeckt hatte. »Danke, dass du dich um mich kümmerst.«

Rhannas Mund verzog sich zu einem sanften, flüchtigen Lächeln. »Ich sollte mich bei dir bedanken. Nach all den Jahren und Fehlern hast du mir eine zweite Chance gegeben. Und dann hätte ich dich gestern fast verloren. Da ist mir klar geworden, wie viel ich verpasst habe.« Sie zuckte schwermütig die Achseln. »Ich schätze, ich versuche, die verlorene Zeit nachzuholen.«

Lizzy schluckte den Kloß in ihrer Kehle runter. »Du siehst müde aus. Hast du geschlafen?«

Bevor Rhanna ihr antworten konnte, klopfte es an der Tür. Rhanna öffnete und kehrte wenig später mit Andrew zurück.

»Du hast Besuch«, verkündete sie fröhlich. »Und sein Timing ist perfekt. Er kann dafür sorgen, dass du liegen bleibst, während ich frischen Kaffee aufsetze.«

Andrew wartete ab, bis sie draußen war, dann wandte er sich zu Lizzy. »Du siehst schon viel besser aus.«

Sie verdrehte die Augen. »Lügner!«

»Okay. Du siehst *sauberer* aus.« Er nahm in dem Sessel Platz, der dem Sofa am nächsten stand, und stützte die Unterarme auf die Knie. »Aber im Ernst: Wie fühlst du dich?«

»Wund am ganzen Körper. Ich fühle mich, als wäre ich mit einem Baseballschläger vermöbelt worden. Aber ansonsten geht es mir gut. Rhanna kümmert sich um mich wie um eine Schwerverletzte. Sie ist wundervoll.«

Sein Blick wanderte zum Couchtisch. Die Morgenausgabe vom *Chronicle* lag zusammengefaltet auf der Tischplatte, wohl an der Stelle, an der Evvie sie nach dem Lesen aufgeschlagen hatte. Lizzy hatte die Schlagzeile bereits gesehen. Zweites Feuer auf der Moon Girl Farm fordert Toten!

Andrew nahm die Zeitung und starrte das Foto von der eingestürzten Scheune an. »Hast du den Artikel gelesen?«

»Das brauche ich nicht. Ich war ja da.«

Er warf die Zeitung angewidert zurück auf den Tisch. »Ich hätte es wissen müssen.«

Sie sah ihn an. »Wie denn? Niemand hatte Dennis auf dem Schirm.«

»Mag sein, aber ich hätte ihn im Blick haben müssen. Er hat gesagt, was für Nerven du hast, zurückzukommen und über die Morde zu reden. Er hat die Moons allgemein runtergemacht, aber er hat sich vor allem auf dich eingeschossen. Ich hätte es erkennen müssen.«

»Warum? Dennis hat nichts gesagt, was nicht schon die halbe

Stadt gesagt hat. Außerdem gab es Dinge, die wir nicht wussten. Dinge, die niemand wusste und jetzt, da Dennis tot ist, auch niemals wissen wird. Trotzdem ist es nun vorbei. Es wird zwar niemand verurteilt, aber wir wissen endlich, was passiert ist. Oder zumindest wer Schuld hat. Die Gilmans werden es auch erfahren. Und der Rest von Salem Creek kann glauben, was er will. Ganz wie gehabt.«

Rhanna tauchte mit einer Tasse Kaffee und einem Strohhalm aus Papier auf. Sie reichte sie Lizzy und wandte sich an Andrew. »Willst du auch einen, bevor ich einkaufen fahre?«

»Nein danke. Ich hatte schon mehr als genug heute Morgen.«

Evvie kam mit leuchtend gelben Gummihandschuhen aus der Küche herein. »Nicht so schnell!«, sagte sie zu Rhanna. »Ich muss noch mehr Reinigungsmittel auf deine Liste setzen. Je mehr ich schrubbe, desto mehr verteilt sich das Zeug. Es ist, als wäre der Öltanker *Exxon Valdez* da drinnen auf Grund gelaufen.«

Lizzy zog verlegen den Kopf ein und sah zu Andrew. »Ich habe gestern Abend vergessen, sie wegen dem Puder für Fingerabdrücke zu warnen, bevor wir nach Hause gekommen sind.«

»Ups.«

Es klopfte erneut an der Haustür, diesmal mit dem Türklopfer. Rhanna steckte ihre Liste ein und ging an die Tür. Einige Minuten lang ertönten gedämpfte Stimmen, dann kam sie zurück.

»Es ist Helen Hanley, Lizzy. Sie steht vor der Tür und will mit dir reden.«

Lizzy starrte sie an. Sie wusste, dass Helen über den Tod ihres Schwagers informiert worden war, hatte aber keine Ahnung, welche Einzelheiten ihr mitgeteilt worden waren oder wie sie die Nachricht aufgenommen hatte.

Andrew erhob sich aus seinem Sessel. »Du musst nicht mit ihr reden, wenn du nicht willst, Lizzy. Ich kann sie wegschicken.«

Lizzy erinnerte sich wieder an ihre Begegnung mit ihr im Supermarkt, das stille Flehen in Helens Augen, die Prellung, die sie nicht ganz hatte verbergen können. Sie hatte jetzt ihre eigene Prellung.

»Nein. Schick sie nicht weg. Ich rede mit ihr.«

Evvie und Andrew wechselten bloß einen vielsagenden Blick.

Wenig später stand Hellen im Salon, ihre Tochter auf dem Arm. Ihre Augen waren geschwollen und gerötet, und sie trug kein Makeup. Das gelb-grüne Veilchen war nicht zu übersehen.

»Es tut mir leid, ich musste Kayla mitbringen, auf die Schnelle konnte ich keinen Babysitter finden. Und ich wollte diesen Besuch nicht auf die lange Bank schieben.« Sie hob die Hand an ihren Mund, und Tränen stiegen ihr in die Augen. »O mein Gott … Ihr Gesicht. Das ist alles meine Schuld.«

Lizzy setzte sich auf und klopfte neben sich auf das Sofa. »Nehmen Sie doch Platz!«

Helen ließ sich mit ihrer Tochter auf der Couch nieder. Sie weinte leise und schluckte das Schluchzen runter, während sie die Worte hervorpresste. »Die Polizei war gestern Nacht da. Sie haben mir von Dennis erzählt. Was er versucht hat … Ich bin hier, um zu sagen, wie leid mir das tut.«

»Es war Dennis, Helen. Es gibt nichts, was Ihnen leidtun müsste.«

»Doch.« Helen wimmerte. »Ich war sehr feige. Jahrelang habe ich mich von ihm drangsalieren lassen und geschwiegen, und letzte Nacht hätte er Sie fast umgebracht.« Sie schniefte laut und trocknete sich mit dem Kragen ihres Hemds die Tränen. »Ich gehe zur Polizei, wenn ich hier fertig bin. Das hätte ich schon gestern Nacht tun sollen, aber ich wollte zuerst mit Ihnen reden, Ihnen in die Augen sehen und sagen, wie leid es mir tut. Was Ihnen passiert ist und was Ihrer Familie vor all diesen Jahren passiert ist. Ich hätte nicht länger schweigen dürfen, nachdem Hollis gestorben war. Da hätte ich mit der Wahrheit herausrücken sollen, aber das habe ich nicht getan.«

Andrew beugte sich vor, die Unterarme auf den Knien. »Sie reden von Heather und Darcy Gilman?«

Helen ließ den Kopf sinken. »Hollis war ein guter Mann. Er war einfach gestrickt und sanftmütig, allerdings innerlich zerbrochen. Schon vor Afghanistan. Nach seinem Einsatz dort ging es jedoch mit ihm weiter bergab. Er kapselte sich ab und litt unter Albträumen. Und er hat angefangen, zu trinken. Ich habe ihn angefleht, sich Hilfe zu suchen, aber er wollte davon nichts wissen. Dann habe ich von einer Gruppe gehört, die sich drüben in Rochester getroffen hat. Menschen mit posttraumatischer Belastungsstörung, die versuchen, mit den Dingen, die sie gesehen und getan haben, fertig zu werden. Ich habe ihn schließlich überredet, hinzugehen. Doch dann hat Dennis davon erfahren, und damit war die Sache erledigt. Dennis hat mir klipp und klar zu verstehen gegeben, dass meine Meinung nicht zählte. Dass mein Mann durchdrehte oder dass unsere Tochter ihren Daddy brauchte, spielte keine Rolle.«

Sie weinte und wischte sich über die Augen. Mit einem Lächeln gab sie Kayla zu verstehen, dass Mommy nichts fehlte. Dann fuhr sie fort: »Ich war wütend auf Hollis, weil er sich von seinem Bruder rumschubsen ließ. Eines Abends hat er sich betrunken, und wir haben uns fürchterlich gestritten. Da hat er es gestanden.«

Lizzy knetete die Hände in ihrem Schoß und zwang sich, geduldig zu bleiben. Sie hatte acht Jahre auf die Wahrheit gewartet. Sie konnte noch ein paar Minuten länger warten.

Kayla wand sich auf dem Schoß ihrer Mutter, bis Helen sie sanft wiegte und ihr einen Kuss auf den blonden Kopf drückte. Sobald sie sich wieder beruhigt hatte, nahm Helen den Faden wieder auf:

»In dem Sommer, in dem die Mädchen verschwunden sind, haben sich Hollis und Dennis öfter mit ihnen getroffen. Hollis war noch nie ein Frauenheld gewesen, also hat Dennis ihm die beiden Mädchen vorgestellt. Die vier sind viel durch die Gegend gefahren, und Dennis hat immer ein paar Flaschen Smash mitgebracht.«

Lizzy runzelte die Stirn, weil ihr das Wort nichts sagte. »Smash?«

»Eine Mischung aus hochprozentigem Apfelwein und Selbstgebrautem. Es ist billig, und man braucht keinen Ausweis, um es zu kaufen. Außerdem wird man davon ziemlich schnell betrunken. Laut Hollis war Heather gern betrunken. Sie war ziemlich kaputt. Offenbar war bei ihr zu Hause einiges im Argen. Mit ihrem Dad.«

Lizzy wurde bei der beiläufigen Bemerkung hellhörig. »Mit ihrem Dad?«

»Sie hat Dennis erzählt, dass sie einmal nachts wach geworden war und ihr Vater vor ihrem Bett gestanden hatte und dass er immer in ihr Zimmer kam, wenn sie sich gerade umzog. Er hat so getan, als wäre es Zufall, aber sie hat gesagt, dass es ständig passiert ist. Einmal hat sie Dennis direkt gesagt, dass sie sich nur mit ihm abgab, weil es ihren Daddy wütend machte. Jedenfalls sind sie eines Abends zu viert unterwegs gewesen und am Ende beim Haus vom alten Hanley gelandet. Heather und Dennis haben sich abgesetzt. Darcy ist bei Hollis im Auto geblieben. Aber als Hollis ihr zu dicht auf die Pelle gerückt ist, hat sie Angst bekommen. Sie hat gesagt, sie müsste aufs Klo, und ist abgehauen. Da sie nicht zurückkam, ist Hollis ihr nachgegangen.«

Evvie hatte im Türrahmen gestanden, aber jetzt trat sie vor, sichtlich beunruhigt von dem, was sie gehört hatte. Dass ein Kind im Zimmer war, schien sie noch mehr zu stören. »Vielleicht möchte Kayla mit Rhanna und mir kurz in den Garten«, sagte sie. »Während sich die Erwachsenen unterhalten?«

Helen wirkte zunächst verwirrt, aber dann sah sie zu Kayla runter und schien sie zu verstehen. »O ja … Und es wird Ihnen bestimmt nichts ausmachen?«

»Wir passen auf sie auf«, versicherte Rhanna ihr mit dem Lächeln, das für Kinder unter drei reserviert war. »Du bist Kayla, nicht wahr? Was für ein hübscher Name.«

Helen flüsterte ihr leise einen Dank zu. »Komm, mein Mädchen, Geh mit den netten Frauen mit. Mommy bleibt hier.«

»Wir sind hinter dem Haus, falls Sie uns brauchen«, sagte Evvie, bevor sie zur Hintertür lief.

Ohne ihre Tochter wirkte Helen verloren. Sie sah von Lizzy zu Andrew und wieder zurück. »Es tut mir leid. Ich hätte an Kayla denken sollen. Sie wird sich nicht an ihren Daddy erinnern, aber sie muss den Rest nicht hören. Ich bin nur so … Ich habe nicht mehr gut geschlafen, seit Dennis eingezogen ist.«

Lizzy bemühte sich nicht darum, ihre Überraschung zu verstecken. »Sie und Dennis waren …«

»Nein!« Helen erschauderte sichtlich. »Er ist vor ein paar Wochen einfach zu uns gezogen. Angeblich wollte er mir mit Kayla helfen, aber ich denke, er wollte nur sicherstellen, dass ich meinen Mund halte.«

»Dennis hat gewusst, dass Sie wussten, was mit den Mädchen passiert ist?«

»Hat er. Hollis hat ihm erzählt, dass er betrunken war und alles verraten hat. Dennis war außer sich. Seitdem hat er mich nicht mehr aus den Augen gelassen.«

»Sie haben gesagt, dass Hollis nach Darcy gesucht hat, als sie nicht zurückgekommen ist«, hakte Lizzy nach. Sie wollte wieder über den Abend reden, an dem die zwei gestorben waren.

Helen schloss die Augen und drückte das Kreuz durch. »Es hat eine Weile gedauert, aber er hat sie schließlich gefunden. Sie hatte sich wegen dem ganzen Smash übergeben. Als sie ihn gesehen hat, ist sie schreiend weggerannt. Hollis ist ihr nach. Nicht, um ihr wehzutun, sondern damit sie nicht hinter das Maisfeld rannte, wo sie nichts verloren hatte. Aber es war zu spät. Als er sie eingeholt hat, war sie schon auf den hinteren Feldern, auf denen Hollis' Daddy niemanden duldete.«

»Wegen des Marihuanas«, sagte Lizzy leise. Sie warf einen Blick auf Andrew, sah dort aber keine Überraschung. Hatten alle davon gewusst?

»Ja.« Helen nickte. »Das Gras. Da war dieser große Schuppen, in dem sie das Zeug getrocknet haben. Darcy ist darauf zugelaufen. Ich nehme an, sie wollte sich verstecken. Plötzlich wurde die Tür aufgestoßen, und Mr Hanley kam raus, sturzbesoffen und mit einer Schrotflinte. Bei seinem Anblick hat Darcy laut losgeschrien. Der alte Mann hat nicht mit der Wimper gezuckt, sondern ist einfach hinter sie getreten und hat ihr eins mit dem Gewehrkolben verpasst. Sie ist wie ein nasser Sack zu Boden gegangen.« Helen verstummte und hielt sich eine Hand vor den Mund. »Hollis hat mir gesagt, er könne den Schädel noch jede Nacht knacken hören, sobald er die Augen zumacht.«

Lizzy kämpfte gegen eine unerwartete Übelkeit an. Helens Geschichte passte perfekt zum Befund der Gerichtsmedizin. *Stumpfe Gewalteinwirkung am Hinterkopf und am Scheitel.* Jedenfalls bei Darcy. Ihre Schwester war dagegen laut Autopsiebericht erwürgt worden. »Was ist mit Heather?«

»Sie und Dennis müssen Darcys Schreie gehört haben, denn sie kamen angelaufen. Heather hat Darcy am Boden liegen gesehen und sich die Lunge aus dem Leib geschrien. Selbst betrunken hat der alte Mann erkannt, dass er in Schwierigkeiten steckte. Er hat

Dennis gesagt, dass er sie zum Schweigen bringen soll. Als Dennis sich nicht gerührt hat, hat sein Vater die Waffe auf ihn gerichtet. Er hat gesagt, wenn Dennis Heather nicht zum Schweigen bringt, würde er das übernehmen – und den beiden Jungs erginge es danach genauso. Als Hanley die Flinte dann auf Hollis gerichtet hat, wurde Dennis klar, wie ernst es seinem Vater war. Dennis' Schwachstelle kannte der Mann genau.«

Andrew klappte der Unterkiefer runter. »Er hat damit gedroht, seinen eigenen Sohn zu erschießen?«

Helen nickte. Sie war noch blasser als bei ihrer Ankunft und am Ende ihrer Kräfte. »Er hätte es auch getan. Dennis wusste das … Deshalb hat er einen Arm um Heathers Hals gelegt und einfach … zugedrückt. Sie hat sich gewehrt, aber er war zu stark. Hollis war entsetzt, wie lange es gedauert hat … Überhaupt nicht wie in Filmen … Irgendwann hat sie dann aufgehört, sich zu wehren.«

Lizzy schwieg, erschüttert von der grausigen Szene, die Helen beschrieben hatte. Und von der Erkenntnis, dass Dennis' Entschlossenheit, die Wahrheit geheim zu halten, mehr mit seiner eigenen Schuld zu tun gehabt hatte als mit der seines Vaters oder Bruders.

»Der Teich«, sagte Lizzy benommen. »Wie sind die Mädchen im Teich gelandet?«

»Mr Hanley hat seinen Söhnen befohlen, die Taschen der Mädchen mit Steinen von der Mauer hinterm Schuppen zu füllen und sie dann in den Teich zu zerren. Die zwei haben nicht sofort reagiert, weshalb er sie angefahren hat, nicht so zimperlich zu sein. Er hat gesagt, dass ein Mann tut, was er tun muss. Da haben sie sich in Bewegung gesetzt. Nicht, dass die beiden eine Wahl gehabt hätten. Sie steckten mittlerweile ja selbst drin. Dennis hat später den anonymen Anruf getätigt, damit die Polizei glaubt, dass Ihre Großmutter die beiden umgebracht hat.«

Ein Mann tut, was er tun muss.

Lizzy unterdrückte ein Schaudern. Das hatte Dennis gestern auch gesagt. Die Worte seines Vaters. Das Erbe seines Vaters. Der Mord an zwei jungen Frauen und das Vertuschen der Beweismittel … Sie runzelte die Stirn. »Sie haben gesagt, dass sie beide drinsteckten, Hollis *und* Dennis, aber Hollis hat doch gar nichts getan.«

Helen starrte auf ihre Hände. Sie hatte die Finger so fest miteinander verschränkt, dass die Knöchel weiß hervortraten. Eine Träne rann ihr über die Wange, dann eine zweite. Schließlich hob sie den Kopf. »Die beiden haben die Mädchen auf einen alten Karren geladen und zum Teich gezogen. Dennis ist zuerst mit Heather reingewatet und hat zugesehen, wie sie versank. Aber als Hollis Darcy hochgehoben hat, da hat sie gestöhnt.«

Lizzy zog sich der Magen zusammen. Rogers Worte fielen ihr ein. Bei Darcy waren Hinweise darauf festgestellt worden, dass sie ertrunken sein könnte. Sie sah zu Helen hinüber, brachte aber keinen Ton heraus.

»Dennis hat kein Wort gesagt, aber Hollis wusste auch so, dass sie es zu Ende bringen mussten. Dennis hat ihre Beine gepackt, und zusammen haben sie Darcy ins Wasser geschleppt. Sie haben gewartet, um sicherzugehen, aber sie ist nicht wieder aufgetaucht.«

Salz und ein stehendes Gewässer …

»Sie hat noch gelebt, bevor sie im Wasser war«, flüsterte Lizzy. »Sie hätte den Schlag auf den Kopf vielleicht überlebt, wäre sie nicht in den Teich geschleppt worden.«

»Hollis hat sich das nie verziehen.«

Da war er, der Grund, warum Hollis seinen Wagen gegen den Baum gefahren hatte. Lizzy schloss die Augen und versuchte, das Bild vor ihren Augen zu verdrängen. »Als er … gestorben ist«, sagte sie stockend, »hat er einen Abschiedsbrief hinterlassen. Den haben

Sie der Polizei gezeigt, aber der Polizist hat ihn nicht mitgenommen. Danach ist der Brief verschwunden.«

Andrew zog ein paar Taschentücher aus der Box, die Rhanna neben Lizzy gestellt hatte, und reichte sie Helen. Sie nahm sie mit einem dankbaren Nicken entgegen. »Das war Dennis.« Sie tupfte sich die Augen ab. »Er hat mir gesagt, dass ich ihn verbrennen und behaupten soll, ich hätte ihn nie gesehen. Er hatte Angst, dass die Leute das, was Hollis geschrieben hat, mit den Mädchen in Verbindung bringen könnten.«

»Es ging ihm nie um Hollis. Das alles – die Drohung, das Feuer – diente nur dazu, sich selbst zu schützen. Weil er Heather umgebracht hat.«

»Ich bin mir nicht sicher, ob Dennis den Unterschied noch verstanden hat. Sein Leben bestand einzig und allein darin, Hollis zu beschützen. Nachdem sein Bruder gestorben war, hat er seinen Lebenssinn also verloren. Danach hat er die Farm verloren. Und dann hat er gehört, dass Sie wieder da sind und Fragen stellen. Da wurde es schlimm. Als die ganzen Artikel in der Zeitung auftauchten, wusste ich, dass er dahintersteckte, aber ich konnte nichts sagen. Er hat damit gedroht, mir Kayla wegzunehmen.«

»Wollte er sie wegnehmen oder ihr etwas antun?«

Alte Panik blitzte in Helens Augen auf. »Ich weiß es nicht. Ich wusste nur, dass etwas Schreckliches passieren würde, wenn ich zur Polizei gehen würde. Deshalb habe ich Sie warnen wollen. Ich wusste nicht, was ich sonst tun sollte. Als gestern Nacht die Polizei vor meiner Tür stand, dachte ich …« Sie drückte sich eine Hand vor den Mund. »Nachdem klar war, dass Sie entkommen konnten und dass es Ihnen gut ging, wusste ich, dass ich der Polizei alles erzählen muss. Und dass ich ihnen den Brief geben muss, den Hollis geschrieben hat, bevor er gestorben ist.«

Lizzy sah sie überrascht an. »Sie haben den Brief noch?«

»Es war das Letzte, was er jemals geschrieben hat, und er hat es mir geschrieben. Ich konnte ihn nicht verbrennen. Ich werde ihn zur Polizei bringen und das alles erzählen. Aber ich musste zuerst Sie sehen. Ich hatte das Gefühl, dass ich Ihnen das schulde. Ihnen und Ihrer Großmutter. Ich weiß, dass ich mich nie genug dafür entschuldigen kann, aber ich wollte, dass Sie die Wahrheit aus meinem Mund erfahren.«

»Danke«, sagte Lizzy leise. Sie ahnte, wie schwer der heutige Tag für Helen gewesen sein musste. »Die Prellung auf Ihrer Wange … War das Dennis?«

Helen berührte die verfärbte Stelle vorsichtig. »Er ist betrunken nach Hause gekommen und hat eine Menge Lärm gemacht. Kayla war gerade erst eingeschlafen, und ich habe ihn gebeten, leise zu sein.«

Andrew ließ seinen Atem entweichen wie ein Teekessel seinen Dampf. »Ich weiß, dass Dennis Ihnen finanziell geholfen hat. Kommen Sie und Kayla zurecht?«

Helen zuckte die Achseln und zerknüllte die Taschentücher in ihrer Hand. »Keine Ahnung. Ich hatte noch keine Zeit, darüber nachzudenken. Meine Eltern leben in Florida. Sie werden mich vermutlich aufnehmen, aber ich muss erst mit der Polizei sprechen. Vielleicht komme ich ins Gefängnis, weil ich nicht gesagt habe, was ich gewusst habe.«

Andrew rieb sich mit dem Daumen über das Kinn. Vermutlich dachte er über ihre Antwort nach. »Warum warten Sie nicht noch einen Tag, bevor Sie zur Polizei gehen? Lizzy und ich haben einen Freund, einen Detective, der Ihnen einen Rat geben könnte. Außerdem brauchen Sie rechtliche Unterstützung, wenn Sie eine Aussage machen.«

Helen wirkte verunsichert. »Das kann ich mir nicht leisten. Erst recht nicht jetzt.«

»Darüber machen wir uns Gedanken.«

Helen blinzelte sichtlich erstaunt. »Ich weiß nicht, was ich sagen soll. Nach allem … habe ich diese Güte nicht verdient.«

Lizzy erwiderte kurz Andrews Blick, dann legte sie eine Hand auf Helens. »Es wurde schon genug Schaden angerichtet, Helen. Wenn Sie im Gefängnis landen, ist niemandem gedient. Lassen Sie uns Ihnen helfen, wenn wir können.«

»Also gut. Danke.« Helen stand auf, schniefte und stopfte die zerknüllten Taschentücher in ihre Tasche. »Ich hole jetzt besser Kayla und gehe. Ich muss um zwei zur Arbeit und habe noch verschiedene Dinge zu erledigen. Melden Sie sich bei mir?«

»Sobald ich den Detective erreicht habe.«

Andrew brachte Helen in den Garten zu Kayla, aber Lizzy blieb auf dem Sofa, denn sie war erschöpft und benommen. Sie hatte die Wahrheit gewollt und sie bekommen. Die ganze Wahrheit.

Das verdrehte Leben der Hanleys war das Nebenprodukt eines betrunkenen und verkommenen Vaters. Zwei junge Frauen waren brutal ermordet worden, weil eine von ihnen nicht nach Hause wollte. Sie erschauderte bei dem Gedanken daran, wie Fred Gilman vor dem Bett seiner Tochter gestanden hatte. Sie würde irgendwann Susan anrufen müssen. Auch sie sollte die Wahrheit erfahren – und nicht durch den *Chronicle.*

Nach jahrelangem Leid würde sie endlich wissen, wer ihre Töchtern ermordet hatte. Ihre Trauer würde dadurch gewiss nicht enden. Wie auch, bei einem Verlust, der so unfassbar grausam war?

Und sie würden nie erfahren, ob ihr Mann sich jemals an Heather vergangen hatte. Rückblickend musste man allerdings unweigerlich zu dem Schluss kommen, dass sein Verhalten am Anfang vom Tod seiner ältesten Tochter gestanden hatte. Die arme Darcy war dann in den Strudel dieser verhängnisvollen Ereignisse geraten.

Fred Gilman würde schon bald gegen einen neuen Dämon ankämpfen müssen: sich selbst. Die letzten acht Jahre hatte er Althea Moon für den Mord verantwortlich gemacht. Jetzt musste er mit dem Wissen leben, dass er bis zu einem gewissen Grad Schuld am Tod seiner Töchter trug. Vermutlich hatte er das sogar die ganze Zeit gewusst. Vielleicht war das die passendste Strafe. Gewissensbisse waren grausame und unbarmherzige Kerkermeister.

DREIUNDVIERZIG

Das Geräusch von der Hintertür riss Lizzy aus ihren Überlegungen. Andrew kam zurück.

»Ist sie weg?«, fragte Lizzy.

»Ja. Evvie und Rhanna sind auf dem Weg zum Supermarkt. Geht es dir gut?«

»Es ist so viel auf einmal. Ich muss das erst verdauen.«

»Ich hätte dich fragen sollen, bevor ich angeboten habe, Helen zu helfen. Entschuldige, dass ich das nicht getan habe.«

»Nein, ich bin froh, dass du das gemacht hast. Gestern habe ich den Ausdruck auf ihrem Gesicht gesehen. Sie hatte schreckliche Angst vor ihm. Ich verstehe, warum sie nichts gesagt hat. Ich hätte das Gleiche getan, um mein Kind zu beschützen.«

»Sollen wir Roger anrufen? Ich kann das Handy auf Lautsprecher stellen.«

»Je eher, desto besser. Du kennst diese Stadt. So was spricht sich rum. Aber es wäre besser, wenn Helen zur Polizei geht, bevor sie zu ihr kommen.«

»Das sehe ich auch so.« Andrew nahm sein Telefon und scrollte durch seine Kontakte, dann drückte er auf den Hörer und legte das Handy zwischen sich und Lizzy auf den Tisch. Es klingelte dreimal, bis Roger ranging.

»Hi, hier spricht Andrew. Hast du kurz Zeit? Ich muss etwas mit dir besprechen.«

»Habe ich, aber sag mir erst, wie es Lizzy geht. Gerade habe ich mit Michael Hammond telefoniert. Er hat mir von letzter Nacht erzählt. Himmel!«

»Sie sitzt neben mir und ist ziemlich angeschlagen, wird aber gut versorgt. Ich fürchte, wir brauchen einen weiteren Gefallen. Einen großen diesmal.«

»Okay, schieß los.«

»Sagen wir rein hypothetisch, dass ich eine Person kenne, die der Polizei genau sagen kann, was mit den beiden Gilman-Töchtern passiert ist, aber Angst davor hat, im Gefängnis zu landen, weil sie bisher keine Aussage gemacht hat. Sie hatte Angst um ihr Leben oder um das einer ihr nahestehenden Person, zum Beispiel um ein Kind. Besteht in einem solchen Fall die Chance, dass die Polizei nachsichtig ist?«

»Ich nehme an, wir reden von Helen Hanley?«

Andrew sah Lizzy an und zog die Augenbrauen hoch. Sie gab ihm mit einem Nicken die Erlaubnis.

»Sie hat uns alles erzählt, Roger. Über Hollis, Dennis und sogar deren alten Herrn. Sie alle sind in die Geschichte verwickelt. Sie wird so oder so zur Polizei gehen, aber ich hatte gehofft, es gäbe einen Weg, ihr zu helfen. Vielleicht kannst du mit jemandem sprechen. Sie hat nichts gesagt, weil Dennis sie bedroht hat. Sie hat eine Tochter, Roger.«

Eine Weile herrschte Stille. Lizzy hielt den Atem an und wartete.

»Ich muss mir ihre Geschichte anhören«, sagte Roger schließlich. »Wenn ich zufrieden bin, bitte ich meinen Bruder, dass er ein Treffen mit der Staatsanwaltschaft herbeiführt. Man könnte sie wegen Verschleierung einer Straftat anklagen, denn sie hat ja nicht nur ihren Ehemann gedeckt, sondern auch seinen Bruder und ihren Schwiegervater. Bei diesen Verwandtschaftsverhältnissen sieht das Gesetz keine Ausnahmen vor. Aber wenn sie wirklich Angst um ihr Leben und das ihrer Tochter hatte, könnte es einen Deal geben. Gib mir ein, zwei Stunden für ein paar Anrufe. Ich melde mich bei dir, sobald ich etwas weiß. Wenn nötig, können wir danach einen Termin ausmachen. Bis dahin sollte sie mit niemandem reden.«

»Klingt, als hätte sie zumindest eine Chance«, sagte Lizzy, nachdem Andrew aufgelegt hatte. »Das freut mich. Auch wenn sie gesetzlich verpflichtet war, etwas zu sagen, kann die Polizei ihr nicht vorwerfen, dass sie ihr Kind beschützen wollte. Und jetzt will sie von sich aus zur Polizei gehen.«

»Ich denke, sie werden ihr glauben. Man muss sie nur ansehen, um zu wissen, dass sie fürchterliche Angst gehabt hat. Ich musste ihr helfen, Kayla auf den Kindersitz zu bekommen. Ihre Hände haben so stark gezittert, dass sie den Gurt nicht befestigen konnte. Ich habe ihr gesagt, dass ich sie heute Abend anrufe, sobald ich von Roger gehört habe.«

»Wo wir gerade vom Telefonieren reden: Ich schätze, ich sollte ein neues Handy kaufen.«

Er musterte sie streng. »Du setzt dich nicht hinters Steuer! In ein oder zwei Tagen fahr ich dich, aber jetzt ruhst du dich erst mal aus.«

»Ich bin ziemlich erschöpft«, gestand sie. Sie spürte, wie das Gespräch eine unangenehme Wendung zu nehmen drohte. »Vielleicht mache ich ein Nickerchen, solange es im Haus nicht zugeht wie im Taubenschlag.«

»Kann ich dir was holen? Wackelpudding? Suppe?«

Sie erinnerte sich wieder an etwas, das Evvie sie mal gefragt hatte. Ob sie jemanden hatte, der ihr Suppe bringen würde? Damals hatte sie verneint, aber jetzt hatte sie jemanden. Wenn sie ihn wollte.

Und das tat sie. Mehr, als ihr lieb war. Deshalb war es keine gute Idee, wenn er bleiben und sie pflegen würde. Sie würde ihn damit nur verwirren, ganz zu schweigen davon, dass die reelle Gefahr bestand, dass sie sich ihm erneut hingeben würde. Sie hatte ihn schon einmal verletzt. Das würde sie nicht noch mal machen.

»Danke, aber ich brauche nichts.« Sie setzte ein Lächeln auf, zuckte jedoch zusammen, weil die Klammer an ihrer Oberlippe zog. »Du musst zurück nach Boston. Du hast dein Geschäft und deine Kundschaft zu versorgen.«

Er sah kurz weg und räusperte sich. »Ich bleibe, Lizzy. Wenn du das wünschst.«

Sei stark. Gib jetzt nicht nach. Sag, was du sagen musst, und lass ihn gehen.

»Das kann ich nicht, Andrew.«

»Du kannst nicht oder du willst nicht?«

»Beides. Du hast schon so viel für mich getan. Du musst in dein eigenes Leben zurückkehren.«

»Damit du in deines zurückkehren kannst?«

Sie zwang sich dazu, seinen Blick zu erwidern. »Ich habe eine E-Mail von der Bank bekommen. Der Kredit wurde genehmigt, ich kann also die Reparaturen veranlassen, und Rhanna kennt einen Immobilienmakler, der ihr einen Gefallen schuldet. In einer Woche sollte ich alles erledigt haben.«

»Okay.« Er stand auf. »Klingt, als hättest du alles geklärt. Ich erstelle dir eine Liste mit anständigen Bauunternehmen, bevor ich die Stadt verlasse.«

»Danke.« Sie blinzelte die Tränen weg, aus Angst, etwas in ihr könnte aufbrechen, wenn sie versuchte, noch mehr zu sagen. Sie sah mit enger Kehle, wie er zur Tür ging.

Lass ihn gehen, Lizzy.

VIERUNDVIERZIG

26. August

Lizzy wappnete sich gegen den Anblick der Scheune. Zum ersten Mal würde sie diese nach dem Brand sehen. Sieben Tage waren seit dem Feuer vergangen, vier seit Helen Hanley mit der Staatsanwaltschaft gesprochen hatte, drei seit Andrew nach Boston gefahren war.

Die Symptome ihrer Gehirnerschütterung hatten endlich nachgelassen, die Prellung an ihrem Kiefer leuchtete nur noch violett und grün, und ihre Lippe heilte gut ab dank der Salbe aus Beinwell und Geranien, die Rhanna im Laden angerührt hatte.

Rhanna lief mit ernstem Gesicht neben ihr her. Allmählich verblasste ihre kalifornische Bräune. Sie beide wollten gewissermaßen Abschied nehmen. Die Abriss-Crew, die Andrew in ihrem Auftrag angeheuert hatte, würde die Überreste der Scheune noch heute beseitigen.

Schulter an Schulter standen die beiden Frauen schweigend auf dem Hügel und sahen hinab. Von Rhannas Gemälde war nichts mehr übrig. Die Scheune war nur noch ein verkohltes Skelett, das sich kohlschwarz und kantig gegen den hellen Morgenhimmel abzeichnete. Für die einen war das Bild mal eine Sehenswürdigkeit gewesen, für andere ein Schandfleck. Nun war es aus der Welt geschafft.

Der Gedanke traf Lizzy schmerzlicher, als sie zugeben würde. Sie war noch nicht mal abgereist, doch es hatte schon angefangen. Stück für Stück würden die Moons verschwinden. Die Glieder von Altheas kostbarer Kette brachen allmählich auseinander. Es sollte ihr egal sein, sie würde bald nicht mehr in Salem Creek sein. Aber es war ihr nicht egal. Es war ein Teil ihrer Vergangenheit, ein Teil von ihnen allen, und bald wäre es nichts weiter als eine Erinnerung.

Lizzy hörte Motorgeräusche in der Einfahrt und drehte sich um. Rhanna folgte ihrem Beispiel. Wenige Minuten später rumpelte der Bulldozer auf sie zu. In seinem Schlepptau stapfte ein Mann mit Schutzhelm, orangefarbener Weste und Klemmbrett in der Hand.

Lizzy hielt den Atem an, als der Bulldozer kurz vor der Scheune stehen blieb. Sie atmete erleichtert auf, als wäre die Hinrichtung in letzter Sekunde abgesagt worden. »Ich schätze, ich sollte runtergehen und ihnen grünes Licht geben, oder was auch immer sie von mir erwarten.«

Der Fahrer war ausgestiegen und hatte sich zu dem Mann gesellt. Sie standen mit dem Rücken zu Lizzy und deuteten hierhin und dorthin, um einen Schlachtplan zu erstellen. Der Mann mit dem Klemmbrett bemerkte sie als Erster.

»Wir sollen mit Elzibeth Moon reden. Sind Sie das?«

»Ja. Ich bin Lizzy Moon.«

Er reichte ihr das Klemmbrett und deutete auf die Linie für ihre Unterschrift am unteren Ende des Auftrags. »Sie müssen hier unterschreiben.«

Sie unterschrieb und gab ihm das Klemmbrett zurück.

»Ist gerade jemand im Gebäude?«

Sie musterte die verkohlte Ruine skeptisch, aber sie nahm an, dass es Regeln gab, die man befolgen musste. »Nein, niemand.«

»Gut. Es sollte nicht lange dauern. Der Lastwagen, der die Überreste wegbringt, kommt später. Sie müssen zurücktreten und dem Ganzen fernbleiben, bis wir fertig sind.«

Benommen stieg sie den Hügel zu Rhanna hinauf. Sie schlang die Arme fest um sich. »Wir sollen uns fernhalten, während sie arbeiten. Er hat gesagt, dass es nicht lange dauern wird.«

Rhanna ließ sich im Gras nieder und machte es sich im Yogasitz bequem. Lizzy setzte sich neben sie und zog die Knie an ihre Brust. Die Männer umrundeten langsam die Scheune …

»Ich kann es noch immer nicht glauben.« Rhanna schüttelte den Kopf. »Es ist einfach nur schrecklich.«

»Es tut mir leid. Ich weiß, wie viel dir dein Bild bedeutet hat.«

Rhanna riss den Kopf rum. »Ich habe nicht von dem Bild gesprochen, sondern von dir – darüber, was fast passiert wäre. Was hattest du überhaupt in der Scheune zu suchen?«

Lizzy dachte an den Duft *Erdenklänge,* der kurz vor seiner Vollendung gestanden hatte – und jetzt verloren war. Sie hatte keine Zeit mehr, ihn noch einmal anzurühren, bevor sie abreisen würde. Es bestand also kein Grund, es noch geheim zu halten. »Ich habe ein Parfüm gemacht.«

Rhannas Augen wurden groß. »Wirklich?«

»*Erdenklänge,* was dir früher so gefallen hat. Ich habe versucht, es nachzubilden. Als Überraschung für dich, bevor ich abreise.«

»Ach, Schatz, was für eine liebe Geste.«

Lizzy zuckte die Achseln. »Jetzt ist es vernichtet. Das Feuer …«

»Nein«, sagte Rhanna. Sie griff nach Lizzys Hand und hielt sie fest. »Sag so was nicht. Du bist hier. Ich bin hier. Das ist das Einzige, was zählt. Dass du das überhaupt tun wolltest ...« Sie sah auf ihre verschränkten Hände runter und lächelte. »Seit ich wieder hier bin, habe ich versucht, zu verstehen, warum ich hier bin, nach allem, was passiert ist. Wo ich doch alles kaputtgemacht habe. Ich dachte, ich müsste es wiedergutmachen, weißt du, Buße tun. Jetzt ist mir klar, dass das nicht stimmt. Ich bin wegen dir zurückgekommen, Lizzy. Ich bin hier, um zu lernen, wie ich deine Mutter sein kann.« Sie lächelte wehmütig. »Ich weiß. Mein Timing ist hundsmiserabel. Ich bin etwa sechsunddreißig Jahre zu spät dran. Aber ich werde immer dankbar sein für diese Wochen mit dir.«

Lizzy spürte, wie sich etwas in ihrer Brust löste, als sie Rhannas Blick erwiderte. Ihr Inneres öffnete sich wie die Blüten einer Blume unter der warmen Sonne. Sie waren in diesen wenigen Wochen weit gekommen, hatten alte Wunden aufgerissen und dann versorgt und die Last der vergangenen Jahre endlich abgelegt. Rhanna hatte sich ihr anvertraut, ihre Fehler eingestanden und für ihre Sünden bezahlt. Und sie selbst? Sie blickte auf ein Leben voller Groll und Schuldzuweisungen zurück, auf den Schmerz der Zurückweisung, den sie sich nie eingestanden hatte. Sie dürfte noch einen weiten Weg vor sich haben.

Sie legte eine Hand auf Rhannas Arm, riskierte ihrerseits behutsam den einst ungebetenen Kontakt, den Rhanna nun schon ein paarmal von sich aus gesucht hatte. »Als du hier aufgetaucht bist ... war ich grauenvoll zu dir. Ich wollte dich nicht hier haben, weil ich nicht zugeben wollte, wie sehr es wehgetan hatte, dass du mich nie gewollt hast. Ich habe zu lange so getan, als wäre mir das egal. Dabei habe ich als Kind immer gehofft, dass du mich eines Tages mögen würdest, dass wir endlich eine Familie sein würden. Aber das ist nie passiert. Dann bist du abgehauen, und damit hatte sich die

Sache erledigt. Ich schätze, ich wollte dich bestrafen. Jetzt verstehe ich, warum du das alles getan hast, und ich bin froh, dass du zurückgekommen bist und wir diese Gelegenheit hatten, wieder zueinanderzufinden.«

Der Motor des Bulldozers dröhnte wieder, und sie verstummten.

Lizzy hob eine Hand, um ihre Augen gegen die Sonne abzuschirmen, und ihre Kehle wurde eng, als die Planierraupe vorwärtsfuhr und dann wieder zurück, sich neu ausrichtete und wieder vorfuhr. Die frische Furche in der Erde hinterließ ein flaues Gefühl in ihrem Magen. Die Zeit schritt voran, wie es schien, selbst in Salem Creek.

Dreißig Minuten später waren die Überreste der Scheune zu einem Haufen verkohlter Holzbalken reduziert worden, und der Bulldozer war fort. Rhanna zupfte Grashalme ab und flocht sie zusammen. »Du reist bald ab, nicht wahr?«

Die Frage überraschte Lizzy nicht. Den ganzen Morgen hing schon ein Gefühl der Endgültigkeit in der Luft. Offenbar hatte auch Rhanna das gespürt. »Ja.«

»Wann?«

»In ein oder zwei Tagen.«

Rhanna wirkte enttäuscht. »So schnell schon?«

»Ich habe Luc angerufen und ihm gesagt, dass hier im Grunde alles geregelt ist. Andrew hat mir geholfen, Firmen zu finden, das Dach und die Elektrik müssen ja gemacht werden, und Billy Church hat mir den Vertrag für den Verkauf heute Morgen gemailt. Danke übrigens, dass du den Gefallen eingefordert hast. Du und Evvie könnt gern bleiben, bis die Farm verkauft ist. So habt ihr Zeit, Pläne zu schmieden. Wegen dem Feuer bekommen wir etwas Geld von der Versicherung. Nicht viel, aber das und der Kredit sollten euch über Wasser halten, bis das Grundstück verkauft ist …«

»Du ziehst das also wirklich durch«, sagte Rhanna leise.

»Hattest du daran gezweifelt?«

Rhanna zuckte mit den Achseln. »Ich hatte wohl gehofft, dass du deine Meinung änderst, dass wir den Laden wieder eröffnen und gemeinsam führen. Ich dachte, du und Andrew würdet ...«

»Glücklich bis ans Ende unserer Tage leben?«

Rhanna lächelte verlegen. »So was in der Art, ja. Es hat mich überrascht, dass er nach Boston gefahren ist, ohne sich zu verabschieden.«

»Wir haben uns schon verabschiedet.«

»Wann? Ich habe ihn nicht gesehen.«

Lizzy stieß den Atem aus. Sie hatte gehofft, sie könnte dieses Gespräch vermeiden. »Am Abend nach dem Einbruch – als ich bei ihm übernachtet habe –, haben wir die Nacht zusammen verbracht.«

»Ach, Lizzy ...«

»Am Morgen danach war mir klar geworden, dass ich einen Fehler gemacht hatte, und ich habe die Reißleine gezogen. Es war ihm gegenüber nicht fair, ihn glauben zu lassen, wir hätten eine Zukunft.«

»Er ist in dich verliebt. Und wenn ich mich nicht irre, dann bist du es auch in ihn. Warum solltet ihr keine Zukunft haben?«

»Das hier ist keine Folge von *Verliebt in eine Hexe*«, warf Lizzy zurück. »Ein Happy End – mit Flitterwochen, Kindern, Ausflügen nach Disneyland – ist was für andere Frauen. Wir beide wissen, dass dieser Weg für uns nicht bestimmt ist. Und Andrew weiß das auch.«

Rhanna starrte sie an. »Du hast ihm ... von uns erzählt?«

»Das musste ich nicht. Er wusste es. Offenbar hat er es immer gewusst. Er schwört, dass es ihm egal ist, und ich denke, dass er das auch glaubt. Aber irgendwann wird es ihm nicht mehr egal sein. Er hat ein Leben verdient, das ich ihm nicht geben kann.«

Rhanna schüttelte langsam den Kopf. »Peter, Paul and Mary! Ich wusste, dass du stur bist, aber mir war nicht klar, dass du auch dumm bist. Du hast eine Chance auf etwas Wundervolles – und die nutzt du nicht? Wegen irgendeiner uralten Familientradition? Oder weil es schwierig sein könnte? Die Zeiten ändern sich, Lizzy. Auch für Frauen wie uns. Wir müssen längst nicht mehr allein als griesgrämige Kräuterhexen durchs Leben gehen, sondern können jemanden an unserer Seite haben, wenn wir das wollen.«

Lizzy warf einen bedeutungsvollen Blick auf Rhannas linke Hand. »Ich sehe keinen Ring an deinem Finger.«

»Nein«, sagte Rhanna leise. »Tust du nicht. Ich habe meine Chance verpasst. Aber glaube ja nicht, dass ich sie nicht mit beiden Händen packen würde, wenn ich eine zweite bekäme. Wenn ein Mann mich ansehen würde wie Andrew dich. Ein Mann, der mich trotz meiner bizarren Familiengeschichte nehmen würde. Du kannst deinen hübschen Hintern drauf verwetten, dass ich sofort zupacken würde. Denn ich wüsste, was für ein Glück ich hätte und wie selten so ein Mann ist.«

»Glaubst du, ich weiß nicht, auf was ich verzichte? Natürlich weiß ich es. Aber da steckt mehr dahinter. Ich habe einen Job, und diese Stadt …«

Rhanna griff nach Lizzys Ärmel und unterbrach sie. »Lizzy, Liebling, das hier ist deine Chance. *Er* ist deine Chance. Der Rest ist einfach Quatsch.«

Lizzy biss sich auf die Zunge. Sie wollte ihre frischgebackene Waffenruhe nicht riskieren. Für Rhanna war es einfach. Bis vor drei Wochen war sie in ihrem Leben noch nie eine Verpflichtung eingegangen, ganz besonders nicht einem Mann gegenüber. Sie hatte keine Ahnung, was es hieß, sein Herz zu riskieren und alles zu verlieren. Genauso wenig wie sie, Lizzy, selbst. Bis jetzt.

Sie befreite sich aus Rhannas Griff und stand auf. »Es tut mir leid, aber ich gehe jetzt besser. Ich muss noch ein paar Sachen packen.«

Sie hatte den Hügel fast hinter sich gebracht, als sie Rhanna hörte. »Du darfst glücklich sein, Lizzy.«

***

Im Haus wurde Lizzy von dem Geruch von Weißem Salbei begrüßt. Sie entdeckte Evvie im Salon mit einem rauchenden Salbeibündel in der einen Hand und einem Teller mit Asche in der anderen.

»Ich fand es an der Zeit, das Haus mal ordentlich zu reinigen.« Sie wedelte den hellen Rauch in die Ecken. »Ich war zuerst oben und habe alle Fenster geöffnet. Damit das ganze böse Juju raus kann.«

Lizzy zwang sich zu einem Lächeln, als ihr wieder einfiel, wie sie sich in diesem Raum zum ersten Mal begegnet waren. An die gereizten Worte und finsteren Blicke. Evvie würde ihr fehlen. Ihre direkten, aber weisen Worte ebenso wie ihre Loyalität. Wie ihr selbst gemachter Honig und die Wiegenlieder auf Kreol. Sie hatte behauptet, sie hätte Pläne, wenn die Farm verkauft war – für sich und ihre Bienen –, aber bislang hatte sie diese Pläne für sich behalten. Vielleicht würde sie nach Baton Rouge zurückkehren. Oder nach Texas zu ihrer Schwester ziehen. Beides waren gute Optionen, aber es fiel ihr schwer, sich Evvie irgendwo anders als auf der Farm vorzustellen.

Soweit Lizzy wusste, hatte Rhanna noch keine Pläne für die Zukunft. Sie hatte darauf gesetzt, dass die Moon Girl Farm in der Familie bleiben und sie gemeinsam den Laden wieder eröffnen würden. Lizzy hoffte, dass ihr Gespräch ihre Gedanken in einen neue Richtung lenken würde.

»Wo ist deine Mama?«, fragte Evvie durch die hellen Rauchschwaden hindurch.

»Noch auf dem Hügel«, sagte Lizzy, ohne Evvie anzusehen. »Ich habe ihr gesagt, dass ich in ein paar Tagen abreisen werde.«

Evvie senkte das rauchende Bündel und nickte stumm.

»Ich weiß, dass du dir wünschst, das Ganze würde anders enden, Evvie. Eine Weile habe ich vergessen, was ich mir versprochen habe, als ich hergekommen bin. Aber jetzt habe ich hier alles erledigt, und es wird Zeit, dass ich zurückfahre. Ich wünschte, du würdest mir sagen, was du danach vorhast, damit ich weiß, dass es dir gut geht.«

»Ich bin erwachsen. Ich komme klar.«

»Ich weiß. Aber ich mache mir Sorgen. Schafft es dein Auto überhaupt bis nach Texas?«

Evvie blinzelte. »Wer hat was von Texas gesagt?«

»Ich dachte nur …«

»Ich fahre nicht nach Texas. Oder zurück nach Baton Rouge. Ich bleibe hier in Salem Creek, wenn du es unbedingt wissen musst.«

Lizzy blinzelte. »Du bleibst in der Stadt? Ich hatte angenommen …«

Evvie wandte den Blick ab und schwenkte das Salbeibündel wieder hin und her. »Ich habe einen Mitbewohner gefunden.«

Lizzy musterte Evvie aufmerksam. Diese verlegene Haltung und den gesenkten Blick … So hatte sie Evvie schon einmal gesehen. Sie war ausgewichen, als Lizzy sie geneckt und gefragt hatte, ob sie in Ben vernarrt sei. »Dieser Mitbewohner hat nicht zufällig einen Baumarkt?«

Evvie drückte die Schultern nach hinten und hatte Mühe, einen neutralen Gesichtsausdruck zu bewahren. »Das könnte wohl sein.«

Zum ersten Mal seit Langem spürte Lizzy wilde Freude in sich aufsteigen. »Ach, Evvie! Das freut mich riesig für dich. Ich hatte das

Gefühl, dass es da etwas gibt, aber ich hatte keine Ahnung, dass es ernst ist. Warum hast du mir nichts gesagt?«

Evvie brummte wie immer. »Leute in meinem Alter rennen nicht durch die Gegend und geben damit an, dass sie in wilder Ehe leben.«

Lizzy lachte laut auf. »In wilder Ehe?«

»So haben wir das in meiner Zeit genannt … Man ist eben viel allein, wenn man in meinem Alter ist. Niemand redet mit dir, hilft dir oder erinnert sich an dich. Wir sind beide allein, und wir verstehen uns gut. Da liegt es auf der Hand, dass wir zusammenziehen.«

»Aber magst du ihn?«, hakte Lizzy nach. Sie machte sich Sorgen, dass es die Umstände waren und nicht aufrichtige Zuneigung, die Evvie dazu gebracht hatten, Bens Angebot anzunehmen.

Evvie lächelte, und ein Schleier legte sich über ihre Augen. »Mein Ehemann Archie war wie ein Donnerschlag. Hat mich aus den Socken gehauen, als er mich das erste Mal geküsst hat. Ben ist wie eine warme Decke, ein bisschen ausgefranst, aber gemütlich, was genau das ist, was ich jetzt in meinem Leben will. In meinem Alter würde ein Blitz mich wahrscheinlich umbringen. Ich kann ihm im Laden helfen, und ich habe einen Platz für meine Bienen und mein Gemüse. Also ja, Kleine, ich mag ihn. Er ist ein guter Mann.«

»Das sollte er auch sein«, sagte Lizzy ernst. »Du warst so gütig zu mir, zu Althea und zu Rhanna. Du bist Teil unserer Familie. Ich will, dass du glücklich bist.«

»Und Andrew?«

»Was ist mit Andrew?«

»Willst du nicht, dass er glücklich ist?«

»Das will ich, Evvie. Deshalb kann ich nicht bleiben. Er wäre nicht glücklich mit mir, egal, was er sich einredet, denn ich kann ihm nicht geben, was er wirklich will. Irgendwann würde er es daher bereuen. Das werde ich uns beiden nicht antun.«

Evvie ließ das Thema fallen. »Wann fährst du?«

»Ich bin mir noch nicht sicher. In ein paar Tagen vielleicht. Sobald ich gepackt und noch ein paar Dinge erledigt habe.« Sie senkte den Kopf, und ihre Kehle schnürte sich auf einmal zu. »Ich weiß, dass du enttäuscht von mir bist.«

Da wurde Evvies Gesicht sanft. »Nicht, wenn es wirklich das ist, was du willst. Das kannst nur du entscheiden. Du hast gute Arbeit geleistet, Kleine. Was du für deine Oma getan hast – für deine Familie –, war gut. Jetzt wird es Zeit, dass du dein eigenes Leben lebst. Selbst wenn es nicht hier ist. Geh nach oben und tu, was du tun musst.«

Oben hing noch immer das Aroma des Weißen Salbeis in der Luft. Erinnerung an Evvies Räucherwerk. Lizzy nahm ein paar leere Kisten aus dem Flur und trug sie in Altheas Zimmer, dann lief sie zum Bücherschrank und kniete sich hin.

Der Schlüssel drehte sich mit einem metallischen Klicken, und die Messingscharniere kratzten dumpf, als sie die Glastür zurückzog. Sie holte das erste Buch raus – *Das Buch von Sabine* – und war kurz versucht, es zu öffnen. Stattdessen legte sie es in die Kiste. Dann nahm sie die übrigen raus, eines nach dem anderen, und packte sie behutsam ein. Es waren insgesamt acht. Kein vollständiges Set. Altheas Buch lag noch im Laden. Sie würde es vorerst bei Rhanna lassen, damit sie es lesen konnte, bis sie die Farm verlassen würde. Aber was war mit Rhanna? Würde es jemals ein Buch mit ihrem Namen geben? Eines voller Rezepte und Weisheiten anstelle von makabren Skizzen?

Und was war mit ihrem eigenen Buch?

Sie stand auf und holte ihren Koffer aus der Ecke. Das Buch

steckte noch immer in der vorderen Tasche, unangetastet seit ihrer Ankunft. Sie zog es hervor und blätterte durch die sauberen weißen Seiten. *Das Buch von Elzibeth.*

War es wirklich ein Buch, wenn die Seiten leer blieben? Der Gedanke wühlte sie seltsam auf. Würde das von ihrem Leben bleiben? Eine leere Seite? Doch am Ende spielte auch das keine Rolle. Niemand würde dieses Buch je in die Hand nehmen, niemand würde sich darum kümmern, was sie getan oder nicht getan hatte. So lautete die Abmachung, die sie mit sich selbst getroffen hatte: dass sie ein unbeschriebenes Blatt zurücklassen und die Erblinie der Moons endgültig beenden würde.

Sie legte das leere Tagebuch zu den anderen in die Kiste. Dann fiel ihr Blick auf das *Buch der Erinnerungen* auf dem Nachttisch. Was war damit? Gehörte es zu den anderen? Sie wusste die Antwort, noch bevor sie die Frage zu Ende gedacht hatte: nein. Althea hatte es zwar zu den anderen gestellt, doch war dieser Band anders. Es war nicht für künftige Generationen geschrieben worden, sondern einzig für sie.

Was sollte aus dem Rest von Altheas Sachen werden? Dem Schmuckkästchen aus Ebenholz auf der Kommode, dem Handspiegel aus Sterlingsilber auf dem Nachttisch, der Patchwork-Steppdecke am Fußende des Bettes. Dinge, die ihre Großmutter im Laufe ihres Lebens liebevoll gesammelt hatte. Was sollte sie mit alldem tun?

Sie hatte geplant, die Bücher und ein paar persönliche Gegenstände einzupacken und dann den Immobilienmakler zu beauftragen, sich um den Rest zu kümmern. Jetzt wurde ihr klar, dass das unmöglich war. Weil es nicht nur Dinge waren. Es waren die wertvollsten Besitztümer ihre Großmutter, viele davon alte Erbstücke, hinterlassen von Aurore, Sylvie, Honoré und Dorothée. Vielleicht sogar von noch älteren Generationen.

Mit einem Mal spürte Lizzy all die Frauen um sich. Wie eine

gemeinsame Präsenz, die sie daran erinnerte, dass diese Moons hier einst gelebt und ihre Spuren hinterlassen hatten. Sie hatten sich gegen die Konventionen gestellt, hatten den Elementen getrotzt, hatten dem steinernen Boden Leben abgerungen, Kunst erschaffen, Töchter großgezogen, Generationen von kranken Menschen in Salem Creek geheilt und zweifelsohne alle möglichen Gerüchte erduldet, bevor ihre Asche der Erde übergeben worden war.

Die Moons waren immer geblieben.

Bis jetzt.

Mit Lizzy kam nun das Ende der Erblinie. Das war immer ihr Plan gewesen. Die Linie zu beenden und ein Leben in Anonymität zu führen. Zur letzten Moon zu werden.

Wie einfach das doch klang. Und wie leer.

Mit einem Mal wurde es ihr in diesem Zimmer zu eng. Hier gab es zu viele Frauen. Die Schatten all jener Moons, die ihr das Herz schwer machten. Unsichtbar, aber trotzdem da.

Es gab nur eine Moon, die sie jetzt bei sich haben wollte.

Sie ließ den halb gepackten Karton stehen, lief zum Nachttisch, klemmte sich das *Buch der Erinnerungen* unter den Arm und ging nach unten. Von Evvie oder Rhanna nirgends eine Spur. Gut! Sie brauchte Stille und frische Luft. Einen Ort, der sie nicht an ihr schlechtes Gewissen erinnern würde.

Sie entschied sich für die Gartenbank unter Altheas liebstem Weidenbaum und schlug das Buch auf ihren Knien auf. Überrascht erkannte sie, dass sie den letzten Eintrag erreicht hatte. Vielleicht war das ganz richtig so.

Das Päckchen aus Wachspapier wartete auf sie. Sie war sich bewusst, dass es das letzte sein würde, als sie es vorsichtig öffnete. Sie starrte auf das, was darin lag: ein einfacher Löwenzahn mit noch intakten Wurzeln.

Löwenzahn – für Ausdauer

Liebste Lizzy,
wie es scheint, müssen wir früher als erwartet Abschied voneinander nehmen. Sei nicht traurig. Wir alle haben unsere Zeit. Meine neigt sich nun dem Ende zu. Sie war vermutlich schwerer als die von anderen, doch auch lieblicher, auf eine Art, die für viele nicht zählt. Es würde nicht stimmen, wenn ich behaupten würde, ich hätte nichts zu bereuen. Entscheidungen haben schließlich Konsequenzen, und es gibt ein paar, die ich, stünde ich noch einmal vor ihnen, anders treffen würde.

Am Ende eines Lebens findet man, wenn man gut gelebt hat, einen gewissen Frieden. Wenn man weiß, dass man gegeben hat, was man zu geben hatte, dass man geliebt hat, wenn man lieben durfte, und dass man nichts ungesagt oder ungetan zurücklässt. Mit diesem letzten Eintrag wird zumindest der letzte Teil stimmen.

In ihm soll es nicht um meine Geschichte gehen, sondern um Deine. Wir alle kommen mit einer Geschichte auf die Welt, die wir zu erzählen haben, ein Buch mit leeren Seiten, die wir füllen sollen. Womit wir sie füllen wollen, liegt an uns, aber wir müssen sie füllen. Mit unserer eigenen Wahrheit oder mit der von anderen.

Die Vergangenheit war allgemein nicht gut zu Frauen, aber ganz besonders schwer hat es Frauen wie uns getroffen. Wir wurden verehrt und verunglimpft, nach unserer Weisheit gefragt, aber wegen unserem Anderssein verschmäht. Wir wurden verstoßen, gejagt, gefoltert und getötet. Uns wurde die Schuld an allem gegeben, an toten Kühen, misslungenen Ernten, an Hagelstürmen und Totgeburten. Wir erinnern uns an die Hexenverbrennungen, und weil wir uns daran erinnern, haben wir gelernt, vorsichtig zu sein, die Gesellschaft von Gleichgesinnten vorzuziehen und niemandem zu vertrauen.

Es hat seinen Preis, unter sich zu bleiben. Einen Preis, den ich zu gut kenne. Über die Jahre habe ich gesehen, was ein solches Leben Dir abverlangte. Du hast Dich versteckt, solange ich Dich kenne, hast Dich klein gemacht, wie man heutzutage sagt, aus Angst, andere würden sich in Deiner Gegenwart unwohl fühlen. Die Welt hatte schon immer Angst vor einer außergewöhnlichen Frau. Wie vor den meisten mächtigen Dingen. Die Menschen drängten uns lieber in den Schatten, damit sie unsere Gaben nicht anerkennen müssen. Aber die Welt hat kein Recht darauf, uns zu einem Schattendasein zu verdammen, Lizzy. Nun ist es an der Zeit, dass wir unsere eigene Geschichte erzählen.

Alles andere ist ein unerfülltes Leben.

Es wird nicht einfach sein. Das ist der Schritt ins Licht nie, aber dazu sind wir berufen. Unsere eigene Wahrheit zu finden – wie auch immer sie aussehen mag – und sie zu leben, ohne uns dafür zu entschuldigen. Jede Generation hatte ihre eigene Bürde zu tragen, und Du wirst ganz sicher Deine haben. Aber du wirst niemals allein sein. Wenn das Leben schwer ist, wenn Deine Seele ausgetrocknet ist, dann schau zur Stärkung auf Deine Wurzeln – wie der Löwenzahn, der zwischen diesen Seiten gepresst wurde – und erinnere Dich an jene, die vor Dir kamen, an ihre Kraft und ihre Ausdauer, daran, wie sie sich geweigert haben, im Schatten zu bleiben und niemanden zu stören.

Wie gern würde ich Dir sagen, dass ich eine dieser starken, ausdauernden Frauen bin, dass ich immer nach meiner eigenen Wahrheit gelebt habe. Aber das wäre nur die halbe Wahrheit, denn als es darauf ankam, war ich nicht stark. Was ich Dir als Nächstes erzählen werde, habe ich noch nie erzählt. Ich habe es geheim gehalten, verschlossen in den tiefsten Winkeln meines Herzens. Aber darin verbirgt sich eine Lektion – eine Lektion für Dich, Lizzy –, weshalb ich es jetzt erzählen muss, bevor mir die Seiten ausgehen …

FÜNFUNDVIERZIG

Lizzy starrte auf das Buch, das noch immer aufgeschlagen in ihrem Schoß lag. Die Welt, wie sie sie gekannt hatte – oder zu kennen geglaubt hatte – war mit einem Schlag und unwiderruflich von Altheas Abschiedsworten verändert worden. Die Zeilen auf der letzten Seite des Tagebuchs hallten in ihr wider. Eine Beichte. Zugleich eine Warnung, keine unbedachten Entscheidungen zu treffen, da jede einzelne nachwirken kann, bis der Sand in unserer Sanduhr versiegt.

Sie hatte sich schon länger über den wehmütigen Klang gewundert, der sich hin und wieder in Altheas Einträge geschlichen hatte, aber sie hatte den Gedanken verdrängt. Sie hatte sich nicht vorstellen können, dass ihre Großmutter etwas anderes brauchen könnte als die Farm und ihre Arbeit. Es war ihr nie in den Sinn gekommen, dass Althea einst einen anderen Traum gehabt oder sich nach etwas verzehrt haben könnte, das sie verloren hatte.

Lizzy blinzelte die Tränen weg und strich mit den Fingern über die zarten Buchstaben. Altheas Schrift wirkte so zerbrechlich, und doch wie für die Ewigkeit geschaffen. *Wir alle kommen mit einer Geschichte auf die Welt, die wir zu erzählen haben.* Hatte ihre Großmutter recht? Hatte sie selbst eine Geschichte zu erzählen? Ein Buch, das sie noch nicht begonnen hatte? Wollte sie es hier beginnen?

Das würde heißen, dass sie Chenier verlassen und in New York alles zurücklassen musste, wofür sie bisher hart gearbeitet hatte. Dann würde sie sich den Dingen zuwenden, denen sie den Rücken gekehrt hatte – und vielleicht Dinge gewinnen, die ihr bisher unerreichbar schienen. Es würde bedeuten, dass sie aus dem Schatten heraus ins Licht treten musste. Dass alle sahen, wer und was sie war. Eine, wie Andrew es nannte, Frau mit Licht in ihrem Innern.

Der Wind frischte plötzlich auf, die Blätter zu ihren Füßen raschelten und bildeten kleine Wirbel. Da war er wieder, der erdigsüße Duft von Althea, der in der warmen Brise heranwogte. Lizzy schloss die Augen, hob den Kopf und genoss die sanfte Berührung auf ihren Wangen. Dieses Mal war sie sicher. Es war kein Wunschdenken. Es war die Aufmunterung, ihrem Herzen zu folgen.

SECHSUNDVIERZIG

Andrew sah auf die Uhr am Armaturenbrett, als er den Highway von Boston nach Salem Creek verließ. Es war fast achtzehn Uhr. Vor fünf Stunden hatte sein Handy geklingelt und ihm eine Nachricht von Lizzys neuem Telefon angezeigt.

Rhanna hier, also antworten Sie nicht. Unsere Kleine wird unruhig. Kommen Sie so schnell wie möglich nach Hause, wenn Sie sich noch verabschieden wollen.

Sich verabschieden. Die Worte hatten ihn schwer getroffen. Als wäre eine Tür, die er mit Mühe geöffnet hatte, plötzlich und unwiderruflich zugeschlagen worden. Sicher, eigentlich hatte es diese Tür nie gegeben. Lizzy hatte ihre Position von Anfang an klargemacht. Ihr Leben war in New York. Dass sie dahin zurückkehrt, hatte nie zur Debatte gestanden.

Dennoch hatte er sich insgeheim verzweifelt an die Hoffnung geklammert, dass etwas – irgendetwas – ihre Meinung ändern und sie bleiben würde. Was war er nur für ein Narr! Und er machte sich schon wieder zu einem, weil er sich mit verkrampftem Magen durch den Berufsverkehr kämpfte, nur um sich einen weiteren Tritt abzuholen.

Er hatte auf die Nachricht nicht reagiert. Er hatte auch nicht alles stehen und liegen gelassen, um nach Hause zu eilen. Eine Weile hatte er mit sich gerungen, war ihr letztes Gespräch durchgegangen, hatte nach jedem noch so kleinen Hinweis gesucht, wie er besagte Tür wieder öffnen könnte. Was er sagen konnte, damit sie blieb. Ihm war nichts eingefallen. Er konnte sie ja nicht dazu zwingen, das Gleiche zu empfinden oder zu wollen wie er. Aber dass sie sich klammheimlich aus der Stadt schleichen wollte, solange er nicht da war? O nein, das würde er nicht hinnehmen. Er würde sie nicht ziehen lassen, ohne sie ein letztes Mal gesehen zu haben.

Er bog um die Ecke. Ihr Auto stand noch in der Einfahrt. In seinem Magen kribbelte es wie bei einer Achterbahnfahrt. Er war sich nicht sicher gewesen, wie er das Wort *unruhig* verstehen sollte, und hatte befürchtet, dass sie schon abgereist war. Als er jetzt hinter ihrem Auto hielt, wurde ihm jäh klar, dass er sich hätte überlegen sollen, was er sagen wollte.

Als sich auf sein Klingeln die Tür öffnete, hielt er den Atem an – stieß ihn aber wieder aus, weil nicht Lizzy vor ihm stand, sondern Rhanna. Sie griff nach seinem Ärmel und zog ihn über die Türschwelle ins Haus.

»Entschuldigen Sie meine Nachricht, aber ich wusste nicht, was ich sonst tun sollte. Sie hat den ganzen Nachmittag gepackt. Ich hatte schon Angst, sie ist weg, bevor Sie da sind.«

»Wo ist sie?«

»Hinter dem Haus. Was wollen Sie ihr sagen?«

Er zuckte die Achseln. »Leb wohl, schätze ich.«

Rhanna wirkte enttäuscht. Da wurde ihm klar, dass sie auf ein großes Filmende gehofft hatte, bei dem der Held die Heldin in seine Arme zieht und fest küsst, kurz bevor der Abspann läuft.

Er umrundete sie und lief zur Hintertür. Von den Stufen aus

suchte er den Hof ab, die Felder und den Hügel, hinter dem die Scheune gestanden hatte. Nirgends eine Spur von Lizzy. Aber auf der schmiedeeisernen Bank lag ein aufgeschlagenes Buch. Er stieg die Treppe runter und suchte erneut den Hof ab, bis er sah, wie sie aus dem Wald kam. Mit gesenktem Kopf hielt sie auf ihn zu. Zum dritten Mal tauchte sie so aus dem Wald vor ihm auf – und wie immer überwältigte ihn ihr Anblick. Die Sonne bahnte sich ihren Weg durch die Bäume und überflutete sie mit Licht. Sie hob den Kopf und sah ihn kurz verwirrt an.

»Du bist zurück.« Sie blieb stehen.

Er nickte steif. »Ich habe gehört, dass du bald abreist, da wollte ich mich verabschieden und dir viel Glück und eine sichere Fahrt wünschen. Was sich die Leute halt so sagen, wenn jemand wegzieht.«

»Andrew …«

Er schüttelte den Kopf. Die Gründe, warum sie ging, wollte er nicht hören. Genauso wenig wie sie von ihm hören wollte, warum sie bleiben sollte. Das hatte er ihr schon gesagt – ohne dass es etwas geändert hätte. Er konnte sie nicht halten, so viel hatte er verstanden. Aber es tat weh, dass sie ohne ein Wort gehen wollte.

»Es stört mich nicht, dass du gehst.« Er bemühte sich, seine Stimme ruhig zu halten. »Daraus hast du nie ein Geheimnis gemacht. Es ist die Art, wie du gehen wolltest. Wie du mich vor vollendete Tatsachen gestellt hättest und dein Auto einfach weg wäre, wenn ich zurückkomme. Vielleicht hätte sogar ein Zu-Verkaufen-Schild auf dem Hof gestanden, damit ich es auch wirklich begreife.«

Sie studierte ihn, als wäre er ein seltenes Tier, mit dem sie nicht gerechnet hatte. »Wer hat dir gesagt, dass ich gehe?«

»Rhanna hat mir mit deinem neuen Handy geschrieben, dass ich besser sofort zurückkomme, wenn ich mich verabschieden will.

Erst wollte ich nicht und dachte, wenn du das so entschieden hast, dann …« Er verstummte. Er hatte sich selbst das Versprechen gegeben, ihr auf gar keinen Fall ein schlechtes Gewissen zu machen. Und sie nicht zu bitten, zu bleiben. »Ich wollte eigentlich nicht kommen.«

Sie blinzelte heftig, als müsste sie gegen Tränen kämpfen. »Warum bist du dann hier?«

Er fuhr sich mit der Hand durch das Haar. *Warum?* Was für eine alberne Frage, die er jedoch nicht mal ansatzweise zu beantworten wusste. »Als ich nach Boston gefahren bin, wusste ich nicht … Ich dachte, du wärst noch hier, wenn ich zurückkomme, und dass ich noch Zeit hätte. Hätte ich gewusst, dass du schon weg wärst …« Er gab das Spiel auf. »Ich bin hergekommen, weil ich dein Gesicht ein letztes Mal sehen wollte.«

***

Die Tränen, gegen die Lizzy angekämpft hatte, liefen ungehemmt über ihre Wangen. Wie hatte sie nur jemals glauben können, es würde einfach sein, diesen Mann zu verlassen? Oder dass es für sie beide weniger schmerzhaft wäre, wenn sie die Stadt verlassen würde, solange er fort war? Es erschien ihr jetzt unbegreiflich.

Aber nach den Zeilen, die sie eben gelesen hatte, war ihr so vieles unbegreiflich. Wie könnte sie ihre Entscheidung jetzt noch erklären?

»Ich wollte dir nicht wehtun, Andrew.« Sie streckte die Hand nach ihm aus, aber er wich zurück. »Ich wollte es dir leichter machen.«

»Du dachtest, so wäre es leichter für mich?«

»Andrew … Hör mir zu, dann …«

»Ich habe dir immer zugehört. Jedes einzelne Wort hat sich mir eingeprägt. Habe ich gehofft, du würdest deine Meinung ändern? Das habe ich. Aber ich will dich nicht umstimmen. Deshalb bin ich hier, um mich zu verabschieden und …«

Sie legte ihm eine Hand auf den Mund und unterbrach ihn. »Ich bleibe, Andrew. Ich fahre nicht nach New York zurück.«

»Du …« Er griff nach ihren Händen, als hätte er Angst, sie könnte weglaufen. »Aber Rhanna hat gesagt … Warum hast du deine Meinung geändert?«

Sie lächelte zu ihm hoch. »Wegen neun Generationen der Moons, einem Löwenzahn … und dir.«

Er runzelte die Stirn, sichtlich verwirrt. »Das verstehe ich nicht.«

»Das, was du gesagt hast … darüber, dass ich die Stadt verlassen wollte, ohne mich zu verabschieden, das mit dem Zu-Verkaufen-Schild … Genau das war mein Plan. Aber heute Nachmittag habe ich ein paar von Altheas Sachen eingepackt, und da ist mir klar geworden, dass ich nicht einfach zurücklassen kann, was diese Frauen aufgebaut haben. Und ich kann nicht einfach vergessen, wer sie waren und was sie durchgemacht haben, damit ich hier sein kann. Sie gehören zu meiner Geschichte. Genau wie ich zu ihrer. Erst jetzt habe ich das verstanden. *Sie* sind mein Erbe. Nicht dieser Ort, nicht die Gebäude oder das Land – sondern die *Frauen.*«

»Was ist mit deinem Job?«

»Parfüm kann ich auch hier herstellen.«

Er sah sie skeptisch an. »Du wirst dein Leben in New York einfach zurücklassen?«

»Ja. Ich bin die letzte Stunde durch den Wald gelaufen und habe versucht, das, was ich will, mit dem, was ich mir selbst vor vielen Jahren versprochen habe, in Einklang zu bringen. Meine Mutter hat ja recht. Ich darf glücklich sein, und das hier ist meine Chance.

Du bist meine Chance. Der Rest ist einfach Quatsch. Morgen rufe ich Luc an und sage ihm, dass er sich eine neue Creative Director suchen muss.« Sie berührte sein Gesicht und atmete seinen warmen Amberduft ein. »Ich will meine Geschichte hier schreiben, Andrew. Mit dir, wenn du mich noch willst.«

Er schlang die Arme um sie, und sein warmer Atem strich an ihrem Mund entlang, als er sie fester an sich zog. »Ich liebe dich, Elzibeth Moon. Ich habe dich schon geliebt, als ich achtzehn war, und ich werde dich noch lieben, wenn ich achtzig bin.«

Er küsste sie und drückte seinen Mund unfassbar zärtlich auf ihren. Das hätte sie fast zurückgelassen. Ihn hätte sie fast zurückgelassen. Alles, was sie zusammen haben und sein könnten. Stattdessen hatte sie kurz davorgestanden, sich mit einem *unerfüllten Leben* abzufinden, wie ihre Großmutter es genannt hatte. Wie hatte sie diesen Schritt nur je in Erwägung ziehen können? Von leeren Seiten hatte Althea gesprochen und sie daran erinnert, dass nur sie allein entscheiden konnte, womit sie gefüllt werden sollten. Jetzt hatte sie sich entschieden.

»Ich werde dich daran erinnern«, hauchte sie zwischen den Küssen. »Dass du mich auch mit achtzig noch lieben wirst, meine ich.«

Er zog sich zurück und strahlte sie an. »Was ist daraus geworden, dass du nicht fürs Happy End geschaffen bist?«

Sie löste sich aus seinen Armen, nahm seine Hand und führte ihn in den Schatten unter Altheas liebstem Weidenbaum. »Das hier ist passiert.« Sie nahm das *Buch der Erinnerungen* von der Bank und gab es ihm.

Er sah auf die handgeschriebene Seite, dann zu Lizzy. »Das ist das Buch, von dem du mir erzählt hast. Das Buch mit den gepressten Blumen, das Althea dir hinterlassen hat.«

»Ja.« Sie lächelte sanft. »Lies die letzte Seite.«

Gardenie – für die geheime Liebe

Liebste Lizzy,
ich war zweiundzwanzig Jahre alt, als ich Peter Markey kennengelernt habe. Wir haben uns auf dem Jahrmarkt getroffen, und er hätte mich fast mit einem Handkarren überfahren. In meinen Augen war er der schönste Mann, dem ich jemals begegnet bin. Dunkles Haar, blaue Augen und ein Lächeln, bei dem ich ganz weiche Knie bekommen habe. Er war mit seinem Vater da, der bei einem der Stände Menschen in Kostümen fotografierte. Er hat gefragt, ob er mir einen Apfelwein ausgeben dürfe. Ich wusste, dass meine Mutter das nicht billigen würde und ich die Einladung ablehnen sollte, aber das habe ich nicht getan. Am nächsten Tag haben wir uns wieder getroffen. Am dritten Tag war ich verliebt.

Wir haben uns so oft wie möglich gesehen. Er lebte in Somersworth, weshalb das nicht leicht war. Aber wir haben uns davongestohlen, wenn wir mal eine Stunde für uns hatten. Wir sind ins Lichtspielhaus gegangen – so haben wir das damals genannt – oder waren in einer kleinen Bar in Dover tanzen, wo uns niemand kannte. Meiner Mutter habe ich gesagt, dass ich mich mit meinen Freundinnen treffen würde, aber sie hat die Wahrheit rasch herausgefunden. Ich glaube, sie hat vor mir von dem Baby gewusst. Als ich ihr gesagt habe, dass Peter mich heiraten wollte, hat sie es mir verboten.

Sie hat mich an Sabines Geschichte erinnert und daran, warum Frauen wie wir nie heiraten durften. Weil wir es keinem Mann gestatten dürfen, eine Moon ihrer Macht zu berauben. Unsere Loyalität, hat sie gesagt, müsse unserem Erbe und unserem Land gelten. Und unseren Töchtern, die wir zu starken, unabhängigen und einzelgängerischen Frauen großziehen sollten. Sie hat mir gesagt, dass ich dieses Erbe verraten würde, wenn ich meinem Herzen folge, dass ich unsere Erblinie schwächen und vielleicht sogar zerstören würde.

Ich habe mich von Peter getrennt und ihm nie von dem Baby erzählt. Hätte er gewusst, dass ich schwanger war, wäre er nie gegangen. So aber ging er. Zwei Wochen später habe ich erfahren, dass er sich bei der Marine eingeschrieben hat und nach Vietnam geschickt wurde. Ich habe ihn zutiefst verletzt, und er hat nie erfahren, warum. Seine Tochter hat er nie kennengelernt, ja, er hat nicht einmal ihren Namen erfahren, da Rhanna auf die Welt kam, kurz bevor er fiel.

Auch wenn ich nie über ihn geredet habe, so habe ich ihn doch nie vergessen. Hinten in meinem Schrank findest Du eine Zigarrenschachtel, in der ich ein paar kleine Schätze aus unserer gemeinsamen Zeit aufgehoben habe. Ein Foto von mir, das er an dem Tag geschossen hat, an dem wir uns kennengelernt haben. Eine Perlenarmband, das er mir zu meinem Geburtstag geschenkt hat. Kinokarten von dem ersten Film, den wir zusammen gesehen haben. Katharine Hepburn und Spencer Tracy in Rat mal, wer zum Essen kommt. Und eine Strähne von seinem Haar, die er gegen eine von meinem eingetauscht hat. Jetzt scheint es mir albern, aber wenn man jung und verliebt ist, macht man solche Sachen. Vielleicht hätte ich mich von diesen Dingen längst trennen sollen – Rhanna hätte mir Erinnerung genug sein sollen –, aber das habe ich nicht übers Herz gebracht.

Nun kennst Du meine Geschichte. Ich hätte sie wohl besser Rhanna erzählen sollen, schließlich war er ihr Vater. Aber sie war immer so distanziert. Und dann kamst Du. Als Du alt genug warst, habe ich mich gefragt, ob es überhaupt wichtig ist. Ich habe mich so lange geschämt. Nicht, weil ich bereit war, mich von allen Moons vor mir loszusagen, sondern weil ich mich von Peter losgesagt habe. Und von mir selbst. Ich habe einem guten Mann das Herz gebrochen – einem Mann, den ich geliebt habe – für den Glauben einer anderen. Ich habe zugelassen, dass eine andere meine Geschichte schreibt.

Es vergeht kein Tag, an dem ich mich nicht frage, wie es gewesen wäre, wenn ich meinem Herzen und nicht den Regeln gefolgt wäre. Man hat uns beigebracht, dass wir uns selbst aufgeben, wenn wir lieben. Aber das stimmt nicht. Wir verlieren nichts bei der Liebe. Einzig wenn wir uns ihr verweigern, verlieren wir den wichtigsten Teil von uns. Das ist ein sehr hoher Preis. Denn wir sind hier, um zu lieben. Am Ende zählt nur das. Alles ist Liebe – und alles ist Magie.

Meine Kraft verlässt mich, und der Kreis schließt sich allmählich. Ich muss den Stift beiseitelegen. Aber ich hinterlasse Dir diese letzten Worte: Liebe, meine Lizzy! Liebe, wo immer es Dich hinführt, und schreibe Deine Geschichte! Schreibe sie mit der Liebe Deines Herzens und gib ihr ein Happy End!
A.

EPILOG

24. Januar

Lächelnd schaltete Lizzy die Lampe ein und setzte sich an Altheas Schreibtisch. Die Gesichter in den silbernen Bilderrahmen, die auf der polierten Platte standen, wärmten ihr Herz. Unter ihnen fand sich ein Foto von Rhanna, die an einer ihrer Skizzen arbeitete, das Haar mit zwei Pinseln hochgesteckt wie eine Japanerin. Ein Schwarz-Weiß-Foto von Althea, als sie zweiundzwanzig war und einen riesigen Plüschpudel umklammerte. Ein Stofftier, das Peter für sie auf dem Jahrmarkt gewonnen hatte. Ein strahlender Peter Markey, Altheas verlorene Liebe und der Mann, der für Lizzy mittlerweile ihr Großvater war. Mit seinem gegelten dunklen Haar war er ein hübscher junger Mann. Und die jüngste Aufnahme, das Bild von ihrem Hochzeitstag. Sie hatte Wildblumen in ihr Haar geflochten und mit einem strahlenden Lächeln im Gesicht den Ring auf Andrews Finger gesteckt.

Von Evvie hatte sie sich ein besticktes Taschentuch geborgt, und

Altheas geliebte Ausgabe von Rumis *Gipfel der Liebe* hatte sie als blauen Gegenstand bei sich getragen. Ihre Großmutter hatte nicht lange genug gelebt, um ihrer Hochzeit beizuwohnen, aber der Duft von Lavendel und Bergamottöl hatte die Luft erfüllt, als Andrew und sie an jenem sonnigen Nachmittag ihre Ehegelübde abgelegt hatten.

Aus der Ferne durchbrach ein Hämmern die Stille: Andrew arbeitete an der neuen Trockenscheune. Sie würde im Frühling fertig sein, und ein neues Bild würde sie schmücken. Mondblumen, hatte Rhanna beschlossen, mit zahlreichen Sternen und einem violetten Himmel als Hintergrund.

Die Moon Girl Farm veränderte sich bereits und erfand sich für die kommende Generation neu. Auch Salem Creek war im Wandel. Im vergangenen Herbst hatte man im Park zwei Bänke aufgestellt, anonyme Spenden an die Stadt, versehen mit Bronzeplaketten. Die erste Plakette ehrte das Andenken an Heather und Darcy Gilman, die zweite mit den Worten *Schade Niemandem* war Althea Moon und ihrem Lebenswerk gewidmet. Acht lange Jahre waren die Namen Gilman und Moon untrennbar miteinander verbunden gewesen, nun hatten sich die Gerüchte endlich in Luft aufgelöst.

Lizzy nahm den Stift an sich. Ihre Hand verharrte kurz in der Luft, und sie sah zum Fenster raus. Die Sonne war schon vor Stunden untergegangen, und der Winterhimmel zeigte sich in einem samtenen Schwarz. Es war der erste Neumond des neuen Jahres, der heilige Augenblick zwischen zunehmendem und abnehmendem Mond, zwischen dem Nichts und dem Werden. Es fühlte sich richtig an, ihre Geschichte heute Nacht zu beginnen, denn heute Nacht begann auch der Lebenszyklus des Mondes von Neuem. Lizzy lächelte sanft und schlug den Deckel des Tagebuchs auf, das so lange leer gewesen war.

Sie fing an, zu schreiben.

Das Buch von Elzibeth

Meine liebste Tochter,
als ich noch klein war, habe ich Deine Ur-Großmutter – sie hieß Althea – gefragt, was wir sind. Ihre Antwort hatte wie ein Märchen geklungen, mit magischen Tränken und mächtigen Königinnen, weil das alles war, was ich damals verstanden habe. Sie hat mir versprochen, mir mehr zu erzählen, wenn ich alt genug war, um es zu verstehen. Aber da wollte ich schon nichts mehr mit dem Märchen zu tun haben. Ich hatte Angst vor mir selbst, Angst vor meiner eigenen Macht, und ich habe versucht, davor zu fliehen. Nachdem Althea gestorben war, bin ich nach Hause gekommen. Nicht nur zur Farm, sondern zu mir selbst.

Eine weise Frau – die Frau, die Deine Tante Evvie sein wird, wenn Du in diesem Frühling zu uns kommst – hat mir einmal gesagt, dass Zuhause kein Ort sei, an dem man wohnt, sondern einer, den man im Herzen trägt. Jetzt weiß ich, wie wahr diese Worte sind. Deine Großmutter Rhanna weiß es auch. Sie hat mich gelehrt, zu vergeben, mein Herz allem zu öffnen, was einst war, und allem, was noch sein kann. Und so beginne ich heute dieses Buch, für Dich, meine liebste Tochter. Für die nächste Moon.

Es gibt Hunderte Namen für das, was wir sind, und sie alle sind falsch. Weil sie alle immer nur einen viel zu geringen Teil von uns erfassen. Jede von uns wurde vom Geist mit einer Gabe gesegnet, die uns und uns allein gehört. Diese Gabe ist das Werk, das wir in dieser Welt vollbringen sollen, der Segen, den wir anderen spenden sollen. Diese Gabe sucht nach uns, kaum dass wir auf die Welt gelangt sind, und in dem Moment, da sie uns findet, hören wir ihren Ruf in unserem Herzen. Wenn wir diesen Ruf mit anderen teilen, geben wir unsere Gabe dem Geist zurück.

Und der Kreis schließt sich.

Wir brauchen keine Kirche, kein Götzenbild, keine Regeln, die in Steintafeln gemeißelt oder auf alten Schriftrollen festgehaltenen werden. Keine heiligen Rituale oder Initiierungen, um zu dem zu werden, was wir schon sind: ein Teil von etwas Göttlichem und Sternenstaub, der vom heiligen Atem und der reinen Liebe zusammengehalten wird.

Das, meine liebste Tochter, sollst Du wissen, wenn Du hier ankommst. Du bist nicht hier, um Magie zu wirken. Du bist Magie.
L.

DANKSAGUNG

Wer schreibt, kann in der Regel ein Lied davon singen, dass manche Bücher eine größere Herausforderung darstellen als andere. Einige kommen mit Leichtigkeit zur Welt, ein paar Wehen nur, und schon sind sie da. Andere dagegen sind wie eine Steißgeburt, bei der wir uns vor Schmerzen krümmen, bis sie auf der Welt sind. Wir zweifeln an uns und fluchen wie wild. Doch an diesen Büchern wachsen wir. Handwerklich, aber vermutlich auch menschlich. Vielleicht weil wir, kaum ist die erste Idee da, hohe Erwartungen an ein solches Buch haben. Wir wissen ganz genau, was wir mit ihm sagen wollen und wofür es stehen soll. Finden wir nicht die richtigen Worte, empfinden wir das als Scheitern.

Und so beginnen die Geburtsschmerzen, die Schreie und das Stöhnen, das erschöpfte Wimmern. Wenn wir jedoch Glück haben, müssen wir das nicht allein durchstehen. Es gibt Menschen – wundervolle, talentierte, eindrucksvolle Menschen –, die vom ersten Kribbeln in den Fingern bis zur letzten Presswehe dabei sind, die unsere Hände halten, bis die Panik und das Schwitzen abklingen.

Nalini Akolekar und das gesamte Team von Spencerhill Associates, die vor acht Jahren eine Anfängerin unter ihre Fittiche genommen und aus ihr eine Autorin gemacht haben. Dass ich dankbar bin, beschreibt es nicht annähernd.

Jodi Davis Warshaw, meine wundervolle Lektorin, sowie das gesamte Team von Lake Union/APub, denn sie haben mich unterstützt und meine Bücherbabys gehütet. Mein ganz besonderer Dank gilt der Kunstabteilung für das herrliche Cover!

Charlotte Herscher, meine Lektorin, die immer weiß, wie wir das Beste aus meinen Charakteren holen können. Es ist jedes Mal ein Vergnügen, mit ihr zusammenzuarbeiten. Ich hätte mir keine bessere kreative Person an meiner Seite wünschen können. Nicht zu vergessen Paul, mein wundervoller Korrektor, dessen scharfer Blick fürs Detail mich klüger aussehen lässt, als ich bin. Es ist mir stets eine Freude, Sir.

Die Mitglieder meiner tollen und stetig wachsenden Autorengemeinschaft beeindrucken mich jeden Tag mit ihrem Talent, ihrer Weisheit und unermüdlichen Großzügigkeit. Ich muss mich auf einen allgemeinen Dank beschränken, denn ihr seid zu viele, als dass ich euch alle hier aufzählen könnte.

Die Leute, die Bücherblogs betreiben und Rezensionen schreiben: Ihr wisst, wer ihr seid und wie sehr ich euch liebe. Für eure Stimmen und eure Unterstützung bin ich dankbarer, als ich es in Worte zu fassen vermag.

Patricia Crawford alias Mom. Danke, dass du stets an mich geglaubt hast, wenn mein Selbstvertrauen im Keller war. Und auch dafür, dass du mich daran erinnerst, nie zu vergessen, wer ich bin und woher ich komme.

Tom Kelley, Ehemann, Life-Coach, Beta-Leser, Masseur und der beste Händchenhalter, den eine Frau sich wünschen kann. Du hast mir gezeigt, wie ein Happy End wirklich aussieht. Danke für jede einzelne Minute eines jeden einzelnen Tages.

Und natürlich meine hochgeschätzten Lesenden. Ihr seid meine Community, mein Zuhause, meine Buchfamilie. Dass ihr euch die Zeit nehmt, meine Bücher zu lesen und mir zu schreiben, ehrt mich immer wieder. Danke und nochmals danke, dass ihr mir an jedem Tag, an dem ich schreibe, über die Schulter schaut.

LAVENDEL- UND ZITRONEN- ZUCKER-PEELING

Zutaten:

2 1/2 Tassen Zucker (weiß oder braun)
1/4 Tasse Kokosnussöl (alternativ: Oliven- oder Mandelöl)
6–8 Tropfen ätherisches Zitronenöl
6–8 Tropfen ätherisches Lavendelöl
frisch geriebene Schale von 1 Zitrone (optional)

Zubereitung:

1. Gib den Zucker in eine Rührschüssel und stell sie beiseite.
2. Gib das Kokosnussöl in eine mikrowellengeeignete Schüssel. Erhitze es, bis es geschmolzen ist (30 Sekunden).
3. Gib das Kokosnussöl in den Zucker und rühre, bis beides gut vermischt ist. Füge das Zitronen- und Lavendelöl hinzu.

4. Wenn gewünscht, die geriebene Zitronenschale unterrühren.
5. Damit die Mischung die gewünschte Konsistenz erhält, kannst du zusätzlich Zucker unterrühren.

BADEZUSATZ FÜR WOHLTUENDEN SCHLAF

Zutaten:

1/4 Tasse Trockenmilchpulver
1/4 Tasse Bio-Haferflocken
1/3 Tasse Bittersalz
1/3 Tasse Totes-Meer-Salz
1/2 Tasse getrocknete Lavendelblüten
1/2 Tasse getrocknete Kamillenblüten
5–10 Tropfen ätherisches Lavendelöl
1 Esslöffel Kokosnussöl
Einmachglas
Musselinbeutel mit Kordelzug

Zubereitung:

1. Vermenge alle Zutaten in einer großen Rührschüssel.
2. Bewahre die Mischung in einem Einweckglas (oder einem anderen luftdicht verschließbaren Behältnis) auf.
3. Anwendung: Fülle einen Beutel aus Musselin und zieh den Kordelzug fest zu. Gib den Beutel ins Badewasser. Wasche den Beutel nach dem Bad gut aus und lass ihn trocknen, damit du ihn später wiederverwenden kannst.

Feiner Kuchenduft weht durch die Straßen

* Cover- und Preisänderungen vorbehalten

Charlotte Jacobi

Die Patisserie am Münsterplatz – Zeitenwandel

Roman

Piper Taschenbuch, 464 Seiten
€ 11,00 [D], € 11,40 [A]*
ISBN 978-3-492-31648-4

Die köstlichsten Genüsse des Elsass kennenlernen – darauf hofft die neunzehnjährige Ida, als ihre Familie 1893 von Stuttgart ins vormals französische Straßburg umsiedelt. Am Münsterplatz eröffnen die Tritschlers ihre neue Feinbäckerei. Doch insbesondere die konkurrierende Patisserie Picard macht den Neuankömmlingen das Leben schwer. Als sich Ida ausgerechnet in deren Sohn Lucien verliebt, muss sie feststellen, dass eine Fehde zwischen ihren Familien herrscht, die weit über das Geschäftliche hinausgeht.

Leseproben, E-Books und mehr unter **www.piper.de**